W. SIUDMAK

LA LÉGION FANTÔME

DU MÊME AUTEUR

CHEZ POCKET

L'ÉTOILE DES GARDIENS

1. La quête du roi
2. L'épreuve du Roi
3. Le sacrifice du roi
4. La légion fantôme

En collaboration avec Hickman Tracy

DARKSWORD

Le Forging the Darksword

LA ROSE ET LE PROPHÈTE

1. Le désir du Dieu errant
2. Le paladin de la nuit
3. Le prophète d'Akhran

LES PORTES DE LA MORT

1. L'aile du dragon
2. L'étoile des elfes
3. La mer de feu
4. Le serpent mage
5. La main du chaos
6. Voyage au fond du labyrinthe
7. La septième porte

SCIENCE-FICTION

Collection dirigée par Jacques Goimard

MARGARET WEIS

LA LÉGION FANTÔME

POCKET

Titre original

GOST LEGION

Traduit de l'américain par Simons Hilling

Si vous souhaitez recevoir régulièrement
notre zine « **Rendez-vous ailleurs** », écrivez-nous à :

« Rendez-vous ailleurs »
Service promo Pocket
12, avenue d'Italie
75627 PARIS Cedex 13

PRESSECO

PAPIER RECYCLÉ
NATURE PROTÉGÉE

ISBN 2-266-06439-8

À tous ceux qui ont aimés
et ont été aimés

Le roi et son peuple sont comme la tête et le corps. Là où la tête est débile, le corps est débile. Là où ne gouverne pas un roi vertueux, le peuple est perverti, dépouvu de bonnes mœurs.

John Gower,
Choix d'œuvres en latin.

Toujours le roi ! Nos vies, nos âmes,
Nos arriérés, nos femmes compliquées,
Nos enfants, nos péchés, on en charge le roi !
Il faut tout supporter. Ô dure condition,
Née avec la grandeur, sujette au moindre souffle
Du premier sot venu, juste bon à sentir
Ses propres flatulences ! Que d'infinis plaisirs
Doit négliger le roi, quand ses sujets en jouissent !

William Shakespeare,
Henri V, acte IV, scène 1, 211-218.

LIVRE I

Mettons que je me repente et obtienne,
Par grâce, le retour à mon état premier ; bien vite
Au ciel me reviendraient mes hautes ambitions ; vite je renierais
Les vains serments de soumission ; abolie la douleur, j'adjurerais
Les vœux faits dans la peine, arrachés par la violence et nuls –
Car jamais la vraie paix ne pourra s'épanouir
Là où la haine a fait ces profondes blessures –
Qui ne me conduiraient qu'à pire reniement
Et à plus lourde chute...

John Milton : Le Paradis perdu, IV, 93.

1

La cellule du moine, aux murs, sol et plafond de pierre, était sombre et froide, petite et étroite.

Le dormeur allongé sur le grossier châlit entrait dans le monde ténébreux des rêves. Il remua sur l'oreiller, tendit une main, la droite, et saisit un objet qui n'était pas là, sauf pour lui dans son rêve. Ses doigts se refermèrent dessus comme sur la garde d'une épée. Son visage se contracta de souffrance. Il gémit et son souffle s'arrêta.

Celle qui surveillait son sommeil soupira et s'agita sur sa chaise. Elle tendit une main pour l'éveiller, se ravisa. Elle aurait pu pleurer sur lui – de frustration et de pitié – mais ses larmes l'auraient irrité, et le réconfort des larmes est dénié aux morts, comme leur est dénié le réconfort du toucher.

Nuit après nuit, elle avait occupé cette chaise. Nuit après nuit, elle avait surveillé, gardé son sommeil – sauf qu'elle faisait une bien piètre gardienne, car elle ne pouvait pas chasser les rêves qui le tourmentaient la nuit, de même qu'elle ne pouvait pas calmer les regrets qui le tourmentaient le jour. Mais cette nuit, sa colère s'aviva devant ses souffrances. Elle se mordit les lèvres, fronça les sourcils, et parut décidée à agir, car elle se leva et faisait un pas vers la porte quand le dormeur s'assit soudain, les yeux fixes et grands ouverts, un cri rauque dans la gorge.

Sursautant, craignant d'abord qu'il ne l'ait vue, Maigrey tituba en arrière à travers la chaise, le bureau, et jusque dans le coin de la cellule. Puis elle réalisa qu'il dormait toujours, et qu'il ne la regardait pas, mais regardait quelque chose situé au-delà d'elle, quelque chose dans son rêve.

Il leva l'arme invisible, pour saluer ou se défendre, et il prononça des paroles qui, apparemment, avaient un sens pour lui, mais qu'elle ne distingua pas.

Sortant de l'ombre, elle s'avança, l'instinct la poussant à son côté, où elle s'était trouvée pendant les innombrables batailles qu'ils avaient livrées ensemble. Elle était consumée de pitié, de colère et de frustration.

Elle était proche de lui, si proche, et pourtant en proie à l'amère douleur de ne pouvoir s'approcher davantage. La chair mortelle du moine, comme une porte de prison, lui interdisait l'entrée. Mais leurs esprits avaient été plus proches que chez la plupart ; le mentalien qui les unissait dans la vie n'avait pas été brisé dans la mort.

Maigrey ressentit comme une décharge électrique, une étincelle partant de lui vers elle, et elle partagea la vision, le rêve... la réalité. Mais elle comprit instantanément ce qu'elle vit et entendit. Pas lui, et elle n'avait aucun moyen de le mettre en garde.

Il se remit à parler, et tendit la main gauche.

Ce geste le réveilla. Confus d'abord, confus et alarmé, il adopta instinctivement une posture défensive, levant la main qui tenait l'épée. C'est alors, à la faible lueur de la lampe à huile, qu'il vit où il était, et que la main tenant l'épée était, en réalité, vide.

Sagan se redressa, fronça les sourcils et regarda autour de lui. De la main droite, il essuya la sueur froide qui couvrait son visage, et, ce faisant, aperçut sa paume. Ses yeux se dilatèrent, incrédules. Il tomba à genoux devant l'autel et mit sa main dans la flamme.

Sur la main droite de Sagan – cinq cicatrices. Cinq cicatrices de perforations faites par les aiguilles de la lame-sang – l'arme de ceux du Sang Royal.

Trois ans avaient passé depuis qu'Abdiel avait contraint Sagan à jeter sa lame-sang dans un lac d'eau et de feu. Trois ans avaient passé depuis qu'il n'avait plus utilisé cette arme. La paume était calleuse, endurcie par les durs travaux physiques, adoucie par les longues heures passées en prières désespérées. Les cicatrices avaient pratiquement disparu – de sa main, sinon de son âme.

Mais cette nuit, à la lueur de la lampe, les cicatrices étaient fraîches comme s'il venait d'en retirer les aiguilles. Un liquide clair, mêlé de rouge, suintait des cinq piqûres.

Sagan regarda, incrédule, pensif. Puis il ferma le poing sur les blessures. Il retourna à son lit, et s'allongea face au mur, le visage sévère et dur comme la pierre.

Et, bien qu'il ne le sût pas, il était maintenant seul. La gardienne silencieuse de son sommeil l'avait quitté.

L'être rayonnant avançait dans les vastes couloirs d'or et de marbre blanc ; il leva les yeux, prenant peu à peu conscience d'une forme ressemblant à l'humain qu'elle avait été, un mâle mince vêtu d'un pantalon et d'une chemise en jean délavé. L'homme était grand et voûté, avec un visage avenant, triste et soucieux.

– Enfant de Dieu, dit l'être rayonnant.

– Platus, dit l'homme, inclinant la tête avec une dignité tranquille.

– Que puis-je faire pour toi, Platus ?

– Si... si je pouvais lui parler, dit doucement Platus.

– Crois-tu que cela servirait à quelque chose ? demanda l'être rayonnant après réflexion.

– Je la comprends. Je crois pouvoir la raisonner.

– Je ne sais pas, mon fils, dit l'être rayonnant, dubitatif. Les enjeux sont élevés.

– Oui... oui, je sais. Si je pouvais seulement essayer...

L'être rayonnant réfléchit à sa réponse, puis donna son approbation.

– Ce serait peut-être le mieux. Va donc, et que Sa bénédiction soit avec toi.

Platus accepta la tâche et la bénédiction, et continua dans la direction que l'être rayonnant aurait prise.

Le pas martial de pieds bottés et des cliquetis d'épée résonnaient, inquiétants, sous ces voûtes paisibles. Platus se dirigea lentement vers ces sons. Ayant enfin mis au point les grandes lignes de son argumentation, il se rapprocha de l'écho, et rencontra Maigrey, qui arpentait les couloirs.

Elle portait dans la mort l'armure d'argent qu'elle avait portée dans la vie. Sa main droite reposait sur la garde de la lame-sang, ses longs cheveux clairs voletaient autour d'elle dans l'air qu'elle respirait encore, l'air qu'elle créait.

– Ainsi, c'est toi qu'ils ont envoyé, dit-elle.

– C'est moi qui me suis proposé, dit-il.

La réponse sembla l'embarrasser, à en juger par son silence, révélateur d'un débat intérieur.

– Je voudrais savoir pourquoi ils le tourmentent ainsi, dit-elle enfin.

– Maigrey, ce n'est pas à toi de contester...

– Si ! s'emporta-t-elle. Il n'a pas à être mêlé à ça ! Il était en paix...

– Crois-tu, Maigrey ? demanda doucement Platus.

– Je comprends leur intention, poursuivit-elle, rageuse. Ils veulent le détruire.

– Ce n'est pas leur intention. Il se détruit lui-même... Maigrey, reprit-il après un bref silence, ce qui est fait est la conséquence des manquements des mortels.

– Et tu approuves ? demanda-t-elle.

– J'ai peur. J'ai peur pour Dion. Si Sagan...

Il se tut.

– Si Sagan échoue, allais-tu dire. Tu n'as pas confiance en lui !

– Il est difficile d'avoir confiance en son assassin, ma sœur, dit Platus avec tristesse.

Maigrey le foudroya, comme un adversaire qui profite d'un faux pas pour porter une botte. Se détournant, écœurée, elle se remit à faire les cent pas.

– Je veux parler à quelqu'un d'autre.

– Ils sont mécontents, dit Platus, réprimant un soupir.

– Ils n'ont pas confiance en moi non plus, je suppose.

– Cette fois, tu as failli trahir ton alliance avec Dieu, Maigrey, dit-il avec douceur.

Elle s'immobilisa un instant, baissa la tête. Puis, relevant les yeux, elle regarda bravement son frère.

– Si tu pouvais voir Sagan, Platus ! Si tu pouvais voir comme il souffre ! Pourquoi n'entendent-ils pas ses prières ? Pourquoi ne lui accordent-ils pas la paix qu'il mérite et à laquelle il aspire ?

– Ils *ont* entendu ses prières, Maigrey. Les paroles de repentir viennent de ses lèvres, non de son cœur. Sagan est plein de rage et de ressentiment, de doutes et d'interrogations. Il n'est pas entré dans l'Eglise avec humilité, dénudant son âme ensanglantée devant la lumière qui guérit. Il s'est caché dans l'Eglise comme un animal blessé, pour lécher ses blessures. Et en conséquence, ses plaies n'ont pas guéri, mais continuent à suppurer.

– Et à qui la faute ? s'écria Maigrey. Quand il a sollicité leur pardon, quelle fut leur réponse ? Le silence.

Elle se remit à marcher, désemparée.

– Quant à l'alliance que j'ai conclue, je la romprai. Je le dois. C'est ce que j'étais venue leur dire.... Mais je ne considère pas qu'elle sera vraiment rompue, reprit-elle après une pause, car je ne la considère pas comme vraiment conclue. C'était un piège ; un piège pour m'empêcher d'aider Sagan. Ils veulent seulement se venger, ils veulent le voir souffrir...

– Tu es injuste, Maigrey, l'interrompit-il sévèrement. Tu sais que ce n'est pas vrai. L'homme attire sur lui sa propre souffrance. Ils s'affligent de le voir, comme ils s'affligent de te voir souffrir, ma sœur. Je m'afflige de te voir liée à lui. Parfois, je pense qu'il vaudrait mieux que tu renonces...

– Je ne peux pas ! s'écria-t-elle, pivotant vers lui, la main sur la garde de son épée. Je ne renoncerai pas.

– Non. Je sais que tu ne peux pas. Et que tu ne dois pas, soupira Platus. Sagan se trouve au bord d'un précipice. Ta main est la seule chose qui le retient, qui l'empêche de tomber au-delà de tout espoir de rédemption. Tu es l'unique étoile qui brille dans ses ténèbres. Mais tu dois réfléchir à ceci, Maigrey : si tu tombes, que lui arrivera-t-il ?

Maigrey hésita, recula, abaissa ses défenses.

– L'alliance n'était pas un piège, ma sœur. Quand tu l'as conclue, tu savais qu'un repentir sincère était son seul espoir. Ensemble, vous avez arpenté la voie des ténèbres, comme le disait la prophétie. Maintenant, il doit faire le chemin tout seul. Tu peux lui éclairer la route, mais tu ne peux pas le guider par la main. Il doit trouver lui-même le chemin de la rédemption.

– Ou le perdre tout à fait. Et ce n'est pas juste ! dit-elle, serrant les poings. Ils lui proposent un chemin qui monte, difficile à gravir, où il est facile de chuter. Ils placent la tentation sous ses pas. Ils ne m'ont pas montré cela quand ils m'ont incitée à conclure cette alliance... Et Dion ? poursuivit-elle avant que Platus ait pu lui répondre. Et le danger où il se trouve ? N'es-tu pas inquiet pour lui ?

– J'ai foi en Dion, Maigrey, pour faire ce qui est juste...

2

Xris ajusta sa vue à la vision nocturne ; l'obscurité était impénétrable dans le « garde-manger ». Les Corasiens, avec leurs capteurs sophistiqués, n'avaient pas besoin de lumière. Dans certaines aires – la fabrique de munitions dont sortait Xris, par exemple – il y avait de l'éclairage à l'intention de leurs esclaves humains. Mais la lumière était inutile dans le « garde-manger ». La « viande » n'avait pas besoin de voir, préférait sans doute ce noir total.

L'ouïe augmentée de Xris ne détectait aucun son, à part ceux de la détresse et de la terreur humaines, et ceux qu'il ignorait, froidement et à dessein. Il savait qu'il avait déclenché l'alarme de sécurité, mais il ne pouvait pas l'entendre, quelle que fût la sensibilité de son ouïe augmentée. Chaque Corasien individuel n'est qu'une partie d'un tout collectif, comme chaque cellule n'est qu'un composant d'un corps. La mort des deux gardes corasiens que Xris avait abattus à l'entrée des tunnels avait déclenché une alerte qui vibrait, tintait ou clignotait – selon la façon dont percevaient ces monstres – à travers tous les Corasiens présents sur les lieux.

Surveillant la lueur écarlate annonciatrice de l'approche de ces amibes rougeoyantes, Xris s'arrêta devant un terminal et activa le système. Il savait comment il fonctionnait, les Corasiens, dépourvus de toute créativité, ayant été forcés de voler leur technologie à des formes de vie humaines de la galaxie voisine. Avant cette mission, Xris s'était servi d'un ordinateur corasien avec feu Dame Maigrey et il savait à quoi s'attendre – à un système archaïque et primitif. Il appela l'inventaire.

Les Corasiens tenaient minutieusement leurs archives. La « viande » était un produit précieux, à expédier aux planètes en manque de nourriture ou d'esclaves – ou en manque d'esclaves qui finiraient en nourriture. Chaque « carcasse » était numérotée à son arrivée et conservait son numéro jusqu'à consommation finale.

Xris localisa le numéro – son numéro à elle. Un niveau au-dessus et trois compartiments vers la droite. Il s'ébranla, juste comme la lueur rouge commençait à éclairer le tunnel derrière lui.

Il la trouva – ça, c'était facile. Le difficile, maintenant. Elle n'était pas seule ; il y en avait cinq autres avec elle dans sa cellule – un homme, deux femmes et deux enfants.

Xris annula le champ magnétique, entra dans la cellule.

Les yeux éteints, assommés de terreur, tous les six le fixèrent, incrédules... au premier abord. Puis elle le reconnut. Ses yeux se dilatèrent, ses joues livides s'empourprèrent, ses lèvres s'entrouvrirent. Elle se leva.

Les autres ne le connaissaient pas, mais ils comprirent. L'espoir se ralluma dans leurs yeux. Le plus charitable était de les abattre tous.

– Désolé, dit-il. Je ne peux en emmener qu'une.

Elle aussi le suppliait d'emmener les autres, même si cela les condamnait tous. Inutile de discuter avec elle.

Une aiguille sortit de sa main mécanique, perfora la peau de la femme. Elle s'affaissa contre lui, les yeux clos.

Il la souleva dans son bras mécanique, pensant : « La dernière fois que je l'ai touchée de cette main, elle a reculé. »

– Tue-nous alors, dit l'une des femmes, serrant ses enfants contre elle. C'est le moins que tu peux faire.

Oui. Cela lui prendrait du temps, du temps qu'il n'avait pas, mais c'était le moins qu'il pouvait faire. Xris les abattit tous.

Puis, la portant dans ses bras, il se dirigea vers la sortie. Une lueur rouge envahit le tunnel, lui bloquant le chemin. Les Corasiens ouvrirent le feu.

– Touché, dit une voix de synthèse. Deux morts.

– Merde, grommela Xris.

Il rengaina son pisto-laser, consulta la pendule, branla

le chef. Il fallait sortir plus vite. Réduire son temps d'au moins quarante secondes. Désactivant le mannequin qu'il portait, Xris le jeta par terre, et s'approcha du panneau de contrôle au fond du stand de tir. Il pressa un bouton. La lueur rouge s'éteignit. Les hologrammes d'homme, femmes et enfants disparurent. Quarante secondes. Où diable allait-il couper quarante secondes, bon sang ?

Une lumière bleue clignota au-dessus de la porte.

– Visiteurs, l'informa la voix de synthèse.

Xris regarda par le hublot d'observation, et vit deux personnes dans le couloir – Raoul et le Petit.

Il abaissa une manette, la porte s'ouvrit.

Ils entrèrent, et Xris referma derrière eux.

– Nous parlerons ici, dit-il. Je peux sceller la pièce.

Raoul hocha complaisamment la tête. Il aurait hoché la tête complaisamment si Xris lui avait dit qu'il allait lui faire sauter la cervelle. Raoul était adonien – race humaine réputée pour sa beauté. C'était aussi un Loti, ainsi nommé parce qu'il vivait, prospérait et survivait à l'aide de drogues psychotropes. Il flottait à travers la vie, jamais effrayé, jamais bouleversé, jamais troublé par quoi que ce soit. Du moins était-ce ce qu'il prétendait.

Mais Xris commençait à avoir des doutes. Raoul faisait partie de son équipe depuis trois ans. Ensemble, ils avaient accompli plusieurs missions dangereuses, et Xris avait vu Raoul en action, vu le Loti réagir à l'inattendu avec la rapidité de l'éclair – chose bizarre chez un Loti drogué. Et pourtant, il ne perdait jamais son regard absent, son visage inhabité, son sourire béat. Même quand la mort semblait vraisemblable. Entrant d'un pas sautillant, il regarda autour de lui, frissonna délicatement.

– Un garde-manger corasien. Parfaitement cauchemardesque !

Ses paupières ombrées de pourpre papillotèrent. Il lissa ses longs cheveux noirs à peine dérangés par le léger courant d'air provoqué par l'ouverture de la porte.

– Tu trouves toujours des endroits remarquablement laids pour faire joujou, Cyborg Xris.

Xris haussa les épaules. Tirant de sa poche une espèce de cigarette particulièrement forte connue sous le nom de « twist », il l'alluma, exhala une fumée empestée.

– Petit exercice de tir, c'est tout, dit Xris.

Il nota soudain un changement chez le partenaire de Raoul, uniquement connu sous le nom de « le Petit ». Deux yeux brillants et intenses déplacèrent leur regard curieux du stand de tir au visage du cyborg.

Si Raoul était un mystère, le Petit était une énigme. Personne n'avait jamais vu le Petit ; personne ne l'avait jamais entendu parler. Personne ne connaissait sa race, sa couleur, ses idées. On ne connaissait de lui que son imperméable, deux petites mains humanoïdes, et ces deux yeux pénétrants – seule partie de cette créature visible entre le col de son imper trop grand et son feutre cabossé.

Le Petit s'intéressait beaucoup trop à ce qui se passait en Xris, qui dissimula ses idées de son mieux, mais ce n'était pas aussi facile que d'ajuster une jambe ou un bras cybernétique. Son cerveau aurait dû être une machine, comme le reste de sa personne.

Effacer. Fermer. Débrancher.

Plus de peine. Plus de douleur. Disque dur vide.

Raoul fit une pause, baissa les yeux sur le Petit. Le Loti releva la tête vers Xris, et les yeux vides ne lui parurent pas aussi vides qu'il l'aurait désiré.

– Le Petit dit que tu ne t'exerces pas pour passer le temps, dit Raoul, rejetant ses cheveux en arrière d'un geste gracieux de ses mains délicates. Tu as une mission en vue.

– Boulot spécial, dit Xris, laconique, espérant détourner la conversation.

Il jeta son twist par terre, l'écrasa du pied.

– Et ta mission ? demanda Xris, pour changer de sujet. Comme vous revenez en avance, j'en déduis qu'elle a réussi.

– Parfaitement réussi, dit Raoul avec un sourire charmeur. Le Petit dit que tu pars seul.

Xris décocha au Petit un regard qui le fit se recroqueviller ; son imperméable sembla se dégonfler, les yeux disparurent sous le bord de son chapeau.

– Je croyais que c'était un empathe – qui absorbe les émotions. Depuis quand lit-il dans les pensées, merde ?

– Ça vient avec l'âge, chez son peuple.

– Quoi ? grogna Xris, lorgnant le feutre. Tu parles sérieusement ?

– Aussi sérieusement que possible dans un monde absurde. Mais je crois que tu essaies de changer de conversation, Cyborg Xris. Tu pars seul pour une mission grosse de périls mortels. Ce n'est pas bien, le tança Raoul, avec un léger soupir. Ce n'est pas digne de toi. Ni sage. C'est ce que penseront les autres quand je leur dirai...

– Tu ne leur diras rien ! dit Xris, sortant un autre twist. Et tu ferais bien de t'habituer à ce garde-manger, car je vais vous y enfermer. Ne t'inquiète pas. J'enverrai Harry vous libérer demain matin. A temps pour que tu puisses te laver la tête et te maquiller. Mais d'ici là, je serai loin.

– En route pour la Corasia. Seul. En mission suicide. Et pour sauver une personne...

Raoul baissa les yeux sur le Petit qui – aucunement intimidé par le regard féroce de Xris – dit quelque chose à son partenaire de cette façon mystérieuse par laquelle ils communiquaient.

– Ta femme, dit doucement Raoul.

– Pas un mot de plus ! vociféra Xris. Ou je le fourre dans l'incinérateur, et toi avec. Maintenant, ton rapport.

Raoul échangea un regard avec la calotte du chapeau, seule partie encore visible du Petit. Concluant apparemment que Xris parlait sérieusement, le Loti tira un mouchoir de dentelle d'un petit sac du soir brodé de perles, se tamponna les yeux – en ayant soin de ne pas toucher à son mascara – puis l'étala soigneusement sur la console pour le faire sécher.

– Nous nous sommes rencontrés, comme convenu, au Café des Exilés. Dans une salle très chère, au niveau supérieur. J'ai eu l'impression qu'ils y venaient pour la première fois, mais, naturellement, je n'ai pas posé la question.

– Qui sont-ils ?

– Des anonymes. Des zéros, dit Raoul, haussant dédaigneusement un sourcil épilé. Des pilotes spatiaux expérimentés. Le Petit dit qu'ils ont un passé militaire, qu'ils ont travaillé comme mercenaires. Sans intérêt. Ils m'ont donné leurs noms, naturellement, mais le Petit dit qu'ils sont faux.

– Et pour qui travaillent-ils ?

– Ils prétendent être membres d'une organisation prodémocratique, mécontente du retour du roi. Mais le Petit dit que ça aussi, c'est faux. Qu'ils jouaient un rôle, récitant ce qu'on leur avait dit.

Xris sortit un nouveau twist, le regarda distraitement, reporta son regard sur le Petit.

– Il a détecté leurs vrais noms ? Des noms de lieux ?

– Le nom d'une certaine Légion Fantôme. La pensée a traversé l'esprit de chacun à un moment ou à un autre. Cela te dit quelque chose, Cyborg Xris ?

– Ça peut être n'importe quoi, depuis une organisation paramilitaire jusqu'à une troupe de danse, dit Xris, haussant les épaules. Je transmettrai. Les gens que tu as rencontrés étaient manifestement des sous-fifres. Tu as pu découvrir quelque chose sur les gros bonnets ?

– Quelque chose d'assez étrange. J'ai amené la discussion sur les chefs. J'ai été obligé de te dénigrer, j'en ai peur, dit Raoul, ses joues se colorant d'un rose délicat. Si ce que j'ai dit revenait à tes oreilles, Cyborg Xris...

– Peu importe, dit Xris, agitant sa bonne main. Qu'as-tu trouvé ?

– Le Petit a distingué un nom.

– Ouais ? Et alors ?

Raoul se haussa sur la pointe de ses ballerines vernies, se pencha.

– Clairfeu ! murmura-t-il d'un ton dramatique.

Xris alluma son twist, en tira une bouffée.

– Tu ne trouves pas ça bizarre, Cyborg Xris ?

– Que tu leur parles de chefs et que ces anciens pilotes militaires pensent à leur roi ? Le commandant en chef ?

– Mais ils complotent pour le renverser, Cyborg Xris. Pourquoi penseraient-ils à lui ?

– Tu sais ce que c'est qu'une mauvaise conscience ?

Raoul le regarda, ahuri. Le cyborg branla le chef.

– Laisse tomber. Ils ont été contents de ton offre ?

– Je suppose. Ils ont examiné la disposition des lieux pour s'assurer que tout était là. Mais le Petit dit qu'ils manquaient des connaissances techniques pour comprendre vraiment ce qu'ils regardaient.

– Nous comptions là-dessus. Ces gars ne sont que des intermédiaires. Leur boulot, c'est d'apporter la marchandise aux experts. J'espère que tu as chèrement vendu ton âme ?

– Ils ont été très généreux, sourit Raoul, montrant d'un geste gracieux son sac emperlé. Je déposerai cela au compte de l'équipe. Après en avoir déduit nos frais, naturellement.

– Naturellement, dit Xris, ironique. Je suppose que ta nouvelle tenue en fait partie. Plutôt discrète pour toi, non ?

Raoul baissa les yeux sur son boléro pailleté en velours pourpre, avec culotte de toréador assortie et bas mauves.

– J'ai pensé devoir présenter une image sérieuse. Que je devais avoir l'air sincère dans mon désir...

– De trahir ton pays et ton roi, dit Xris avec un grand sourire, portant son twist à sa bouche. Ainsi, voilà ce qu'un traître élégant portera cette année. Tu as une indication sur l'endroit où ils se proposent de frapper ?

– Le Petit dit qu'ils devaient transmettre nos informations ailleurs, pour les faire vérifier.

– Ça devrait les occuper un moment. Où envoient-ils ces informations ?

– Le Petit n'a pas pu s'en assurer. Une séquence codée. Je doute que ces gens sachent où ils les envoient.

– Probablement pas. Enfin, le poisson a mordu. J'espère que Dixter sera content.

Il s'arrêta. Raoul secouait la tête, indifférent au désordre que ce mouvement pourrait infliger à sa coiffure.

– Qu'est-ce qu'il y a ?

– Je trouve difficile à croire qu'aucun groupe tente de s'attaquer à ces installations. Mon ex-employeur, feu Snaga Ohme, disait que pas même la célèbre escadrille sous le commandement du défunt Seigneur de la Guerre, Derek Sagan, n'aurait pu assiéger cet endroit avec quelque chance de succès.

– Ton ex-employeur avait raison, dit Xris, jetant un regard approbateur autour de lui. Il est peut-être plus difficile d'entrer par effraction dans le palais de Sa Majesté, mais j'en doute. Boucliers et champs magnétiques nous protègent des attaques aériennes. Dans les jardins, l'espérance de vie est de trente secondes – si on regarde où on met les pieds. A l'intérieur, on détecte une puce sautant sur le plancher. Oui, ton ex-employeur avait su se construire une maison sûre. Mais même toute cette technologie dernier cri ne l'a pas conservé en vie. Il a baissé sa garde une seule fois, mais cela a suffi.

– Oui, c'est vrai, soupira Raoul avec un sourire bienheureux. Nous allons donc faire semblant de baisser notre garde et voir qui nous saute dessus.

– C'est pour ça qu'on nous a engagés. Très barbant, si tu veux mon avis, mais je pouvais difficilement dire non au Premier Lord de l'Amirauté.

Xris commença à préparer son matériel – des missiles de fabrication spéciale, qu'il pouvait tirer soit avec un pistolet, soit avec sa main-projectile. Il les avait inventés trois ans plus tôt, quand la Dame des Etoiles l'avait engagé pour combattre les Corasiens. Ces missiles leur avaient sauvé la vie. Il les avait modifiés, perfectionnés, et en avait vendu les plans à l'Armée Royale. Il était riche maintenant. Ce qui était heureux, vu que ça allait lui coûter un paquet pour entrer et sortir de Corasia vivant.

– Quand pars-tu ? demanda Raoul, regardant ces préparatifs.

– Ce soir.

– Les autres remarqueront ton absence.

– D'ici là, ça n'aura plus d'importance. Mets-toi donc à ton aise. Tu vas passer ici un bon moment.

– Ce n'est pas dans le contrat, Cyborg Xris, dit Raoul, s'asseyant sur le rebord de la console.

Sortant de son sac un petit miroir, le Loti s'étudia, fronça les sourcils. Puis il sortit un tube d'argent du même sac, l'ouvrit, et cerna ses lèvres d'une ligne couleur pêche.

– Tu insistes toujours beaucoup sur le contrat.

– Il y a dans le contrat une clause parlant d'un cas de force majeure, dit Xris. Revois-la. De plus, vous n'avez pas besoin de moi pour ce boulot. Dis à Lee de me remplacer. Et quand je reviendrai...

– Tu ne reviendras pas, dit complaisamment Raoul, regardant languissamment le cyborg sous ses paupières ombrées de pourpre. Pas si tu pars seul. Tu n'as pas une chance. Tu mourras. Et elle aussi.

Xris ne répondit pas et marcha vers la porte. Il y était presque quand le Loti le rejoignit.

– Un baiser pour te porter chance, mon ami.

– Pas question, dit Xris, lui tordant le bras. Je connais la musique pour ton rouge à lèvres ! Qu'est-ce qu'il y a dedans aujourd'hui ?

– Un somnifère. Tu n'aurais pas dormi longtemps. On aurait pu discuter. Je t'en prie, ne tale pas le velours...

– Xris ! résonna la voix de Harry dans le stand de tir. Amène-toi en vitesse. Les moniteurs de sécurité viennent de s'affoler. Et l'empathe, il est avec toi ? Amène-le aussi.

Xris foudroya Raoul du regard.

– J'arrive ! dit-il dans son U-com, se dirigeant vers l'ascenseur qui l'amènerait aux niveaux supérieurs de l'immense demeure de feu Snaga Ohme. Mais pourquoi tu veux l'empathe ? Qu'est-ce qui se passe ? Qu'est-ce que tu as attrapé ?

– Si tu veux mon avis, dit sombrement Harry, je crois que c'est des fantômes.

3

Assis dans ses luxueux bureaux, à l'étage supérieur du Quartier Général Militaire Royal récemment érigé, Sir John Dixter, Premier Lord de l'Amirauté, regardait dehors par l'une des immenses portes-fenêtres. Le Palais de Cristal, résidence de Sa Majesté, était juste en face. Les innombrables facettes de ses murs scintillaient au soleil comme des gemmes. Et juste au-dessous du palais, son image reflétée dans le lac bleu de cobalt frémissait et ondulait.

Un système monorail transportait les personnes dans et hors de Cité Royale, métropole trépidante située à dix kilomètres de l'Ile du Roi. Les deux étaient séparées par une baie et reliées par monorail. La plupart de ceux qui travaillaient à l'Ile du Roi habitaient à Cité Royale, qui était aussi le port de débarquement des touristes.

Dixter observait de près les touristes – d'aussi près qu'il est possible d'un vingtième étage, scrutant la foule à la recherche de celui qui tenterait de s'en éloigner, de s'éclipser dans une rue de traverse...

Le nez pratiquement collé à la vitre, l'amiral réalisa ce qu'il faisait, rougit, et regarda vivement autour de lui, espérant que Bennett ne l'avait pas vu.

John Dixter devenait paranoïaque, et il le savait.

– Mais j'ai des raisons de l'être, murmura-t-il, se remémorant la Révolution – époque où il ne prêtait pas attention aux petits détails et où son monde avait explosé dans les flammes.

Cela s'était passé vingt et quelques années plus tôt, mais Dixter n'oublierait jamais.

Quand Sa Majesté Dion Clairfeu était arrivée au pouvoir, trois ans plus tôt, il avait été recommandé que l'Ile du Roi soit transformée en une zone de sécurité, interdite à quiconque n'y avait pas affaire. Vingt ans plus tôt, John Dixter avait vu le Palais de Cristal en flammes, ses murs couverts de sang, et il était enclin à de telles précautions. Mais Dion avait catégoriquement refusé. Il ne voulait pas être séparé de ses sujets, devenir un dieu perché sur sa montagne, ne leur parlant que par vidécran.

Sa Majesté aimait voyager et était constamment en mouvement. Et partout où il allait, il attirait des foules énormes et était aussi accessible qu'il est possible de l'être à un homme entouré de gardes armés et obligé de respecter ses horaires à la seconde. Il tenait souvent des audiences publiques dans les mondes qu'il visitait, invitant les gens à présenter en personne leurs griefs et leurs pétitions.

Cette heure passée avec le public était infernale pour la Garde Royale, responsable de la vie du roi, malgré le fait que les personnes admises en sa présence avaient été soigneusement sélectionnées à l'avance – généralement par leur propre gouvernement – et fouillées à fond.

– Je place ma confiance en Dieu, avait dit Dion à un Dixter mécontent quand l'amiral avait protesté.

– Je vous demande pardon, Majesté, mais j'ai connu un autre roi qui disait la même chose.

Dion avait posé la main sur celle de son vieil ami.

– Dieu me surveille, mon ami.

– C'est peut-être vrai, avait dit plus tard Dixter au Capitaine de la Garde Royale. Mais qui surveille Dieu ?

– Derek Sagan, avait répondu Caton, haussant les épaules.

L'histoire avait fait le tour des casernes et été fort appréciée par la Garde Royale, dont la plupart des membres avaient servi sous le défunt Seigneur de la Guerre. Dixter lui-même avait souri de ce bon mot, tout en pensant que Caton ne plaisantait pas tellement.

– Je ne veux pas vivre dans la peur, avait déclaré Sa Majesté en montant sur le trône. Mon intention est de projeter une image de calme et de tranquillité. Si les peuples voient que nous n'avons peur de rien, moi et ma famille, ils se sentiront en sécurité. Ils doivent me voir contrôler parfaitement mon présent et mon avenir.

Ça avait marché. Et ça marchait. Dion avait saisi les

rênes de l'Etat et s'y cramponnait avec une farouche détermination. Il avait institué une monarchie constitutionnelle, fondé un parlement. Mais chaque jour était un combat. Chaque jour apportait une crise au jeune roi. Chaque jour, il semblait qu'il allait lâcher les rênes, tomber de sa selle dans la boue. Et ils étaient nombreux à chevaucher derrière lui, prêts à le piétiner dès sa chute.

– Et il adore ça, murmura Dixter à part lui.

La porte s'ouvrit sans bruit, et Bennett, son aide de camp, glissa dans la pièce et se mit à redresser discrètement les objets que Dixter avait renversés.

– La vue est magnifique, Général, dit Bennett, remarquant qu'il fixait la fenêtre.

– Vraiment? fit Dixter, battant des paupières et voyant ce qu'il avait regardé sans le voir. Oh oui, je suppose, ajouta-t-il avec un sourire penaud. Tu ne devinerais jamais ce que je voyais, Bennett.

– Non, Général, dit Bennett, d'un ton indiquant que, même s'il ne pouvait pas deviner, rien ne l'étonnerait.

– J'étais dans notre roulotte sur la planète Vangelis. Assis dans la petite cellule de mon bureau, regardant le tarmac. Tu te rappelles?

– Je me rappelle la chaleur, Général.

– Il faisait chaud? Oui, je suppose. Je pensais à ce jour où Tusk me l'avait amené. Il s'appelait Dion, disait-il. Il ne savait pas son nom de famille. Je me rappelle ces cheveux blond vénitien, ces yeux bleus. Tu sais, Bennett, quand je repense à ce moment, il me semble que jusqu'à cet instant, tout était gris dans ma vie. Je ne me rappelle pas avoir vu des couleurs avant ce jour-là.

Il soupira, frotta ses yeux douloureux d'avoir trop regardé la réverbération du soleil.

Bennett regarda subrepticement son commandant. Les autres s'adressaient à lui en disant « Sir John » ou « Seigneur Dixter », mais pour Bennett, il était toujours « le général », comme il l'avait été pendant les quinze ans que le sergent-major avait passé à son service.

Bennett avait ses souvenirs, lui aussi. Il regarda John Dixter, resplendissant dans son uniforme qui, au commencement de la journée, était encore immaculé. Et couvert de médailles – médailles d'honneur décernées par d'innombrables systèmes stellaires, dont la plus importante était le soleil à face de lion que le jeune roi avait épinglée de sa main sur sa poitrine. Son premier acte officiel.

Bennett embrassa du regard l'immense pièce, l'immense bureau pratiquement aussi grand que la roulotte de Vangelis dont parlait le général. Le sergent-major repensa à la première fois où il avait rencontré John Dixter, dans un bar de Laskar, peu avant la Révolution. Soupçonné d'être royaliste, Dixter était en cavale. Sa tête était mise à prix. Il gagnait sa vie comme mercenaire, opérant à partir de Laskar. Ce bar était le seul de la planète que fréquentait Dixter. Le seul où il s'enivrait vraiment. Ce soir-là, Dixter avait raconté à Bennett – un parfait inconnu – pourquoi.

Dans ce bar, des années avant la Révolution, Dixter avait rencontré la seule femme qu'il aimerait jamais – Dame Maigrey. La seule femme qu'il ne pourrait jamais posséder, car elle était du Sang Royal, et Dixter était – ordinaire. Il avait raconté à Bennett comment il l'avait aimée, comment il l'avait perdue la nuit de la Révolution. Ce qu'il n'avait pas dit à Bennett, ce que le général ne pouvait pas prévoir, c'est qu'il la retrouverait des années plus tard.

Seulement pour la reperdre.

Peut-être valait-il mieux qu'il ne l'ait pas prévu. Ce fameux soir, Dixter était déjà bien assez saoul.

Et c'est pourquoi le sergent-major l'avait transporté chez lui ce soir-là, et ne l'avait plus quitté depuis. Au souvenir du Dixter d'alors – en uniforme passé et taché, avachi sur le bar – comparé au Dixter actuel, Premier Lord de l'Amirauté, Bennett sentit quelques larmes fort peu militaires lui monter aux yeux. Le sergent-major traversa la pièce, s'éclaircit bruyamment la gorge, et fixa Dixter avec insistance.

– Qu'est-ce que cette tache sur votre uniforme, Général ?

Dixter regarda distraitement dans la direction du regard désapprobateur de son aide de camp.

– Où ? Oh, ça ! Du café, je suppose.

– Vous avez dû mettre le coude dedans, Général. Il faudra changer de vareuse.

– Pour une petite tache de café ?

– Et ces miettes de gâteau sur les revers, Général.

– Au diable, Bennett. Je n'ai aucun rendez-vous...

Une sonnerie stridente l'interrompit. Bennett renonça à sa joute verbale avec son supérieur et alla répondre.

– Communiqué urgent. Sur votre code personnel.

Dixter fronça les sourcils et se dirigea vers la salle des communications. Très peu de gens avaient accès à son code personnel, qui assurait la sécurité maximale. Un appel urgent de l'un d'eux sur ce code n'annonçait rien de bon.

Entrant dans la salle adjacente à son bureau, Dixter renvoya le personnel et scella la porte. Il donna son identification, ses empreintes digitales et vocale et sa signature ADN pour avoir accès au message.

Un visage apparut sur l'écran – chauve, peau grêlée d'acide, front saillant, yeux profondément enfoncés dans les orbites – l'un humain, l'autre cybernétique. L'estomac de Dixter se noua un peu plus.

Xris salua brièvement de la tête l'image qui s'afficha sur son propre écran. Pas de formalités pour le cyborg. Il alla droit au fait.

– Quelque chose a mordu à l'hameçon, patron.

– Ils ont fait une tentative ? Tu les as arrêtés ?

– Ce serait plutôt eux qui nous ont attrapés, patron, grimaça Xris. Ils ont avalé l'hameçon, la ligne, la canne et le bateau. La bonne nouvelle, c'est que tu avais raison sur deux points : il y a des fuites au Palais, et quelqu'un est après la bombe. La mauvaise nouvelle, c'est qu'ils l'ont trouvée. Quelqu'un est entré dans la chambre forte et a pris la bombe.

– Bon Dieu, c'est impossible ! Et tu les as laissés...

– Pas si vite, patron, il faut m'écouter jusqu'au bout. J'enverrai un rapport écrit, mais j'ai pensé qu'il valait mieux te le transmettre d'abord en personne. Pour constater que je ne suis pas saoul.

– Que s'est-il passé ? fit Dixter, contenant son impatience.

– On a effectué le transfert, transporté la bombe du palais chez Snaga Ohme. Tu sais comment ça s'est passé au palais. Top secret. Même chose ici. Puis, comme convenu, Raoul a fait savoir dans certains cercles qu'il était à vendre. Deux acheteurs se sont présentés, mais ils voulaient seulement des informations sur les nouveaux produits. Puis, on a fait mouche. Ceux-là ne s'intéressaient pas aux nouveaux lanceurs de grenades à plasma. Ils voulaient les plans de la maison, tous les détails sur les systèmes de sécurité. Raoul leur a donné ce qu'ils voulaient, assez pour tromper un expert, pas assez pour que ce soit utilisable. Je ne vois pas pourquoi ils avaient besoin de ça. Ils ont perdu leur argent et notre temps.

– A l'évidence non, fit Dixter, ironique. Ça a marché. Tu as dû leur donner trop de bonnes informations.

– Je ne suis pas payé pour faire des erreurs, patron. Bon sang, j'aurais pu leur donner les plans de la cervelle de Raoul, et ça aurait été pareil. Regarde les enregistrements du moniteur. Ils doivent t'être arrivés maintenant.

Dixter s'approcha d'une autre machine, étudia les informations transmises de l'autre bout de la galaxie.

– Imprime, dit Dixter à l'ordinateur, refusant de croire ce qu'il voyait. Si ça venait d'un autre, je dirais qu'il s'agit de fantômes...

– Des fantômes, dit Xris. Curieux que tu en parles. Nous non plus on n'y croyait pas. On a cru à une défaillance de l'équipement. On a tout vérifié. Plus d'une fois. Tout fonctionne bien. Puis on a trouvé des preuves. Tu veux l'histoire depuis le début ?

Dixter soupira, se frictionna le front, hocha la tête.

– La sécurité des grilles d'entrée n'a rien enregistré. Même chose à l'entrée – à toutes les entrées. Rien. Nada. Couic. On a compris qu'on était envahis quand les détecteurs de mouvement ont commencé à enregistrer.

– Mais comment être sûr ? Aucune confirmation des autres moniteurs, c'est bien ça ?

– Rien sur le visuel, rien sur l'audio.

– Alors, qu'est-ce qui confirme le fait ?

– Une baisse de la pression barométrique – seulement dans certaines aires – et un mouvement correspondant de l'air dans des endroits où l'air ne devrait pas bouger.

– La baisse de pression accompagne la perturbation, fit Dixter, étudiant le rapport. Et aussi les courants d'air.

– C'est ce qui nous a convaincus qu'on n'était pas fous. On a tout entré dans l'ordinateur, demandé qu'il nous fasse un diagramme. Regarde l'itinéraire de la perturbation.

Dixter examina un diagramme de la demeure de Snaga Ohme, transmis par le cyborg. Une ligne rouge indiquait les mouvements détectés par les différents capteurs. La mâchoire de Dixter s'affaissa.

– Tu as dit des fantômes, patron, commenta Xris.

La ligne commençait à un mur extérieur, entrait dans la maison en traversant un mur de marbre renforcé d'acier nulgrav, puis cheminait à travers les pièces, à travers parois, sols et plafonds, sans jamais dévier de son cap. Aucun obstacle ne l'arrêtait. Elle se dirigeait droit dans une direction : la chambre forte.

– Comme tu vois, avant d'arriver à la maison, cette chose a dû traverser le champ magnétique qui entoure la propriété, traverser le jardin où l'espérance de vie est de trente secondes, avec de la chance. Les détecteurs ont enregistré des mouvements dans le jardin, mais ne recevant pas confirmation des autres détecteurs, ils n'ont pas donné l'alarme.

– La chambre forte figurait sur les plans de Raoul ?

– Bien sûr. Beaucoup de gens la connaissent déjà. Snaga Ohme en était très fier. Il la faisait visiter à ses bons clients. Ce qui n'y figurait pas, c'étaient les systèmes de sécurité qui l'entourent, sans parler des systèmes de sécurité internes de la chambre forte.

– Et tu dis que... cette chose... les a tous franchis et est entrée dans la chambre ? Qu'est-ce qu'elle a fait une fois à l'intérieur ? Elle a pris la bombe ?

– Elle l'a prise, ou vaporisée ou mangée. On a la scène sur vidéo. Tout ce que je sais, c'est que la bombe était là, et que la minute d'après elle n'y était plus.

– Les gardes n'ont rien vu ? Rien entendu ?

– C'est encore une autre histoire. Les gardes n'ont rien vu, rien entendu, mais l'une d'elles a *senti* quelque chose. Une fraction de seconde avant le déclenchement de l'alarme. Comme si on la poussait dans un caisson hyperbare. La sensation a disparu immédiatement. Son corps n'a pas subi de dommages physiques, pas d'altérations chimiques. Pas d'augmentation du taux de radiations, pas de séquelles. Mais regarde où elle se trouvait, patron.

Dixter siffla entre ses dents. Le diagramme indiquait sa position : juste sur le trajet de la ligne rouge.

– Tu veux dire que la chose est passée *à travers* elle ?

– A travers elle, à travers les murs en acier nulgrav de la chambre forte, et elle est ressortie de même. Regarde : les détecteurs de mouvement signalent la chose ici, du côté opposé. Elle a traversé le reste de la maison et est ressortie ici, traversant un autre mur fortifié. Puis elle est passée dans le jardin, a traversé le champ magnétique, et, sans doute, est retournée d'où elle venait.

Dixter se passa la main sur le visage.

– Tu réalises ce que tu dis, Xris ? Cette chose passe à travers des murs d'acier sans laisser de trace, mais parvient à toucher et emporter un objet. C'est impossible, bon sang.

– Qu'est-ce que je peux dire, patron? Je suis bien d'accord. C'est impossible. Mais c'est arrivé.

– Cette chose a traversé de la matière solide, avec la bombe.

– Ouais. Et... je me demande si tu as pensé aux conséquences?

– Quoi? demanda sombrement Dixter.

– Ceux qui ont la bombe savent maintenant que c'est une fausse.

– Enfer et damnation! jura Dixter, penché sur les diagrammes, comme pour les faire changer.

Ils ne changèrent pas.

– Qu'est-ce que tu as dit tout à l'heure à propos de fantômes? Que c'était bizarre que j'emploie ce mot?

– Ah ouais. Quand Raoul a rencontré ces zozos qui ont acheté les informations, le Petit – tu te souviens du Petit?

– L'empathe à l'imperméable?

– C'est ça. Eh bien, le Petit a distingué le nom d'une organisation qui leur trottait à tous dans la tête. La Légion Fantôme. Tu connais?

– Non, mais ça ne veut pas dire grand-chose. Tu crois qu'il y a un lien?

– S'il n'y en a pas, c'est une sacrée coïncidence. Ces mecs achètent les plans de la propriété, et trois jours après, quelque chose la traverse. Je te crois qu'il y a un lien!

– Mais, comme tu l'as dit tout à l'heure, s'ils ont ce genre de capacité, pourquoi acheter les plans?

– Peut-être qu'ils essaient de nous dire quelque chose, patron. De nous envoyer un message. On s'est peut-être pris à notre propre piège.

– Ça n'a pas de sens, fit Dixter, secouant la tête.

– Préviens-moi quand tu trouveras un sens à tout ça, patron.

Dixter réfléchissait.

– Je suppose que l'étape suivante est de faire une enquête sur cette Légion Fantôme. Veux-tu...

– Désolé, je n'en suis pas. J'ai... à faire ailleurs.

– Xris, c'est important, dit doucement Dixter.

– Mon affaire aussi. En fait, je pars ce soir.

– Je suppose que tu n'as pas envie d'en dire plus...

– D'accord, patron. En fait, tu pourrais m'aider. Je vais faire un petit voyage extragalactique. Si les patrouilles frontalières me repèrent, j'apprécierais qu'elles ne me tirent pas dessus, à l'aller ou au retour.

– Tu vas en Corasia ?

Xris sortit un twist de sa poche, l'étudia attentivement.

Dixter essaya une autre approche.

– Ça n'aurait pas quelque chose à voir avec ces humains capturés au cours d'un raid sur l'avant-poste de Nargost ?

Xris alluma son twist, en tira une bouffée.

– Je ne peux pas t'autoriser à aller derrière les lignes ennemies, Xris, dit gravement Dixter.

– Très bien. Laisse tomber. Oublie ce que j'ai dit.

– Tu pars seul ? Ça au moins, tu peux me le dire.

– C'était mon idée. Mais tout a changé – grâce à Raoul et à sa grande gueule fardée. Toute l'équipe vient. Mais je ne vois pas ce que je vais faire d'un empoisonneur et d'un empathe.

Dixter réfléchit un moment.

– Si quelqu'un pouvait sauver ces gens... Je passerai la consigne. Rien d'officiel, bien sûr. Je ne peux pas.

Xris regarda Dixter avec intensité, faillit sourire.

– Merci, patron.

– Tu connais les risques. En cas de problème, je nierai toute connaissance de l'affaire. Les traités et tout ça.

– Si on a des problèmes, dit Xris avec un grand sourire, tu n'auras pas à t'en faire. Personne n'entendra plus parler de nous. Mais je regrette de ne pas rester pour t'aider dans cette autre affaire. Le truc le plus dingue que j'aie vu – ou plutôt pas vu. Je pourrais te donner les noms de quelques personnes de confiance...

– Merci, mais j'ai quelqu'un en tête. En fait, tu le connais. Tusca, ancien pilote de Cimeterre. Tu l'as sauvé des Corasiens...

– Pendant la mission avec la Dame des Etoiles. Ouais, je me rappelle. Tu sais, patron, c'est surtout à cause de la Dame des Etoiles que je m'embarque pour la Corasia. Quelque chose qu'elle m'avait dit. Elle avait une façon de dire les choses qui vous restait dans la tête.

– Oui, en effet, fit Dixter. Bonne chance, Xris.

– Même chose pour toi, patron.

L'image du cyborg disparut. Dixter fourra les diagrammes sous son bras pour les étudier à loisir, coda les informations de l'ordinateur en top sécurité, puis appela l'opérateur.

– Faites étudier les nouvelles données par des experts.
– Quel genre d'experts, Amiral ?
– Bon sang, j'en sais rien ! explosa Dixter, frustré. Des experts d'experts. On en est submergés. Ils pourront peut-être faire quelque chose d'utile, pour changer.
L'officier le regarda, stupéfait. L'amiral était connu pour son calme et sa bonhomie.
Dixter prit une profonde inspiration, leva la main en un geste d'excuse.
– Je... je suis désolé, Capitaine. Je ne voulais pas m'énerver. A mon avis, on a affaire à un nouveau genre de sonde. Qu'ils prennent ça pour point de départ. Et aussi, qu'ils fassent appel à un parapsychologue.
– Un parapsychologue ? dit-elle, haussant les sourcils.
– Oui, fit Dixter en souriant. Une personne qui étudie le surnaturel.
– Je sais ce qu'est un parapsychologue, dit-elle avec raideur.
– Alors, nul doute que vous puissiez m'en trouver un, Capitaine.
– Très bien, Amiral, dit la Capitaine, perplexe.
Dixter quitta la salle des communications et se cogna dans Bennett qui rôdait près de la porte.
– Vous vous sentez bien, Général ?
– Pas spécialement, grogna-t-il. Appelle-moi Tusk.
– Je vous demande pardon. Qui, Général ?
– Tu sais très bien qui, Bennett. Et ne me regarde pas comme ça. Je n'ai pas l'intention de me sauver et de redevenir mercenaire. Non que je n'en aie pas envie parfois, ajouta-t-il avec nostalgie.
Bennett eut un reniflement dédaigneux. Sa moustache réglementaire en frémit de désapprobation.
– J'ai besoin que Tusk fasse un boulot pour moi, c'est tout.
– Vous avez idée de l'endroit où l'on peut localiser Mendaharin Tusca, Général ? dit Bennett, résigné.
– Aux dernières nouvelles, il vivait sur Vangelis et dirigeait un service de navettes avec cette tête brûlée... comment s'appelle-t-il, déjà ? Ah, Link.
– Vangelis, Général, dit Bennett, haussant un sourcil. Curieux que vous ayez parlé de cette planète en termes nostalgiques encore ce matin, n'est-ce pas, Général ?
– Appelle-moi Tusk, c'est tout.
– Très bien, Général. Et vous n'oublierez pas de changer de vareuse, n'est-ce pas, Général ?

Dixter le foudroya du regard. Bennett sortit, sa raideur exprimant en silence sa désapprobation. Dixter resta à son bureau, sans changer de veste, risquant ainsi l'ire de son aide de camp.

Bennett revint.

– Le téléphone est coupé chez Mendaharin Tusca.

– Dis à la compagnie que c'est un appel urgent du Premier Lord de l'Amirauté et qu'ils feraient bien de se remuer pour rétablir le service.

– C'est ce que j'ai dit. Mais comme la somme due était importante, ils ont enlevé tout l'équipement.

– Alors, essaie XJ. XJ-27, l'ordinateur de bord. Trouve le numéro dans l'annuaire des Véhicules Interplanétaires. Tusk a une affaire légale, maintenant ; elle doit être déclarée.

Connaissant Tusk depuis presque aussi longtemps que le général, Bennett sembla avoir des doutes, mais il sortit sans rien dire. Dixter n'était pas trop confiant lui-même. Il commençait à penser, avec un certain plaisir (abstraction faite du voyage spatial qu'il détestait) à aller voir Tusk en personne sur Vangelis, quand Bennett revint.

– J'ai pu contacter l'ordinateur, Général. Tusk n'est pas disponible pour le moment J'ai cru comprendre qu'il... qu'il garde les enfants. L'ordinateur lui dira de vous appeler. Autre chose, Général ?

– Prends rendez-vous pour moi avec Sa Majesté.

– Etant donné l'emploi du temps de Sa Majesté, je ne pourrai sans doute pas en obtenir un avant demain matin. Ce sera suffisant ou dois-je dire que c'est une urgence ?

– Ce sera suffisant, fit Dixter, soulagé.

Ce n'était pas une urgence. Une entité avait pénétré leur sécurité et volé la bombe, et maintenant, les voleurs savaient qu'ils n'avaient qu'un joli presse-papiers. Son piège avait partiellement réussi, partiellement échoué. Il savait avec certitude que quelqu'un était après la bombe. Il savait aussi qu'il y avait des failles dans la sécurité de l'amirauté.

Gardant l'opération aussi secrète que s'il s'était agi de la vraie bombe, le commando de Xris avait transporté une fausse bombe en un nouveau lieu, présumé plus sûr. Et, comme il s'en doutait, il y avait eu des indiscrétions. Quelqu'un avait su où était la bombe. Mais son plan pour arrêter l'informateur ou ses complices avait échoué.

– La Légion Fantôme, murmura-t-il.
– Le rendez-vous avec Sa Majesté est fixé à demain matin 0800 heures. Quant à votre vareuse...
– Au diable ma vareuse ! gronda Dixter.
Il tendit la main vers les diagrammes, renversa sa tasse, répandit du café sur son pantalon.

4

Tusk grimpait l'échelle menant au sas du Cimeterre. Il s'arrêta au milieu pour rajuster la poche kangourou contenant l'enfant.

– Tu as bien compris : sois sage, et ne touche à rien. Pépé XJ n'aime pas ça.

L'enfant hocha solennellement la tête, ouvrant des yeux émerveillés à la perspective de fouler un sol sacré et défendu. Il était rarement admis dans le Cimeterre. Les lumières, les myriades de cadrans et de boutons – dont certains à sa portée – étaient trop tentants pour ses deux ans et demi. Et puis il y avait la voix désincarnée, le terrible et mystérieux Pépé XJ, qui était le dieu du Cimeterre, qui avait pouvoir sur l'air et la lumière, et sur un certain compartiment scellé sous le plasticuir du canapé.

– Ouvre, XJ, c'est moi, dit Tusk, tambourinant sur le sas.

Le sas bourdonna et s'ouvrit avec une promptitude qui surprit Tusk, lequel s'attendait à une discussion, ou au moins à un barrage de remarques sarcastiques de la part de son ordinateur. Lançant un dernier regard avertisseur au bambin, Tusk franchit le sas et descendit dans l'avion.

Ceux qui y avaient volé trois ans plus tôt – dont Sa Majesté, comme le proclamait fièrement une plaque gravée, boulonnée sur la paroi (une idée de Link) – ne l'auraient pas reconnu. Autrefois oiseau de guerre, le Cimeterre avait subi une transformation remarquable et coûteuse, et s'était transformé en cacatoès (selon l'expression de Nola).

La bulle, qui était autrefois la tourelle du canonnier,

était maintenant le « dôme d'observation ». Un seul passager à la fois pouvait s'y asseoir et « observer », et encore, la place était chiche, car le canon était toujours en place, dissimulé sous un coffrage qui servait aussi de bar. Mais le dôme d'observation était populaire auprès des clients et représentait un bon argument publicitaire.

La chambre – autrefois débarras occupé par deux hamacs accrochés au plafond, et encombré d'outils, magazines, cassettes vidéo, rouleaux de câble et bouteilles vides de tord-plongeon – était maintenant « coquette et avenante », selon les termes de Link, même si Tusk pensait qu'elle ressemblait à une salle d'attente de dentiste.

Les compartiments à armes, gainés de plasticuir, servaient maintenant de sofas. Le sol était recouvert de moquette (usée). Un grand écran vidéo occupait les loisirs du voyageur blasé. Link voulait ajouter une cheminée artificielle « pour l'ambiance », mais Tusk avait menacé de l'expulser par le sas s'il insistait. La seule amélioration que Tusk approuvait totalement, c'était le nouveau bar, toujours bien garni par ses soins, au grand dam d'XJ. Mais l'ordinateur avait cessé de ronchonner en constatant les bénéfices qu'ils faisaient sur les alcools.

Malheureusement, c'était le seul domaine où ils faisaient des bénéfices. Les affaires étaient bonnes. La navette rapide était populaire auprès de ceux qui voulaient aller quelque part avec rapidité, ou qui désiraient débarquer sans que les services de l'immigration et des douanes remarquent leur arrivée. Ces gens acceptaient de payer le prix fort pour l'un ou l'autre de ces services, ou les deux. Avec une bonne gestion et des investissements sains, Tusk Link [1] vers les Etoiles (ainsi que l'avait astucieusement baptisé Nola) aurait pu rendre ses propriétaires aisés, sinon riches.

Mais pour Link, un investissement sain, c'était un tuyau increvable sur un cheval dans la septième. Quant à Tusk, la gestion consistait pour lui à dépenser ce qu'il avait quand il l'avait, et à économiser quand il n'avait pas. Nola aurait pu se charger de la comptabilité, mais elle travaillait à plein temps, élevait le bambin, et était de nouveau enceinte. XJ-27 tempêtait et fulminait sur l'état de leurs finances, mais à moins que les clients ne paient par carte de crédit, il arrivait rarement à mettre ses

1. Jeu de mots sur le nom du personnage, et *link* = lien. (*N.d.T.*)

micropuces sur l'argent. Et la plupart des clients payaient en liquide, pour ne laisser aucune trace de la transaction.

Certains enfants ont peur du loup-garou, des fantômes, ou du monstre qui vit dans le placard. Le jeune John, lui, avait peur du sombre individu connu chez les Tusca sous le nom d'Encaisseur de Créances.

Atteignant le niveau office-dentaire du Cimeterre, Tusk posa doucement son fils sur le sol et porta l'index à ses lèvres.

– XJ, lança Tusk, adoptant un ton désinvolte, il y a eu des appels pour moi ?

– Un. De... qu'est-ce que c'est que ça ?

– Qu'est-ce que c'est que quoi ? dit-il innocemment.

Avec un clin d'œil à son fils, il s'approcha du bar et cogna bruyamment des bouteilles.

– Le scotch est en baisse...

– Quelqu'un d'autre respire, déclara XJ, irascible. Et je détecte l'odeur révélatrice de couches mouillées. Tu as encore amené ton sale gosse !

Assis sur le pont, suçant son pouce, le jeune John attendait patiemment le moment de passer à l'action. Fils d'un pilote spatial et d'une ancienne conductrice de CAMION devenu guérillero, John Tusca connaissait la valeur d'une diversion et attendait que les pétarades commencent.

Tusk allait nier l'accusation, puis il changea d'avis.

– Ce n'est que pour une heure ou deux. Nola va voir le docteur, et on n'a pas trouvé de garde. Et il n'est pas mouillé. Il est propre maintenant. Enfin, la plupart du temps. Qui a appelé ?

– Je ne dirai rien, dit sèchement l'ordinateur. On n'est pas à la maternelle. Enlève ce petit tordu et nous discuterons affaires.

– Bon sang, XJ, John n'est pas un tordu ni un sale gosse. C'est mon fils – une personne, tout comme moi...

– Ah, en voilà une recommandation ! s'exclama XJ, avec un ricanement mécanique.

– ... et il faut le traiter avec respect, termina Tusk, élevant la voix. Tu vas lui donner un complexe d'infériorité ou autre chose, à parler comme ça. Les bébés comprennent bien plus de choses qu'on ne croit. Et maintenant, qui a appelé, bon Dieu ? C'était important ?

– Très. Urgent, en fait. Et je reconnais que le gosse a plus de bon sens que toi la plupart du temps, mais sa place n'est pas dans mon avion. Il tripote mes boutons !

– Je vais t'en faire voir, des boutons !

Tusk s'approcha du garde-corps séparant la passerelle du séjour en plasticuir-et-moquette-usée, et se pencha au-dessus du cockpit.

– Et qu'est-ce que ça veut dire, *mon* avion ? On est associés – toi, moi et Link. Et si un client a appelé et qu'on rate un voyage à cause de toi... C'était Lovason ? Il a dit qu'il aurait un déplacement important plus tard dans la semaine.

– Non, ce n'était pas Lovason. Et pourquoi une nouvelle grossesse ? Vous n'avez rien d'autre à faire tous les deux à part...

La diversion était meilleure qu'il ne l'espérait. Le jeune John passa à l'action. Rampant sur les coudes et les genoux pour ne pas attirer le feu, il traversa le pont jusqu'à l'un des placards. Puis il y eut une accalmie dans les hostilités. John se redressa, s'adossa au placard, et quand son père le chercha du regard, son pouce était revenu dans sa bouche.

– John, où... Ah, tu es là. Ne touche à rien.

John regarda son père avec cette innocence désarmante qui est la première ligne de défense des petits.

– Sois bien sage. Il ne touche à rien, XJ, alors n'embrouille pas tes circuits. Quant à la nouvelle grossesse, si ça te regarde, ce qui n'est pas le cas, Nola ne rajeunit pas, et le docteur a dit que si nous voulions un...

Un panneau s'ouvrit au bas du placard. Le jeune John passa la main dans l'ouverture. Ses petits doigts potelés se refermèrent sur le biscuit et le portèrent à sa bouche. Il le mastiqua en silence, sous le couvert de la discussion.

– Pas de ça avec moi, disait XJ. Je crois que vous vous êtes fait baiser, sans jeu de mots. Et comment penses-tu nourrir une nouvelle bouche quand tes créanciers font la queue d'ici jusqu'à l'Avant-Poste de l'Enfer, sans parler de l'assurance médicale qui est résiliée ?

– L'assurance résiliée ? Quand ? Comment ?

– Arrête de pleurnicher. La compagnie d'assurances aime être payée. Les gens sont comme ça. Si tu crois...

XJ s'arrêta au milieu de sa phrase. Son ton s'altéra.

– Oui, Seigneur. Ça fait plaisir de vous retrouver. Oui, il vient de rentrer. Si vous voulez bien attendre un instant, je vous le passe.

– Qui c'est ? demanda Tusk, glissant sur l'échelle jusqu'au cockpit. Seigneur qui ?

Par-dessus son épaule, il lança un regard inquiet au bambin, mais le jeune John, adossé au placard, fixait le vide avec la grave intensité de ses deux ans. Sa mère aurait remarqué qu'il était bien trop sage pour ne pas mijoter quelque chose, mais son père se félicita de ses dons pédagogiques. Il ne comprenait pas que Nola se plaigne tout le temps que John faisait des bêtises. Lui, Tusk, n'avait jamais aucun problème.

Il s'assit dans le fauteuil du pilote pour prendre la communication.

Le jeune John passa la main dans le compartiment secret, et prit deux biscuits.

– Général Dixter, dit XJ, subjugué.

Le Premier Lord de l'Amirauté parut sur l'écran, resplendissant dans son uniforme blanc, avec des rangées d'étoiles et de médailles étincelantes, une fourragère d'or sur l'épaule, toutes choses qui le rendaient imposant, sévère et étranger. Ce n'était pas le général sous lequel Tusk avait servi comme mercenaire pendant des années, ce n'était pas l'homme qui siégeait dans une roulotte étouffante au milieu du désert, buvant du cognac laskarien et lui parlant d'un prince né par une nuit de feu et de sang.

– Général ! Monsieur ! dit Tusk, se levant d'un bond pour saluer, avec une conscience aiguë de sa combinaison trempée de sueur.

– On lui dit « Seigneur », idiot ! dit XJ dans un registre grave qui portait quand même très bien.

– Je veux dire... Sei... Seigneur, bredouilla Tusk.

Dixter sourit, du même sourire chaleureux que Tusk connaissait bien, et qui était toujours un peu triste.

– Laisse tomber, Tusk. Nous nous connaissons trop bien pour ça.

Tusk vit alors les miettes de gâteau sur les revers, la tache de café au coude. Il se détendit, sourit, et s'assit.

– Ça fait plaisir de vous voir, Général, dit-il.

– Moi aussi, ça me fait plaisir. Diablement plaisir.

Dixter aussi parut se détendre ; ses yeux bruns se réchauffèrent au milieu de leur réseau de rides.

– Comment va Nola ?

– Bien, Général. Elle sera là dans une minute. Vous pourrez lui dire bonjour. Non, vous ne pourrez pas. J'oubliais. Elle ne peut plus passer par le sas. Elle... euh... est encore enceinte.

– Vraiment ? Félicitations ! Comment va mon filleul ?

– Il pousse comme la mauvaise herbe, Général. Je vais aller le chercher, si vous voulez....

– Pas question ! intervint sèchement XJ. Je ne veux pas de ce morveux dans mon cockpit !

– Oh, la ferme ! dit Tusk en se levant, toujours fier de montrer son fils

– Tout à l'heure, peut-être, dit Dixter. Je ne t'appelle pas seulement pour prendre des nouvelles, quoique je n'en aie pas depuis longtemps. Trop longtemps. Les affaires...

Il passa la main dans ses cheveux grisonnants, et entra brusquement dans le vif du sujet.

– J'ai besoin d'informations, Tusk. Je veux que tu fasses une petite enquête pour moi. Je voudrais en savoir plus sur un groupe qui s'est donné le nom de Légion Fantôme. C'est peut-être une organisation terroriste, ou paramilitaire... Qu'est-ce qu'il y a ? Tu sais quelque chose ?

– Bien sûr, Général. Ça m'étonne que vous n'en ayez pas entendu parler. Ils font de la publicité. J'ai reçu leur courrier électronique. Link aussi. Ils cherchent des pilotes.

– Tiens, tiens, murmura Dixter, plissant le front.

– Je suppose que vous n'avez pas beaucoup lu les offres d'emploi ces derniers temps, Général, dit Tusk.

Dixter, perdu dans ses pensées, semblait ne pas avoir entendu. Quand il revint à lui, il sourit, l'air penaud.

– Non, en effet. Tu crois que c'est là qu'ils ont trouvé ton nom ?

– Je suppose, fit Tusk, stupéfait. Je n'y ai pas réfléchi. Je reçois beaucoup de courrier.

– La plupart menaçant de nous couper l'eau, dit XJ.

Tusk lui décocha un regard meurtrier.

– Qu'est-ce qu'ils font ? fit Dixter. Qui sont-ils ? D'où viennent-ils ? Je suppose que tu n'as pas gardé leur message vidéo ?

– Si, justement, Général. Vous comprenez, ça avait l'air pas mal, et comme les affaires ne vont pas fort, et avec Nola enceinte et tout ça... bon... – Tusk avait l'air embarrassé – je me suis dit que ça pouvait servir.

Il fouilla dans ses cassettes vidéo sans cesser de parler.

– D'après leur boniment, Général, ils vivent sur une planète technologiquement sous-développée, et ils viennent de mettre la main sur des richesses immenses – une ressource quelconque très précieuse. Et ils ont peur d'être attaqués par des voisins plus forts. Cette Légion Fantôme – c'est bien le nom qu'ils se donnent – cherche des pilotes spatiaux pour les aider à défendre leur planète.

– Comment s'appelle cette planète ?

– J'ai oublié. Un nom bizarre. Je vous enverrai la cassette.

– Oui, j'aimerais bien voir ça. Toi et Link ? ajouta-t-il, fronçant les sourcils.

– Qu'est-ce qu'il y a de mal à ça, Général ?

– Je ne sais pas. Ça me paraît bizarre, c'est tout. Vous avez reçu ce courrier chacun séparément ? Pas sous le nom de votre entreprise ?

– C'est exact. Le mien est arrivé par XJ. A la maison, mon système est hors service.

XJ émit un bruit incongru.

– Et celui de Link est arrivé dans son propre avion...

Tusk siffla entre ses dents.

– C'est vrai que c'est bizarre. Je n'y avais jamais pensé. L'avion n'a pas volé depuis deux ans. Il ne peut pas. Il est saisi par un usurier. Mais il a concocté un logiciel de paris sur son ordinateur – on entre le nom du cheval, et il vous donne les cotes. Ça marche une fois sur cinq, comme on peut s'y attendre avec Link. Il n'arrête pas de changer le programme. Il le bricolait encore quand il a trouvé cette pub pour la Légion Fantôme.

– C'est drôlement bizarre, en effet, dit sombrement Dixter. Comment ont-ils eu vos noms et vos numéros ? *Moi*, je ne les ai donnés à personne. Tu le sais, Tusk. Vous étiez trop à être recherchés. Feu Derek Sagan, que le diable ait son âme, aurait donné un astronef pour mettre la main sur ces fichiers. Ce qui me fait penser...

Non. Tous ses fichiers sur les mercenaires ont été effacés après sa mort.

– Maintenant, je suis vraiment curieux. Je vais fouiner un peu, Général.

– Très bien, dit Dixter, hochant la tête. C'est ce que j'espérais. Sois discret. Tu t'intéresses au boulot, rien de plus. Tu gardes le contact avec les copains ?

– Avec Reefer, et Gorbag le Jarun. Je pourrais les joindre. Pour savoir s'ils ont reçu le même courrier ?

– Oui. Et, Tusk, réfléchis à deux fois avant de t'engager avec eux.

– Je suppose que vous n'allez pas me dire pourquoi.
– Dieu sait que je voudrais bien le savoir, fit Dixter.
Tusk attendit pour voir s'il ajouterait quelque chose. Il n'ajouta rien.
– Je peux peut-être vous aider, Général. Je vous contacterai dès que j'aurai quelque chose.
– Merci. Je te transmettrai mon code d'accès personnel. Il est sur brouilleur, alors ne t'inquiète pas des indiscrétions. Le gouvernement te paiera ton temps et tes frais. Embrasse Nola et le jeune John pour moi.
– Oui, Général. Merci, Général.
– Et, Tusk, sois prudent.
– Bien sûr, Général, dit Tusk, stupéfait.
L'image de Dixter disparut. Tusk continua à contempler l'écran vide.
– Qu'est-ce qui couve, d'après toi ?
– Mystère et boule de gomme. Mais ça n'a pas l'air d'être très lucratif, dit sombrement XJ. Et quand je pense à ce que ça va nous coûter pour contacter tes vauriens de copains. Ils sont dans doute en prison quelque part...
– Arrête de te plaindre. Dixter a dit qu'il nous rembourserait.
– C'est vrai. Il a bien dit ça, non ?
Les voyants de l'ordinateur clignotèrent joyeusement.
– Si on s'y prend bien, on pourra flouer le Trésor Royal pour un paquet.
– Ouais, et alors, c'est *moi* qui serai en prison.
– Au moins, ça stopperait ce cycle ininterrompu de reproduction. Ce qui me fait penser que Nola est arrivée. Ça fait cinq minutes qu'elle t'appelle.
– Zut !
Maintenant qu'il prêtait l'oreille, Tusk l'entendait. Quittant le fauteuil du pilote, il remonta au niveau séjour et se dirigea vers l'échelle menant au sas.
– Et emmène ton sale gosse ! hurla XJ.
Tusk grommela quelque chose qu'XJ n'entendit pas, et ce fut sans doute aussi bien. Prenant le jeune John sous son bras, il grimpa l'échelle.
– 'voir, Pépé, dit le bambin, agitant la main en direction du cockpit.
– Pépé ! répéta XJ, écœuré. Quand même, le petit aura besoin d'un modèle.
L'ordinateur referma le sas. Resté seul, XJ se livra à un rapide inventaire, fit une note :
« Acheter des biscuits. »

5

Tusk émergea dans le soleil éclatant de Vangelis, et se laissa glisser le long de l'échelle, le jeune John sous le bras.

– Ce n'est pas un sac de patates, dit Nola, libérant son fils de sa position précaire. Et si tu avais glissé ?

– Je ne glisse jamais. J'ai le pied sûr comme une panthère, dit Tusk, qui l'embrassa en lui tapotant le ventre. Qu'a dit le docteur ?

Nola le regarda d'un drôle d'air, et fronça le nez, ce qui fit danser ses taches de rousseur.

– Il vaudrait mieux que tu t'asseyes. On pourrait peut-être attendre de rentrer à la maison.

– Impossible. J'ai du boulot. Dixter a appelé. Alors, qu'a dit le docteur ?

– Dixter ? Le Général Dixter ? Qu'est-ce qu'il veut ?

– Plus tard. On pourrait boire une bière au club.

– Une bière pour *toi*. Pour moi, ce sera de l'eau.

Ils traversèrent le tarmac brûlant, en direction de la cabane préfabriquée pompeusement baptisée « club ».

A cette heure, le club – qui consistait en un distributeur de sodas, un distributeur de bière, des tables en bois, des chaises branlantes, et quelques vieux flippers – était désert. La bière était fraîche, la salle raisonnablement propre et climatisée. Enfin, il faisait moins chaud que dehors. Mais, comme disait Tusk, un four aurait été moins chaud que dehors.

Nola alla aux toilettes. Tusk prit une bière pour lui, une eau minérale pour sa femme, et un jus de fruits pour le petit, qui finirait en grande partie sur sa chemise.

– Alors, qu'a dit le docteur? répéta Tusk, qui commençait à s'inquiéter.

Nola s'assit, posa sa main dorée par le soleil sur la main noire de son mari, et le regarda dans les yeux.

– Des jumeaux.

La mâchoire de Tusk s'affaissa.

– Eh oui, chéri, dit vivement Nola. C'est dans ta famille. Ta mère me l'a dit la dernière fois qu'elle est venue nous voir. C'est donc uniquement ta faute.

– Des jumeaux, répéta Tusk, assommé.

Le visage de Nola s'adoucit. Elle lui caressa la main.

– Désolée, mon chéri.

Tusk eut un sourire forcé.

– Bon sang, c'est de ma faute, comme tu dis.

– Non, je ne pensais pas à ça. Je suis désolée d'avoir ce bébé. Ces bébés. Et en ce moment, en plus.

– On était d'accord, n'oublie pas. Et j'ai participé au processus. Participation majeure.

Il embrassa sa femme et lui serra la main très fort.

– Je suis fou de joie, ma chérie. Je t'assure.

– La situation se présentait si bien, à l'époque...

– T'en fais pas, chérie. On s'en remettra. Tout ira bien. On a été dans des situations pires que ça.

– Oui, mais en général, on nous tirait dessus, dit Nola, taquine.

Cela ne fit pas rire Tusk. Il fixait sa bouteille de bière, la remuant sur la table. Nola reconnut les signes.

– Tusk..., commença-t-elle, mais à ce moment, le jeune John s'approcha et demanda son jus d'orange.

Nola le fit boire, puis le rattrapa comme il allait s'éloigner en chancelant sur ses petites jambes.

– Tusk, tu lui as donné des biscuits! Et tu sais que c'est mauvais pour ses dents.

– Je ne lui ai rien donné, protesta Tusk.

– Alors, c'est quelqu'un d'autre, dit sévèrement Nola, tournant l'enfant vers lui. Regarde-moi ça. Il a des miettes plein sa chemise. Et encore la moitié d'un biscuit dans la poche de son pantalon.

– Ce n'est pas moi, dit Tusk, lorgnant ces preuves accablantes. Peut-être Nan, à la laverie.

– Qui t'a donné les biscuits, Johnny? demanda Nola, le prenant sur ses genoux.

Surpris par l'ennemi, le jeune John fit un vaillant effort pour protéger ses sources.

– Flipper, dit-il – nouveau mot dont il était très fier. Il regarda son père avec espoir, tout en gigotant pour échapper à l'emprise de l'interrogatrice.

– Papa, jouer.

– Pas maintenant, dit Tusk, lui ébouriffant les cheveux. Tout à l'heure, peut-être..

– John, qui t'a donné les biscuits ? Non, non, plus de jus d'orange. Dis-le à Maman.

Ainsi, ce serait la torture. John lorgna le jus d'orange, poussé de l'autre côté de la table, juste hors de sa portée. Il abandonna son complice à son destin.

– Pépé, dit le bambin, tendant les mains vers la bouteille.

– Pépé ? De qui parle-t-il ? demanda Nola, perplexe.

– Mystère et boule de gomme, dit Tusk. Ah, j'y suis, ajouta-t-il aussitôt. XJ !

– Tu plaisantes !

– Le vieux salopard hypocrite ! Il n'arrête pas de déblatérer contre le gosse, et il lui glisse des biscuits en douce ! Parfait, poursuivit-il en se frottant les mains. Je ne dirai rien, pour le prendre sur le fait. Ah ça, il me le paiera !

– A ce moment-là, préviens-moi. J'aurai deux mots à dire à « Pépé ». Bon, va jouer, Johnny, dit-elle, le reposant par terre et mangeant distraitement le reste du biscuit. Qu'est-ce qui ne va pas, Tusk ?

– Dis tout à Maman ? demanda Tusk en souriant.

– Ou plus de bière, sourit-elle en prenant la bouteille.

– Je pensais à reprendre du service, dit-il, sans la regarder.

– Chez les mercenaires ? dit-elle, pâlissant sous ses taches de rousseur.

Tusk hocha la tête, but une rasade, grimaça.

– C'est chaud, cette saloperie.

– C'est pour ça que Dixter t'a appelé ?

– Oui. Non. Enfin, si on veut. Il voudrait que je me renseigne sur une organisation. La Légion Fantôme. Je t'en ai parlé. Je t'ai montré leur vidéo.

– Oui, mais tu ne penses pas sérieusement à t'engager ? demanda-t-elle, le regardant anxieusement.

– On est dos au mur, chérie, dit Tusk, lui reprenant la main. J'ai appris aujourd'hui qu'on n'a même plus d'assurance médicale... Juste une mission. Le temps de nous remettre en selle.

– Mais si Dixter te demande de te renseigner sur cette Légion Fantôme, c'est qu'il lui trouve quelque chose de louche.

– Non. Renseignements de routine.

Tusk bénit sa peau noire, et pas pour la première fois. S'il avait eu la peau blanche, il aurait rougi jusqu'aux yeux, et Nola aurait détecté son mensonge instantanément.

Malgré tout, elle le regardait avec insistance.

– La routine ? Dixter a plus de mille personnes sous ses ordres, sans parler des espions de toutes les formes, races et nationalités, et il fait appel à toi pour une vérification de *routine* ? Tu me caches quelque chose.

– Juste la routine, je te jure. Il sait peut-être qu'on est dans le pétrin et veut nous faire gagner un peu de fric. Cette Légion Fantôme propose un paquet de blé. Un gros, gros paquet. Plus que je ne pourrais gagner en un an. Et tout sera pour nous. On n'aura pas à partager avec Link. On le placera, et on en vivra jusqu'à ce que nos affaires reprennent.

– *Si* tu reviens vivant, dit sombrement Nola.

Si je ne reviens pas, ils promettent de verser une pension à la famille, faillit dire Tusk, mais il jugea plus prudent de se taire. Craignant qu'elle ne lise sa pensée dans ses yeux (elle lui avait fait le coup plus d'une fois), il profita de l'occasion pour s'excuser.

– Je vais aux chiottes, dit-il.

Il y resta le temps de redevenir l'ancien Mendaharin Tusca, désinvolte et tête brûlée, ci-devant mercenaire, qui avait vaincu un puissant Seigneur de la Guerre, vaincu de cruels extraterrestres d'une autre galaxie et aidé à mettre un roi sur le trône. Ouais. C'était la belle vie. Juste lui et XJ-27. Tant qu'il avait du fric pour le tord-plongeon et les pièces détachées de l'avion, c'était cool. Maintenant, il avait une femme, un enfant, deux autres en route... Ça semblerait bon de retrouver son ancienne vie, même si ce n'était pas pour longtemps.

Sortant des toilettes, il vit Nola, l'enfant sur les genoux, qui lui fredonnait une berceuse. Les larmes lui montèrent aux yeux. Incroyable ce qu'il pouvait l'aimer, aimer son fils. Oui, il avait vaincu un Seigneur de la Guerre, mis un roi sur le trône, mais qui avait combattu à son côté ? Elle. La pensée de la quitter, de quitter son fils, peut-être pour longtemps, peut-être pour toujours...

S'approchant, il lui posa la main sur l'épaule, la serra contre lui. Elle se mit à pleurer.

– Je ne partirai pas, dit-il, la prenant dans ses bras. Pas sans toi. Je ne sais pas pourquoi j'ai pensé que je pourrais.

6

Dion Clairfeu étudiait son image dans un miroir en pied. Il s'observait d'un œil critique, ajustant les manches de son uniforme noir pour qu'en dépassent à peine les manchettes blanches. Il secoua ses épais cheveux blond vénitien, qu'il portait mi-longs, comme une crinière léonine. Ces cheveux roux étaient devenus son symbole. Ça, et le soleil à face de lion.

Dans la glace, il vit approcher un roboserf avec une écharpe pourpre.

– Non, dit Dion, sans quitter des yeux son image. Je ne la porterai pas aujourd'hui, ni les médailles.

– Très bien, Sire. Puis-je m'enquérir si Sa Majesté a l'intention d'être en grande tenue pour le dîner de gala ?

– Oui, les média seront là.

La porte du dressing s'ouvrit derrière lui. Dion le vit dans le miroir, vit la personne qui entrait. Sa femme. Elle aussi était parfaitement vêtue, parfaitement coiffée. Ils étaient toujours parfaits quand ils se rencontraient.

Il ne se retourna pas, regarda ses yeux dans la glace.

– Bonjour, Madame, dit-il avec un sourire poli.

– Bonjour, Sire, répondit Astarté avec froideur, inclinant légèrement sa jolie tête.

Les usages devaient être observés devant témoins, même si le témoin n'était qu'un robotserf. Des reporters avaient déjà tenté de dissimuler des caméras dans ces robots. Leurs chances de réussir étaient très minces, mais Leurs Majestés préféraient ne pas prendre de risque.

Astarté entra, regarda Dion, un sourire de commande

sur le visage, et, dans les yeux, une expression que son mari connaissait bien.

– Ce sera tout, Simmons. Nous partirons dans l'heure.

– Très bien, Sire. Vos Majestés.

Le robot fit clignoter ses lumières par déférence envers le roi et la reine, roula jusqu'à la porte qu'il referma doucement derrière lui.

– Vous partez ce matin ? demanda Astarté dès qu'ils furent seuls. Où allez-vous ?

– Je vous demande pardon, Madame, dit Dion, parlant à son reflet tout en ajustant ses manchettes. J'ai dit à d'Argent de vous remettre une copie de mon itinéraire. S'il ne l'a pas fait, je...

– Oh, il l'a fait, soupira Astarté, croisant les bras.

Dion haussa les épaules, feignant de ne pas comprendre.

– Alors, vous savez que je vais à l'Académie, pour la cérémonie officielle d'inauguration. J'en suis le fondateur. C'est mon devoir.

– Je sais *où* vous allez...

– Alors, pourquoi le demander, Madame ?

– Nous aurions pu y aller ensemble, dit-elle doucement.

Une légère rougeur colora les joues pâles de Dion. Il baissa les yeux, feignant de boutonner une manchette.

– Oui, ma chère, j'y ai pensé. J'ai envoyé mon secrétaire discuter de nos emplois du temps avec la vôtre. D'Argent m'a dit qu'il y avait des conflits...

– Votre secrétaire ! Ma secrétaire !

Astarté vint près de lui, le fixa avec insistance.

– Pourquoi ne nous parlons-nous jamais ? J'aurais pu déplacer certaines obligations, les retarder. Rien n'était très important. Nous aurions pu voyager ensemble.

Elle posa la main sur le bras de son mari. Dion se crispa à ce contact, recula d'un pas. Il réalisa ce qu'il avait fait seulement en voyant la main de sa femme tendue dans le vide. Il vit son visage... dans le miroir.

Astarté était très belle. Ses longs cheveux noirs artistement tordus en rouleaux et en coques qui avaient quelque signification religieuse – il ne savait pas laquelle, il n'avait jamais demandé – encadraient un visage délicat à l'ovale parfait. Elle avait de grands yeux, couleur du vin de Porto, assombris par de longs cils noirs. La bouche sensuelle était bien formée. Elle avait la poitrine ronde, la taille fine, les hanches minces. Elle était de petite taille, mais extrêmement bien proportionnée, et, par des artifices vestimentaires, paraissait plus grande qu'elle ne l'était.

Fille d'une mère guerrière – DiLuna, souveraine du riche et puissant système de Cérès – Astarté n'était pas du tout ce que Dion attendait, quand il l'avait épousée sans la voir, presque trois ans plus tôt. Sa mère était une guerrière de haute taille, aux jambes longues, forte comme un homme, violente, orgueilleuse, dure en affaires. La plupart de ses nombreuses filles (DiLuna dédaignait de donner naissance à des mâles) lui ressemblaient.

Astarté était différente. Peut-être parce qu'elle était Grande Prêtresse de son peuple. Ou peut-être était-elle devenue Grande Prêtresse à cause de cette différence. Dion ne savait pas. Là encore, il n'avait pas demandé. Elle était l'incarnation de la féminité, de la mère nourricière.

Sans bébé à nourrir.

Dion sut immédiatement où conduisait cette querelle – au même endroit que les autres. La chambre à coucher.

– Je suis désolé de ce malentendu, Madame. Je me fiais à ce que d'Argent m'avait dit. A ce que lui avait dit votre secrétaire. La prochaine fois, peut-être. Et maintenant, si vous voulez bien m'excuser, j'ai plusieurs appels à faire avant de partir.

Il fit deux pas vers la porte, mais elle se planta devant lui, la main sur son bras. Cette fois, il se força à ne pas bouger.

– Eh bien, Madame, dit-il, s'efforçant de dissimuler son irritation, que voulez-vous ? Faites vite, je vous prie...

– Pourquoi n'avez-vous pas visité notre lit depuis un mois, Dion ? demanda-t-elle. Pourquoi ?

Dion, conscient de son reflet dans la glace, arbora un sourire de commande.

– Vous savez comme je suis occupé, Madame. Je suis debout jusqu'à des heures impossibles. Je sais que vous êtes très occupée aussi. Je ne veux pas vous déranger...

– Me déranger ! Je vous parle de faire l'amour et vous craignez de me déranger ! Nous n'aurons jamais d'enfant si vous n'êtes pas pour moi un mari.

– Je me suis conduit en mari, dit Dion, s'écartant de sa femme, et prenant des gants blancs qu'il avait presque oubliés. Pendant deux ans, dit-il, en enfilant un, j'ai fait fidèlement mon devoir.

– Votre devoir ! répéta Astarté en le suivant. C'est tout ce que c'est pour vous – un devoir !

– Et qu'est-ce que c'est pour vous ? demanda-t-il doucement, levant les yeux de son gant pour la regarder.

– Je... commença Astarté, puis elle se tut.

– Nous en avons discuté lors de notre nuit de noces, dit Dion, prenant l'autre gant. Vous ne m'aimez pas. Je ne vous aime pas. Nous n'en avons jamais fait un secret l'un pour l'autre. Ce fut un mariage politique. Votre mère a eu ce qu'elle voulait. J'ai eu ce que je voulais...

– Et moi ? demanda doucement Astarté.

– Vous êtes reine de la galaxie, ma chère, dit Dion avec un sourire amer. Et maintenant, si vous m'excusez...

Astarté lui reprit le bras, le força à se tourner vers elle.

– Nous sommes la fable des média. « Quand un héritier royal naîtra-t-il ? », « Près de trois ans, et la reine n'est pas enceinte. », « Est-ce lui ? Est-ce elle ? », « Le roi passe des examens médicaux », « Rien ne laisse à désirer chez l'un ou l'autre ». Rien, sinon que nous faisons chambre à part !

– Il y a d'autres moyens, Madame, dit Dion, maîtrisant son impatience. Nous en avons déjà discuté. L'insémination artificielle...

– C'est contraire à ma religion ! Vous le savez !

– Ce n'est pas contraire à la mienne, rétorqua Dion.

– Un enfant doit naître de l'union d'un homme et d'une femme. Pas de l'union d'une femme et d'une éprouvette. Et voilà encore autre chose. Vous aviez promis de favoriser le culte de la Déesse. Autre promesse non tenue. Comme la promesse de fidélité à votre épouse !

Dion pâlit de colère ; ses yeux se durcirent, prirent le bleu de la glace, comme un lac gelé sous les nuages d'hiver. Il prit une profonde inspiration, expira lentement.

– Je vous ai été fidèle, Madame, dit-il, la voix vibrante de tension. Vous le savez.

– Fidélité du corps, peut-être, dit-elle, le repoussant brusquement. Mais pas de l'âme.

Dion la regarda, serrant les lèvres pour retenir les mots qu'il était tenté de dire. Elle le regarda, tête haute, menton agressif. Lentement, elle se redressa, se raidit.

Elle croisa les bras, ne cilla pas. Ce fut Dion qui baissa les yeux le premier. Il la salua de la tête, ouvrit la porte et sortit.

Dion entra dans son bureau par une porte uniquement accessible de ses appartements privés. Appartements étroitement surveillés, tant pour sa sécurité que pour son intimité. Seuls des amis, tels que Dixter, ou des parents, comme la mère de la reine, y avaient accès.

Les bureaux de Leurs Majestés étaient situés dans ce qu'on appelait la partie publique du Palais de Cristal. En fait, le public avait autant de chances d'entrer dans cette partie du palais que d'entrer dans la chambre forte où l'on conservait les bijoux de la couronne. Entrant dans son bureau, tandis que les gardes se postaient devant la porte, Dion put enfin se détendre. Il ôta ses gants trempés de sueur, les jeta sur le bureau, se passa la main dans les cheveux. Il constata avec surprise qu'il tremblait. Il aurait aimé se jeter dans son fauteuil, prendre sa tête douloureuse dans ses mains, jouir de sa solitude, de son malheur, de sa frustration et de sa colère. Mais ces petits luxes lui étaient déniés. Il repensa à ce qu'il avait dit à sa femme. Reine de la galaxie. Elle pouvait avoir tout ce qu'elle voulait. Lui aussi. Tout – sauf ce qu'il désirait le plus.

Il pressa un bouton. Un vidécran s'alluma.

– Bonjour, Majesté, dit la voix de son secrétaire.

– Bonjour, d'Argent, fit Dion en souriant.

L'air et la voix calmes de d'Argent furent comme un baume pour ses blessures. Rien ne troublait jamais d'Argent, rien ne le perturbait. Quelle que fût la crise, le secrétaire demeurait calme, détaché, distant.

La porte extérieure du bureau s'ouvrit et d'Argent entra en silence. Il était de taille moyenne, mince, blond, et toujours en complet de lin blanc, chemise blanche et souliers blancs. Seule changeait journellement la couleur de sa cravate, selon quelque code connu de lui seul.

Aujourd'hui, elle était verte.

– L'Amiral Dixter attend, Sire. Dois-je l'introduire ?

– J'ai rendez-vous avec lui ?

– Non, Sire. Il a sollicité une audience hier, après votre départ. J'ai pris la liberté de lui dire que vous le recevriez ce matin à la première heure.

– Faites-le entrer. Je suppose qu'il ne vous a pas dit de quoi il s'agissait ?

– Non, Sire.

D'Argent sortit, et revint avec Dixter, le pilotant autour des meubles, à travers un immense tapis, jusqu'à un massif bureau sculpté.

– Amiral John Dixter, annonça-t-il, cérémonieux.

Quand Dixter fut assis, d'Argent resta un instant pour s'assurer que le Premier Lord de l'Amirauté ne manquait de rien, puis il s'éclipsa.

– Comment allez-vous, Amiral ?

– Bien, Majesté. Très bien. Merci de votre intérêt.

Dixter s'éclaircit la gorge, rougit, remua avec gêne.

Disparue la familiarité d'antan, bien que Dion fût moins cérémonieux avec ses vieux amis qu'avec les autres, utilisant avec eux le pronom « je », au lieu du « nous » de majesté. Maintenant, des barrières existaient entre eux. Ils le savaient, et l'acceptaient comme un mal nécessaire. L'une était évidente – barrière de lumière émanant d'une couronne d'or. L'autre était moins tangible, mais peut-être plus impénétrable – l'adolescent que Dixter appelait autrefois son fils était devenu un homme. Et son roi.

– Comment allez-vous, Majesté ? demanda Dixter par politesse, le regardant avec inquiétude.

– Très bien, dit Dion avec froideur, irrité de n'avoir pas bien masqué son tumulte intérieur. Je pars tout à l'heure pour l'Académie. Ce soir a lieu la cérémonie d'inauguration. La rénovation est terminée. Nous avons agrandi la bibliothèque. La nouvelle aile sera dédiée à Platus Morianna. Et j'inaugurerai le monument à la mémoire du Seigneur Sagan et de Dame Maigrey.

– Oui, Sire, fit Dixter avec réserve. Cela leur ferait plaisir, j'en suis certain.

Dion attacha un regard pénétrant sur son vieil ami, croyant détecter une nuance bizarre dans sa voix. Mais l'amiral resta impassible. Dion se reprocha sa méfiance. Je commence à soupçonner tout le monde de manœuvres tortueuses, de motivations cachées. A l'évidence, Dixter ne voulait rien dire de plus que ce qu'il avait dit.

– Sa Majesté vous accompagne, Sire ?

– Non, dit Dion d'un ton bref.

Il se leva et s'approcha de la fenêtre.

– Qu'aviez-vous à me dire, Amiral ? dit-il en se retournant. Asseyez-vous, je vous prie.

Personne ne restait assis devant le roi. Dion retourna à son bureau. Dixter reprit place dans son fauteuil.

– Vous vous rappelez le rapport des services secrets – stipulant qu'un certain groupe s'intéressait à l'acquisition d'une bombe à rotation spatiale ?

– Oui, je me rappelle, dit Dion, fronçant les sourcils. Vous avez mis votre plan à exécution ? Pour les obliger à se découvrir ?

– Oui, Majesté. J'ai engagé Xris et son commando pour transférer la fausse bombe chez Snaga Ohme. Tout a été fait pour donner le change, dans le plus grand secret, avec la sécurité maximale. Le bruit s'est répandu quand même. Nous connaissons maintenant la personne impliquée, nous savons où la fuite a eu lieu. Malheureusement, nous sommes arrivés trop tard pour l'arrêter.

« Le groupe a pris contact avec l'homme de Xris – le Loti Raoul, censément le maillon faible. Trois ex-pilotes spatiaux ont payé une grosse somme pour les plans de la maison de Snaga Ohme et des jardins, des dispositifs de sécurité. Raoul leur a donné ce qu'ils demandaient – là encore, suffisamment pour donner le change. Son partenaire, l'empathe, l'accompagnait et a lu dans l'esprit des pilotes. Apparemment, Majesté, le groupe derrière tout cela est connu sous le nom de...

– Légion Fantôme, dit Dion.

La mâchoire de Dixter s'affaissa.

– Vous saviez ?

– Non, dit Dion, secouant la tête. Je n'en ai jamais entendu parler. Et pourtant, j'en ai entendu parler. Ou plutôt, j'ai *entendu* le nom.

Décroisant les mains, il considéra les cinq cicatrices de sa paume droite. Dixter, notant le geste, comprit.

– Quand vous avez utilisé la lame-sang.

– Oui. Des pensées étranges me viennent à l'esprit. Des images bizarres, des événements inquiétants. Pas une voix, pas comme celle d'Abdiel.

Il fronça les sourcils au souvenir de ce qui était encore douloureux et le serait sans doute toujours.

– C'est comme si une autre conscience effleurait la mienne. Je vois l'ombre de ce qu'elle pense. Ce nom m'est venu à l'esprit un instant avant que vous le prononciez. Pourtant, je jure que je ne l'avais jamais entendu avant. Je ne sais pas ce que c'est, ni ce que ça signifie.

Il se tut, réfléchissant. Puis, haussant les épaules, il secoua le froid contact fantomatique qui semblait lui effleurer la nuque.

– Désolé, Amiral. Cela n'a rien à voir avec l'affaire.

– Peut-être que si, fit Dixter, ironique. Voyez-vous, Majesté, ils ont réussi.

– Réussi à cambrioler la maison de Snaga Ohme ! dit Dion, stupéfait. C'est impossible ! Il faudrait une armée, et encore...

– Ce n'était pas une armée, Majesté. Je ne sais pas ce que c'était, à parler franchement. Personne n'a rien vu. Rien entendu. Sauf que la bombe a disparu. Personne n'a été blessé. Les rapports ont été analysés par les soi-disant experts, mais ils ne m'ont donné que des théories toutes plus tirées par les cheveux les unes que les autres. Allant d'un nouveau type de sonde à l'astronef microscopique, en passant par les fantômes. Je vous ai transféré les fichiers. Vous pourrez en prendre connaissance.

– Ils ont volé la bombe ?

– J'en ai peur, Majesté.

Dion garda le silence, assimilant l'information.

– Ils savent donc maintenant qu'ils ont été dupés, que c'était un piège, dit-il enfin. Ils savant maintenant qu'ils détiennent une fausse bombe. Et comme la vraie bombe n'était pas là, ils vont continuer à la chercher.

– Et ils nous ont prouvé, Sire, qu'ils peuvent entrer n'importe où.

– Mais, comme dirait XJ, la galaxie est sacrément grande. Ils pourraient chercher la bombe pendant des siècles sans la trouver. Qu'ont-ils accompli ? A part de nous faire savoir qu'ils la cherchent ?

– C'est peut-être la seule chose qui leur importe.

– Ainsi, vous pensez qu'ils font pression sur nous pour que nous déplacions la vraie ? Pour nous pousser à la faute ?

– A parler franchement, Majesté, soupira Dixter, je n'ai pas la moindre idée de ce qu'ils attendent de nous. Mais votre supposition est la plus logique.

– Comment avez-vous réagi ?

– Nous continuons à enquêter. Mais en dehors des circuits officiels. J'ai demandé à Tusk de se renseigner.

– Tusk ? dit Dion, souriant aux souvenirs qui l'assaillirent. Comment va-t-il ? Et Nola ? Et le bébé ? Votre filleul, si j'ai bonne mémoire.

– Oui, Majesté, fit Dixter, heureux qu'il n'ait pas oublié. La santé va bien. Les finances, c'est autre chose.

– C'était à craindre, à s'associer avec Link. Ainsi, Tusk essaie de retrouver la trace de cette Légion Fantôme.

– Inutile. Ce sont eux qui ont retrouvé la sienne. Ils font de la publicité, ouvertement, semble-t-il. Ils cherchent des pilotes. Tout est dans le rapport.

– Ils ne sont pas tombés loin, n'est-ce pas, Amiral ? Je n'ai pas vu Tusk depuis des années, mais s'ils savent que nous avons été très liés...

– Peut-être, Sire. Mais peut-être pas. Ce pourrait être une coïncidence. Tusk n'a pas été le seul contacté. Link aussi.

– Mais comment ont-ils obtenu leurs noms ? Vos fichiers sont restés secrets, si j'ai bonne mémoire.

– Oui, et ça aussi, c'est étrange. Parce que mes fichiers *étaient* secrets.

– Encore des fuites à la sécurité.

– C'est incontestable.

– Et ensuite, ils s'en servent sans vergogne, ouvertement. Cela n'a pas de sens, dit Dion, branlant le chef. Que va faire Tusk ?

– Il va faire celui qui est intéressé, voir qui ils sont, ce qu'ils offrent.

L'U-com bourdonna.

– Oui, d'Argent ? répondit Dion.

– Pardonnez cette interruption, Sire, mais il est temps de partir.

– Oui, d'Argent. Merci.

John Dixter s'était déjà levé.

– Désolé de vous avoir importuné avant votre départ, Majesté, mais j'ai pensé que vous deviez être averti.

– J'étudierai ces rapports pendant le voyage. Faites-moi savoir immédiatement ce que Tusk aura découvert.

– Oui, Majesté.

Le roi accompagna l'amiral jusqu'à la porte. Une fois là, Dixter fit une pause, ouvrit la bouche, hésita.

– Qu'y a-t-il, Amiral ? Vous avez autre chose en tête. Je le sens depuis votre entrée.

– Juste une suggestion, Majesté.

Dixter fixa sur Dion un regard pénétrant et ajouta :

– Je pense que vous devriez discuter de ce problème avec l'archevêque.

7

Tusk raccompagna sa femme et son fils endormi à leur maison, qu'un cadeau du roi – en reconnaissance des services de Nola Rian et de Mendaharin Tusca – leur avait permis d'acheter. Mais elle avait été hypothéquée pour effectuer le premier paiement du nouveau moteur antigrav du Cimeterre.

Au moins, pensa Tusk, pilotant l'hoverjeep déglinguée sur le tarmac défoncé de l'astroport, ce que lui rapporterait ce boulot pour Dixter permettrait de payer la prochaine traite. Après ça... il se présenterait bien quelque chose.

– Ce sale gosse est avec toi ? demanda XJ, soupçonneux, quand Tusk se laissa glisser le long de l'échelle intérieure.

– Non, il fait sa sieste, répondit Tusk.

Il faillit demander un biscuit, mais il se retint. Ce renseignement valait de l'or. Il attendrait le moment propice – quand il aurait vraiment besoin de quelque chose – pour asséner, sans crier gare, le scandale des biscuits au « Pépé » sans défiance.

Il continua à fouiller dans sa discothèque, à la recherche de la vidéo que la Légion Fantôme lui avait adressée. Elle devait être dans le fond, derrière les disques destinés à la distraction des passagers.

– Des nouvelles de Link ? demanda-t-il à XJ.

– Il a appelé pour voir si on avait des clients. J'ai dit qu'ils faisaient la queue d'ici à Akara. Alors il a dit, bon, qu'il retournait dormir, dit XJ d'un ton inquiétant.

Tusk grogna. Trouvant enfin le disque, il l'inséra dans la machine.

– Tu ne lui as pas parlé de Dixter, au moins ?

– Si tu veux voir un imbécile, regarde dans la glace, pas par ici, rétorqua sèchement XJ.

L'ignorant, Tusk visionna la vidéo, avec attention cette fois. C'était le boniment standard. Un officier très professionnel, mais aux manières suaves – répondant au nom de Capitaine Dallen Masters – assura Tusk par son nom (inséré automatiquement par le programme informatique) que lui (le Capitaine Masters) avait entendu dire merveille des capacités de pilote de Tusk, raison pour laquelle Tusk avait reçu cette invitation, uniquement adressée à quelques rares élus de la galaxie. Le Capitaine Masters serait heureux et fier si Tusk acceptait de rejoindre leurs rangs. Le Capitaine Masters l'assurait (lui, Tusk) qu'il (Masters) n'avait d'autre aspiration dans la vie que de voler avec lui (Tusk).

– Intéressant, murmura Tusk, continuant à visionner. Il utilise mon sobriquet, jamais mon nom.

– Et alors ? Qu'est-ce que ça prouve ? demanda XJ par l'intermédiaire de sa girafe, agitant ses petits bras.

– J'sais pas, dit Tusk, haussant les épaules. Peut-être que Dixter avait raison. Qu'ils ont piqué nos noms dans ses vieux fichiers de pilotes mercenaires. S'ils m'avaient trouvé dans les fichiers officiels de Sagan, j'aurais été inscrit sous mon vrai nom, Mendaharin Tusca, Capitaine...

– Déserteur, caqueta XJ. Recherché pour le vol d'un Cimeterre. Récompense pour toute information permettant son arrestation et sa condamnation. Ils cherchent de bons pilotes, pas de bons condamnés.

– Qu'est-ce que ça peut faire maintenant ? C'est de l'histoire ancienne. Sagan est mort, et le passé est mort avec lui. De plus, ajouta Tusk, bombant le torse, ceux qui ont risqué leur vie pour combattre la dictature sont des héros maintenant. J'ai été décoré de l'Etoile Royale.

– Tu es un imbécile royal. Tu es tombé dans ce pétrin à reculons et sur le cul, seule raison pour laquelle tu as survécu. Ça, et le fait que j'étais là pour te tirer d'affaire...

– La ferme. Ils vont donner un numéro d'info dans une minute. Tâche de l'enregistrer.

Un numéro clignota sur l'écran. Le Capitaine Masters donnait à entendre qu'il ne considérerait pas la vie comme digne d'être vécue si Tusk ne donnait pas suite dans un proche avenir. Il termina sur un salut impeccable.

– Tu as noté ce numéro ?

– Ouais. J'espère que c'est un appel gratuit.

– C'est gratuit. De plus, Dixter a dit qu'il nous rembourserait, dit Tusk, se dirigeant vers le cockpit.

– C'est vrai, remarqua joyeusement XJ.

– Tu n'as pas l'intention de débiter Dixter d'un appel gratuit, non ? dit Tusk, foudroyant la girafe du regard.

– L'idée ne m'est jamais passée par les circuits, protesta XJ, ses voyants clignotant d'indignation. Mais je vois qu'elle t'est venue.

– Pas du tout. Mais je connais ta tournure d'esprit. Tu connectes ? dit-il, s'asseyant dans le fauteuil du pilote.

– C'est en train. Voilà. Et ne te gêne pas pour parler aussi longtemps que tu voudras, dit XJ, exceptionnellement magnanime. Après tout, ce n'est pas nous qui payons.

– Ouais, c'est Dixter, je parie, grommela Tusk.

– On veut savoir en quelle langue tu veux communiquer, l'informa XJ.

– Militaire standard, dit Tusk.

Le Capitaine Masters en personne apparut sur l'écran.

– Merci d'appeler la Légion Fantôme, dit-il d'une voix précise. Nous sommes en période de recrutement. Si vous êtes un pilote, intéressé par l'aventure et l'occasion de gagner beaucoup d'argent, virez mille aigles d'or au compte dont nous entrons maintenant le numéro dans votre ordinateur et nous vous enverrons les coordonnées où vous rendre pour l'évaluation. Cette somme est destinée à couvrir les frais de dossier et n'est pas remboursable. Vous pouvez effectuer le virement.

L'image disparut. Tusk siffla entre ses dents.

– Mille oiseaux. Je suppose qu'ils veulent décourager les plaisantins. Qu'est-ce que tu attends ? Fais le virement.

– Tu as remis ça avec le tord-plongeon ? dit XJ, frisant le court-circuit. On n'a pas un seul aigle d'or sur notre compte, et encore moins mille... Aah, je suis grillé.

– Qu'est-ce qu'il y a ? dit Tusk, alarmé.

– Il y a dix mille aigles d'or sur le compte...

– Dixter, dit Tusk, croisant les bras.

– Mais oui ! Où avais-je la tête ? dit XJ, clignotant de tous ses feux. Ça va me payer de nouveaux logiciels...

– Tu fais le virement ou quoi, merde ! dit Tusk.

– Merci... Tusk, dit le Capitaine Masters, reparaissant sur l'écran. J'ai reçu votre virement. Vous vous présenterez aux coordonnées actuellement transmises à votre ordinateur, où vous serez accueilli par un de nos représentants. D'après nos calculs, basés sur votre position actuelle dans la galaxie, nous estimons que le voyage vous prendra... – courte pause – une semaine, temps militaire.

« Si vous n'êtes pas arrivé à minuit le – nouvelle pause, puis il donna une date, à exactement une semaine du jour où Tusk appelait – nous en déduirons que vous n'êtes pas intéressé et nous annulerons votre rendez-vous. Après cette date, l'obtention d'un nouveau rendez-vous sera subordonnée à un autre paiement de mille aigles d'or.

« J'espère vous voir bientôt, Tusk. »

L'image disparut.

– Il a transmis les coordonnées ?

– Ouais. Une minute.

XJ se tut, puis émit un ricanement sarcastique.

– Bon Dieu, quelle arnaque ! Je regrette de ne pas y avoir pensé moi-même !

– Pourquoi ? C'est quoi, les coordonnées ? Où est-ce qu'ils nous envoient ?

– A l'Avant-Poste de l'Enfer.

– Tu rigoles, dit Tusk, fronçant les sourcils. Tu es sûr ?

– Oui, je suis sûr. J'ai calculé deux fois. C'est à la limite de la galaxie. Tu réalises que si on voulait y arriver à la date donnée, il faudrait partir tout de suite. Dans l'heure. Et même comme ça, ça serait juste. C'est une arnaque. Un bon moyen de se faire mille aigles d'or sans fatigue. Je me demande ce qui arrive aux pauvres mecs qui tombent dans le panneau.

– Peut-être qu'on va le découvrir. Appelle Dixter.

Dixter parut sur l'écran.

– Eh bien, qu'as-tu découvert, Tusk ?

Tusk fit son rapport.

– Qu'est-ce que je dois faire maintenant ? demanda-t-il à la fin. Je peux y aller, mais il faudrait que je parte dans l'heure. Un pilote doit être au bout du rouleau pour répondre à une proposition pareille. Et ils sont rares, ceux qui peuvent couper tous les ponts et décoller dans l'heure suivant la réception de ces coordonnées.

– Cela fleure..., commença pensivement Dixter.

– L'arnaque, intervint XJ. Ils viennent d'encaisser mille aigles d'or sans bouger le petit doigt. On va sans doute recevoir un « merci » par la poste !

– Je me demande ce qui arriverait si je me pointais, dit Tusk, réfléchissant tout haut.

– Ils t'accrocheraient dans le dos une pancarte disant : « Botte-moi le cul », dit XJ.

– Ce serait intéressant à découvrir, fit Dixter. Mais ce pourrait aussi être dangereux. Attendons d'en savoir un peu plus avant de nous lancer, ajouta-t-il après une courte pause. On pourra toujours les recontacter et prendre un autre rendez-vous. Je voudrais que tu continues à enquêter pour moi, si tu es d'accord, Tusk..

Tusk soupira de soulagement.

– Bien sûr, Général.

– Primo, demande à Link de les contacter. Vois s'il obtient la même réponse, les mêmes coordonnées, les mêmes restrictions temporelles. Ensuite, contacte quelques-uns de mes anciens mercenaires. Vois si certains ont donné suite à cette pub, ou se sont engagés dans cette Légion Fantôme. Je vais faire des vérifications de mon côté. Tiens-moi au courant. Mon nom et celui de Sa Majesté doivent rester en dehors de ça. Tu agis seul.

– Oui. Autre chose, Général ?

– Non, je crois que c'est tout.

– Euh... excusez-moi de poser la question, Général, mais comment va Dion ? Sa Majesté, je veux dire.

– Très bien. Je lui ai dit ce matin ce que tu fais. Il vous envoie ses amitiés, à toi et à Nola.

– Vraiment ? dit Tusk, ravi. Alors, envoyez-lui les nôtres. D'amitiés. Enfin, comme on dit ces choses à un roi.

– Je n'y manquerai pas, fit Dixter, très grave.

L'image disparut.

– Il a l'air fatigué, dit Tusk.

– Il a toujours l'air fatigué. Il a l'air fatigué depuis qu'on le connaît.

– Je me demande ce qui se passe. Ce qu'il sait et qu'il ne nous dit pas. Dangereux, dit-il, mais il ne dit pas pourquoi. Et le roi est impliqué. Ce n'est pas comme au bon vieux temps. Le Dixter d'autrefois nous aurait tout dit.

– Alors, ça devait être un Dixter que je n'ai pas connu, rétorqua XJ. Il disait : « Tire sur ça » et on tirait.

Ou alors, c'était « ça » qui nous tirait dessus. On ne demandait jamais *pourquoi*, juste *combien*. Tu deviens vieux et sentimental.

Vieux et sentimental. Miettes de biscuits. Petite frimousse café au lait endormie sur le sein de Nola. Son ventre qui grossissait. Des jumeaux.

Tire sur ça. Ça nous tire dessus. La douleur. L'explosion aveuglante. La souffrance indicible...

– Tu es bien content que Dixter t'ait dédouané. J'ai entendu ton soupir. Et ne viens pas me dire que c'était un soupir de regret. On ne me la fait pas.

Un picotement démarra à la base de sa colonne vertébrale, remonta le long de son dos. Son cœur s'accéléra ; il se mit à transpirer, à haleter. Il porta à sa poitrine une main qui tremblait, sentit les cicatrices, noueuses comme des cordes, sous sa chemise.

Il ne se rappelait pas grand-chose de ce jour-là, ce jour où un tête-morte d'Abdiel lui avait fait un trou dans la poitrine, le jour où Xris le cyborg l'avait transporté à bord de l'avion, le jour où Dion l'avait guéri, par ce que l'Eglise appelait maintenant un miracle authentique. Tusk ne se rappelait pas grand-chose, mais quelque chose en lui se rappelait, la nuit dans ses cauchemars, ou en des moments comme celui-là.

Il se leva brusquement et enfila son blouson.

– Où vas-tu ? demanda XJ. On a du travail.

– Je vais travailler. Je vais voir Link.

– Tu peux te pinter aussi bien ici que chez Link, dit XJ, bourdonnant de colère.

Tusk serra les dents, tenta de stopper ses tremblements, pas du tout sûr de pouvoir grimper l'échelle.

– Je veux voir ce qu'il fait. Toi, contacte Reefer, Gorbag le Jarun et tous les vieux copains. Sans avoir l'air d'y toucher. Comme pour savoir si cette Légion Fantôme est aussi bien qu'elle paraît.

– Tu deviens vieux, répéta XJ. Vieux et sentimental.

Tusk monta lourdement l'échelle.

– Appelle Nola. Dis-lui que je ne rentre pas dîner.

XJ attendit de ne plus entendre le moteur de l'hoverjeep, puis appela Nola.

– C'est moi, Nola. Il ne rentrera pas dîner. Ouais, il a encore eu la tremblote. Et mauvais, cette fois... Oui, Dixter, Dion, ça lui a tout rappelé... Quoi ? Des jumeaux ? Super. Mais si vous n'avez pas encore trouvé d'où ça vient, vous deux, je pourrais vous acheter un manuel.

Il coupa la communication.

– Des jumeaux ! fit-il, excédé.

Puis, appelant le service épicerie, il commanda immédiatement deux caisses de biscuits.

8

Trois ans plus tôt, et dix-huit ans avant cela, l'Académie offrait une vision d'horreur. Ç'avait été autrefois une école pour les enfants du Sang Royal, qui y entraient dans leur enfance. Leur génome artificiellement modifié leur donnant des capacités spéciales pour le gouvernement (du moins, tel était le plan), ils étaient élevés dans une atmosphère studieuse.

Le site avait été choisi avec soin. L'Académie était construite sur une planète dont l'atmosphère et l'environnement étaient aussi proches que possible de ceux de la Terre (avant sa dévastation), loin des grandes villes, des voies commerciales et autres influences perturbatrices.

Erigés en terrain vallonné et boisé, les classes, dortoirs et bibliothèques de l'Académie étaient reliés entre eux par des sentiers sinueux traversant des bosquets de chênes, peupliers et trembles, des parterres de fleurs et de légumes (professeurs et étudiants produisaient une partie de leur nourriture), de ruisseaux murmurants et de lacs sereins.

L'Académie avait été abandonnée après la Révolution. Les diverses tentatives pour faire servir les bâtiments à un autre usage – du logement subventionné à la maison de retraite – s'étaient toutes soldées par des échecs. Le bruit courait que l'endroit était hanté, sinon par des fantômes authentiques aux chaînes cliquetantes, du moins par des voix d'enfants récitant Shakespeare et la table de multiplication, ou d'adolescents discutant de la mécanique quantique et de la poésie de Walt Whitman ou de D.H.Lawrence. Ce n'étaient peut-être que les bruissements des feuillages qui produisaient ces bruits bizarres, mais personne ne pouvait séjourner longtemps à l'Académie sans les entendre. Et la plupart partaient immédiatement.

Mais maintenant, tout avait changé.

Après son couronnement, l'un des premiers actes officiels de Dion avait été de rouvrir l'Académie, à l'intention des élèves assez doués pour y être admis.

Les anciens bâtiments avaient été rénovés, de nouveaux construits dans le même style, et des bourses instituées, au nom de ceux qui étaient morts en combattant la république pour rétablir l'héritier légitime sur le trône.

Une chapelle votive, située dans la nouvelle aile de la bibliothèque, l'aile Platus Morianna, avait été érigée sur ordre du roi pour honorer les morts. C'étaient cette aile et cette chapelle qui devaient être inaugurées ce jour-là.

La cérémonie devait avoir lieu dans la soirée. L'après-midi de Dion serait consacré à une visite des lieux.

– Vous avez fait un travail remarquable, Monsieur le Recteur, Monsieur le Doyen, dit Dion, approchant de la fin de la visite. C'est exactement ce que nous avions en tête. Nous ne pourrions pas être plus satisfait.

– Merci, Majesté, dit le recteur, souriant de fierté.

Ils portaient tous deux la toge académique – longue robe noire aux larges manches et au capuchon doublé de soie – traditionnelle chez les universitaires depuis des siècles. Sortant du nouveau conservatoire, ils étaient au bout d'un couloir, au rez-de-chaussée.

– Mais où est la chapelle votive? demanda Dion.

– J'ai réservé le meilleur pour la fin, Majesté. Par ici.

Le recteur, accompagné du doyen, et le roi, accompagné de l'inévitable Garde Royale et du discret d'Argent, enfilèrent le couloir, à l'autre bout duquel se dressait une grande porte à double battant de chêne sculpté, portant l'emblème du soleil à face de lion. Les portes n'avaient ni poignées ni serrures.

– Comme Votre Majesté l'a demandé, elle est ouverte jour et nuit.

Dion poussa doucement un battant et entra.

Il se trouva dans une salle ronde, sans fenêtre, mais légère et aérienne, aux murs de marbre dont une rangée d'arcades adoucissait la sévérité. La lumière diffuse tombant d'un dôme vitré en projetait les ombres sur le sol, en une délicate alternance d'ombre et de lumière.

Sous le dôme, une fontaine en grès sans ornement, gravée d'un nom : PLATUS MORIANNA. Dion s'en approcha et se recueillit un moment, en souvenir de celui qui l'avait élevé et avait donné sa vie pour lui.

Par respect, le recteur resta en arrière avant de le rejoindre. Juste en face de la fontaine, à l'opposé de la porte, la ligne circulaire des arcades se terminait, formant une alcôve où deux portraits étaient suspendus.

L'un représentait Derek Sagan, Seigneur de la Guerre de la défunte république, membre du Sang Royal et cousin du roi. L'autre était celui de Maigrey Morianna, royaliste proscrite, membre du Sang Royal et cousine du roi. La ressemblance était si frappante que le cœur de Dion se serra. Et derrière lui, il entendit soupirer Caton – capitaine de sa garde, soldat impassible et discipliné qui avait servi de nombreuses années sous les ordres de Sagan.

– Remarquable, n'est-ce pas ? dit le recteur.

Le Seigneur portait sa tenue romaine : armure d'or, et cape rouge décorée du phénix – choix de costume très controversé. Mais la présence même de ce portrait était très controversée également, vu que, de notoriété publique, il avait assassiné de nombreux innocents, y compris le propre Gardien du roi, Platus Morianna.

Certes, il s'était racheté par ses actions héroïques durant la bataille finale contre les Corasiens, au cours de laquelle, séparé du reste de sa flotte, il avait combattu seul, contre un ennemi immensément supérieur en nombre. Son avion spatial avait été détruit. Il avait été déclaré disparu et présumé mort. Mais bien des gens avaient peu de raisons de l'aimer ou d'honorer sa mémoire.

– Ce portrait a-t-il provoqué des troubles sur le campus, Monsieur le Recteur ? demanda Dion, pensant aux débats qui avaient fait rage dans les média quand il avait annoncé l'érection d'un monument à la mémoire de Sagan.

– Certains étudiants ont protesté, Majesté. Etait-il un ange déchu et racheté, ou un démon damné ? Cela fut longuement débattu, mais, comme vous pouvez l'imaginer, la discussion est devenue de plus en plus confuse à mesure qu'étaient mieux connus les détails de l'action de feu le Président Robs et de ses liens avec le grippe-tête Abdiel.

– Mais tout le monde a été d'accord sur un point,

intervint le doyen. Cet honneur rendu à un homme qui vous a fait tant de tort est tout au crédit de Votre Majesté.

Dion accepta le compliment d'un léger hochement de tête, puis il se concentra sur le portrait. Le visage était exactement tel qu'il se le rappelait – sévère, impassible. Les yeux noirs du portrait fixaient Dion, et il redevint un instant l'adolescent gauche, ébloui et confus, debout devant Sagan et Maigrey. Les yeux de Sagan semblaient le jauger, froids, sarcastiques. Les yeux de Maigrey...

Il regarda son portrait. L'artiste l'avait représentée en armure d'argent, pendant de celle de Sagan, portée sur une robe bleue ornée de l'étoile à huit branches, symbole des Gardiens. Autour du cou, elle portait l'étoile-gemme, qui, dans le tableau, scintillait comme une flamme d'argent. La dernière fois qu'il avait vu ce bijou, il le posait avec révérence sur sa poitrine, et ses feux avaient pâli, froids comme la lointaine lumière des étoiles. Il la regarda dans les yeux, et il y vit ce qu'il y avait vu la première fois qu'il l'avait rencontrée : compréhension, douleur, compassion.

– C'est presque inquiétant, cette façon dont ils semblent se regarder, n'est-ce pas, Majesté ? dit le recteur.

– Oui, en effet, acquiesça poliment Dion.

Il les regarda de nouveau, pensant qu'il avait pu se tromper. Non, il n'avait pas fait erreur. Ils ne se regardaient pas. Tous les deux le regardaient.

– L'histoire de leur amour malheureux est bien connue, et, en fait, Majesté, cette alcôve commence à acquérir une réputation romanesque bien à elle.

– Vraiment ? dit Dion, consultant discrètement sa montre, tout en sachant que l'officieux d'Argent interviendrait avec tact quand nécessaire pour que Sa Majesté respecte son emploi du temps.

– Cette chapelle est devenue le rendez-vous des amoureux, poursuivait le recteur. Surtout de ceux qui se sont querellés ou séparés. Ils viennent ici, déposent de petits bouquets sous l'un ou l'autre portrait... Mais que vois-je ? En voilà un ! Je m'excuse, Majesté...

Le recteur confus, robe claquant comme voile au vent, piquait résolument vers la fleur déposée sous le portrait de Dame Maigrey. D'Argent, rapide et discret, le prévint et ramassa la fleur. Le recteur le remercia, branlant le chef.

– Je vous en prie, ce n'est rien, dit Dion.

D'Argent, se tournant vers le roi, lui offrit la fleur.

– Votre Majesté voudra peut-être la garder en souvenir ? suggéra le secrétaire.

Acceptant la fleur aux pétales blancs vernissés, Dion la mit à sa boutonnière. Son odeur capiteuse faillit lui couper le souffle.

– Ce lieu est magnifique, dit-il, regardant autour de lui. Vraiment magnifique.

Soudain, il fut pris du désir d'être loin, d'être au soir. Le recteur et le doyen, ravis des compliments de Sa Majesté, auraient pu continuer à vanter la chapelle pendant des heures, si d'Argent, dont le regard attentif avait noté le soudain désintérêt du roi, n'était pas intervenu.

– L'emploi du temps de Sa Majesté interdit... Sa Majesté doit se reposer... conscient que le recteur doit préparer les cérémonies du soir...

Dion n'entendit presque rien de ces propos, fit automatiquement les réponses qu'il aurait faites s'il avait été drogué, ivre ou endormi. Heureusement, il avait une longue expérience du contrôle des émotions, et dissimula soigneusement son ennui et son irritation. Il savait calmer son pouls, régulariser ses battements de cœur, empêcher le sang de lui monter au visage.

Il ne revint vraiment à lui que quand il fut seul, dans la maison du recteur, que celui-ci avait mise à sa disposition pour la durée de son séjour. Prétextant la fatigue et le désir de revoir son discours du soir, le roi se retira dans sa chambre. La porte en était à peine refermée qu'il prenait le camélia à sa boutonnière et le portait à ses lèvres.

– D'Argent ? dit-il dans son U-com de poignet. Tout est arrangé ? Elle dînera avec moi ce soir ?

– Oui, Sire, dit le secrétaire en entrant. La cérémonie d'inauguration se terminera à minuit. La Princesse Kamil Olefsky et sa suite arriveront à 0100 heure pour souper. Selon vos instructions, j'ai communiqué cette information au Correspondant Royal.

– Comment a-t-elle été reçue ?

– Comme on sait que la princesse est une vieille amie de Sa Majesté et que son père est l'un de Ses plus fidèles alliés, cela n'a provoqué aucun commentaire. Les journalistes ont demandé les renseignements habituels : les noms des personnes de sa suite, sa tenue, le menu, les vins. Le Correspondant Royal leur a donné tous les détails.

– Et vous avez tout arrangé pour que la princesse et sa suite passent la nuit ici ?

– Oui, Sire. Cette maison comporte de nombreuses chambres d'amis qui ont été préparées.

– Très bien, d'Argent, dit Dion, le cœur battant.

– Puis-je faire autre chose pour Sa Majesté ?

– Non, merci, d'Argent. Je vais revoir mon discours, maintenant.

9

Dion était assis sur la scène de l'auditorium bondé, affichant extérieurement l'assurance et la présence régaliennes d'un membre du Sang Royal – l'image dans le miroir. Intérieurement, l'attente lui infligeait un délicieux tourment, lui inspirait la tentation d'imprudences totalement stupides et juvéniles. Et s'il sautait à bas de la scène et remontait l'allée centrale en chantant cette chanson paillarde que Link lui avait apprise autrefois et qu'il croyait jusqu'à cet instant avoir oubliée ? Il faillit pouffer, et se surprit même à sourire. Atterré, il se ressaisit et rectifia son image.

Et son tour était venu. Le recteur le présentait. L'auditoire, debout, l'acclamait. L'orchestre joua l'Hymne Royal pendant qu'il montait sur le podium, et il commença à prononcer son discours, qu'il récita par cœur sans vraiment penser à ce qu'il disait, jusqu'au nom de Dame Maigrey. Le nom franchit ses lèvres, et au même instant, il vit Kamil. Un projecteur promenait son faisceau sur la foule à l'intention des vidcams qui enregistraient l'événement. La lumière l'illumina, brilla sur ses cheveux argent, sa robe blanche. L'effet fut magique. Dion se fit l'impression d'être le sorcier maladroit qui tombe par hasard sur la bonne formule, ou le promeneur qui entre dans un cercle de champignons et se retrouve devant la reine des fées..

Kamil sut qu'il la voyait. Elle lui sourit, d'un sourire secret réservé à eux seuls, mais ce fut comme un arc électrique qui jaillissait entre eux. Sa flamme bleue traversa le corps de Dion, le laissant étourdi et tremblant.

Quelqu'un toussota derrière lui. Il réalisa alors qu'il s'était tu au milieu d'une phrase, regardant bêtement dans le vide.

Il baissa les yeux sur ses notes. Elles n'avaient pas de sens. Il ne pouvait pas les lire. Il était sec, littéralement. Pas une goutte de salive n'humectait sa bouche, il avait la gorge serrée. Le projecteur se déplaça, Kamil disparut, avalée par l'obscurité. Dion reprit soudain conscience de l'auditoire, de ces milliers d'yeux fixés sur lui, des yeux méchants et malveillants de bêtes fauves attendant qu'il tombe pour le déchirer.

Son estomac se noua, ses genoux tremblèrent. Il se retint au podium pour ne pas tomber. Depuis quand était-il debout en ce lieu ? Des heures, des jours ? Son visage brûlait de honte. L'image du miroir se craquelait, le verre se brisait.

Puis il la vit.

Dion battit des paupières, la regarda fixement.

Dame Maigrey, en armure d'argent, ses cheveux clairs dénoués sur ses épaules, était debout au milieu de la salle, juste en face de lui. Elle lui sourit, et il se remit à parler.

Il parla pour elle et elle seule.

Il lui dit à quel point il estimait ses conseils, sa sagesse, ce qu'ils avaient signifié pour lui. Il lui parla de son frère Platus, de son influence, de l'exemple vivant qu'avait été cet homme foncièrement bon. Il lui parla de Derek Sagan, des leçons qu'il lui avait données, sur l'échec, le repentir et la rédemption. Il oublia l'auditoire, ne parla que pour Maigrey, comme s'ils étaient seuls tous les deux. Et quand il conclut, ayant vidé son cœur et son âme, il aurait voulu qu'elle lui réponde, fut étonné et déçu qu'elle se taise.

Elle avait disparu.

Dion était dans les coulisses. Il ne savait pas comment il y était venu. Il supposait – espérait – qu'il avait effectué sa sortie avec dignité.

Le Capitaine Caton était là pour l'accueillir. Dion lui saisit le bras, heureux de sentir sous sa main la chair tiède et les os.

– Merci, Majesté, dit doucement Caton, des larmes luisant sur son visage généralement impassible. Merci de ce que vous avez dit de mon Seigneur.

Dion se demanda ce que c'était. Il n'aurait pu se rappeler ses propres paroles, même si sa vie en avait dépendu.

– Tu étais dans la salle, Caton. L'as-tu vue ? demanda Dion à voix basse.

– Qui, Majesté ?

– Dame Maigrey.

– Non, Sire, dit Caton, l'air perplexe et inquiet.

Dion eut un mouvement de colère. Caton devait l'avoir vue ! Pourquoi mentait-il ?...

D'Argent s'approcha prestement.

– Votre Majesté ne se sent pas bien ?

Dion porta une main tremblante à son front. Il devait avoir l'air idiot. L'apparition de Maigrey n'était qu'une illusion créée par le projecteur, ou une ruse de son esprit, pour le sauver du trac. Mais alors même qu'il pensait cela, il la revit mentalement, et sut qu'il ne pourrait pas bannir cette vision par la logique et l'incrédulité.

Dion se ressaisit avec effort.

– Non, je ne me sens pas bien, dit-il avec un sourire las. Je n'avais pas réalisé que ce serait si dur... Parler d'eux... évoquer ces souvenirs...

Il se tourna vers d'Argent, qui lui présenta son manteau, son chapeau haut de forme et son écharpe blanche.

– Je n'assisterai pas à la réception, d'Argent. Veuillez présenter mes excuses.

Il voulut enfiler son manteau ; son bras passa à côté de la manche. Il tremblait de façon incontrôlable.

– Je suis certain qu'ils comprendront, Sire.

Ils n'avaient d'autre option que de comprendre. Il était le roi.

10

Les rares élues assez heureuses pour avoir été invitées à dîner en particulier avec Sa Majesté Dion Clairfeu, dirent le lendemain à la presse que le roi avait semblé silencieux et préoccupé. Il s'était montré charmant – Sa Majesté ne pouvait être que charmante, d'après les cinq jeunes filles concernées. Il les avait mises à leur aise, après les premiers instants de timidité et d'embarras. Il parlait avec aisance des sujets qui les intéressaient, en savait autant sinon plus qu'elles sur leurs planètes natales, et avait conquis leur cœur. Mais elles avaient toutes remarqué qu'il tombait parfois dans le silence, et qu'il le rompait seulement quand l'absence de conversation commençait à les intimider.

Le dîner se termina par des chocolats et du champagne, puis le secrétaire particulier de Sa Majesté parut, proposant de les conduire à leurs appartements. Les jeunes filles partageaient deux grandes chambres, à l'exception de la Princesse Olefski à qui l'on avait attribué une suite pour elle seule dans une autre aile de la maison. Kamil ne leur manqua pas. Elles passèrent le temps à se coiffer, à se démaquiller, et à discuter les points forts de la soirée. D'Argent, apportant une brassée de serviettes propres, les disposait dans la salle de bains quand il entendit une fille dire à une autre :

– Ils sont censés être grands amis, mais le roi n'a pas tellement fait attention à Kamil ce soir, tu ne trouves pas ? Il lui a à peine parlé, et je crois qu'il ne l'a pas regardée une seule fois.

– C'est de la politique, répondit son amie d'un ton

entendu. Le roi a besoin de rester en bons termes avec son père, qui le soutient dans cette alliance qu'ils essaient de conclure avec les respirateurs de vapeur. Sa Majesté l'a sans doute invitée par obligation.

– Je n'ai jamais entendu dire qu'ils étaient intimes, dit une autre. Le roi l'a rencontrée une fois quand il était sur sa planète. Ce n'est pas comme s'ils avaient été élevés ensemble.

– Sa femme est si belle ! Pourquoi irait-il en regarder une autre ? soupira la dernière.

D'Argent sourit à part lui. Ayant informé les jeunes filles que, pour des raisons de sécurité, il leur était déconseillé de se promener la nuit dans les couloirs, d'Argent se rendit à l'appartement de la princesse.

Il ne s'étonna pas de le trouver vide. Souriant de nouveau, mais cette fois en branlant le chef, le secrétaire se retira dans sa chambre. Toutefois, il ne s'arrêta pas, comme à l'accoutumée quand il voyageait avec le roi, à l'appartement de Sa Majesté pour voir si elle avait besoin de quelque chose avant de s'endormir.

Ils se retrouvèrent à la roseraie.

Le rendez-vous n'avait pas été prévu. Pas de regards à la dérobée ni de mots chuchotés, pas de signes de tête ou de billets passés entre eux pendant le dîner. Après le dessert, elle sortit avec les autres. Elle était seule dans sa chambre. Le roi était seul dans la sienne. Les deux chambres avaient de grandes portes-fenêtres ouvrant sur la roseraie. Les occupants de ces deux chambres ressentirent soudain le besoin de prendre l'air, d'échapper au confinement de leurs murs. Et tant pis s'il venait de neiger.

Il ne s'avouait pas qu'il partait à sa recherche ; qu'il savait, espérait, devinait que Kamil, originaire d'une planète froide, chercherait la consolation à minuit dans un jardin silencieux couvert de neige. Quand, ayant contourné le tronc du chêne géant, il la vit assise sur un banc de marbre blanc, il ne fut pas surpris. Et elle, quand elle entendit son souffle et leva les yeux, elle ne s'étonna pas de le voir.

D'abord, ils ne dirent rien. Ce qui les avait poussés à venir ici les poussa l'un vers l'autre. Il tendit les bras, et elle vint à lui. Ils restèrent longtemps enlacés en silence, le corps de Kamil tiède sous son manteau de fourrure, ses cheveux argent humides de neige luisant au clair de lune.

– Je savais que tu serais là, dit-il.

– Je savais que tu viendrais, dit-elle.

Ils s'embrassèrent, et le désir ardent qu'ils avaient déjà connu, brûla en eux et resserra leur étreinte... les effraya.

Kamil ne s'écarta pas. L'étreinte de Dion était trop passionnée, trop merveilleuse pour être rompue. Mais elle détourna son visage, posa la tête sur son épaule.

– C'est mal, murmura-t-elle.

– Non ! s'écria Dion, lui caressant les cheveux et la serrant plus fort. Non. Nous nous aimons. Et l'amour ne peut pas avoir tort. L'amour justifie tout.

Elle aurait pu discuter, mais elle n'en avait pas envie. Elle le croyait. Comment pouvait-il y avoir du mal dans cette rencontre ? Une rencontre où ils trouvaient joie et réconfort ? Elle lui prit la tête dans ses mains et l'embrassa farouchement, passionnément.

Il eut alors la réponse à sa question inexprimée. L'instant était trop parfait. Le Créateur lui-même semblait bénir leur union. Elle était destinée à l'être.

Et maintenant qu'ils savaient que le moment tant espéré approchait, qu'ils n'avaient qu'à tendre la main pour le prendre, ils s'attardèrent pour savourer l'anticipation, jouir du délicieux tourment du désir qui serait bientôt satisfait.

Il la serra très fort, le cœur étreint d'une souffrance à la fois délicieuse et terrible. Délicieuse parce que les heures à venir leur appartenaient, terrible parce que ces heures seraient courtes, et qu'ils seraient obligés de se séparer. Elle resterait ici, se promènerait dans le jardin, seule. Lui serait ailleurs, se promenant dans le jardin uniquement par le souvenir.

– Sais-tu, reprit doucement Kamil, que je pense souvent à Maigrey et à Sagan qui ont dû se rencontrer ici, quand ils étaient élèves à l'Académie. Je ne sais pas pourquoi, mais je les sens ensemble dans la roseraie, alors que je ne perçois leur présence nulle part ailleurs. Peut-être parce que j'ai vu Maigrey ici, il y a seulement quelques mois.

– Maigrey ?

– Oui, Dame Maigrey. Oh, ne fais pas cette tête-là, dit-elle en riant, un peu embarrassée. Je n'ai pas pris de drogues hallucinogènes. C'était l'été dernier. Je passais l'après-midi à jardiner. Il faisait chaud, j'étais seule. Je ne sais pas pourquoi j'ai relevé la tête, parce que tout était silencieux. J'ai vu une femme en robe bleue debout sur le chemin. Elle regardait les roses, tendant une main comme pour en toucher une, mais elle ne l'a pas fait. Je l'ai regardée, me demandant qui pouvait venir au jardin à cette heure. J'ai posé ma bêche et je me suis levée pour lui parler. Mais elle avait disparu.

– Une visiteuse, dit Dion.

– Tu frissonnes, dit Kamil. Il faudrait rentrer...

– ... là où il fait chaud, dit Dion avec un baiser.

Il faisait de plus en plus sombre dans la roseraie. Des nuages voilaient la lune. La neige se remit à tomber, à gros flocons qui collaient à leurs cils, fondaient sur leur peau. En riant, ils firent demi-tour, et, étroitement enlacés, trébuchant et glissant sur les pierres de l'allée, ils se dirigèrent vers la chambre de Dion, vers la chaleur, l'obscurité et un bonheur indicible.

Dehors, dans la nuit, la neige tombait, douce et froide.

Après l'amour, ils restèrent allongés dans le noir, la tête de Kamil sur la poitrine de Dion.

– Astarté veut un enfant, dit Dion. C'est tout ce qu'elle veut de moi. Si je le lui donne, elle sera contente. Sa mère sera contente. Toute cette maudite galaxie sera contente. Comme si ça les regardait !

– Tu ne peux pas les blâmer, dit Kamil. Pense aux bouleversements, aux troubles et aux désastres qu'ils ont vécu. Les peuples sont heureux de cette accalmie. Ils voudraient qu'elle dure. Ton enfant représente l'avenir, un avenir qu'ils pourraient envisager avec espoir. Cela leur donnerait une impression de continuité.

– Je sais, je comprends. Crois-moi, je ne désire rien tant que leur donner ce qu'ils veulent. Dieu sait que nous avons essayé. Mais je ne veux pas penser à ça. Et toi non plus. Pas ici, pas maintenant.

Mais il continua à y penser et à en parler. C'était si réconfortant. Elle écouta, bien que ce fût gênant pour elle, mais sachant qu'il avait besoin qu'elle écoute.

– Nous avons consulté tous les médecins imaginables. Nous sommes tous deux en bonne santé. Il n'y a aucune raison que nous ne puissions pas avoir d'enfants. Ils disent que c'est la tension. Ou le voyage spatial. Elle n'accepte pas l'insémination artificielle ; c'est contraire à sa religion. Quelque chose à voir avec la Déesse qui bénit uniquement les unions du corps et de l'âme.

Dion s'assit, dos à Kamil, passa la main dans ses cheveux, rouge sang au clair de lune.

– Il ne peut être question de divorce. Cela provoquerait la guerre. Et je ne veux pas causer la mort de millions de gens pour mon bonheur personnel.

– Je sais, Dion, je comprends. Je n'y pense pas.

Kamil s'assit, lui entoura la taille de ses bras, posa sa joue contre son dos nu.

– Nous en avons déjà parlé. Tu te rappelles ?

– Oui, dit-il avec un sourire de regret. Le soir où je t'ai dit que je ne pouvais pas tenir ma promesse de mariage. J'ai pensé que tu me mépriserais. Je l'espérais peut-être. Cela aurait été plus facile...

– Te mépriser ? dit Kamil en souriant. De faire ton devoir ? Je suis fille de souverain. Je sais que le devoir envers les peuples passe avant tout. C'est la première leçon que mes parents m'ont donnée. Qu'était notre amour, qu'était notre engagement, comparés à l'engagement que tu avais pris envers les peuples ?

– J'aurais pu chercher des échappatoires. Il y avait des moyens...

– C'est pour le coup que je t'aurais méprisé.

Il l'enlaça, baisa les cheveux argent.

– Je n'en demande pas plus, dit-elle. Cela me suffit.

Mais elle se mit à pleurer doucement, malgré elle. Elle avala une grande goulée d'air, refoula son chagrin, même si les larmes lui brûlaient la gorge.

– Ne pleure pas. Excuse-moi. Je ne voulais pas te faire de peine. Je suis ton premier amant, n'est-ce pas ?

Elle pressa son visage contre son bras, incapable maintenant d'arrêter ses larmes. Il lui caressait les cheveux en silence, puis il dit en rougissant :

– En un sens, je ne m'attendais pas... je veux dire, je pensais... ici, sur ce campus...

– Oh, Dion ! dit-elle, levant la tête avec un sourire tremblant. Comment peux-tu imaginer qu'il pourrait y en avoir un autre ? Je t'aime... je n'aime que toi.

Il la serra contre lui à l'écraser. Elle l'étreignit farouchement, leurs corps étroitement enlacés, comme pour surmonter la barrière physique que leurs corps opposaient à l'union de leurs âmes. Mais la chair compensait en leur donnant du plaisir. La passion se réveilla. Ils la satisfirent, puis se détendirent.

– Nous avons trop parlé de moi, dit-il. Dis-moi ce que tu fais chaque jour, les cours que tu suis ; parle-moi des gens que tu vois ; dis-moi où tu vas, ce que tu penses...

– Je ne vais nulle part, sauf en classe, dit Kamil, riant de plaisir à cette manifestation d'intérêt et se blottissant contre lui. C'était dur pour moi au début. J'avais beaucoup de retard sur les autres. Notre peuple ne croit guère aux études. J'ai donc dû beaucoup travailler pour rattraper. Mais ça me plaît... maintenant.

– Maintenant ?

– Au début, j'avais le mal du pays. Ce furent des moments difficiles. Tu venais de te marier... et je ne pouvais pas m'empêcher d'être jalouse. Pas d'elle exactement. Je n'avais pas peur que tu l'aimes plus que moi. Je n'ai jamais douté de toi. J'étais jalouse du temps qu'elle passait avec toi, de vos caresses, de votre amour...

– Des caresses, peut-être. Mais pas d'amour.

Ils se turent. La lune disparut. Le vent se leva, la tempête reprit. Des grêlons frappèrent les vitres.

– Continue à parler, dit-il brusquement. Je veux savoir. Je veux pouvoir t'imaginer mentalement. Qu'est-ce que tu manges au petit déjeuner ? Tu le prépares toi-même ou tu vas à la cafétéria ?

– Oh, Dion ! dit-elle en riant.

– Je suis sérieux, dit-il avec un baiser. Raconte.

Elle lui raconta tout. Sa routine quotidienne, ses cours, ses professeurs, ce qu'elle étudiait, les gens qu'elle connaissait, les livres qu'elle lisait, son aversion pour la philosophie, son amour des mathématiques. Elle lui dit ce qu'elle mangeait au petit déjeuner.

– Mais à quoi bon, demanda Dion, premiers mots qu'il prononçait depuis longtemps, tous ces cours d'astrophysique et de mécanique quantique ? Qu'est-ce que tu veux en faire ?

– Tu ne devines pas ? demanda-t-elle en rougissant.

Il se souleva sur un coude, intrigué par son air soudain mystérieux.

– Tu n'as pas l'intention de donner ta vie à l'Eglise, au moins ? De te faire nonne ?

– C'est ça ! s'écria Kamil, lui tirant les cheveux pour badiner.

S'ensuivit une bataille d'oreillers, que Kamil termina, rieuse et essoufflée, coincée contre la tête du lit.

– Dis-moi la vérité, dit-il, feignant la sévérité. Dites-moi tout, Madame. C'est un ordre.

– Tu vas te moquer de moi, protesta-t-elle.

– Tu n'as pas ri quand j'ai dit que je voulais être roi.

– Non, je n'ai pas ri, répondit doucement Kamil.

Il l'embrassa, et la passion se réveilla. Ils se caressèrent, puis se détendirent et se rallongèrent, heureux de jouir du désir sans le satisfaire. Un certain temps passa avant qu'ils ne reviennent à leur discussion.

– Plus de diversion, dit-il, d'une voix chaleureuse et rauque de délicieuse fatigue. Parle-moi de tes projets. Et ne t'endors pas. Je ne veux pas gaspiller cette nuit à dormir.

– L'aube approche. Il me faudra partir bientôt, avant qu'on ne me voie.

Mais elle ne bougea pas. L'idée de quitter ce lit tiède pour enfiler, transie et frissonnante, les couloirs menant à sa chambre déserte, lui serra le cœur.

– J'ai pris ma décision aux dernières vacances. Je suis rentrée à la maison, et nous avions une visiteuse. Tomi Corbett. Tu te rappelles ?

– Le capitaine du vaisseau de ligne que Dame Maigrey avait pris à l'abordage et piloté jusqu'en Corasia. Oui, je me rappelle Corbett. Qu'est-ce qu'elle faisait chez toi ?

– Mon père l'a connue pendant la bataille, quand la flotte a dû combattre pour sortir de la galaxie corasienne.

– C'est exact. J'avais oublié. Il fit passer une partie de ses troupes dans le vaisseau, au cas où il serait abordé. C'est drôle, je n'avais pas pensé à elle depuis une éternité.

– Ils sont devenus bons amis. Mon père l'invite tous les ans, quand elle peut se libérer. Elle est colonel dans le Corps Spatial Royal, maintenant. Elle dit que vous l'avez aidée, toi et le Général Dixter.

– Elle le méritait. Ainsi, tu as fait sa connaissance...

– Oui, dit Kamil, lissant le drap de la main. Elle m'a parlé de l'Académie du Corps Spatial. Et je veux y aller. Je veux devenir pilote spatial. Comme Tomi. Et Maigrey.

Dion garda le silence.

– Je sais ce que tu penses, dit Kamil, persuadée de le

savoir. Tu penses que je n'ai pas une chance. Je sais que c'est difficile... que c'est un honneur d'être choisi. Je sais qu'il y a des millions de candidats, et que seule une poignée est acceptée. Mais mes professeurs disent que mes notes sont assez bonnes. J'ai eu 20 partout. Et à l'examen blanc, j'ai été parmi les meilleurs. Un candidat doit avoir des relations pour être admis, mais, ajouta-t-elle en riant, je suis l'amie de Sa Majesté, et j'ai pensé qu'Elle pourrait...

– Eh bien, Sa Majesté ne fera rien, dit Dion.

Il la lâcha, s'assit, puis, rejetant les draps, il se leva, enfila sa robe de chambre.

– Autant signer ton arrêt de mort.

Kamil le regarda, interdite, incapable de parler, comme s'il lui avait jeté de la neige au visage.

Il noua sa ceinture et se tourna vers elle.

– J'imagine que les récits du Capitaine Corbett devaient être exaltants. Fascinants, héroïques. Je connais leur séduction. J'ai vu des hommes mourir là-bas. J'ai entendu leurs hurlements... je les entends encore parfois. Je ne veux pas te perdre, Kamil ! Je ne veux pas !

Tu ne me possèdes pas, Dion. Ces mots lui vinrent à l'esprit, mais ne passèrent pas ses lèvres. C'était le devoir de la vierge-bouclier de protéger de tout mal son guerrier bien-aimé, non de lui infliger des blessures. Mais c'était bien dur d'abandonner ses projets et ses espoirs. Ils emplissaient le vide de ses nuits.

Elle se leva et s'approcha en lui tendant les bras. Elle frissonnait. Il l'étreignit, la couvrit de sa robe de chambre.

– Reste ici, à l'Académie, où tu es en sécurité. Où je peux venir te voir.

– Vrai ? Tu pourras ? dit-elle, avec espoir.

– Oui, je te le promets. J'y ai réfléchi. J'ai doté cette Académie. J'en suis docteur *honoris causa*. Je pourrais venir faire une série de conférences sur...

– Sur l'amour, dit-elle, taquine.

– Non, sourit-il. Ça, c'est pour nous seuls.

– Je t'aime ! s'écria-t-elle, l'étreignant avec force.

– Moi aussi, je t'aime !

Ils s'étreignirent dans l'aube qui se levait sur un ciel de tempête.

– Il faut que je m'en aille, dit Kamil.

Rassemblant ses vêtements, elle s'enfuit à la salle de bains.

Dion s'approcha des fenêtres, pressa sa paume droite contre une vitre froide. Ses cicatrices l'élançaient sourdement ; le froid lui fit du bien. Il contempla la roseraie enneigée. Il ne se serait pas étonné de voir Maigrey s'y promener. Il se surprit à l'espérer.

– Tu comprends ? lui dit-il. Peut-être pas. Toi et Sagan, vous vous aimiez, mais l'amour ne vous suffisait pas. Votre ambition, votre orgueil étaient trop grands. Vous ne pouviez pas tendre la main vers la couronne sans lâcher la rose. J'ai la couronne. J'ai ce que vous désiriez. Je veux aussi la rose, maintenant. Je ne demande pas tout. Je connais mon devoir, et je le ferai. Mais je crois avoir mérité ce peu de bonheur, termina-t-il en serrant le poing.

Une main toucha son bras, une joue se posa sur son épaule.

– Elle est dehors ? demanda doucement Kamil.

Confus et rougissant, il secoua la tête.

– Non, il n'y a personne.

– Mais ça ne va pas durer.

Kamil était habillée. Elle rabattit sa capuche de fourrure sur sa tête.

– Tu ne peux pas sortir dans la neige, dit Dion, comprenant soudain son intention.

– Pourquoi ? dit-elle, montrant la neige d'un geste désinvolte. Ce n'est rien à côté de ce qu'on a chez nous.

– Je sais. J'y ai été, dit Dion, ironique. Mais tu laisserais des traces dans le jardin. Quelqu'un les verrait. Nous devons au moins nous conduire avec dignité.

Kamil rougit, baissa la tête.

– Princesse Olefsky, dit Dion, la prenant par la main et la conduisant dans le séjour du recteur, puis traversant la pièce pour ouvrir la porte extérieure. Ma garde te raccompagnera à ton appartement.

Kamil hésita.

– Tu es certain, Dion ?

– Je confie ma vie à ces hommes, Kamil. Jour après jour. Je peux bien leur confier mon honneur.

11

Astarté Clairfeu, épouse du roi, reine de la galaxie, Grande Prêtresse de son peuple et d'un nombre toujours croissant de fidèles, était seule dans son lit, les yeux grands ouverts dans le noir. A côté d'elle, les draps étaient froissés, encore tièdes du corps de Dion. Tendant la main, elle sentit cette chaleur qui refroidissait rapidement. Il était parti.

C'était le milieu de la nuit, et elle était seule.

Il prétextait qu'étant tourmenté par des cauchemars, il ne voulait pas la déranger. C'était vrai. Après leur mariage, elle l'avait souvent entendu marmonner dans son sommeil, s'agiter, se réveiller en sursaut. Elle tentait de le réconforter, mais il la rabrouait, parfois durement, parfois doucement, mais lui faisait toujours sentir qu'elle était importune. Elle était une intruse. Elle avait été soulagée quand il avait commencé à faire chambre à part, bien que son absence du lit conjugal ait provoqué scène après scène avec sa mère.

Elle regardait dans le noir. Sa main quitta le drap refroidi, se posa sur son ventre. Il avait fait l'amour avec elle.

Fait l'amour avec elle ? Elle rit, mais son rire se transforma en sanglot. Elle resta immobile, la main à plat sur son ventre plat, pétrissant doucement sa chair stérile.

– Non, tu n'as pas fait l'amour avec *moi*. Avec mon corps, oui. Mais en pensant à *elle* !

Elle eut envie de lui chercher querelle, mais elle n'en fit rien, car elle savait ce qu'il essayait de faire. Il essayait de lui donner l'enfant qu'elle désirait.

Cette fois, peut-être... Elle ferma les yeux, somnola.

Elle était de nouveau avec lui, comme quelques instants plus tôt. Il « accomplissait son devoir », et elle était allongée sous lui, supportant son assaut, le haïssant, souhaitant que ça finisse. Et cela finit, dans un jaillissement de tiédeur en elle. Elle ouvrit les yeux et regarda son visage.

Et ce n'était pas son visage.

Astarté refoula un cri horrifié. Elle s'agita pour se libérer de son poids, repoussa violemment le corps qui l'écrasait. Il lui riait au nez !

– Mon enfant ! Mon enfant à moi ! dit-il... et elle se retrouva assise dans le lit, agitant les bras.

Elle frissonna, se roula en boule, la main sur son ventre dur et plat. Elle devina alors qu'elle était enceinte.

– Mais que signifie cette vision ? Quelle face ai-je vue ? C'était son visage, et pourtant ce ne l'était pas. Bienheureuse Déesse, que cherches-tu à me dire ?

Les doigts tremblants, elle alluma sa lampe, chercha à tâtons sa robe de chambre dont elle s'enveloppa. Quittant sa chambre somptueuse, oublieuse du luxe ambiant, elle poussa une porte cachée par une lourde tapisserie, une petite porte ouvrant sur une petite pièce.

Sa chapelle particulière et secrète, où tous les objets avaient été disposés de sa main. Si on lui avait demandé quelle pièce elle préférait parmi toutes les pièces magnifiques du palais, c'est cette petite alcôve sans fenêtre qu'elle aurait nommée.

Elle alluma une bougie de cire blanche dans un chandelier de bois. La Déesse aimait les choses simples, les choses « du pays, de la main », comme disait le dicton. La lumière de la bougie éclaira, au centre de l'autel, une statue de la Déesse elle-même.

La statue représentait deux femmes. L'une, vêtue de longues robes blanches, tenait un épi dans la main droite, sa main gauche reposant sur un enfant debout devant elle. Dos à dos avec cette femme, une guerrière en casque et armure, une épée dans une main, un bouclier dans l'autre. L'image duelle de la Déesse – d'un côté, la mère nourricière, de l'autre, la guerrière prête à défendre ses enfants.

La statue de la Déesse trônait sur tous les autels, dans toutes les maisons du peuple d'Astarté. La Déesse était adorée depuis des siècles, depuis l'épidémie qui avait emporté la plupart des hommes, les précieux survivants choyés comme des plantes de serre pour leur semence. Dans la plupart des foyers, la statue de la Déesse n'avait qu'un visage – celui que choisissait pour modèle la maîtresse de maison. Pour la mère d'Astarté, la Déesse avait le visage de la Guerrière. Pour Astarté elle-même, la Déesse était la douce Nourricière. Mais pour l'heure, Astarté tendit la main et fit doucement pivoter la statue.

A une époque, une femme devait combattre afin de sauver ce qui était précieux, pour elle et pour les siens.

La statue d'albâtre regarda Astarté de ses yeux clairs et vides. Astarté n'avait pratiquement jamais regardé la Guerrière, alors qu'elle connaissait tous les plis de la robe de la Nourricière. Elle trouvait cette effigie froide et dure ; elle lui rappelait trop sa propre mère. Maintenant, elle voyait que si la Déesse était froide, c'était parce qu'elle avait dû cuirasser son cœur contre la sympathie de ceux qui pouvaient nuire à Son peuple. C'était une armure contre les coups qu'Elle devait donner et recevoir.

Astarté contempla longtemps la Guerrière, puis soupira, retourna la statue du côté de la Nourricière, dont la vue familière la réconforta. Prenant une branche de sauge sèche, elle l'écrasa dans sa main, jeta la poudre dans une coupelle et l'alluma. Elle inspira son parfum, chassa de la main la fumée vers la statue.

– Bienheureuse Mère, pria Astarté, merci pour cette vision. Je ne la comprends pas, mais je tiendrai compte de son avertissement. Que Ton nom soit béni.

Prenant le petit couvercle de cuivre, elle le posa sur la coupelle pour éteindre la sauge. Puis elle retourna la statue. La Guerrière la regarda, avec les yeux vides d'une qui doit tuer. Astarté s'assit sur les talons. Elle n'avait jamais fait d'offrande à la Guerrière, et, bien que sachant ce qui était requis – du sang – elle ne put s'y résoudre.

– Je sais ce que tu veux, dit-elle. Que je l'espionne. Que je le fasse suivre. Que j'incite à le trahir des hommes qui lui sont fidèles. Ou, si ce n'est pas possible – et je prie la Déesse que ce ne le soit pas – tu voudrais que j'engage un serpent qui le suivrait partout. Et après ? Tu exiges des photos d'eux faisant l'amour. Tu veux que je le mette devant les faits. Tu veux la colère, la honte, la haine. Qu'il me haïsse, qu'il se haïsse. Mais ce n'est pas moi, dit-elle à la Guerrière, suppliant les yeux vides de comprendre.

Ils ne comprirent pas. *Tu ne l'aimes pas*, disaient-ils.

– Non, mais je l'honore et je le respecte, dit-elle.

Elle aurait pu l'aimer ; elle avait essayé au début. Mais c'était fini. Elle avait commencé à l'aimer. Elle le voulait tout à elle, et elle avait alors réalisé qu'il était inaccessible. Elle ne pouvait pas conquérir son amour, car il appartenait à une autre. Et maintenant, cet amour, resté si longtemps platonique, avait été consommé. Elle le savait, comme si elle les avait vus ensemble.

Le danger était grand. Il s'était encore un peu plus éloigné d'elle, et si cela continuait, il serait perdu pour elle – et pour son peuple – à jamais. L'enfant qu'il venait d'engendrer cette nuit-là ne naîtrait pas. Ou, s'il naissait, il appartiendrait à un autre. Peut-être à l'homme de sa vision.

– Que vais-je faire ? Je dois le sauver.

La main d'Astarté se glissa sous sa robe, pressée contre sa chair nue. Il n'était pas le seul à sauver.

Les yeux vides de la Déesse ne recélaient pas de réponses, ou des réponses qu'Astarté rejetait. Leur froideur lui donnait le frisson. Impulsivement, elle fit de nouveau tourner la statue, arrêta le mouvement à mi-chemin. Elle n'avait encore jamais vu la statue ainsi, de profil, la Guerrière et la Mère dos à dos. Pour défendre *et* nourrir, pour lutter *et* aimer. Etait-ce possible ? Est-ce cela que la Déesse voulait lui dire ?

Les leçons de DiLuna lui revinrent à l'esprit. Astarté se rappela les nuits passées à écouter les guerrières. Les guerrières ne se ruaient pas toujours à la rencontre de l'ennemi, brandissant leurs épées en poussant des clameurs. Parfois, il valait mieux battre en retraite, paraître se rendre, se regrouper et laisser l'adversaire venir à soi.

Astarté réfléchit. Son plan était encore vague, pas très clair dans sa tête, mais il marcherait. Puis elle comprit soudain pourquoi.

– Je connais Dion. Au fond de lui, il méprise la tromperie. Il a lutté contre cet amour illicite, et c'est pourquoi il m'est resté fidèle si longtemps. Mais il est humain. À la fin, son amour pour elle a été trop fort. A une de ces époques où il était faible et vulnérable, où il cherchait un refuge, elle était là. Il s'est tourné vers elle.

Elle refit une action de grâces. Eteignant la bougie, elle se releva, réconfortée, sa décision prise. Ce serait douloureux pour tous deux. Mais elle serait aussi miséricordieuse que possible, portant des coups rapides et propres, pour en terminer rapidement.

12

Des lunettes de soleil sur le nez, Tusk tâtonna à l'extérieur du Cimeterre jusqu'à ce que sa main rencontre un barreau, puis il monta lentement l'échelle du sas.

– XJ, ouvre !

Son rugissement se répercuta dans sa tête, comme un coup de canon-laser ricochant sur quatre murs.

– XJ, tu sais que je suis là, bon Dieu ! plaida-t-il. Je ne me sens pas bien. J'ai l'impression que je vais vomir.

– Pas sur ma peinture ! dit sèchement l'ordinateur.

Le sas s'ouvrit en bourdonnant. Tusk s'abaissa lentement dans la pénombre fraîche, posa doucement son pied sur le pont. Mais même cette infime vibration lui déclencha des élancements terribles dans la tête.

– Encore bourré, dit XJ, écœuré.

– La ferme, marmonna Tusk.

– Tu n'es pas rentré chez toi, hier soir, déclara XJ.

Tusk fit une brève tournée de ses souvenirs.

– Merde ! Je ne suis pas rentré ?

– T'en fais pas. J'ai appelé Nola ; je lui ai dit où tu étais.

– C'est vrai ? dit-il, soulagé et agréablement surpris.

Cela ne dura pas. Plus il y pensait, plus la gentillesse d'XJ lui paraissait louche.

– Qu'est-ce que tu veux de moi ? dit-il, se cramponnant au sofa pour ne pas tomber.

– J'essaie d'être gentil, et voilà comment on me remercie, dit XJ, boudeur. La prochaine fois, je n'appellerai pas, je te laisserai rentrer. Nola t'écorchera vif, j'espère.

– N'importe quoi vaut mieux que ça. Comment un truc qui te fait sentir si bien peut te faire sentir si mal après ? Comme si Dieu tendait la main en disant : « Tu t'es bien régalé ; maintenant paie la facture. »

– De la philosophie. D'un ivrogne. On aura tout vu.

– La ferme. Appelle plutôt Dixter.

Cramponné à la rampe, il descendit dans le cockpit, s'effondra dans son fauteuil, posa les coudes sur la console et se prit la tête dans les mains.

Le visage de Dixter parut sur l'écran.

– Oui, Tusk ?

– Salut, Général, dit-il relevant la tête avec effort.

– Salut, fiston, fit Dixter, étonné de voir Tusk assis dans le noir avec des lunettes de soleil. La nuit a été dure ? demanda-t-il avec sympathie.

– Ouais. Je devrais pourtant savoir, depuis le temps.

Se rappelant ses lunettes, il les ôta, se frotta les yeux, s'éclaircit la gorge.

– Une minute, Général. Voyons voir. Où j'en étais ? Je vous ai dit que Link avait reçu le même message ?

Dixter acquiesça de la tête.

– Ouais, d'accord. Je suis allé chez lui hier soir. Il a répondu au message, comme moi. Et il a reçu exactement les mêmes instructions, sauf que c'était son nom au lieu du mien. S'il veut s'engager dans la Légion Fantôme, il doit aller à l'Avant-Poste de l'Enfer.

– Je vois.

– Link est de mon avis. Il trouve que ça pue l'arnaque comme du poisson pourri. Alors on a essayé de contacter Gorbag. Aux dernières nouvelles, il vivait sur Jarun où il est né. Il était sorti, mais on a parlé à sa femme. Elle dit qu'il a eu la même vidéo, et que c'était exactement le même message, sauf que c'était un pilote Jarun qui faisait le boniment à la place du Capitaine Masters. Vous connaissez Gorbag, Général. Il n'a peur de rien. Alors il est parti aussi sec à l'Avant-Poste de l'Enfer pour se tuyauter.

– Ça se passait quand ? demanda Dixter.

– Il y a à peu près trois mois, temps militaire standard. Il est rentré en rogne. A dit que c'était une arnaque. Comme si ça se voyait pas ! dit Tusk, branlant le chef. Mais il n'a jamais été très futé, ce vieux Gorbag. Ces pilotes l'ont fait manger et boire, ou ce qu'on fait avec un Jarun, puis ils lui ont donné d'autres coordonnées, et lui ont dit de s'y rendre au trot.

« Alors il retourne à son zinc, met les coordonnées dans l'ordinateur, et découvre – surprise, surprise – que c'est un trou perdu de la galaxie, loin de tous les Couloirs. Et d'après les cartes stellaires, ce monde n'est qu'une boule de rochers flottant dans l'espace, sans rien de vivant dessus, pas même un bol de soupe organique. »

Tusk eut un haut-le-cœur, et regretta d'avoir parlé de soupe. Il fit une pause pour se ressaisir, essuya de la main son front couvert de sueur. Dixter attendit patiemment.

– Où j'en étais ? marmonna Tusk.

– A la soupe, dit XJ, serviable. Mange pendant que c'est chaud.

Tusk foudroya du regard l'ordinateur.

– Bref, c'est ce que le Jarun a découvert. Il est retourné au Café des Exilés, pour dire à ces pilotes qu'il ne trouvait pas leur blague drôle, et peut-être pour leur casser la gueule afin de se défouler, mais naturellement, ils avaient filé depuis longtemps. Et il s'est retrouvé le réservoir à sec, soulagé de mille aigles d'or, et avec l'impression d'être un vrai con.

– Mais c'est tout, fit Dixter. Alors, à quoi bon tout ça, Tusk ? Ils l'ont refait de mille aigles d'or, mais ils ne l'ont pas kidnappé et abandonné dans l'espace. Ils devaient savoir qu'il regarderait où il allait avant de partir.

– Mystère, dit-il, massant ses tempes douloureuses. J'aimerais parler à Gorbag. Tu as son numéro ?

– Oui, Général, mais il n'est pas là. Non, Général. Après ça, il a reçu un appel d'une planète à la frontière de la galaxie corasienne. Ils sont nerveux comme un chat qui s'est fait marcher sur la queue après cette attaque corasienne sur l'avant-poste. Ils engagent des mercenaires à tour de bras pour leur défense. Il est allé les rejoindre.

– Je vois. Sa femme a des nouvelles ?

– Non. Mais comme il lui envoie sa paie, elle se dit que tout va bien.

Tusk regarda Dixter avec inquiétude.

– Vous voulez qu'on fasse autre chose, Général ? Link a proposé d'aller se renseigner là-bas. On ne peut pas partir tout de suite parce qu'on a un boulot, mais...

– Non, fit Dixter, secouant la tête. Ça m'étonnerait que tu trouves autre chose, et ce pourrait être... Ne fais rien. Et ne parle de ça à personne.

– D'accord, Général, dit Tusk, haussant les épaules.

– Tu n'aurais pas les cordonnées qu'a reçues Gorbag, par hasard ?

– Si, justement, dit Tusk, très content de lui. Le Jarun les avait entrées dans son journal. Sa femme nous les a données. Je vous les fais transmettre par XJ.

– Merci, fiston. Merci pour tout. A toi et à Link.

– Content de vous rendre service. Vous savez, Général, ajouta-t-il comme Dixter allait couper la communication, quelque chose m'a paru bizarre dans tout ça.

– Oui ? Quoi ? fit Dixter, intéressé.

– C'est sans doute sans importance...

– Peu importe. Dis-le-moi.

– Cette planète. Quand on a vérifié dans les fichiers, on s'est aperçus qu'elle avait un nom. Pas un numéro, comme pour tous ces tas de pierre. Un nom. Quelqu'un a pris la peine de la baptiser.

– Et comment l'a-t-on appelée ?

– Val... Valum...Qu'est-ce que c'était, bon sang ?

Tusk fouilla dans une poche de chemise, revint sans rien. Il plongea les doigts dans l'autre poche.

– Je l'ai noté, parce que je savais que je me rappellerais jamais. Voilà. Je vous l'épelle. V-a-l-l-o-m-b-r-o-s-a.

– J'ai noté, dit Dixter, répétant le nom.

– C'est ça. Ça vous dit quelque chose ?

– Non, mais qui sait de quelle langue il s'agit ? Je vais me renseigner, et je te tiendrai au courant. Et, Tusk, ajouta-t-il gravement, fais-moi savoir s'ils te recontactent.

– Vous croyez qu'ils le feront ? fit Tusk, étonné. Pourquoi ? Ils ont dû comprendre que je ne marchais pas dans leur arnaque.

– Je sais. Mais ça ne m'étonnerait pas. Sois prudent, fiston. Embrasse Nola et le bébé.

L'image de Dixter disparut.

– Qu'est-ce qu'il a en tête ? murmura Tusk, fixant l'écran vide. On dirait une affaire pour le Bureau de Placement, plus que pour le Premier Lord de l'Amirauté.

– Qui sait ? dit XJ. Il n'a peut-être pas assez de guerres pour l'occuper ces temps-ci. Et qu'est-ce que c'est que ce boniment sur un boulot qu'on aurait ?

Tusk se sentait mieux. Il voyait presque nettement.

– C'est pas un boniment. On a un boulot. Régulier.

– Un boulot régulier ! Tu devrais doubler mes circuits. Parce que c'est un choc à me faire péter les plombs.

– Une bonne femme a contacté Link hier. Elle veut qu'on les transporte deux fois par semaine à Akara, elle et son associé.

– Planète difficile. Qu'est-ce qu'ils transportent ?

– Des attachés-cases, dit Tusk. C'est tout ce que tu as besoin de savoir. Et ce que tu mettras dans le journal.

– Evidemment. Tu me connais. Tact et discrétion, c'est la fin de mon numéro de série.

– Tact et discrétion, mon œil. Le seul endroit où sont inscrits ces deux mots, c'est dans ton dictionnaire. Dis donc, ajouta-t-il d'un ton enjôleur, j'aimerais bien un petit café. Tu ne pourrais pas m'en faire ?

– Va te faire voir, dit sèchement XJ.

– L'Amiral Dixter aimerait vous voir, Majesté, dit d'Argent, entrant dans le bureau du roi avec le thé du matin. Il dit que c'est urgent.

– Pouvons-nous le caser ?

Dion leva les yeux d'un résumé de la situation dans le système stellaire de Muruva, où six planètes venaient de renverser le gouvernement tyrannique d'une septième. Malheureusement, une fois libre, chacune de ces planètes avait décidé qu'elle pouvait librement massacrer ses cinq voisines, ce qu'elles faisaient allègrement.

D'Argent consulta l'emploi du temps.

– Vous avez deux audiences prévues pour ce matin – une avec les ambassadeurs de Muruva, l'autre avec les représentants de la Ligue des Planètes Sous-Développées.

– Je verrai les ambassadeurs de Muruva, dit Dion, après réflexion. Reportez les représentants de la Ligue à cet après-midi. Et retardez d'une heure tous mes rendez-vous de l'après-midi.

– La conférence de presse que nous diffusons à Muruva ? Dois-je la retarder, Sire ?

– Non. Je veux frapper fort sur les Muruvans, et vite, avant que ces imbéciles ne s'exterminent au nucléaire.

Dion consulta l'heure.

– Faites venir mes conseillers pour Muruva, puis introduisez les ambassadeurs. S'ils se mettent à se boxer dans l'antichambre comme ils l'ont fait hier soir à l'astroport, appelez Caton pour qu'il leur passe les paralyseurs. Je ne tolérerai pas ces sottises.

– Oui, Sire, sourit d'Argent, sortant immédiatement.

Plus tard dans la matinée, sept ambassadeurs furieux et querelleurs furent introduits en présence de Sa Majesté, et, au bout d'un moment, sept ambassadeurs pensifs et dégrisés furent raccompagnés.

John Dixter les regarda partir, rouges et accablés.

– Nous envoyons des troupes, Majesté ? dit-il.

– Ils ont trente jours pour régler leurs différends, dit Dion. Sinon, nous maintiendrons la paix à leur place. Et la première chose que nous ferons, ce sera de « faire cesser toute ingérence extérieure » dans leurs affaires.

– Le blocus, fit Dixter.

– Tous leurs grands partenaires commerciaux ont accepté de le respecter, et ils pourraient avoir de sérieuses difficultés économiques. Mes conseillers me disent que leur haine réciproque s'arrête à leur portefeuille. Je crois qu'elle est plus profonde, mais nous verrons bien. Je suppose que vous avez du nouveau sur notre affaire ?

– Oui, Majesté. Tusk m'a contacté.

L'amiral répéta sa conversation avec le mercenaire. Dion écouta en silence, frictionnant discrètement les cicatrices de sa paume droite. Si Dixter le remarqua, il n'en laissa rien paraître.

– Alors, pourquoi ne pas les laisser aller là-bas ?

– Parce qu'ils sont trop proches, Majesté. Trop proches de vous, répondit Dixter.

– Croyez-vous honnêtement que quelqu'un prendrait toute cette peine juste pour enlever Tusk ? Pourquoi ?

– Je crois que ça fait partie de leur plan. J'ignore ce qu'il est. Je ne peux même pas hasarder une hypothèse. Mais je sais une chose : Gorbag ne travaille pas pour un Système Extérieur. J'ai vérifié.

– Alors vous pensez... quoi ?

– Voilà comment fonctionne leur « arnaque », à mon avis. Les représentants de cette Légion Fantôme contactent des pilotes et leur proposent un marché s'ils viennent à l'Avant-Poste de l'Enfer. Ils doivent se dire que seuls des gens sérieusement intéressés ou assez désespérés paieront mille aigles d'or et feront le déplacement. C'est déjà un tri.

« Quand les pilotes arrivent à l'Avant-Poste de l'Enfer, les représentants rassemblent sans doute toutes sortes d'informations sur eux, scannent leurs avions, ce genre de choses. Puis ils leur donnent ces coordonnées aberrantes. S'ils avalent l'appât, ils les tiennent. S'ils refusent, comme Gorbag, ils leur font offrir un autre boulot. Et s'ils l'acceptent, ils l'interceptent, et font en sorte qu'ils aient intérêt à s'engager.

– Mais je le répète, Amiral, pourquoi ?

– Je ne sais pas, Sire, mais il y a anguille sous roche. Poursuivant dans la foulée de Tusk sur Gorbag, j'ai contacté tous mes anciens mercenaires. Tous ont reçu ce même message. Une centaine sont allés à l'Avant-Poste de l'Enfer. Depuis, soit ils se sont engagés dans la Légion Fantôme – auquel cas ils ne sont jamais revenus – soit ils ont accepté d'autres boulots et – même scénario – ils ont tous disparu de la circulation. Mais ils envoient de l'argent chez eux. Beaucoup d'argent.

– Quelqu'un se compose une armée spatiale.

– On dirait. Et elle est grande. Et sélective. Ils ne prennent que les meilleurs. Et cette Légion Fantôme n'a pas utilisé que ma liste. Ils recrutent dans toute la galaxie.

– Et peut-on cacher une armée pareille ?

– Facilement, Majesté. Surtout sur une planète comme celle dont Tusk m'a parlé. Aux confins de la galaxie, à l'écart de tous les Couloirs. Une boule de roc. Même les Corasiens ne s'y intéresseraient pas. Tout concorde. J'ai étudié les rapports. Mais il reste quelques points bizarres.

Dixter consulta ses notes.

– Cette planète fut découverte il y a trente ans par le célèbre explorateur Garth Pantha. Vous ne vous rappelez pas, vous n'étiez pas né. Mais quelqu'un de mon âge, qui regardait les vids, ne l'a pas oublié. Pantha n'était pas seulement un pilote spatial de premier ordre, mais aussi un physicien et naturaliste brillant, et... un grand séducteur.

« C'était une célébrité. Il avait sa propre émission vidéo. A cause de sa renommée, il évoluait dans la haute société. La très haute société. Votre oncle l'adorait. Le Roi Amodius l'avait fait chevalier du royaume.

– Alors, il était du Sang Royal.

– Oui. Mais le plus intéressant, ce ne fut pas sa façon de vivre sa vie, mais sa façon de la quitter. Il est mort dans quelque mystérieux accident spatial, environ huit ans avant la Révolution.

– Je vois, dit Dion, pensif. Et quand il est mort, il était près des coordonnées de la Légion Fantôme ?

– Non, Majesté, absolument pas.

– Alors, je ne vois pas...dit Dion fronçant les sourcils.

– Je sais, je sais, soupira Dixter, se passant la main sur le visage. Et Garth Pantha n'a peut-être rien à voir dans tout ça. Mais, comme dit Tusk, il y a quelque chose de bizarre dans cette histoire. Pantha a découvert des douzaines de planètes et de systèmes. Et à certaines, il a donné des noms. Ça faisait bien dans ses émissions vidéo. Celle-là, il l'a appelée Vallombrosa, nom qui vient d'une ancienne langue – l'italien, je crois. Ça signifie...

– Vallée des Ombres, dit Dion.

– Ou, comme nous dirions aujourd'hui, Vallée des Fantômes, fit Dixter.

– Encore des fantômes !

– Oui, Majesté, encore des fantômes.

– Et vous pensez que c'est important ?

– Très important. Regardez ce qui se passe. La Légion Fantôme recherche des informations sur la propriété de Snaga Ohme. Des entités fantomatiques s'introduisent chez Ohme, malgré les dispositifs de sécurité de pointe. La Légion Fantôme recrute, et, à notre connaissance, n'accepte que les pilotes de premier ordre. Et ils donnent pour coordonnées celles d'une planète morte baptisée Vallée des Fantômes par un explorateur mort.

« Et ce qui m'inquiète vraiment, c'est que, de quelque côté que nous nous tournions, on en revient toujours à vous, Dion. La bombe à rotation spatiale, Tusk et Link – même le fait que Pantha était autrefois l'ami de votre famille. Je n'y comprends rien, je l'avoue. Mais ça ne me plaît pas. Il y a une clé quelque part, mais nous ne l'avons pas. Il nous faut la trouver, et vite.

– Et vous proposez...

– De consulter l'Archevêque Fideles. En lui demandant de passer cette information à... quiconque pourrait être intéressé, fiston, fit Dixter, familier, oubliant qu'il n'était plus dans sa roulotte de Vangelis. Majesté, je veux dire, ajouta-t-il en s'empourprant.

– Ça m'a semblé bon de vous entendre m'appeler fiston, sourit Dion. C'était le bon temps.

Il se tut. Son sourire s'évanouit. Un nuage passant sur le soleil assombrit la pièce.

Finalement, Dion soupira, releva la tête, et regarda Dixter dans les yeux.

– Comment avez-vous su ? demanda-t-il.

– Su quoi ? demanda doucement Dixter.

– Qu'*il* est toujours vivant.

Etant donné l'inflexion, il ne s'agissait manifestement pas de l'archevêque.

Dixter frictionna son menton au chaume grisonnant.

– Je ne le savais pas, Dion. Pas avec certitude. Disons que c'est une intuition. Ou une déduction. Derek Sagan considérait le suicide comme un péché mortel. Et il n'était pas homme à se mettre subconsciemment en péril mortel. Il était trop bon soldat. A défaut d'autre chose, son instinct l'aurait gardé en vie. Non, je n'ai jamais cru que Sagan était mort quand nous avons fui la Corasia. Il voulait que nous le croyions mort. Et s'il est vivant, il n'y a qu'un endroit où il a pu aller pour finir sa vie – celui où il l'a commencée.

Dion hocha lentement la tête.

– Oui, c'est aussi ce que j'ai pensé. J'ai parlé de Sagan à Fideles une fois, le jour du couronnement. Je lui ai demandé à brûle-pourpoint : « Avez-vous des nouvelles du Seigneur Sagan ? »

– Et qu'a répondu l'archevêque ?

– « Il est avec Dieu. » Et quand j'ai ajouté : « Est-il mort ? », Fideles n'a pas répondu.

Dixter haussa les épaules.

– Eh bien, voilà qui confirme nos soupçons, dit-il.

– J'en parlerai donc à l'archevêque, dit Dion. Je ne crois pas qu'il découvrira grand-chose. C'est un homme de robe, non un homme d'épée.

– On ne sait jamais, fit Dixter, se levant pour partir. Il n'y a pas si longtemps, l'Archevêque Fideles était Frère Daniel, infirmier sur le *Phénix*. Il a servi sur un vaisseau de guerre, et, sans manier lui-même l'épée, il connaissait et comprenait les hommes qui la maniaient. Il n'est pas aussi ignorant du monde que le croient certains. Dites-lui que vous êtes en danger, Majesté. Vous... et la galaxie. Je crois qu'il pourra vous aider.

– N'exagérez-vous pas un peu ? demanda Dion en souriant.

– Non, fiston, fit Dixter, sans se soucier de se corriger cette fois. Je n'exagère pas.

L'amiral s'inclina et sortit. Dion resta un long moment immobile, puis il pressa un bouton.

– D'Argent, je veux parler à l'archevêque, l'Abbé de Saint-François.

Mais d'Argent revint bientôt informer Sa Majesté que l'archevêque n'était pas à l'abbaye, que personne ne savait où il se trouvait ni comment le contacter.

13

En fait, l'Archevêque Fideles n'avait pas encore quitté l'abbaye quand y était parvenue la convocation urgente du roi. L'archevêque aurait dû être dans son astronef particulier, mais il avait été retardé par un visiteur inattendu.

Fideles était seul quand on avait respectueusement frappé à la porte. Il s'étonna de ne pas trouver devant lui le Frère Petra, toujours ahuri et confus (« Oh, mon Dieu, je devais rejoindre Votre Excellence au *vaisseau*, n'est-ce pas ? ») mais un frère convers – de ceux venus à l'abbaye pour consacrer leur vie au service de Dieu, mais qui, pour diverses raisons, n'étaient pas autorisés à prononcer les vœux monastiques ou à remplir les devoirs d'un prêtre. Baissant la tête, le frère observa un silence respectueux, les bras croisés dans les manches de sa soutane élimée – vieille défroque ayant appartenu à un autre. Les frères convers n'étaient pas tenus de s'habiller si humblement, c'était son choix personnel. Et il n'était pas obligé non plus de rabattre sa capuche sur son visage ni d'éviter la compagnie et la conversation de ses frères. Cela aussi venait d'un choix personnel, comme il avait choisi de se charger des tâches les plus dures et les plus humiliantes.

Fideles resta muet de surprise à sa vue. Bien qu'il ne vît pas son visage, l'archevêque le reconnut immédiatement à sa taille au-dessus de l'ordinaire, et à la largeur de ses épaules et de son torse, visibles sous sa robe.

On l'appelait Frère Paenitens – le Pénitent. C'était son nom officiel. Entre eux, les frères l'appelaient l'Impardonné. Il avait un autre nom, son vrai nom. Mais ce nom n'était connu que de deux personnes : lui-même et l'archevêque. Et de Dieu.

– Frère Pénitent ! s'écria Fideles. Comme je suis content de vous voir ! Il y a longtemps que je désire vous parler, mais aujourd'hui, le moment est mal choisi, j'en ai peur. Comme vous voyez, je pars hors-planète. Il s'agit d'un problème urgent, et je... je n'ai vraiment pas le temps...

– Je sais, Votre Sainteté, dit le convers. C'est pourquoi je suis là. Je dois vous parler avant votre départ.

L'archevêque était déjà en retard, mais il comprit qu'il ne pouvait pas plus congédier cette présence sombre et impérieuse qu'il n'aurait pu congédier la mort s'il l'avait vue se dresser sur son seuil.

– Certainement, mon Frère.

Pénitent regarda derrière lui les antichambres vides.

– Serons-nous seuls ? demanda-t-il.

– Oui, bien sûr...

Frère Pénitent hocha la tête en silence, entra, et attendit. Fideles ferma la porte et retourna à son bureau.

– Qu'y a-t-il, mon Frère ? Que se passe-t-il ?

Le convers ne répondit pas directement à la question, semblant ne pas vouloir se perdre dans de longues explications. Il dit seulement :

– Il faut que vous m'emmeniez avec vous.

L'Abbé Fideles en resta totalement interdit. Et troublé.

– Mon Frère, dit-il à regret, en toute autre circonstance j'aurais été honoré de votre compagnie, mais j'ai promis le plus grand secret sur cette mission...

– Je connais le secret, Votre Sainteté, dit Frère Pénitent à voix basse, les épaules courbées comme sous un poids accablant. Je sais où vous allez et pourquoi.

– C'est impossible, dit l'archevêque.

Frère Pénitent parut ne pas l'entendre, et poursuivit.

– On vous a demandé de vous rendre dans un sanatorium dirigé par les Sœurs de Madeleine, sur une planète des Systèmes Centraux. La supérieure en personne vous a contacté, vous a convaincu que la question était d'une extrême urgence et devait rester secrète, au point de vous interdire de dire à quiconque où vous alliez et pourquoi.

– Comment savez-vous cela ? demanda Fideles, étonné de ces paroles et du calme avec lequel elles étaient dites. Le message est parvenu par des canaux confidentiels.

– Disons que... Dieu me l'a révélé.

– Vraiment ? dit Fideles, frappé des manières hésitantes d'un homme qui, de sa vie, n'avait jamais hésité à faire, affronter ou dire quoi que ce fût.

Frère Pénitent leva la main, rabattit lentement sa capuche, releva la tête et regarda l'archevêque dans les yeux. Son visage portait des rides si profondes qu'on aurait dit des cicatrices. Ses longs cheveux noirs striés de gris tombaient en désordre sur ses épaules. La bouche était fine et sévère. Mais ce furent les yeux qui frappèrent Fideles, lui serrèrent le cœur de pitié. Les yeux étaient sombres et vides. Fideles repensa à ces yeux, du temps qu'ils étaient vibrants, brûlants, vivants.

Pénitent n'avait jamais rien demandé à son archevêque... ni à personne. Le convers connaissait le détail de sa mission, que personne ne pouvait connaître sauf par intervention divine. Certains – dont le Prieur John – auraient attribué cette intervention au Malin. Mais à peine cette idée eut-elle traversé l'esprit de Fideles, qu'il sut quelle décision il devait prendre. Sa foi en Dieu demeura inébranlable.

– Dans ces conditions, il est bien évident que vous devez venir, mon Frère, dit résolument l'Archevêque Fideles. Avez-vous fait vos bagages ? Avez-vous besoin de quelque chose ?

Frère Pénitent ne répondit pas. Rabattant sa capuche sur son visage, il indiqua du geste qu'il était prêt à partir tel qu'il était – les mains vides.

14

Debout au pied de l'échelle du Cimeterre, Tusk – l'air très professionnel dans la combinaison bien repassée qu'il portait toujours pour transporter des clients – accueillait ses nouveaux passagers.

– Moi, c'est Tusk, dit-il en tendant la main.

– Don Perrin, dit le voyageur, blond, large d'épaules, bel homme.

– Cynthia Zorn, dit la voyageuse, blonde, jambes longues, jolie femme.

Ils se serrèrent tous la main.

– Le Commandant Link est déjà à bord pour tout préparer, dit Tusk. Nous devrions décoller à l'heure. Je peux vous donner un coup de main pour vos bagages ?

L'homme et la femme étaient arrivés dans une superbe limo-jet toute neuve. Le chauffeur avait sorti les bagages du coffre et les avait posés par terre.

– Merci, dit Don. Charles, je vais m'occuper de ça.

Le chauffeur bataillait avec un gros objet métallique, lourd et disgracieux, s'efforçant de l'extraire de la banquette arrière, sans beaucoup de succès. Il s'écarta avec soulagement et laissa Don prendre la relève. Tusk souleva les deux valises, petites et légères, et attendit pour voir ce qui émergerait de la limo.

– Vous êtes vendeurs d'aspirateurs ? demanda-t-il quand Don posa l'objet sur le tarmac.

– En un sens, oui, dit la femme en riant.

Don, congestionné par ses efforts, sourit.

– Je sais qu'elle n'est pas très jolie, mais elle fait bien ce qu'elle fait.

– Uh-huh, fit Tusk, lorgnant une grosse boîte métallique d'un mètre et demi de haut, ornée de tuyaux, embouts et appendices divers. Qu'est-ce qu'elle fait ?

– Elle s'appelle Mme Propre. Vous saisissez ? C'est le Rêve de la Maîtresse de Maison. Ou du maître de maison, ajouta-t-il, avec un regard d'excuse à sa partenaire. Merci, Charles, reprit-il à l'adresse du chauffeur, qui le salua, ferma le coffre et démarra.

Don Perrin et la femme se dirigèrent vers l'avion.

– Suis-nous, Mme Propre, ordonna Cynthia, et le robot cahota derrière eux.

Tusk resta en arrière avec les valises, méditant ce qu'il ferait à Link quand il lui mettrait la main dessus. Un boulot régulier ! Des représentants de commerce ! Merde, ils auraient de la veine s'ils n'essayaient pas de les payer en Mmes Propre ! Quand même, il y a du louche là-dedans, se dit-il en regardant ses clients. Les gens nous paient gros pour partir discrètement et arriver de même. Mais à moins qu'ils aillent sur une planète où les aspirateurs sont illégaux, pourquoi payer le prix fort avec nous ? Pourquoi ne pas prendre un vol commercial ? Et je parie que Cynthia n'a pas réglé cette combinaison de vol moulante en faisant du porte-à-porte pour vendre Mme Propre. Sans parler de Charles et de la limo.

Le couple était arrivé au Cimeterre, et fronçait les sourcils devant l'échelle montant au sas. Mme Propre s'arrêta près d'eux. Tusk, croyant comprendre leur inquiétude, se hâta de les rejoindre.

– Ne vous en faites pas. Je vais la mettre dans la soute.

– Toute seule ? dit Cynthia, dilatant les yeux.

– Là-dedans, il y a aussi des pièces détachées et un moteur antigrav nase, dit Tusk, souriant jusqu'aux oreilles. Peut-être qu'elle pourra engager la conversation avec eux

– Mon Dieu, non, dit Cynthia, secouant la tête. Mme Propre n'aimerait pas ça du tout. Il faut qu'elle vienne avec nous, Don, ajouta-t-elle, se tournant vers lui.

– Naturellement, dit Don, jovial, mais un peu abattu à la perspective de monter Mme Propre en haut de l'échelle.

Il se mit en devoir de soulever le robot.

– Attendez, dit Tusk en l'arrêtant. J'ai un treuil. On va la hisser. Si elle n'a rien contre, ajouta-t-il, avec un regard interrogateur à Cynthia.

– Grands dieux non, dit-elle en riant. Ce n'est qu'un robot !

– Ouais, grommela Tusk. Il faut que j'installe l'engin. Ça va prendre un moment. Vous voulez attendre à bord ? Le bar est bien garni.

– Non, merci, dit Cynthia. Nous resterons avec Mme Propre, n'est-ce pas, Don ?

– Bien sûr, dit Don, très aimable. Elle pourrait se sentir seule. Mais vous pouvez m'apporter un scotch-glaçons en redescendant, Tusk.

Tusk hocha la tête, ahuri.

– Vous voulez boire quelque chose, ma'ame ?

– Non, merci, dit Cynthia, souriante.

Tusk eut envie de demander si Mme Propre prendrait un verre de super ou si elle préférait l'ordinaire, mais il résista à la tentation. Il avait l'impression que la plaisanterie ne serait pas appréciée.

Il monta l'échelle et brailla :

– Eh, XJ, je t'ai trouvé une fiancée. Attends de la voir. C'est tout à fait ton genre, avec tuyaux et tout.

Cynthia et Don attendirent que Mme Propre arrivât à bon port avant d'accepter de monter à bord. Cynthia grimpa lestement l'échelle et s'introduisit dans le sas comme si elle n'avait fait que ça toute sa vie. Don fut plus gauche, mais il faut dire qu'il avait avalé quatre scotch-glaçons pendant l'ascension de Mme Propre.

Link montra aux passagers comment fixer leur harnais et aida galamment Cynthia à boucler le sien. Tusk se fit confirmer leur destination, puis entra les coordonnées dans un XJ boudeur.

– Nous sommes déjà tombés bien bas, mais jamais aussi bas, dit l'ordinateur.

– La ferme, dit Tusk. Tact et discrétion, tu connais ?

– Je ne voudrais pas que mes anciens compagnons d'armes me voient, dit XJ d'un ton sépulcral. Moi, autrefois sous les ordres du Seigneur de la Guerre Sagan...

– Toi, qui étais déserteur, marmonna Tusk.

– ... réduit à servir du scotch – et du bon scotch, en plus – à des voyageurs de commerce !

– Dis donc, XJ, dit Link, descendant dans le cockpit et se jetant dans le fauteuil du copilote, je crois que tu plais bien à Mme Propre. Sois gentil avec moi, et je vous organiserai un rendez-vous.

– Un comique, dit sèchement XJ. Il faut que je supporte deux représentants de commerce et un comique ! J'espère qu'on va se faire un paquet de fric !

Ses voyants clignotant de façon menaçante, XJ se concentra sur le décollage.

Tusk profita du rugissement des moteurs pour pousser Link du coude.

– Où l'as-tu dégotée ?

– A l'Auberge Rare. Ce n'est pas ce que tu crois. C'est une dame classe. Cette Mme Propre, c'est une idée à elle. Elle a construit le prototype, fondé sa compagnie. Avec des millions de dollars de chiffre d'affaires. Tu as entendu le jingle qu'elle a composé ? C'est vraiment chouette. Attends, je vais te le chanter...

– Laisse tomber, grogna Tusk. C'est pour ça qu'elle a besoin de nous ? Pourquoi elle a pas son avion privé ?

– C'est un genre de test, si tu veux. Elle voudrait développer son affaire hors-planète, mais elle n'est pas sûre que le risque en vaut la peine. Elle a rendez-vous sur Akara avec une multinationale qui pourrait être intéressée par la distribution de Mme Propre à toutes les heureuses maîtresses de maison de la galaxie.

– N'oublie pas les maîtres de maison, sourit Tusk.

– Ouais. Pour ne rien te cacher, dit Link avec un clin d'œil, je ne refuserais pas d'être son maître de maison. Elle pourrait m'entretenir dans le style qui me plaît. Et elle m'aiderait à réparer mon cœur brisé. Je ne te pardonnerai jamais de m'avoir soufflé Nola.

– Cœur brisé, mon œil. Nola avait trop de bon sens pour t'épouser. Et je me rappelle pas que tu lui aies demandé sa main.

– Pour te faire une fleur, mon vieux. Comment aurait-elle pu me dire non, *à moi* ? Dis donc, tu crois que je pourrais apprendre à Mme Propre à jouer aux dés ?

Tusk lui exposa en détail ce qu'il pouvait enseigner à Mme Propre, et quand il eut fini, ils étaient dans l'espace. Il confia le pilotage à Link et alla dans le séjour, pour voir si ses passagers avaient supporté le décollage.

– Tout le monde va bien ? dit Tusk, peu étonné de la perplexité de ses passagers. Le décollage secoue souvent.

– On n'a rien senti, dit Cynthia, posant son magazine. Je peux enlever mon harnais ? ajouta-t-elle, joignant le geste à la parole. Et détacher Mme Propre ? Ça ne vous fait rien qu'elle se promène un peu ? Pour recharger ses batteries.

– Oui, dit Tusk. Enfin, non, ça ne me fait rien.

– Ça va si je m'en verse un autre ? dit Don, allant au bar. Parce que vous êtes plutôt chiche en scotch.

– Servez-vous, dit Tusk, ignorant un grincement courroucé dans les parages de l'ordinateur.

A genoux, Cynthia détacha Mme Propre, et lui dit quelque chose que Tusk n'entendit pas. Et qui, d'ailleurs, ne l'intéressait pas. Mme Propre fit un petit tour dans le séjour.

– Elle doit chercher les moutons, grommela Tusk.

Cynthia se releva. Ils regardaient Mme Propre de l'air attendri de parents surveillant les premiers pas de bébé.

– Le voyage durera à peu près six heures, dit Tusk. Détendez-vous, mettez-vous à l'aise. Je serai à l'avant si...

Se retournant, il faillit tomber sur Mme Propre, qui roulait sur ses talons. Elle avait un tuyau pointé sur lui. Tusk reprit son équilibre, la regarda, éclata de rire.

– Dites donc, vous deux, vous savez que cet accessoire ressemble exactement à un pisto-laser ?

– C'est parce que *c'est* un pisto-laser, dit Don, très cool, faisant tourner ses glaçons dans son verre.

Mme Propre braqua son arme sur le front de Tusk.

– C'est une tireuse d'élite, dit Cynthia, avec une fierté toute maternelle. En fait, elle ne rate jamais sa cible.

Tusk voulut se remettre à rigoler, mais son rire lui resta dans la gorge.

– La garde d'enfant idéale. C'était une bonne blague, d'accord, mais maintenant...

Il voulut contourner Mme Propre. Le robot bourdonna, ses voyants clignotèrent. Le pisto-laser le suivit, toujours braqué sur son front. Tusk se tourna vers Don.

– Ce n'est pas une blague, j'en ai peur, dit Don, avalant une bonne rasade de scotch.

– En effet, dit froidement Cynthia. Mme Propre est programmée pour vous suivre. Si vous faites quelque chose qui lui déplaît, elle vous abattra sans hésiter. Appelez Link.

– Link, confie le pilotage à XJ et amène-toi.

Link remonta du cockpit, vit Tusk et le robot, et se mit à rigoler. Sauf que Tusk le vit glisser discrètement la main dans la poche de sa combinaison.

– Tu joues aux cow-boys et aux aliens, Tusk ?

– La ferme, débile ! siffla Tusk. Le flingue est réel.

Mme Propre va m'abattre si je fais quelque chose qui lui déplaît. Mais d'ailleurs, qu'est-ce qui lui déplaît? ajouta-t-il, regardant Don. Les serviettes sales sur le pont?

– ... qu'est-ce qui se passe là-haut, bon sang? demanda XJ. C'est des agents de recouvrement, ces mecs? Je suppose que tu as encore oublié de payer l'électricité!

Les lumières s'éteignirent. Tusk plongea, roula sur lui-même. Un éclair l'aveugla, lui brûla l'épaule. Autre éclair, glapissement de Link, cliquetis d'un pisto-laser sur le pont – leur plan n'avait pas marché. Le robot avait tiré sur eux deux presque en même temps.

– Avais-je oublié de vous dire que Mme Propre vous surveillait tous les deux? Elle peut tirer n'importe où dans un rayon de trois cent soixante degrés, dit Cynthia.

– Et elle repère ses cibles dans le noir. Par le mouvement, la chaleur corporelle, ces trucs-là, dit Don.

– Peut-être, mais elle a failli me rater, dit Tusk, suant et tremblant, souffrant le martyre de son bras.

– Non, non, dit Cynthia. Je l'avais réglée sur *invalider*. Je peux la mettre sur *tuer*, mais je préfère l'éviter.

– On pourrait avoir de la lumière? dit Don. Je ne vois pas ce que je me verse.

– Rallume, XJ, ordonna Tusk, maussade.

– Pas question. Et si ces voyageurs de commerce veulent détourner l'avion, je ne coopérerai pas. Qu'est-ce qu'ils peuvent faire, après tout? Me tuer?

– Non, mais ils pourraient nous tuer, nous, cria Link.

– Tu parles d'une perte! ricana XJ.

– En fait, nous n'aurons besoin de tuer personne, dit Cynthia. Mme Propre est très habile pour envahir les systèmes d'autres ordinateurs, effacer leurs mémoires et prendre le contrôle. Nous n'avons qu'à la brancher...

La lumière revint.

– Ecoutez, j'y comprends rien, dit Tusk, se relevant, les mains bien en vue, car Mme Propre le visait toujours. Qu'est-ce qui se passe? Pourquoi nous détourner? Link et moi, on n'est pas du genre curieux. On vous aurait emmenés n'importe où sans poser de questions.

– Sans doute pas, dit Don, secouant le distributeur d'alcool. A l'Avant-Poste de l'Enfer? Au Café des Exilés?

La mâchoire de Tusk s'affaissa.

– Pensez simplement à nous comme à vos gentils officiers recruteurs, dit Cynthia, se dirigeant vers le cockpit. Vous venez, Commandant Perrin ?

– Je vous suis, Capitaine Zorn.

Don s'arrêta pour tendre son verre à Tusk, ajoutant :

– Je crois que vous n'avez plus de scotch.

15

La Mère Supérieure, femme énergique en tailleur de cadre, accueillit l'archevêque à l'entrée de l'hôpital, d'une poignée de main vigoureuse, comme n'importe quel frère de l'Ordre, et non comme son chef. Pour complaire à la mystérieuse et pressante requête de la Mère Supérieure quant à l'anonymat, Fideles portait une simple soutane de moine.

La Mère Supérieure eut du mal à dissimuler son étonnement et son mécontentement à la vue du frère en robe élimée qui accompagnait l'archevêque.

– Votre compagnon pourrait peut-être se reposer à la cafétéria, mon Père, pendant que nous nous occuperons de notre affaire, suggéra-t-elle sans ambages.

– Merci, Révérende Mère, mais j'exige que Frère Pénitent soit témoin de notre entrevue.

La Mère Supérieure fronça les sourcils mais ne discuta pas devant le personnel et les malades. Elle leur fit rapidement visiter le sanatorium en allant à son bureau, pièce claire et aérée comme tout le reste de l'établissement.

– Très impressionnant, dit l'archevêque en entrant. Vous semblez avoir d'excellentes installations, ma Mère.

– Merci, Votre Sainteté. Asseyez-vous, je vous prie, dit-elle, leur montrant des fauteuils près de la fenêtre. Prendrez-vous quelque chose ? Thé, café, un verre d'eau ?

– Non, merci ; rien pour le moment, dit Fideles.

Elle regarda Frère Pénitent, qui secoua la tête.

– Alors, si vous m'excusez un instant...

Elle alla à la porte de son bureau.

– Sœur Irène, vous pouvez faire votre pause-déjeuner. Fermez la porte extérieure. Qu'on ne me dérange pas.

Elle referma sa porte à double tour, et revint s'asseoir en face de l'archevêque, nerveuse, le visage tendu.

– Pardonnez-moi de sembler contester votre décision, Votre Sainteté, mais comme je l'ai indiqué dans mon message, cette affaire est d'une nature extrêmement sensible et délicate. Je ne saurais trop insister là-dessus.

Fideles fut forcé de s'éclaircir la gorge avant de parler.

– Je comprends vos scrupules, Révérende Mère, mais j'ai une raison spéciale de désirer la présence de Frère Pénitent. Je réponds de sa discrétion.

– Mais vous ignorez de quoi il s'agit, Votre Sainteté.

Fideles leva la main. Geste plein de douceur, mais suffisant pour lui rappeler qu'elle s'adressait à son supérieur.

– Très bien, dit-elle d'un ton brusque. Mais avant de vous exposer la raison de ma requête, je dois vous parler du passé de l'hôpital, Votre Sainteté. Cela peut paraître hors du sujet, mais se rapporte directement à notre propos.

« Le sanatorium fut construit il y a soixante-dix ans. A l'heure actuelle, les bâtiments et le parc sont beaux, mais ils étaient magnifiques autrefois, dit-on. A l'origine, il fut construit à l'intention exclusive des membres du Sang Royal qui – en raison de leurs particularités génétiques – ne pouvaient guère être soignés dans des installations ordinaires. La nuit de la Révolution, il y avait ici une centaine de patients du Sang Royal. Le sanatorium fut encerclé par la Garde Révolutionnaire. Les membres du personnel qui n'étaient pas du Sang Royal furent renvoyés chez eux. Quand ils revinrent le lendemain, les patients et le reste du personnel n'étaient plus là. Ils avaient été “ déplacés ”.

« Après la Révolution, le gouvernement prit la suite, et dirigea l'établissement avec l'inefficacité bureaucratique habituelle, dont nous nous remettons lentement.

– Vous semblez faire un excellent travail, dit Fideles.

La Mère Supérieure hocha sèchement la tête, trop absorbée par son sujet pour apprécier le compliment.

– La semaine dernière, nous avons reçu une patiente. Une femme frisant les soixante-dix ans. Elle est mourante, et elle le sait. Elle est médecin et elle a correctement diagnostiqué son état. Il n'y a pas de traitement. Elle le sait aussi. Elle n'a plus que quelques semaines à vivre, pour les passer dans la paix que les antalgiques peuvent donner.

« Histoire banale, direz-vous. Mais les circonstances sont curieuses. Cette femme a fait un long voyage pour venir jusqu'à nous. Elle vivait à des années-lumière d'ici, sur un monde où il y a d'excellentes installations hospitalières. En fait, les docteurs y sont bien plus familiarisés que nous avec le traitement de cette maladie, indigène à leur planète. Mais elle avait une raison pour venir ici. Avant la Révolution, elle était médecin dans ce sanatorium.

– Est-elle du Sang Royal ? dit Fideles.

– Non, répondit la Mère Supérieure, étonnée de la question. Tous les membres du Sang Royal sont morts, sauf Sa Majesté – que Dieu la protège.

– Que Dieu la protège, dit Fideles en écho.

– Naturellement, nous nous sommes demandé pourquoi elle avait entrepris un si long voyage, qui, dans son état, avait dû être pénible et douloureux. Elle répondit qu'elle avait été très heureuse ici et qu'elle voulait y être enterrée. Mais quelque chose la perturbait, au point de rendre tous nos traitements inefficaces. Elle refusa de parler au psychiatre, mais quand elle découvrit que j'étais prêtre, elle a voulu se confesser à moi. C'est après l'avoir entendue, soupira-t-elle, que je vous ai demandé de venir.

– Mais, Révérende Mère, dit sévèrement Fideles, si ce secret vous a été confié pendant la confession, vous ne pouvez pas le répéter, même à moi.

– Je le sais, Votre Sainteté, dit doucement la Mère Supérieure. C'est pourquoi j'ai convaincu le docteur de vous raconter l'histoire elle-même. Sa maladie et ses souffrances la laissent en pleine confusion. Elle ne sait plus si ce qu'elle sait est important. Je l'ai convaincue qu'à mon avis, c'est de la plus grande importance. Elle a donc accepté de *vous* parler. Et je vais *vous* conduire à sa chambre.

Nouvelle insistance sur le *vous*, nouveau coup d'œil pénétrant au frère convers. Fideles regarda Pénitent, interrogateur, pour voir s'il l'accompagnerait. Conscient de ces regards, Pénitent hocha la tête et se leva.

Fideles se leva aussi, indiquant qu'ils étaient prêts.

– Suivez-moi donc, dit la Mère Supérieure.

S'arrêtant à la porte, elle murmura, plus pour elle que pour eux :

– Dieu veuille que je ne me trompe pas.

Les souvenirs de ses jours d'infirmier à bord du *Phénix* revinrent en force à Fideles quand ils entrèrent dans la chambre de la malade, avec ses draps amidonnés et ses odeurs d'antiseptiques. La patiente était dans une chambre particulière, à un étage presque désert. Assise dans un fauteuil roulant près de la fenêtre, elle regardait la vue.

En bas, sur les vastes pelouses, jouaient des enfants en convalescence. Le soleil entrait à flots. Une infirmière, assise près d'elle, lisait un livre.

La Mère Supérieur la renvoya, ferma la porte.

Les trois visiteurs prirent des chaises et s'assirent près de la malade. Le docteur ne s'étonna pas de la présence du convers silencieux, et elle n'eut pas l'air intimidé à l'idée de raconter son histoire à un personnage aussi important que l'archevêque. Elle avait fait sa paix avec Dieu, et elle avait l'air distant et éthéré de quelqu'un qui a déjà quitté les rivages de cette vie et s'approche lentement d'une autre.

– Je suis merveilleusement bien soignée, dit-elle, souriant à la Supérieure qui tapotait ses oreillers et versait de l'eau dans son verre. Je suis heureuse. Je suis contente d'être revenue, contente de revoir cet endroit plein de vie, entièrement dédié au bien. Je me le rappelle... le lendemain. Vide. Silencieux. Tellement silencieux. J'avais des craintes en venant. Mais je n'ai plus peur.

– Il est bien naturel de craindre la mort... dit Fideles.

– Non, ce n'est pas la mort que je craignais. Je sais que je vais mourir depuis assez longtemps pour avoir fait la paix avec ma maladie. J'avais peur de lui. Mais il ne peut plus m'atteindre. Le gouffre qui nous sépare est trop large.

Sans dire un mot, Frère Pénitent lui prit la main droite et la tourna, paume en l'air. La Mère Supérieure sembla choquée de cet étrange comportement, mais la malade ne chercha pas à retirer sa main.

– Non, mon Frère, je ne suis pas du Sang Royal, mais ma mère l'était, dit-elle.

Pénitent lâcha sa main, se renfonça dans son fauteuil. Fideles, comprenant sans comprendre, frissonna.

– J'étais médecin ici, dans les années précédant la Révolution. Spécialisée dans les troubles mentaux affectant les personnes du Sang Royal. Oui, ces troubles existaient, même si les membres du Sang Royal refusaient de l'admettre. C'était sans doute aussi bien, vu qu'ils régnaient sur la plupart des mondes habités de la galaxie. Ils n'osaient pas montrer leurs faiblesses. A cause de cette nécessité du secret, nous nous donnions beaucoup de peine pour protéger l'identité de nos malades, afin d'éviter le scandale sur leurs planètes d'origine.

« Un jour nous est arrivée une patiente exigeant une sécurité encore plus grande. Elle arriva au sanatorium en pleine nuit. Masquée et emmitouflée, elle fut immédiatement installée dans une suite préparée pour elle. Seules quatre personnes connaissaient son nom : l'administrateur de l'hôpital, moi-même, et les deux infirmières voyageant avec elle. Elle quittait rarement sa chambre. Personne d'autre à l'hôpital ne l'a jamais vue.

« Elle n'avait pas trente ans à son arrivée. Elle était du Sang Royal, d'une beauté extraordinaire, et tout à fait folle. Un déséquilibre chimique du cerveau la plongeait dans des rages violentes et frénétiques. En fait, elle avait commis un meurtre. Le crime avait été étouffé ; peu de gens en avaient connaissance. Mais sa famille réalisa qu'elle ne pouvait plus la garder, et elle fut amenée ici. Sa maladie pouvait être traitée, mais uniquement par la prise régulière de drogues correctrices. Quand elle était stabilisée, elle était brillante, charmante, captivante. Quand l'effet des drogues cessait, elle devenait une bête féroce. Aucun espoir de guérison. Sa famille n'avait d'autre choix que de la faire enfermer.

« Toutefois, elle pouvait recevoir des visiteurs. Elle n'en avait qu'un – son frère. Il avait vingt ans de plus qu'elle, mais il l'adorait. Leurs parents l'avaient eue dans leur âge mûr, et étaient morts quand elle était dans sa petite enfance. Son frère et elle étaient tout l'un pour l'autre. Il venait la voir tous les mois, sans y manquer, malgré ses nombreuses occupations. Ces visites – qui devaient se faire dans le plus grand secret – devaient désorganiser la vie du frère. Mais il l'aimait et elle l'adorait. Elle ne vivait que pour la journée qu'il passait chaque mois avec elle.

« Nous trouvions leurs rapports touchants, merveilleux. Aucun de nous ne sut, avant qu'il ne fût trop tard, qu'ils étaient totalement dévoyés.

« Nous avions pour politique de laisser sortir les patients quand ils étaient stables. Pour elle, ces sorties ne duraient que quelques heures, généralement passées sur le yacht personnel de son frère. Au début, nous avons hésité à permettre ces sorties, mais il n'y eut jamais de problème. Au contraire, la patiente semblait s'en trouver mieux.

« Un certain mois, cinq ans avant la Révolution, son frère, comme d'habitude, emmena la malade passer la journée avec lui. Elle était d'un entrain extraordinaire en rentrant. Je n'y prêtai pas attention jusqu'au jour où, lors de tests de routine, je notai un changement marqué dans la composition de son sang. Elle était enceinte. »

Fideles sursauta, atterré. Il ne s'attendait pas à ça.

– Ce n'était sûrement pas son...

– Si, j'en ai peur, Votre Sainteté, dit doucement le docteur. La femme reconnut volontiers que son frère était le père du bébé. Leurs rapports incestueux duraient depuis des années, depuis qu'elle l'avait séduit à l'âge de dix-huit ans. Elle avait toujours pris des précautions pour éviter d'être enceinte. Mais elle avait pensé que son frère ne s'était pas marié à cause d'elle, et qu'il avait besoin d'un héritier. Elle avait donc décidé de lui en donner un, supposant – dans son esprit dérangé – qu'il parviendrait facilement à le faire légitimer.

« Nous avons été horrifiés. Son frère aussi, ce qui est tout à son honneur. Naturellement, nous lui avons demandé de venir et nous lui avons tout raconté. Il faillit s'évanouir – il avait près de cinquante ans à l'époque, et il était cardiaque. Il était obsédé par sa sœur, voyez-vous, obsession renforcée par le fait qu'elle était enfermée loin de lui.

« Nous avons conseillé l'avortement – dans l'intérêt de la mère, car nous ne pouvions plus lui donner les drogues qu'il lui fallait sans risquer de nuire à l'enfant. Le frère refusa son consentement. Il pensait que cette grossesse était un châtiment divin pour ses péchés. Il promit de prendre soin de l'enfant après sa naissance. Puis il partit. Il ne revint plus jamais voir sa sœur, qui en fut folle de chagrin.

« Ce fut une époque terrible, la pire avant la Révolution. Il fallait la surveiller constamment, parfois l'attacher pour l'empêcher de nuire à elle-même et à d'autres.

« La naissance fut difficile pour elle. Mais l'enfant – un garçon – était sain et vigoureux. Nous avons aussitôt informé le frère, comme convenu, et le lendemain, un ami intime de celui-ci arriva et emporta l'enfant.

« Je repris immédiatement le traitement chimique, mais la perte de son frère adoré et de son bébé furent des traumatismes insurmontables. Malgré tous nos efforts, elle a dépéri sous nos yeux et est morte peu après. »

Le docteur les regarda. Aucun n'avait fait un geste ou dit un mot, à part la brève exclamation de Fideles.

– Comme vous le pensez, dit doucement le docteur, je me sentais responsable. Cette tragédie me hantait. J'ai donné ma démission, mais les administrateurs m'ont persuadée de rester. Puis vint la Révolution. Je n'étais pas de service le soir où les soldats entrèrent à l'hôpital. Ils chargèrent personnel et patients dans des navettes et les emmenèrent Dieu sait où. A la mort, nous dit-on plus tard. En tout cas, je n'en ai plus jamais revu aucun.

« On m'avertit que j'étais recherchée, car ma mère était du Sang Royal. J'étais si abattue que j'ai pensé à me livrer. Un ami très cher m'en a dissuadée, disant que je n'avais pas le droit de sacrifier ma vie alors que je pouvais servir mes pareils. La seule façon de me sauver, c'était de ne plus penser au passé. Lui et moi, nous sommes partis hors-planète. Nous nous sommes mariés. J'ai changé de nom, acquis une nouvelle identité. J'ai refusé de repenser au passé, jusqu'au moment où j'y ai été forcée, quand le jeune roi est monté sur le trône. »

Elle posa son regard sur Frère Pénitent, comme si elle pensait qu'il était le seul à pouvoir comprendre.

– Il y a quelques mois, j'ai appris que j'étais mourante. Je me suis mise à rêver de cette malheureuse et de son enfant. Je le voyais dans mes rêves – non bébé, comme à l'époque, mais adulte. Il venait à moi toutes les nuits. Il ne disait rien, mais projetait une ombre sur mon âme, bloquait la lumière. Debout devant moi, il levait la main, et je savais qu'il me barrait l'accès à la vie future. Je ne pourrai pas reposer avant d'avoir fait ma paix avec lui. La seule façon dont je peux l'aider, c'est de raconter mon histoire. Tous les autres sont morts ; je suis la seule à la connaître maintenant, vous comprenez.

– Mais les registres de l'hôpital..., commença Fideles.

– Ont été falsifiés, dit le docteur. Le frère l'a ordonné, et il avait le pouvoir et l'autorité de faire exécuter ses ordres. Et ce n'était pas un grand crime, dit le docteur avec un pauvre sourire. Nous avons simplement écrit : « inconnu », dans l'espace réservé à *Père biologique*. Nous l'avons fait dans l'intérêt de notre patiente, pas pour le frère. Si quelqu'un avait découvert la vérité, elle aurait couru un danger terrible. Finalement, cela n'eut aucune importance. Les registres furent détruits. Et tous ceux qui connaissaient la vérité disparurent la nuit de la Révolution.

Elle soupira, se tourna vers l'archevêque.

– Votre Sainteté, je veux... je dois... *vous* dire la vérité. La Mère Supérieure m'a convaincue de vous révéler le nom. J'ai gardé ce secret tant que les intéressés vivaient. Mais ils sont morts tous les deux et cette révélation ne pourra plus leur nuire ; tandis que le secret pourrait grandement nuire aux vivants.

– Je comprends, docteur, dit Fideles, le cœur étreint d'une affreuse prémonition.

– La femme s'appelait Jezreel. Le nom de son frère était Amodius. Amodius Clairfeu. Le défunt roi, ancien souverain de la galaxie.

Ils restèrent tous immobiles et muets, accablés par cette histoire triste et sordide d'amour incestueux, ces morts tragiques, ces dissimulations. Enfin, Fideles se leva.

– Nous allons prendre congé.

Une sensation de brûlure le fit tressaillir. Baissant les yeux, il vit la main de Frère Pénitent sur son bras.

– Une question.

– Quelle est-elle, mon Frère ? dit le docteur.

– Le nom de l'homme qui a emporté l'enfant ? Vous devez le savoir, n'est-ce pas ? Vous n'auriez pas confié le bébé à un étranger.

– Vous avez raison, dit le docteur sans se faire prier, quoiqu'un peu perplexe. Nous connaissions l'homme de vue et de réputation. Et nous avons fait différents tests pour confirmer son identité – scanner de l'œil, empreintes génétiques, etc. Il était bien celui qu'il prétendait. Nous n'avions guère de doutes, d'ailleurs. Il était très connu. C'était le célèbre explorateur Garth Pantha.

Frère Pénitent n'ajouta rien. Le docteur se renversa sur ses oreillers, fatiguée mais en paix avec elle-même.

Fideles se leva, s'approcha de son fauteuil, posa la main sur la main décharnée de la malade.

– Vous avez bien fait. *Dominus tecum*, Dieu soit avec toi, ma fille.

– Il l'est, Votre Sainteté. Et, ajouta-t-elle, fixant sur lui un regard intense, vous avez ma permission de tout répéter au roi, si vous jugez que c'est sage.

16

Le voyage jusqu'à l'Avant-Poste de l'Enfer fut sans histoire, non de par la volonté de Tusk, mais parce qu'il n'avait pas son mot à dire.

Tusk s'était d'abord mis en tête de découvrir comment fonctionnait Mme Propre, dans l'espoir d'échafauder un plan pour réduire à l'impuissance le petit robot meurtrier. Mais il fut forcé de renoncer. S'il avait eu accès à XJ, il aurait peut-être réussi, mais l'accès du cockpit lui était interdit. Ça retournait Mme Propre.

Don et Cynthia continuaient à se montrer amicaux et causants, parlant de tout sauf de ce qui intéressait Tusk : Qui êtes-vous vraiment ? Pourquoi faites-vous ça ? Et qu'est-ce que vous faites, au juste ?

Eux, par contre, en savaient un rayon sur Tusk – ce qui devint évident dès qu'ils eurent quitté Vangelis. Surveillant d'un œil soupçonneux la très observatrice Mme Propre, Tusk traînait aussi près que possible du cockpit – c'est-à-dire sur le pont du dessus et le regardant d'en haut avec nostalgie.

Cynthia venait d'ordonner à un XJ penaud et maté de trouver un Couloir pour l'Avant-Poste de l'Enfer.

Tusk les entendit et proposa :

– Dites donc, ma femme va se faire un sang d'encre si je ne rentre pas à l'heure prévue. Vous pourriez me laisser l'appeler pour la prévenir que j'aurai du retard. Vous entendrez la conversation. Elle est enceinte de six mois et...

– Oui, on sait, dit Cynthia, regardant des chiffres fulgurer sur l'écran, XJ lui procurant docilement les informations. Et c'est dommage. Oh, pas qu'elle soit enceinte. Félicitations et tout ça. Mais le moment est mal choisi. Tu comprends, on estime beaucoup ta femme. Elle figurait sur notre liste. Mais sa grossesse nous a obligés à la rayer.

– Nous aurons une place pour elle si elle veut reprendre le travail après la naissance des gosses, dit Don, se détendant dans le fauteuil du copilote.

– Euh, merci, mais elle a vu assez de « travail » pour le restant de ses jours pendant la contre-révolution. Même chose pour moi, si vous voyez ce que je veux dire, ajouta Tusk, mais ou bien ils ne voyaient pas, ou bien ils l'ignoraient à dessein, ou bien ils s'en tamponnaient.

Cynthia dit à XJ de se préparer pour le Plongeon. Don se renversa dans son fauteuil et posa les pieds sur la console – violant par là l'une des lois les plus strictes de l'ordinateur, juste après celle prohibant les serviettes sales sur le pont. Tusk regarda XJ, vit ses voyants s'embraser. L'ordinateur émit une sorte de râle électronique, mais au même instant, Mme Propre émit un bref bourdonnement. Les voyants d'XJ clignotèrent en un instant d'angoissante indécision, puis papillotèrent tristement et s'éteignirent.

– Alors, ce coup de fil ? dit Tusk. Avant qu'on entre dans l'hyperespace ? Ma femme va se faire un mouron...

– Pas du tout, dit Cynthia. On a préparé un message pour Nola, enregistré avec ta voix, disant que tu as eu des problèmes avec le Cimeterre et que tu es coincé sur Akara jusqu'à ce que tu trouves de l'argent pour les pièces.

– Enregistré ? Ma voix ? fit Tusk, ahuri. Quand ?

– Quand nous avons trouvé les autres informations sur toi, que nous avons entrées dans Mme Propre, dit Don. Remets-moi ça, veux-tu ? ajouta-t-il, lui tendant son verre vide. Je prendrai du bourbon puisqu'il n'y a plus de scotch.

Lugubre, Tusk se dirigea vers le distributeur d'alcools, tout espoir disparu de faire passer un message à Dixter. En entendant sa voix – sa vraie voix – Nola aurait tout de suite compris que quelque chose n'allait pas, et, en quelques mots bien choisis, il lui aurait donné une idée de ce que c'était. Elle aurait appelé Dixter, et même si Tusk pensait que le Premier Lord de l'Amirauté ne pouvait pas faire grand-chose pour lui, il aurait su où était Tusk et peut-être ce qui se passait – même si Tusk ne le savait pas.

Mais maintenant... Ah, ils avaient bien préparé leur coup. Tusk devait toujours faire escale sur une planète ou une autre pour effectuer des réparations. Nola avalerait tout. Elle ne l'appellerait même pas ; les communications interplanétaires coûtaient cher, et elle n'était pas du genre inquiet qui a besoin d'entendre la voix de son mari avant de s'endormir. Et en plus, elle n'était pas jalouse.

Toutes choses qui faisaient un mariage harmonieux, mais sacrément moches quand on a été kidnappé.

Il résolut sur-le-champ de convenir d'un code pour communiquer avec Nola à l'avenir quand il rentrerait, s'il rentrait jamais. Ça ne lui servirait à rien maintenant, mais d'y penser lui occupa l'esprit pendant le Plongeon, après quoi il ne put plus rien faire que se prélasser sur son lit dur, fulminer, et tenter de trouver le moyen de pousser Don à jeter une serviette sale sur le pont.

– Tu as déjà été à l'Avant-Poste de l'Enfer ? demanda Tusk à Link pendant l'un des rares moments de la journée où on leur permettait de se parler.

Cynthia appelait ça « l'heure exquise ».

– Non, pas si bête, dit Link.

Tusk aurait pu discuter. Mais étant donné qu'à sa connaissance, il n'y avait pas de casinos là-bas, il décida que Link disait sans doute vrai.

– Et toi ? demanda Link.

Tusk secoua la tête.

– Jamais eu de raison.

Tusk ne savait pas exactement ce qu'il s'attendait à trouver à l'Avant-Poste de l'Enfer, mais il fut déçu à l'arrivée. Situé aux confins de la galaxie, c'était un endroit commode et discret pour conclure des affaires. Les gens venaient ici pour affaires. Affaires sérieuses. Ils n'avaient pas le temps de rigoler.

La structure principale de cette lune grise, froide et sans atmosphère, était un bâtiment appelé le Café des Exilés. En forme de demi-œuf géant, il se composait d'un agglomérat de salles – toutes en forme de demi-œuf – construites autour d'un grand bar central. Les salles étaient des salons particuliers – très particuliers. Les gens payaient gros pour y traiter leurs affaires.

Les armes étaient admises à l'intérieur – chacun ayant le droit d'étaler ses mérites. Mais il était interdit de s'en servir. C'était la loi, et la violer signifiait la mort immédiate. De l'avis général, on ne l'avait jamais violée.

Sachant cela, Tusk taquina l'idée de fausser compagnie à Cynthia et à Don une fois à l'intérieur. Qu'est-ce qu'ils pourraient faire pour l'arrêter ? Mais il fut forcé de renoncer à son plan. Primo, la loi ne s'appliquait qu'à *l'intérieur* du Café, et dehors, il y avait une bonne trotte jusqu'au Cimeterre. Secundo, Don et Mme Propre étaient restés à bord.

– On va garder ton zinc ; je ne voudrais pas qu'au retour tu t'aperçoives qu'il lui est arrivé des bricoles, dit Don, s'installant dans le fauteuil du pilote, les pieds sur la console, un verre de scotch (il avait refait le plein au Café des Exilés) à la main. Je veillerai sur lui avec Mme Propre.

– Merci, marmonna Tusk, échangeant un regard avec Link, qui haussa les épaules en secouant la tête.

Et voilà pour ce plan-là.

A l'entrée du dôme pressurisé, ils se débarrassèrent de leurs combinaisons qu'ils rangèrent dans des vestiaires ; Tusk reconnut alors qu'ils auraient eu du mal à filer à l'anglaise. Et maintenant, il avait envie de savoir ce qui se mijotait. Il commençait même à penser qu'il pourrait s'en sortir non seulement vivant, mais encore avec bénéfice.

Tous les clients du Café devaient traverser le hall d'entrée – petite salle tendue de velours rouge, avec des batteries d'écrans et de caméras, et un comptoir de bois blond où officiait un réceptionniste androïde, qui servait sans doute aussi de videur. Les écrans montraient ceux qui étaient dehors à ceux qui étaient dedans, et vice versa. Les occupants des salons privés restaient invisibles.

Cynthia et l'androïde se saluèrent, et il l'informa du règlement de la maison, qu'elle semblait déjà connaître. Tusk, écoutant d'une oreille, n'entendit rien de louche.

Lui et Link, escortés de Cynthia, entrèrent dans un caisson d'isolement sensoriel ; il en fut si désorienté qu'il ne savait plus dans quel sens il allait, et il se dit que s'il avait essayé de sortir par l'entrée il aurait très bien pu être privé d'autre chose que de l'usage de ses sens.

Un serveur androïde, construit à la ressemblance

exacte d'un humain dans les plus petits détails – ainsi qu'en témoignait la bosse de son string – salua Cynthia par son nom.

– Bien programmé, dit Link à Tusk.

– Mais pour faire quoi ? rétorqua Tusk.

– Tout ce qu'on veut, sourit Cynthia. Par ici.

L'androïde – au corps décoré avec goût et prévenance de peinture lumineuse, faute de quoi ils l'auraient perdu de vue – les conduisit à un antigrav. Cynthia y entra, flotta instantanément vers le haut, Tusk s'envola derrière elle, Link dérivant près de lui. Le serveur monta le dernier, sans les quitter des yeux.

Tusk compta huit étages, et Cynthia, saisissant une barre, sortit d'un rétablissement. Ils suivirent, se retrouvant dans un long couloir étroit flanqué d'innombrables portes fermées. Cynthia s'arrêta devant l'une d'elles, attendit.

Une caméra montée au-dessus de la porte fit un scan de son globe oculaire. La porte s'ouvrit sur une chambre d'hôtel luxueuse, sauf qu'il n'y avait pas de lit, mais seulement une table, un canapé, et un bureau surmonté d'un écran et entouré de fauteuils. Une autre porte menait sans doute au sanitaire. Un grand brun en uniforme, debout près d'une large baie, regardait le bar, huit étages au-dessous. Au bruit de la porte, il se retourna et sourit.

– Mendaharin Tusca, dit Cynthia. Capitaine Richard Dhure. Entrez. Je viendrai vous rechercher tout à l'heure.

– Capitaine Link, dit Tusk, le saisissant par le bras. Capitaine Link, voilà le Capitaine... comment, déjà ?

– Dhure, dit-il. Entrez donc, Tusca. Cynthia accompagnera le Capitaine Link à son entretien d'embauche.

Tusk resta près de la porte, bien résolu à être aussi peu coopératif que possible, curieux de voir ce que ferait le capitaine. Mais au lieu de tirer son pisto-laser et de le menacer de lui tirer dessus – ce que Tusk attendait – Dhure quitta son poste près de la fenêtre et vint lui serrer la main.

– Asseyez-vous donc. Je peux vous offrir quelque chose ? A boire ou à manger ? A nos frais, bien sûr.

– Mettez tout ça où vous savez, dit Tusk, refusant de s'asseoir. Qu'est-ce qui se passe, bon Dieu ?

– Trente minutes, dit Dhure. C'est tout ce que je vous demande. Vous n'êtes pas venu si loin...

– Pas volontairement, gronda Tusk, toujours debout.

– Vous voulez une explication, je vais vous la donner. Vous n'êtes pas en danger. Dans une demi-heure, si vous le voulez, vous sortirez d'ici avec de l'argent dans la poche pour compenser vos désagréments.

Tusk hésita. Il pouvait continuer à jouer les durs, et n'arriver exactement à rien. C'était peut-être le moment de faire semblant de céder, pour apprendre quelque chose qui pourrait servir à Dixter. C'est du moins ce qu'il se dit, ne voulant pas s'avouer qu'il n'avait guère le choix.

– Bon, dit-il en s'asseyant. J'écoute. Trente minutes.

En fait, dix minutes suffirent. Ce qu'ils proposaient était avantageux, mais pas trop. En général, les gros chèques étaient assortis de gros risques, et ne profitaient guère s'ils servaient à couvrir vos frais d'enterrement.

– Nous avons besoin de pilotes expérimentés, dit Dhure. Ayant subi l'épreuve du feu. Nous commençons à nous sentir menacés par des voisins devenus puissants. Nous avons les avions spatiaux et le personnel pour les faire voler, mais tous les membres du corps, du général au troufion, sont des bleus, qui n'ont jamais tiré un coup de canon. Bref, ce que nous cherchons, ce sont des anciens combattants pour les former.

– Entendons-nous bien, dit Tusk, vous avez des avions et des pilotes, mais vos pilotes n'ont aucune expérience du combat ?

– Exact. Je sais, ça a l'air absurde. Mais il y a des tas d'explications plausibles. Supposons que dans l'histoire de la vieille Terre – disons, aux alentours de 1960 – supposons qu'une erreur d'ordinateur ait provoqué une catastrophe nucléaire – des millions de gens morts sur le coup, autant et plus mourant lentement des radiations, l'environnement empoisonné pendant des décennies. La population est terrifiée. On bannit les réacteurs nucléaires, on interdit les centrales atomiques. Ils ont tellement peur qu'ils vont même jusqu'à fermer la NASA. Plus de lanceurs de satellites, plus de science informatique. Que serait-il arrivé ?

– Il resterait une partie de la planète ?

– Et des milliards de gens entassés dans ce petit coin.

– C'est ce qui s'est passé sur votre planète... ? Excusez-moi, je n'ai pas bien saisi le nom.

– Vallombrosa. Je pense que vous ne connaissez pas.

– Non, je ne peux pas dire, répondit Tusk, cherchant le moyen de dire *Si, je connais, et tu mens comme un arracheur de dents* sans se faire tuer. Alors, c'est ce qui est arrivé chez vous ?

– Quelque chose comme ça, fit Dhure, évasif.

– Ce que je ne comprends pas, c'est pourquoi vous vous êtes donné tant de mal. Aller jusqu'à nous enlever Link et moi, je veux dire.

– Parce que vous êtes le meilleur, Tusk. Nous avons vu votre dossier. Nous voulons vous engager.

– Oui, je sais que je suis top, dit Tusk avec modestie. Mais il y a au moins un million d'autres pilotes – enfin, disons cinquante mille – aussi bons que moi. Et vous n'auriez pas eu à les flinguer pour qu'ils viennent, ajouta-t-il, portant la main à son bras blessé.

– J'en suis désolé, dit Dhure. C'était un test.

– Un test !

– On avait entendu dire que vous n'aviez plus de ressort. Que vos dernières batailles vous avaient complètement scié. Que vous étiez alcoolo, et plus bon à rien qu'à transporter des représentants de commerce. Je constate avec plaisir qu'il n'en est rien. Vous vous êtes très bien comporté sous le feu.

– Vous voulez m'accorder une danse ? dit Tusk.

– Je vous demande pardon ? fit Dhure, ahuri.

– J'ai dit : voulez-vous m'accorder une danse ?

Le front de Dhure se creusa d'un léger pli.

– Il doit y avoir quelque chose qui m'échappe...

Tusk haussa les épaules, se renfonça dans son fauteuil.

– Vous n'arrêtez pas de biaiser, avancer, reculer, tourner autour du pot, alors on pourrait peut-être mettre un peu de musique d'accompagnement.

Dhure rejeta la tête en arrière et hurla de rire.

– Vous me plaisez, bon sang, dit-il quand son hilarité se calma. Je l'ai bien cherché, je suppose. Bon, jouons cartes sur table. Nous avons été déçus que vous ne répondiez pas à notre annonce. Et nous nous sommes effectivement donné beaucoup de mal pour vous avoir. C'est que vous avez une qualité très précieuse pour nous.

– Mon physique avantageux ou ma personnalité séduisante ? hasarda Tusk.

De l'index droit, Dhure décrivit un cercle sur le bureau tout en regardant Tusk.

– Comment va votre ami – le roi ?

C'était donc ça. Dixter avait raison.

– Bien, je suppose, dit Tusk, haussant les épaules. Si l'on en croit les vids.

– Disons que je ne les crois pas, dit Dhure, toujours cordial, mais durcissant un peu la voix.

La bouche souriait toujours, mais pas les yeux.

– D'après vos rapports personnels. Ça restera entre nous, bien sûr.

– Bien sûr. Voyons voir. La dernière fois qu'on l'a vu, moi et ma femme, c'était... jeudi de la semaine dernière. On avait pris notre yacht pour faire un petit tour, et on s'est dit, pourquoi ne pas passer au palais et s'envoyer un verre de pétillant avec notre bon pote Sa Majesté...

– Arrêtez de faire le mariole, Tusk.

– Alors arrêtez aussi, dit Tusk, se redressant. C'est vrai que je connaissais le roi. Quand il n'était pas roi. Maintenant, il l'est, et tout a changé. Parce que j'ai aidé à le mettre sur le trône, vous pensez peut-être qu'il m'autorise à poser mon cul en sa Royale Présence ? Ça n'arrive que dans les livres. Non, on s'est dit au revoir il y a trois ans, et on ne s'est plus revus.

– Dommage, dit Dhure, avec un sourire de sympathie. Il s'est fait la grosse tête quand il a coiffé la couronne ?

– Quelque chose dans ce genre, marmonna Tusk.

– Vous ne pouvez pas nous reprocher d'avoir essayé. Ça ne nuit jamais d'avoir des relations. Un ami haut placé ne nous aurait pas fait de mal. Mais il nous reste un pilote de premier ordre. Qu'en dites-vous, Tusk ? Marché conclu ?

– Si je dis non, qu'est-ce qui se passe ?

– Nous le regretterons, bien entendu. Mais vous retrouverez votre femme et votre fils, et nous, nous continuerons à chercher de bons pilotes.

– C'est tout ?

– C'est tout.

– Alors, merci pour tout. Mais c'est non.

– Nous accepterions d'attendre après la naissance des bébés, bien sûr, dit Dhure, l'air légèrement déçu.

– Ce n'est pas ça. Vous dites que j'ai perdu mon ressort. Je ne crois pas, mais... c'est difficile à expliquer... Me faire tirer dessus ne m'amuse plus. Vous savez ce qui m'amuse maintenant ? Donner son bain à mon gosse. L'emmener au zoo, le rapporter à la maison dans mes bras quand il s'endort.

– Je comprends, dit Dhure en se levant.

Tusk l'imita prestement. Dhure lui tendit la main.

– Désolé de vous perdre, Tusk. Vous trouverez un petit quelque chose dans l'avion pour vous dédommager de votre temps et de vos émotions. Si vous changez d'avis, vous savez comment nous joindre.

– Merci, dit Tusk, sidéré, en lui serrant la main.

– Vous pouvez sortir. Cynthia vous attendra à la porte pour vous raccompagner.

Dhure le salua de la tête, s'assit au bureau. Allumant un ordinateur, il lui commanda d'effacer le fichier d'un certain Mendaharin Tusca.

Tusk sortit. Cynthia l'attendait à la porte avec Link.

– Rien à faire ? dit-elle.

– Non. Désolé, dit Tusk.

– Moi aussi. Je vous raccompagne à la sortie. Après vous pourrez trouver le chemin tout seuls, non ?

Tusk hocha la tête. Ils ne dirent plus un mot – sauf « au revoir » à une Cynthia toujours aimable et souriante – avant d'arriver au Cimeterre.

Don avait disparu. Le scotch et Mme Propre aussi. Tusk et Link s'assirent et se regardèrent.

– Ça veut dire quoi, ce cirque, bon sang ? dit Link.

– Dix mille crédits, répondit XJ, très content de lui. Ils parlaient de cinq, mais j'ai insisté pour dix, à cause de ta blessure. Et du stress mental.

– Quel stress mental ? dit Tusk avec irritation.

– *Mon* stress mental. Je suis le seul à avoir une cervelle, ici.

Link, très détendu, posa les pieds sur la console. Les voyants clignotèrent, un bourdonnement s'éleva. Tusk ôta précipitamment sa main du panneau de contrôle.

Link ne fut pas si heureux. Avec un glapissement aigu, il se leva d'un bond, et se mit à sautiller en tapant frénétiquement sur ses jambes pleines de fourmillements.

– Bon Dieu ! jura-t-il en foudroyant du regard l'ordinateur. Pourquoi tu fais ça ? Tu as failli me rôtir !

– Pas de bottes sur ma console ! dit sèchement XJ.

– Bon sang, je savais bien que j'avais oublié quelque chose, dit Tusk à voix basse, veillant à ne rien toucher de métallique. Je voulais demander à Cynthia combien elle nous vendrait Mme Propre.

– Et voilà, Général, dit Tusk une semaine plus tard.

Il venait de rentrer à Vangelis et faisait son rapport.

– Ils croyaient que j'étais copain avec Sa Majesté. Quand je leur ai dit que non, leur enthousiasme à mon égard est retombé en vitesse.

– Tu supposes qu'ils t'ont cru ? fit Dixter, dubitatif.

– Ils n'avaient pas de raison d'en douter, dit Tusk à voix basse.

Dixter se tut, le scrutant d'un œil pénétrant.

– Désolé, fiston. Je croyais que tu avais compris. Dion a pensé que, pour ta propre sécurité...

Tusk se sentit les joues en feu.

– C'est à moi de m'excuser, Général. Ça ne fait rien. Et de toute façon, on dirait qu'il avait raison.

– Oui, on dirait.

17

C'était le matin à l'Abbaye de Saint-François. Les cloches sonnaient, appelant les moines à la prière. Les prêtres, moines, novices et convers en longues robes, capuchons rabattus sur le visage, interrompirent leurs activités et lentement, dévotement, entrèrent dans la cathédrale pour louer le Créateur et Lui demander de bénir ce jour. A la fin du service, le Prieur John leur donna les petites nouvelles de la communauté et les informa des problèmes quotidiens. Puis les frères allèrent déjeuner avant de retourner au travail. Mais il en manquait un.

– Où est Frère Pénitent ? demanda le Prieur John.

Personne ne l'avait vu ce jour-là, pas même en prière. Cette entorse à la routine provoqua une excitation semblable à celle du jour où le dôme s'était fêlé, laissant l'air délétère et glacé du dehors s'infiltrer dans l'abbaye. Les frères se dispersèrent dans toutes les directions, fouillant jardins et bâtiments à la recherche de l'absent. Finalement, un novice pensa à jeter un coup d'œil dans la cellule de Frère Pénitent, par la petite grille de la porte. Les yeux dilatés, il revint dire au Prieur John ce qu'il avait vu.

Ils découvrirent Frère Pénitent, assis sur son lit et fixant sa paume droite en parlant tout seul.

– Que voulez-Vous de moi ? criait-il rageusement. Je n'ai plus rien à donner.

Assis à son bureau, l'Archevêque Fideles regardait, non sa main, mais un communiqué apporté par un messager royal qui l'attendait à son retour du sanatorium.

Perturbé et profondément troublé par le récit du docteur, Fideles considéra le sceau royal avec méfiance. Il pensait beaucoup à Sa Majesté, et de s'apercevoir maintenant que le roi avait essayé en vain de le contacter lui semblait une coïncidence inquiétante. *Si* c'était une coïncidence.

L'archevêque lut le communiqué – classé Top Secret –, perplexe. C'était le résumé de plusieurs rapports bien éloignés des affaires de l'Eglise : la mystérieuse invasion de la maison de feu Snaga Ohme, trafiquant d'armes adonien ; une tentative de vol de la bombe à rotation spatiale par un groupe qui s'était donné le nom de Légion Fantôme ; un rapport d'un certain Mendaharin Tusca, disant qu'il avait été contacté par ladite Légion Fantôme ; l'enlèvement et le retour dudit Tusca ; une mystérieuse planète nommée Vallombrosa ; un célèbre explorateur...

– *Grand Dieu !* dit l'archevêque en un souffle, jetant le rapport sur son bureau, perplexe.

– Votre Sainteté ! dit quelqu'un, frappant à la porte.

L'abbaye ne disposait pas d'appareils modernes, tels qu'U-com, interphones ou même téléphones, sauf pour les communications avec le monde extérieur, où ils étaient indispensables pour le chef d'un Ordre galactique. A l'intérieur de l'abbaye, on communiquait comme on l'avait toujours fait depuis des siècles – directement par la parole.

– J'ai ordonné qu'on ne me dérange pas, dit Fideles, durement, contrairement à son habitude.

– Je... je sais, Votre Sainteté. Pardonnez-moi, dit Frère Petra, très agité. C'est une urgence. Le Prieur John...

– Il s'agit de Frère Pénitent, Votre Sainteté, tonitrua le Prieur John à travers la porte.

Très imbu de son importance, le prieur dirigeait l'abbaye avec une redoutable efficacité, et considérait donc que ses problèmes avaient la priorité sur tous les autres.

– Notre frère se comporte très étrangement. Encore plus étrangement que d'habitude, jugea-t-il bon d'ajouter.

– Quoi encore ? soupira Fideles, levant les yeux au ciel avec reproche, ce dont il demanda pardon aussitôt.

Reprenant le rapport, pas fâché au fond de l'oublier un moment, il le glissa dans le tiroir de son bureau.

– Entrez, et que Dieu vous bénisse.

Le Prieur John entra en coup de vent.

– Eh bien, qu'y a-t-il ? demanda Fideles, inquiet à la vue du visage rigide du prieur. Notre frère est malade ?

– Je crois qu'il est devenu fou, Votre Sainteté, déclara solennellement le prieur. Si vous vous rappelez, j'étais opposé à son admission. Nous ne savions rien de lui, de son passé...

– Ce fut ma décision, je vous le rappelle une fois de plus, Prieur John. Décision que j'avais tous les droits de prendre en ma qualité de chef de l'Ordre, dit Fideles avec impatience. Dites-moi ce qui s'est passé.

Ainsi rabroué, le prieur se redressa, croisa les mains devant son surplis.

– Frère Pénitent ne s'est pas présenté au travail ce matin. J'ai envoyé les autres le chercher. Un novice a découvert qu'il était encore dans sa cellule. Il n'a pas répondu quand le jeune homme a frappé à la porte.

« Quand je suis arrivé, notre frère, assis sur son lit, parlait tout seul, ignorant ma présence à sa porte. Le croyant malade, j'ai pris sur moi d'entrer, naturellement. »

Il s'arrêta, attendant sans doute une approbation.

– Naturellement, dit Fideles, ironique. Qu'a-t-il fait ?

– Il a bondi comme un possédé, Votre Sainteté, dit le prieur, donnant toute apparence de ne jamais se remettre de ce choc. Il m'a apostrophé d'une voix tonnante et avec un regard si meurtrier que j'ai cru qu'il allait me frapper.

– L'a-t-il fait ? dit Fideles, de plus en plus alarmé.

– Non, dit le prieur, d'un ton déçu. Mais il m'a parlé dans la langue du diable. Usant sans aucun doute d'un langage ordurier. Je m'estime heureux de n'avoir pas compris.

Que Dieu m'empêche d'étrangler cet homme, pria Fideles. Tout haut, il dit :

– Je doute que Frère Pénitent prononce en vain le nom de notre Créateur. Si vous vous rappeliez ses paroles, je pourrais peut-être les comprendre...

– Dieu merci, j'ai une bonne oreille, Votre Sainteté.

Le prieur répéta les paroles, d'un air donnant à penser qu'il risquait son salut éternel en les prononçant. Ces paroles étaient un peu dénaturées, mais Fideles les comprit facilement, ayant passé un an au service de Sagan sur un vaisseau de guerre. C'était du militaire standard – jargon utilisé par les soldats de toutes les races et nationalités – humaines et extraterrestres.

Que signifie cette intrusion, Capitaine? avait hurlé Frère Pénitent au prieur sidéré. *Je ne vous ai pas demandé. Retournez à votre poste.*

Le prieur avait-il raison? Frère Pénitent était-il fou?

– Où est notre frère? dit Fideles, prêt à sortir.

Mais le Prieur John n'était pas homme à lui laisser abréger son récit, dont il était le héros, comme d'habitude.

– Je suis parvenu à le calmer. Sinon, je ne sais quelles violences il aurait infligé à lui-même et aux autres. Je lui ai parlé sévèrement. Je n'ai jamais été d'accord pour le materner. Je lui ai rappelé son devoir envers moi, son supérieur. Sur quoi, il s'est renfrogné, a refusé de répondre à mes questions. Je vous l'ai amené. Il attend dans l'antichambre. Mais j'ai jugé bon de vous préparer...

– Pour l'amour du ciel, cessez ces simagrées et faites-le entrer! s'écria Fideles, abattant son poing sur la table.

Ecartant le prieur choqué et désapprobateur, il se hâta vers la porte et l'ouvrit.

Frère Pénitent, capuchon rabattu sur le visage, bras croisés sous ses manches, attendait. Frère Petra, l'air nerveux et très mal à l'aise, était plaqué dans un coin, aussi loin que possible du prétendu fou.

– Je m'occupe de tout maintenant, Prieur John, dit Fideles, se ressaisissant. Merci d'avoir attiré mon attention sur ce problème. Et pardonnez-moi si je vous ai parlé un peu vivement, mais je suis sûr que vous comprendrez mon inquiétude pour notre frère.

Le prieur ulcéré s'inclina avec raideur, tourna les talons et sortit, drapé dans sa dignité offensée.

Frère Pénitent entra. L'archevêque dit quelques mots à Frère Petra qui sortit immédiatement, soulagé, à en juger sur son expression. Fermant la porte extérieure de l'antichambre, Fideles revint à son bureau qu'il ferma à double tour.

– Qu'est-ce qui vous trouble, Frère Pénitent? Vous savez que vous pouvez me faire confiance, j'espère.

Le convers ne répondit pas.

– Je suis content de vous voir. J'allais vous faire chercher. J'ai reçu un communiqué de Sa Majesté.

Frère Pénitent leva la tête. Les yeux étaient toujours

sombres, mais ils n'étaient plus vides. Ils lui demandaient, aussi nettement que si le frère avait parlé tout haut : *En quoi cela me concerne-t-il ?*

– Le communiqué m'est adressé, mais je crois qu'il ne m'est pas destiné.

Fideles prit une profonde inspiration, attacha sur le frère un regard pénétrant.

– Sa Majesté le destinait au Seigneur Derek Sagan.

– Derek Sagan est mort, dit Pénitent, impassible.

– Je ne le crois pas, dit Fideles avec un petit sourire. Car tout à l'heure, il a parlé au capitaine de sa garde.

Pénitent était d'une pâleur anormale, décharné, hagard, les yeux rougis par le manque de sommeil. Fideles craignit d'abord qu'il ne s'obstine dans le refus, mais à la fin, les yeux sombres se fermèrent, résignés, la tête s'inclina. Fronçant soudain les sourcils, il releva la tête.

– Comment le roi a-t-il su ? dit-il, soupçonneux.

– Je ne vous ai pas trahi, Seigneur, dit Fideles.

La bouche de Sagan se crispa. Fideles réalisa alors qu'il lui avait donné son ancien titre. *Seigneur*. Il lui était venu aux lèvres facilement. Trop facilement. Fideles prit alors conscience du nombre de fois où il avait failli lui donner ce titre, se ressaisissant au dernier moment. L'air d'autorité, de commandement, ressortait sous l'habit d'humilité. Sagan portait la robe avec sincérité, l'archevêque n'en doutait pas, mais il ne pouvait renier ce qu'il était, ce qu'il avait été.

– Dion est du Sang Royal, mon Frère, ajouta Fideles, rougissant d'embarras. Vous savez mieux que moi quelles qualités extraordinaires cela lui donne, mais je crois avoir entendu dire que les personnes du Sang Royal ont des affinités entre elles. Et vous étiez proches...

Sagan, toujours debout, baissa la tête, réfléchissant. Puis, relevant les yeux, il regarda Fideles.

– Voulez-vous ramener à la vie le Seigneur de la Guerre ? dit-il. Pensez-y bien, Votre Sainteté, car si vous le ressuscitez, ce sera avec toutes ses fautes...

– Et toutes ses vertus, dit gravement l'archevêque. Ce n'est pas ma main qui vous rappelle, mais celle de Dieu.

– Je me le demande, dit Sagan avec un rire amer.

– Vous dites qu'Il vous a parlé, vous a raconté...

– J'ai menti, dit Sagan, qui, souriant sombrement, tourna sa main droite ouverte vers la lumière.

Cinq cicatrices trouaient la peau calleuse. Elles étaient anciennes, mais rouges et enflées, et il en suintait un liquide clair. Fideles savait d'où venaient ces cicatrices. Des cinq aiguilles de la garde de la lame-sang qui pénétraient dans les chairs, libérant dans le sang les micromachines qui connectaient le cerveau et les nerfs à l'épée, et en faisaient une arme aussi rapide que la pensée.

– Je ne comprends pas, Seigneur ! dit Fideles. Vous avez détruit la lame-sang. Voilà des années. Je vous ai vu de mes yeux la jeter dans le lac de feu. Et quand vous êtes entré dans l'Ordre, vous avez fait vœu de ne plus toucher une arme...

– Regardez bien, Votre Sainteté. Regardez ma main. Et je vous répète : voulez-vous ramener le Seigneur de la Guerre à la vie ?

Fideles ne comprenait pas ce qui se passait, mais il était assez sage pour savoir qu'il était des choses qu'il ne devait pas comprendre. Il était entré dans l'Ordre tout enfant. Il ne se rappelait pas avoir jamais entendu la voix de sa mère ou de son père ; il ne se rappelait que celle de Dieu. Sa foi avait été mise à l'épreuve de bien des façons, et, même s'il avait fait quelques faux pas et était tombé plus d'une fois, il s'était toujours relevé, contusionné et meurtri, mais fortifié par ses combats. Et c'était à cause de ces combats que, malgré sa jeunesse – il avait à peine dépassé la trentaine – le roi l'avait choisi pour restaurer l'Eglise, pour ramener au Créateur ceux qu'un gouvernement « éclairé » en avait éloignés en prétendant qu'Il n'était qu'un mythe.

Fideles prit cette main dans la sienne, regarda les cicatrices anciennes de la guerre, de la violence, de l'ambition. Les cals et les écorchures des durs travaux de l'abbaye.

– Ces cicatrices sont superficielles, mon Frère. Je vois les blessures de votre âme, encore ouvertes et qui continuent à saigner. Vous avez cherché à les guérir par la prière, le surmenage, l'abnégation, les macérations... Sans succès, n'est-ce pas ? Vous n'êtes pas mort. Vous vous êtes caché dans la tombe. Tant que vous n'en sortirez pas pour exposer ces blessures au soleil, elles ne guériront pas. Dieu a ouvert le tombeau. Le choix n'appartient ni à moi, ni à Lui – mais à vous.

L'archevêque lui lâcha la main. Se détournant, il passa

derrière son bureau. Il s'assit, ouvrit le tiroir, et en tira le communiqué qu'il lisait quand le prieur avait fait irruption.

Fideles tendit la liasse à Sagan.

– Reviendrez-vous à la vie ? Pour aider ceux qui ont besoin de vous ?

Sagan prit les papiers à contrecœur, mais ne les regarda pas. Toujours debout, il demanda :

– Vous ne voulez pas savoir pourquoi j'ai menti ?

– Si vous voulez me le dire, répondit l'archevêque. Mais d'abord, je crois que vous devriez lire ce rapport. Cela fera peut-être une différence. Voulez-vous prendre quelque chose, mon Frère ? ajouta Fideles, remarquant qu'il avait les lèvres desséchées, gercées. Depuis quand n'avez-vous rien bu ni mangé ?

– Je ne sais pas, répondit Sagan avec impatience. Je ne me rappelle pas.

Il regarda les papiers, serra les dents.

– Vous voulez que je les lise, Votre Sainteté ?

– Oui, je le voudrais, dit Fideles d'un ton égal.

– Alors, que Dieu vous protège, murmura Sagan.

Il s'assit en face de l'archevêque et se mit à lire.

Fideles réalisa qu'il tremblait. Il murmura une prière à la fois de doute et d'action de grâces. Se levant sans bruit pour ne pas perturber la concentration de Sagan, il alla prendre un pichet d'eau sur un buffet, en remplit un verre qu'il rapporta sur le bureau, à portée de main.

Sagan but avidement, puis absorbé dans sa lecture, parut l'oublier et n'y toucha plus.

D'abord il parcourut les feuilles rapidement, l'esprit ailleurs, apparemment incapable de se concentrer. Puis la matière éveilla son attention, la retint. Dans son visage hagard – qui avait vieilli beaucoup trop en trois ans, les rides s'accusèrent.

Soupirant, Fideles prit son bréviaire pour lire l'office du jour, mais s'aperçut qu'il était trop bouleversé pour avoir l'esprit à sa lecture, et reposa le livre. Il observa le Seigneur de la Guerre, s'efforçant de deviner à quel passage il en était de ce rapport dont il réalisa qu'il se le rappelait avec une netteté étonnante.

Nous avons à déterminer la nature de l'envahisseur qui a pénétré les systèmes de détection sophistiqués de Snaga Ohme. Mais que ce soit une sonde, des micropuces ou des « fantômes », ces envahisseurs ont volé la fausse bombe à rotation spatiale. Sans aucun doute, ils savent maintenant que la bombe était un leurre et sont peut-être déjà en train de chercher la vraie. Et comment pourrons-nous les arrêter si nous ne savons pas ce qu'ils sont ? Si nous ne les voyons pas ? Si nous ne les entendons pas ?

Le Capitaine Dhure a questionné Tusk sur ses rapports avec le roi, mais n'a pas insisté. Peut-être que Dhure a cru à la brouille dont a parlé Tusk. Ni Tusca ni Link n'ont été recontactés depuis par la Légion Fantôme...

Vallombrosa : Vallée des Ombres. Les sondes ont confirmé ce que les cartes indiquaient déjà – il s'agit d'une planète sans vie dans une région sans vie de la galaxie. Pourtant, ses coordonnées ont été données à Tusca et à d'autres pilotes – y compris ceux que nous avons envoyés comme espions – comme lieu de rendez-vous. Nous pouvons seulement supposer qu'une fois arrivés à cette destination, les pilotes reçoivent une autre série de coordonnées. Toutefois, nous n'en sommes pas certains, car nos espions ne sont pas revenus. Nous avons perdu tout contact avec eux...

Pour votre information, Votre Sainteté, vous trouverez inclus ce que nous savons de l'histoire de la planète Vallombrosa. Elle fut découverte par l'explorateur galactique...

– Pantha ! dit Sagan en un souffle.

– Garth Pantha, dit Fideles, les mains croisées sur son bréviaire. Le nom m'a frappé, moi aussi. C'est naturel après l'étrange récit du docteur. Coïncidence, sans doute...

– Je ne crois pas aux coïncidences, dit Sagan.

Reposant le rapport sur le bureau, il se mit à frictionner sa paume droite.

– Mais alors, qu'est-ce que ça signifie ? dit Fideles.

Sagan regardait intensément quelque chose que Fideles ne voyait pas, les yeux étrécis, comme pour accommoder sa vision sur quelque chose de très lointain. Il continuait à se frictionner machinalement la main, comme on taquine une dent douloureuse.

– Ça signifie que le fils bâtard d'Amodius est vivant, dit-il. Et qu'il se prépare à revendiquer le trône.

– Mais... comment le savez-vous ? dit Fideles, atterré. Vous ne pouvez pas le savoir avec certitude !

– Si, je le peux, dit Sagan, baissant les yeux sur sa main. Je l'ai vu. Je lui ai parlé. C'est *lui* qui m'a envoyé dans ce sanatorium. Sa voix... Pas celle de Dieu.

– Le Créateur ait pitié de nous !

Fideles frissonna. Il garda longtemps le silence, réfléchissant, caressant son bréviaire comme pour y trouver réconfort et conseil.

– Je ne voulais pas le faire, dit-il enfin. Mais nous n'avons pas le choix. Sa Majesté doit être informée... de tout.

– J'ai fait vœu d'obéissance, Votre Sainteté, dit Sagan d'une voix sans vie, détournant le visage. Si vous me l'ordonnez, j'irai.

18

– Le transport est prêt ? demanda Dion à d'Argent qui entrait avec son calme habituel.

– Oui, Sire, répondit d'Argent. Le Premier Lord de l'Amirauté est à l'U-com et voudrait vous parler avant votre départ. Sa Majesté la Reine désirerait vous voir aussi.

Dixter. La reine. Il était – ou plutôt, avait été – d'excellente humeur. Ce soir, il allait voir Kamil. Et il ne voulait pas que quiconque gâche sa joie – ni le Premier Lord de l'Amirauté, ni, encore moins, Astarté.

– Je parlerai d'abord avec Dixter. Dites à Sa Majesté que je serai à sa disposition après. Combien de temps avons-nous ?

– Une heure, Sire, si nous voulons être exacts.

Le secrétaire s'éclipsa. Dion activa l'U-com.

– Bonjour, Amiral. Non, je n'ai pas de nouvelles de l'archevêque. Le courrier n'est parti que depuis quelques jours. Oui, je vous préviendrai immédiatement. Je serai à l'Académie, si vous avez besoin de me joindre.

Dion passa sur une autre ligne.

– Je peux voir Sa Majesté maintenant, d'Argent.

Il se leva, rajusta sa veste noire, rejeta en arrière sa chevelure blond vénitien, et avait un sourire tout prêt pour sa femme quand elle entra.

– Bonjour, Madame. Vous êtes ravissante aujourd'hui. Le bleu de votre robe met vos yeux en valeur. Vous êtes en vêtements de voyage. Où allez-vous ?

Astarté traversa la pièce, prit la main de son mari, leva

vers lui son visage. Se penchant, il l'embrassa cérémonieusement sur la joue.

Dion s'émerveillait toujours de sa beauté, comme il s'émerveillait de la beauté des bijoux de la couronne exposés dans un étage public du palais. Il lui lâcha la main.

– Puis-je faire quelque chose pour vous, Madame ? dit-il, souriant toujours. Avant mon départ ?

– Vous retournez à l'Académie ? lui demanda-t-elle sans détour.

Dion se raidit, tout en ayant soin de rester impassible et souriant.

– Oui, Madame. Votre mari va parler aux étudiants des devoirs d'un roi.

Son sourire s'élargit, mais il eut l'impression que son visage allait craquer. Il risqua une plaisanterie.

– J'espère que ceux qui s'endormiront auront la politesse de ronfler discrètement.

Astarté ne sourit pas en retour ; elle semblait ne pas l'avoir entendu. Le regardant avec une sombre intensité, elle dit :

– N'y allez pas.

Dion fut surpris, gêné. Depuis qu'ils étaient mariés, elle n'avait jamais fait une telle requête. Pourquoi maintenant ? Soupçonnait-elle quelque chose ? Et dans le silence qui s'installa pendant qu'il s'étonnait, il réalisa qu'il aurait dû dire quelque chose pour apaiser ces soupçons.

– C'est que, Madame...

– Non, laissez-moi finir, dit Astarté, d'une voix qui tremblait. Annulez vos obligations. J'annulerai les miennes. Partons, seuls tous les deux. Rusty Love, la vidstar, nous supplie de venir sur Adonis, où elle met sa villa à notre disposition. Elle est construite sur une falaise dominant la mer. Complètement isolée des média et des foules. Nous pourrons nager, faire de longues promenades. Vous m'apprendrez à jouer de la harpe, comme vous me l'aviez promis. Pendant deux ou trois jours, nous serons un couple ordinaire. Je vous en supplie, mon mari. Nous avons besoin de fuir tout ça, d'être seuls. Nous avons besoin de parler.

Dion la regarda, déconcerté. Il ne l'avait jamais vue si grave, si passionnée. Ce qu'elle avait dit de la harpe l'avait touché. Aux premiers jours solitaires de leur mariage, quand ils étaient des étrangers l'un pour l'autre, apprenant à être mari et femme, il en avait joué pour elle. Elle aimait la musique, et c'étaient les premiers moments de plaisir qu'ils avaient partagés. Puis, le temps passant, ces premiers moments étaient devenus les derniers.

Il n'avait qu'à donner de nouvelles instructions à d'Argent, faire changer l'itinéraire, annuler sa conférence. L'Académie comprendrait. C'était son devoir envers sa femme, envers ses peuples.

Elle sait pour Kamil, réalisa-t-il. C'est impossible, mais elle le sait. Et elle m'offre cette échappatoire. Pas d'accusations. Pas de récriminations. Il n'en sera jamais parlé entre nous. Mais si j'accepte, je promettrai de renoncer à Kamil. Et Kamil le saura. Elle le saura en voyant les vids ce soir. Aucun de nous trois n'aura à dire un mot. Tout se terminera, aussi vite et proprement que par un coup de poignard dans le cœur.... Et il se vit, dans leur lit sans amour, forniquer toute sa vie en fermant les yeux.

Kamil ! Le désir flamba en lui, brûlant. Il avait rêvé si longtemps de ce rendez-vous, goûté le délicieux tourment de l'attente. Il avait besoin du repos apaisant qu'il trouvait dans leur paisible camaraderie, dans leurs conversations, dans les taquineries et le rire de Kamil. Il avait fait tant de sacrifices, renoncé à tant de choses. Non, cela, il le garderait. C'était à lui. Il s'arrangerait pour dédommager Astarté. Si seulement elle tombait enceinte, bon sang ! C'était tout ce qu'elle voulait de lui.

– Votre proposition est très tentante, ma chère, dit-il. Et nous ferons certainement ce voyage. Dans six mois, peut-être. Quand nos emplois du temps le permettront. Je dirai à d'Argent de prévoir...

– Ne faites pas cela, Dion ! supplia-t-elle, livide.

– Je vous assure, Madame, qu'il m'est impossible de modifier mes plans au dernier moment. Mes obligations me l'interdisent. Comme les vôtres, je crois.

Tendu, il attendit les larmes, les reproches.

Astarté ne dit rien. Immobile, elle le regarda avec une tristesse si indicible qu'il en fut frappé. Sans un mot, mais toujours avec cette étrange expression, elle sortit.

La navette royale, autrefois attachée au *Phénix*, était parquée au bout du petit astroport de l'Académie. Cette fois, Dion avait décidé d'y habiter pendant son séjour.

Il serait sur la planète pendant au moins une semaine pour sa série de conférences. Il ne pouvait pas négliger ses responsabilités si longtemps et avait besoin de rester au courant de ce qui se passait dans son royaume.

En conséquence, Dion était occupé du matin au soir. La luxueuse antichambre de la navette ne désemplissait pas. Ses conférences étaient bien suivies et bien reçues. Car, bien que ce ne fût qu'un prétexte pour voir Kamil, Dion prenait son sujet très au sérieux.

Mais le soir, le dernier diplomate rassuré, le dernier briefing terminé, le dernier étudiant béat renvoyé, il ordonnait de sceller les portes. Le jour, il appartenait à ses sujets. La nuit, il appartenait à lui-même... et à Kamil.

Personne ne la remarquait dans le flot ininterrompu de visiteurs montant et descendant les marches de la navette. Une fois à bord, elle s'enfermait dans l'appartement du roi. Les longs jours solitaires passaient dans l'attente de la nuit.

Leur amour se fortifia et s'approfondit pendant ces journées, première fois qu'ils passaient ensemble plus que quelques heures dérobées.

– Jusqu'à maintenant, j'étais un puzzle auquel il manquait des morceaux, dit Kamil en l'embrassant. Je ne parvenais pas à accorder ensemble les différentes parties de moi-même. Mon âme était pleine de trous. Tu es venu, et toutes les pièces se sont mises en place.

– Tu es la seule personne qui s'intéresse à moi – *moi*, dit-il caressant les cheveux argent si doux sous sa main. Pour tous les autres, je suis quelque chose – un roi, un commandant, un souverain, une idole, une figure de père (il ne parla pas de mari). Pour toi, je suis un homme. Juste un homme.

– Peut-être parce que tu étais nu comme un nourrisson la première fois que je t'ai vu, dit-elle, taquine. Je n'oublierai jamais ce moment. J'étais assise à l'ombre des arbres, au bord du lac, quand je t'ai entendu patauger et je t'ai vu sortir de l'eau, le corps blanc comme le marbre sur le bleu profond de l'eau, tes cheveux brillant comme des flammes quand tu les as essorés. Tu riais aux éclats de la simple joie d'être vivant, et mon cœur riait avec toi. Tu m'as volé mon cœur. Je n'avais jamais vu un homme comme toi – jeune, fort et beau.

« Je ne savais pas qui tu étais ni d'où tu venais. J'ai vu tes vêtements sur l'autre rive, et je te les ai apportés. Et alors, tu m'as vue. Tu es devenu cramoisi. »

Kamil se mit à rire à ce souvenir.

– Tu n'avais pas l'air impressionnée, dit Dion en rougissant. Tu m'as accusé de vouloir voler tes poissons.

– A la place, tu as volé mon cœur.

Mais il y avait de la souffrance dans leur félicité. La souffrance de savoir que le temps leur était compté.

– Je ne peux pas m'empêcher d'être furieux, lui dit-il, un soir qu'ils soupaient ensemble. Pourquoi nous a-t-on fait rencontrer si nous n'étions pas faits pour rester ensemble ? J'ai besoin de toi, Kamil. Besoin de toi à mon côté. Tu es la seule personne à qui je peux parler. La seule qui me comprenne. Tu es l'épouse-bouclier de mon rêve – celle qui garde mon côté vulnérable. Je voudrais de tout mon cœur que tu sois ma femme. Pourquoi me suis-je laissé entortiller dans ce simulacre de mariage ?

– Tu as fait ce que tu devais, ce qu'il fallait faire à l'époque, dit Kamil avec calme.

Contournant son fauteuil, elle vint se placer derrière lui et lui massa les épaules.

– Tu es trop crispé. Détends-toi.

Il leva la tête pour l'embrasser. Elle l'embrassa sur la nuque, puis reprit leur conversation.

– Et tu sais que tu le referais si c'était à refaire. Sans la flotte de DiLuna, tu aurais perdu la bataille contre les Corasiens. Le sacrifice de Dame Maigrey aurait été inutile, la mort de Sagan absurde. Ils ont donné leur vie pour te faire roi. Qu'est-ce que ton sacrifice, comparé au leur ?

D'Argent leur servit leur repas. Aucun domestique ne voyageait avec le roi, cette fois. Le secrétaire s'attarda pour s'assurer qu'ils ne manquaient de rien, et il allait sortir pour les laisser à leurs amours quand il fut appelé sur la passerelle par le Capitaine Caton.

19

La silhouette encapuchonnée s'approcha de la navette bien après la tombée de la nuit. L'homme eut soin de rester dans l'ombre quand il parla à voix basse aux gardes de Sa Majesté. Il portait la longue soutane caractéristique des frères de l'Ordre du Diamant. Le capuchon rabattu dissimulait son visage. Bien que voûté, les gardes eurent l'impression d'un homme de haute taille, puissamment bâti. Il ne dit que deux mots en leur tendant ses lettres de créance :

– Archevêque Fideles.

Laissant le moine dans le cercle d'acier qui entourait le roi, le garde monta dans la navette, transmit le disque où l'archevêque demandait au roi de recevoir son messager.

Caton s'assura que l'enregistrement était authentique, mais hésita à déranger le roi. A la place, il dérangea d'Argent. Sur l'insistance de Caton, ils se rencontrèrent dans le petit appartement que le secrétaire avait à bord.

– Ce moine a quelque chose d'étrange, dit Caton. Tout est en règle, mais... je ne sais pas... A mon avis, nous devrions lui dire de revenir demain matin.

D'Argent regarda Caton avec intérêt.

– Je ne vous ai jamais entendu parler ainsi, Capitaine. Vous pensez que cet homme est dangereux ?

– Oui, répondit Caton sans hésitation. Mais pas pour Sa Majesté. Pas directement, en tout cas.

Le Capitaine secoua la tête avec un sourire contraint.

– Je sais que ça a l'air stupide, d'Argent. Mais j'aimerais voir ce moine au grand jour. Voir son visage. Nous lui avons demandé de rabattre son capuchon, mais il a refusé. Suite à un vœu..., dit-il. C'est bizarre.

– Qu'est-ce qui est bizarre ?

– Cet homme a quelque chose de familier ! La main me démangeait de lui ôter sa capuche. Je ne l'ai pas fait, ajouta-t-il vivement devant l'air consterné du secrétaire. Mais j'y ai pensé.

– Je vous félicite d'avoir résisté à la tentation, dit d'Argent d'un ton sévère. L'archevêque aurait pris comme une insulte un acte de violence contre son messager.

– Je sais, dit gravement Caton. Mais ce n'est pas pour ça que je ne l'ai pas touché.

– Pourquoi, alors, Capitaine ?

– Je n'ai pas osé, dit Caton à voix basse. Ecoutez, vous êtes-vous jamais trouvé près d'une ligne à haute tension ? On entend le bourdonnement du courant qui circule à l'intérieur. On perçoit l'aura de l'énergie. On a la chair de poule. Eh bien, je toucherais plus volontiers une ligne à haute tension que cet étrange moine qui attend dehors.

– Vous l'avez scanné, je suppose, dit d'Argent.

– Oui. Rien. Il n'a pas d'arme, dit le Capitaine.

– Pouvez-vous justifier vos soupçons autrement ?

– Par des raisons logiques, voulez-vous dire ? Non, dit Caton, serrant les dents. Mais quand il m'a parlé... quand j'ai entendu sa voix... j'ai reçu comme une décharge électrique. Je n'avais jamais ressenti ça.

– Désolé, Capitaine, soupira d'Argent. Mais à moins que vous trouviez une raison valable de le tenir à l'écart de Sa Majesté, je suis obligé de l'introduire. Sa Majesté attend un messager de l'archevêque. Et le messager de l'archevêque sollicite une audience privée avec Sa Majesté.

– Cela est hors de question, dit sombrement Caton.

D'Argent continua à réfléchir, puis secoua la tête.

– Nous n'aurons pas le choix. Ce sera à Sa Majesté de décider, dit-il en activant l'U-com.

– Oui, d'Argent, dit la voix de Dion. Qu'y a-t-il ?

– Excusez-moi de vous déranger, Sire, mais le messager de l'archevêque est là, et sollicite une audience.

– Il est là ? Qui est-ce ?

– Un certain Frère Pénitent. Ses lettres de créance sont en règle. L'archevêque vous prie de recevoir son envoyé dès son arrivée. Selon lui la question est urgente.

– Très bien. Amenez ce Frère Pénitent à la salle de conférence. Donnez-lui à manger et à boire. J'arrive.

– Très bien, Sire. Pardonnez-moi, Sire, mais le Capitaine Caton conseille que vous conserviez la Garde Royale près de vous pendant cet entretien. Il y a quelque chose chez ce Frère Pénitent qui éveille la méfiance de Caton.

– Fideles sollicite pour lui une audience privée ?

– Oui, Sire.

– L'audience sera donc privée. Informez-en Caton.

– Oui, Majesté, dit d'Argent, regardant le capitaine, qui haussa les épaules.

D'Argent quitta la navette avec Caton. Les gardes faisaient leur ronde, renforçant la surveillance électronique. Les Centurions avaient installé le visiteur dans l'unité de commandement mobile, où il était caché à tous les yeux.

Raisonnablement sûr qu'aucun journaliste n'avait repéré le moine, pensant pourtant qu'il serait sage de préparer un communiqué au cas où ils l'auraient vu, d'Argent entra pour jeter un coup d'œil sur le messager.

Debout, Frère Pénitent attendait patiemment en silence, tête baissée, visage dissimulé par sa capuche, bras croisés sous ses manches. D'Argent remarqua la soutane usée, élimée par places. Cet homme n'était ni un moine ni un prêtre. Il n'avait pas reçu les ordres. C'était un frère convers, de ceux qui servent de domestiques. Curieux messager du chef de l'Eglise au roi de la galaxie. Pourtant, comme le disait Caton, il y avait quelque chose en lui...

– Si vous voulez bien me suivre, mon Frère, dit d'Argent avec respect. Sa Majesté va vous recevoir.

Le frère inclina la tête en silence. Flanqués de Caton et de deux de ses hommes, ils sortirent de l'unité mobile, traversèrent le tarmac en direction de la navette. La démarche de d'Argent était légère, discrète. Les Centurions marchaient au pas cadencé, comme à la parade. Et aussi le convers, remarqua d'Argent, stupéfait. Il baissa les yeux, vit le frère, en sandales, inconsciemment accorder son pas à celui des Centurions, avec une précision militaire.

D'Argent s'étonna que Caton ne l'ait pas remarqué, mais ne trouva aucun prétexte pour attirer son attention sur cette bizarrerie. D'ailleurs, ils étaient arrivés à la navette.

D'Argent le précéda dans un étroit couloir. Le frère l'y suivit sans hésitation, sans lever la tête, sans s'intéresser à l'environnement, semblait-il, regardant à peine où il allait.

Jetant continuellement des coups d'œil par-dessus son épaule, d'Argent eut soudain l'étrange impression que c'était parce que le frère savait exactement où il était. Qu'il aurait pu enfiler les coursives les yeux fermés.

– Entrez, dit d'Argent, s'arrêtant devant une porte qui s'ouvrit pour eux. Sa Majesté sera à vous dans un instant. Puis-je vous faire apporter quelque chose ? Une collation ? Un verre de vin ?

Mouvement négatif de la tête encapuchonnée.

D'Argent lança à Caton un regard significatif. Le capitaine comprit et se retira. La porte se referma, scellant l'étrange frère à l'intérieur. Mais Caton et ses hommes le surveilleraient par les caméras dissimulées dans la pièce.

Dion sortit de ses appartements, se dirigea vers la salle d'audiences. Malgré l'heure tardive, il n'était pas en vêtements d'intérieur. Il avait pris soin de se changer et portait son uniforme noir, avec l'écharpe pourpre et le soleil à face de lion. Il était troublé. Fideles n'aurait pas envoyé un messager en urgence si le problème n'était pas grave.

Il trouva d'Argent devant la porte. Le secrétaire, généralement imperturbable, était troublé, secoué.

– Qu'y a-t-il, d'Argent ? dit Dion, s'arrêtant avant d'entrer. La presse est au courant ?

– Non, Sire, je ne crois pas. Puis-je vous suggérer de jeter un coup d'œil sur ce Frère Pénitent avant...

– Arrêtez, Majesté ! N'entrez pas, Sire ! cria Caton.

Le capitaine et ses hommes enfilèrent la coursive au pas de charge, pisto-laser à la main. Les gardes firent cercle autour du roi.

– Que se passe-t-il ? demanda Dion.

– Ou bien l'équipement de surveillance est en panne, ou bien cet homme est parvenu à le neutraliser.

Dion fixa la porte fermée, retenant son souffle. Pendant un instant, il fut paralysé, muet. Les ténèbres fondirent sur lui, éteignant toute lumière. Un rugissement dans sa tête l'assourdit. Le capitaine, la navette, la porte dérivèrent hors de sa portée, s'éloignant de plus en plus...

– Sire ! s'écria d'Argent, lui saisissant le bras.

Ce contact dissipa le malaise, ramena Dion à la réalité.

– Escortez Sa Majesté à son appartement, dit Caton à ses hommes, la main sur le dispositif d'urgence de la porte.

– Non, Capitaine, ordonna sèchement le roi.

Il se sentait transi, engourdi, comme si son corps était vidé de toute la chaleur de la vie.

– L'équipement de surveillance a sans doute eu un raté. Les techniciens vérifieront au matin. Ecartez-vous.

– Oui, Majesté, dit Caton, s'écartant à contrecœur, mais sans abaisser son arme. Si Votre Majesté veut bien me permettre d'entrer le premier...

– Ce ne sera pas nécessaire, Capitaine. J'entrerai seul, comme le demande l'archevêque. Laissez un garde devant la porte, et retournez à votre poste.

Dion regarda son secrétaire, qui lui tenait toujours le bras. D'Argent rougit et le lâcha.

– Si vous me permettiez de vous accompagner, Sire...

– Merci, d'Argent. Mais ce sera tout pour ce soir. Vous pouvez vous retirer dans votre appartement.

Le secrétaire ne put que s'incliner et partir, échangeant un regard inquiet avec Caton, qui ne put que s'incliner et obéir.

Dion resta seul. Le visage rigide, les membres si glacés qu'ils en étaient insensibles, il posa la main sur l'ouverture manuelle, mais à cet instant, la porte glissa devant lui.

Tous les systèmes électroniques de la pièce étaient hors service. Pas de lumière, pas même celle des veilleuses.

Debout près de la fenêtre, l'homme lui tournait le dos. Il ne se retourna pas. Sa haute stature était un néant noir nimbé du froid scintillement des étoiles.

Dion ferma les yeux, rassemblant son courage. Prenant une profonde inspiration, s'efforçant de calmer les battements de son cœur, il entra. La porte se referma.

Une lumière s'alluma au plafond, éclairant le roi. Aveuglé, il ne voyait plus l'homme. Mais le froissement de sa robe lui apprit qu'il s'était retourné et l'observait.

Dion resta immobile sans ciller, sous la lumière dure.

Frère Pénitent marcha vers le roi, cachant la lumière. Son ombre passa sur Dion comme l'aile d'un ange noir.

– Dieu garde Votre Majesté, dit-il d'un ton froid, mettant un genou en terre.

– Merci... Seigneur Sagan, répondit Dion. Relevez-vous, je vous en prie.

– Je suis Frère Pénitent, dit Sagan, se relevant. Sagan est mort, ajouta-t-il, rabattant son capuchon en arrière.

Dion le fixa, stupéfait du changement survenu chez lui en si peu d'années. Il avait le visage creusé de rides profondes, les tempes grises, les yeux amers.

– Mon apparence vous choque, dit Sagan avec ironie. Pourtant, je n'ai pas trop mauvaise mine pour un cadavre.

Trop tard, Dion réalisa qu'il n'avait pas surveillé son visage. Il se ressaisit, dissimulant soigneusement la pitié et la compassion qui ne lui auraient valu que mépris. Il changea de conversation – ce qui est la prérogative d'un roi.

– Pourtant, je sais que le Seigneur Sagan *est* vivant et qu'il est ici, car lui seul connaît assez bien sa navette pour manipuler les moniteurs et l'électronique.

– Caton est un excellent officier, commenta le Seigneur de la Guerre. Intelligent, astucieux. Il m'a reconnu, bien qu'il ne le réalise pas. Son esprit se rebelle contre ce que son cœur tente de lui dire. Si j'étais resté plus longtemps sous sa surveillance, il aurait découvert la vérité.

– Il mourrait avant de trahir votre secret.

– Je le sais, Majesté, dit Sagan avec calme. Mais c'est Frère Pénitent qui est entré dans cette navette, et c'est Frère Pénitent qui en sortira.

– Comme vous voudrez, Seigneur. Puis-je vous appeler ainsi ? Le temps de votre visite ? Ce sera plus... naturel.

Sagan haussa les épaules sans répondre. Il s'était détourné et remis à regarder par la fenêtre.

– C'est bon de vous revoir, Seigneur, dit gauchement Dion, ne sachant comment commencer. Qu'avez-vous fait...

– Pardonnez-moi, Majesté, mais Sa Sainteté ne m'a pas fait faire ce long voyage pour parler de mondanités.

– Très bien, Seigneur, dit Dion avec froideur. Quelles nouvelles m'apportez-vous ?

– Des nouvelles vitales. Vous êtes en danger, Majesté. La couronne elle-même est en péril.

– Le danger fait partie de la vie d'un souverain, comme vous le savez bien, dit Dion, haussant les épaules. Quelle est la source de ce danger ?

– Vous la connaissez, dit Sagan, lui prenant la main droite et tournant la paume vers la lumière. Vous l'avez vu.

Dion regarda sa main, les cinq marques de piqûres rouges et enflées. Il arracha son poignet à Sagan, et ferma le poing pour cacher les cicatrices.

– Qui est-ce ? demanda Dion à voix basse.

– Votre cousin germain. Fils unique de feu votre oncle, le roi Amodius.

– Mon oncle était célibataire. Il est mort sans enfant.

– Il est mort célibataire. Mais pas sans enfant. Il avait engendré un fils.

– Voulez-vous dire... que mon cousin est l'héritier légitime du trône ?

– Non, répondit Sagan. Il n'a aucun droit légitime à la succession. Mais je crains que cela ne l'arrête pas...

20

– Telle est l'histoire, Sire, conclut Sagan.

– Mon Dieu ! dit Dion, livide, ébranlé. Est-ce possible ? Peut-on se fier à ce docteur ?

– A une confession faite sur son lit de mort ? A l'archevêque en personne ? dit Sagan, ironique. Oui, je la crois. Plus important encore, ajouta-t-il, levant sa main droite ouverte, je crois *ceci.*

Dion ne répondit pas. Il avait la nausée, physiquement et mentalement. Il tentait de mettre de l'ordre dans les idées qui tourbillonnaient dans sa tête.

– Comment personne ne l'a-t-il su ? demanda-t-il. Vous, Seigneur, vous n'avez rien soupçonné ?

– Je n'étais pas né quand la Princesse Jezreel a disparu du palais. Je crois avoir entendu mentionner son nom à l'occasion, mais je ne me rappelle pas à quel sujet. Pardonnez-moi de vous dire ça, Sire, mais je méprisais toute la famille Clairfeu. Je me souciais peu de leur vie privée.

– Mon père..., commença Dion, maîtrisant sa colère.

– Votre père était le meilleur d'une triste bande, l'interrompit Sagan avec impatience. Il a eu assez de bon sens pour faire une chose valable dans sa vie. Epouser votre mère.

Dion trouva politique de revenir au sujet originel, quelque déplaisant qu'il pût être.

– Mais comment a-t-on pu dissimuler de tels crimes ? Si, comme le dit le docteur, ma... ma tante avait tué...

– Etouffer l'affaire n'a pas dû être difficile, dit Sagan. Vous devez comprendre une chose, Sire : rien ne devait entacher le Sang Royal. Comment les généticiens pouvaient-ils admettre qu'ils avaient commis une erreur? Bien sûr, ce terrible incident devait être caché. Et je suis certain qu'il le fut avec aplomb et diligence.

Dion frissonna. Sagan regarda par la fenêtre.

– La seule chose que je ne comprends pas, le facteur qui ne concorde pas, c'est Pantha.

– Qui est ce Pantha ? dit Dion, levant les yeux. Enfin, je sais qui il est ou était, mais pourquoi a-t-il tant d'importance? Il est mort depuis des années.

– Parce que, mort ou vivant, il est le lien entre deux événements apparemment sans rapport : la naissance du fils illégitime du roi il y a vingt-huit ans, et l'apparition d'une force appelée Légion Fantôme vingt-huit ans plus tard. Et quelle est la base de cette Légion? La planète Vallombrosa – Vallée des Ombres. Et découverte par Pantha.

– Et il a emporté le bébé, dit Dion, son intérêt éveillé.

– Et c'est cela qui n'a pas de sens. Réfléchissez, Majesté, dit Sagan, s'éloignant de la fenêtre et s'arrêtant devant le roi. Pantha était un héros intergalactique. D'après ce que j'ai lu, il méritait sa réputation. Il était du Sang Royal. Il avait la célébrité, la richesse. C'était un pilote de premier ordre, un savant brillant. Un homme d'une curiosité insatiable, qui vivait pour l'exploration, la découverte. Il n'avait pas de famille, pas de domicile fixe, mais était constamment en mouvement, à la recherche d'aventures.

– Je vois où vous voulez en venir, murmura Dion. Pourquoi un tel homme se serait-il embarrassé d'un bébé?

– Pour disparaître peu après.

– D'après Dixter, Pantha s'est trouvé échoué dans l'espace profond. Selon les indices, il aurait fait sauter son avion pour échapper à la mort lente.

– Pas Pantha, dit Sagan, secouant la tête. Je me rappelle avoir été sceptique à l'époque. Il était du genre à combattre jusqu'à son dernier souffle. Mais une telle « mort » était facile à simuler. Pas de cadavre. Seules quelques épaves de l'appareil dérivant dans l'espace.

– On a fait une enquête sur sa mort?

– Bien sûr. Elle avait fait sensation. Le mystère du siècle. Les preuves tendant à indiquer qu'il s'était fait sauter étaient présomptives, au mieux. Mais un fait très simple a convaincu tout le monde qu'il était bien mort.

– Et c'est ?

– Que personne ne l'a jamais revu ni n'a entendu parler de lui, dit Sagan, haussant les épaules. S'il avait vécu en reclus, détesté la notoriété, les gens auraient accepté l'idée qu'il ait mis en scène sa propre mort afin de disparaître. Mais Pantha était une célébrité. Il adorait l'attention, la courtisait. C'était une vidstar. Son nom était connu de milliards de gens à travers la galaxie. Quand un tel homme disparaît, il n'y a qu'une explication – il est mort.

– Oui, dit lentement Dion. Ou il a trouvé quelque chose de si précieux que cela compense tout ce qu'il perd, quelque chose qu'il ne veut partager avec personne.

– Un fils de roi, dit doucement Sagan.

– Un fils illégitime de roi, contra Dion. Fruit d'une union incestueuse qu'aucune société ne sanctionnerait.

– Pourtant, il est du Sang Royal. Votre cousin n'est peut-être qu'un débile mental, un raté de la génétique. Mais c'est peut-être aussi une merveille génétique.

Dion baissa les yeux sur sa main, sur les cicatrices gonflées. Il se mit à se frictionner la paume.

– Ça brûle, n'est-ce pas, Sire ? dit Sagan.

– Oui, dit Dion, dépité. C'est douloureux. Chaque fois que j'utilise la lame-sang, la douleur empire. Les rêves deviennent plus fréquents. Mais comment le saviez-vous ?

Sagan releva sa manche, lui montra sa paume.

– Vous aussi, alors ? Mais comment fait-il cela ?

– Par l'intermédiaire de la lame-sang. Comme je vous l'ai dit un jour, ceux qui s'en servent peuvent – s'ils sont forts – prendre de l'ascendant sur d'autres esprits. Votre cousin n'y est pas parvenu. Mais il nous a touchés.

– La lame-sang ? Comment s'en est-il procuré une ?

Dion fit une pause, et répondit à sa propre question :

– Celle de Pantha.

– Exactement. Sans doute la preuve la plus valable que Pantha *n'est pas* mort dans l'espace.

– Mais vous n'avez pas utilisé la lame-sang ! La vôtre a été détruite. A moins que...

– A moins que je ne sois retombé dans mes anciennes erreurs ? termina Sagan. Non, Sire. Quand j'ai changé de nom, j'ai fait vœu de ne plus toucher une arme de mort de ma vie. C'est un vœu que je n'ai pas rompu, et que je ne romprai pas. Notre cousin – il est aussi le mien, quoique à un degré éloigné – n'aurait aucune difficulté à établir des affinités avec moi, ne serait-ce que grossières. Après tout, *vous* saviez que je n'étais pas vraiment mort.

– Mais pourquoi fait-il cela ? Que veut-il ?

– Réfléchissez, Dion, dit lentement Sagan. Repensez à un garçon de dix-sept ans, qui vola un avion spatial pour rejoindre un Seigneur de la Guerre responsable de la mort de centaines de gens, y compris de celle d'un homme qu'aimait ce garçon. Vous rappelez-vous ce garçon, Dion ? En se présentant à moi, il risquait non seulement sa vie, mais celle de ses amis. Pourquoi avait-il pris ce risque ? Pourquoi venir à moi ? Pourquoi me rechercher ?

– Je voulais savoir la vérité, dit Dion, sur la défensive, avec la vague impression d'être accusé d'un crime. Je voulais savoir qui j'étais. Ce que j'étais.

– C'était votre seule raison, Sire ?

Dion garda le silence.

– Vous avez été attiré vers moi comme une comète l'est par son soleil. Vous ne saviez pas pourquoi vous veniez, ce que vous cherchiez... jusqu'au moment où vous avez posé le pied sur mon vaisseau. Alors, vous avez su. Vous vouliez ce que j'avais. C'est pour ça que vous étiez venu. Et c'est pour ça que vient votre cousin.

– « La tare de notre sang », comme me l'a dit un jour Dame Maigrey, dit Dion, souriant tristement à ce souvenir.

Secouant la tête, il s'arracha au passé.

– Mais si c'est vrai, pourquoi ce cousin – s'il l'est vraiment – a-t-il attendu. Il me semble qu'il... Seigneur ?

Sagan ne répondit pas. Il s'était éloigné brusquement. Lui tournant le dos, il regardait les étoiles.

Le cœur de Dion se serra. En prononçant le nom de Maigrey, il n'avait pas pensé à la douleur que cela infligerait à l'homme qui l'avait aimée, qui avait eu le malheur de la voir mourir dans ses bras.

– Qu'est-ce que vous allez faire, telle est la question, Sire, reprit Sagan d'une voix brutale.

– Ce que je vais faire ? Que voulez-vous dire ? Il faudrait demander : qu'est-ce que je *peux* faire ? Si ce cousin existe – car nous n'avons pas de preuves, seulement des présomptions – nous ne savons pas où il est...

– Il existe, Majesté, n'en doutez pas. Et il nous a dit où. Sur Vallombrosa.

– Sottise ! C'est une planète morte, sans rien...
– Non, Sire. On nous a *fait croire* qu'il n'y a rien
– Très bien, Seigneur. Alors, que feriez-vous, *vous* ? demanda Dion, impatienté. Quel est votre conseil ?
Sagan se tut, l'évaluant du regard.
– Vous voulez vraiment l'entendre ?
– Oui, Seigneur, soupira Dion. Je suppose que c'est pour ça que vous avez choisi de venir.
– Je n'ai pas choisi de venir, dit Sagan avec amertume. On me l'a ordonné. Mais maintenant que je suis là, je vous donnerai mon conseil, sans penser pour autant que vous le suivrez.
Le Seigneur de la Guerre saisit une lanière de cuir pendue à son cou, bien cachée dans les plis de son capuchon. D'un coup sec, il la cassa, et la tendit à Dion, avec le vilain bijou suspendu au bout.
– Voilà mon conseil, Majesté. Prenez l'étoile-gemme et placez-la dans la bombe à rotation spatiale. Le bijou est le dispositif d'armement de la bombe, il l'activera. Allez à Vallombrosa, et lancez la bombe au cœur de la planète. Détruisez tout dans un rayon d'un million de milles. Cela fait, envoyez votre armée et votre marine, et commandez-leur de tout détruire sur un million de kilomètres de plus.
Dion regarda le Seigneur de la Guerre, atterré.
– Vous ne parlez pas sérieusement ! Si Vallombrosa *est* peuplée, ce serait commettre un génocide, anéantir des millions d'innocents ! Vous savez que je ne pourrais pas faire une telle chose. Et vous non plus, Seigneur.
Sagan continua à lui tendre le bijou. En forme d'étoile à huit branches, il brillait autrefois plus que les étoiles du ciel. Maintenant, il était plus noir que la nuit.
– Ne me jugez pas si vite, Dion, dit gravement Sagan, les yeux fixés sur le bijou. Le danger est réel, ajouta-t-il, refermant soudain la main sur l'étoile. Si c'était moi, je serais très tenté d'y mettre fin.
– Nous ne savons rien avec certitude, dit Dion, secouant la tête. Nous ne savons même pas si ce cousin est en vie, et encore moins s'il me veut du mal...
– Dans le cas contraire, pourquoi ferait-il cela ? dit le Seigneur de la Guerre, montrant sa paume.
– Il veut attirer notre attention, reconnut Dion. C'est évident. Si seulement mon oncle... Comment diable a-t-il pu faire une chose pareille ? Il était profondément pieux...

– Oh, oui, il était pieux. Il s'appuyait sur sa religion comme sur une béquille, pour soutenir sa faiblesse. Je ne doute pas qu'Amodius n'ait imploré le pardon divin tous les matins, après avoir passé la nuit à s'accoupler avec sa sœur. Et il devait blâmer Dieu de ne pas avoir le courage de renoncer à son obsession. Voyez ce qu'il fait quand cette liaison illicite porte ses fruits. Au lieu de prendre ses responsabilités, il les remet à Dieu. « Le châtiment de ses péchés ». Châtiment, certes. Mais il ne tombera pas sur sa tête. Il tombera sur la vôtre.

Sagan remit le bijou dans la poche de sa robe.

– Au moins, mon père à moi avait reconnu, accepté, et payé son péché.

Dion se souvint alors que Sagan était le fruit d'une liaison illégitime, d'un père incapable de maîtriser sa passion.

– A moins qu'Amodius n'ait été plus tortueux que nous ne le croyions, dit Sagan, se parlant à lui-même.

– Que voulez-vous dire, Seigneur ?

– Il aurait pu déposer anonymement le bébé à la porte de quelqu'un. L'abandonner à la dérive dans un berceau de roseaux, si l'on peut dire. Quelles chances auraient eues ses parents adoptifs de découvrir sa véritable identité ?

– Vous m'avez bien trouvé, remarqua Dion.

– Oui, mais on voulait que vous soyez trouvé, dit Sagan, ironique. En confiant son fils à Garth Pantha, qui connaissait la lignée de l'enfant, Amodius voulait aussi qu'il soit trouvé. Commencez-vous à comprendre le danger ?

– Oui, concéda Dion. Et si notre cousin est si dangereux, le plus sage serait sans doute de garder bien cachée la bombe à rotation spatiale, et non de la lui envoyer.

– D'après les rapports de Dixter, elle ne restera peut-être pas cachée très longtemps, dit gravement Sagan.

– Les prétendus fantômes ? Que savez-vous d'eux ?

– J'ai une idée, mais je me méfie des hypothèses. Toutefois, il est impératif que nous apprenions la vérité.

– Vous devez aller le voir, dit doucement Dion.

– Oui, Sire. Je dois aller le voir.

– En êtes-vous sûr ? Si vous avez raison, vous pourriez être en danger...

– Pas moi, Majesté. Je suis celui qu'il veut.

– Oui, vous avez raison, soupira Dion. Tous ces faits :

vous envoyer écouter le docteur, la Légion Fantôme, l'attaque chez Snaga Ohme...

– ... destinés à me faire sortir au grand jour.

– Mais il devait vous croire mort...

– Je le répète – vous saviez que j'étais vivant. Il le sait aussi, dit Sagan.

– Mais pourquoi ? Que veut-il ?

– Il me cherche comme vous m'avez cherché. Et pour la même raison.

– Et vous croyez qu'il aura confiance en vous ?

– Je peux faire en sorte qu'il ait confiance en moi.

Et faire en sorte que j'aie confiance en vous, pensa Dion. Mais ai-je confiance en vous ? Votre ambition est-elle vraiment morte ? Etes-vous Seigneur Sagan ou Frère Pénitent ? Le savez-vous ? Et qu'est-ce que vous voulez ?

– Qu'est-ce que je veux ? dit Sagan, répétant la pensée de Dion. J'ai choisi pénitence pour nom quand j'ai quitté le monde. Je voulais me repentir, rechercher le pardon divin, la rédemption. Savez-vous comment m'appellent les autres frères de l'abbaye ? L'Impardonné. Ils savent la vérité. Dieu n'a pas répondu à mes prières. Seulement par le silence. Un silence terrible. Dame Maigrey est-elle venue à vous, Sire ?

Déconcerté par la question étrange et inattendue, Dion balbutia :

– Je... j'ai cru la voir... enfin, son esprit... le soir de l'inauguration. Elle ne m'a rien dit, mais je me suis senti réconforté. Elle est restée avec moi jusqu'à la fin de mon discours, et avant de partir, elle a levé la main, comme en avertissement...

– Elle n'est pas venue à moi, dit Sagan, amer.

Dion ne répondit pas, ne sachant quoi dire.

Sagan se retourna vers la fenêtre et la nuit.

– Ce que je veux, c'est entendre un mot du Créateur en réponse à mes prières. Même si c'est pour me dire qu'il n'y a pas d'espoir. Que je suis damné !

Don aperçut fugitivement l'âme de cet homme, vaste désert ravagé de regret, de colère et de désespoir.

Dion avait été élevé dans l'athéisme, mais les circonstances l'avaient forcé à abandonner cette conception confortable de l'univers. Un athée suppose qu'il sait toutes les réponses. A dix-sept ans, Dion croyait avoir toutes les réponses. Des faits inexplicables l'avaient convaincu du contraire. Maintenant, il n'avait plus que des questions.

Ai-je vraiment guéri Tusk ? Ou est-ce sa volonté de vivre qui l'a sauvé ? Ai-je vu Dame Maigrey ? Ou s'agit-il seulement d'un court-circuit cérébral ? L'apparition de ce mystérieux cousin est-elle une sorte d'épreuve cosmique ? Ou un événement aléatoire provoqué par l'incapacité d'un faible à maîtriser son obsession ? Quoi qu'il en soit, Sagan a raison. Je dois savoir la vérité. Et lui aussi.

– Très bien, Seigneur. Allez donc découvrir si mon cousin existe. Si oui, ce que signifient ces actes d'apparence hostiles. Que veut-il de nous ? J'espère que nous l'avons mal jugé. Contactez Dixter...

– Est-il nécessaire de l'informer, Majesté ?

– Oui, dit Dion avec fermeté.

– Très bien, Sire. Mais personne d'autre ne doit être au courant. Ami, secrétaire, capitaine de la garde, épouse... maîtresse, personne !

Dion se demanda s'il savait. Puis, comme il avait rougi, il se dit que Sagan savait maintenant s'il ignorait tout à l'heure.

– Si cette nouvelle devait s'ébruiter...

– Je comprends, Seigneur, dit Dion pour conclure.

– D'ailleurs, je doute que Dixter puisse me procurer ce dont j'ai besoin : un avion banalisé, désarmé. Un vieux modèle, du genre utilisé par les missionnaires interplanétaires avant la Révolution.

– Je doute que la marine en ait encore. Mais peut-être un armement dissimulé...

– Votre Majesté oublie le vœu que j'ai fait. Ou peut-être croit-elle que *moi*, j'ai oublié. Dixter pourra quand même me communiquer des informations indispensables. Dites-lui que je le contacterai.

– Je lui donnerai instructions de vous fournir tout ce dont vous pourrez avoir besoin, Seigneur.

Rabattant son capuchon sur son visage, Sagan – redevenu l'humble convers – acquiesça de la tête. Dion posa la main sur l'ouverture manuelle, sursauta en sentant les doigts décharnés de Sagan sur son poignet.

– Conseil de prudence, Dion. A partir de maintenant, n'utilisez plus la lame-sang.

– Inutile de vous inquiéter, Seigneur, dit Dion d'un ton froid. Je peux me protéger de ses entreprises.

Sagan regarda la main de Dion d'un air significatif.

– Votre cousin est entré dans votre esprit, Majesté. Etes-vous entré dans le sien ?

– Merci d'être venu. Vous pouvez vous retirer.

– Dieu vous bénisse, Majesté, dit Frère Pénitent.

Dion arrêta Sagan avant qu'il ne sorte.

– L'archevêque attendra votre retour. Que dois-je lui dire ? demanda-t-il à Sagan.

– Dites-lui de prier pour moi, Majesté.

21

Dion enfila la coursive, tourna dans un couloir latéral et s'arrêta, maintenant hors de vue de ses gardes. La porte de ses appartements était devant lui. Derrière, Kamil l'attendait patiemment. Son dîner était froid maintenant, mais peu importait. Il n'avait plus d'appétit. Pendant son entrevue avec Sagan, la tension de la joute mentale entre leurs deux volontés opposées l'avait contraint à concentrer ses pensées sur le combat, car Sagan aurait immédiatement profité de sa moindre faiblesse pour le plier à sa volonté.

Dion était épuisé, physiquement et mentalement. Mais au moins, il n'avait pas cédé de terrain, il avait tenu bon, refusé d'abandonner ses convictions.

– Je me demande s'il me respecte pour ça ? se dit-il. Mais pourquoi rechercher toujours son approbation ? J'ai le pouvoir qu'il désirait, et au-delà. Et je l'ai conquis par des moyens pacifiques, sans les tueries qu'il me conseillait. J'espère être un meilleur souverain, un meilleur homme que lui. Pourtant, une fois, juste une fois, j'aimerais l'entendre dire : « Bien joué. »

Dion soupira.

– Je voudrais en parler à Kamil. Peut-être que je le ferai. Elle n'en dira rien à personne. Non, Sagan a raison...

Femme... maîtresse, personne !

Son visage s'empourpra à ce souvenir. Sagan bluffait, décida Dion. Il ne pouvait pas savoir.

Il posa résolument sa main sur le scanner. Son identité vérifiée, la porte s'ouvrit.

Kamil ferma son livre et s'avança vers lui avec un sourire qui s'évanouit bientôt.

– Qu'y a-t-il, Dion ? Tu ne peux pas me le dire, ajouta-t-elle, lui épargnant la peine de répondre. Désolée, je n'aurais pas dû demander. Tu veux que je m'en aille ?

– Ma chérie ! dit Dion, la serrant dans ses bras, réconforté par sa force, sa compréhension. Non, ne t'en va pas. Ni maintenant, ni jamais. Je ne peux rien te dire, mais peu importe. Nous sommes ensemble.

Ils s'étreignirent en silence. Il l'imaginait le protégeant de son bouclier, lui donnant le temps de recouvrer ses forces, de ramasser ses armes pour retourner au combat.

Je devrais rentrer au palais, informer Dixter de ce que j'ai appris, le mettre en contact avec Sagan, se dit-il.

Mais ça peut attendre à demain. C'est déjà regrettable que je doive abréger mon séjour auprès de Kamil. Je passerai cette nuit avec elle. J'en ai besoin...

– Majesté, dit la voix de d'Argent à l'U-com, l'Amiral Dixter voudrait vous parler. C'est... confidentiel.

Dion soupira. Kamil se dégagea doucement.

– Ça ne peut pas attendre au matin, d'Argent ?

– Selon l'amiral, il s'agit d'une urgence, Sire.

– Il faut que je lui parle. J'espère que ce ne sera pas long, dit-il à Kamil.

– Je serai toujours là, répondit-elle.

– Je regrette parfois de ne pas être ordinaire, dit-il. Comme Tusk et Nola. Nous serions constamment ensemble. Sans plus grand souci que la visite de l'agent de recouvrement pour récupérer la vidéo...

Elle ne répondit pas, baissa les yeux.

– C'est la malédiction de l'humanité, soupira-t-il. Ne jamais être satisfait de ce qu'on a. Toujours vouloir plus. Quand je n'étais rien, je voulais être quelqu'un. Maintenant que je suis roi, je voudrais de nouveau n'être rien.

– Va régler ta dernière crise, Majesté, dit Kamil.

L'embrassant sur la joue, elle reprit son livre et disparut dans la chambre.

Dion ressortit dans la coursive. D'Argent l'attendait.

– L'amiral demande que cette conversation reste strictement confidentielle, Sire, répéta d'Argent. Transmise au plus haut niveau de sécurité. Je serai à côté si vous avez besoin de quelque chose.

Dion entra dans la salle, scella la porte, et tapa le code compliqué ouvrant le canal protégé. Cela prit du temps.

– Majesté, j'ai de mauvaises nouvelles, dit Dixter, dont le visage apparut sur l'écran. La reine est partie.
– Je ne vois pas..., dit Dion, fronçant les sourcils.
– Ce que je veux dire, fiston, fit Dixter, oubliant qu'il parlait au roi, c'est que votre femme vous a quitté.

22

Repartant comme il était venu, Sagan traversa rapidement le tarmac, restant dans l'ombre. Pourtant, il ne regagna pas le vaisseau qui l'avait amené, et qui appartenait à l'Eglise, avec un équipage de moines. Sagan avait à réfléchir, et il voulait réfléchir sans témoins.

De nombreux sentiers menaient de l'astroport aux bâtiments de l'Académie. Certains de ces chemins étaient anciens, d'autres nouveaux, ajoutés pendant la reconstruction, faite sous les auspices du nouveau roi. Sagan en choisit un ancien, où il pouvait marcher sans penser où il le mènerait, remettant ses pas dans ceux de l'arrogant jeune homme qui l'avait foulé quelque trente ans plus tôt.

Il était furieux, et trouva commode de concentrer sa colère sur Dion. Pourquoi ne voyait-il pas le danger – l'extrême danger – où il était ? Où ils étaient tous ?

– Je ne m'attendais pas à ce qu'il détruise Vallombrosa sans avertissement, marmonna-t-il. En lui proposant ce plan, je savais qu'il le rejetterait... comme il le devait, reconnut-il à contrecœur. Mais cela aurait bien simplifié les choses. Faire détoner la bombe dans ce qui, de l'avis général, est une région inhabitée de la galaxie. Dire aux peuples que c'était pour débarrasser l'univers d'une arme atroce. Pour le public, tu aurais été le champion de la paix, tout en détruisant totalement ton ennemi, sans qu'il reste personne pour venir dire le contraire.

« Non, Dion, je ne m'attendais pas à ce que tu suives la voie de la facilité. Tu m'aurais déçu si tu l'avais fait, ajouta-t-il, une ombre de sourire aux lèvres. Mais tu aurais dû prendre l'étoile-gemme. Tu aurais dû la prendre il y a trois ans, quand je te l'ai offerte. Tu aurais dû la prendre aujourd'hui. Réaction insensée, mon roi. Ni logique, ni pratique. C'est très bien pour un roi de tenir un rameau d'olivier dans une main, pourvu qu'il tienne un fusil dans l'autre. »

Trois ans plus tôt. Il avait offert à Dion l'étoile-gemme. Sur la tombe de Maigrey. Le roi avait laissé le Seigneur de la Guerre avec la morte. Son corps et son esprit avaient traîné son âme récalcitrante. Il avait combattu des hordes de Corasiens dans ses efforts pour retourner dans sa galaxie. Il les avait combattus brillamment, supposait-il, simplement parce qu'il n'aurait pas survécu dans le cas contraire. Il avait été blessé – grièvement, lui avait-on dit plus tard. Il ne savait pas. Il ne se rappelait pas.

C'était Frère Miguel qui l'avait trouvé, et ils s'étaient sauvés mutuellement. Seul survivant du complot pour piéger Sagan, Frère Miguel avait vu tous ses frères mourir des mains des terrifiants têtes-mortes. Il avait échappé d'un cheveu à la mort, et, terrorisé, s'était réfugié dans les caveaux souterrains de l'abbaye, où il s'était caché jusqu'au jour où Frère Fideles l'avait découvert. Fideles l'avait retenu au bord de la folie, lui avait rappelé qu'il devait conserver sa foi et sa confiance en Dieu. Reprenant courage, Miguel avait trouvé la force de quitter sa cachette. Tous les têtes-mortes étaient tués, l'abbaye déserte, seulement hantée par les fantômes de ses frères.

Le jeune moine aurait pu retomber dans la folie si l'avion ne s'était pas écrasé hors les murs de l'abbaye.

Le bruit et les flammes l'attirèrent à la fenêtre. Il vit une silhouette – se détachant sur l'incendie – sortir de l'appareil en chancelant, s'effondrer. Oubliant ses malheurs dans son inquiétude pour le blessé, Miguel s'était tant bien que mal équipé du respirateur, priant Dieu de lui indiquer comment s'en servir. Grâce à l'intervention divine, ou aux instructions imprimées sur le réservoir d'oxygène, il était parvenu à se harnacher pour braver l'atmosphère irrespirable. Il avait même eu la présence d'esprit d'emporter un respirateur pour le pilote blessé.

Moitié traînant, moitié portant le pilote, il l'avait ramené à l'abbaye. Ils étaient à l'abri derrière ses murs quand l'avion avait explosé dans une boule de flammes.

Miguel ne connaissait pas le pilote, ne saurait jamais qui il était. Accablé par la gravité des blessures, il pensa que l'homme allait mourir. Il n'était pas médecin, mais il avait travaillé à l'infirmerie. Il traita donc le blessé avec les remèdes disponibles, assaisonnés de ferventes prières.

Il avait réussi, et le jour où la fièvre était tombée, il s'était jeté à genoux en pleurant.

– Merci, Seigneur ! avait-il murmuré.

Par la suite, il avait rapporté à Fideles (retour d'un voyage mystérieux sur lequel il restait assez vague) que les premières paroles du convalescent avaient fait écho aux siennes.

– Merci, Seigneur.

C'est seulement quelques semaines plus tard, à genoux sur la tombe de son père, que Sagan avait accepté le fait qu'il était vivant et que Dieu attendait encore quelque chose de lui. Il avait donc supposé qu'il devait faire pénitence pour ses péchés, pour se faire pardonner l'orgueil et l'arrogance lui ayant fait penser, à lui, chétif mortel, qu'il connaissait la pensée de Dieu, qu'il pouvait agir à la place de Dieu, décidant qui devait vivre et qui devait mourir.

Et ainsi, pendant trois longues années, il avait fait pénitence, s'était prosterné dans la poussière, flagellé, avait jeûné, travaillé jusqu'à l'épuisement, et prié, toujours prié.

Sans un seul mot. Sans une réponse.

Que Dieu l'eût abandonné n'avait pas trop surpris Sagan. Mais que Maigrey le laissât seul pour livrer cette bataille l'ulcérait. La foi s'était lentement retirée. La colère et le doute avaient rempli le vide. Et maintenant ça... cette tentation. Car Sagan avait reconnu la tentation, et il était le seul, apparemment. Dion n'avait rien compris, bien que Sagan eût tenté de lui ouvrir les yeux. Ni l'archevêque. Enfin, il les avait avertis. Il leur avait donné leur chance. Ils n'auraient qu'eux à blâmer.

Il s'arrêta. Il était arrivé à destination.

Les pierres blanches de la chapelle votive luisaient doucement sur le fond noir des arbres et la froide lumière des étoiles. Sagan poussa la porte et entra, refermant soigneusement derrière lui.

Avançant dans la chapelle, il approuva distraitement la beauté et l'élégance de l'édifice, digne tribut en hommage à ceux qui avaient perdu la vie en fuyant la galaxie corasienne. Il passa rapidement devant la fontaine, éclairée par les flammes tremblotantes des bougies qu'on ne laissait jamais s'éteindre, jeta un regard indifférent à son effigie, et s'arrêta devant le portrait de Maigrey.

Il serra les poings sous ses manches.

– Tu es apparue à Dion..., dit-il d'une voix étranglée. Jamais à moi ! Pourquoi ?

La colère l'aveugla. Un moment, l'incandescence et la fumée du feu qui faisait rage en lui l'empêchèrent de voir. Lentement, il se ressaisit. Lentement, la pensée rationnelle reprit le dessus. Ce n'était qu'un portrait, rien de plus.

Pourtant, il lui lança un noir regard accusateur, et commença à se détourner. Quelque chose de blanc à ses pieds arrêta son mouvement. C'était une rose blanche.

Bizarre de trouver cela ici. Il la ramassa. Elle était fraîchement coupée, car le bord de ses pétales commençait à peine à se flétrir. Un morceau de papier était enroulé à la tige, empalé sur une épine. Distraitement, il le déplia.

> On m'interdit de te voir et de communiquer avec toi. Je ne peux qu'obéir. Toute autre attitude mettrait en péril et nous et ceux que nous aimons. Mais sache que je suis toujours avec toi. Aie confiance comme moi. Je sais que nous serons réunis un jour, cette fois pour n'être plus jamais séparés.

Sagan fixa le papier, perplexe, étonné, incrédule. Il allait le relire – bien que tous les mots en fussent gravés dans son esprit de façon indélébile – quand une voix le fit sursauter.

– Je... Pardonnez-moi, mon Père, mais je crois... que le billet que vous tenez... m'est destiné.

Sans un mot, Sagan tendit le message et la rose à l'étudiant, qui les lui arracha d'une main tremblante. Approchant le billet d'une bougie, il le lut, puis, secoué d'un sanglot, il le serra sur son cœur et fondit en larmes.

Relevant la tête sur la présence silencieuse qui l'observait, le jeune homme rougit de honte. S'essuyant vivement les yeux, il se dit sans doute que cette réaction émotionnelle appelait quelque explication.

– J'ai été grossier envers vous, mon Père. Pardonnez-moi. Je ne suis plus moi-même. En général, je ne perds pas mon sang-froid comme ça... Mais j'attends depuis si longtemps... j'en ai perdu le sommeil.

Il fut forcé de s'interrompre pour s'éclaircir la gorge.

– Nous étions fiancés, dit l'étudiant, tenant tendrement la rose, comme si elle était l'incarnation de sa bien-aimée. Mais nos planètes se sont déclaré la guerre. Nous espérons que le roi pourra l'arrêter, mais... qui sait ? Son père l'a rappelée. Elle devait me faire passer un message par sa camarade de chambre... qui devait le laisser ici...

Il serra étroitement le précieux message et la rose, oublieux des épines qui devaient lui déchirer la chair.

– Je sais maintenant qu'elle m'aime encore. Et elle a raison. Il faut garder confiance. Tout s'arrangera. Et nous serons réunis.

Il sembla vouloir continuer, se ravisa, et partit en toute hâte, serrant toujours le billet et la rose.

Sagan resta debout dans l'ombre, méditatif. Finalement, incapable d'arriver à une conclusion satisfaisante, il tourna de nouveau son regard vers le portrait de Maigrey.

S'il espérait un indice, une réponse, il fut déçu. Les yeux gris qui ne voyaient rien voyaient tout... sauf lui.

Serrant les dents, Sagan se détourna et marcha rapidement vers la porte, repassant devant la fontaine dont le gazouillis commençait à l'irriter. La main sur la poignée de la porte, il s'arrêta.

Un pétale de rose gisait par terre.

Sagan se baissa, le ramassa et le lissa entre ses doigts.

– Ainsi... on t'interdit de communiquer avec moi. Si c'est vrai, cela signifie que Dieu m'a abandonné, que je suis damné et qu'il n'y a plus d'espoir.

« Et par conséquent, ajouta-t-il sombrement, à partir de maintenant, rien de ce que je fais n'a d'importance. »

LIVRE II

Ce n'est pas le baume, le sceptre et le globe,
L'épée, la masse, la couronne impériale,
La robe au tissu d'or et de pierreries,
Le titre pompeux qui précède le roi,
Le trône où il s'assied, ni le cérémonial
Dont les flots battent les hauts rivages de ce monde –
Non, rien de tout cela, trois fois splendide pompe,
Rien de tout cela, couché sur un lit luxueux,
Ne dormira aussi profond que l'esclave infortuné...
Et si ce n'est pour l'apparat, ce misérable
Qui consacre ses jours au travail et ses nuits au sommeil,
A sans conteste l'avantage sur un roi.

William Shakespeare,
Henri V, *acte IV, scène 1, 241-249 et 259-264.*

Le baume consacré, le sceptre ni le globe,
L'épée, la masse ni l'impériale couronne,
Ni la robe tissée d'or et de pierreries,
Ni le titre pompeux qui précède le roi,
Ni le trône où il siège; ni la marée du faste,
Qui vient battre les hauts rivages de ce monde –
Non, rien de tel, ô majesté trois fois splendide,
Rien de tel, alangui sur un lit d'apparat,
N'a le sommeil aussi profond qu'un pauvre esclave...
Et, sauf pour l'apparat, un malheureux pareil,
Passant des jours de peine et des nuits de sommeil,
A sans conteste l'avantage sur un roi.

William Shakespeare,
Henri V, *acte IV, scène 1, 241-249 et 259-264.*

1

L'être rayonnant tonnait dans les allées du ciel, vêtu de lumière et d'ombre, la miséricorde dans une main, la loi dans l'autre. Résolue, certaine de la justice de sa cause, Maigrey affrontait avec défi le Courroux Divin.

– Parce que les morts sont autorisés à connaître la pensée de Dieu, parce qu'il t'a été donné connaissance du passé, du présent et de l'avenir, toi, connue dans la vie sous le nom de Dame Maigrey Morianna, tu as conclu une alliance avec Notre Seigneur, selon laquelle tu ne te révélerais pas aux vivants qui pourraient profiter de ce que tu sais, à leur détriment et à celui de l'univers.

– Oui, oui, dit sèchement Maigrey. Je sais ce que j'ai fait et pourquoi. Chose que tu ne sais peut-être pas. Il est vrai que j'ai été autorisée à connaître l'esprit de Dieu – quoique je n'en sois plus certaine maintenant – mais je doute qu'il connaisse le mien.

– Tu doutes, dit l'être radieux, d'une voix terrifiante de douceur. Et c'est ce doute qui entrave ta connaissance. Le doute projette sur toi une ombre, que notre lumière ne peut pénétrer. Le doute et l'orgueil seront tes pierres d'achoppement dans l'éternité, comme ils l'ont été dans la vie. Dans ton orgueil, tu crois savoir mieux que le Créateur comment manœuvrer l'univers ?

Maigrey balança, indécise, sa juste colère vacillant un peu devant cet argument.

– Non, je ne le pense pas, reconnut-elle, radoucie. C'est simplement... je trouve que vous n'êtes pas justes. Et je n'ai pas trahi l'alliance, pas vraiment. Sagan pensait que je l'avais abandonné...

– Comme tu l'as fait dans la vie ?

Maigrey n'avait plus ni chair ni sang, mais elle se sentit s'empourprer. Elle porta la main à sa cicatrice, qui n'existait plus que dans son esprit.

– Je ne pouvais pas lui laisser croire cela de moi une seconde fois, dit-elle. Mais j'ai tenu parole. Je ne lui suis pas apparue. Quant à ce billet qu'il a trouvé, tu sais que je ne l'ai pas écrit. Je n'y peux rien s'il pense le contraire...

– Pur problème de forme, dit l'être rayonnant avec ironie. Tu es astucieuse, Dame Maigrey – j'emploie ce nom parce que tu es plus proche de ce que tu étais que de ce que tu devrais être. Mais cette fois, ton astuce sera ta perte. Comme tu le supposais, il a compris que ce message venait de toi. Pourtant, il n'en a tiré ni réconfort ni espoir. Il l'a mal interprété, et a maintenant perdu toute espérance. Il est plein de témérité et de folie. Et tu n'as que toi à blâmer. C'était pour éviter cela qu'il t'avait été demandé de conclure cette alliance.

– Je reconnais que j'ai fait une faute, dit Maigrey. Mais si tu me permets d'aller le voir, je peux réparer...

– Non, tu en as fait assez. Trop, même, dit l'être rayonnant d'un ton sévère. Cela t'est refusé.

– Mais vous avez permis à mon frère de venir à moi ! s'emporta Maigrey. Vous avez envoyé Platus pour m'arrêter alors que j'allais me suicider.

– *Nous* l'avons envoyé ? En es-tu certaine ? T'es-tu jamais demandé pourquoi ton frère arpente ces couloirs au lieu de jouir de la paix que nous lui offrons ?

Maigrey le regarda, étonnée. Son frère, se rebellant contre un Edit Divin ! Elle ne parvenait pas à le croire, et pourtant, elle comprenait. En la sauvant, Platus, en réalité, avait sauvé Dion. Et pour Platus, Dion avait plus d'importance que son âme.

– Que veux-tu de moi ? demanda-t-elle, pensive.

– Que tu ne retournes plus dans la dimension physique. Tu resteras ici, sous notre regard et notre esprit. Tu n'interféreras pas dans la vie de ceux que tu as laissés derrière toi. Avec une seule exception, parce qu'il s'agit d'une responsabilité que tu as acceptée dans la vie.

– Ma filleule. Kamil. Je ne peux pas faire grand-chose pour elle maintenant. Mais les autres, Dion, Sagan... comment peux-tu me demander de les abandonner ? Surtout maintenant...

– Tu les verras – par l'esprit de Dieu. Soumets-toi à Sa volonté, Dame Maigrey. Laisse-toi gouverner par Sa sagesse, non par les passions qui t'égarent.

Maigrey secoua lentement la tête.

– Veux-tu interférer avec leur liberté de choix ? dit l'être rayonnant d'un ton sévère. Avec leur libre arbitre ?

– Pourquoi pas ? Vous le faites bien, vous.

– Ainsi, tu nous défies, dit l'être rayonnant, non avec colère, mais avec chagrin.

– Je ferai ce que je jugerai le mieux, éluda Maigrey, impressionnée par la puissance des forces alignées contre elle. Ça, c'est *mon* libre choix.

– C'est vrai. Nous ne pouvons pas t'arrêter. Mais sache cela, Dame Maigrey. Une fois que tu seras sortie de notre présence, l'Esprit de Dieu te sera fermé. Tu ne verras plus que comme une mortelle. Et si tu retournes dans la dimension physique, si tu tentes d'altérer ou de changer physiquement ce qui doit être, tu seras damnée. Il te sera interdit de revenir dans ce royaume bienheureux, sauf par un chemin long et difficile, plein d'embûches et de souffrances. Nombreux sont ceux qui ont échoué à le parcourir, pour vivre dans des tourments abominables, dénués de tout espoir de réconfort, de paix et de rédemption. Tel est le destin que tu affrontes. Et tu l'affrontes seule.

Le chemin s'ouvrit à ses pieds. Maigrey le regarda, et le cœur lui faillit. Mais, comme on le lui avait appris, elle ne montra pas sa peur. Elle serra les dents, resserra sa main sur sa lame-sang.

– Le choix t'appartient, dit l'être rayonnant. Mais sache que si tu te mêles de ce que tu ne comprends pas, tu pourras causer des dommages irréparables. Et dans ce cas, tu seras châtiée.

Elle réfléchit longtemps.

– Qu'il en soit ainsi, dit-elle enfin, et elle partit.

2

– Faites venir Dixter, ordonna Dion.

D'Argent s'inclina et sortit.

Dion baissa la tête. Les coudes sur son bureau, il se massa le front, frotta ses yeux brûlants, ses tempes douloureuses. Généralement, il n'avait pas de problème avec le voyage spatial, mais cette fois, il avait été malade.

Le roi avait quitté l'Académie presque immédiatement après le message de Dixter. Il n'avait pris que le temps d'expliquer la situation à Kamil. Il se rappelait tous les mots de cette dernière conversation. Il se les répétait maintenant, comme il se les était répétés sans cesse pendant les longues heures solitaires de la nuit.

Une fois encore, il la prit dans ses bras.

– Astarté m'a quitté. Je dois retourner au palais.

– C'est ma faute ! répondit-elle.

– Ne saute pas aux conclusions, ma chérie. Ne rends pas cette séparation plus difficile.

– Tu dois partir, bien sûr, dit-elle doucement. Je comprends. Et si... tu ne peux pas revenir, je comprendrai aussi. Tu n'auras pas besoin de dire quoi que ce soit...

– Oh mon Dieu ! gémit-il, la serrant contre lui, le feu de son amour le réchauffant et le brûlant à la fois. Comment pourrais-je renoncer à toi ?

Elle ne répondit pas. Ils restèrent enlacés. C'était la fin. Mais peut-être pas.

Cet espoir l'empêcha de dormir. Il y avait peut-être une solution. Maintenant plus que jamais, il avait besoin de Kamil, de son amour, de son soutien, de sa compréhension. Il fallait qu'il y ait une solution...

– Dion...

– Bonjour, Amiral, dit-il, levant la tête. Je ne vous ai pas entendu venir.

Dixter s'assit en face du roi, attacha sur lui un regard pénétrant.

– Il paraît que vous avez été malade. Ne devriez-vous pas être au lit ? dit-il avec sa brusquerie coutumière.

– Simple mal de l'espace, dit Dion avec un pâle sourire. C'est presque passé. Et cela s'est révélé un prétexte commode pour annuler mes rendez-vous. Dites-moi tout, ajouta-t-il en se redressant. C'est grave ?

– Pas autant que cela aurait pu l'être, Majesté, dit gravement Dixter, frictionnant son menton grisonnant, l'air embarrassé.

– Pas de cérémonies, dit Dion. Ce ne sera pas facile pour nous deux. Je suis désolé que vous soyez impliqué...

– Mieux vaut moi qu'un autre, Dion, fit Dixter. Astarté est venue me trouver parce qu'elle sait que nous sommes de vieux amis. Elle ne désire pas plus le scandale que vous, que nous tous. C'est une femme intelligente. Elle sait que le moment est critique pour vous. Elle sait qu'il y a des loups qui attendent un faux pas pour vous déchirer.

– Alors, pourquoi fait-elle cela ? dit Dion, irrité.

– Vous feriez mieux de lire ça, fiston, fit Dixter, lui tendant une lettre. Elle m'a dit de vous la remettre.

Dion ouvrit l'enveloppe, se leva (faisant signe à Dixter de rester assis) et s'approcha de la fenêtre pour mieux voir. En fait, la lampe de son bureau éclairait suffisamment, mais c'était un prétexte pour dissimuler son visage.

La lettre était de la main d'Astarté – nette, précise, petite, belle, comme elle-même.

« Mon mari,

« Nous avons été lésés. La politique a uni deux êtres qui n'étaient pas faits l'un pour l'autre. Nous étions tous deux très jeunes. On ne nous a pas laissé le choix. On ne nous a pas donné d'aide. Comme pour les personnages de conte de fées, quand l'histoire s'est terminée, ils ont refermé le livre sur nos vies, supposant que nous serions heureux et aurions beaucoup d'enfants. Oui, ils nous ont lésés.

« Je vous ai fait du tort. Dès notre nuit de noces, j'ai su que vous en aimiez une autre. Cela m'était égal. J'aimais ailleurs, moi aussi. Du moins, je le pensais. La Déesse, dans sa divine sagesse, m'a montré que j'avais tort. J'aurais dû vous le dire. Je crois que cela aurait fait une différence entre nous. Mais j'étais orgueilleuse, trop orgueilleuse pour admettre que j'avais une rivale. Je pensais, en femme, que je pourrais vous conquérir. Oui, je vous ai lésé.

« Et vous m'avez lésée. Vous avez rompu les vœux d'honneur et de respect que vous aviez prononcés. Vous ne m'avez pas estimée assez pour faire de moi votre amie, à défaut de votre amante. Vous ne m'avez pas estimée assez pour faire de moi votre confidente. Vous auriez pu me dire que vous en aimiez une autre. Cela m'aurait blessée, mais vous m'avez lésée bien davantage par votre silence. Et, ce qui est pire, vous n'avez fait aucun effort pour renoncer à cet amour. Vous l'avez défendu avec toutes les armes disponibles, dont vous vous servez pour m'écarter. Que craignez-vous ? De vous apercevoir accidentellement que vous m'aimez... un peu ? Que vous puissiez lui être infidèle ? Oui, vous m'avez lésée.

« Je n'ai pas l'intention de faire une scène ou un scandale. Je pars, pour nous donner à tous deux le temps de réfléchir calmement, maintenant que la vérité est dite. Je fais cela maintenant, parce que je sais que notre mariage est entré dans une crise. Je dirai aux média que je rentre chez moi pour célébrer la Fête du Printemps, jour de grande signification pour mon peuple, car il honore les pouvoirs rédempteurs de la Déesse. Notre peuple serait heureux que le roi vienne participer à cette fête.

« Viendrez-vous, mon mari ? Saisirez-vous cette occasion de renouveler vos vœux, qui sont actuellement lettre morte ? Tendrez-vous la main à une femme qui a de l'affection pour vous ? Elle est prête à oublier vos torts, si vous trouvez en vous les ressources d'oublier les siens. »

Cette lettre était signée : *Avec honneur et respect, votre femme.* Avec, au-dessous, d'une écriture plus agitée, un post-scriptum : *Cela restera entre nous !*

Lentement, Dion plia la lettre, la remit dans l'enveloppe qu'il glissa dans la poche poitrine de son uniforme. Il attendit avant de se retourner, non pour dissimuler ses émotions – c'était impossible, elles étaient trop profondes. Il attendit parce que, pour la première fois, il regardait son image dans le miroir. Puis, prenant une profonde inspiration, il retourna s'asseoir à son bureau.

– Savez-vous ce qu'elle me dit, Amiral ? Vous a-t-elle montré la lettre ?

– Non. Mais je l'imagine. Elle m'a tout dit. Elle avait besoin de parler à quelqu'un. Elle est très seule, Dion.

– Je le sais, bon sang ! Tout ce qu'elle dit est vrai. Et elle aurait pu en dire plus. Beaucoup plus. Elle a eu l'élégance de m'épargner le pire. C'est vrai que j'ai une liaison, ajouta-t-il après une brève hésitation.

– La fille d'Olefsky, dit doucement Dixter.

Dion sursauta, alarmé.

– Comment le savez-vous ? Elle vous l'a dit...

– Désolé, fit Dixter en s'empourprant. J'aurais dû me taire. Ce n'était qu'une hypothèse. Nola m'avait parlé de vos rapports, quand elle avait appris que vous deviez en épouser une autre. Elle s'inquiétait, m'avait demandé de veiller sur vous. Votre secret est en sécurité avec moi.

– En sécurité avec vous. En sécurité avec d'Argent, en sécurité avec Caton et ses hommes. En sécurité avec Olefsky et sa femme...

– Aucun d'eux ne vous trahira, fiston.

– Non, dit Dion, mais que doivent-ils penser de moi ? Je suis leur roi, je suis censé être un modèle...

– Vous êtes aussi humain, Dion.

– Et comment peut-on être les deux à la fois ? Etrange que ce problème survienne juste après l'autre. Leçon de choses envoyée par Dieu, dirait Sagan.

– Sagan, dit l'Amiral, se penchant vers lui à l'énoncé de ce nom. Vous avez des nouvelles de l'archevêque ?

– J'ai des nouvelles de Sagan. Je lui ai parlé.

– Ainsi, il est vivant, murmura Dixter.

– Tout ce qu'il y a de plus vivant, dit Dion, ironique. Et il m'a raconté une histoire intéressante. Comme si je n'avais pas assez de problèmes ! Apparemment, je ne suis pas le seul réprouvé dans la famille.

Dion lui rapporta la confession du docteur. Dixter l'écouta en silence, et s'il fut choqué, il n'en laissa rien paraître. A la fin, il se contenta de branler le chef.

– Cela paraît incroyable, sans l'être vraiment. Beaucoup de membres du Sang Royal en venaient à croire qu'ils étaient au-dessus des lois gouvernant les humains ordinaires. Votre oncle le roi, entre autres. Et Sagan.

– Moi aussi ? Pourtant, si j'étais un homme ordinaire, je ne serais pas dans cette situation. J'aurais épousé Kamil.

– Vous avez choisi, Majesté.

– Oui, j'ai choisi. Mais nous avons maintenant d'autres soucis, dit-il avec animation.

Il rapporta les hypothèses et déductions de Sagan concernant Pantha, l'enfant, Vallombrosa. Dixter fronça les sourcils au conseil de Sagan de détruire la planète, sembla approuver le refus de Dion d'armer la bombe à l'aide de l'étoile-gemme. Pourtant, il semblait dubitatif à la fin.

– Et maintenant, nous n'avons plus qu'à attendre.

– Et faire confiance à Sagan, dit Dion.

– C'est ce qui me tracasse. Que pensez-vous de lui ?

– Il est dangereux. Plus que jamais, peut-être. Alors, il avait une mission, une vocation divine. Maintenant, il n'a rien, et donc rien à perdre. Il se croit abandonné de Dieu.

– Et pourtant, vous avez confiance en lui.

– Oui, dit Dion, pensif. Mais sans savoir pourquoi. Sagan va affronter mon cousin, voir ce qu'il désire. Et quand nous connaîtrons les faits, nous pourrons aviser.

– Et Sagan pourra faire *son* choix, murmura Dixter.

– Pardon ? Désolé, je pensais à autre chose.

– Rien, fit Dixter. Je parlais tout seul. Mauvaise habitude. C'est l'effet de l'âge. Avec votre permission...

– Certainement, Amiral, dit Dion en se levant.

L'entrevue était terminée.

– Au revoir, Amiral. Merci d'être venu. Je vous le répète : je suis désolé que vous ayez été mêlé à cela.

Dixter parti, Dion réfléchit un moment en silence. Puis, en soupirant, il appela son secrétaire.

– Etablissez les communications avec Cérès, dit-il à d'Argent. Je désire parler à... ma femme.

3

Assis à son bureau, Dion étudiait – ou s'efforçait d'étudier – les dernières propositions de paix pour Muruva. En réalité, il se demandait pourquoi d'Argent mettait si longtemps à contacter Astarté.

Près d'une heure passa.

Il y a un problème, réalisa Dion, renonçant à faire semblant de travailler. Il se levait pour aller s'informer quand d'Argent entra.

– Pardonnez ce délai, Sire. Je ne parviens pas à contacter Sa Majesté, dit-il, serrant les dents.

C'était la première fois que Dion le voyait furieux.

– Et la Baronne DiLuna désire vous parler, Sire.

– Et voilà pour que cela reste entre nous, dit Dion. Sa Majesté est retournée chez sa mère !

– Pas exactement, Sire, répondit d'Argent, radouci.

Il avait toujours eu de la sympathie pour la reine.

– D'après mes contacts sur Cérès, Sa Majesté est retournée au Temple de la Déesse qui, bien que situé dans la cité-Etat centrale, est isolé dans la montagne, à bonne distance du palais. Sa Majesté a été élevée dans le temple. Elle est Grande Prêtresse. Il est naturel que Sa Majesté s'y réfugie, plutôt que chez sa mère. Elles n'ont jamais été très proches. Comme vous l'imaginez, ce n'est pas le genre de fille dont la baronne s'enorgueillit.

– Je suppose que vous avez tenté de contacter Sa Majesté au temple. Si c'est possible... il n'est pas coupé des communications extérieures, non ?

– Non, Sire. Il est aussi grand que la cité proprement dite, et dispose d'un réseau de communications très sophistiquées. Il abrite l'autorité centrale d'une religion qui a beaucoup de fidèles, non seulement sur Cérès, mais dans tout son système et dans plusieurs systèmes voisins. Grâce, principalement, aux efforts de Sa Majesté, cette religion se répand partout. Sa Majesté est très populaire auprès des peuples, Sire.

Est-ce un reproche déguisé? se demanda Dion, mécontent. Enfin, si c'est le cas, je l'ai mérité.

– Vous ne parvenez pas à la contacter, je suppose?

– Non, Sire. Tous les canaux de communication avec le temple et le voisinage sont fermés. Sous prétexte de perturbation solaire, mais je suis convaincu qu'il s'agit d'un brouillage intentionnel.

– La baronne.

– Sans aucun doute. Sa Majesté l'ignore peut-être.

– Alors, comment DiLuna est-elle au courant?

– Les gardes de Sa Majesté, Sire, sont beaucoup plus loyales envers la baronne qu'envers la reine.

– Je vois, dit Dion, pensif.

Encore une chose qu'il ignorait. Il avait toujours présumé que sa femme et les guerrières qui ne la quittaient pas appartenaient à une même sororité. Il se voyait obligé de réviser cette opinion.

Elle est très seule, avait dit Dixter. Il s'était demandé comment c'était possible. Il commençait à comprendre.

– Je parlerai à la baronne, dit-il, se dirigeant vers la salle de communications privée, attenante à son bureau.

– Ce ne sera pas agréable, prophétisa d'Argent, sortant pour faire les arrangements nécessaires.

Non, pensa Dion, mais ça aussi, je l'ai bien cherché. Pourtant, il n'avait pas trop d'appréhension. Il s'était acquis le respect de la guerrière en pilotant un avion spatial pendant la Bataille du Vide, ainsi que l'on avait baptisé leur fuite de Corasia. En qualité de commandant en chef, il aurait pu rester en sécurité relative sur le *Phénix*, mais il avait choisi de prendre la tête de ses troupes. DiLuna se faisait une gloire de se battre, et elle se figurait que, puisqu'il avait choisi le combat, il ressentait la même chose.

Depuis lors, DiLuna tenait son gendre en grande estime, plus grande que sa fille, apparemment.

– Baronne DiLuna, dit-il, ajoutant une salutation dans la langue de la baronne quand elle parut sur l'écran. C'est un plaisir de vous revoir.

C'était une femme imposante qui avait dépassé la soixantaine. Elle avait engendré des filles, qui en avaient engendré d'autres, elles-mêmes presque en âge de procréer maintenant. Ses cheveux aile de corbeau avaient blanchi avec l'âge, mais ses yeux noirs étaient aussi fiers et farouches que dans sa jeunesse. Grande et musclée, elle entraînait encore elle-même ses guerriers – hommes et femmes – au corps à corps, offrant une bourse d'aigles d'or à quiconque parvenait à la vaincre. Ils étaient rares, et se voyaient immédiatement reçus soit dans sa garde personnelle (les femmes), soit dans son lit (les hommes).

– Majesté, dit-elle, le saluant sèchement de la tête.

Son visage ridé et couturé de cicatrices était impénétrable. Dion n'y distingua rien, sauf, peut-être, une indéfinissable impression de triomphe.

Mauvais présage, qui le mit sur ses gardes.

– C'est toujours un plaisir de parler avec vous, Baronne. Mais je cherche à contacter Sa Majesté. Elle réside, je crois, dans le Temple de la Déesse. Combien de temps vont durer ces interférences solaires, à votre avis ?

– Longtemps, dit-elle, les yeux étincelants. Indéfiniment peut-être. Notre soleil est instable. Ces manifestations surviennent souvent quand la Déesse est mécontente.

Dion maîtrisa sa colère. Le soleil de Cérès était aussi placide que pouvait l'être une boule de gaz et de roc incandescente. Mais il garda son calme, refusant de perdre son sang-froid – c'était souvent la tactique de DiLuna pour vaincre un adversaire non prévenu.

– C'est très gênant. Naturellement, je m'inquiète de la sécurité et de la santé de la reine...

– Depuis quand ? demanda DiLuna, avec un rictus.

Dion fut touché. Elle avait tiré le premier sang. C'est donc ainsi qu'Astarté tenait sa promesse de garder le secret sur leur différend. Mais il ne put que faire semblant de ne pas avoir été blessé.

– Ces interférences sont très contrariantes, dit Dion avec froideur. Je n'ai pas pu entendre votre dernière remarque. J'ai eu plaisir à parler avec vous, mais je voudrais m'entretenir avec Sa Majesté. Elle pourrait peut-être venir au palais, puisqu'il semble que *vos* communications ne sont pas perturbées...

– C'est impossible, Sire. Ma fille prie la Déesse pour le salut de son mariage et la destruction de sa rivale.

Ces mots furent pour Dion comme un coup de poignard. *La destruction de sa rivale!* La seule pensée à laquelle il se raccrocha fut de dissimuler à cette femme qu'elle l'avait mortellement blessé.

– Je veux parler à Astarté, dit-il. Ma femme.

– C'est impossible. Vous n'avez pas de femme. Vous avez violé les vœux sacrés du mariage, et ce faisant, insulté non seulement ma fille, mais son peuple, sa nation, sa Déesse. Nous considérons que c'est un acte de guerre. Par conséquent, nous nous déclarons indépendante de votre autorité et nous établirons notre propre monarchie.

– Vous jetteriez votre peuple dans la guerre!

– Sans hésiter, Sire. Mais, poursuivit DiLuna d'un air triomphant, je doute que ce soit nécessaire. Le scandale suffira à vous renverser, Dion Clairfeu. Toutefois, je pourrai peut-être persuader ma fille de vous pardonner à certaines conditions. Premièrement, ma fille sera reine, et non pas épouse du roi, partageant le gouvernement, et, à votre mort, elle vous succédera. Deuxièmement, l'adoration de la Déesse deviendra la religion officielle de la galaxie, et vous l'imposerez à tous vos sujets. Troisièmement, vous nous paierez une grosse somme d'argent – dont le montant sera déterminé plus tard – en réparation. Il y a d'autres conditions, mais nous en reparlerons quand vous aurez rempli les principales.

– Ces exigences sont inadmissibles, Baronne. Rendez-les publiques, et toute la galaxie vous croira devenue folle. Je veux parler à...

– Maudites interférences. Je n'ai rien entendu de ce que vous venez de dire, cria DiLuna. Nous en reparlerons.

– Je veux..., commença Dion, mais l'image disparut.

Il fixa l'écran avec colère et frustration. Quel gâchis! Et c'était la faute d'Astarté! Pourquoi s'était-elle enfuie?

Sa lettre l'avait touché, lui avait fait voir ses fautes. Il était prêt à reconnaître ses torts et à faire des efforts pour reconstruire leur couple. Mais maintenant... elle lui avait menti, elle avait promis de garder le secret mais, à l'évidence, elle l'avait révélé à sa mère.

Divorcer. C'était l'occasion, envoyée par Dieu. Il pourrait divorcer et épouser Kamil.

Astarté était populaire auprès du peuple, mais la

faveur dont elle jouissait s'évanouirait bientôt quand on la verrait risquer son mariage par amour du pouvoir.

Dion fouilla dans sa poche, en sortit la lettre.

– Et dire que j'ai failli me laisser prendre à ça, Madame.

Il déchira la lettre en petits morceaux qu'il jeta dans l'incinérateur, où ils furent réduits en cendres en une fraction de seconde.

4

– Vous avez fait cela, Mère ? dit Astarté, se levant de son trône, outragée, et marchant sur sa mère. Comment avez-vous pu ? Vous avez tout gâché !

Solide comme l'acier, DiLuna mesurait plus d'un mètre quatre-vingts, avec les muscles des bras, du torse et des jambes durs et bien dessinés comme ceux d'une jeune fille. Sa fille n'atteignait pas le mètre soixante, avec le teint et les muscles doux et tendres. Pourtant, ce fut DiLuna qui recula devant cette furie livide aux yeux étincelants qu'elle ne reconnut pas. Ou peut-être la reconnut-elle. Peut-être reconnut-elle pour la première fois quelque chose de son caractère inflexible dans cette frêle jeune femme.

– Comment avez-vous osé ? poursuivit Astarté, profitant du silence momentané que le choc imposait à sa mère. Vous connaissiez mes souhaits. Pourquoi les contrecarrer ?

DiLuna se ressaisit et eut un sourire indulgent.

– Petite sotte ! Je l'ai fait pour ton bien, naturellement. Si tu n'as pas de fierté, moi, j'en ai, poursuivit-elle, durcissant sa voix. Croyais-tu que j'allais laisser cet homme te déshonorer ? Me déshonorer moi, notre famille, notre peuple ? Non, par la Déesse ! Il paiera sa trahison !

– Quelle trahison ? dit Astarté, reprenant son sang-froid, soudain soupçonneuse. De quoi parlez-vous, Mère ? Je n'ai jamais parlé de trahison. Nous nous sommes éloignés, c'est tout. Les pressions de ses obligations et des miennes. Cette séparation devait nous donner le temps de réfléchir. Maintenant, grâce à vous, Mère, ajouta-t-elle avec amertume, tout est perdu. Il est sans doute furieux contre moi. Et je le comprends.

– Bah! Tu sais bien qu'il a couché avec une autre.

– Je ne sais rien de tel, rétorqua Astarté.

– Alors, tu es myope comme une taupe. Tes femmes le savent.

C'est donc ça, réalisa Astarté. C'est ainsi qu'elle a su. J'aurais dû m'en douter. Son estomac se noua, mais elle eut soin de dissimuler son inquiétude et son chagrin. Il faut être forte. Ou je perdrai tout... si ce n'est pas déjà le cas.

– Ne te fais pas de souci, ma fille, continuait DiLuna. Ta rivale est un problème facile à régler.

– A quoi pensez-vous? dit-elle, affectant l'irritation.

– A te débarrasser d'elle, naturellement.

– Je n'ai pas de rivale. Tout est dans votre tête.

– Tu en as une, et je peux même te donner son nom. Maigrey Kamil Olefsky. Ils se voient à l'Académie. En fait, il était avec elle le soir où tu l'as quitté.

Astarté se félicita d'être près d'une colonne à laquelle elle put s'appuyer; sinon, elle serait tombée.

– Tu n'as pas à prendre part à cette action, dit la baronne. Je prendrai les mesures nécessaires. C'est légal.

– C'est une loi, datant des temps barbares, qui n'est plus utilisée depuis des siècles, dit Astarté à voix basse.

– C'est pourtant une loi écrite, rétorqua DiLuna, haussant les épaules. Sa Majesté elle-même a décrété que la coutume locale a la préséance sur la loi galactique.

– Pas quand il s'agit de meurtre.

Croisant les mains pour les empêcher de trembler, Astarté se redressa et affronta sa mère.

– Quoi qu'il en soit, c'est moi l'offensée. C'est moi qui ai le droit de réclamer le prix du sang.

– C'est vrai, concéda DiLuna.

– Donnez-lui jusqu'à demain à la même heure, Mère, supplia Astarté, soudain douce et contrite. Je veux demander conseil à la Déesse. C'est... si inattendu. Vous ne pouvez exiger que je prenne cette décision sur-le-champ.

– Pauvre Petite Colombe, s'apitoya DiLuna, enfonçant ses ongles de fer dans le bras d'Astarté. Prie la Déesse. Elle te réconfortera, te rassurera. Ce que je fais est juste. Comme moi, la Déesse estimera que cet homme qui te trompe, qui sème sa semence dans une autre tandis que ton sein reste stérile, doit être humilié, rabaissé, châtié. Qui sait s'il n'a pas déjà donné un enfant à cette garce ? Non, il faut l'éviter à tout prix !

– Mère, laissez-moi maintenant, je vous prie, dit Astarté, oppressée, torturée par le poison de la jalousie.

Et si c'était vrai... si cette femme était enceinte ?

Peut-être valait-il mieux qu'elle meure...

Astarté crut entendre la voix de la Déesse ; la Sainte Mère était sévère, triste et déçue.

Ne te rappelles-tu pas la vision ? L'avertissement ?

Réalisant ce qu'elle venait de penser, Astarté s'effraya d'être tombée si bas. Elle se ressaisit.

DiLuna était partie. Elle avait vu la jalousie de sa fille, et avait trouvé le moment propice pour sortir.

Astarté quitta le temple extérieur et se rendit dans le sanctuaire intérieur, réservé aux prêtres, aux prêtresses et à leurs servants. Personne d'autre n'avait le droit d'entrer dans ce saint lieu, pas même DiLuna, ni les « gardes du corps » d'Astarté – en réalité les espionnes de sa mère. Là, la reine pourrait méditer sans être dérangée.

Le Temple de la Déesse était un immense complexe, centre de dévotion pour des millions de fidèles, construit sur les steppes de la montagne sacrée. La Déesse, quittant le ciel, y avait déposé ses enfants, croyait-on.

Astarté savait la vérité, comme tout le monde. C'est sur ces steppes qu'avaient atterri les premiers voyageurs spatiaux. Mais son peuple avait toujours aimé mélanger la grisaille des faits aux couleurs plus vives de la mythologie.

Personne ne savait de quand datait le culte de la Déesse. Les germes en venaient peut-être de la vieille Terre, repris aux religions vénérant la Grande Mère. Mais ils n'avaient pas pris racine dans cette culture jusqu'à l'étrange maladie qui avait décimé les hommes, laissant les femmes seules pour affronter ce monde nouveau. Leurs hommes affaiblis et mourants, il était normal que les femmes aient conçu leur déité sous forme féminine.

Maintenant, longtemps après l'éradication de la maladie hormonale et la reconstitution de la population mâle, Cérès conservait sa culture matriarcale et le culte de la Déesse, qu'adoraient les hommes comme les femmes.

Mais le passé avait laissé des traces de l'époque chaotique où les femmes se battaient entre elles pour propager l'espèce. Les rares survivants fertiles étaient devenus précieux, source de profit et de pouvoir pour les femmes qui les possédaient. Une épouse pouvait partager son mari et sa semence avec d'autres – moyennant finance. Mais si le mari accordait ses faveurs pour le plaisir – et gratuitement –, la femme offensée avait légalement le droit de tuer sa rivale. Cette coutume appartenait au passé maintenant, et aurait choqué la plupart des gens. Mais elle faisait partie de leur héritage, et, respectueuses du passé comme elles l'étaient, les femmes de Cérès en auraient sans doute approuvé l'application.

DiLuna le savait, et Astarté aussi. La reine fut atterrée de la facilité avec laquelle elle pouvait se débarrasser de sa rivale. Et de la tentation de le faire.

Astarté fit les offrandes coutumières à l'autel, puis s'agenouilla devant la Déesse sous sa forme maternelle.

– Que vais-je faire ? pria tout haut Astarté, sans crainte d'être entendue. Je pourrais retourner près de mon mari. Cela signifierait une violente dispute avec ma mère. Elle ne pourrait pas m'empêcher de partir, mais elle me retarderait par tous les moyens.

« Mais retourner près de Dion ne servirait pas à grand-chose. Le mal est fait. Il ne croirait jamais que je n'étais pas complice de ma mère. Il n'aurait plus confiance en moi, ne me respecterait plus, et je le comprendrais. Et si quelque chose arrivait à la femme qu'il aime, il m'en accuserait. Et il me haïrait – à jamais.

« Je distingue ta main dans mon retour, Bienheureuse Mère. Je connais ma mère. Elle projetait de faire assassiner cette femme sans que je le sache. Je n'aurais jamais découvert ses intentions si je n'étais pas revenue. Je ne te faillirai pas, Sainte Mère. Je ne faillirai pas à mon mari... ni à moi-même. »

Se relevant, Astarté fit une profonde révérence à la statue, dont le regard chaleureux, à la lueur tremblotante des bougies, semblait l'approuver.

– Mon devoir est clair, Sainte Mère. Donne-moi la force de l'accomplir.

Elle sortit, se dirigeant vers ses appartements privés du temple. A cause des « interférences solaires », Astarté ne pourrait pas communiquer avec le Palais de Cristal, mais elle supposa qu'elle pourrait transmettre des messages en des endroits ordinaires de la galaxie. Sur le chemin de son propre centre de communications, la reine accomplit, pour elle, quelque chose d'inusité. Elle s'arrêta pour faire l'hommage d'une prière et d'une dague d'or sertie de gemmes à la Déesse Guerrière, qui régnait seule sur une sombre chapelle.

5

L'avion solitaire s'envola pour son étrange voyage vers une partie de l'espace où n'existait aucune vie, inhabitable selon les rapports, impropre à la vie des humains et des aliens.

L'avion ne payait pas de mine, étant une de ces antiques Roquettes du Peuple, simples, bon marché, mais solides, et appréciées des voyageurs de commerce, des missionnaires et des groupies des stars du rock.

Sagan avait mis soixante-douze heures à le localiser sur Oméga 11, à faire les réparations nécessaires et à l'équiper des instruments spéciaux que Dixter avait envoyés par courrier. Il n'avait pas dormi durant ce temps, poussé par une urgence qui n'avait pas de source tangible.

Je vous attends, semblait lui dire une voix. *Mais je n'attendrai pas longtemps.*

Sagan avait travaillé dans la solitude, veillant à ne pas attirer l'attention des habitants d'Oméga. Il avait renoncé à sa robe de moine, qui aurait provoqué des commentaires. Vêtu d'une combinaison militaire achetée dans les surplus de l'armée, rien ne le distinguait d'un autre pilote vieillissant s'étant mis en tête de construire un vaisseau dans son garage. Oméga 11 était une planète-banlieue de classe moyenne, satellite d'une planète beaucoup plus importante – Oméga 12 – et ses habitants n'étaient pas très curieux.

Il traversa l'hyperespace, quittant les Couloirs aussi près que possible de Vallombrosa, à l'endroit même où Garth Pantha les avait quittés. Sagan avait entré dans son ordinateur le journal de bord de Pantha (envoyé par Dixter avec le reste). C'était un journal parlé, enregistré par Pantha pour son émission vidéo.

Il écoutait le récit de l'explorateur avec l'oreille d'un homme qui non seulement aime la musique, mais analyse subconsciemment les motifs et les cadences. L'ayant écouté sans arrêt, il finit par remarquer qu'à un endroit, le discours de Pantha agaçait l'oreille, comme si le chef d'orchestre et tous ses musiciens avaient sauté une mesure.

– Ordinateur, analyse les inflexions de la voix, dit-il. Plus précisément, cette section du journal a-t-elle été enregistrée en même temps que le reste ?

L'ordinateur répondit par la négative. La section originelle avait été effacée et remplacée par celle qu'il entendait. Le montage avait été très bien fait. Sagan ne l'avait pas remarqué à la première audition. Seules la répétition constante du journal et son oreille musicale lui avaient permis de le repérer. Le passage concernant la découverte de Vallombrosa avait été altéré par Pantha, sans doute à une date ultérieure, et pour une raison mystérieuse.

– Pourquoi as-tu modifié l'enregistrement ? Qu'avais-tu découvert que tu voulais garder secret ? se murmura-t-il.

A la fin, il renonça et alla se coucher. Il aurait ses réponses le lendemain, car, selon ses calculs, il serait assez près de Vallombrosa pour faire ses propres observations, si rien ne venait interférer.

Et le lendemain, quelque chose interféra.

Le premier signe d'une présence étrange survint quelques instants avant qu'il eût atteint le point où ses instruments pourraient scanner la planète. Debout dans la petite cuisine, il se faisait du thé (luxe auquel il avait renoncé pendant ses années monastiques) quand il eut une sensation insolite.

Il se sentit comprimé, comme si tous ses os et ses muscles avaient été compactés, comme si chaque gramme de son corps pesait maintenant un kilo. La sensation passa aussitôt, et il l'aurait peut-être ignorée s'il n'avait eu une impression familière, comme si cela lui était déjà arrivé.

Au même instant, ses alarmes se déclenchèrent. Il embrassa du regard l'intérieur de l'avion. Son œil saisit un mouvement – sur la table de nuit, le bréviaire s'éleva en l'air, puis retomba. Oubliant son thé, Sagan s'approcha de la console pour examiner ses instruments, qui n'étaient pas standard sur les Roquettes du Peuple. Ce qui avait été à bord semblait ne plus y être. Tous les voyants – des détecteurs de mouvement aux capteurs de chaleur – étaient revenus à la normale. Mais quelque chose *était venu* à bord. Et avait laissé des traces. Il compara ses données aux enregistrements faits chez Snaga Ohme.

Il repassa le rapport vidéo de Xris (courtoisie de Dixter) et comprit pourquoi cette bizarre sensation de compression lui avait paru familière. *C'était* déjà arrivé – mais pas à lui. Il revisionna cette partie du rapport de Xris.

« Mais alors, il y a un truc bizarre, patron », disait le cyborg. « Les gardes n'ont rien vu, rien entendu, mais l'une d'elles a *senti* quelque chose. Juste avant le déclenchement de l'alarme. Elle dit qu'elle a eu l'impression d'être poussée dans un caisson hyperbare. La sensation a passé aussitôt. Sans dommages physiques, sans modifications chimiques. Sans augmentation des radiations, sans séquelles. Mais regarde où elle se trouvait, patron. »

D'après le rapport, elle se trouvait juste sur le chemin qu'avaient suivi les « fantômes » pour entrer dans la chambre forte. Sagan le relut, le comparant à ses données.

Xris : La bombe a été déplacée.

Dixter : Déplacée ?

Xris : Remuée, bousculée – d'une fraction de fraction de centimètre. Mais assez pour déclencher les alarmes.

Le bréviaire avait bougé. Du fait des mêmes mains qui avaient touché la fausse bombe. Et, apparemment, lui aussi.

Il s'assit dans le fauteuil du pilote. L'avion était maintenant à portée d'instruments de la planète. S'il se passait quelque chose, ça se passerait maintenant. Ou bien on lui permettrait de découvrir la vérité... ou on l'arrêterait.

Sagan attendit, tendu, en alerte. Il n'avait pas particulièrement peur. Quoi ou qui que ce fût, on le voulait en ce lieu. En un sens, il avait reçu une invitation à la réception.

Il était maintenant à bonne portée. Ses instruments enregistraient des données sur la planète connue sous le nom de Vallombrosa. Rien ne se passait. Il se leva, erra dans la cabine, retourna dans la cuisine. Pris par ses préoccupations, il avait laissé le thé infuser trop longtemps. Il était amer. Il le jeta, remit de l'eau à bouillir. Jetant un coup d'œil sur ses instruments, étudiant les données préliminaires, il hocha la tête, eut un sombre sourire.

On lui donnait l'occasion d'ouvrir le rideau, de soulever le couvercle de la boîte. L'occasion de voir la vérité.

Vallombrosa elle-même était déserte. Mais il y avait de la vie, une vie qui n'appartenait pas à la planète. D'immenses stations spatiales, chacune capable d'abriter des milliers de personnes, étaient en orbite autour d'elle.

Vallée des Fantômes qui était en réalité très animée.

Puis Sagan, en buvant son thé, remarqua l'anomalie.

La planète était d'une densité insolite, très supérieure à ce qu'elle aurait dû être d'après sa taille et sa composition. Le gradient gravitationnel était aberrant également. La gravité de surface était notablement plus forte que celle d'une planète de taille comparable. Plus intéressant encore, cette gravité fluctuait follement. La gravité autour d'une telle planète aurait dû être égale, régulière, avec peu de variations occasionnelles causées par les mouvements du magma sous la surface. Mais la gravité autour de cette planète était erratique, s'enflant et retombant comme les vagues d'une mer démontée.

Sagan fit d'autres études informatiques, revérifia ses données, et il n'eut plus de doutes. C'étaient les informations sur cette anomalie que Pantha avait entrées à l'origine dans son journal de bord. Et c'étaient elles qu'il avait effacées. L'explorateur avait menti, volontairement falsifié ses rapports. Il avait fait paraître la planète ordinaire. Moins qu'ordinaire. Il n'avait pas fait mention de cette singularité.

Et Sagan commençait à comprendre pourquoi. Il se mit à transmettre les données recueillies à l'Amiral Dixter. Il présuma que les « fantômes » le laisseraient faire, sans brouiller son signal. Le temps du secret – le besoin de secret – devait cesser d'être.

La transmission terminée, il se renversa dans le fauteuil du pilote, avec son plastique craquelé et son rembourrage de mousse qui passait, regardant sans les voir les chiffres qui fulguraient, les instruments qui continuaient à recueillir et cracher leurs données. La découverte était d'une portée terrifiante ; les pièces du puzzle en place, il comprit soudain et fut accablé par son énormité.

Le Seigneur de la Guerre n'était pas homme à être facilement accablé. Il se frictionna la paume, qui avait commencé à le démanger et à brûler, leva la main pour toucher l'étoile-gemme qu'il portait de nouveau au cou.

Un voyant se mit à clignoter sur la console. La communication était établie avec la planète. De petits points sur l'écran indiquaient la présence d'avions spatiaux – sans doute d'escorte.

– Bienvenue, Seigneur Sagan, dit une voix qu'il avait souvent entendue dans ses rêves, et qu'il n'eut donc aucun mal à reconnaître. Bienvenue à Vallombrosa – Vallée des Fantômes.

Fantômes, mais oui !

6

Il était sur Cérès, dans un hôtel classe, une de ces boîtes quatre étoiles des guides galactiques.

– Chambre pour une personne. Au nom de Xris, dit le cyborg à la réception.

Nouvel indice classe – un réceptionniste humain. Pas de ces trucs où on met une carte dans l'appareil pour obtenir une chambre.

Le réceptionniste lui tendit une clé (une vraie clé à l'ancienne) en l'informant que la chambre et tous les frais étaient payés.

Xris prit la clé et se fraya un chemin dans la foule du hall. Sa chambre était au rez-de-chaussée – comme il le spécifiait toujours. Il ne savait jamais quand il aurait à filer en vitesse, et dans ces moments-là, c'est sacrément malsain d'avoir à attendre l'ascenseur.

Il entra dans sa chambre, s'assura d'un coup d'œil qu'il n'y avait pas de micros, caméras cachées, explosifs – les précautions standard. La trouvant clean en tous les sens du mot, il ouvrit sa valise, en sortit une bouteille de tord-plongeon, s'en versa une rasade et reprit son inspection.

La chambre semblait sûre, et située dans un quartier correct, mais pas sélect. Xris s'en félicita, sans s'en étonner. Il avait assez souvent travaillé avec Dixter pour savoir que l'amiral veillait à ces détails. C'était le lieu du rendez-vous qui lui paraissait bizarre. Pourquoi Cérès ? Le message ne l'avait pas spécifié, mais c'était normal. Code spécial. Top priorité. Paiement déjà déposé à son compte. Xris ne savait même pas si c'était Dixter qui l'avait appelé. Mais qui d'autre ? Soit Dixter, soit... le roi.

Il sirotait son tord-plongeon, confortablement carré dans son fauteuil, quand un groupe de bruyants touristes passa devant sa porte. Il n'y aurait pas prêté attention si son ouïe augmentée n'avait pas détecté aussi un pas discret, se servant peut-être du bruit des autres pour couvrir son avance, qui s'arrêtait devant sa porte. Un silence, puis on frappa – un petit coup net et précis.

– Je n'ai rien commandé, cria-t-il.

Rien. Pas de réponse. Il remua dans son fauteuil.

Le coup se répéta, plus fort, péremptoire et irrité.

– Qui est-ce ? demanda Xris, pour varier.

Sans bouger d'où il était – de biais et de l'autre côté de la chambre par rapport à la porte – il fit passer son verre de sa main droite dans la gauche. Posant les pieds sur le lit, il se renversa dans son fauteuil.

– Je ne suis pas de l'hôtel. Ouvrez ! dit une voix.

Maintenant, Xris était plus curieux qu'alarmé. Aucun tueur à gages digne de son prix ne serait resté à frapper devant la porte de sa victime. Pourtant, ça flairait le coup monté. Un agent du roi ou de Dixter aurait connu la réponse codée.

– Entrez, cria Xris, débloquant la porte. C'est ouvert.

Un tueur devrait d'abord le localiser dans la pièce, réagir au fait qu'il était assis et non debout, puis tirer de biais – tandis que Xris l'aurait dans sa ligne de mire, cible facile pour une fléchette empoisonnée tirée par la troisième phalange de sa main-projectile.

La porte glissa. Une femme entra.

Elle était petite pour une humaine, en tailleur noir élégant, coûteux, bien coupé, à longue veste et jupe courte révélant des jambes remarquables. Coiffée d'un chapeau noir à large bord, une voilette noire dissimulait son visage, et des gants de chevreau noirs gainaient ses mains.

La porte se ferma ; la femme resta debout devant, en attente, sans rien dire, et Xris mit un moment à réaliser pourquoi. Elle attendait qu'il se lève à son entrée.

Il sut alors qui elle était, bien qu'ignorant toujours comment et pourquoi elle était là. Malgré la voilette, impossible de se tromper sur ce port royal, tête haute, menton autoritaire. Il commença à comprendre, sans comprendre vraiment.

Il posa son verre, et, désactivant la fléchette, se leva.

– Majesté, dit-il.

Elle n'eut pas l'air mécontente d'être reconnue. Elle souleva sa voilette d'un mouvement gracieux, ôta son chapeau et le posa sur le lit. Elle ne se regarda pas dans la glace – comme l'auraient fait neuf sur dix des femmes qu'il connaissait – pour rectifier sa coiffure. Elle semblait convaincue que, ébouriffée ou non, elle était extraordinaire.

Et elle l'était... extraordinaire.

– Vous n'êtes pas étonnée que je sache qui vous êtes, dit Xris, pour voir ce qu'elle allait répondre.

– Bien sûr que non. Vous avez dû déduire que j'étais la seule personne – en dehors du roi – à pouvoir obtenir des informations dans les fichiers protégés, dit-elle, ôtant posément ses gants. Je n'ai pas d'autorisation militaire, mais il m'a été relativement facile d'accéder à... certains ordinateurs ; après quoi, ce n'était plus qu'une question de temps et de patience pour trouver ce que je cherchais.

« Vous ai-je donné assez d'informations ? J'espère que oui, parce que je ne vous en dirai pas plus. Je devrai peut-être recourir encore à ce stratagème, et je ne voudrais pas qu'on le découvre.

– Ce n'est pas à moi de dire si Votre Majesté a le droit de fouiller dans les fichiers classés de son mari, dit Xris, haussant les épaules. Mais je voudrais bien savoir pourquoi vous cherchiez mon nom ? A moins que vous n'ayez commencé par la fin de l'alphabet et pris le premier qui se présentait.

– Bonne question, dit-elle après réflexion, s'approchant de la fenêtre et jetant un coup d'œil dehors.

– Il n'y a personne, Majesté, à moins que vous n'ayez été suivie, dit Xris.

– Je n'ai pas été suivie. Je suis la fille de ma mère, après tout. J'ai entendu le roi parler de vous. Il m'a raconté comment Dame Maigrey vous avait engagés, vous et votre équipe. Comment vous étiez allé avec elle sur cette terrible lune de la galaxie corasienne. Comment vous aviez risqué votre vie pour sauver Tusca, son meilleur ami. Vous avez aidé Dame Maigrey. Elle vous faisait confiance. Quand j'ai eu besoin d'aide, j'ai pensé que je pouvais avoir confiance en vous, moi aussi.

– Ecoutez, Majesté, j'avais conclu un accord avec Dame Maigrey, signé un contrat...

– Vous serez bien payé, naturellement, dit Astarté.

Je regrette de ne pas établir un contrat, mais il ne doit rester aucune trace de notre accord. Je vais vous demander de faire certaines choses, et vous ne saurez pas pourquoi, et je ne pourrai pas vous le dire. Ce sera un problème ?

– Non, tant que vous ne me demandez pas de trahir, dit-il carrément. Je vis selon mes règles ; je suis mon propre maître. Je fais parfois quelques petites entorses à la loi, je la viole même au besoin...

– Comme ce dernier voyage derrière les lignes ennemies ? l'interrompit Astarté. Pour sauver votre femme, n'est-ce pas ? Avez-vous réussi ? Je l'espère. Pour moi, il n'y avait pas de meilleure recommandation.

Xris la fixa, paralysé comme quand ses batteries étaient déchargées. Il ouvrit la bouche, mais aucun son n'en sortit. A la place, le silence fut rompu par une série de petits bips. Des lumières clignotèrent – les vérifications automatiques de son bras mécanique.

– Désolée, dit Astarté. Je n'aurais pas dû vous interrompre. Que disiez-vous ?

– Que je ne ferai rien pour nuire au roi, dit-il durement. Il est bien. Il fait du bon boulot. Si c'est ce que vous avez en tête, frangine, reprenez votre chapeau et sortez.

Il était brutal à dessein. Elle rougit, mais pas de honte.

– Je ne suis pas votre frangine, et vous ne me parlerez pas sur ce ton. Ce que vous ferez pour moi, poursuivit-elle à voix basse, ne nuira pas au roi. On peut même dire que ça lui sauvera la vie. Ou ce qu'il aime plus que la vie.

Xris remua avec embarras, tripotant sans nécessité les contrôles de sa jambe cybernétique.

Elle demanda, toujours à voix basse :

– Avez-vous sauvé votre femme ?

– Oui, dit-il d'un ton bref.

Il ne voyait pas ce qu'elle avait en tête. S'il avait regardé les vidéos, lu les magazines, écouté les cancans, il aurait sans doute compris. Dommage qu'il n'eût pas amené Raoul et le Petit. Il aurait su. L'Adonien connaissait la garde-robe de la reine sur le bout du doigt, y compris les accessoires. Et l'empathe aurait été inappréciable. Non qu'il fût besoin d'être empathe pour sentir que, sous la pourpre royale, cette reine, qui avait présumément toutes les ressources de la galaxie à sa disposition, était effrayée, seule, désespérée.

Ce qui signifiait qu'elle paierait bien. Et qu'il ne volerait pas son argent. D'après ce qu'il se rappelait de ses leçons d'histoire, ceux qui se mêlaient des intrigues de cour ne faisaient pas de vieux os. Peu importait. Sa vie n'était pas formidable au point de refuser un bon paquet pour la prolonger.

– Je vous jure, par la Déesse que je sers, que je ne demanderais jamais, à vous ni à personne, de nuire au roi.

– D'accord, je vous crois, dit-il, haussant les épaules.

Elle se retourna, renfila ses gants, puis recoiffa son chapeau – cette fois en se regardant dans la glace – et rabaissa la voilette.

– Toutes les femmes en deuil de cette planète doivent cacher leur visage pendant trente jours. Vous avez un avion spatial. Où est-il ?

– Astroport Central. Porte X-16. Ecoutez, Majesté, maintenant que nous savons que nous pouvons nous faire mutuellement confiance, pourquoi ne pas me dire de quoi il retourne ?

– Nous partons immédiatement pour l'astroport par le monorail. Mon amant est mort hors-planète, et je vous ai engagé pour ramener son corps.

– Très bien, comme couverture. Mais qu'est-ce qui se passe vraiment ?

– Pas maintenant. Pas ici. Peut-être jamais. Vous exécuterez mes ordres.

Elle se regarda dans la glace, ajustant son chapeau.

– En arrivant à l'astroport, vous irez directement à l'avion. Je remplirai les formalités de départ et de retour. Le voyage sera court : quarante-huit heures. Je m'occuperai de tout, y compris de faire charger le cercueil dans l'appareil.

– Le cercueil ? Qu'est-ce qu'il y a dedans ? Ils vont sans doute le radiographier.

– Il n'y a rien dedans, je vous l'ai dit. Nous allons chercher le corps de mon amant. Etes-vous prêt ?

Elle se tourna vers lui, tête haute, menton volontaire.

Xris avala vivement une dernière rasade de tord-plongeon, et remit la bouteille dans sa valise. Comme c'était la seule chose qu'il en avait sortie, il était prêt.

– Et qu'est-ce qu'il y aura dans le cercueil au retour ?

Il ne voyait pas son visage, caché par la voilette. Mais il vit les lèvres corail s'entrouvrir en un sourire.

– Cela dépend de vous, dit-elle. Et maintenant, partons. Le facteur temps est primordial.

Elle se tourna vers la porte, attendit qu'il l'ouvre. Il l'ouvrit. Elle sortit, tête haute, sans jeter un regard en arrière, certaine qu'il la suivrait.

– Merde ! grommela Xris, mi-exaspéré, mi-admiratif.

7

Douze heures avaient passé depuis que la voix avait souhaité à Sagan la bienvenue dans la Vallée des Fantômes. Douze heures sans autre communication. Il tua le temps à recueillir d'autres données sur la planète, son soleil double et ses satellites artificiels – les stations orbitales.

Le couvercle de la boîte était ôté, un mystère était résolu – révélant une infinité de boîtes gigognes à l'intérieur. Des milliers de personnes, dont la galaxie ignorait l'existence. C'était assez facile de faire disparaître un bâtard. Mais toute une civilisation ? Inutile de chercher ce qu'étaient devenues les sondes. Les « fantômes » qui avaient bougé le bréviaire devaient les avoir « bougées » également. Mais comment imposer le silence à des milliers de gens ? Comment les empêcher de dire à la galaxie : « Eh, on est là ! »

C'était possible pour un chef charismatique, inspirant à tous une fidélité aveugle. Quelqu'un du Sang Royal.

Au moins, Sagan n'était plus seul dans l'espace. Des chasseurs profilés, basés sur les plans de son ancien Cimeterre, fulguraient alentour toutes les heures. Une fois, il aperçut fugitivement une flotte de vaisseaux de guerre. Leur nombre était impressionnant, croiseurs, navires-citernes, transporteurs, bâtiments de ravitaillement. Impressionnant, mais pas outre mesure. Ce n'était pas une force assez grande pour conquérir la galaxie. Et elle ne semblait pas bien entraînée et bien organisée.

Il observait les avions et l'immense nef mère où ils retourneraient quand, brusquement, tout disparut. Vaisseaux, avions, étoiles, soleil, planète. Il jeta un coup d'œil sur sa console, mais ce qui se passait affolait ses instruments. Il n'eut pas le temps d'avoir peur. Une chute brutale suivit. L'impact le projeta sur la console, meurtri et contusionné par les bords durs des boutons et des manettes, lui coupant le souffle. La Roquette du Peuple cahota et rebondit, puis il y eut un arrêt aussi brusque que l'impact initial, qui le plaqua contre le pare-brise en verracier.

L'avion tangua, puis s'immobilisa. Sagan resta un moment sans bouger, étourdi, secoué. Peu à peu, il se remit à respirer. Sa tête se mit à pulser. Se relevant, il porta la main à son crâne ; il sentit du sang, tiède et poisseux.

Il se laissa tomber dans son fauteuil, pour reprendre ses esprits et essayer de comprendre. Un coup d'œil par la vitre lui apprit qu'il faisait nuit et qu'il était sur la terre ferme... ou un fac-similé acceptable. Les phares de son avion illuminaient les feuilles et les troncs de quelques arbres immenses – sans doute la cause de son crash. Ses instruments, revenus à la normale, indiquaient qu'il avait atterri. Et à en juger par les étranges fluctuations gravitationnelles qu'ils enregistraient, il était sur Vallombrosa. Mais la manière dont, sortant de l'hyperespace, il y était arrivé si vite, donnait lieu à d'intéressantes conjectures.

Repensant à ces quelques instants de folie, il eut la nette impression que son avion avait été saisi par une main géante et catapulté comme avec une fronde.

Eh bien, vous venez ? demanda une voix dans sa tête.

Quelqu'un l'attendait. L'attendait avec impatience.

Sagan se leva. Ses douleurs crâniennes se réduisirent à un sourd élancement, qu'il relégua tout au fond de son être, ignora. Il se lava les mains, fourra sa combinaison dans l'incinérateur, et revêtit une fois de plus sa soutane.

L'atmosphère était respirable. Il faisait nuit. Et froid.

Regardant autour de lui, il vit que son avion était arrêté au pied d'une colline abrupte. La ligne des arbres s'interrompait non loin. Au sommet brûlait un feu.

Ce feu était le seul signe de vie, de présence. Brasier plutôt, dont il entendait le bois crépiter à plusieurs centaines de mètres. Silhouetté dans la lumière des flammes, un homme, debout. Il attendait calmement. Observait calmement. Avec, pourtant, une touche d'impatience qui flottait dans l'air comme la fumée.

Sagan rabattit son capuchon sur son visage, croisa ses mains sous ses manches, et commença l'ascension.

Soudain, il eut l'étrange impression qu'il ne marchait pas seul. Qu'il était suivi. Les cheveux se dressèrent sur sa nuque, un frisson lui parcourut l'échine comme s'il attendait un contact – une main... une lame. Il prêta l'oreille, n'entendit rien. L'herbe étouffait ses pas. Il maudit la capuche qui l'empêchait de voir de côté, et continua à avancer.

Pourquoi le traquer ? Pourquoi ne pas le surveiller depuis les arbres ? Si l'homme attendant près du feu ressentait le besoin de le protéger, pourquoi le faire furtivement ?

Sagan sortit les mains de ses manches, détacha l'étoile-gemme qu'il portait au cou. Elle tomba. Il se pencha en grommelant pour la ramasser. D'un brusque mouvement de tête, son capuchon se rabattit, et il regarda derrière lui.

Rien. Personne. Pourtant, à l'instant où il se retournait, il saisit du coin de l'œil l'éclat d'une armure d'argent.

Ramassant l'étoile-gemme, il la rattacha à son cou, lentement, pour se donner le temps de réfléchir. Avait-il vraiment vu cet éclair ? Ou était-ce son imagination ?

Il regarda le feu. L'homme près du brasier remua avec impatience, scrutant la nuit pour voir la cause du retard.

Sagan branla le chef avec un sourire ironique et reprit sa marche. Il entra dans le cercle de lumière.

L'homme ne bougea pas, conscient d'être jaugé. Agé d'environ vingt-huit ans, il avait un visage taciturne, carré, au nez busqué et aux sourcils arqués. Ses cheveux aile de corbeau étaient tirés en arrière, et serrés dans une barrette, à la façon des anciens guerriers orientaux de la Terre. Il portait une tunique richement brodée sur une longue blouse à larges manches. Les épaulettes de la tunique accentuaient sa large carrure et ses bras puissants. Il semblait honnête, ouvert. Il avait un port royal, plein d'assurance.

Pas du tout comme son père, pensa aussitôt Sagan.

Bien sûr, Sagan avait connu Amodius dans son âge mûr, malade, écrasé par la charge d'un empire qui le tuait lentement. Mais si Sagan avait des doutes sur la lignée de ce jeune homme, ils s'évanouirent quand il vit ses yeux. Les yeux bleus des Clairfeu, étincelants, pénétrants. Et il portait la lame-sang à la ceinture.

Sagan s'arrêta, ne dit rien, ne bougea plus.

L'homme, s'éloignant du feu, descendit vivement à sa rencontre et s'arrêta devant lui. Tendant les mains – geste à la fois gracieux et respectueux – il rabattit en arrière le capuchon du Seigneur de la Guerre. Les yeux des Clairfeu le scrutèrent intensément.

– C'est bien vous. Je savais que vous viendriez. Bienvenue, Seigneur, ajouta-t-il, tendant les mains.

Sagan tendit les siennes. Il les saisit d'une poigne ferme et vigoureuse.

– Comment vous appelle-t-on ? dit Sagan, cherchant sur son visage une ressemblance familiale.

Ce jeune homme était le cousin germain de Dion. Et, issu d'une liaison incestueuse entre le frère et la sœur, il était génétiquement plus proche de lui que la plupart des germains. Et il y avait une ressemblance. Mais, à part les yeux, qui auraient pu faire l'objet d'un échange standard, la ressemblance était subtile – une façon de pencher la tête, une inflexion de voix, un mouvement de la main.

– Je m'appelle Flam, dit-il. Nom choisi par ma pauvre mère. Elle était assez romanesque, m'a dit Pantha. J'ai un poème qu'elle a écrit après ma naissance pour me l'expliquer. C'est une longue divagation pleine de feux purificateurs, de soleils explosant et consumant l'univers. Sans doute images de nature sexuelle qu'un psychiatre trouverait révélatrices.

« Oui, ajouta-t-il, voyant Sagan froncer les sourcils, je sais la vérité sur ma naissance. Pourquoi Pantha me l'aurait-il cachée ? Je n'ai pas lieu d'avoir honte. A notre époque, devons-nous nous laisser gouverner par les tabous d'un autre âge transmis par nos ancêtres ? Autant nous vêtir de peaux de bêtes et habiter dans des grottes.

« Mais venez, Seigneur, dit-il, montrant un grand pavillon dressé près du brasier. Vous pourrez vous restaurer. Nous avons beaucoup de choses à discuter. J'ai tant entendu parler de vous. Je suis heureux de vous connaître. »

Sagan ne répondit pas, mais son silence ne parut pas décevoir Flam. Avec un sourire chaleureux, il lui prit la main et le conduisit à une vaste tente de cérémonie, aux rabats relevés, attachés à deux lances plantées dans le sol. Un brasero et des tapis réchauffaient l'intérieur.

A leur entrée, un homme sortit de l'ombre régnant au fond du pavillon. Flam le montra de la main.

– Garth Pantha. Le Seigneur Derek Sagan. Je crois que vous ne vous êtes jamais rencontrés, dit-il, les regardant tour à tour pour voir leur réaction.

– Je n'ai pas eu ce plaisir, dit Pantha, tendant la main.

Il avait toujours la voix grave et vibrante de baryton qui ensorcelait ses fans, et, bien qu'approchant des quatre-vingt-dix ans, il avait toujours le pas sûr et une superbe condition physique. Mais Sagan devina la marque des années dans la sagesse des yeux scrutateurs, dans les cheveux blancs qui contrastaient si fort avec la peau noire, dans l'épiderme parcheminé sur l'élégante ossature du visage.

– Je n'ai jamais eu ce plaisir, Seigneur, répéta Pantha, mais j'ai l'impression de vous connaître. Je me rappelle ce qu'on disait de vous et de votre Escadron d'Or. Je me disais : « Voilà un jeune homme dangereux, qui sait ce qu'il veut et qui le prendra. » Dommage que je n'aie pas confié mes inquiétudes à Amodius. Non qu'il ait été homme à m'écouter. Et je reconnais que la Révolution m'a pris par surprise, moi aussi. Comme les autres, je n'avais pas tenu compte d'Abdiel, voyez-vous...

Son regard scrutateur sondait, cherchait à pénétrer. Sagan affronta ce regard, le bloqua, le renvoya.

– Inutile de dire que vos exploits me sont connus, Seigneur, répondit Sagan. Mais pas tous, à l'évidence, ajouta-t-il, jetant un regard significatif autour de lui.

– Bien dit, gloussa Pantha. Je suppose que vous avez remarqué les anomalies de vos instruments en venant. J'aimerais savoir ce que vous en avez conclu...

– Assez, mon ami, dit Flam, la main sur l'épaule de Sagan. Vous parlerez plus tard des anomalies scientifiques.

Il éloigna Sagan de Pantha, qui, avec un regard d'indulgence attendri, rentra dans l'ombre. Mais Sagan vit les yeux du vieillard briller à la lueur du brasero.

– Asseyez-vous, Seigneur. Excusez la simplicité de notre hospitalité, mais je voulais que notre première rencontre ait lieu dans l'intimité la plus totale. L'alcazar où je réside est un vaste bâtiment et certains de mes collaborateurs pourraient vous connaître de vue. Vous voulez qu'on vous croie mort, et je respecte ce désir. Vous choisirez vous-même si vous voulez révéler la vérité, et quand.

Sagan s'allongea sur les tapis, les bras appuyés sur des

coussins. Il refusa de manger, mais accepta de l'eau, que Flam lui servit lui-même, avant de s'asseoir en tailleur face à lui, avec l'aisance et la souplesse de la jeunesse. Il était de profil par rapport au feu. Sagan était tourné vers la lumière. Pantha était assis dans l'ombre près de son prince.

– Au fait, dit Flam, les mains sur les genoux, avez-vous vu quelque chose bouger dans la nuit en montant la colline ? Moi, j'ai vu, et je crois que vous aussi, car vous vous êtes arrêté et retourné. Y avait-il quelqu'un ?

Si oui, pensa Sagan, buvant de l'eau, tu n'as pas l'air de t'en inquiéter. Pas de gardes. Et qu'as-tu vu ? Ou cru voir ? Elle ? C'est possible. Tu es du Sang Royal...

– J'ai entendu un bruissement dans le fourré. J'ai pensé que c'était un animal.

Flam sembla en douter, considéra Sagan dans un silence dubitatif, comme s'il cherchait la façon de lui dire poliment qu'il était un menteur.

– Cela pouvait être l'un *d'eux*, prince.

– Oui, tu as raison. Oui, cela a dû éveiller leur curiosité. Et maintenant, Seigneur, dites-moi pourquoi vous êtes venu ? dit-il, se penchant vers lui avidement.

Sagan le regarda dans les yeux et dit calmement :

– Je suis venu à la recherche d'un roi.

Un instant, Flam sembla devenir l'incarnation de son nom ; l'air s'embrasa autour de lui.

– Vous l'avez trouvé, Seigneur, dit-il doucement.

Une étrange douleur serra le cœur du Seigneur de la Guerre. Il vit enfin une ressemblance, une ressemblance frappante, mais pas avec Dion. Sagan se revit à cet âge. Il ne s'y attendait pas, ne s'y était pas préparé.

– Cela reste à voir, dit-il froidement. J'ai beaucoup de questions à poser. Et il y a le rite d'initiation.

– Oui, Seigneur. Pantha m'en a parlé. Je suis prêt.

– Il ne vous en a pas trop dit ? s'enquit Sagan, regardant Pantha, les yeux étrécis.

– Seulement ce qui est permis, Seigneur, dit Pantha. Flam n'a pas besoin d'autre chose, comme vous le verrez.

– A mon tour de poser une question : qu'est-ce que vous voulez, Flam Clairfeu ? demanda Sagan.

– Qu'est-ce que vous croyez, Seigneur ? dit Flam, sa réponse illuminée par un sourire radieux. Le trône, la couronne. Je veux être roi.

– Ce sera difficile.

– Bien sûr, dit Flam, haussant les épaules avec nonchalance. Mon cousin Dion connaît maintenant mon existence, n'est-ce pas ? Vous lui avez dit ce que vous avez appris à l'hôpital.

– Oui, mais il savait déjà que vous existiez, dit Sagan, regardant la lame-sang.

– Nous nous sommes vus, dit Flam, en caressant la garde, mais nous n'avons pas communiqué. Pas comme vous et moi. J'ai pensé qu'il devait plutôt être informé par vous, qu'il croirait. Mais ce n'est pas la seule raison du scénario de l'hôpital. Je voulais piquer votre curiosité.

– Le scénario ? dit Sagan, fronçant les sourcils. L'histoire du docteur était donc un mensonge ?

– Non. Le docteur a dit vrai. Elle a soigné ma mère. Pantha la connaissait. C'est lui qui l'a retrouvée.

Sagan regarda ses yeux, luisant dans l'ombre.

– J'ai recherché les noms de toutes les personnes de l'équipe médicale, dit Pantha. J'ai constitué un dossier complet sur chacune. Je savais qu'un jour mon prince aurait besoin de leur témoignage. Mais, comme je vous l'ai dit, je n'avais pas prévu la Révolution. Elle a considérablement bouleversé nos plans...

– *Nos* plans ? l'interrompit Sagan.

– Les miens... et ceux d'Amodius. Oh, Amodius ne m'a pas donné d'instructions, mais je le connaissais. Il était ambitieux, plus qu'on ne le croyait. Pourquoi me donner l'enfant, *à moi*, s'il n'était pas certain que je l'élèverais pour être roi, et qu'un jour, je reviendrais avec le garçon pour qu'il réclame son héritage légitime ?

– Pas légitime, rectifia doucement Sagan.

– Pourquoi ? demanda Pantha avec colère. Ce sont des tabous d'un autre âge.

– Des tabous qui ont une raison d'être.

– Bah ! fit Pantha, avec un geste désinvolte. Ces lois sociales étaient bonnes pour nos ignorants ancêtres. Doit-on conserver le reste de leurs idées archaïques ? Ils croyaient que l'homme ne peut pas voyager plus vite que la lumière. Ils croyaient être les seules créatures intelligentes de la galaxie. On ne souscrit plus à ces idées dépassées. Pourquoi devrait-on respecter leur morale démodée ?

– Pantha, mon ami, intervint Flam, soudain froid et impérieux, un soupçon d'acier dans la voix, assez, je t'en prie. Ce n'est pas le moment.

Le vieillard n'ajouta rien, se renfonça dans l'ombre.
– Pardonnez l'ardeur de mon vieil ami, dit Flam, se tournant vers Sagan. Il a raison, bien sûr, et, comme je vous l'ai dit, je n'ai pas honte de mon lignage. Mais je comprends que l'interdit de l'inceste provoque une réaction viscérale chez la plupart, qui empêche d'en parler rationnellement. C'est du même ordre que l'instinct d'homme des cavernes qui injecte de l'adrénaline dans notre sang, nous permettant de fuir le danger.

« Pantha voudrait que je révèle ouvertement mon ascendance, mais je comprends que cela causerait des problèmes. C'est pourquoi j'ai concocté des documents prouvant que mon père s'était marié secrètement avec une femme qu'il aimait dans sa jeunesse. Quel était son nom ?

– Magdelena d'Artemis 6, répondit le vieillard. Naturellement, vous connaissez l'histoire, Seigneur.

– Oui, dit Sagan. Je sais qu'Amodius l'aimait et la courtisait ouvertement. Je sais aussi qu'elle est morte de la peste qui a ravagé sa planète.

– Bien sûr, dit Flam, mais qui s'en souvient aujourd'hui ? Nous pouvons jouer avec la vérité, tout en en conservant les éléments majeurs. Elle devient folle. Sa famille la fait enfermer et annonce aux média qu'elle est morte de la peste. Mais Amodius, fidèle au grand amour de sa vie, lui rend visite tous les mois, engendre un fils...

– Dans ce cas, pourquoi ne présente-t-il pas l'enfant à la cour comme son héritier légitime ?

– Qui sait ? dit Flam, haussant les épaules. Les raisons ne manquent pas. Il voulait s'assurer que j'étais sain et vigoureux. Ou il espérait que ma mère recouvrerait la raison et qu'il pourrait la présenter comme reine. D'ailleurs, quelle importance ? Parce que survient la Révolution. Amodius et mon oncle sont assassinés. Pantha, craignant pour ma vie, continue à me cacher. Comme Dame Maigrey et ses amis ont caché Dion. Vous voyez, Seigneur, les germes de ce conte romantique sont déjà semés dans les esprits. Ils accepteront mon histoire sans hésitation.

– Ingénieux, reconnut Sagan. Et commode que le docteur meure et se confesse sur son lit de mort. Comment l'avez-vous retrouvée ?

– C'est Pantha, dit Flam.

– La Révolution fut un coup terrible pour moi, concéda Pantha. Quand j'ai appris la nouvelle...

– Je suppose que vous aviez établi une base sur Vallombrosa avant votre « mort » ? l'interrompit Sagan.

– Naturellement. Les « habitants » de la planète ont fait tous les travaux pour moi, m'ont construit une demeure. Mais nous reparlerons d'eux plus tard. Comme je vous le disais, j'étais sur Vallombrosa quand j'ai appris la nouvelle. J'ai craint le pire – que l'hôpital, tous les dossiers et tous les témoins disparaissent. Je suis retourné sur la planète, déguisé, bien sûr, puisque j'étais censément mort. Mon enquête m'a permis de conclure que le docteur avait échappé au pogrom. J'ai retrouvé sa trace – tâche longue et pénible. Je finis par apprendre le nom de l'homme avec lequel elle avait fui. Heureusement, il n'en avait pas changé, vu qu'il n'était pas du Sang Royal et n'était pas en danger. Elle avait simplement adopté le sien.

« L'étude des listes de passagers d'un vaisseau me permit de découvrir sur quelle planète ils avaient débarqué. Je les ai retrouvés et je ne les ai plus perdus de vue, espérant qu'elle pourrait me servir un jour. Et ce jour vint. »

Sagan branla le chef.

– Le docteur pouvait témoigner qu'Amodius avait engendré un fils. Mais elle savait aussi que Flam était, non seulement illégitime – ce qui suffisait à l'empêcher de monter sur le trône – mais encore le fruit d'amours incestueuses. Je ne vois pas en quoi cela vous aidait.

– J'admets qu'au début, je ne le savais pas moi-même. J'avais quelques idées. « Persuader » le docteur d'avaliser notre histoire, par exemple. Procédure risquée, mais... qui sait ? dit Pantha, haussant les épaules. Tout le monde a un prix. Heureusement, nous n'avons pas eu à aller jusque-là. Trois circonstances ont facilité notre action : la chute du gouvernement corrompu de Peter Robs, l'avènement du jeune cousin de Flam, et vous, Seigneur, qui vous êtes éloigné de lui.

– J'ai senti votre déception, Seigneur, dit Flam avec gravité. Je vous ai compris. Dion n'était pas ce que vous espériez. Mais il ne connaît son nom que depuis quatre ans. Moi, j'ai toujours su qui j'étais. J'ai été élevé pour être roi.

– Voyez-vous, Seigneur, dit Pantha, à ce stade, il n'était plus besoin de prouver la validité de la revendication du prince à tout l'univers. Il suffisait de vous la prouver à vous.

– Vous retrouvez le docteur. Elle a contracté une maladie mortelle, dit Sagan, poursuivant le sujet avec intérêt. Qu'avez-vous fait alors ?

– J'ai découvert qu'elle s'était convertie à la religion de l'Ordre du Diamant. Ma voie était tracée. Il fut heureux pour nous qu'elle contracte cette maladie. Sa progression est lente, et elle n'affaiblit pas l'esprit, mais le laisse ouvert aux influences extérieures. Il ne restait plus qu'à provoquer les « rêves » qui l'ont poussée à se confesser.

– Heureux pour vous ? dit Sagan.

Pantha haussa les épaules en souriant.

– Beaucoup de ses malades étaient infectés. Les probabilités étaient contre elle, et elle le savait. Elle ne s'est pas étonnée d'avoir contracté le mal accidentellement. Et elle n'a jamais soupçonné autre chose.

– La mort du docteur était nécessaire, concéda Sagan. Mais maintenant, deux personnes connaissent la vérité en plus de moi. La mère supérieure, et l'archevêque.

– La mère supérieure a été victime d'un accident regrettable, dit doucement Pantha.

– L'archevêque est de mes amis, dit Sagan, fronçant les sourcils. Je ne voudrais pas qu'il ait un « accident ».

– Oh non, certainement pas, dit Flam, l'air étonné.

– Pourquoi m'avez-vous amené ici ? reprit Sagan. Sachez d'abord que je n'userai pas de mon influence pour convaincre Dion d'abdiquer. Il n'abdiquera jamais. Il est fort, plus que vous ne pensez. Son loyalisme envers son peuple est grand. Il ne se laissera pas intimider. Et tant qu'il a la bombe à rotation spatiale, il est intouchable.

– Je le sais, dit Flam. Ne croyez pas que je sous-estime mon cousin. Le même sang coule dans nos veines. Mais la force de Dion est aussi sa faiblesse. Il a la bombe à rotation spatiale, mais il ne s'en servira pas. Est-ce vrai ?

Sagan ne répondit pas.

– Ce que je veux de vous, Seigneur ? Votre soutien, votre compétence, votre expérience, vos capacités de chef. Vous serez Commandant en Chef de mes forces. Mes armées sont immenses, mon peuple ne pense qu'à une chose – me faire roi. Et nous avons aussi notre arme secrète. Dont vous avez eu un aperçu à votre arrivée.

– Vous envisagez donc la guerre.

– Non, Seigneur. Mon cousin a fait un jour une

remarque intéressante : il est mauvais de faire la guerre à son propre peuple. Dès le début, la moitié de vos sujets vous haïssent. Comme lui, je préférerais l'éviter.

Sagan commençait à comprendre.

– Mon cousin doit abdiquer publiquement, reprit Flam. Il doit publiquement reconnaître mon droit de gouverner. Cela simplifiera beaucoup les choses, n'est-ce pas ?

– Oui, mais, comme je l'ai dit, il n'abdiquera jamais.

– Dans les circonstances actuelles, non. Mais les circonstances peuvent changer.

– Vous comprenez, bien sûr, dit Sagan, que je ne peux prendre aucune décision avant d'accomplir le rite d'initiation. Si vous n'êtes pas digne...

– Je serai digne, Seigneur, dit Flam en se levant. Vous verrez. Je vous prouverai que je le suis.

– Très bien, dit Sagan, se levant avec raideur. Demain, quand le soleil sera au zénith.

8

Kamil passa à sa chambre, sous prétexte de déposer ses livres et de se changer après les cours du matin. Mais en réalité, quoiqu'elle s'efforçât de ne pas se l'avouer, c'était pour voir si Dion lui avait envoyé un message. Elle n'avait pas de nouvelles depuis le soir où Astarté l'avait quitté, et où il avait dû rentrer immédiatement pour tenter de limiter les dégâts.

Des jours avaient passé, et il ne donnait toujours pas signe de vie. Elle épluchait les journaux vidéo, regardait les magazines mondains, mais n'avait rien appris. Et elle avait fini par être moins oppressée, même si elle avait le cœur assez lourd pour lui couper tout à fait le souffle. Car s'il n'y avait pas scandale, c'est que Dion avait sauvé son mariage. Et leur dernier au revoir avait été un adieu définitif.

Kamil cherchait à se convaincre que c'était préférable, qu'il valait mieux une séparation nette, rapide, comme un rayon laser en plein cœur. Mais elle ne pouvait s'empêcher de rentrer aussitôt après ses cours, et son premier regard était toujours pour sa répondeuse. Et quand il n'y avait pas de message, son cœur se serrait douloureusement.

Entrant dans sa chambre, elle jeta ses livres sur le lit et commença à se changer, regardant tout *sauf* la répondeuse. Malheureusement, le jean et la chemise qu'elle portait pour jardiner se trouvaient sur le dossier de la chaise du bureau, sur lequel reposait la machine. Elle allait attraper ses vêtements en fermant les yeux, mais elle se dit que c'était stupide, irrationnel et infantile. Elle s'approcha calmement de la chaise, prit calmement le jean et la chemise, et les laissa tomber par terre. Le voyant « courrier » clignotait.

Son cœur fit un bond, cessa de battre un instant, la laissant étourdie.

– Ma mère, dit-elle, d'une voix tremblante. Oui, c'est ça, une lettre de ma mère. Je suis contente d'avoir des nouvelles de la maison.

Elle enfonça le bouton, attendit avec impatience que la machine ait transformé les impulsions électroniques en lettres imprimées. La feuille commença à sortir. Kamil y jeta un coup d'œil. Elle parvint même à se convaincre qu'elle allait voir la grande écriture de sa mère.

Mais le texte était tapé à la machine. L'espoir revint, malgré ses efforts pour l'étouffer. Pour des raisons de sécurité, Dion lui écrivait toujours à la machine, afin que ses lettres ne se remarquent pas dans le courrier général. Puis Kamil vit à la fin une note manuscrite, et elle reconnut aussitôt l'écriture. Frissonnante, elle croisa les mains pour s'empêcher d'arracher la feuille avant la fin du message. Et elle attendit encore un peu avant de le prendre.

– Il m'écrit que c'est fini. C'est gentil de sa part. C'est bon pour moi. Conclusion, comme dirait mon prof de psychologie. J'ai besoin de cette conclusion. Après, je pourrai laisser cet amour derrière moi et repartir de l'avant.

Kamil prit une profonde inspiration, expira, et lut.

« Ma bien-aimée,

« Ce mariage était un simulacre depuis le début. J'ai essayé de le sauver. Dieu m'est témoin (s'Il se soucie des folies des mortels, ce dont je doute) que j'ai tout tenté (de ce qui n'attentait pas à ma dignité) pour me réconcilier avec ma femme, mais je sais maintenant qu'elle ne cherche pas la réconciliation. Elle aspire au pouvoir, et se sert de ce moyen pour me l'arracher. Je ne doute pas que sa mère ne soit derrière tout ça, mais la reine est complice. Peut-être même l'instigatrice. Je ne céderai pas à leurs pressions et à leurs menaces. Il y aura peut-être la guerre, que j'ai toujours essayé d'éviter, mais elles en seront responsables.

« Je divorcerai. Puis, toi et moi, nous nous marierons – chose à quoi nous avons toujours été destinés.

« Mais nous devrons être patients. »

La lettre n'était pas signée, mais en bas, il y avait un post-scriptum manuscrit.

« Désolé, ma chérie, mais une reine ne peut pas être pilote d'astronef. »

– Oh, Dion ! s'écria-t-elle, fondant en larmes. Non, c'est stupide, dit-elle au bout d'un moment. Tu pleures quand il te quitte et tu pleures quand il veut t'épouser !

Kamil pensa d'abord se jeter sur son lit et pleurer toutes les larmes de son corps.

– Non, dit-elle soudain. Je n'ai jamais eu l'habitude de pleurer. Je me demande ce qui me prend. Je vais aller calmement et raisonnablement jardiner à la roseraie, me crotter des pieds à la tête et transpirer tout mon saoul. Et en revenant, le prendrai une bonne douche chaude et je me coucherai calmement et raisonnablement.

Avant de sortir, elle fit un geste pour, calmement et raisonnablement, détruire la lettre, comme Dion le lui avait recommandé. Mais elle en fut incapable. Elle était trop précieuse. Elle eut l'étrange impression que, si elle la détruisait, elle détruirait son espoir en même temps. Elle plia la missive, la baisa, et la mit sur son cœur, dans sa poche de chemise.

La roseraie du recteur était toujours déserte à cette heure – raison pour laquelle Kamil choisissait d'y jardiner. Le matin, les étudiants des beaux-arts l'encombraient, dessinant les célèbres statues – la *Pietà* de Michel Ange et les *Bourgeois de Calais* de Rodin – ou peignant les premières fleurs du printemps. En fin d'après-midi, c'était un lieu de promenade pour les couples de tous âges.

Mais pratiquement personne n'y venait l'après-midi. C'était le moment où le recteur faisait la sieste – institution devenue presque sacrée pour les étudiants. Personne n'osait troubler le sommeil du recteur.

Les rosiers n'étaient pas encore en fleur, mais les bourgeons commençaient à sortir, de même que les mauvaises herbes, et il fallait couper les branches mortes.

Au bout d'un moment, Kamil interrompit son travail pour se détendre, fatiguée d'être restée penchée sur les plates-bandes. Les roses n'étaient pas encore épanouies, mais d'autres fleurs l'étaient. Le jardin fêtait le printemps. Les rouges et les jaunes des tulipes et des jonquilles, les pourpres sombres des lilas, se détachant sur le vert tendre des jeunes feuilles, criaient leur joie exubérante après le long silence de l'hiver.

Ce jardin était un lieu béni pour elle, lui rappelant le soir où Dion et elle s'étaient exprimé leur amour pour la première fois. Maintenant, il serait doublement béni, car c'est là qu'ils se marieraient. Elle serait à lui, il serait à elle, ils ne feraient plus qu'un.

– Je t'épouserai, Dion, dit-elle doucement, ouvrant tout grand les bras. Je t'épouserai, je t'aimerai et...

Des mains vigoureuses lui saisirent les bras et les tordirent douloureusement dans son dos. Des mains vigoureuses lui attachèrent un bâillon sur la bouche, le tirant entre ses dents, l'étouffant.

– Tais-toi, dit une voix dure, inutilement.

Kamil fut si saisie de cette attaque soudaine qu'elle ne cria pas, ne gémit même pas, l'esprit hébété, le corps mou et sans résistance. Tout se passa en quelques secondes, mais qui suffirent pour la réduire à l'impuissance, les bras tordus dans le dos.

Une jeune femme déboucha d'un sentier, vint se planter devant elle. Kamil la reconnut – c'était une étudiante.

Kamil se détendit, soulagée. Ce devait être une blague. Puis elle se raidit de colère. Si c'était le cas, ce n'était pas drôle ! Elle ne connaissait cette fille que de vue. Elle ressortait au milieu des autres, non seulement à cause de sa taille et de ses muscles exceptionnels pour une femelle humaine, mais à cause de son attitude orgueilleuse et arrogante. Distante, elle regardait tout le monde avec mépris.

Elle portait toujours une armure de cuir, chose ridicule sur le campus. Ses cheveux étaient entièrement rasés, à part la longue mèche traditionnelle parmi les femmes de sa planète, Cérès. Celle de la femme de Dion...

Astarté... Cérès... DiLuna...

La Baronne DiLuna et ses guerrières...

Kamil comprit. Elle n'eut qu'à baisser les yeux sur les longs ongles des doigts refermés sur ses bras pour se convaincre que la personne qui la tenait était aussi une femme. Et ce n'était pas une blague. Kamil commençait à étouffer, le bâillon l'empêchait de respirer.

– Desserre-le, Phileda, dit celle qui tenait Kamil. Il ne faut pas qu'elle nous meure dans les pattes. Pas encore.

Phileda, lorgnant Kamil avec méfiance, s'exécuta.

– Tu es Maigrey Kamil Olefsky ? dit la première.

Kamil ne répondit pas.

– Oui, c'est elle, Portia, répondit Phileda à sa place. Je la reconnais. Maigrey Kamil Olefsky, nous avons ordre de t'exécuter pour cause d'adultère, ajouta-t-elle, tirant un long coutelas dont la lame brilla au soleil. Mais d'abord, nous devons trouver une lettre que le roi t'a adressée aujourd'hui. Elle n'est pas dans ta chambre. Nous l'avons fouillée. Où est-elle ?

Kamil la fixa, n'en croyant pas ses oreilles.

– Je ne sais pas, dit-elle, secouant la tête.

– Fouille-la, ordonna Portia, resserrant sa prise.

Phileda tendit la main vers Kamil.

Etourdie, assommée, Kamil aurait pu mourir sans émettre un son. Mais la main qui se tendait vers la lettre fut comme une décharge électrique et la poussa à l'action.

Elles ne doivent pas trouver la lettre ! Peu importe ce qu'elles me font. La couronne de Dion, son honneur, sa vie peut-être, sont entre mes mains...

Kamil Olefsky avait été élevée avec quatorze frères. La plupart étaient plus âgés, plus grands, plus forts qu'elle, et tous de nature tapageuse et joyeuse. Elle avait appris de bonne heure à lutter contre des forces d'une supériorité accablante. A quoi il fallait ajouter qu'elle venait d'une planète guerrière. Elle avait été entraînée au corps à corps dès qu'elle avait pu soulever le lourd bouclier de sa mère.

Prenant appui sur celle qui la tenait, elle leva les deux jambes, et, d'une violente détente, projeta ses pieds vers la femme qui s'avançait. Frappée au plexus solaire, Phileda se plia en deux en gémissant. Les pieds de Kamil reprirent contact avec le sol. Se penchant alors en avant, elle fit passer Portia par-dessus son épaule, la projeta sur sa compatriote et elles s'écrasèrent par terre toutes les deux.

Kamil courait déjà. Sortant la lettre de sa poche, elle la serra dans sa main, cherchant un endroit où la cacher.

Les sentiers étaient sinueux. Elle arriva à une fourche ; encore quelques pas, et elle serait hors de vue des deux femmes qui s'étaient relevées et se lançaient à sa poursuite.

Elle entendit un étrange bourdonnement derrière elle. Elle n'avait pas le temps de se demander ce que c'était, et s'élança dans le sentier qui l'amènerait vers le mur du jardin. Elle pourrait le sauter et...

Une lanière de cuir s'enroula autour de ses chevilles, et elle s'écrasa par terre de tout son long. Se contorsionnant pour s'asseoir, elle tenta frénétiquement de se libérer. Mais la lanière, lestée de deux boules d'ivoire sculpté, était beaucoup trop serrée.

La lettre. Quoi qu'il arrive, cache la lettre.

Elle tenta de la pousser entre les racines d'un rosier, ignorant les épines. Puis les deux femmes furent sur elle.

L'une lui donna un coup de pied dans la figure, qui la projeta en arrière. L'autre lui écrasa le poignet sous sa botte. L'os craqua. Kamil lâcha la lettre.

– Achève-la, dit Portia, ramassant la missive.

Phileda, debout au-dessus d'elle, leva son couteau.

Involontairement, Kamil détourna la tête.

Deux éclairs lumineux, en succession rapide, explosèrent au-dessus de sa tête, l'aveuglant. Une onde brûlante déferla sur elle. Elle sentit une odeur de chairs brûlées, entendit des pas approcher, un craquement dans les rosiers.

Elle ne voyait rien, n'avait pas idée de ce qui se passait. Craintivement, elle attendit le coup de poignard.

Il ne vint pas.

Des pas lourds approchèrent, le gravier crissa.

Kamil battit des paupières pour s'éclaircir la vue. Elle poussa sur ses mains pour s'asseoir, mais une douleur fulgura dans son bras droit, et elle retomba.

Quelqu'un la releva, avec une main d'acier, apparemment. Elle sentit le froid du métal sur sa peau.

– Pas de panique, frangine, dit une voix grave aux inflexions mécaniques. Tu as le bras cassé. Ne bouge pas.

Kamil entendit d'autres sons, d'autres pas, mais légers, soyeux comme des pieds en pantoufles. Les pas tournèrent autour d'elle, s'arrêtèrent.

– Elles sont mortes toutes les deux, dit une voix de femme, aussi froide que la main d'acier du cyborg.

Kamil leva les yeux. Des images commençaient à émerger de la brume rouge de l'explosion.

– Evidemment, dit l'homme. Vous ne me payez pas pour manquer ma cible, Majesté.

Majesté... Kamil, sans force, se laissa aller contre le bras d'acier, le choc et la souffrance l'empêchant de réfléchir. Elle ne comprenait rien, était incapable de réagir.

– Qui êtes-vous ? murmura-t-elle.

La femme s'agenouilla. Elle portait un tchador, le long vêtement flottant des femmes du désert, et elle était voilée. Elle souleva son voile, le laissa retomber.

Astarté. Reine de la galaxie. Epouse de Dion.

– Désolée qu'elles vous aient blessée, dit Astarté. Elles sont passées à l'action plus vite que je ne pensais.

Son regard rencontra alors la lettre, que Portia serrait toujours dans sa main. Astarté se pencha et la prit.

– Il ne faut pas traîner ici, Majesté, conseilla le cyborg. On a de la chance de ne pas encore avoir été repérés. Je vais lui poser une attelle de campagne. Et lui faire une piqûre qui la ravigotera. Assez pour regagner l'avion.

Astarté tourna pourtant son attention vers la lettre. Kamil regarda les yeux violets – des yeux magnifiques, pensa-t-elle machinalement – lire les mots jusqu'au dernier, y compris le post-scriptum. La lettre n'était pas signée, mais elle devait connaître l'écriture de son mari. Une aiguille s'enfonça dans le bras droit de Kamil ; une sensation de chaleur envahit le muscle, tout son corps. La douleur de son bras commença à s'estomper. La douleur de son cœur s'intensifia. Elle observait, avec une horrible fascination, le visage d'Astarté. A l'évidence, la reine savait dissimuler ses émotions sous ce masque ravissant et suave qu'elle présentait au monde. Mais un instant, le masque glissa, et elle vit la souffrance de la trahison, cruelle, terrible. C'est une chose de soupçonner son infortune, c'en est une autre d'en tenir la preuve dans la main.

Les yeux de Kamil s'emplirent de larmes, non de la souffrance qu'elle ne sentait plus, mais de remords et de honte. La blessure de son bras guérirait. Mais la blessure qu'elle avait infligée à une autre ne cicatriserait jamais. Quoi qu'il arrive, la douleur serait toujours là.

– Désolé, frangine, dit le cyborg, se méprenant sur ses larmes. Je n'ai pas le temps de te dorloter.

Astarté replia la lettre qu'elle mit dans les plis amples de son tchador. Son visage était redevenu indéchiffrable.

– Quelle imprudence à lui d'écrire cette lettre. Et quelle imprudence à vous de la garder. Si ma mère s'en était emparée..., dit-elle, branlant le chef. Je n'aurais pu vous sauver ni l'un ni l'autre. Vous auriez été perdus.

Resserrant autour d'elle les plis de son tchador, elle se releva avec grâce, baissa les yeux sur Kamil.

– Elle est capable de voyager ?

– Oui, grogna le cyborg.

– Voyager ? répéta Kamil, somnolente. Où...

– Dans le seul endroit où vous serez en sécurité, dit Astarté. Le seul où ma mère n'osera pas vous toucher.

Le cyborg aida Kamil à se lever. Elle se croyait trop affaiblie pour marcher, mais dès qu'elle fut debout et en route, elle s'étonna de se trouver si gaillarde.

– Et les corps ? demanda Astarté, très cool.

Kamil baissa les yeux sur ses attaquantes. Elles étaient mortes, le visage liquéfié, les os calcinés à nu, couvertes de sang et de cervelle. Prise de nausée, Kamil chancela.

– Pas de ça, frangine, dit le cyborg, la secouant. Je m'occupe des cadavres, Majesté. Emmenez-la. Mettez-lui les vêtements que nous avons apportés pour elle.

Le cyborg revêtit aussi la longue djellaba des habitants du désert, se couvrit la tête d'un keffieh.

Soutenant Kamil par la taille, Astarté l'éloigna des restes macabres de la roseraie.

Elles atteignirent le mur du jardin, et Kamil, affaiblie, s'appuya contre les pierres. Astarté prit un paquet dissimulé dans une niche, et en sortit un nouveau tchador dont elle enveloppa Kamil, qui se laissa faire sans résistance.

Comme une enfant, Kamil mit le bras dans une manche quand Astarté le lui dit, obéissant machinalement. Elle était incapable de réfléchir, encore secouée par la vue des deux cadavres. C'était elle qui aurait dû être morte.

Le poignet serré de la manche ne passait pas sur l'attelle de campagne et Astarté dut déchirer la couture.

Un nouvel éclair fulgura dans le jardin ; un « pop », suivi d'un grésillement, puis il y eut une forte odeur de chairs brûlées.

Les deux femmes se regardèrent. Astarté, très pâle, retint son souffle. Kamil enfonça les ongles dans les pierres du mur pour ne pas perdre connaissance.

Le cyborg revint, glissant un pisto-laser dans la large manche de sa robe.

Astarté prit une écharpe et voila Kamil.

– Restez voilée. Et si vous aviez quelque velléité de vous enfuir, renoncez-y. N'oubliez pas que j'ai la lettre. Vous tenez le sort de Dion entre vos mains. Vous pouvez le sauver...

– ... en venant avec vous ?

Kamil secoua la tête. Elle avait partiellement retrouvé ses esprits. Elle croyait comprendre, maintenant.

– Vous voulez vous servir de moi... c'est un complot... pour lui faire du chantage. Pour le forcer à faire ce que vous voulez. Je ne coopérerai pas. Tuez-moi plutôt... comme vous les avez tuées.

Astarté la regarda, impassible.

– Vous tuer ne servirait à rien. C'est alors qu'il vous appartiendrait pour l'éternité. Croyez-moi, fille d'Olefsky, je ne veux aucun mal à mon mari. Je veux seulement le reconquérir, dit-elle, ses yeux violets scintillant au-dessus de son voile.

– Il est temps de partir, Majesté, dit le cyborg.

Ils sortirent de la roseraie. Derrière eux, deux minces spirales de fumée et quelques cendres s'envolèrent du sentier, emportées par le vent.

Quand le recteur se réveilla, revigoré, il sortit se promener dans le jardin. Il n'y vit rien d'insolite, à part deux cercles noirs sur le sol. Quelqu'un devait avoir brûlé des feuilles mortes.

Ils entraînèrent vivement Kamil, le visage caché sous son voile, et traversèrent tout le parc de l'Académie. Elle ne dit rien, ne fit rien pour s'échapper – ce qui aurait été futile, d'ailleurs, le cyborg la tenant de sa main d'acier. Personne ne fit attention à eux. Beaucoup d'étudiants et de professeurs venaient de planètes arides, et portaient le costume traditionnel de leur peuple.

A l'arrivée à l'astroport, on la fit monter dans un avion privé. Il décolla aussitôt, s'enfonçant bientôt dans la nuit infinie de l'espace.

Quand ils eurent fait le Plongeon, le cyborg lui fit une autre piqûre. Celle-ci, la prévint-il, allait la sonner complètement.

– Je vais réduire ta fracture, frangine. Je suppose que tu aimes mieux dormir pendant l'opération.

– Oui, dit Kamil, somnolente. J'aime mieux dormir.

Les ténèbres l'engloutirent. La dernière chose qu'elle vit avant de perdre connaissance, ce fut le beau visage impassible d'Astarté.

9

Sagan rassembla les objets dont il aurait besoin pour le rite, les enveloppa séparément dans du velours noir. Il ne pouvait pas les manier sans penser à la dernière fois où il avait célébré la cérémonie : l'initiation de Dion.

Il se la rappelait nettement, trop nettement. En général, on n'oublie pas facilement qu'on a été frappé au visage par un pied d'Immortel. Le rite prouvait, sans doute possible, que Dion était destiné à être roi.

– Mais est-ce bien sûr ? Ou cela signifiait-il seulement qu'il serait élevé pour tomber de plus haut ? se dit-il.

Ou peut-être le dit-il à la présence de Maigrey, invisible, mais nettement sensible.

– Si mes théories sont exactes, rien ne peut arrêter cette étrange force que contrôle Flam Clairfeu. Une force qu'on ne voit pas, qu'on n'entend pas, qu'on détecte difficilement. Elle traverse les corps solides avec aisance, laisse peu de traces de son passage. Elle a cueilli cette Roquette du Peuple dans l'espace et l'a transportée ici en moins de temps qu'il n'en faut pour le dire. De plus, Flam recrute des hommes et des machines. Avec une armée et une marine nombreuses, et cette terrible puissance à sa disposition, il est invincible. Une seule chose peut l'arrêter – la bombe à rotation spatiale. Mais Dion ne s'en servira jamais. Il mourrait plutôt. Et il en aura peut-être l'occasion.

Sagan mit les objets dans un sac et en tira le cordon. De nouveau, il se demanda s'il avait vraiment vu Maigrey, si son esprit était avec lui, ou si ce bref éclair d'argent était une illusion due à son imagination –

dévoyée par la solitude, l'affliction, la colère. Pour lui, la vision avait été réelle, mais elles le sont toutes pour ceux qui en souffrent.

Des pas retentirent dehors. Fermes, mais sans la vigueur de la jeunesse.

Pantha, se dit-il. La voix le confirma.

– Bonjour, Seigneur. Je ne vous dérange pas ?

– Je vous rejoins tout de suite, cria Sagan.

– Le brouillard est épais ce matin. Le prince a craint que vous n'ayez du mal à trouver le chemin jusqu'à lui.

– Je l'ai trouvé venant de l'autre côté de la galaxie ; il est peu probable que je le perde dans le brouillard.

Pantha rit poliment de cette plaisanterie, qui n'en était pas une. Sagan descendit de l'avion, ferma le sas derrière lui. Ils montèrent lentement la colline.

– Vous voulez savoir ce que je sais, dit Sagan.

– Naturellement, répondit Pantha, marchant facilement du même pas, malgré leurs quarante ans de différence.

– Ce que je sais sur quoi ? Sur l'autre monde ? Le monde de matière étrange et noire ? dit Sagan.

– J'avais dit à Flam que vous le découvririez.

– Disons plutôt que j'ai « déduit » son existence. Comme vous l'avez fait autrefois

– Vous n'imaginez pas, soupira Pantha, l'exaltation que j'ai ressentie en découvrant que ma théorie était exacte, la première fois que je *les* ai contactés. Tous les tests, tous les enregistrements laissaient supposer un second univers, coexistant avec le nôtre. Cette planète – beaucoup plus lourde qu'elle ne devrait l'être, les fluctuations gravitationnelles. Vous l'avez vu. Comme vous, j'en ai déduit son existence, mais comment la prouver ?

Ils s'arrêtèrent devant des rocs disposés en cercle.

– Pourrions-nous bavarder un moment ? Le prince n'est pas prêt. Il veut se recueillir avant le rite.

– Judicieux, dit Sagan, s'asseyant sur un rocher.

– Il a envie de vous impressionner, Seigneur. Tandis que moi, j'avais seulement envie de vous parler.

Sagan le fixa sans répondre.

– Il ne comprend pas le prodige qu'est ce monde. Il y a été élevé. Et les recrues – une fois qu'elles ont surmonté leur terreur initiale, une fois qu'on le leur a expliqué, elles l'acceptent, dit Pantha, s'asseyant sur un rocher.

« Savez-vous que je n'ai pas été le premier à découvrir

cette planète ? L'une des premières équipes d'exploration de la Terre y avait atterri, installé une petite station de recherche. Ce sont eux qui l'ont baptisée Vallombrosa. Ils avaient découvert la même chose que vous et moi. Mais il n'avaient pas poussé assez loin leur théorie d'un univers de matière noire.

– Jusqu'à la conclusion que cet univers de matière noire était habité, voulez-vous dire ?

– Exactement. Je me demande quels rapports ils ont envoyés à la Terre, et même s'ils en ont envoyé. En tout cas, je n'en ai jamais eu connaissance. Ils ne sont peut-être jamais rentrés. Ou peut-être qu'ils avaient juré de ne pas révéler leur découverte. Ils ont laissé ici le récit de ce qui leur est arrivé. J'ai trouvé leur journal vidéo dans les ruines de leurs abris. Il est frustrant à visionner. Imprégné de la logique étroite du vingt et unième siècle. Si ça ne se voit pas, ne s'entend pas, ne se touche pas, ça n'existe pas. Si ça ne nous ressemble pas, ça ne peut pas penser.

– Quand même, s'ils avaient compris... dit Sagan.

– Je ne serais pas là, l'interrompit Pantha avec irritation. Je suppose que je leur suis redevable de leur bêtise. Mais leurs préjugés aveugles, leur manque d'imagination, m'irritent. Voici un exemple de leur raisonnement. Je cite : « Au commencement de l'univers, deux sortes de matières furent créées. La matière ordinaire, dont nous sommes faits, et une matière étrange et noire. La matière noire interagit peu avec l'ordinaire, essentiellement par la gravité. On pense que la matière noire est plus uniformément distribuée dans l'univers que l'ordinaire. On croyait que les planètes en matière noire n'existaient pas. Nous avons prouvé le contraire. Mais la vie basée sur la matière noire est pure fantaisie. » Et voilà pour la logique. La vie existe ici, une vie faite de matière noire.

– Vallombrosa. Vallée des Fantômes, dit Sagan, pensif. Ils croyaient que cette planète était hantée.

– Oui. Comme je vous l'ai dit hier, ces créatures de matière noire sont très curieuses. Elles n'avaient jamais vu d'humains. Elles étudiaient simplement les savants – comme les savants auraient dû les étudier. Vous devrez visionner ce journal vidéo. C'est presque comique, comme les films de fantômes de Série B. Les livres s'envolent soudain, puis s'écrasent par terre. Un four à micro-ondes flotte dans l'air. Et juste quand ces forces commençaient à affoler les malheureux savants, l'un d'eux meurt mystérieusement.

– Les créatures ?

– Oui. Oh, elles ne voulaient pas le tuer. Vous vous rappelez avoir été comme « comprimé » à votre arrivée. Ces créatures sont étonnantes. La cohésion de leur corps est maintenue par ce que je ne peux qu'appeler des champs gravitationnels cohérents. Ils paraissent percevoir le monde qui les entoure en captant à travers leur corps les distorsions gravitationnelles. En conséquence, ils n'ont aucune forme définie, mais se reforment sans cesse de la façon qui leur permet le mieux de sentir ou de transmettre les ondes de gravité. Autrement dit, ils sont tout yeux, tout mains, tout cerveau. Pour déplacer un objet, ils créent un champ gravitationnel en s'enroulant autour.

– C'est comme ça qu'ils m'ont amené ici, dit Sagan.

– Oui. Ils se déplacent plus vite que la lumière, utilisant l'effet Einstein-Rosen pour ouvrir dans l'espace des tunnels par lesquels ils voyagent. Et ils traversent la matière virtuellement sans être détectés.

« Je dis " virtuellement " parce que, comme les hommes du cyborg l'ont découvert chez Snaga Ohme, il existe des façons de repérer leur passage. Quand ils traversent la matière, il est possible qu'ils provoquent des changements dans sa structure atomique. Changements infimes, mais qui, dans le cas d'un humain, peuvent être fatals.

« Le risque est très faible. Ces créatures m'ont traversé des milliers de fois sans dommage. Mais ce savant n'a pas eu autant de chance. Il est mort instantanément. Et ses collègues n'ont jamais compris pourquoi ni comment.

– C'est alors qu'ils ont décidé de partir ?

– Oui. Et cette décision a empiré les choses. Réalisant que leurs spécimens humains s'en allaient, les créatures ont fait des efforts frénétiques pour communiquer. Ce qui a provoqué des manifestations spectaculaires. Qui ont accru la panique des savants. Ils ont eu de la chance que ces créatures leur permettent de partir. Elles auraient pu attraper leur vaisseau et le ramener.

« Elles les ont suivis jusqu'à la Terre, ont enquêté et découvert tout ce qu'elles voulaient savoir. Les parapsychologues de l'époque ont dû s'en donner à cœur joie. Leur enquête terminée, les créatures partirent. La civilisation humaine ne les menaçait pas, et, leur curiosité satisfaite, ils perdirent tout intérêt pour elle. Et pour nous.

– Les humains n'étaient pas une menace...

– Non, dit Pantha. C'était vrai *alors*.

– Je comprends. Aussi longtemps que nous n'étions pas une menace, ils nous laissaient tranquilles.

– Ce sont des êtres bien plus évolués que nous, dit Pantha. Je dirai même beaucoup plus intelligents. Nous sommes pour eux ce que sont les fourmis pour nous. Jusqu'à ce que les fourmis développent des dards.

– La bombe à rotation spatiale, dit Sagan, commençant à comprendre. La première de nos armes qu'ils considèrent comme une menace. Elle pourrait les détruire totalement.

– C'est ce qu'ils supposent.

– C'est pourquoi ils sont allés chez Snaga Ohme.

– Nous étions à peu près certains que ce n'était pas la vraie. Trop facile à localiser. Mais les créatures ont voulu s'en assurer. Elles voudraient que la bombe soit détruite, mais elles ont accepté son existence si elle est sous le contrôle de Flam. Dès qu'il aura localisé la vraie bombe, les créatures iront la lui chercher. Rien ne peut les arrêter.

Dion, pensa Sagan, si tu avais suivi mon conseil...

– Vous parlez de communiquer avec elles, dit Sagan avec désinvolture. Comment faites-vous ?

– Cela m'a demandé beaucoup de temps et de patience. Je vous le dirai peut-être quelque jour, dit Pantha. Mais maintenant, il faut rejoindre le prince. Il doit s'impatienter.

Un seul obstacle peut empêcher Flam de monter sur le trône, pensa Sagan. Le jeune homme qui est actuellement assis dessus. Dion sait où est la bombe. Flam ne le sait pas.

Ils arrivèrent devant le pavillon de toile. Comme l'avait prédit Pantha, Flam les attendait avec impatience. Sagan attacha sur le jeune homme un regard pénétrant.

– Pantha m'a parlé des créatures de matière noire. Pourquoi voulez-vous cette initiation ?

– Je la désire pour vous, dit Flam, le regard dur, les yeux étrécis. Et pour Dion. Il me voit, mais je ne suis qu'une ombre. Je veux qu'il me voie nettement, qu'il comprenne mes intentions, qu'il me prenne au sérieux.

– Et moi ? Que voulez-vous de moi ?

– Vous me donnerez le trône, dit Flam. Vous mettrez la couronne sur ma tête.

Sagan ne répondit pas. Pensant peut-être qu'une réponse était inutile, Flam montra le pavillon.

– La cérémonie aura lieu dans la tente, si vous voulez bien, Seigneur ? Pantha a tout préparé.

Autant là qu'ailleurs. Sagan entra seul, supervisa les préparatifs. Tout était parfait. Pantha avait bonne mémoire de l'initiation qu'il avait reçue soixante-dix ans plus tôt. Le pavillon avait été vidé de tous ses meubles, remplacés par une petite table, dressée au centre. Ouvrant son sac, Sagan en sortit une nappe de velours noir dont il la recouvrit, puis il se mit à disposer dessus les objets qu'il avait apportés.

Dehors, Flam faisait les cent pas avec impatience.

– Le rite ne vous donnera pas nécessairement la puissance, Prince Flam, dit-il, élevant la voix pour être entendu.

L'épreuve marquait le passage de la puberté à l'âge adulte, mais déterminait surtout si la personne était du Sang Royal.

– Je le sais, dit Flam, s'approchant de l'entrée. Et que je suis trop vieux. Mais vous l'étiez aussi, mon cousin. C'est peut-être de famille.

Sagan ne répondit pas.

– Le rite n'augmente pas le pouvoir, reprit Flam, mais comme il teste les réactions en situation critique, il indique si la personne est forte ou faible.

– J'ai l'impression que vous connaissez votre force, Altesse, dit Sagan, ironique.

– Oui, mais je veux la prouver aux autres.

– Selon les prêtres le rite indiquait la volonté de Dieu.

– Oui, Seigneur. Je le sais, dit Flam.

Sagan avait terminé ses préparatifs. Il sortit de la tente.

– Croyez-vous en Dieu ? demanda Sagan.

Flam eut l'air mal à l'aise.

– Comment répondre, Seigneur ? dit-il, montrant la soutane. A vous voir revêtu de la robe de l'Ordre ?

– Vous pouvez répondre sincèrement, dit Sagan. J'ai mes raisons pour me vêtir ainsi. Ma robe reflète peut-être mes croyances... ou les cache.

– Oui, dit Flam, le regardant avec un respect accru. Quelle cachette parfaite !

– Je vous ai posé une question, Prince Clairfeu.

– Pardonnez-moi, Seigneur. Je crois en moi-même. Aucun être omnipotent et omniscient ne contrôle ma destinée. La vie est un fait du hasard. Il faut être prêt à saisir le moment, et à en profiter. Je crée ma propre chance. S'il existe une force cosmique, elle est en moi.

– Tout est prêt pour le rite.

– Pantha peut y assister ? dit Flam, souriant, excité.

– Non, c'est interdit. Votre volonté est trop forte, dit-il à Pantha. Vous pourriez influencer le prince.

Garth Pantha acquiesça de la tête.

– Et les créatures de matière noire ne vont pas interférer, j'espère ? ajouta Sagan.

– Pantha leur a parlé, répondit Flam. Elles ne comprennent pas, bien sûr, mais elles ont accepté de quitter les parages pour que leurs énergies n'influencent pas le rite.

– Comme c'est aimable, fit Sagan, ironique.

Sagan réalisa soudain ce qui le gênait, le rendait irritable. Les deux hommes contrôlaient la situation, pas lui – circonstance nouvelle pour lui. Flam le traitait en hôte honoré, respecté, mais un tour de clé à la porte de la cellule transformait l'hôte de marque en prisonnier. Et un moindre effort encore transformait le prisonnier en cadavre.

Sagan ouvrit la tente ; Flam entra avec assurance, suivi du Seigneur de la Guerre qui ferma le rabat. Plongé dans l'obscurité totale, Flam s'immobilisa. Sagan, le prenant par le bras, le pilota jusqu'à la table dressée au centre.

– Vous trouverez une robe à vos pieds, dit Sagan. Déshabillez-vous et revêtez-la. Et ôtez votre arme.

– Ah, le cilice de crin, grimaça Flam, le ramassant.

– Il vous est interdit de parler à moins que je ne vous pose une question, le tança Sagan.

– Désolé, dit Flam d'un ton rieur.

Tâtonnant sur la table, Sagan prit une bougie, l'alluma et la mit dans un bougeoir d'argent. Les autres objets étaient cachés sous une étoffe noire.

La tête de Flam émergea de la robe, cheveux ébouriffés, yeux étincelants. Il sourit.

Plongeant son regard dans ces yeux, Sagan y vit un autre jeune homme : Dion, livide, tremblant.

Je vais mourir, avait dit Dion.

Sagan alluma une autre bougie, la posa en face de la première, projetant sur le sol un cercle de lumière.

– Entrez dans le cercle. Sans marcher sur la ligne.

Flam s'exécuta en souriant. Il s'amusait.

Sagan commença à dire les paroles rituelles.

– Seigneur, tu vois devant toi un jeune homme qui cherche à comprendre le mystère de sa vie...

Le rite continua. Les quatre éléments, terre, air, feu, eau... Sagan poursuivit :

– L'homme cherche à contrôler chacun.

Sagan ôta l'étoffe noire, découvrant une baguette d'argent, un pichet d'argent plein d'eau, une coupelle d'argent pleine d'huile, une boule d'argent.

Sagan tendit la main vers la baguette. Maigrey avait accompli cette partie du rite. Sa main avait été la dernière à toucher la baguette ; il la prit.

– Air. Le souffle de la vie. Le vent de la destruction.

Lentement, il décrivit un cercle avec la baguette. Un léger courant d'air souffla. Puis le vent forcit, les bougies fumèrent, s'éteignirent.

Dion suffoquait... il tombait à genoux, terrorisé...

Flam riait, joyeux, triomphant...

Le vent mourut, les bougies se rallumèrent. Sagan posa la baguette.

– Terre, dit-il, prenant la boule d'argent.

Il la jeta en l'air, et elle resta suspendue au-dessus de sa tête. Puis elle se mit à changer : des pointes acérées en jaillirent. Le globe commença à tomber.

– Stop, ordonna Flam, et la boule s'immobilisa au-dessus de ses mains.

– Tombe, ordonna Sagan, et le globe tomba.

Le visage défiguré de colère, Flam foudroya Sagan du regard, furieux de voir sa volonté contrariée. Mais ses mains ne bougèrent pas.

Le globe tomba, les pointes percèrent la chair, déchirèrent les muscles, le sang jaillit. Dion hurla, les mains empalées sur le globe d'argent.

Les pointes se rétractèrent un instant avant de toucher les mains de Flam. Il saisit le globe avec aisance, souriant à Sagan – d'un sourire de triomphe. Sagan tendit la main pour reprendre la boule, mais Flam l'écrasa et en jeta les morceaux, comme une coquille d'œuf brisée, sur la table.

– Eau, dit Sagan, prenant le pichet. D'où vient la vie. Mettez vos mains en coupe, ajouta-t-il en versant. Buvez.

Flam porta ses mains à sa bouche, but avidement.
– Quel goût cela a-t-il ? demanda Sagan.
– Le goût du sang, répondit Flam.
Inclinant le pichet, Maigrey versa l'eau sur les mains déchirées de Dion. Le liquide frais dut calmer la douleur, car il ferma les yeux, des larmes jaillissant sous ses paupières. L'eau se mêla au sang, le lava.
– Feu. Entretient la vie. La détruit.
L'huile de la lampe s'alluma seule. Avant que Sagan ait eu le temps de dire un mot, le prince mit la main dans la flamme, l'éteignit, puis montra sa paume, la droite. Elle était rouge, des cloques commençaient à s'y former. Des cinq piqûres de la lame-sang suintait un liquide noirâtre.
L'expression de Flam n'avait pas changé.
Sans dire un mot, Dion regarda avec une terrible fascination la flamme qui lui léchait les mains. Les flammes s'avivèrent, puis moururent. Quand le feu fut éteint, sa main était guérie, indemne.
– Seigneur, dit Flam, montrant sa main brûlée, ai-je fait mes preuves à vos yeux ? M'accorderez-vous votre soutien ?
– J'ai aidé à mettre Dion Clairfeu sur le trône, dit doucement Sagan. Je lui ai juré fidélité et allégeance. Il savait – tout le monde savait – que j'avais des doutes à son sujet, sur ses capacités à régner. Mais le destin a conspiré contre moi. Appelez ça hasard, coïncidence, si vous voulez. Je suis tombé en disgrâce. Dion s'est élevé. J'ai quitté le monde... pour éviter la tentation.
Sagan rabattit son capuchon en arrière, et, prenant dans les siennes la main droite de Flam, la main brûlée, il la serra très fort. Flam s'efforça de demeurer stoïque, mais ne put s'empêcher de grimacer.
Puis il sourit, d'un sourire farouche, triomphant. Il redressa les épaules, rejeta ses cheveux en arrière, et à son tour serra la main du Seigneur de la Guerre, main brûlée contre main calleuse, les cicatrices fraîches de la lame-sang couvrant les piqûres guéries depuis longtemps.
– Je suis venu ici à la recherche d'un roi, dit Derek Sagan. Je l'ai trouvé.

10

Kamil s'éveilla dans une chambre pleine de silence et d'ombres dont les reflets verts jouaient sur le mur du fond. Elle entendit des oiseaux, et le son cristallin d'une flûte près d'elle. Allongée dans un lit confortable, aux draps propres et parfumés, elle regarda autour d'elle avec indifférence, sereinement calme – contrecoup des piqûres.

Les ombres vertes étaient des feuillages qu'une douce brise agitait devant la fenêtre. La musique se tut.

Kamil regarda dans sa direction. Une jeune femme, assise à une table près de la fenêtre, avait cessé de jouer. Voyant Kamil réveillée, elle lui sourit, et, emportant sa flûte, quitta la chambre, refermant la porte derrière elle.

Peu après son départ, une flûte se remit à jouer le même air, comme si la musicienne s'exerçait. La mélodie était simple et douce, avec cette touche de mélancolie que donne toujours la flûte. Kamil la fredonna sans bouger, regardant autour d'elle, puis la mémoire lui revint.

Son bras cassé, posé sur le couvre-pied, était dans une attelle gonflable plus sophistiquée que celle posée par le cyborg. Le bras était engourdi, lourd, et comme étranger. Craintivement, elle le déplaça, constatant avec soulagement qu'elle pouvait bouger les doigts. Elle ne souffrait pas ; elle supposa que c'était à cause des drogues.

Elle s'assit, inspectant la chambre plus attentivement. Ses vêtements étaient soigneusement pliés sur une chaise. On devait les avoir lavés car ils ne portaient plus aucune trace de sang ni de terre. Elle était en chemise de coton sans manches, confortable, mais pas luxueuse. La chambre était petite, guère plus grande que celle de l'Académie.

Kamil se leva, s'immobilisa un instant, prise de vertige, puis s'approcha de la porte à pas de loup et testa la poignée. La porte n'était pas fermée à clé. Revenant à la chaise, Kamil s'habilla avec difficulté, gênée par l'attelle et le fait qu'elle ne pouvait pas utiliser son bras droit. Glissant les pieds dans ses chaussures, elle allait sortir quand la porte s'ouvrit. Kamil s'assit sur le lit, l'air innocent.

Astarté sourit sans rien dire. La reine portait une longue robe blanche, serrée à la taille par une ceinture dorée dont les motifs reproduisaient des épis de blé, et chaussée de sandales d'or assorties à la ceinture. Ses longs cheveux noirs étaient tordus en un chignon compliqué et ses yeux violets semblaient la seule couleur vive de la pièce.

Une jeune femme l'accompagnait, portant un plateau couvert d'un linge blanc qu'elle posa sur la table. Une délicieuse odeur de pain chaud embauma la pièce. Kamil y jeta un regard d'envie, remettant à plus tard ses idées d'évasion.

– Avez-vous faim, fille d'Olefsky? dit Astarté. Xris nous a conseillé de ne rien vous donner tant que vous étiez sous l'influence des drogues. Vous ne vous rappelez pas grand-chose du voyage, sans doute?

Kamil secoua la tête. Et ce qu'elle s'en rappelait, elle aurait préféré l'oublier. Astarté renvoya la servante, puis découvrit le plateau : fruits, fromage, pain frais.

– Ce n'est pas votre régime habituel, sans doute, dit Astarté. Votre peuple est carnivore. Nous, nous sommes végétariens, surtout dans le temple.

Kamil fixa le plateau, mais ne bougea pas.

– Il ne sert à rien de vous laisser mourir de faim, dit Astarté.

C'était vrai. Kamil se leva et s'assit à la table. Puis, réalisant qu'elle était en présence de la reine, toujours debout, elle se leva avec déférence. Astarté sourit de nouveau, cette fois d'un sourire contraint.

– Vous trouvez normal de faire l'amour avec mon mari, mais vous attendez ma permission pour vous asseoir.

Kamil rougit, embarrassée, et furieuse de l'être.

Croisant les mains, Astarté s'assit avec grâce.

– Asseyez-vous et mangez, fille d'Olefsky, dit-elle.

Décontenancée, mais ne sachant quoi faire d'autre et poussée par la faim, Kamil s'assit en face de la reine et se mit à manger. Puis elle se rappela ses manières.

– Prendrez-vous quelque chose... Majesté ?

– Non, merci, j'ai déjà dîné. Et ne m'appelez pas « Majesté ». Cela sonne... ridicule. Vous n'appelez pas mon mari « Majesté », je suppose ?

Kamil déglutit avec effort, puis posa la main sur la table, sans lâcher son pain. Elle se raidit, fixant son assiette.

– Je suis désolée, dit soudain Astarté posant la main sur celle de Kamil. Je me conduis en épouse amère et vindicative, soupira-t-elle. Je ne souhaite pas m'aliéner la fille d'Olefsky. Nous ne pouvons pas être amies, bien sûr. *Ça*, ce serait ridicule. Mais nous avons une chose en commun : Dion. Et nous voulons son bien toutes les deux.

Kamil ne dit rien. Retirant doucement sa main de sous celle d'Astarté, elle se remit à manger.

Dehors, la flûte avait recommencé à jouer.

– Votre nom est Maigrey Kamil, dit Astarté. Mais on ne vous appelle pas Maigrey, n'est-ce pas ?

La bouche pleine, Kamil secoua la tête.

– Je ne l'ai pas connue, reprit la reine, très droite, les mains croisées sur les genoux. Mais ma mère la connaissait. C'étaient de vieilles ennemies, qui s'étaient affrontées pendant les Guerres des Respirateurs de Vapeur. Ma mère la méprisait, disant qu'elle avait trahi son commandant, puis s'était enfuie pour échapper aux conséquences de ses actes. Ma mère ne comprenait pas qu'elle ait pu trahir Derek Sagan. Je crois que ma mère était jalouse. Qu'elle aurait voulu Sagan pour elle. Mais bien sûr, c'était impossible.

« Sagan admirait et respectait ma mère, mais il n'y avait qu'une femme qu'il pouvait vraiment aimer – Dame Maigrey. Leur amour était né avec eux. La Déesse les destinait l'un à l'autre. Pourtant, le Mauvais déjoua Ses plans. L'orgueil, la jalousie, la peur, la méfiance – toutes nos faiblesses humaines les séparèrent. Mais l'amour a vaincu à la fin. Ils sont réunis maintenant. Dans la mort, ils se sont dit ce qu'ils ne se disaient pas dans la vie.

« Je vous appellerai Kamil, dit la reine, passant du coq à l'âne. Et vous m'appellerez Astarté.

– Vous ne l'aimez pas, dit Kamil, émiettant nerveusement son pain. Pas comme si vous étiez faits l'un pour l'autre, selon vos propres paroles.

– Non, dit Astarté, plongeant ses yeux violets dans les siens. Et je ne pourrai jamais l'aimer ainsi.

– Moi, c'est ainsi que je l'aime – depuis le premier instant où je l'ai vu.

Oubliant où elle était, elle sourit à ses souvenirs.

– Oui, j'imagine, dit doucement Astarté.

Kamil revint à elle. Tripotant les fruits dans son assiette, elle dit, sans lever les yeux :

– Vous comprenez donc que ce n'est pas notre faute. Nous ne voulions pas vous blesser. Nous ne voulions blesser personne. Mais nous avons été destinés l'un à l'autre. Il *faut* que nous soyons ensemble.

– Oui, il le faut, mais c'est impossible, dit Astarté.

Frustrée par le calme de la reine – elle aurait préféré la rage, qu'elle aurait comprise –, Kamil lui demanda :

– Avez-vous jamais aimé quelqu'un de cette façon ?

– Je n'ai pas encore rencontré mon âme sœur, et je doute de la rencontrer jamais. A l'évidence, ce n'est pas dans les plans de la Déesse. J'ai été destinée à faire mon devoir, à être reine, à porter l'héritier du trône.

– Votre Déesse veut vous enfermer dans un mariage sans amour ? Comment pouvez...

– Pas sans amour, rectifia Astarté. J'aime Dion à ma façon. Oh, pas comme vous l'aimez, Kamil. D'ailleurs, je le regrette, ajouta-t-elle avec tristesse. Mais je m'apitoie sur moi-même, faiblesse que la Déesse abhorre. Je respecte mon mari. Pour sa bonté, pour ses idéaux et ses nobles principes, pour son sacrifice et son dévouement envers le peuple. J'admire son sens de l'honneur.

Kamil se mordit les lèvres en rougissant.

– Vous trouvez étrange, dit Astarté, comprenant sa pensée, que je parle de l'honneur de mon mari alors qu'il s'est conduit envers moi de façon si peu honorable. Pourtant c'est vrai. J'ai vu comme il souffre de me trahir. S'il n'avait pas le sens de l'honneur, cela lui serait égal. Or, cela ne lui est pas égal, n'est-ce pas ?

Kamil serra les dents, pour ne pas tomber dans ce piège.

– Cela ne lui est pas égal. Et à vous non plus, Kamil. Malgré moi, je m'aperçois que je vous aime bien.

Kamil ne répondit pas, incapable de retourner le

compliment. Elle ne s'imaginait pas « aimant bien » Astarté. Elle était trop réservée, trop distante. Autant « aimer bien » la lune.

– Où suis-je ? demanda Kamil, quand le silence devint embarrassant. Où m'avez-vous amenée ?

– Sur la planète Cérès, dans le Temple de la Déesse. Ne vous inquiétez pas, ajouta Astarté, la voyant alarmée. C'est le seul endroit où vous êtes en sécurité. Ma mère n'osera rien entreprendre en ce lieu sacré. Vous êtes arrivée dans un cercueil. J'espère que ce n'est pas un mauvais présage, mais c'était la seule possibilité pour que ma mère ne soit pas informée. Maintenant, bien sûr, elle sait que vous êtes là. Elle a des espions partout. Mais je lui ai parlé. Personne n'ose verser le sang dans le Temple de la Déesse.

– Alors, je ne suis en sécurité qu'ici, dit Kamil, regardant autour d'elle.

– Oh, vous n'êtes pas obligée de rester dans votre chambre. Les dépendances du temple sont très étendues ; vous pouvez vous y promener librement. En fait, je vais vous les faire visiter. Xris recommande l'exercice.

Kamil accepta, ressentant le besoin de se dégourdir les jambes. Elles sortirent, enfilant des couloirs percés de fenêtres grillagées laissant librement entrer l'air et la lumière. Des clochettes remuées par la brise tintaient doucement. Elles débouchèrent dans un jardin dont la beauté émut Kamil aux larmes. Des montagnes couronnées de neige fermaient le paysage. Dans la vallée, les flèches et les tours de la plus grande ville de Cérès, également appelée Cérès, montaient vers le ciel.

Le temple était à bonne distance de la cité, relié à elle par une large avenue. Le jardin entouré de murs était ouvert sur le ciel, dont aucun arbre ne cachait la vue. On disait que la Déesse aimait regarder et bénir ceux qui s'y promenaient, et que rien ne devait gêner Sa vision. Une impression de paix et de sérénité pénétrait toujours ceux qui y venaient. Kamil la ressentit malgré elle.

Elles marchèrent côte à côte, seules. Les rares personnes qu'elles rencontrèrent s'inclinèrent avec respect devant Astarté, puis s'éclipsèrent par considération pour sa vie privée. Astarté ne parla pas du dernier jardin où elles s'étaient trouvées ensemble, ce dont Kamil lui fut reconnaissante, mais elle ne put s'empêcher d'y penser.

Astarté lui exposait les vertus d'une certaine herbe

poussant au bord des allées, quand Kamil s'arrêta soudain.

– Tout cela, c'est très bien, Majesté, dit-elle, refusant de l'appeler par son nom. Mais regardons les choses en face. Je suis prisonnière. Est-ce ainsi que vous pensez reconquérir Dion ? En vous servant de moi comme otage ?

Astarté attacha sur elle un regard pénétrant.

– Ce que j'ai à vous dire ne sera pas facile à exprimer pour moi, ni à entendre pour vous. Je veux que la Déesse soit témoin de notre conversation. Acceptez-vous ?

– Je... je suppose, balbutia Kamil. Vous savez que je ne crois pas en votre Déesse, ajouta-t-elle, sur la défensive.

– Ça ne fait rien, répondit Astarté en souriant. Elle croit en vous. Venez-vous ?

Kamil n'avait pas le choix, apparemment, pas si elle voulait savoir ce que cette femme avait en tête.

Elles arrivèrent devant un grand arbre enguirlandé de plantes grimpantes. Là, semblait-il, cessait le jardin. A partir de ce point, le sol, couvert d'arbres et de broussailles, montait en pente abrupte. Ecartant un rideau de volubilis, Astarté découvrit un étroit sentier, caché à la vue de quiconque flânait dans le jardin.

– C'est le chemin de la Grande Prêtresse. Il conduit là-haut, à la caverne de la Déesse Sacrée, dit-elle, la lui montrant du doigt. Moi seule ai le droit d'y aller, et ceux que j'y emmène. La montée est rude, mais pas dangereuse, et vous pourrez vous reposer en arrivant. Je vous aiderai dans les endroits difficiles. Donnez-moi la main.

Kamil était hors d'haleine et en sueur quand elles arrivèrent au sommet. La reine était aussi fraîche que si elle s'était promenée dans les couloirs ombreux du temple. Mais elle doit faire cette ascension tous les jours, se dit Kamil avec irritation.

La caverne était grande, sombre, et sentait la roche et la terre humides, l'eau et la fumée, avec, au fond, une statue de la Déesse. Une petite flamme tremblotait sur l'autel.

Laissant Kamil à l'entrée, Astarté alla s'agenouiller devant la Déesse, pria quelques instants, fit une offrande de fleurs, puis revint vers Kamil avec un pichet d'eau rempli à un ruisseau qui traversait la grotte. L'eau était fraîche, et Kamil but avidement. D'ici on voyait tout le territoire du temple, et, loin, très loin au-dessous, la cité déployée sous un ciel radieux. Vue merveilleuse que Kamil ignora.

– Très bien, dit-elle. Je suis là. Je suis votre prisonnière. Vous pouvez me retenir en otage, mais je vous préviens tout de suite que vous n'arriverez à rien.

– Je le sais, dit Astarté. Etant ce que vous êtes, ça ne servirait à rien. Dion ferait tout pour vous sauver, bien sûr. Je crois même qu'il renoncerait au trône. Et cela ne doit pas être. Il est la seule personne capable de maintenir la cohésion de la galaxie. Le chaos dans lequel elle tomberait serait inimaginable. Les Corasiens n'attendent que ce moment. Demandez à Xris le cyborg. Il en revient. Il sait.

– Ce n'est pas vrai, dit Kamil, déconcertée. Dion ne renoncerait pas au trône.

– Vous ne le croyez pas? Que donneriez-vous, *vous*, pour le sauver?

– Ce n'est pas la même chose. Je ne suis rien...

Elle s'arrêta, se rappelant les paroles de Dion. *Quand je n'étais rien, je voulais être quelqu'un. Maintenant que je suis roi, je voudrais de nouveau n'être rien.*

Kamil n'avait pas parlé, mais Astarté semblait entendre ses pensées, ou peut-être les lut-elle sur son visage.

– Vous voyez? dit la reine.

– Il ne le pensait pas. Tout le monde est frustré, parfois. Tout le monde souhaite un changement dans sa vie.

– L'aimeriez-vous s'il n'était rien? dit Astarté.

– Oui, dit Kamil, souriant au souvenir de leur première rencontre, quand il n'était rien, qu'un enfant jouant dans un lac. Je l'aimerais quoi qu'il soit. Mais pas vous.

– C'est vrai, dit Astarté, mais pas pour les raisons que vous croyez. Parce qu'il est roi, je suis reine – rôle que je ne recherche pas par vanité. Je ne l'ai accepté qu'après de longues heures de prière, et parce que c'était le souhait de la Déesse, afin que je puisse la servir mieux – servir les peuples, et travailler à leur bonheur et à la paix. Quoi que vous pensiez de moi, vous devez admettre que j'ai au moins fait cela.

– Oui, reconnut Kamil de bonne grâce, et je l'ai dit

à Dion qui en convient. Vous avez été une reine parfaite, mais pas une épouse parfaite. Il ne vous aime pas ! Vous ne l'aimez pas ! Et vous servir de moi comme objet de chantage n'y changera rien.

– Vous ne comprenez toujours pas, Kamil. Je ne veux pas me servir de vous comme objet de chantage. Dion ne sait pas que vous êtes ici. Et il ne le saura pas. Je ne le lui dirai pas.

– Vous n'en aurez pas besoin. La baronne votre mère se chargera de le prévenir.

– Tant que vous êtes ici, dans la main de la Déesse, ma mère a juré de garder le secret. Je l'ai sévèrement réprimandée pour avoir tenté de vous faire assassiner. Initiative prise derrière mon dos, que je n'avais pas autorisée et que je n'approuve pas. Elle pense toujours à moi comme à sa petite fille. Maintenant, elle est détrompée. Elle sait que je suis sa reine.

– Mais alors, que voulez-vous de moi ? demanda Kamil, déconcertée. Pourquoi suis-je ici ? On va s'étonner, quand je ne rentrerai pas au dortoir, quand je manquerai les cours. Les autorités contacteront mes parents...

– L'Académie a été prévenue que vous rentriez chez vous, pour des raisons de famille. Quant à vos parents, j'ai parlé à votre père et à votre mère. Je leur ai expliqué exactement ce que j'ai fait, et ce que j'avais l'intention de faire, et pour quelles raisons.

– Mon père..., dit Kamil en un souffle.

– Ils m'approuvent, poursuivit gravement Astarté. Ils m'ont donné leur bénédiction.

– Je ne le crois pas.

Kamil, prise d'une faiblesse soudaine, s'appuya à la paroi de la caverne.

– Lui avez-vous jamais demandé ce qu'il pensait de votre liaison illicite avec Dion ? Que vous répondrait-il ? Se conduirait-il ainsi lui-même ? Romprait-il les vœux qu'il a faits d'honorer votre mère ?

– Non. Il aime ma mère, et c'est pourquoi il comprendrait, argua Kamil avec passion. J'aime Dion ! Il m'aime ! C'est ça qui est important.

– Plus important que la stabilité, l'ordre, la paix ? Plus important que la vie d'innombrables peuples ?

– Que voulez-vous de moi ? s'écria Kamil en se détournant, et se trouvant devant les yeux de pierre de la Déesse, fixes et sévères.

– Je veux que, de votre libre volonté, vous déliiez Dion de sa parole. Je veux que vous lui disiez que cette liaison est terminée. Vous devez être ferme. Vous devez le penser. Alors, et alors seulement, il renoncera à vous et me reviendra.

11

Flam donna un banquet en l'honneur de Sagan et de son serment d'allégeance au prince. Pour les honorer, le prince eut la délicatesse se servir leur repas à ses deux aînés – ses mentors et ses conseillers.

– Du vin pour moi, Prince, dit Pantha, tendant son gobelet. Puisque tu insistes pour me servir.

– C'est un honneur, je t'assure, mon cher ami. Un honneur de vous servir tous deux – père et mentor, nouvel ami et conseiller. Et vous, Seigneur ? Vin ou eau ?

– De l'eau, je vous prie, Altesse.

– Pour moi aussi. Je déteste l'alcool, dit Flam, remplissant deux verres. L'alcool émousse les sens, fait perdre tout contrôle sur soi-même.

– En entrant dans les saints ordres, j'ai fait vœu de ne jamais boire d'alcool, dit Sagan, apparemment absorbé dans l'examen d'un plateau de fruits.

Mais, sous ses paupières baissées, il vit Flam et Pantha échanger un regard. Le vieillard dégustait son vin. Flam, qui tenait un morceau de fromage, le posa sans y toucher.

Prenant une pomme, Sagan la frotta sur sa manche.

– Quant à vos vœux, Seigneur, dit Flam, se renversant en arrière, le visage assombri, Pantha et moi avons étudié l'Ordre du Diamant. Nous avons trouvé des références dans certains de ses vieux fichiers. J'y ai appris que les prêtres et les prêtresses qui appartiennent à cet Ordre doivent faire vœu de ne jamais utiliser d'armes de destruction.

– C'est exact, dit Sagan avec calme. A moins qu'ils ne soient prêtres-guerriers, comme moi-même.

– Ah ! dit Flam en s'éclairant. Bien sûr. Cela explique tout. J'ignorais que vous étiez prêtre-guerrier, Seigneur.

– Ils avaient été bannis par Sa Majesté, je crois, déclara Pantha, lorgnant Sagan d'un air soupçonneux.

– Mon ordination avait été gardée secrète. Toutefois, j'ai renoncé depuis au statut de prêtre-guerrier. Mes vœux sont maintenant les mêmes que ceux des autres moines.

– Mais, Seigneur, dit Flam, passant nerveusement d'un pied sur l'autre, le serment que vous m'avez prêté vous délie certainement de ces vœux. Si l'on doit en venir à la guerre – nous espérons tous l'éviter, mais s'il faut s'y résoudre – l'Eglise se rangerait tout naturellement du côté du roi oint. Je dis l'Eglise, mais naturellement, je pense l'archevêque. Lui et mon cousin sont grands amis, je crois.

– Oui. L'archevêque soutiendrait la revendication de Dion, et d'autant plus qu'il connaît la vérité sur la vôtre.

Flam écarta l'argument d'un geste désinvolte.

– Comme convenu, vous vous occuperez de cette affaire. De toute façon, Seigneur, le serment que vous m'avez prêté vous délie de ces vœux. Vous ne devez plus allégeance à cette Eglise, mais à moi.

– Vous vous méprenez, Altesse, dit Sagan avec calme. Je n'ai pas prêté ces vœux devant l'Eglise, mais devant Dieu.

– Seigneur..., dit le prince, fronçant les sourcils.

– Peut-être gagnerions-nous du temps si Votre Altesse me disait exactement ce qu'elle veut de moi.

– J'ai besoin de vous comme conseiller militaire.

– Je peux l'être. Ce n'est pas contraire à mes vœux.

– Comme général, commandant en chef...

– Non, Altesse. Il en est d'autres aussi bien qualifiés.

– J'ai besoin de vous pour amener mon cousin à Vallombrosa. A moi.

– C'est ce que je pensais, dit Sagan, hochant la tête. Et que ferez-vous de lui, Prince ?

– Je ne lui veux pas de mal, dit Flam avec sérieux. Je veux lui parler, le connaître. Et qu'il me connaisse. Je veux qu'il voie par lui-même que, de nous deux, c'est moi le plus qualifié pour régner. Je veux une chance d'éviter la guerre, de le convaincre d'abdiquer en ma faveur.

– Je vous l'ai dit, Dion n'abdiquera jamais, Altesse.

– Je crois que si, dit Flam en souriant. Je crois qu'il n'aura pas le choix.

– Ah, vous avez un plan.

– Je serais un piètre prince si je n'en avais pas. Pardonnez-moi si je ne le discute pas avec vous, Seigneur. Comme vous le dites vous-même, on ne peut pas se permettre le luxe de la confiance...

Sagan inclina la tête, indiquant qu'il comprenait.

– Vous pourriez avoir une entrevue officielle avec lui.

Flam secoua la tête en riant.

– Il ne me laisserait pas approcher à cent années-lumière de sa personne sacrée. Il serait un imbécile de le faire. Et il y aurait la publicité. Je jouerais le rôle du parent inconnu sortant de l'ombre et cherchant la lumière. Quand je paraîtrai dans le soleil, je veux qu'on me voie debout, et non pas prosterné aux pieds de mon cousin. Non, cette entrevue doit être secrète.

– Votre Altesse dispose de ce qui doit être la police secrète la plus efficace de la galaxie, dit Sagan avec froideur. Les créatures de matière noire. Comme vous le dites, rien ne peut les arrêter.

– Ah, vous suggérez que les créatures me livrent Sa Majesté...

– Comme elles m'ont livré à vous, Altesse.

Flam consulta du regard Pantha, qui inclina légèrement la tête.

– Nous y avons pensé, Seigneur. En fait, nous avons fait des expériences en ce sens. De temps en temps, des éléments indésirables sont apparus dans notre population – des criminels, des individus mentalement instables, etc. Les créatures ont été efficaces pour les faire disparaître. Malheureusement, elles n'ont pas l'habitude de manier des formes de vie aussi délicates que nous. Bien des prisonniers ont subi des dommages irréparables.

– Attraper en plein ciel un objet massif, tel qu'un avion spatial, c'est une chose, mais c'en est une autre d'enlever un être humain à sa table. Le choc en a tué plusieurs à lui seul.

– Si le roi voyageait seul... Mais cela n'arrive jamais. Vous, Seigneur, poursuivit le prince en se penchant vers lui, vous êtes le seul à pouvoir pénétrer le cercle d'acier qui entoure le roi. Vous avez entraîné les hommes qui le gardent. Leur véritable allégeance est envers vous.

– Comme vous le dites, je les ai entraînés, remarqua Sagan, et je tuerais de mes propres mains le premier qui manquerait à son devoir envers le roi qu'il a juré de protéger. Et ils me tueraient sans hésiter sur un ordre du roi. Et il l'ordonnerait. Dion se méfie de moi. J'ai été son professeur, comprenez-vous ? Je lui ai enseigné qu'il ne peut pas se permettre le luxe de la confiance. Et s'il est une leçon qu'il a retenue, c'est celle-là, conclut Sagan, ironique.

Flam fut mécontent. Il contint bien sa colère, car il se maîtrisait. Mais, à l'évidence, il n'avait pas l'habitude de voir ses plans contestés.

– Toutefois, il est une personne qui pourrait vous permettre d'atteindre votre objectif, Prince Clairfeu. Une personne en qui il a implicitement confiance – quelque mal placée que soit cette confiance.

– Oui. Qui ?

– Un homme nommé Mendaharin Tusca.

– Tusca, dit Flam. Le nom me semble familier...

Pantha toussa pour attirer l'attention sur lui.

– Mais si, Prince. Tu as vu les rapports. Tusk...

– Ah oui, dit Flam, secouant la tête. Nous l'avons approché. Il n'est pas intéressé. Sa femme est enceinte, je crois. Et il a dit à notre agent qu'il n'est plus l'ami du roi.

– Tusk a menti.

– Continuez, Seigneur, dit Flam, l'air intéressé.

– Ils ne sont plus proches, c'est certain. Ce ne serait guère convenable – un mercenaire et le roi. Dion connaît la valeur des apparences. Mais s'il est une personne dans tout l'univers que Dion considère comme son ami, une personne à qui il confierait sa vie, c'est Mendaharin Tusca.

– Mais, intervint Pantha, l'œil astucieux, si ce Tusca est l'ami de Sa Majesté, il ne servira pas nos desseins.

– J'ai dit que Dion considérait Tusk comme son ami. Je n'ai pas dit que ce sentiment était réciproque.

– Mais ce Tusk doit sa vie au roi !

– Précisément. Combien d'amitiés ont été détruites parce que l'un devait de l'argent à l'autre ? L'emprunteur en vient à haïr le prêteur à cause du pouvoir qu'il a sur lui.

– Si vous avez raison, Seigneur, ce Tusk pourrait être très précieux pour nous, dit Flam, après un nouvel échange de regards avec Pantha. Est-il un moyen de le convaincre de se joindre à nous ?

– Oui, Altesse.

Flam attendit. Sagan garda le silence.

– Ah, je vois, Seigneur, que vous me donnez une leçon, dit Flam avec un sourire entendu. La lame est à double tranchant.

– En effet, Altesse. Toutefois, je vous promets que, dans une quinzaine, Tusk sera devant vous, prêt à exécuter vos ordres.

– Et vous aussi, Seigneur ?

– Certainement, Altesse. C'est un honneur pour moi de vous servir.

– Alors, rien ne pourra m'arrêter !

– Que penses-tu de lui, Prince ? demanda Pantha quand ils furent seuls.

Flam suivait pensivement Sagan du regard.

– J'avoue que je suis déçu. J'attendais un guerrier – un guerrier vieillissant, soit, mais un guerrier quand même. Et je vois un homme brisé, vieux avant l'âge, beaucoup plus vieux que toi, mon ami – en esprit sinon en années. C'est pitoyable, soupira-t-il. On voit encore sa grandeur, par éclairs. Puis elle vacille et s'éteint.

– Comme tu le dis, Prince, Sagan n'est plus ce qu'il était. Il fut prisonnier d'Abdiel pendant des mois. Qui sait ce que le grippe-tête a fait à son cerveau ? Je te vois dubitatif, mais tu n'as pas connu les grippe-tête, dit sombrement Pantha. C'étaient des hommes terribles, mauvais. Tu es redevable à ton cousin d'avoir ôté de ton chemin cet ennemi formidable.

– Et je lui paierai ma dette, tu peux en être sûr, dit Flam en riant. Quand notre « gentil cousin », pour employer une expression de Shakespeare, nous aura donné le trône, il sera libre de faire ce qu'il voudra du reste de sa vie. Prisonnier, bien sûr, mais dans une cage dorée. Peut-être même en viendra-t-il à me remercier. D'après nos espions, sa femme le quittera s'il n'est plus roi. Le cousin Dion pourra alors avoir sa maîtresse. La fille d'Olefsky. Comment s'appelle-t-elle, déjà ?

– Maigrey, Prince. Maigrey Kamil. A ne pas confondre avec Dame Maigrey.

– Voilà une femme que j'aurais aimé connaître – la femme capable de charmer Derek Sagan.

– Elle aussi aurait aimé te connaître quand elle pouvait encore se servir d'une épée, dit une voix dans l'ombre.

Flam regarda vivement autour de lui.
– C'est le vent, Prince, dit Pantha.
– Alors, le vent a une langue. J'ai entendu des mots.
Flam se tut, prêtant l'oreille.
– C'est passé, n'en parlons plus, dit-il. A propos de Sagan, crois-tu que je puisse lui faire confiance, mon ami ? Pour autant que je fasse confiance à quelqu'un, ajouta-t-il en souriant.
– Je le crois, Prince. Si le roi le condamne à l'exil, Sagan sera heureux de s'allier avec celui qui le libérera. Ta proposition de commandement lui a plu, c'était évident. Et qui sait ? Tu lui rendras peut-être sa grandeur. Il nous sera peut-être très précieux. L'affaire Tusca sera le test.
– Oui, Tusca nous faciliterait les choses. Mais, bien sûr, nous continuerons à mettre en œuvre notre autre plan – à tout hasard. La reine est sur Cérès, m'as-tu dit ?
– Oui, Altesse. Elle a quitté la planète pour un bref voyage avec le cyborg Xris. Nos gens ont tenté de les suivre, mais le cyborg sait repérer les filatures.
– Filatures ? La reine ne connaît pas l'existence de nos espions, au moins ? demanda Flam.
– Non, Altesse. Mais nos gens semblent être tombés au milieu d'une intrigue privée. Toutefois, Sa Majesté est maintenant de retour sur Cérès, bien à l'abri dans le temple. Son retour au palais semble peu probable dans un avenir rapproché.
– Comme dit Sagan, reprit le prince, c'est dommage de ne pas pouvoir utiliser les créatures de matière noire comme police secrète. Quels espions ils feraient ! Invisibles, silencieux. Nous pourrions leur faire surveiller Sagan.
– Oui, mais à quoi bon ? Autant envoyer un humain espionner une ruche. Les créatures de matière noire ne comprennent pas notre langage. En fait, elles n'ont de nous qu'un concept très limité en fait d'êtres sensibles. N'oublie jamais, Flam, que ces créatures n'ont pas d'attachement pour nous. Elles nous utilisent, nous les utilisons – c'est une alliance de convenance mutuelle, rien de plus.
– Je m'incline devant ton jugement, mon ami, dit Flam, haussant les épaules. Et maintenant, je dois retourner à l'alcazar. Je m'en suis absenté trop longtemps. Veux-tu rester ici jusqu'au départ du Seigneur de la Guerre, pour superviser le démontage de cette tente ?

– Certainement. Et cela fait, je te rejoindrai.

Flam pressa la main du vieillard.

– Merci, mon ami. Ton aide m'a été d'une valeur inestimable.

Pantha, manifestement heureux et touché, serra la main du jeune homme. Flam sortit de la tente d'une démarche pleine d'assurance.

LIVRE III

Donne-moi la couronne.
Ici, cousin, prends la couronne. Ici, cousin,
De ce côté, ma main, de l'autre, la tienne.
Et la couronne est comme un puits profond
Et pourvu de deux seaux, se remplissant l'un l'autre,
Le vide dansant toujours dans l'air;
L'autre, en bas, invisible à la vue et plein d'eau.
Le seau d'en bas plein de larmes, c'est moi,
Abreuvé de douleurs tandis que tu t'élèves.

William Shakespeare, Richard II, *acte IV, scène 1.*

Donnez-moi la couronne.
Ici, prends la couronne. Ici, cousin,
De ce côté ma main, de celui-là la tienne,
Cette couronne d'or est comme un puits profond
Où se tiendraient deux seaux, se remplissant l'un l'autre,
L'un plus vide, et dansant constamment dans les airs,
L'autre en bas, invisible au regard et plein d'eau.
Le seau d'en bas, et plein de larmes, c'est moi-même,
Buvant la coupe amère tandis que tu t'élèves.

William Shakespeare,
Richard II, *acte IV, scène 1, 181-189.*

1

La porte-moustiquaire claqua.

– Tusk ! Où es-tu ? Tusk ! cria Nola.

– Je donne son bain au petit, répondit la voix de Tusk, accompagnée d'un « plouf ».

Nola jeta sur la table ses achats d'épicerie, et se dirigea vers la salle de bains, à l'autre bout de la maison. A la porte, elle s'arrêta pour reprendre son souffle.

– Ouais, quoi ?

Assis par terre, Tusk ruisselait d'eau. Assis dans la baignoire, le jeune John leva un petit seau, et, avec un sourire triomphal à sa mère, le vida sur la tête de son père.

– C'est pas possible, y a du dauphin chez ce môme !

– Tusk ! dit Nola, lui saisissant le bras et le pinçant pour souligner la gravité de ce qu'elle allait dire. Je me suis arrêtée au magasin... j'avais besoin de lait pour midi...

– Ouais ? Et alors ? John, s'interrompit Tusk, regardant son fils, je t'ai déjà dit... Regarde le bordel que tu fais.

– Tusk, c'est Link ! insista Nola. Il s'est embarqué dans une partie de poker. Il joue gros jeu. (John, ton père t'a dit d'arrêter.) C'est Rozzle qui me l'a dit. Il a essayé d'appeler, mais comme le téléphone est coupé... Link a perdu, m'a dit Roz. Un paquet.

– Dis-moi plutôt du nouveau ! grogna Tusk.

Attrapant une serviette, il se mit à éponger le sol.

– Link a parié l'avion, Tusk. Sa moitié, dit Nola.

Tusk se figea, sa serviette à la main, l'eau dégoulinant par terre. Il fixa Nola, assommé.

– C'est vrai, dit-elle d'une voix morne. Roz dit qu'il a essayé de le retenir le plus longtemps possible, mais il est peut-être déjà trop tard. Tu ferais bien de te grouiller.
– Le salaud ! s'exclama Tusk, jetant sa serviette.

L'Auberge Rare était un bar-motel situé près de l'astroport, principalement fréquenté par des voyageurs de commerce, des pilotes commerciaux en escale, et des pilotes privés en mal de distractions. Ce que fournissait l'Auberge Rare, sous forme d'alcools et de repas bon marché, de chambres de propreté et de prix raisonnables, et d'un casino – seule source de bénéfice du propriétaire.

Celui-ci, Rozzle Dozzle, grand et filiforme, était l'un des hommes les plus riches de la ville. C'était un patron correct et un bon voisin, de sorte que s'il avait quelques tables truquées, ou plumait quelques étrangers de passage, personne en ville ne s'en formalisait outre mesure. Les indigènes savaient quelles tables éviter. Rozzle était coulant pour les ardoises, et il veillait à renvoyer ses habitués avant qu'ils ne soient complètement ivres. Tout le monde l'aimait bien, et il pouvait dire, à deux décimales près, combien d'argent il avait gagné dans sa vie.

Tusk entra comme une fusée, sauta par-dessus le comptoir de la réception, manquant renverser le réceptionniste ahuri, et se rua dans le bureau de Rozzle.

– Où est-il ? hurla Tusk.

– En haut, dit Rozzle, montrant l'escalier du pouce. J'ai fait ce que j'ai pu. Mais tu sais comment il est quand il a bu. Et Banquo payait le tord-plongeon comme si on allait en arrêter la fabrication.

– Link est là-haut ?

– Ouais. Tape deux coups. La Rouquine te fera entrer. Et fais attention à ce Banquo. Pour le moment, c'est lui le grand gagnant.

– Banquo ? grimaça Tusk. Je le connais ?

– Non. C'est un nouveau. Arrivé hier soir. Il paie pas de mine, mais j'ai dans l'idée qu'il va faire des embrouilles.

Tusk hocha la tête et se dirigea vers l'escalier.

Rozzle le suivit des yeux et branla le chef.

– Tusk, mon pote, tu vas faire connaissance avec ton nouvel associé.

Tusk frappa deux coups. La femme de Rozzle, connue sous le nom de la Rouquine – aussi petite et ronde qu'il était grand et maigre – et l'un des meilleurs croupiers du métier – ouvrit la porte.

La salle était enfumée et sentait la sueur rance. Le soleil filtrait par les fentes du store. Une ampoule nucléaire éclairait le tapis vert d'une lumière dure.

– La partie est finie, Tusk. Désolée, dit la Rouquine.

Inutile de demander qui était le perdant. Link était affalé, coudes sur la table, tête dans les mains. Traversant la salle, Tusk prit son ex-associé par l'épaule et le secoua.

– Qu'est-ce que tu as fait, bon Dieu ?

– Eh, pas de pétard, dit la Rouquine en approchant.

– Alors, sors-le de là en vitesse ! gronda Tusk.

– Allons, viens, ballot, roucoula-t-elle, le mettant sur pieds d'une main experte et guidant ses pas chancelants vers la porte.

Deux autres joueurs, l'air pas trop heureux eux-mêmes, regardèrent Tusk et s'éclipsèrent. Le gros gagnant resta, rassemblant devant lui jetons, aigles d'or et billets.

C'était un obèse au visage empâté et vulgaire, couvert d'une barbe de plusieurs jours. Ses petits yeux de cochon disparaissaient presque sous la graisse. Mais ces yeux, quand il les fixa sur Tusk, étaient remarquablement rusés et calculateurs. Il avait dû être impliqué dans un terrible accident ou naître avec de sérieux handicaps, car il ne pouvait pas marcher et se déplaçait dans ce qu'on appelait communément une aérochaise – fauteuil roulant sophistiqué sur coussins d'air. Il n'avait l'usage que d'un bras et d'une main, apparemment, car c'était cette main qui raflait ses gains et les mettait dans un sac suspendu à un accoudoir du fauteuil. L'autre main était immobile, attachée au-dessus d'un clavier d'ordinateur encastré dans l'autre accoudoir. La tête soutenue par une minerve, il ne pouvait pas la bouger, et, pour regarder quelqu'un, était obligé de tourner son fauteuil, mouvement qu'il exécutait à une rapidité surprenante. Les doigts – étonnamment longs et fins par rapport au reste du corps – volèrent sur le clavier. Une voix synthétique s'éleva.

– Vous êtes Tusk, je suppose ?

– Ouais, c'est moi, dit Tusk, lugubre.

– Je suis votre nouvel associé, Tusk, dit la mécanique. Lazarus Banquo.

Tusk regarda l'obèse hilare, décida que la vue ne lui plaisait pas et détourna les yeux.

– Je dirais pas que je suis enchanté de vous connaître.

– Non, je suppose, dit Banquo, avec une sorte de gargouillement qui était peut-être un gloussement.

Il portait des vêtements de prix, mais qui n'avaient pas dû être lavés depuis un bon bout de temps, à en juger par les taches ornant sa chemise et sa cravate. Et, à en juger par l'odeur, il ne devait pas se laver lui-même très souvent.

Tusk fit quelques pas vers la fenêtre.

– Ecoutez, je serai franc avec vous. Vous n'avez pas touché le gros lot. Notre business décolle à peine...

– J'apprécie le jeu de mots ! gargouilla Banquo.

– Content que vous ayez le sens de l'humour. Bref, les affaires ne sont pas brillantes. On a des dettes, et maintenant, sans un copilote... Parce que vous ne voulez pas...

– Hors de question. Le capital, c'est tout ce qui m'intéresse. Liquider pour du cash. Rien ne vaut le cash, rien ! dit Banquo, serrant son sac de fric de sa bonne main.

– C'est ce que je craignais. Je ne peux pas vous payer tout de suite, mais par mensualités...

– Proposition honnête, Tusk, mais qui ne me convient pas. Il est un consortium sur la planète... bon, je ne vous dirai pas où... mais qui serait prêt à me payer ma moitié cent mille aigles d'or dans la minute. La minute ! Naturellement, où va ma moitié la vôtre va aussi. Mais ils accepteraient sans doute de vous verser la même somme.

– Cent mille... Vous êtes dingue ? dit-il, foudroyant le monstrueux obèse. Ça vaut cinquante, cent fois plus !

– Alors, payez-moi ! dit Banquo, son sourire enterré sous la graisse, ses yeux de cochon soudain froids et menaçants. Payez-moi ma part, et disons-nous adieu.

– Espèce de salaud ! Vous avez saoulé Link et vous avez triché. Je parie que les cartes étaient...

– Allons, mon cher, pas de paroles que vous regretteriez. Nous sommes, semble-t-il, dans une impasse. Malgré le sage jugement de Salomon, nous pouvons difficilement couper l'avion en deux. Toutefois, je commence à apercevoir une solution. Accompagnez-moi à ma suite où nous pourrons parler en paix.

« Ça me rend nerveux d'avoir tant de liquide sur moi, poursuivit l'obèse, serrant le sac sur son cœur. J'ai vu plusieurs individus patibulaires dans cet établissement.

– Regarde-toi dans la glace, dit Tusk entre ses dents.

Banquo activa les jets d'air comprimé, son fauteuil se souleva du sol et l'emporta hors de la salle. Tusk suivit ; il n'avait guère le choix.

– Non que je sois sans défense, mon ami, dit Banquo de sa voix mécanique, tapotant son accoudoir, et Tusk réalisa que c'était en fait un fusil à rayon. Contrôlé par ordinateur. Je n'ai qu'à presser ce bouton. Ça tire devant et derrière. Dispositif de mon invention.

Tusk répondit d'un grognement. Ils enfilèrent le couloir jusqu'à l'ascenseur. Etre tassé dans la cabine exiguë avec Banquo ne fut pas une partie de plaisir. Tusk retint sa respiration tant qu'il put, et se félicita de n'avoir à monter qu'un étage. Les portes s'ouvrirent. Le fauteuil bourdonna dans le couloir. Ils ne dirent pas un mot jusqu'à la porte de Banquo, qui prit la clé dans sa poche et la tendit à Tusk.

– Si vous voulez avoir l'obligeance ? Mon serviteur m'a quitté, le misérable ingrat. Abandonné sur cette affreuse planète. Entrez, je vous prie.

Banquo entra en vol plané dans ce que Rozzle baptisait « salon », à cause d'un canapé et d'un fauteuil défoncé.

– Fermez, s'il vous plaît, Tusk. Regardez d'abord s'il n'y a personne dans le couloir. Tout cet argent. On n'est jamais trop prudent. Si vous voulez sceller la porte...

Tusk jeta un coup d'œil dans le couloir, annonça qu'il était vide, puis referma la porte et activa la serrure.

Banquo avança son fauteuil jusqu'à la porte de la chambre, s'arrêta, l'air nerveux.

– Voudriez-vous avoir l'obligeance de vérifier s'il n'y a personne, Tusk ? Quelqu'un pourrait être entré en mon absence. L'une des tâches de mon domestique est de visiter chaque pièce avant que j'y entre.

Tusk hésita. Il avait la nette impression que la « solution » de leur « problème » allait être sa métamorphose de pilote spatial en domestique. Et il était prêt à dire à Banquo d'emporter sa moitié de Cimeterre et de la vendre à la casse. Bon sang, ce n'était qu'un avion ! Et il y en avait des douzaines d'autres dehors. Il prendrait un boulot régulier pendant deux ans, économiserait... Et quant à XJ, ce serait bien fait pour sa grande gueule !

Tusk entra dans la chambre, l'inspecta à contrecœur.

– Rien à signaler, bougonna-t-il. Vous pouvez entrer.

– Excellent, dit Banquo, entrant avec son fauteuil. Si vous voulez m'excuser un moment, j'ai à m'occuper d'une affaire personnelle, ajouta-t-il, tapotant son sac. Ne vous offensez pas si je scelle la porte. J'ai confiance en vous. Mais l'argent c'est toujours de l'argent, et dans votre situation, la tentation serait peut-être la plus forte.

Tusk le foudroya du regard, très tenté de lui dire où il pouvait se mettre son sale fric. Mais il ravala ses paroles.

– Servez-vous à boire, cria Banquo de la chambre. Et regardez par la fenêtre. Hier, j'ai repéré des voyous qui la surveillaient. Et vérifiez qu'elle est fermée et verrouillée.

Debout au centre du salon, Tusk se dit qu'il devrait filer sans demander son reste. Il n'avait jamais été aussi démoralisé, même quand lui et Nola étaient encerclés par des têtes-mortes et des Corasiens et que le Cimeterre refusait de décoller.

– Sur le moment, je l'aurais vendu des haricots, cette saloperie d'avion. Il a failli me faire tuer. Autant le laisser à ce salopard. Qu'est-ce que ça peut me faire ?

Il s'approcha quand même de la fenêtre, sans doute verrouillée depuis vingt ans. Il entendit la porte s'ouvrir.

– Ça va, monsieur Banquo. Merde, s'il y a un mec assez dingue pour être dehors à cette heure du...

Il se retourna. Derek Sagan sortait de la chambre.

Heureusement que la fenêtre était fermée, sinon Tush serait tombé dehors du deuxième étage. Malgré ça, il tituba en arrière, se cognant violemment dans le store qui faillit lui descendre sur la tête. Le souffle coupé, il avait la poitrine comme serrée dans un étau.

– Vous êtes mort ! dit-il d'une voix sifflante.

– Pas tout à fait, dit Sagan, s'avançant, main tendue.

Tusk fit une respectable tentative pour grimper au mur. Quand Sagan lui saisit le bras, il s'écria :

– Non ! Ne me...

Il s'attendait à sentir une main glacée de cadavre l'entraîner dans une crypte de marbre blanc. Mais la main était tiède, la prise ferme. Il frissonna, ouvrant et refermant la bouche sans émettre un son.

– En chair et en os, dit Sagan, le jetant dans le fauteuil. Tiens, bois ça, ajouta-t-il, remplissant un verre qu'il lui mit dans la main.

Tusk faillit le lâcher, mais se ressaisit et le vida d'un trait. Il ne savait pas ce que c'était, mais le liquide lui brûla la gorge et le calma, même s'il était encore en pleine confusion. Il se remit à respirer, décidant qu'il n'aurait peut-être pas un arrêt cardiaque, juste une attaque d'apoplexie.

– Où est Ban-Banquo ? bredouilla-t-il.

Sagan regarda la porte ouverte de la chambre d'un air significatif. Tusk, suivant son regard, vit le fauteuil vide, une pile de fringues et de rembourrages, et un masque de plastipeau sur le lit. Il regarda Sagan... et comprit.

– Nous devons discuter d'affaires importantes, Tusk.

– En partenaires..., dit Tusk.

Sagan alla regarder dehors. Il était en pantalon de treillis, torse nu. Tusk regarda distraitement ses cicatrices.

– Oui, partenaires, dit Sagan. Ça tombe bien, non ? Parce que c'était *mon* Cimeterre à l'origine. Je rachète mon propre bien volé.

– C'était un coup monté ! Vous avez filouté Link... exprès.

– Exact, dit Sagan, s'asseyant au bord du bureau. Assieds-toi. Nous avons à discuter.

– Qu'est-ce qui se passe ? Pourquoi ce déguisement ? Dion est au courant ? Ça a quelque chose à voir avec Dion ?

– Oui. Ça a tout à voir avec Dion. Tu vas aller au palais, Mendaharin Tusca, et enlever le roi.

Tusk en resta bouche bée, puis éclata de rire.

– Quelle est la chute ? demanda-t-il.

– Ce n'est pas une plaisanterie, dit Sagan. Je suis mortellement sérieux. Crois-tu que c'est pour m'amuser que j'ai porté ce déguisement pendant des jours ? Allons, Tusca, tu étais prêt à te faire l'esclave de M. Banquo pour garder ton avion bien-aimé. A la place, c'est à moi que tu obéiras. Ou alors, paie-moi ce que tu me dois.

– Vous savez bien que je ne peux pas, dit Tusk, bondissant sur ses pieds. Vous le saviez quand vous avez concocté votre coup. Encore vos sales ruses. Parce que vous voulez la couronne pour vous. Je n'en suis pas. Je ferai d'abord sauter ce maudit avion. Et je me ferai sauter avec. Allez au diable ! *Retournez* au diable ! dit-il, se dirigeant vers la porte.

– C'est exactement ce que je voulais t'entendre dire.

Tusk s'arrêta, se retourna.

– Qu'est-ce que ça veut dire ? demanda Tusk.

– Sa Majesté court un péril mortel. Ensemble, nous pouvons le sauver. Mais le jeu sera dangereux.

Sagan semblait sincère, Tusk dut le reconnaître. Il tira de sa poche une disquette qu'il mit dans la main de Tusk.

– C'est le titre de propriété de ma moitié de Cimeterre. Il t'appartient. Prends-le, et sors par cette porte. Je ne t'arrêterai pas. D'ailleurs, je doute que je le pourrais. Je ne suis plus ce que j'ai été.

Tournant le dos, il alla regarder par la fenêtre.

– Mon œil, marmonna Tusk, faisant sauter le disque.

Il le reconnaissait. C'était bien le titre. Le Cimeterre était tout à lui. Il pouvait sortir par cette porte sur-le-champ. Sauf qu'il savait qu'il ne le ferait pas, et il savait aussi que Sagan savait.

– Bon. Si on fait ça pour Dion, il doit vous avoir donné quelque chose pour que je sache qu'il est d'accord. On a un code entre nous, vous comprenez...

L'étoile. La boucle d'oreille en forme d'étoile à huit branches. Le père de Tusk la lui avait donnée pour lui rappeler un vœu – répondre à l'appel d'une monarchie en exil. Il avait répondu à cet appel, à contrecœur, mais il y avait répondu. Cet appel avait changé sa vie. Il avait donné l'étoile à Dion la dernière fois qu'ils s'étaient vus.

Si tu as jamais besoin de moi, avait dit Tusk.

– Ce n'est pas Dion qui m'envoie. Il ignore cette affaire et doit continuer à l'ignorer. Ça fait partie du jeu. Ils m'envoient pour te recruter. C'est mon...

– Qui, « ils » ?

– Tu n'es pas idiot, Tusca, dit Sagan, irrité. Je n'engage pas les idiots, et autrefois, même si j'ai manqué de jugement, je t'ai engagé. « Ils », qui est-ce, à ton avis ?

– Cette bande qui se fait appeler la Légion Fantôme ? Faut dire que le nom est bien choisi. Ils ont été vous déterrer chez les morts ! Alors, c'est les mecs de la Légion Fantôme qui *vous* envoient *me* chercher ?

– C'est mon idée, quoique je leur aie fait croire que c'était la leur. Tu vas t'allier aux ennemis de Dion, Tusca. Tu dois convaincre Dion que tu es un traître.

– Ouais, et c'est peut-être vous le traître ! Ça ne me plaît pas. Comment voulez-vous que j'aie confiance ? Vous avez fait assassiner mon père. Vous avez failli me tuer...

Il s'interrompit, pensant soudain qu'il pourrait peut-être glaner quelques renseignements pour Dixter.

– Ecoutez, Seigneur, si vous me donniez plus de détails, je pourrais peut-être décider par moi-même.

Sagan ne se retourna pas. Il secoua la tête.

– C'est super, dit Tusk. Vous vous méfiez de moi. Et moi, je me méfie de vous, ça c'est sûr...

– Il ne s'agit pas de ça, Mendaharin Tusca, l'interrompit Sagan, regardant toujours par la fenêtre. Tu as une femme qui est enceinte, un fils. Je suppose que tu ne veux pas les mêler à ça. Mais, poursuivit-il, baissant la voix, certains pensent que tu en sais déjà trop. Viens ici.

Tusk hésita, puis le rejoignit à la fenêtre.

– Regarde dehors, dit Sagan. Cette femme qui s'évente, assise devant l'épicerie. Tu la connais ?

– Non, dit Tusk. Mais ça ne veut rien dire. Ici, on a des touristes à la pelle...

– Elle, elle te connaît. Elle t'a suivi.

– Depuis chez moi ?

– Oui. Ils te surveillent depuis une semaine.

– C'est votre faute, dit Tusk, accusateur.

– C'est ta faute. Parce que tu es devenu l'ami d'un garçon de dix-sept ans et que tu l'as aidé à devenir roi.

Tusk reporta son regard sur la femme. C'était bizarre de s'asseoir là au milieu de la journée.

– Ça veut dire que je suis dans le coup, que ça me plaise ou pas.

– Ce n'est pas sûr, dit Sagan, haussant les épaules. Ils t'oublieront peut-être... oublieront ta femme et ton fils...

– Tout est arrivé trop vite. J'ai besoin de temps...

– Nous n'avons pas le temps, dit Sagan. Ils te surveillent. Je ne crois pas qu'ils ont percé à jour le déguisement de Banquo, mais ça ne tardera pas. Et alors, ils me surveilleront aussi. Cette pièce est la seule où nous puissions parler sans être entendus.

– Il y a le Cimeterre...

Sagan secoua la tête.

– Parce qu'ils ont posé des micros ? C'est dingue !

– Tiens ? dit Sagan, haussant un sourcil. Réfléchis. Avez-vous eu des clients ces deux dernières semaines ?

Tusk s'efforça de réfléchir, avec l'impression qu'il s'enfonçait de plus en plus dans des eaux noires.

– Non. Les affaires ne sont pas brillantes, dit-il, lugubre. Bon sang ! Attendez une minute. Ils ont décidé qu'on n'était pas ce qu'ils cherchaient, mais ils sont montés à bord, ont zieuté partout... Merde ! Si vous avez raison, je suis déjà dans le pétrin jusqu'au cou. Et je maintiens toujours que c'est vous le responsable.

Sagan ne fit pas de commentaire. Le sourire qui tiraillait les commissures de ses lèvres n'éclaira pas ses yeux.

Tusk tourna les talons, se dirigea vers la porte. Il avait la main sur la poignée quand Sagan parla.

– Si tu rentres chez toi, ils vous enlèveront, toi, ta femme et ton fils. Mais si tu sors maintenant avec Lazarus Banquo, nous pouvons monter dans le Cimeterre et être hors-planète avant qu'ils réalisent ce qui s'est passé. Et là, tu pourras prévenir ta femme d'aller se mettre en sûreté.

2

– Ouvre, XJ ! brailla Tusk, tambourinant sur le sas. Grouille ! Je vais frire au soleil !

Le sas s'ouvrit lentement. Tusk dégringola l'échelle. A l'intérieur, il faisait noir et chaud comme dans un four.

– Tusk, c'est toi ? dit une voix irritée, comme de quelqu'un tiré de sa sieste.

– Mets la clim, bon sang ! dit Tusk, s'épongeant le front de sa chemise. On va fondre !

– Si tu crois que je vais gaspiller du fioul...

– La ferme, et exécution, gronda Tusk, pas d'humeur à discuter. Nous avons un... un nouveau partenaire...

– Quoi ? glapit XJ.

– Tu m'as bien entendu, dit Tusk regardant autour de lui, sachant qu'il ne repérerait pas les micros, mais essayant quand même. Link a perdu sa part du Cimeterre au poker. Le nouveau propriétaire veut aller faire un tour. Alors, prépare-toi au décollage. Et pendant que tu y es, ajouta-t-il, d'un ton qu'il espérait naturel, fais les vérifications de routine pour les micros cachés...

– Nouveau propriétaire ! Link qui perd ! Des micros ! grésilla et crachota XJ avec incohérence, ses circuits en surcharge. Il n'y a pas de micros dans *mon* avion...

– Des micros espions, imbécile en manque de RAM, dit Tusk d'une voix sifflante, penché sur la console. Passe le *programme de routine !*

– Le programme de routine ? Quel programme...

Tusk donna une tape sèche sur la console.

– Oh, celui-là ! dit XJ, ses voyants clignotant rageusement. Pourquoi tu le disais pas ? Je ne trouverai rien... nom de Dieu !

Tusk grogna. S'affalant dans son fauteuil, il se prit la tête dans les mains.

– Tu veux que je t'en débarrasse ? dit XJ, assagi.

– Non, je veux les garder en souvenir !

– Dis donc, nous ne sommes pas de bonne humeur aujourd'hui, dit XJ d'un ton hautain.

Silence, puis XJ annonça :

– Tout est en ordre. Qui les a posés... Au nom de ma ROM, qu'est-ce que tu fabriques ?

Tusk se contemplait dans un panneau d'acier, se tirant sur la peau.

– Je crois que je le suis, dit-il.

– Suis quoi ? Dingue ? Ouais, j'aurais pu te le dire...

– Non. Ma peau. Je crois qu'elle est devenue blanche, dit Tusk, le nez sur le panneau.

– Tu pourrais essayer de parler sensément ? demanda XJ avec irritation. Qu'est-ce qui est arrivé à l'avion ? Qui est le nouveau propriétaire ? Un cerveau, j'espère !

– J'ai entendu parler de ça, dit Tusk, examinant ses mains. Après un choc, certains ont les cheveux qui deviennent tout blancs du jour au lendemain...

– Les *cheveux* deviennent blancs ! Les cheveux ! Pas la peau, débile. Qu'est-ce qui est arrivé à l'avion ?

– Link a joué au poker..., commença Tusk.

– C'est lui ? l'interrompit XJ, choqué.

– Qui ?

– Le nouveau propriétaire. Dehors. Incroyable...

– Allume la caméra, dit Tusk, nerveux.

Une image apparut sur le vidécran. Lazarus Banquo traversait le tarmac dans son aérochaise.

– Ouvre la soute, dit Tusk, se levant d'un bond. On va le monter à bord par là.

– Dois-je sortir le treuil ? demanda XJ, sarcastique.

– Bel avion, très bel avion, dit Banquo, se frottant les mains en faisant le tour du propriétaire. Je vois que vous lui avez apporté des améliorations...

– On s'est occupés des micros, l'interrompit Tusk. Vous pouvez... euh... vous mettre à votre aise.

Sans attendre la réponse, il retourna dans le cockpit faire les vérifications d'usage. Au-dessus de lui, il entendait le bruit d'un ballon qui se dégonfle.

– Nous serons prêts à décoller dans environ trente minutes. Désolé que ce soit si long, mais j'avais fermé tous les systèmes pour économiser le carburant...

– Idée à moi, monsieur, intervint XJ d'un ton doucereux. Vous constaterez bientôt que nous avons une gestion extrêmement efficace, monsieur... Je crois que nous n'avons pas été présentés. Qui est ce monsieur, Tusca ?

Il envoya une petite décharge dans les doigts de Tusk.

– Aïe ! dit Tusk, retirant vivement sa main. Pourquoi ne vas-tu pas te présenter à notre nouvel ami ? ajouta-t-il d'un ton suave.

– Tout de suite ! dit XJ, sautant dans sa girafe.

Agitant ses petits bras, la girafe sortit du cockpit et entra dans le séjour. Tusk se leva pour regarder.

– Comment allez-vous, monsieur ? Je suis XJ, et en réalité, c'est moi qui pilote...

Les voyants clignotèrent, affolés. La girafe émit un *bip* étranglé, puis, avec un étrange gargouillement électronique, elle s'écrasa sur le pont dans un bruit sourd.

Tout s'éteignit. La ventilation et l'air conditionné s'arrêtèrent. Tusk chercha une lampe nucléaire à tâtons, l'alluma, grimpa l'échelle et balaya le pont de son rayon.

Sagan était debout, la girafe à ses pieds, qui roulait de droite et de gauche, puis s'immobilisa lentement.

– Mon Dieu, dit Tusk, alarmé. Je crois que vous l'avez tué.

Le Seigneur de la Guerre sourit.

– Si c'est le cas, j'ai un FNBC 67 dans ma Roquette du Peuple. Nous pouvons effectuer le transfert...

Les lumières se rallumèrent, s'éteignirent, revinrent à la vie, s'assourdirent, mais l'ordinateur tint bon. L'air recommença à circuler dans la cabine.

– Où... où suis-je ? dit XJ d'une voix mourante.

– Si nous en avons fini avec ce cinéma, et s'il y a de l'eau, je vais prendre une douche, dit Sagan, décollant la plastipeau de son visage.

– Il... il y a de l'eau, Sei-Seigneur, bredouilla XJ, des ratés dans son audio.

Sagan se dépouilla des derniers vestiges de Lazarus Banquo, puis se tassa dans la petite cabine de douche.

Tusk, s'efforçant de garder son sérieux, retourna dans le cockpit, la girafe sur les talons.

– Pourquoi tu ne m'as rien dit ? siffla XJ. J'aurais pu faire un court-circuit ! Je crois que j'ai dû griller deux processeurs ! C'était... c'est... Derek Sagan ?

– Oui, dit Tusk, actionnant des manettes.

– Vivant ? dit XJ, ses voyants clignotant nerveusement. Je veux dire... tu l'as vu, non ?

– Aussi vivant que moi, dit Tusk. Peut-être plus. Sa vue a failli m'envoyer six pieds sous terre.

– Il a gagné l'avion à Link ? Sagan... nous possède ?

– Chut ! Parle pas si fort. On peut dire qu'il nous possédait depuis le début, marmonna Tusk.

Entendant l'eau qui commençait à couler, il respira.

– C'est ta faute, dit XJ d'un ton lugubre. J'en suis sûr. Qu'est-ce qu'il te veut ?

– *Nous* veut, rectifia Tusk. Tu te rappelles cette histoire de Légion Fantôme ?

– La Légion Fantôme, dit XJ, ses voyants s'avivant. Ils nous ont offert un bon boulot. Bien payé...

– On aura de la veine si on vit assez pour encaisser le chèque. Je ne sais pas grand-chose du marché. Il n'a pas voulu me donner de détails, dit Tusk, regardant nerveusement la porte de la douche. Mais ça a à voir avec Dion. Le petit court un danger quelconque et...

– De la part de Sagan ?

– Bon sang, tais-toi, tu veux ? dit Tusk, couvert de sueurs froides. Non, pas de la part de Sagan. Enfin, c'est ce que dit Sagan. Je voudrais bien savoir ce qui se passe !

– Alors, qui a mis des micros dans l'avion ? Sagan ?

– Non, dit Tusk. C'est lui qui m'a averti. Je ne sais pas qui exactement, mais j'ai ma petite idée...

– La Légion Fantôme.

– C'est forcé. Ils m'ont posé des questions sur Dion. Je croyais les avoir convaincus qu'on était brouillés, mais ou ils ne m'ont pas cru, ou...

– Ou quoi ?

– Ou Sagan les a convaincus du contraire.

– Parce que tu peux aider Dion ?

Tusk garda le silence un moment, puis après un nouveau regard à la porte de la douche, il dit tout bas :

– Peut-être parce que je peux *approcher* Dion. Je sais que si j'étais Dion, je ne laisserais pas Sagan m'approcher à une année-lumière.

– Tu crois que Sagan prépare une entourloupe pour le plus grand gogo de la galaxie ? Dans ce cas, il a frappé à la bonne porte.

– C'est ce que j'ai pensé d'abord. Une partie de moi le croit toujours, mais une partie ne le croit pas. Tu as vu le déguisement qu'il a concocté pour éviter d'être repéré lui-même. Il l'a trompé...

– Moi, j'ai toujours su qui il était, protesta XJ. A la seconde où il a paru sur l'écran. Je vous faisais marcher...

Tusk ne releva pas et poursuivit :

– Et qui sait depuis quand il vivait sous ce déguisement ? Tous ces rembourrages doivent peser une tonne. Et il devait rester dans ce fauteuil pendant des heures de suite, sans bouger, le visage couvert de plastipeau...

– Ouais, je suis en larmes, dit sèchement XJ. Bon alors, quelle est son histoire ?

– D'après ce que je crois comprendre, Dion court un danger de la part de cette Légion Fantôme. Nous allons nous allier à eux, jouer leur jeu, pour sauver Dion à la fin. Enfin, c'est ce que je *crois* qu'il a en tête. Il ne m'a pas dit grand-chose.

– Agent double. *Voilà* un bon changement de carrière ! Si un camp te rate, l'autre ne te loupe pas. Et tu as accepté ? Ça ne me plaît pas.

– Tu ne me vois pas danser de joie non plus, non ? Mais j'ai fait un plan en venant ici, dit Tusk, avec un nouveau regard à la porte de la douche. Je fais semblant de travailler pour Sagan, je le garde à l'œil, je découvre ce qui se trame. Si quelque chose me paraît louche... je suis en position d'avertir Dion. Comme je vois les choses, je fais semblant de travailler pour Sagan, faisant semblant d'être contre Dion, alors que tout le temps je travaillerai pour Dion, faisant semblant de travailler pour Sagan, faisant semblant d'être contre Dion.

– Tu appelles ça un plan ?

– Oui.

– Pas moi. Appelle plutôt ça Faisons-Semblant-de-Croire-qu'il-y-a-une-Vie-Intelligente-dans-cet-Avion.

L'eau de la douche gargouilla, crachota, s'arrêta.

– Je pourrais envoyer un message à Dixter, dit XJ, d'une voix presque inaudible. Sagan n'en saurait rien.

– Ouais, c'est ce que je pensais. Mais il faut savoir quoi lui dire... Dis-lui... Attends ! Chut !

La porte de la douche s'ouvrit. Sagan sortit en se frictionnant, et marcha vers le cockpit.

– On est prêts... euh...qu'est-ce que vous êtes maintenant ? Je veux dire, comment on doit vous appeler ?

– « Seigneur » suffira, répondit Sagan, souriant presque. Et quand tu seras présenté au cousin germain du roi, tu t' adresseras au Prince Flam en disant Votre Altesse, ou Votre Altesse Royale.

La mâchoire de Tusk s'affaissa.

– Cousin germain, dit XJ, les voyants soupçonneux. Quel cousin germain ? Je connais la généalogie des Clairfeu mieux que la mienne. Qui remonte, si ça vous intéresse, à un Unix-5000 dont je suis un descendant direct...

– La ferme, gronda Tusk. Ou tu seras un ex-descendant direct. Que disiez-vous, Seigneur ? Le petit a un cousin germain ? Comment ? Où ?

– Je t'épargnerai les détails sordides. Qu'il suffise de dire qu'Amodius a eu un fils – illégitime, sans aucun droit sur la couronne.

– Mais il la veut quand même. Et on va l'arrêter !

– Non, dit froidement Sagan. On va l'aider. Répète-toi ça sans cesse, même dans ton sommeil.

– Je crois pas que je vais beaucoup dormir, dit Tusk.

– Fixez la trajectoire pour Vallombrosa, dit Sagan, se retournant pour aller s'habiller. Et prévenez-moi quand vous serez prêts à faire le Plongeon.

– Oui, Seigneur.

Levant les yeux pour s'assurer que Sagan ne regardait pas, Tusk commença à taper :

MESSAGE A JOHN DIXTER. JE SUIS...

– Dixter est le parrain de ton fils, je crois, dit la voix de Sagan, venant de l'arrière.

Les doigts de Tusk se figèrent sur le clavier.

– Oui, dit-il d'une voix étranglée. Oui, Seigneur, reprit-il, la sueur dégoulinant dans son cou.

– Ce serait dommage qu'il lui arrive quelque chose. Ou à son filleul. Quand nous ne serons plus en orbite, nous enverrons un message à ta femme. Je t'indiquerai quoi dire.

– Oui, Seigneur.

Comment diable a-t-il su ? se demanda Tusk. Il n'a pas pu entendre XJ. C'est impossible. Même pour un Sang Royal. Il sait ce que je pense. C'est ça. Il sait ce que je pense, bon sang !

Des mots s'inscrivirent sur l'écran de l'ordinateur.

JE N'AIME PAS ÇA. JE VEUX QU'ON ENREGISTRE POUR LES ARCHIVES QUE JE N'AIME PAS ÇA !

– Même chose pour moi, dit Tusk tout bas.

Très, très bas.

3

Maigrey arpentait sans repos les vastes couloirs des cieux, au point que les êtres rayonnants – dont la patience est infinie, dit-on – poussaient des soupirs de martyrs en vaquant à leurs affaires.

Maintenant, connaître la pensée de Dieu signifiait moins que rien pour elle. Elle désirait désespérément savoir ce qui se passait dans l'esprit de Sagan. Et c'est pourquoi elle quitta les magnifiques avenues du ciel éclairées d'étoiles (au grand soulagement de leurs résidents) et redescendit sur le plan physique, au pays des vivants, pour y reprendre sa veille nocturne quotidienne.

Se fondant dans la nuit, elle se glissa dans le Cimeterre. L'avion était dans les Couloirs, ce qui signifiait que ses occupants pouvaient dormir, abandonnant le pilotage à l'ordinateur. Tusk dormait d'un sommeil agité, comme toujours lorsqu'il n'avait pas la présence réconfortante de Nola près de lui.

Maigrey le regarda, attendrie bien qu'inquiète, avant de prendre place près du lit de Sagan. Il dormait profondément, n'étant plus torturé par les cauchemars, les doutes, l'indécision. Mais une bonne nuit de sommeil ne pouvait pas compenser ses innombrables nuits d'insomnie. Elles avaient laissé leur marque. Son visage, dur et ferme dans la veille, était hagard dans le sommeil.

– Vieillard brisé, dit doucement Maigrey, répétant les paroles ironiques de Flam, et elle soupira de dépit. Je devrais pourtant être habituée. Tu ne nous expliquais jamais rien. Nous étions ton Escadron d'Or. Tu attendais de nous que nous obéissions aux ordres, que nous réagissions instantanément à tes commandements, sans savoir nécessairement ce que tu avais en tête. A cause du mentalien, j'en savais un peu plus que les autres. Mais il y avait des moments où tu nous prenais par surprise. Et, même si c'était parfois irritant, parfois terrifiant pour nous, nous comprenions. En un sens, je suppose que c'était un compliment. Tu avais foi en nous pour t'épauler quand il le fallait. Et nous avions foi en toi. Et ça a toujours marché, sauf une fois, quand tu as trop compté sur notre aveugle fidélité.

« J'ai choisi Amodius – malgré sa faiblesse. J'étais sa Gardienne. Je lui avais juré allégeance. Et toi aussi. Et quand tu t'aperçus qu'Abdiel voulait le tuer., tu offris de le protéger au péril de ta vie – cet homme que tu méprisais et haïssais. Et tu en ferais certainement autant pour Dion. Tu as contribué à l'élever, Seigneur. Non de l'enfance à l'âge d'homme, mais de l'ordinaire au divin. Tu as trouvé en lui l'étincelle, tu l'as avivée, et maintenant elle brûle, haute et claire ; non en holocauste destructeur, mais en phare étincelant que tous peuvent suivre.

« Tu ne peux pas être dupé par Flam, malgré l'épreuve, et je sais que tu ne l'es pas. Je *sais* que tu ne l'es pas », répéta-t-elle avec colère, comme pour imposer le silence à quelque voix intérieure rebelle.

Mais la voix refusa de se taire.

– Quel est ton plan, Seigneur ? Révèle-le-moi pour cette fois. Ne me laisse pas aller à la bataille à demi aveugle ! Je n'en distingue que de vagues contours... Pourquoi est-il nécessaire de faire rencontrer les deux cousins ?

« Le risque pour toi est immense, et qu'espères-tu y gagner ? Il y a d'autres possibilités. Tu pourrais aller voir Dion, le mettre *de nouveau* en garde contre ce danger, lui dire ce que tu as découvert, l'*inciter* à utiliser la bombe... Contre des milliers d'innocents, dont la seule faute est d'être prisonniers de l'ambition perverse d'un seul homme ? D'accord, c'est exclu.

« Mais est-il sage de les confronter ? Je ne comprends pas, Seigneur. Je ne comprends pas, et j'ai peur. »

Maigrey tendit la main pour toucher celle de Sagan. Une pensée, un désir, un ordre, et elle s'arracherait à ses liens éthérés, pourrait de nouveau toucher, sentir, étreindre.

La porte noire s'ouvrit d'elle-même. Le noir sentier s'étira devant elle. Noir panorama de terreur et de souffrance, se détachant sur un hideux lever de soleil.

Elle s'écarta de lui, sa main retomba à son côté.

– Que cette séparation est amère. Comme il est froid, vaste et vide, le gouffre qui nous sépare. Je pourrais le franchir, mais au prix d'un risque terrible pour nous deux.

« Nous sommes maintenant des fantômes l'un pour l'autre. Echos d'une voix, souvenirs d'un contact...

« Je ne peux pas rester près de toi. Je vais retourner à l'alcazar. Comme dit le Prince Flam, les fantômes font de merveilleux espions. Merveilleux, mais inefficaces. »

Elle soupira, sa main immatérielle sur la main de chair.

– Si tu m'appelles, Seigneur, je viendrai. Si tu as besoin de moi, je viendrai à toi.

Les doigts de Sagan remuèrent, comme en réponse à ces paroles, comme s'il allait tendre la main pour la retenir.

Mais elle avait disparu.

L'alcazar du Prince Flam aurait pu être classé dans les merveilles de la galaxie – si quiconque avait pu le voir et revenir pour en parler. C'était une immense forteresse, entièrement construite en pierre de Vallombrosa, qui est couleur d'os blanchis. Et aucun mur n'était perpendiculaire à un autre. Au premier abord, on aurait pu le prendre pour une formation rocheuse naturelle aménagée.

Un examen plus attentif forçait à réviser cette première impression. La forteresse était trop bien faite pour avoir été construite par Dame Nature, qui tend à négliger les détails tels que portes, fenêtres et toits étanches.

L'alcazar avait été construit, mais pas par des mains humaines. Il avait été « construit », si l'on peut dire, par les créatures de matière noire. Par des fantômes.

Quant à ceux qui vivaient dans l'alcazar, ou qui gravitaient au-dessus dans les stations spatiales, Vallée des Fantômes était un nom approprié, car la population de Vallombrosa était composée de personnes que tout le reste de la galaxie considérait comme des fantômes.

Garth Pantha était revenu à Vallombrosa, protecteur d'un futur monarque sans sujets. Mais Pantha était suffisamment clairvoyant pour savoir que, lorsque Flam serait en âge de revendiquer le pouvoir, il aurait besoin d'une population loyale pour le soutenir. Et c'est pourquoi Pantha avait commencé à recruter des habitants pour Vallombrosa.

Son problème : comment y amener des gens n'ayant pas idée de l'endroit où ils allaient, et qui accepteraient d'y rester des années, vivant dans des stations spatiales, coupés du reste de la civilisation ? Qui serait assez désespéré ?

Sa solution : des peuples au bord de la destruction, confrontés à une annihilation imminente, sans autre espoir que la mort, et qui seraient reconnaissants à l'homme qui viendrait à leur secours. Par exemple, la population disparue d'Otos 4, qui avait provoqué la guerre intergalactique avec Rylkith et ses respirateurs de vapeur. La gigantesque cité d'Otos 4 était assiégée par ses voisins extra-humains. Les humains, menacés de mourir de faim, avaient lancé des appels au secours à la galaxie. Amodius avait atermoyé, hésitant à s'engager dans une guerre intergalactique.

Dans l'intervalle, Garth Pantha était arrivé à Otos 4, sous le manteau protecteur des créatures de matière noire. Il avait tout organisé pour que la population entière soit évacuée, encore une fois par les créatures.

Quand les respirateurs de vapeur avaient atterri sur Otos 4, ils l'avaient trouvé totalement déserté. Pas une âme vivante. Un milliard de personnes disparues sans laisser de traces. Naturellement, personne n'avait cru les respirateurs de vapeur. La galaxie avait conclu que Rylkith avait détruit tous les humains de la cité, ce qui avait provoqué la guerre.

Maintenant, après tant d'années, Maigrey réalisait que Rylkith avait dit vrai.

– Combien de milliers de gens sont morts pour rien dans cette guerre ? se demanda-t-elle.

Les morts ne troublaient pas Pantha. La guerre était une couverture parfaite pour le recrutement, comme tous les cataclysmes, naturels ou autres. Les vaisseaux de guerre qui disparaissaient sans laisser de traces, les astronefs commerciaux en détresse dont on n'entendait plus parler, les planètes dont le soleil était sur le point d'exploser en nova. Tous ces gens étaient arrachés à une mort certaine, et amenés ici, sur ce monde paisible et beau – bien qu'étrange.

Bien sûr, il y avait un prix à payer. Ils n'avaient pas le droit de quitter Vallombrosa, ni d'avoir aucun contact avec le reste de la galaxie. Et ils ne pouvaient pas vivre à la surface de la planète, mais étaient forcés de résider dans des stations spatiales, qu'ils construisaient, ou qui étaient « acquises » d'autres planètes.

Pantha avait tenté d'installer des gens sur Vallombrosa même, mais il leur avait été trop difficile de s'habituer aux créatures de matière noire. Les seules personnes vivant sur la planète étaient celles qui travaillaient à l'alcazar, et il fallait les remplacer par roulement, pour qu'elles ne perdent pas la raison.

Mais l'inconvénient mineur de vivre dans un environnement clos était infiniment préférable à la mort certaine dont Pantha les avait sauvés, et ils étaient contents d'obéir à ses lois. Et ceux qui n'étaient pas contents étaient retranchés de la société par les créatures de matière noire.

Il faut dire au crédit de Pantha – et plus tard de Flam quand il fut en âge d'assumer lui-même le gouvernement – qu'il recourut avec modération à ce châtiment définitif, assorti de généreux dédommagements aux familles. C'étaient généralement des fauteurs de troubles, peu aimés de leur entourage. Et, avec le temps, ces « retranchements » devinrent de plus en plus rares, jusqu'à cesser tout à fait.

Le Prince Flam avait le charisme de ceux du Sang Royal, et le charme des Clairfeu. Son peuple en était venu à le vénérer et était dévoué à sa cause. Maigrey, qui espérait trouver des mécontents et des contestataires, fut déçue.

Ils disaient l'usurpateur en parlant de Dion Clairfeu. Pour eux, le vrai roi, c'était Flam Clairfeu.

Sans cesse et malgré elle, elle se posait des questions sur les motivations de Sagan.

– Pourquoi amener Dion ici ? Les risques sont énormes. S'il échouait... Est-ce cela ? Veux-tu qu'il échoue ?

Elle refusa de considérer cette possibilité. Elle avait foi en lui, même si cette foi ne lui apportait pas la paix.

Les créatures de matière noire étaient le vrai danger – mais Sagan le savait.

Pantha et Flam en discutaient un jour. Généralement, ils passaient leurs soirées ensemble, au niveau supérieur de l'alcazar, dans une salle qu'ils appelaient le Hall. La pièce, avec ses murs bizarrement de travers et son plafond de guingois, était spacieuse et froide, uniquement chauffée par une grande cheminée. Ceux qui vivaient et travaillaient à l'alcazar devaient se passer de confort. Pas de chauffage central, pas d'électricité, aucune commodité moderne – en apparence. Pourtant, Maigrey avait bientôt découvert que ce mode de vie moyenâgeux, comme bien d'autres choses chez le prince bâtard, n'était qu'une façade. Pas une ampoule en vue, mais l'alcazar était équipé d'un système de surveillance électronique sophistiqué qui aurait mis des larmes de fierté dans les yeux de feu Snaga Ohme. Une salle secrète souterraine – adjacente aux cachots – abritait des générateurs nucléaires qui alimentaient le système de surveillance – lequel espionnait tous les employés et visiteurs de Flam – et un réseau de communications par lequel Flam restait en contact avec le reste de la galaxie. La plupart des appareils de la salle des communications étaient vieux et dépassés, ayant été récupérés sur l'avion spatial de Pantha. C'est là que Flam avait grandi, regardant le reste de l'humanité sur un vidécran.

Ce soir-là, Flam et Dion discutaient du règne futur de Flam, avec calme et assurance, comme si c'était déjà chose faite, balayant Dion comme ils auraient balayé une goutte de sang sur le trône royal.

– Tu réalises qu'on ne peut pas se fier aux créatures de matière noire, disait Pantha. A ta place, je ne me presserais pas de les inclure dans mes plans, ni d'en faire aucun qui dépende d'elles.

– Je le sais bien, rétorqua Flam avec impatience. Comment pourrait-il en être autrement quand tu me le rappelles tous les jours ? Mais je ne vois aucun inconvénient à les inclure dans mes plans. Elles m'ont bien servi dans le passé. Pourquoi ne me serviraient-elles pas dans l'avenir ? De plus, d'ici là, j'aurai la bombe à rotation spatiale...

– Que les créatures pourraient facilement détruire.

– Elles ont promis de ne pas le faire. De plus, poursuivit Flam, haussant les épaules, si elles la détruisaient, tu en construirais une autre. Tu as déjà découvert la théorie sur laquelle elle est bâtie. Il ne te reste qu'à l'examiner pour comprendre comment elle fonctionne. C'est du moins ce que tu m'as dit.

« De toute façon, d'ici là, je serai fermement établi sur le trône et mes alliés en place. Tu vois, je ne suis pas dépendant des créatures. J'envisage seulement de tirer parti de leurs incroyables pouvoirs, si elles sont toujours là. »

Des alliés ? se dit Maigrey, intéressée. Quels alliés ?

– Quels alliés ? répéta Maigrey, frustrée.

Flam se retourna, et s'avança vers le fond de la salle.

– Je vous ai entendue ! cria-t-il. Qui êtes-vous ?

– Mon cher enfant ! dit Pantha, stupéfait.

– Qui êtes-vous ? Où êtes-vous ? demanda Flam.

Il s'enfonça dans l'ombre régnant au fond de la pièce, scrutant l'obscurité, moins effrayé qu'irrité.

Maigrey se tint parfaitement immobile, sans aucune idée de ce qui s'était passé et pourquoi. Dans la tente de la forêt, il avait semblé sentir sa présence – mais elle avait mis cet incident sur le compte d'un imagination trop vive. Maintenant, elle était obligée de réviser son jugement.

– Je vous ai déjà entendue parler. Je vous ai vue. Je sais que vous êtes là ! dit Flam avec colère.

Maigrey, alarmée et perplexe, se retira dans le coin le plus sombre de la salle, loin de la lumière du feu, et même alors, elle ne se sentit pas en sécurité. Flam avait repris sa place et sa conversation, mais de temps en temps, conscient qu'elle était toujours là, il la cherchait du regard.

Sang Royal, se dit-elle. Mais qui aurait supposé ?... Oui, il me connaît, bien qu'il ne le réalise pas encore. Les anciennes vidéos de Pantha – celles de Sagan et de moi quand nous étions jeunes. Et plus tard, les vidéos faites avec Dion... C'est ainsi que tu me connais, Altesse.

– J'avoue que tu m'as inquiété, Prince, dit Pantha, regardant nerveusement autour de lui.

– Je te dis que cette voix m'est presque aussi familière que la tienne. Je ne la situe pas encore. Mais j'y parviendrai. Elle garde le silence maintenant. J'espère que je ne l'ai pas effrayée.

– Ce serait le monde renversé ! Les vivants qui effraient les morts ! Je ne pense pas...

Ce qu'il ne pensait pas demeura inconnu. Une femme séduisante s'encadra dans une porte. Immobile, elle attendit qu'on la remarque, attendit la permission d'entrer.

A sa vue, Pantha ravala sa remarque. Flam l'invita à

entrer d'un geste gracieux de la main accompagné de son sourire invariablement charmeur.

– Entrez, Capitaine Zorn.

Elle entra et lui tendit un papier. Elle portait l'uniforme standard sur Vallombrosa, une combinaison une pièce qui mettait en valeur sa silhouette mince et élégante.

Pantha regardait Flam avec une curiosité marquée, anxieuse, apparemment provoquée par l'entrée du Capitaine Zorn. Maigrey attendit, son attention en éveil.

– Merci, Capitaine. Ce sera tout, dit-il après avoir lu.

La femme s'inclina, fit demi-tour avec une précision militaire, et sortit. Mais Pantha et Maigrey avaient vu l'ardeur avec laquelle elle contemplait Flam. Et tous deux avaient noté la déception qui se lisait sur son joli visage en sortant. Déception qui se lisait aussi sur celui de Pantha.

Flam relut le message et leva les yeux.

– Cela t'intéressera. C'est de Sagan. Il dit...

Il s'interrompit, perplexe.

– Qu'y a-t-il ? Oh, je vois. Encore *ça*.

– C'est une femme ravissante.

– Je croyais que tu avais renoncé, dit Flam avec irritation. Je commence à trouver ça fatigant.

– J'espérais que ces dernières piqûres...

– Je ne les ai pas faites, dit Flam, exaspéré. Tu devrais être content que je ne sois pas sujet à cette faiblesse. Vois où ces appétits incontrôlés ont conduit mon père.

– A ta naissance. Est-ce si regrettable ? dit Pantha.

– Non, mais c'est grâce à toi, qui réfléchis vite et qui parles d'or. Sinon, qui sait ce qu'Amodius aurait fait de moi ? J'ai accepté le fait depuis longtemps. Tu devrais l'accepter aussi. Qu'est-ce que ça m'enlève ?

– Le plaisir...

Flam eut un sourire de dérision.

– Deux corps nus se frottant l'un contre l'autre pendant une heure ou deux ? Pulsion animale que nous n'avons jamais maîtrisée, uniquement destinée à nous pousser à la procréation.

Il joignit le bout des doigts qu'il porta à ses lèvres.

– Le vrai plaisir pour moi, c'est d'imposer ma volonté à un autre. D'obliger les plus puissants à se soumettre à mon autorité. Cela m'exalte, cela excite le feu dans mon cerveau, quoique pas nécessairement dans mes reins.

– Ce feu ne te donnera pas un héritier, observa Pantha, mécontent.

– Insémination artificielle, dit Flam, avec un geste désinvolte.

– Tu n'as pas de semence. Tu es stérile.

– Alors, je trouverai un donneur adéquat, dit Flam avec impatience. Le père qui élève l'enfant est plus important que le père qui l'engendre, m'as-tu dit bien des fois. Ainsi que tu en es la preuve vivante.

– L'enfant ne serait pas du Sang Royal.

– Ce n'est pas nécessairement un désavantage. Je ne voudrais pas d'un enfant aussi fort, aussi ambitieux que moi-même. Je ne pourrais jamais avoir confiance en lui. Quand il grandirait, je serais constamment en train de regarder par-dessus mon épaule. Comment Henri IV d'Angleterre appelait-il son fils, le Prince Hall ? « Mon plus proche et plus cher ennemi. » Je veux un enfant timide et lâche, qui serait effrayé de prendre la couronne, même sur mon cadavre.

– Un tel enfant ne ferait pas un bon souverain, Prince.

– Ce ne sera pas nécessaire. Je laisserai la galaxie entourée de feu et d'acier, gouvernée par les ténèbres. Les Corasiens contrôleront les planètes extérieures. Les créatures de matière noire surveilleront les Corasiens et tous les éléments potentiellement dangereux de mes propres populations. Les peuples, qui ne sauront pas que les Corasiens ont été amenés à mon seul bénéfice, me supplieront d'instituer la loi martiale. Ce que je ferai, bien sûr, grâce à une puissante institution militaire. Le temps que mon héritier supposé me succède à ma mort – dont nous espérons tous deux qu'elle surviendra dans un très lointain avenir – il n'aura plus grand-chose à faire, à part sourire, parader et garder le poing fermé.

Les Corasiens – alliés de Flam ! Plan ingénieux, reconnut Maigrey. Tu permets à ces monstres d'entrer dans la galaxie, tu leur donnes quelques planètes insignifiantes en paiement, tu leur en laisses conquérir une ou deux de plus de temps en temps pour que les Corasiens soient contents et les peuples terrorisés. Glacés de peur, chaque humain se cache sous son lit, fermant les yeux, ce qui l'empêche de voir ce que tu fais réellement.

– Mais tout cela, c'est l'avenir, disait Flam. Revenons au présent. Le message. Devine ce qu'il dit ?

– Impossible, Prince.

– Le Seigneur Sagan a trouvé Mendaharin Tusca, l'a convaincu de se joindre à nous. Pendant que nous parlons, ils sont en route pour nous rejoindre.

– Et tu le crois? demanda Pantha avec humeur.

– Pourquoi ne le croirais-je pas?

– Parce que nos espions ont perdu tout contact avec Sagan, comme tu le sais très bien. Ils nous ont communiqué que Tusca avait perdu son avion spatial dans une partie de poker, et était forcé de s'associer avec un tétraplégique du nom de Lazarus Banquo...

– Lazarus Banquo! s'écria Flam, éclatant de rire.

Pantha fronça les sourcils, l'air mécontent.

– Lazarus Banquo, expliqua Flam. Maintenant, je comprends. C'était Sagan. Tu ne comprends pas la plaisanterie? Moi, je la trouve assez drôle...

– Pas moi, rétorqua Pantha. Sagan avait une raison d'adopter ce déguisement bizarre...

– Naturellement. Des millions de gens connaissent Sagan de vue. Mais qui penserait à aller le voir dans un fauteuil roulant? Je commence à réviser mon jugement, mon ami. Sagan n'est pas le vieillard brisé que je croyais.

– Non. Cela prouve qu'il est bien plus dangereux.

– Pour mes ennemis. Et mon « plus proche et plus cher ennemi », mon cousin Dion, est presque à ma portée.

– Cela reste à voir, dit Pantha, sceptique. Et cela m'amène à un autre point. Toi qui te méfies tant de ton héritier à naître, que feras-tu de ton cousin – l'unique personne qui pourrait être un sérieux danger pour toi?

– Quand il aura abdiqué? Quand il m'aura docilement tendu la couronne? Qui voudrait restaurer ce faiblard? dit Flam en riant. Qui voudrait suivre son étendard en lambeaux? De plus, ainsi que nous en avons discuté, il sera bon de garder mon cousin près de nous pour donner un air légitime à mon règne. Le sang est plus épais que l'eau, ce genre de bla-bla. Nous installerons mon cousin ici, dans l'alcazar – et nous le sortirons tous les ans pour le faire parader en tant que parent chéri. Et à propos de parents, maintenant que la phase un de notre objectif est atteinte, nous devrions passer à la phase deux.

– La reine...

Un grand sourire aux lèvres, il sortit avec Pantha.

Maigrey resta blottie dans le noir, esprit désincarné effrayé de se rendre visible, même à elle.

– Les vivants qui font peur aux morts, murmura-t-elle. Pas si invraisemblable que tu le crois, vieillard. Ton prince me terrifie.

4

A moitié endormi, Xris reposait sur son lit, dans le palace de Cérès, regardant la vidéo à travers un nuage de fumée. C'était un mauvais polar. Ils en étaient à la scène de poursuite en hélicoptère quand le téléphone bourdonna.

Xris prit le combiné, le porta à son oreille, sans un mot. Le silence total à l'autre bout du fil était extrêmement déconcertant pour ceux qui appelaient, surtout pour ceux qui n'avaient pas à appeler... Mais pas pour celui-là.

– Cyborg Xris, dit la voix chantante et droguée.

Xris expira doucement.

– Raoul.

– Et le Petit.

– Bien sûr. Cent seize, dit-il, et il raccrocha.

Coup à la porte au bout de quelques minutes.

Xris alla ouvrir, sans prendre la peine de regarder qui c'était par le judas. C'était inutile. Le parfum de Raoul flotta à travers la porte fermée, et il s'ensuivit un concours à qui empesterait le plus – du parfum ou de la fumée pestilentielle des twists. Raoul déclara un match nul.

– Cyborg Xris, dit Raoul, clignant des yeux, comme étonné de le voir, ayant peut-être oublié où il était, pourquoi il avait frappé.

D'un mouvement preste de ses mains délicates, le Loti rejeta en arrière ses longs cheveux noirs et soyeux. Il était en culotte de velours fraise écrasée, serrée au genoux par des rubans roses, avec bas blancs et ballerines noires. Un pourpoint de velours orange à crevés de soie rose complétait l'ensemble, avec un nœud papillon de dentelle rose.

– Charmant, dit Xris, le Loti aimant les compliments sur ses nouvelles tenues.

– Merci, répondit Raoul, lissant ses cheveux.

Il glissa dans la chambre. (Maintenant qu'il était entré, le parfum terrassait facilement la fumée.) Le Petit entra à sa suite en traînant les pieds. Le long imperméable – qui semblait plus élimé chaque fois que Xris le voyait – balayait le sol. Sous le large bord du feutre, deux yeux vifs fixaient le cyborg.

Xris referma la porte.

– Alors, quoi de neuf ?

– Très joli, dit Raoul, inspectant la chambre d'un air approbateur.

Il s'assit dans un fauteuil, croisa ses fines chevilles, et se mit à contempler béatement un grain de poussière tachant son bas blanc.

– Regarde, une tache. C'est ce lourdaud qui nous a bousculés à la réception. Quel brutal !

Raoul renifla dédaigneusement, et, s'étant regardé dans la glace, tira un tube de rouge à lèvres pour rectifier son maquillage.

Se demandant distraitement si Raoul portait aujourd'hui la variété empoisonneuse, Xris alla se rasseoir sur le lit. Il savait que c'était inutile de presser le Loti. Raoul raconterait son histoire à sa façon, à son heure. Pendant ce temps, le Petit se roula en boule comme un chien aux pieds de Raoul. Les yeux vifs disparurent derrière le col relevé de l'imperméable. Il ou elle (Xris n'avait jamais su lequel exactement) s'apprêtait apparemment à dormir.

– Je suis sûr que tu te demandes pourquoi nous nous sommes transportés à travers les vastes distances de la galaxie pour te parler en personne, Cyborg Xris, commença Raoul, léchant un doigt fuselé (en ayant soin de ne pas toucher son rouge à lèvres) et le frottant sur la tache invisible de son bas blanc. Non que ce ne soit pas toujours un plaisir pour moi et le Petit de te voir, ami Xris.

Xris alluma un twist, aspira une bouffée, expira, hocha la tête et attendit. Ayant été distrait, l'Adonien fit une pause pour rassembler ses idées – chose à peu près comparable à la chasse aux papillons sans filet. Raoul baissa les yeux avec reconnaissance sur le Petit, qui n'avait pas dit un mot – tout haut.

– Merci de me le rappeler. Oui, c'est ça. Nous résidions avec nos camarades dans la demeure de feu notre employeur, Snaga Ohme. Nos camarades t'envoient leurs amitiés également, Cyborg Xris. Comme je le disais, nous résidions dans la demeure de feu notre employeur Snaga Ohme quand nous avons reçu un message de la plus haute importance, top priorité, numéro de code... Je ne me rappelle jamais ces nombres ridicules. Quoi qu'il en soit, je te donne ma parole que le message était d'une urgence considérable, termina-t-il, posant sur Xris des yeux limpides.

– Quel était le message ? dit Xris, tirant sur son twist.

Raoul battit des cils, les paupières ombrées de rose.

– Ah oui, le message. Sa Majesté la Reine court un grand danger. Il s'agirait d'une tentative d'enlèvement.

– Bon Dieu ! dit Xris, ôtant le twist de sa bouche. De qui était le message ? Et pourquoi ne l'as-tu pas transmis immédiatement ? Tu as perdu un jour, peut-être un jour et demi en venant toi-même...

– Ah, il y a une raison à cela, Cyborg Xris, l'interrompit Raoul, avec un regard soudain déconcertant de vivacité et de ruse. L'envoyeur a insisté pour que ce message te soit transmis de vive voix. Nous en avons donc conclu que l'envoyeur ne voulait pas prendre le plus petit risque que ce message soit intercepté.

– D'accord, je comprends. Qui l'envoie ? Dixter ?

Raoul secoua la tête. Ses cheveux soyeux glissèrent sur ses épaules. Il les rejeta soigneusement en arrière.

– Nous ne savons pas qui a envoyé le message.

Xris le regarda, médusé, puis fronça les sourcils.

– Impossible. Tu as dit qu'il était codé. Sûrement que Lee ou Harry se souvient des numéros de code. Et si tu ne connaissais pas le numéro de code, pourquoi diable...

– Diable ! répéta Raoul avec un sourire ravi. C'est peut-être de lui qu'il s'agit, poursuivit-il, hochant pensivement la tête. En fait, Bernard a reconnu le numéro de code, Cyborg Xris, bien qu'il ne l'ait pas vu depuis des années. Le numéro de code appartient au défunt Seigneur Sagan.

– Bon Dieu, répéta Xris, remettant le twist dans sa bouche.

– C'est exactement ce qu'a dit Bernard, dit Raoul.

– C'est peut-être une supercherie.
– Comment serait-ce possible, Cyborg Xris ? Qui aurait pu avoir le code du Seigneur Sagan ?
– Dame Maigrey le connaissait.
– Ah oui, dit Raoul, momentanément abattu. Avec le temps, j'avais appris à aimer Dame Maigrey. Le Petit aussi. J'espère qu'elle me pardonne ma tentative d'empoisonnement. C'était dans le champagne. Feu mon employeur Snaga Ohme se méfiait d'elle. Un désaccord sur le propriétaire légitime de la bombe à rotation spatiale.
Ce que cela avait à voir avec tout le reste, cela dépassait Xris. Il interrompit les élucubrations du Loti.
– Quelle impression a fait ce message sur le Petit ?
– Il est retourné. Il est opposé aux enlèvements, quelle qu'en soit la raison, et il a haute opinion de la reine.
– Ce n'est pas ce que je veux dire, dit sèchement Xris. Est-ce qu'il a... des sensations... quant à l'envoyeur ?
Les yeux de Raoul se dilatèrent d'étonnement.
– Oh-oh, comme nous sommes irritable aujourd'hui.
Il fit une pause, baissa les yeux sur le Petit.
– C'est donc ça ? Maintenant je comprends, dit-il, ramenant son regard sur Xris. Désolé, ami Xris. Je ne voulais pas mettre ta patience à l'épreuve. Oui, le Petit dit qu'il a reçu une sorte de sensation du message. Le Petit pense qu'il peut très bien venir de Sagan.
– Bon, supposons que Sagan est vivant, dit Xris à Raoul, qui fit de son mieux pour paraître intéressé. Il nous envoie ce message, utilisant son ancien code, parce que c'est le seul qu'il connaît, tout en ayant l'air de s'attendre à ce que je ne sois pas trop curieux sur l'envoyeur.
« Ce qui est le cas », ajouta-t-il, rassurant, inspectant la chambre du regard, à tout hasard.
Derek Sagan était un homme qu'il n'avait pas envie de contrarier – vivant ou mort.
– Ça ne me regarde pas. Mais ce truc avec la reine, ça me regarde.
Sa Majesté le payait pour rester sur Cérès, au cas où elle aurait besoin d'aide concernant la maîtresse du roi, pour renvoyer la jeune femme chez elle, ou tout autre plan qu'Astarté pourrait concocter. Ah, les femmes ! Xris ne les comprendrait jamais.

– Que faire, ami Xris ? dit Raoul. Faut-il prendre cet avertissement au sérieux ? Alerter le roi ? Avertir la reine ?

– Ce n'est pas si simple, grommela Xris. Nous pouvons envoyer un message à Dixter pour le roi. Mais je ne vois pas à quoi ça servira. Le roi est là-bas, la reine est ici.

Raoul la chercha du regard, étonné.

– Dans le Temple de la Déesse, précisa Xris.

– Oh..., dit Raoul en souriant. Je vois.

– Ouais ? Et c'est ça le problème. Les seules personnes qui peuvent pénétrer dans le temple sont des ecclésiastiques. Prêtres, prêtresses, ce genre-là.

– Pas nous ? fit Raoul, déçu.

– Non, pas nous.

– Dommage. J'ai tellement envie de connaître Sa Majesté. Elle a le chic pour se mettre de l'eye-liner liquide... J'ai essayé de l'imiter, mais je n'arrive pas à obtenir le même résultat. Je voulais lui demander comment elle fait...

– Ce sera pour une autre fois, dit Xris, ironique.

– Nous pouvons lui envoyer un message. Tu dois bien être en communication avec elle...

– La reine communique avec moi, mais pas moi avec elle. Surtout en ce moment. C'est la Semaine Sainte ou un truc comme ça. La Grande Prêtresse est incommunicado.

Il réfléchit un moment et reprit :

– Je vais envoyer un rapport à Dixter. On verra ce qu'il dira. Il sait peut-être quelque chose qu'on ignore. Et ensuite, on *essaiera* d'obtenir une audience de la reine.

« On va retourner à l'astroport où j'ai parqué mon avion, dit Xris, qui, sa décision prise, passa à l'action avec sa rapidité coutumière. Je contacterai Dixter, prendrai des armes. Au fait, vous avez des armes, tous les deux ?

– Nos armes habituelles, dit Raoul en souriant.

– Le rouge à lèvres empoisonné ne nous servira pas beaucoup, grogna Xris. Et le Petit ? Il a sa sarbacane ?

– Le Petit l'a toujours sur lui. Ça lui donne une impression de sécurité. Il y a tant de violence dans l'univers...

– Ouais, c'est un problème. Bernard dit que tu as fait des progrès dans le maniement du pisto-laser.

– Je crois. Dernièrement, au stand de tir, je ne me suis

touché que deux fois, j'ai touché le Petit une seule fois et Bernard trois fois.

– Tiens-t'en au rouge à lèvres, conseilla Xris.

Des foules nombreuses bordaient les routes menant à la montagne du temple. Tous les mortels sont considérés comme les enfants de la Déesse. Ceux prenant part à la procession (les seuls admis dans l'enceinte sacrée ce jour-là) étaient ses prêtres et ses prêtresses. Ils venaient de toute la galaxie, de tous les endroits où l'on honorait la Déesse. Chacun portait son costume national, et beaucoup d'espèces non-humaines étaient représentées ; ce défilé était toujours pittoresque et instructif.

Tout le monde y assistait. Tous les commerces étaient fermés. Tous les transports, terrestres et aériens, étaient prohibés, les routes d'accès barrées. Les gens s'alignaient en foule le long des rues.

Xris atteignit l'astroport avant l'interdiction de l'espace aérien. De son avion, il appela Dixter, qui resta évasif au sujet de Sagan, mais insista énergiquement pour qu'il aille au temple – et vite. Mais cela, malheureusement, se révéla impossible. L'espace aérien était interdit, et à terre, il y avait des bouchons sur des kilomètres. Xris réquisitionna une moto et l'amena aussi près du temple que possible, Raoul étroitement serré contre lui, le Petit collé au dos de Raoul comme une sangsue, mais néanmoins extatique. Quand même la moto ne put plus avancer, ils continuèrent à pied. La force du cyborg leur ouvrit un chemin dans la foule, ce qui ne lui gagna pas que des amis. Il poussait, bousculait, et parfois soulevait les gens pour dégager la voie.

Ils arrivèrent à la route principale menant de la cité au temple. La tête de la procession, avançant avec lenteur, était encore plusieurs mètres derrière eux. Le temple était devant eux. Les plus éminents personnages de la galaxie marchaient devant. L'année dernière, le roi était venu marcher avec les fidèles, s'attirant l'affection des foules. Cette année, les charges de l'Etat avaient forcé Sa Majesté à annuler sa participation, mais le premier ministre était là, de même que des parlementaires galactiques, d'autres chefs religieux, et des dignitaires et potentats de tout l'univers.

Les portes du temple étaient ouvertes pour les recevoir. Les gardes bordaient l'escalier, et des prêtres accueillaient les fidèles. Astarté n'était pas visible.

D'après Dixter, elle devait être quelque part à l'intérieur, passant la journée en prière. On ne la verrait qu'après le coucher du soleil, quand tout le monde se rassemblerait dans une grande arène située sur le territoire du temple

– Maintenant que nous sommes là, ami Xris, dit Raoul, que faisons-nous ?

– Mystère et boule de gomme, dit Xris, de plus en plus frustré.

Il n'y avait aucun, absolument aucun moyen d'entrer. Un reporter essaya, agitant en l'air une carte de presse. Un garde du temple l'arrêta et le remit à l'armée de la baronne, qui l'évacua sans cérémonie.

– La reine est en sécurité pour le moment. Personne n'irait rien tenter dans cette foule, et sous les yeux de toute la galaxie, dit Raoul, lorgnant les innombrables vidcams flottant au-dessus des têtes.

– Qui sait ? Si c'est un groupe de terroristes, rien ne leur fera plus plaisir que de s'étaler sur tous les écrans. Dixter prenait cette histoire au sérieux.

La procession approchait du temple. Une vague humaine déferla. Les troupes de la baronne, qui assuraient le service d'ordre, la repoussèrent. Le Petit fut renversé et presque piétiné. Raoul remit son ami sur ses pieds. Xris les prit par le bras et les tira près de lui. Personne n'approchait de trop près le cyborg, dont le bras et la jambe métalliques – avec leurs clignotants et leurs « bip » inquiétants – tenaient les gens à distance.

La tête de la procession avançait lentement vers eux. A l'avant-garde, venaient deux rangées d'hommes et de femmes en robe et capuchon, chantant les louanges de la Déesse, avec des offrandes de fruits dans les bras. Derrière marchaient des dignitaires, et parmi eux, l'archevêque de l'Ordre du Diamant.

– Dommage qu'on n'ait pas pensé à se déguiser ! hurla Raoul dans la bonne oreille du cyborg.

Xris baissa les yeux sur sa main d'acier, puis reporta son regard sur le visage fardé de l'Adonien, et grogna :

– En quoi ? En danseuses ?

Raoul ouvrit la bouche pour répondre, mais le Petit le tira par la manche. Une menotte émergea de l'imperméable et se tendit vers un groupe d'ecclésiastiques qui passaient la porte du temple.

– Ami Xris, dit Raoul d'un ton pressant, le Petit dit que ces religieux n'entretiennent pas de saintes pensées. Ils sont pleins d'hostilité et de mauvaises intentions.

– Quoi ? dit Xris. Il est sûr ?

– Certain. Il dit qu'ils ont des armes de destruction sous leurs robes, dit Raoul, l'élocution parfaitement claire et le regard vif.

– Et ils entrent dans le temple ! dit Xris, rageur. Et on est coincés là !

– Alerte les gardes...

– Ils ne nous croiraient pas, dit-il, secouant la tête. Et le temps qu'on les ait convaincus, il serait trop tard. Il faut pourtant qu'on entre ! Je... Bon Dieu ! dit-il soudain, regardant les dignitaires. Voilà la réponse. Frère Daniel !

– Qui ? Où ? dit Raoul, clignant ses paupières ombrées de rose.

– L'archevêque ! Frère Daniel ! Tu ne te rappelles pas ? Avec Dame Maigrey...

– Ah oui ! Tu crois qu'il se souviendra de nous ?

– Je ne vois pas comment il pourrait oublier, dit sombrement Xris, armant sa main-projectile.

Raoul ôta son écharpe de soie rose, et, sur la pointe des pieds, se mit à l'agiter au-dessus de sa tête en criant :

– Hou-hou ! Frère Dan...

– Imbécile ! dit Xris, le prenant par le bras. N'attire pas l'attention sur nous. Pas maintenant en tout cas. Le Petit a ses flèches somnifères ?

Le feutre monta et descendit avec enthousiasme.

– Il dit oui.

– Dis-lui de charger. A mon signal, pique une de tes crises et fonce vers l'archevêque. Le Petit et moi, on t'ouvrira la voie. Compris ?

– Oui, une attaque ! dit Raoul, rayonnant. Et qu'est-ce que je ferai quand j'arriverai là-bas ? Je les embrasse ?

– Non, bon sang ! Tombe comme une pierre. Je prendrai la relève. Le Petit sait ce qu'il a à faire ?

– Oui. C'est le meilleur...

– Je me fous de ce qu'il est. Ces canailles sont déjà dans le temple. Attends que l'archevêque soit en face de nous. Prêts... On y va !

Raoul poussa un cri perçant, torturé, terrifiant, et tous ceux qui se trouvaient autour de lui tentèrent, d'un commun effort, d'aller ailleurs. Même les membres de la procession s'arrêtèrent, confus, s'étirant le cou pour voir.

Raoul se contorsionnait, l'écume aux lèvres, image même du Loti qui fait un mauvais trip.

Trois gardes de la baronne s'avancèrent. Le Petit porta sa main à sa bouche, une garde grimaça, se frappa le cou comme pour tuer un moustique. L'instant suivant, elle était à terre. Les deux autres, mains tendues, s'apprêtaient à empoigner le gigotant Raoul.

Xris en saisit une de sa main d'acier, lui envoya une décharge électrique dans le corps, et elle s'effondra. Un coup de pied de sa jambe mécanique envoya l'autre s'écraser dans la foule. Les gens qui s'efforçaient de s'éloigner du Loti ouvraient un chemin menant droit à la route. Apparemment oublieux de ce qui se passait, Raoul se dégagea rapidement de la presse, fonça dans la brèche, et, avec un nouveau cri digne du premier, tomba aux pieds de l'archevêque en une boule de velours rose.

Xris le suivait de près. Protégeant le Loti de son corps, le cyborg leva les yeux sur le visage de l'archevêque.

– Frère Daniel ! dit-il vivement, dans l'argot militaire utilisé par les hommes du Seigneur de la Guerre. Vous vous souvenez de nous ?

– Xris ! dit l'archevêque en un souffle.

– Jouez le jeu avec moi !

Elevant la voix, Xris reprit dans la langue de Cérès :

– L'Adonien est mourant ! Donnez-lui votre bénédiction, Votre Sainteté !

Les gardes les encerclèrent. Deux saisirent l'archevêque pour le protéger du danger.

– C'est scandaleux ! Evacuez cet homme ! cria un autre membre de l'Ordre du Diamant, qui tentait, lui aussi, d'écarter l'archevêque.

Les gardes braquaient leur pisto-laser sur Xris.

– Assez de sottises ! demanda Fideles d'une voix forte, qui porta par-dessus le tumulte, comme elle portait autrefois par-dessus le fracas de la bataille. Vous, Prieur John, écartez-vous. Laissez respirer ce pauvre homme. Et vous vous dites ministre de Dieu !

Il foudroya du regard le prieur, qui recula, drapé dans sa dignité offensée.

– Gardes, laissez ce pauvre homme ! Et rangez vos armes ! Vous êtes sur un sol sacré !

Lentement et à contrecœur, les gardes obéirent. Elles s'écartèrent, dégageant l'espace autour du Loti et de ses amis, tout en continuant à pointer leurs armes sur Xris.

L'archevêque s'agenouilla, posa la main sur le front de Raoul, s'efforçant de ne pas rire de son clin d'œil.

– Au nom du ciel, Xris... commença Fideles.
– La reine est en danger, dit Xris, feignant de secourir le Loti. Les religieux qui viennent d'entrer dans le temple n'en sont pas. Le Petit les a repérés.
– Que Dieu nous protège ! dit Fideles, horrifié. Qui vous envoie ?
– Le Seigneur Sagan, dit Xris.
Dixter ne lui avait pas dit grand-chose, juste l'essentiel. Fideles le regarda, puis ferma les yeux, soulagé.
– Dieu soit loué ! Je n'avais pas de nouvelles de lui. Je commençais à croire...
– Pas de temps pour ça maintenant, frangin ! dit sombrement Xris. Faites-nous entrer.
– Oui, bien sûr. Vous avez raison.
Prenant à pleines mains ses lourdes robes cérémonielles, Fideles se releva.
– Cet homme a besoin de soins médicaux. Transportez-le dans le temple.
– Mais c'est impossible, Votre Sainteté, dit un prêtre en se ruant vers lui. C'est un Loti. Ce serait un sacrilège...
– Malgré son indignité, c'est un enfant de la Déesse, rétorqua Fideles d'un ton sévère. Le sacrilège serait plus grand de le laisser mourir sur les marches du temple.
Xris portait tendrement Raoul dans ses bras. L'Adonien était livide et pitoyable, les yeux clos, le corps inanimé, ses longs cheveux tombant presque jusqu'à terre. Le Petit s'accrochait à sa main sans force comme un enfant à celle de sa mère mourante.
Le prêtre fut touché, soit par le malheur d'un frère en humanité, soit par la perspective (habilement introduite par Fideles) d'un Loti – entouré de reporters – rendant le dernier soupir sur les marches du temple. Il donna l'ordre de transporter le malade à l'intérieur. Des gardes les entourèrent et les introduisirent vivement dans le temple, hors de la vue de la foule et des vidcams.
Fideles les suivit d'un regard inquiet. Forcé de reprendre sa place dans la procession, l'archevêque dit et fit ce qu'il était censé dire et faire. Mais son entourage remarqua qu'il semblait préoccupé, inquiet. Le Prieur John murmura que l'incident avait bouleversé le Saint Père, et tous l'entourèrent de leur sollicitude.
Ils ne se doutaient pas que l'archevêque s'efforçait de trouver le moyen de fausser compagnie à ces imbéciles, pour aller rejoindre ses anciens camarades de combat.

5

Kamil était autorisée à assister aux cérémonies religieuses, mais elle avait boudé l'offre, déclarant qu'elle passerait la journée dans sa chambre. En vérité, elle aurait bien voulu être témoin du déroulement des rites, mais son refus lui donnait l'impression d'avoir un certain contrôle sur la situation et elle y trouvait un plaisir amer.

Non qu'elle ne contrôlât pas sa vie. Elle n'était pas prisonnière – du moins, pas de la reine. Elle pouvait franchir les immenses portes du temple à n'importe quel moment. Le cyborg Xris, qui l'avait amenée ici, attendait – sur ordre de la reine – pour l'emmener où elle voudrait aller. Elle n'avait plus son attelle au bras, encore un peu raide, mais presque guéri. Chaque jour, Kamil se disait qu'elle partirait le lendemain. Mais le lendemain arrivait et elle était toujours là.

Kamil se sentait coupable et honteuse, impression qu'elle détestait, et comme c'était Astarté qui lui inspirait ces sentiments, elle trouvait commode de haïr la reine.

– Pourquoi avez-vous tout gâché ? avait-elle demandé à sa rivale, un jour qu'elles se promenaient dans les jardins. Tout allait bien. Personne ne souffrait. Pas vous. Vous ne l'aimez pas. Pas *Dion*. Ce que vous aimez, c'est le roi. Gardez le roi, et laissez-moi Dion.

Astarté avait posé sur elle ses yeux ravissants, pleins de tristesse.

– Je voudrais le pouvoir. Dans son intérêt. Une partie de lui sera bien seule quand vous ne serez plus là. D'une solitude que je ne pourrai jamais remplir. Mais cela ne peut pas être. Cela ne doit pas être.

Alors, je le prendrai! Il divorcera! Il y pense déjà! aurait voulu lui crier Kamil, mais elle s'était tue et l'avait laissée. Le calme d'Astarté, sa compréhension, son acceptation, son chagrin la déconcertaient. C'était comme de batailler contre un ennemi qui jette ses armes et reste là à vous regarder. Refusant de se rendre et pourtant refusant de se battre. Kamil ressassait cela pour la millième fois, et venait juste de décider de partir le lendemain, quand les bruits de la procession entrèrent par la fenêtre ouverte. Fatiguée d'elle-même et pas fâchée d'avoir un peu de distraction, elle sortit sur un haut mur, d'où elle avait une excellente vue.

La tête de la procession entrait justement dans le temple, groupe de religieux portant des fruits et des épis en offrande à la Déesse nourricière. Nerveuse, elle allait retourner dans sa chambre quand elle remarqua une certaine agitation au-dessous d'elle.

Elle ne distinguait pas ce qui se passait; la foule remuait en désordre. Puis la masse humaine s'ouvrit. Les gardes refoulèrent les assistants. L'archevêque, à en juger par ses robes très somptueuses, était impliqué. Et un homme portait dans le temple ce qui semblait une femme en vêtements criards.

Le soleil fit luire un bras d'acier. Kamil se pencha pour mieux voir. C'était Xris! Il portait une femme dans le temple.

– C'est bizarre, dit-elle tout haut. Très bizarre. Mais ça ne m'étonne pas que quelqu'un soit blessé dans cette foule. Quand même, c'est étrange que Xris soit mêlé à ça. Ce n'est pas son genre. Je vais voir ce qui se passe. Je dois parler à Xris de toute façon, ajouta-t-elle, un peu honteuse de sa curiosité morbide. Il faut que je discute de mon départ. C'est l'occasion ou jamais.

Elle avait appris la disposition des lieux, ces derniers jours. L'infirmerie était dans une aile séparée, à l'écart du bâtiment principal, avec son propre jardin, son solarium, et une piscine d'eaux thermales. Elle y entra sans bruit. Aucune des soignantes ne lui prêta attention; elle avait adopté la confortable robe longue et ample que portaient toutes les femmes. Mais elle ne vit pas le cyborg. Personne ne semblait alarmé, personne ne s'agitait autour d'un nouveau patient.

– Alors, ça, c'est vraiment bizarre. Ils devraient être ici maintenant. Je vais voir ce qui se passe.

Elle sortit et se dirigea vers la grande entrée. Arrivant à un croisement, elle tourna dans le couloir principal qu'elle enfila, quand un étrange personnage, en imperméable trop long et feutre cabossé surgit soudain devant elle, comme un diable d'une boîte. Il ne dit pas un mot. Deux yeux étonnamment brillants la fixèrent.

Le souffle coupé, elle faillit lui tomber dessus, tenta de le contourner... quand une main se plaqua sur sa bouche. Des bras vigoureux l'entraînèrent dans une pièce vide.

– Ne criez pas ! dit une voix aux accents mécaniques. Je ne vous ferai pas de mal. J'ai besoin d'informations, et vite. La vie de votre Grande Prêtresse est en danger.

Kamil se débattit dans les bras du cyborg.

– Xris, c'est moi ! marmonna-t-elle en tirant sur sa main.

Xris la fixa un moment, puis grogna :

– Désolé. Je ne t'avais pas reconnue dans ces fringues.

– Qu'est-ce qui se passe ? dit-elle. Qu'est-ce que...

Elle s'interrompit. Un autre personnage bizarre venait de surgir près du cyborg – la personne qu'il avait portée dans le temple. Mâle ou femelle, Kamil ne put le déterminer au premier abord, mais c'était une des personnes les plus extraordinaires qu'elle eût jamais vues. Et certainement l'une des plus colorées.

– Tu sais où est ce qu'on appelle la Caverne de la Déesse Sacrée ? demanda Xris.

– Oui, j'y ai été. Mais...

– Parfait, dit Xris, la saisissant par le bras et la propulsant vers une fenêtre. On la voit d'ici ?

– Tu ne peux pas y aller ! protesta Kamil. Astarté doit y prier tout le jour. Il est interdit de la déranger... Que veux-tu dire, elle est en danger ? demanda-t-elle après une pause.

– Rien. Montre-moi seulement cette maudite caverne.

– Tu vois ce chêne géant, vers le haut de la falaise ? dit-elle, pointant le doigt. La caverne est derrière. On ne la voit pas. Elle est cachée par l'arbre.

– Comment on monte là-haut ?

– Il y a un chemin. On en voit une partie d'ici – cette ligne blanche à flanc de montagne. C'est du marbre concassé...

– D'après le Petit, les intrus connaissent ce chemin, dit la beauté en velours rose. Ils progressent rapidement.

Xris ajusta son œil mécanique, mit au point sur la route, et scruta les bouquets d'arbres et d'arbustes au pied de la montagne sacrée.

– Ouais, je les vois. C'est par là qu'ils vont. Je suppose qu'il n'y a pas d'autre chemin ?

– Si, dit Kamil. Astarté me l'a montré. Nous l'avons pris toutes les deux.

– Où est-il ?

– Je ne peux pas te l'indiquer, mais je peux le retrouver, dit Kamil.

– Bon, d'accord. Conduis, dit Xris.

Ils ressortirent dans le couloir au pas de course.

– Je vais passer devant, dit Xris quand il devint apparent que le Petit ne pouvait pas suivre le train. Suivez-nous aussi vite que possible. Et restez en contact. Faites-moi savoir ce qui se passe par l'U-com.

– Oui, ami Xris, dit Raoul, agitant nonchalamment la main. Nous garderons vos arrières.

Xris grogna, secoua la tête et cracha le reste de son twist. Il accéléra l'allure, entraînant Kamil avec lui. Elle s'arrêta un instant, releva sa jupe et la coinça dans sa ceinture, puis elle se remit à courir avec le cyborg. Ils émergèrent du bâtiment principal. Des gens les virent, certains tentèrent de les suivre, mais aucun ne put les rattraper. Kamil filait entre les massifs, en direction du rideau de volubilis marquant l'entrée du sentier secret.

– Quels envahisseurs ? demanda-t-elle.

Xris ne répondit pas.

– Tu n'as pas confiance en moi, n'est-ce pas ?

– Je devrais ? rétorqua Xris. Ça te faciliterait la vie si elle sortait du tableau.

Kamil sentit le sang lui monter au visage, et ce n'était pas d'avoir couru.

– J'ai bien mérité ça, je suppose, dit-elle. Mais je ne suis pas si mauvaise. Si elle est en danger et si je peux faire quelque chose pour elle, je le ferai. Disons qu'elle m'a sauvé la vie. Donnant donnant.

– C'est régulier, dit Xris, même pas essoufflé. C'est encore loin ?

– Là... ce rideau de verdure, dit-elle, s'arrêtant pour reprendre son souffle. Derrière... le chemin monte... tout droit jusqu'au sommet. L'autre chemin est plus long, mais plus facile.

– Compris, dit Xris, scrutant la falaise.

Kamil ne voyait rien, mais elle se dit que la vision augmentée du cyborg lui permettait de distinguer l'étroit sentier serpentant entre les arbres et les rocs. Ils s'arrêtèrent devant le rideau de verdure, Kamil reprenant son souffle, mains sur les genoux, tandis que Xris parlait avec Raoul.

– Ils commencent l'ascension, disait la voix affaiblie du Loti, sortant de l'U-com de Xris. Ils sont vingt commandos. Ils ont tué un prêtre qui tentait de les arrêter.

– Tué, s'écria Kamil, regardant vers les envahisseurs.

Elle les vit monter le chemin sinueux. Ils s'étaient débarrassés de leurs robes blanches, mais ils devaient porter des armures de camouflage, car ils se fondaient bien dans la végétation. Elle vit un éclair, entendit l'écho d'une détonation laser ricocher sur les rocs.

– Ils tirent sur quoi ? demanda Xris à Raoul.

– Un groupe de gardes du temple les poursuit. Je ne crois pas que ça va durer longtemps, dit Raoul.

– Bon, je monte, dit Xris.

– Moi aussi, dit Kamil, mais il ne l'entendit pas.

– Attends mon signal, ajouta Xris, parlant à Raoul.

Ecartant le rideau de verdure, il trouva le sentier et attaqua la montée. Kamil suivit. Le sentier était raide, mais pas escarpé. Ils avançaient vite, mais les commandos aussi, qui montaient par l'autre versant. Maintenant, rien ni personne ne s'opposait à leur avance.

Arrivant sur une portion de terrain plat, Xris s'arrêta pour observer l'ennemi.

– On n'y arrivera jamais, dit Kamil, se hissant sur la corniche à côté de lui. Qu'est-ce... que tu fais ?

– Je vais les ralentir. Les faire réfléchir un peu.

Xris avait ôté sa main cybernétique. Ouvrant sa jambe artificielle, il en sortit un affreux engin, ressemblant à une main à trois doigts creux gigantesques. Il se la fixa vivement au bout du bras, puis inséra une petite torpille dans chaque doigt.

– Tu as une voix qui porte ? demanda-t-il à Kamil.

– Oui, dit-elle, déglutissant avec effort.

– Dirige ta voix vers ces rochers et hurle comme si le diable t'emportait. Tu sais tirer ?

– Oui. Mes frères m'ont appris. Mais je ne peux pas faire mouche de si loin...

– Peu importe. Tire dans le tas. Raoul, on va se transformer en armée. Compris ?

– Compris, Cyborg Xris.

Elevant la voix, Xris tonitrua :

– Ouvrez le feu !

Sa voix roula sur la falaise comme une avalanche. Il continua à brailler.

– Prenez-les par en haut ! Débordez sur le flanc !

Levant la main, il tira ses trois roquettes. Elles s'élevèrent très haut, décrivant un arc, et retombèrent au milieu des commandos, qui se dispersèrent.

– Oui, oui ! hurlait Kamil, soudain ivre d'excitation. On les prend à revers !

Pointant son pisto-laser, elle tira sur un sapin, qui s'enflamma.

– Brave petite, dit Xris. Regarde. On a réussi.

Les commandos, ne sachant d'où venait l'attaque ni à quelle force ils s'opposaient, s'étaient arrêtés. Ils se mettaient à couvert, déployés le long du chemin.

– Ça ne les retiendra pas longtemps, dit Xris, et, pendant qu'il parlait, Kamil vit les commandos se remettre à monter. Mais ça va les ralentir. Viens, frangine... si tu veux.

Il reprit son ascension. Kamil coinça son pisto-laser dans la ceinture de sa robe, et se hâta à sa suite, glissant et trébuchant, les mains moites. Son bras blessé avait recommencé à pulser douloureusement. Elle l'ignora.

En bas, elle vit Raoul attaquer la montée, glapissant de toute la force de ses poumons quelque chose d'inintelligible sur des « frappes aériennes », et soudain, une voix plus grave tonna :

– Encerclez-les par-derrière, soldats !

Kamil, regardant en bas, fut stupéfaite de voir l'archevêque, empêtré dans ses robes cérémonielles, agiter les bras en criant comme un possédé.

– Bravo, Frère Daniel ! dit Xris en souriant.

Le cyborg s'arrêta encore un peu plus haut sur la pente et lança trois autres roquettes, tandis que Kamil continuait à tirer. D'autres arbres s'enflammèrent ; un nuage de fumée planait sur la montagne. En réponse, un son sifflant, à faire dresser les cheveux sur la tête. Xris saisit Kamil et la jeta à terre près de lui. La montagne trembla. Des fragments de pierres et de branches tombèrent autour d'eux. Les poumons remplis de poussière et de fumée âcre, Kamil se mit à tousser. Etourdie, elle mit du temps à réaliser qu'ils étaient attaqués.

Le son sifflant se reproduisit, et cette fois, sachant ce que c'était, Kamil réagit et se jeta sous un surplomb.

Puis elle entendit, en bas, un cri à glacer le sang.

Un cri terrible, pire que l'explosion, qui lui coupa le souffle. Horrifiée, Kamil sortit de sous la corniche. Raoul était debout, près de la silhouette avachie de son petit compagnon. Une large tache de sang couvrait le dos de l'imperméable. Raoul se remit à crier, lamentation terrible et angoissée, puis il s'effondra près de son ami, prit le Petit dans ses bras, posa doucement la tête – toujours coiffée du feutre – sur son cœur.

Une main saisit le bras de Kamil et l'entraîna.

Ils arrivèrent à une corniche en saillie juste au-dessous de la caverne. Xris retint Kamil qui allait s'y hisser sans regarder. Il tendit le bras et elle comprit. Pour atteindre le sanctuaire, ils devraient traverser une large terrasse à découvert.

Astarté était juste à l'entrée, sa robe blanche tombant en plis souples autour d'elle. Les mains sur les hanches, elle regardait la pente. Et elle n'avait pas l'air effrayé, comme s'y attendait Kamil. Mais, à en juger par sa raideur et son visage figé, elle était furieuse.

– Au moins, elle a le bon sens de rester hors de la ligne de tir, marmonna Xris.

Plaqué contre la corniche, il ôtait sa main lance-roquettes et remettait sa main d'acier. Kamil les couvrait tous les deux avec son pisto-laser.

– Ils sont... partis ? dit-elle, se prenant à espérer. On leur a fait peur ?

– Peur ? dit Xris avec un grognement dédaigneux. Sûrement pas. Ils sont là. Ils attendent de voir ce qu'on va faire. Quand on sortira à découvert, ils le sauront.

Il tourna la tête pour regarder la caverne.

– Mais si on arrive jusqu'à l'entrée, on pourra les tenir en respect jusqu'à l'arrivée des troupes de DiLuna.

Il se retourna vers Kamil.

– Je vais foncer. Tu me couvres. Tu sais comment faire, frangine ? Ça va ?

– Oui, dit Kamil, respirant un grand coup. Ça va.

Il lui sourit. Prenant un twist dans sa poche, il se le fourra dans la bouche.

– Si on s'en sort, j'aurai peut-être un boulot pour toi dans mon équipe. Prête ?

– Prête.

La rassurant d'un dernier hochement de tête, il se hissa sur la terrasse et fonça, tirant de petites torpilles de sa main-projectile. Kamil tirait sans discontinuer. Les commandos ouvrirent le feu sur Xris, mais le cyborg courait vite et baissé, et plongea dans la caverne juste comme un arbre s'enflammait derrière lui.

– Frangine, vas-y ! hurla-t-il.

La fumée piquait ses yeux et emplissait ses poumons. Elle entendit d'autres roquettes exploser. Aveuglée, poussée par la panique, elle grimpa sur la terrasse et courut vers la sécurité de la caverne. Xris sortit, et, debout devant l'entrée, se remit à tirer.

Des mains de femme saisirent Kamil, arrêtant sa fuite éperdue. Pendant un moment, elle se cramponna à Astarté, hors d'haleine, tentant de comprendre qu'elle avait réussi.

– On est en sûreté pour le moment, Majesté, dit Xris, rentrant à l'intérieur. Vous et Kamil, allez au fond de la caverne. Couchez-vous. Je les arrêterai à l'entrée.

Tout en rechargeant sa main, il criait dans l'U-com :

– Raoul ! Parle, bon Dieu !

– Xris ! dit une voix, c'est l'arch... Frère Daniel. La reine ? Elle est sauve ?

– Pour le moment. Je suppose qu'ils la veulent vivante, sinon ils l'auraient déjà tuée. Alertez la baronne...

– Je l'ai déjà fait. Mais elle refuse de déployer ses forces sur le territoire du temple. C'est contraire à leur loi.

– Leur loi ? Au diable cette connerie ! jura le cyborg.

Les bois commencèrent à s'animer. Sous les arbres, des ombres remuèrent, avancèrent vers eux.

– Regarde ! dit Kamil, saisissant le bon bras de Xris.

– Je vois. Allez au fond ! cria-t-il à la reine.

– Non, dit Astarté avec calme. Je n'irai pas. Et rangez vos armes, ajouta-t-elle, prenant le pisto-laser de Kamil et le jetant au fond de la caverne. Pas de tuerie.

– Trop tard, Majesté, dit Xris, les yeux fixés sur les commandos qui se rapprochaient. Certains des vôtres sont morts. Peut-être certains des miens aussi. Frère Daniel, cria-t-il dans l'U-com, allez voir la baronne. Faites-lui entendre raison. Dites-lui que nous sommes encerclés, mais que nous pouvons tenir...

– Archevêque, c'est Astarté, dit la reine, élevant la

voix pour se faire entendre. Dites à ma mère que je suis saine et sauve. J'ai l'intention...

– Xris ! s'écria Kamil.

Deux hommes et une femme émergèrent d'un tourbillon de fumée. Les hommes avaient des fusils à rayon, la femme un pisto-laser, tous braqués sur la caverne.

Xris poussa la reine derrière lui, leva sa main d'acier.

– Non, Xris ! Je l'interdis ! s'écria Astarté, lui saisissant le bras. Il n'y aura plus de morts. Ceux qui apportent la violence sur ces terres sacrées périront par la violence.

Elle passa vivement devant le cyborg, avant qu'il ait pu l'arrêter.

– Vous avez profané une terre sacrée, dit-elle aux envahisseurs d'une voix sévère. Que voulez-vous ?

Un homme s'avança, portant la main à son casque.

– Capitaine Richard Dhure, Majesté. Nous aimerions vous emmener faire un petit voyage avec nous, ma'ame.

– Si j'accepte, cesserez-vous cette tuerie ?

– Nous n'avons jamais voulu tuer personne, Majesté. Mais nous avons une mission, qui est de vous amener saine et sauve à une certaine destination, dit Dhure, poli, respectueux, mais sans abaisser son arme. Si vous nous suivez, ma'ame, nous seront hors d'ici dans cinq minutes.

– Très bien, acquiesça Astarté.

Interposant délibérément son corps entre les commandos et Xris, la reine marcha vers l'entrée de la caverne ; si calme, si impérieuse que Kamil, interdite, la laissa faire.

– Arrête-la ! ordonna Xris du coin de la bouche. Je m'occupe d'eux.

Sursautant, Kamil se ressaisit et bondit vers la reine. Xris se décala sur la gauche pour viser le chef.

Un tireur embusqué dans les bois avait apparemment anticipé ce mouvement. Un rayon mortel grésilla dans la caverne, frappa Xris en pleine poitrine. Le cyborg, projeté en arrière, tomba lourdement sur le dos.

Les deux femmes se figèrent, se cramponnant machinalement l'une à l'autre. Xris gisait, immobile, les yeux clos, de la fumée s'élevant de sa chemise brûlée, le twist pendant de ses lèvres molles, les voyants de son bras cybernétique clignotant, les doigts agités de spasmes.

– Oh, Xris..., dit Astarté, repoussant Kamil pour le rejoindre.

– Par ici, Majesté, cria le Capitaine Dhure. Sortez.

Comme je vous l'ai dit, nous ne voulons tuer personne, mais nous avons une mission à remplir. Le prochain coup sera pour votre amie.

– Ne tirez pas, dit Astarté. Je viens avec vous.

– N'y allez pas, chuchota Kamil.

– Je suis entre les mains de la Déesse, dit doucement Astarté, avec un sourire rassurant.

En état de choc, Kamil frissonnait. Elle ne put dire un mot. Astarté sortit de la caverne d'un pas ferme, mais elle n'avait fait que quelques pas quand elle tituba, chancela.

– Attention, cria le capitaine, arrêtant ses hommes qui allaient bondir. C'est peut-être une ruse. Toi, ma fille, dit-il, faisant signe à Kamil de son fusil, aide ta maîtresse.

Mais Kamil avait déjà rejoint Astarté, qu'elle allongeait doucement sur le sol.

– Vous êtes blessée ? demanda anxieusement Kamil.

Astarté secoua la tête, voulut s'asseoir.

– Non... j'ai senti l'évanouissement venir... je...

Le souffle de Kamil s'arrêta dans sa gorge. Elle ne savait pas comment elle savait, sauf qu'elle avait aidé sa mère à mettre six bébés au monde.

– Vous êtes enceinte ! murmura-t-elle.

– Chut ! dit Astarté, lui saisissant le bras. Ne dites rien. Personne ne doit savoir. La Déesse l'a dit. Le bébé ne naîtra peut-être pas... Promettez-moi. Jurez sur votre Dieu !

– Reposez-vous. Ne parlez plus.

Kamil regarda le capitaine des commandos. Elle ne savait pas ce que voulaient ces gens. Il valait peut-être mieux qu'ils ne sachent pas qu'ils avaient un bonus inattendu, que la reine portait l'héritier royal. Etait-ce l'enfant de Dion ? Kamil déglutit avec effort, serra la main d'Astarté.

– Je vous le promets, dit-elle tout bas. Sa Majesté est malade, dit-elle au capitaine. Elle ne doit pas être déplacée.

– Nous prendrons bien soin d'elle. Nous avons un médecin à bord.

Le Capitaine Dhure parla dans son U-com, puis, regardant le ciel, fit un signal de la main.

Une ombre tomba sur eux. Un hélicoptère planait au-dessus de leurs têtes. Sur un signe du capitaine, l'appareil s'inclina, commença à descendre le long de la pente, lançant des jets d'air comprimé pour s'écarter de la roche.

– Aidez-moi à me lever, ordonna Astarté.

– Vous croyez ? dit Kamil, l'air anxieux.

– Oui. Le vertige est passé.

Kamil aida la reine à se relever. Le capitaine gardait un œil sur elles, un œil sur la caverne, mais il dut décider que le cyborg ne jouait pas la comédie.

L'hélicoptère arriva au niveau du sol. Le capitaine, respectueux, mais ferme, pilota Astarté vers l'appareil.

Impuissante et désolée, Kamil regardait la reine partir. Astarté marchait avec dignité, retenant ses cheveux d'une main pour se dégager la vue. Les commandos la traitaient avec déférence. On aurait dit qu'elle partait pour un voyage officiel.

Soudain, impulsivement, sans savoir ce qu'elle faisait ni pourquoi, Kamil courut après elle.

– Emmenez-moi aussi, cria-t-elle par-dessus le bruit du moteur.

Le Capitaine Dhure la lorgna d'un œil dubitatif.

– Je suis... sa femme de chambre, dit Kamil, première chose qui lui passa par la tête.

Le capitaine n'avait guère le temps de réfléchir. Il se dit peut-être que la reine serait plus traitable si elle avait une compagne. Il accepta du geste, et Kamil courut à l'hélicoptère. La reine était déjà à bord. Un commando aida Kamil.

– Que faites-vous ? dit Astarté, stupéfaite.

– Je viens avec vous.

– Vous n'êtes pas obligée.

– Si, je le suis, répondit-elle, farouche, détournant la tête pour mettre fin à la conversation.

Elle savait, sans avoir besoin de le demander, qui était le père de l'enfant de la reine.

Un soldat boucla le harnais de Kamil. Un autre enveloppa la reine dans une couverture.

Le Capitaine Dhure monta à bord.

– Décollez, dit-il au pilote. Vous avez établi le contact avec la baronne ? Oui, passez-la-moi. Baronne, ici le Capitaine Richard Dhure, Légion Fantôme. Nous retenons votre fille en otage... Non, c'est *vous* qui m'écoutez. Votre fille est vivante, et le restera tant que vous suivrez nos instructions. Nous espérions agir discrètement, mais vos gens ne l'ont pas permis.

« Voici ce que vous allez dire à la presse : Une tentative d'assassinat a été perpétrée aujourd'hui sur la personne de Sa Majesté. Cette tentative a été déjouée. La reine est saine et sauve, et restera invisible jusqu'à ce que vous vous soyez assurée que tous les coupables ont été capturés... »

L'hélicoptère décolla, agité de secousses provoquées par les manœuvres nécessaires pour éviter les rochers. Le bruit des jets d'air comprimé couvrit ce que disait Dhure. Mais Kamil en avait entendu assez.

Cramponnée à son siège, elle regardait le sol qui s'éloignait rapidement. Des incendies faisaient rage. La fumée se répandait dans tous les jardins du temple. D'autres hélicoptères tournaient au-dessus d'eux, atterrissaient pour embarquer le reste des commandos. Elle vit quelques cadavres, sans doute frappés par les roquettes de Xris. Leur retraite fut rapide et facile ; personne ne tenta de les arrêter. Les commandos abandonnèrent leurs morts.

Une foule nombreuse s'était massée dans les jardins du temple, tous les yeux levés vers le ciel. Kamil vit une petite procession descendre la montagne. En tête, les robes éclatantes de l'archevêque. Derrière, le rose flamboyant de l'Adonien, et derrière lui, deux infirmiers portant une civière avec un petit corps disparaissant sous un imperméable.

D'autres prêtres et soignants escaladaient la montagne. Ils allaient trouver Xris. Mort... ou vivant.

Et Astarté portait l'enfant de Dion.

Soudain, Kamil se mit à pleurer.

Une main douce et fraîche frôla la sienne. Kamil aurait voulu la repousser, mais son contact était réconfortant, adoucissait sa colère et son chagrin.

Elle serra la main d'Astarté, et la garda dans la sienne. Elles ne parlèrent ni l'une ni l'autre.

Au-dessous, dans les jardins du temple, des tourbillons de fumée dérivaient parmi les arbres, comme des fantômes.

6

Tusk sortit du Cimeterre, descendit l'échelle tout en examinant les lieux. Il avait posé son avion dans un hangar de vaisseau de guerre, du même type que le vieux *Phénix*. La baie s'était refermée et scellée, et de l'air remplissait lentement tout l'espace. Une garde d'honneur avançait au pas cadencé pour les accueillir.

– Du moins, c'est ce que j'espère, se dit-il, desserrant son pisto-laser dans son étui, et repérant des endroits du hangar où il pourrait se mettre à couvert.

Les gardes s'immobilisèrent en formation, levèrent leurs armes pour saluer ; aucun ne semblait s'apprêter à tirer. Deux officiers se détachèrent du groupe, s'inclinèrent devant le Seigneur Sagan avec le plus grand respect. Maintenant, ils attendaient tous Tusk.

Prenant pied sur le pont, il reconnut sans plaisir ses deux anciens passagers, le Commandant Perrin et le Capitaine Zorn.

– Bienvenue à bord, Tusca, dit Cynthia, avec un sourire très cool et une ferme poignée de main.

– Tu as du scotch ? dit Don avec un clin d'œil.

– Ça marche, le business des aspirateurs ? riposta Tusk.

– Les aspirateurs ? fit Don, décontenancé, puis son rire tonitruant se répercuta dans tout le hangar. Tu parles de Mme Propre ? Ha-ha. Elle est bien bonne. Elle va bien. Très bien. Elle appréciera.

– Je me réjouis que tu aies enfin décidé de te joindre à nous, dit Cynthia.

Puis elle se retourna vers Sagan, et le regarda, avec un

intérêt que, si ses sens ne l'abusaient pas, Tusk jugea bien autre que professionnel.

– Seigneur, dit-elle d'une voix plus douce, Son Altesse désire vous voir immédiatement. Le Commandant Perrin vous escortera jusqu'aux appartements royaux. Nous conduirons le Commandant Tusca à ses quartiers.

– Je suis aux ordres de Son Altesse, dit Sagan, avec une légère inclinaison de tête.

Sagan avait de nouveau revêtu la soutane noire de l'Ordre du Diamant.

– Dînerez-vous ce soir avec Son Altesse, Seigneur ? demanda Cynthia.

– Je suis à l'entière disposition de Son Altesse.

– Alors, peut-être vous y verrai-je, Seigneur.

Sagan s'inclina et suivit le Commandant Perrin, sans accorder un regard à Tusk.

– Tu te contentes de livrer la marchandise, hein ? grommela Tusk avec amertume dans le dos de Sagan.

Ça faisait partie de la comédie, bien sûr, et il dut reconnaître qu'ils avaient réussi leur entrée. Mais il ne s'attendait pas à ce que son partenaire sorte si tôt de scène et le laisse seul affronter le public.

La garde d'honneur suivit Sagan au pas cadencé. Tusk resta seul avec Cynthia. Il lui sourit, espérant que son sourire n'était pas aussi écœuré qu'il se sentait.

– Par ici, Commandant, dit Cynthia, cérémonieuse.

Elle rendit son sourire à Tusk, mais ses yeux dérivèrent une fois de plus vers Sagan. Et, bien que Tusk fût marié et heureux en ménage, il ne put s'empêcher d'être vexé. Bon sang, Sagan devait avoir soixante ans, au moins !

– Qu'est-ce que tu as dit – Commandant ? Ha ! dit Tusk, se forçant à rire, d'un rire qu'il craignit effectivement forcé. Je croyais qu'on était amis intimes. Après tout, tu m'as tiré dessus.

– Je ne t'ai pas tiré dessus, dit Cynthia, le regardant avec plus d'intérêt.

– Enfin, ton aspirateur m'a tiré dessus, rectifia-t-il.

– Ce n'est pas la même chose, dit Cynthia, passant son bras sous le sien. Si je t'avais tiré dessus, tu ne l'aurais pas oublié.

Bon sang, elle ne perdait pas de temps, cette nana ! Cinq secondes plus tôt, elle était prête à retrousser les jupes de Sagan, et maintenant, elle frottait sa hanche contre la sienne tandis qu'ils avançaient côte à côte, pratiquement joue contre joue. C'est seulement en arrivant à ses quartiers qu'il réalisa qu'il ignorait où il était.

– Euh... ça va te sembler bête, mais... où on est ?

Cynthia eut un rire enjoué, appréciant le compliment.

– Quartier des officiers. Pont B. Si tu veux, je vais te faire un plan, dit-elle, s'arrêtant devant une porte.

Elle le fit entrer dans une cabine, referma derrière eux. A ce stade, Tusk se dit qu'il allait devoir lutter pour défendre sa vertu. Mais, quelque peu déçu, il constata que Cynthia se contentait de vérifier l'état des lieux.

– Tu connais le Seigneur Sagan depuis longtemps. Que penses-tu de lui ? dit-elle d'un ton détaché, lissant la couverture parfaitement lisse.

Tusk posa son sac par terre, haussa les épaules, ses entrailles se nouant en nœuds serrés.

– Personne ne connaît Derek Sagan, dit-il, ce qui, après tout, était vrai. Et moi encore moins.

– Tu as pourtant servi sous ses ordres, dit Cynthia, s'asseyant sur le lit.

– Très au-dessous, dit Tusk, s'asseyant sur une chaise.

– Tu as déserté...

– Bon, tu connais mon histoire. Je ne vois pas...

– Mais à cause de l'Usurpateur...

– A cause de qui ? dit Tusk, ahuri.

– L'Usurpateur, Dion Clairfeu. A cause de lui, toi et Sagan êtes devenus amis.

– Pas amis. *Jamais* amis, dit Tusk.

– Mais tu l'as suivi, dit Cynthia, l'air étonné.

– Parce que j'avais besoin du fric, c'est simple.

– Nous t'avons offert de l'argent.

– Ouais, en me tirant dessus en prime. C'est un interrogatoire, Capitaine ?

– Appelle-moi Cynthia. Et tu ne peux pas nous reprocher d'essayer de savoir pourquoi tu as changé d'idée.

– Et peut-être de vous assurer que j'ai *vraiment* changé d'idée, dit-il, sentant la moutarde lui monter au nez.

Il lui en voulait de se méfier de lui. Elle avait raison, bien sûr, mais, bon sang, elle ne le savait pas !

– Si tu veux savoir combien me paie Son Altesse, le mieux serait de le lui demander.

– Ne te fâche pas, Tusk. Je sais combien te paie Son Altesse. Moins que tu ne vaux.

Elle lui caressa le cou d'un long doigt fuselé, lui releva le menton, le forçant à la regarder, et se pencha sur lui avec une moue mutine.

– La réception est à 1800. Dans une heure. Ça te donne le temps de te doucher et de te raser. Uniforme de gala. Il est dans ce placard. J'espère qu'il t'ira. J'ai bien jugé ta taille, je crois, dit-elle, lui passant les mains sur les épaules. Je viendrai te chercher.

Badine, elle lui posa un index sur les lèvres, et sortit.

Tusk resta sur sa chaise, incapable de bouger. Une minute, il eut peur d'avoir une crise de tremblote. Sa chemise était trempée de sueur, et il frissonnait.

– Comment j'ai pu me mettre dans ce merdier ?

Il comprit en se surprenant à se tirer machinalement l'oreille, à chercher une étoile qui n'était pas là. Il émit quelques mots malsonnants, puis alla se doucher.

Tusk avait oublié à quel point il détestait l'uniforme de gala. Il se contorsionnait encore pour s'y introduire quand la porte bourdonna.

– C'est moi, dit Cynthia en entrant.

– Vous n'avez pas de respect pour la vie privée, ici ? demanda Tusk, se grattant le bras gauche.

Il avait essayé de sceller sa porte, découvert que c'était impossible.

– Tu as quelque chose à cacher ? contra-t-elle, lorgnant d'un œil approbateur son corps mince et ferme. Je pencherais pour la négative. Mais nous ne faisons pas de chichis, ici. Je suppose que Derek Sagan désapprouverait. Il était partisan de la discipline, non ? Ce qui a ses avantages en certaines circonstances. Mais ce n'est pas le style du Prince Flam.

Encore Sagan. Qu'est-ce qui se passait ? Elle cherchait à les jouer l'un contre l'autre ? Elle allait à la pêche aux informations ? Elle était amoureuse, tout simplement ?

Tusk s'étudia dans la glace, maussade. Il ressemblait à son fils dans son pyjama stretch. Cette idée lui donna le mal du pays. Il espérait que Nola et John allaient bien. Il ne leur avait parlé qu'une fois – par l'intermédiaire de Rozzle – juste après avoir quitté Vangelis, avant de faire le Plongeon. Sur le « conseil » de Sagan, il avait dit à Nola que Link avait perdu l'avion au profit de Lazarus Banquo.

– Je m'en vais avec Banquo, avait-il dit. Je vais tâcher de trouver le moyen de récupérer mon Cimeterre.

C'était la première fois de sa vie qu'il lui mentait, et il savait qu'elle savait qu'il mentait. Rozzle ne croyait pas aux vidphones, et il en était bien content ; il n'avait pas eu à lui raconter cette craque en face. Il avait compris à sa voix qu'elle avait peur – pas pour elle, pour lui. Se rappelant qu'on l'avait suivi depuis leur maison, Tusk tâcha de lui inspirer un peu de peur pour elle-même.

Ça n'avait pas été facile, avec Sagan sur le dos. Au moins, il espérait qu'elle avait reçu le message.

– Je suis désolé de manquer la soirée de Marek, tout à l'heure, chérie, avait-il dit. Vas-y sans moi, et emmène John. Il pourra mettre le costume de Jeannot-Lapin que tu lui as fait. La Jeep est à l'astroport. Conduis prudemment, chérie. Je t'aime.

Il coupa vivement, avant qu'elle ait pu répondre. Marek ne donnait pas de réception. Mais il avait une villa dans la montagne, et il avait souvent tenté d'inciter Tusk et Nola à venir y passer des vacances. Le mot « prudemment » devait aussi lui mettre la puce à l'oreille, et aussi le fait que John n'avait pas de costume de Jeannot-Lapin.

Ça, ou alors elle penserait qu'il était encore bourré. Bon sang, ce qu'il aurait voulu l'avoir ici ! Ils formaient une équipe, une sacrément bonne équipe. Elle avait une façon à elle de le stabiliser, de lui donner confiance en lui...

– Et on dit que les femmes sont frivoles ! dit Cynthia, se plantant derrière Tusk.

Il réalisa qu'il se regardait dans la glace depuis un bon moment.

– Je veux juste faire bonne impression, c'est tout, dit-il. A quoi il ressemble, ton prince ?

– Le tien aussi, j'espère, rétorqua Cynthia.

– Pour le moment, c'est purement une affaire de fric.

Pendant sa douche, il avait décidé de la jouer relaxe.

– C'est parce que tu ne le connais pas encore, dit Cynthia, son attitude enjouée et flirteuse disparue, et pleine maintenant de la plus grande révérence. Il est incroyable. Beau, charmant, fort, intelligent. Il n'a aucun vice, aucune faiblesse. Il est totalement concentré sur un seul but – être roi. Flam Clairfeu sera un roi fantastique.

Elle regarda Tusk, grave, presque fanatique.

Dangereux, avait dit Sagan du prince. Oui, pensa Tusk, tout homme pouvant inspirer ce genre de loyalisme à des partisans tels que Cynthia, devait être dangereux. D'ailleurs, tout homme que Sagan qualifiait de dangereux devait être.. bon... dangereux. Et il y avait du respect dans la voix de Sagan, le même respect dont il avait entendu l'écho dans celle de Cynthia.

Sagan n'avait jamais qualifié Dion de dangereux.

– Ne t'inquiète pas, reprit-elle. Tu seras bientôt aussi dévoué que nous à notre prince. Une fois que tu l'auras rencontré, je t'assure que ce ne sera plus uniquement une question de fric.

– Tu crois ? dit Tusk, s'efforçant de rigoler.

– Je ne crois pas. Je *sais*, dit Cynthia avec sérieux.

Une heure plus tard, parlant avec le prince, Tusk commençait à se demander si elle n'avait pas dit vrai. Flam Clairfeu était exactement tel qu'on le lui avait décrit. Il vous glissait dans la gorge aussi facilement que du tord-plongeon, vous laissant un peu éméché par l'expérience.

– Mendaharin Tusca, c'est un honneur de vous rencontrer enfin, dit Flam, interrompant sa révérence, lui tendant la main et serrant vigoureusement la sienne.

Les yeux bleus des Clairfeu étincelaient, hypnotisants. Le sourire de Flam était sincère, sa poignée de main ferme.

– Je ne saurais vous dire comme je suis heureux que vous ayez décidé de vous joindre à nous. Je sais... dit le prince avec son sourire éclatant, que vous ne faites cela « que pour le fric », mais j'espère vous gagner à ma cause. Venez, je voudrais vous parler en particulier.

Flam le conduisit devant une large baie, d'où l'on avait une vue magnifique sur les stations spatiales et la flotte.

– Je suis heureux que vous ayez accepté d'exécuter pour moi cette tâche délicate, Tusk, dit Flam, avec une gravité aussi séduisante que son sourire. Parce que vous seul, je pense, êtes capable de convaincre mon cousin de mon envie de le voir. Je sais que vous vous êtes un peu éloignés ces dernières années...

Il fit une pause, regarda Tusk, en attente.

– Ouais, je veux dire, oui, Altesse. On peut dire ça, je suppose. C'est juste qu'il est si haut placé... et que moi... bon... on peut pas dire qu'on soit vraiment brouillés...

Tusk se noyait, espérant que quelqu'un lui lancerait une bouée. Flam vint à sa rescousse.

– Exactement, dit Flam. Le temps, les circonstances séparent les amis. Ce n'est la faute de personne. Simple malentendu. Eh bien, cela vous donnera l'occasion de renouer vos liens d'amitié avec Dion, Tusca. Vous nous rendrez un grand service à tous deux en nous permettant enfin de nous rencontrer.

– Au bout d'un pisto-laser, dit Tusk, sa langue plus rapide que sa cervelle.

Le prince eut l'air plus amusé qu'offensé.

– On m'a dit que vous êtes nature, Tusca. Que vous dites ce que vous pensez. Ça me plaît. Beaucoup plus que la flatterie. Et j'espère que vous n'aurez pas à user de la force. D'abord, je ne crois pas que Sa Majesté voudrait vous faire du mal, n'est-ce pas ?

Tusk secoua la tête, mal à l'aise et plein de remords.

– Non, bien sûr. Et il y a une autre raison. Venez, je vais vous présenter quelqu'un.

Confus et étourdi, avec l'impression d'avoir trop bu et d'être incapable de rentrer chez lui au volant, Tusk balaya l'assistance du regard. Il nota avec soulagement que Sagan – avec l'adresse et le doigté d'un commandant naval d'expérience – avait piloté Cynthia vers un groupe d'officiers supérieurs, puis l'avait poliment et promptement abandonnée à son sort. Il vit encore Sagan se diriger vers eux, puis il fut forcé de ramener son attention sur le prince.

La salle de réception du *Flamboyant*, vaisseau amiral de Son Altesse, était très vaste, conçue pour les rencontres diplomatiques ayant souvent lieu sur les astronefs. Quand ils ne participaient pas à une guerre, ces vaisseaux étaient parfaitement adaptés au transport des diplomates entre les planètes. La salle était meublée des incontournables tables rondes et chaises inconfortables, dont la seule raison d'être était de faire asseoir ensemble de parfaits étrangers, qui se dévisageraient en chiens de faïence en buvant des boissons tièdes et en piquant des canapés avec des cure-dents.

Le prince se dirigeait vers l'une de ces tables, située à l'écart des autres, dans un coin éloigné de la salle. Tusk avait déjà remarqué cette table et ses occupants, et s'était posé des questions pour plusieurs raisons. Les deux personnes qui y étaient assises étaient des femmes. Elles étaient en robes blanches (alors que tous les autres assistants étaient en uniforme) et l'une d'elles avait quelque chose de familier, bien qu'il ne pût déterminer quoi, car elle lui tournait le dos. Personne ne s'approchait d'elles, mais c'était peut-être parce que plusieurs hommes les entouraient. Ils n'étaient pas armés, mais ils avaient l'attitude vigilante de gardes – gardes du corps ou gardiens de prisonniers, c'était difficile à dire.

D'après ce que voyait Tusk, les deux femmes ne semblaient pas s'amuser. Elles avaient à manger et à boire devant elles, mais elles n'y touchaient pas. Toutes deux paraissaient tendues, mal à l'aise, et déterminées à ignorer ce qui se passait autour d'elles. Elles ne parlaient pas, ni aux autres, ni entre elles. Un vieux monsieur noir était assis avec elles, souriant, faisant apparemment ce qu'il pouvait pour les distraire.

A la vue de Flam, les gardes reculèrent. Tusk reconnut en l'un d'eux le Capitaine Dhure, qui le salua de la tête avec un sourire chaleureux, mais, le voyant accompagné par le prince, ne lui adressa pas la parole. Le vieux monsieur noir se leva. Lui aussi parut vaguement familier à Tusk, mais il n'eut pas le temps de le situer. Flam faisait les présentations.

– Sa Majesté la Reine.

Le choc traversa Tusk comme une décharge laser. Il n'avait jamais rencontré Astarté, mais il l'avait vue à la vidéo avant qu'on lui reprenne sa machine. D'abord, il pensa confusément que ce devait être une illusion d'optique, ou un sosie... mais il dut abandonner cette idée.

Impossible d'imiter la beauté éblouissante d'Astarté, ni l'air impérieux dont elle le toisa. Flam s'inclina devant elle avec respect, lui rendant hommage comme si elle était sur son propre vaisseau, de sa libre volonté. Astarté accepta l'hommage comme son dû, mais raide et serrant les dents comme quelqu'un qui sait que ce n'est qu'un simulacre.

Tusk comprenait le plan du prince maintenant. Sagan était-il au courant de cet enlèvement ? Y avait-il participé ? Ou était-il aussi surpris que Tusk ? Le Seigneur de la Guerre était venu se placer derrière eux. Sans le voir, Tusk sentait sa présence. Flam présentait le vieux monsieur noir, dont Tusk reconnut le nom, bien que trop bouleversé pour se demander d'où il le connaissait.

Flam ne présenta pas l'autre femme ; sans doute une suivante de la reine, se dit Tusk. Puis il remarqua que la femme avait tourné la tête et porté sa main à son visage. Elle se cachait de lui, comme pour ne pas être reconnue, ce qui, naturellement éveilla son attention. Elle avait quelque chose de familier... Puis il sut ce que c'était.

– Kamil, dit-il en un souffle. Qu'est-ce que...

– Non, monsieur, vous vous trompez, dit-elle, avec un regard suppliant, secouant la tête. Je m'appelle Diana...

– Qu'y a-t-il ? dit Flam soudain intéressé. Vous connaissez cette femme ?

Tusk regarda autour de lui. Sagan était impassible, mais Tusk remarqua sa raideur soudaine, le léger frémissement des lèvres minces. Tusk avait gaffé, apparemment. Mais comment ? Il n'avait plus qu'une chose à faire.

– Elle ne s'appelle pas Diana, mais Kamil. Maigrey Kamil Olefsky. C'est une amie de la famille royale...

– Mais oui ! Quel étrange hasard met dans nos mains ce bonus inespéré ! J'adorerais entendre cette histoire, s'écria Flam, avec un regard entendu au vieillard.

Tusk ne comprenait toujours pas, même si les autres avaient l'air de comprendre, à en juger par leurs sourires entendus. Il s'efforça de prendre l'air entendu lui-même, comme celui qui ne pige pas une histoire gaillarde du maître de maison et se sent forcé de rire poliment.

– Tusca, mon ami, merci d'avoir éclairé notre lanterne. Maintenant, quand vous verrez Sa Majesté, vous pourrez lui dire que nous avons le plaisir d'avoir à bord non seulement son épouse, mais aussi sa maîtresse.

Sa maîtresse ! se dit Tusk, choqué et incrédule.

– Serré. Très serré, murmura Sagan, mais Tusk perçut une nuance d'approbation dans sa voix et se détendit.

La supercherie n'aurait pas pu durer très longtemps. Le prince devait faire enquêter sur l'identité de Kamil. Et cette révélation avait fait monter Tusk d'un cran dans l'estime de Flam, qui le regardait avec un respect nouveau.

– Si vous voulez bien m'excuser, Majesté, dit Flam, en s'inclinant. Je dois vous enlever Pantha un moment.

Le vieillard, Garth Pantha (c'était lui, réalisa Tusk), s'inclina et alla rejoindre Flam et Tusk.

– Votre collaboration s'est déjà révélée inappréciable, Tusca. Je vous présente mes remerciements, et, ajouta

Flam en souriant, mes excuses pour les moments gênants que vous avez passés depuis que vous êtes à bord. Le Capitaine Zorn ne faisait qu'obéir aux ordres. A partir de maintenant, j'espère que vous serez bons amis.

Ah, on rappelle les chiens, pensa Tusk.

– Seigneur Sagan, reprit Flam, je dois m'occuper de mes autres invités avec Pantha. Aurez-vous l'obligeance de tenir compagnie à Sa Majesté, vous et Tusk ?

Sagan s'inclina, et Tusk ne put faire autrement que l'imiter. Mais, avant de se tourner vers la reine, Sagan lui lança un regard d'avertissement. Bien inutile, car Tusk avait compris qu'il devait y avoir des micros espions.

Mais Astarté n'avait manifestement nul besoin de leur compagnie. Elle se leva et leur tourna le dos.

– Ces gens sont odieux, dit-elle à Dhure. Je me retire.

– Ce ne sera pas nécessaire, Majesté, l'interrompit Sagan. Je ne voudrais pas priver l'assemblée du plaisir de votre présence. C'est moi qui vais me retirer.

– Son Altesse aimerait que vous restiez, Majesté, dit Dhure avec respect.

– En exposition ? dit Astarté, sarcastique.

– Lorsqu'on a en sa possession l'un des bijoux de l'univers, il est bien naturel de vouloir le montrer, dit galamment Dhure. N'est-ce pas vrai, Seigneur ?

– Analogie intéressante. Faite autrefois par feu Snaga Ohme à propos d'un bijou qu'il tenait de Dame Maigrey. Votre marraine, je crois ? dit Sagan, s'inclinant devant Kamil.

– Ne prononcez pas son nom ! dit Kamil avec colère. Vous trahissez Dion, et vous la trahissez aussi ! Elle a sacrifié sa vie pour Dion. Elle l'aimait. Et, pour une raison mystérieuse, elle vous aimait aussi !

Impassible, Sagan la regarda en silence.

– Vous êtes une enfant, dit-il enfin. Vous ne savez rien de l'amour et du sacrifice. Mais vous apprendrez.

Il tourna son regard vers la reine.

– Majesté, dit-il en s'inclinant.

– Seigneur, dit-elle avec raideur, lui accordant à peine un regard.

Il regarda brièvement Kamil, mais ne lui dit plus rien. Se retournant, il sortit.

Personne ne parla. Astarté le regarda partir, fronçant

les sourcils, l'air pensif. Kamil le suivit des yeux, hébétée, brisée, effrayée. Tusk avait des sueurs froides. Il n'avait aucune idée de ce qui se passait. Il se demandait même si Sagan le savait.

– J'ai besoin de prendre un verre, dit-il, avec l'intention de retourner dans sa cabine. Si vous voulez bien m'excuser, mesdames.

7

Assis à son bureau, Dion signait sa pile quotidienne de documents officiels. Cela fait, d'Argent dit à voix basse :

– L'Amiral Dixter attend, Majesté.

– Bien. Annulez mes autres rendez-vous du matin.

– Oui, Sire. Pourtant...

Dion, absorbé par un rapport, leva les yeux.

– Qu'est-ce, d'Argent ?

– Vous avez rendez-vous ce matin avec Mendaharin Tusca, Sire. Dois-je l'annuler aussi ?

Dion se détendit, se renversa dans son fauteuil.

– J'avais oublié, dit-il avec un sourire las. Première fois qu'il vient me voir depuis trois ans. Non, n'annulez pas. Prévoyez un déjeuner.

– Oui, Sire. Votre Majesté désire-t-elle du thé ?

– Merci, dit Dion distraitement.

Sa tasse était encore pleine ; le thé avait refroidi sans qu'il y touche. D'Argent l'emporta, revint avec une théière fumante, une cafetière pour le Premier Lord de l'Amirauté, et avec l'amiral lui-même.

Dion se leva pour l'accueillir. Ils se serrèrent la main.

– Du nouveau, Amiral ?

– Non, Majesté. Désolé.

Soupirant de frustration, Dion se rassit. D'Argent servit le thé et le café, s'attarda un moment pour voir s'ils désiraient autre chose, puis sortit discrètement.

– La baronne a isolé Cérès de tout le reste de la galaxie, reprit Dixter. Tout le commerce intergalactique est interrompu, tous les avions consignés au sol. Personne n'est autorisé à atterrir sur la planète ou à en décoller. Les communications avec l'extérieur, y compris ses propres systèmes, sont coupées. Bien sûr, cela se comprend s'il y a vraiment eu une tentative d'assassinat sur la reine...

– Mais je n'y suis pour rien ! dit Dion avec colère, abattant son poing sur le bureau, ce qui fit déborder son thé dans la soucoupe. Elle n'a pas le droit de refuser de communiquer avec moi !

– Droit ou pas, Dion, DiLuna vous tient responsable de ce qui s'est passé...

– Et qu'est-ce qui s'est passé ? demanda Dion, rageur. Le sait-on seulement ? Astarté est-elle saine et sauve ? DiLuna sait-elle d'où vient cette agression ? Si agression il y a.

– Oui, dit sombrement Dixter. C'est confirmé par toutes nos sources.

– Alors, qu'est-ce que DiLuna me reproche ?

– La baronne vient d'émettre un communiqué, dit gravement Dixter. Le voilà.

Dion lut, l'air choqué, incrédule. Il le relut plus lentement et regarda Dixter.

– Xris ? Le Xris que nous connaissons ? Le cyborg qui a aidé Dame Maigrey, qui a risqué sa vie pour sauver Tusk ? Non, je ne peux pas le croire !

– Moi non plus. Mais il a été arrêté, accusé du crime, jugé et condamné. DiLuna ne perd pas de temps. Je m'étonne qu'il ne soit pas déjà exécuté.

Dion étudia le communiqué, perplexe.

– La reine est en retraite, priant pour l'âme des morts. Il faut que je sache la vérité, dit-il avec colère. Que font vos espions ?

– Ce sont les meilleurs, Dion, fit Dixter avec douceur. Mais il y a des problèmes. L'incident a eu lieu à l'intérieur du temple, qui a été isolé immédiatement. Nos gens ne sont ni prêtres ni prêtresses. Ils n'ont aucun moyen d'entrer, et seraient sans doute abattus s'ils le tentaient. C'est une offense grave. Du sang a été répandu sur un sol sacré. La population de Cérès est furieuse et effrayée. Elle a peur du courroux de la Déesse.

– Sans parler de celui de DiLuna, grommela Dion.

– Ça aussi, dit l'amiral.

– Si je savais seulement qu'Astarté est en sécurité ! Si je pouvais seulement lui parler !

Dion se remit à frictionner sa paume droite. Se forçant à s'arrêter, il croisa les mains sur son bureau.

– J'aurais dû être près d'elle. C'était ma place.
– Vous n'auriez rien pu faire...
– Mais vous êtes d'accord. J'aurais dû être là. Au moins, je saurais ce qui s'est passé, au lieu d'être maintenu dans l'ignorance. La baronne ne pourrait pas me faire passer pour un imbécile. Quoique c'est exactement ainsi que je me suis conduit.

Il se leva et alla regarder par la fenêtre. Une foule de touristes encombraient les trottoirs. Un petit groupe levait la tête, scrutant les étages supérieurs.

– Je croyais avoir la situation bien en main. Tout allait bien, pensais-je – parce que je voulais le croire. Parlons de l'aveuglement de la passion ! Elle m'a rendu aveugle à mon devoir, à mes responsabilités, à mon honneur. J'ai blessé Astarté. Je n'en avais pas l'intention. Elle ne le méritait pas. Si elle était froide et distante, à qui la faute ? Je l'ai exclue de ma vie délibérément, puis je lui ai reproché de me quitter en claquant la porte.

Et Kamil, pensa-t-il sombrement. Je l'aime. Je donnerais ma vie pour elle. Pourtant, je l'ai blessée, elle aussi, aussi sûrement que si je lui avais passé la lame-sang en travers du corps. Et tout ça pour mes désirs égoïstes. J'aurais dû être assez fort, l'aimer assez pour renoncer à elle.

– Maintenant, tout se désintègre, poursuivit-il tout haut. Je ne vaux pas mieux que mon oncle. Comment pourrais-je apporter ordre et stabilité au royaume si je ne suis pas capable de les instaurer dans ma vie ? termina-t-il, amer.

– Ne soyez pas trop dur avec vous-même, fiston, fit Dixter. Vous êtes jeune, vous êtes humain...

– Non, je suis du Sang Royal. Je suis roi. Les rois ne peuvent pas se permettre le luxe d'être jeunes, humains, amoureux. Ni de s'apitoyer sur eux-mêmes.

– Non, convint Dixter. Mais regardons les choses en face, Majesté. DiLuna pourrait faire pire. Où est la guerre dont elle vous menaçait ? Elle disait qu'elle allait déclarer ses systèmes indépendants, rappeler ses représentants au parlement. L'a-t-elle fait ? Je le regrette presque.

– Pourquoi ? demanda Dion en se tournant vers lui.

– Je pense que c'est mauvais signe. DiLuna n'agit pas par colère. Elle *réagit* par peur. Et depuis que je la connais, je ne l'ai jamais vue avoir peur de quoi que ce soit.

– Raison de plus pour découvrir la vérité, dit Dion. Si nous envoyons des vaisseaux de guerre...

– ... nous pourrons avoir un conflit galactique.

– Je serai patient, soupira Dion, frustré. Je vais continuer à travailler par les canaux diplomatiques. C'est tout ce que je peux faire, je suppose.

Il regarda par la fenêtre sans rien voir, essayant de trouver une solution. Dixter se tut, le laissant réfléchir.

– Et Xris ! Que faisait-il là-bas ? Il vous l'a dit ?

– Non, Majesté, fit Dixter, secouant la tête. Sauf qu'il a eu connaissance de l'attaque à l'avance. Il m'a contacté le jour même, disant que ses gens avaient reçu un avertissement anonyme codé chez Snaga Ohme. Le prévenant d'une agression possible contre la reine. Avertissement étrange, d'ailleurs. Le code était l'ancien code de Sagan.

– Sagan ! s'écria Dion. Mais comment ? Pourquoi ?

– Aucune idée, fiston. Sauf que je me rappelle avoir dit à Sagan que Xris et son équipe travaillaient pour nous. En indépendants. Et que s'il avait besoin d'aide – officieusement – il pouvait les contacter.

– Ça signifie que mon cousin est peut-être derrière tout ça. Mais ça n'a pas de sens, reprit Dion après un moment de réflexion. Pourquoi mon cousin voudrait-il assassiner Astarté ? Qu'aurait-il à y gagner ? Le peuple l'aime...

– Il y a autre chose, Majesté, fit Dixter. Les attaques contre les avant-postes. Il y a peut-être un lien.

Dion quitta la fenêtre, revint s'asseoir à son bureau.

– Un lien ? Mais votre café est froid. Je vais le réchauffer, dit-il, tendant la main droite vers la cafetière.

Voyant sa paume pour la première fois à la lumière, Dixter resta médusé.

– Mon Dieu, fiston, qu'est-il arrivé ?

Dion regarda sa paume. Les cinq piqûres étaient gonflées, enflammées, rouges comme de petits soleils.

– Aucune idée. Mais ça empire. La douleur et la brûlure sont presque insupportables.

– La lame-sang...

– Je ne me suis pas servi de la lame-sang, pas depuis que Sagan me l'a déconseillé. Les rêves empirent aussi. Je vois mon cousin clairement. Si clairement...

Sa main tremblait. Il reposa bruyamment la cafetière.

– Alors, les avant-postes ?

– Trois ont été attaqués. Tous dans le même secteur.
– Autour de Vallombrosa.
– Oui, Majesté.
– Et vous avez dit que ces attaques avaient quelque chose d'étrange, dit-il, contemplant sa paume droite.
– Oui, Majesté. Les rapports commencent à nous parvenir. Nous avons interrogé les survivants. Ils disent que c'était comme... d'avoir été attaqués par des fantômes.
– Encore les fantômes ! s'écria Dion, agacé.
– Oui, encore les fantômes. Il n'y a pas eu d'avertissement. Personne n'a rien vu venir. Soudain, des immeubles métalliques ont été écrasés comme des boîtes de bière, des avions bouchonnés comme du papier. La terre s'est ouverte. Puis... plus rien.
– Pas de corps expéditionnaire, pas d'assaut, pas d'atterrissage ?
– Rien, répéta Dixter.
– Et on n'a repéré aucun ennemi ?
– Non, Majesté. On a noté quelques détails instructifs de cette attaque : violentes fluctuations gravitationnelles, léger changement dans le taux de radiations. Les gens ont eu l'impression d'être « lourds » ou « comprimés »...
– Et tous ces avant-postes se trouvent près de Vallombrosa. On dirait que mon cousin sort de son incognito, dit Dion, se frictionnant la paume. Sagan avait raison. J'aurais dû me servir de la bombe à rotation spatiale.
– Cela a toujours été exclu, et vous le savez.
– Ma faiblesse congénitale, dit Dion avec amertume.
Dixter remua avec embarras dans son fauteuil.
– A propos de Sagan, vous avez des nouvelles ?
– Non, pas un mot.
– Vous ne pensez pas qu'il...
– Quoi ? Qu'il aurait changé d'allégeance ? Vous avez dit qu'il a envoyé un avertissement concernant la reine.
– Envoyé, *peut-être*. Et il est arrivé trop tard pour que nous puissions agir. Ce pourrait être une feinte.
– Est-ce que j'avais vraiment son allégeance pour commencer ? Je me le demande. Où était-il quand je suis devenu roi ? Quand j'avais besoin de ses avis et conseils ? Il a disparu... Il m'a laissé me battre tout seul.
– Je crois qu'il avait ses propres batailles, fiston.
– Qu'il a peut-être perdues, dit sombrement Dion.
Un léger bourdonnement résonna. Un voyant rouge s'alluma à la droite de Dion, hors de vue d'un visiteur.

– Alerte de sécurité, dit Dion, activant l'U-com. Capitaine Caton ? Que se passe-t-il ?

– La sécurité rapporte un petit problème sur les lieux touristiques, Majesté. Un Loti drogué s'est écarté de son groupe et est entré dans une aire interdite. Il a été arrêté.

– Un Loti ! s'écria Dixter, immédiatement en alerte. Capitaine, ici l'amiral. Vous rappelez-vous un Loti nommé Raoul ? Qui travaillait pour Snaga Ohme ?

– Dieu du ciel ! murmura Dion.

– L'Adonien ? Oui, Amiral.

– Vous le reconnaîtriez ?

– Bien sûr, Amiral. Il n'y en a pas beaucoup comme lui, Dieu merci.

– Voyez si c'est lui qu'on vient d'appréhender. J'attends votre rapport immédiatement.

– Oui, Amiral.

– Raoul était avec Xris sur Cérès ? demanda Dion.

– C'est possible.

Ils ne dirent plus rien, attendant l'appel de Caton dans un silence tendu. Dion répondit immédiatement.

– C'est bien lui, Majesté. Il insiste pour vous parler.

– Amenez-le. Par-derrière.

– Oui, Sire.

De longues minutes passèrent, scandées par le tic-tac de la pendule. Puis un pan du mur glissa. Caton entra, moitié conduisant, moitié portant un Adonien trébuchant. Dion pensa d'abord que Caton s'était trompé. Ce n'était pas Raoul ! Les cheveux noirs du Loti, toujours lisses et bien coiffés, lui tombaient en désordre sur le visage. Son ensemble de velours rose était fripé, déchiré, et couvert de taches inquiétantes. Ses mains aux longs ongles vernis tremblaient ; tout son corps tremblait. Caton l'assit doucement dans un fauteuil.

– Raoul ? dit Dion, incrédule.

– C'est lui, dit Caton, à voix basse, comme pour que l'Adonien n'entende pas. Mais j'ai mis un moment à le reconnaître. Il semble avoir vécu un enfer. Je voulais l'emmener à l'infirmerie, mais il a insisté pour vous voir.

– Oui, dit Raoul, relevant la tête avec effort. Il fallait que je vous voie, Majesté.

Il ferma les yeux, frissonnant.

– Appelez le docteur, dit Dion à Caton.

– Non... Majesté, dit Raoul d'une voix mourante. Ça ne servirait à rien. C'est la drogue... ou plutôt son absence.

Il avait les yeux rouges, mais le regard clair.

– Je viens de Cérès..., dit-il.

Une quinte de toux l'interrompit, et Dion lui servit un verre d'eau. Caton le lui passa et l'aida à boire.

– Comment avez-vous fait pour vous enfuir, Raoul ? fit Dixter. Tous les avions sont consignés au sol.

– Il y a toujours des moyens pour les gens qui ont mes talents, dit Raoul, avec un sourire évanescent. Frère Daniel... m'a aidé. Il a discuté avec la baronne. Tâché de la convaincre... de vous dire la vérité. Mais elle a peur. Très peur. Frère Daniel dit que vous devez savoir. Et me voilà.

Il ne put continuer. Il grimaça, hoqueta, ses mains s'ouvrant et se fermant spasmodiquement.

– Le docteur pourrait vous donner quelque chose...

– Non ! dit Raoul, saisissant le bras de Dion. Je dois être sûr... de tout dire... correctement.

– Eh bien, parlez, Raoul, dit Dion. Quel est le message de Frère Daniel ?

Raoul rejeta ses cheveux en arrière.

– La reine a été prise en otage.

– En otage ? fit Dixter, voyant Dion muet de stupeur. Par qui ?

– Je ne sais pas, dit Raoul, les yeux fixés sur le roi. DiLuna le sait, mais elle ne veut pas le dire. Ils lui ont dit... ils lui ont dit qu'ils tueraient la reine si ça s'ébruitait. Alors la baronne... a inventé cette histoire avec Xris. Xris était là. Il a essayé d'empêcher...

Une nouvelle quinte de toux l'interrompit.

– Xris a essayé de les arrêter, dit Dion.

– Ils lui ont tiré dessus, et, malheureusement, l'ont atteint dans l'une des rares parties humaines qui lui restaient, dit Raoul, battant rapidement des paupières. Sa vie ne tient qu'à un fil. Il s'y raccroche, et il est tenace. Mais il n'a pas repris connaissance. Frère Daniel dit que la baronne se sert du cyborg comme d'un genre de bouc...

– Bouc émissaire ? suggéra Dion.

– Peut-être. Je ne sais pas. Je ne comprends pas grand-chose à tout ça. Vous aurez remarqué l'absence de mon partenaire ? dit Raoul, regardant la place vide à côté de lui, et tendant même une main tremblante pour toucher quelqu'un qui n'était pas là.

Dion se rappela la petite silhouette en imperméable, le feutre cabossé.

– Le Petit, dit-il, commençant à comprendre. Il est...

– Pas mort ! dit vivement Raoul. Pas encore. Mais peut-être... pendant mon absence... Frère Daniel m'a promis... de veiller sur lui... et d'empêcher qu'on lui fasse peur. Il fallait vous prévenir. J'étais le seul disponible.

– Merci, Raoul, dit Dion, posant la main sur le poignet tremblant du Loti. Vous m'avez rendu un service inappréciable. Je suis désolé pour Xris. Désolé pour le Petit. Si je peux faire quelque chose...

– Vous pouvez venir les voir, dit Raoul, s'accrochant à sa manche. Vous avez des mains de guérisseur.

– Je doute que la baronne le permette.

– Si ! Elle le doit ! Frère Daniel lui parlera !

– Peut-être, dit Dion, pensif, échangeant un regard avec Dixter. Ce serait peut-être le mieux. Elle pourrait difficilement refuser une mission charitable. Je vais voir ce qu'on peut faire, Raoul. Maintenant, allez voir le docteur...

– Non, merci, Majesté, dit Raoul en se levant.

Il faillit tomber, et dut se retenir au dossier du fauteuil. Il refusa l'assistance de Caton.

– Pardonnez-moi. Je ne veux pas être impoli, mais je dois retourner sur Cérès.

Caton regarda Dion, l'air interrogateur.

– Faites-le sortir par-derrière, dit Dion. Dites à vos hommes de le surveiller. Laissez-le faire à sa guise – à moins qu'il ne tente de tuer quelqu'un, ajouta le roi, au souvenir des talents contestables du Loti.

Caton prit Raoul par le bras, lui fit doucement contourner le canapé, et le pilota vers la porte dérobée. Raoul se laissa conduire, adressant à Dion un sourire doux et pathétique avant de sortir.

– Ainsi, mon cousin retient la reine en otage.

– Ce n'est pas certain, Majesté, dit gravement Dixter. Je vais encore tenter d'établir un contact quelconque avec DiLuna. Je pourrai peut-être utiliser cette information pour faire pression sur elle...

– Dites-lui que je sais la vérité et que je vais venir enquêter sur Cérès. Et que je viendrai avec tous les vaisseaux de guerre que j'ai dans la galaxie. Dites-lui qu'une seule chose m'importe – la libération de Sa Majesté.

Dixter hocha la tête et sortit.

Dion revint s'asseoir à son bureau et s'efforça de travailler. Au bout d'un moment, il renonça. Il ne pouvait pas se concentrer. Ses pensées revenaient toujours à Astarté.

– Majesté...

Dion sursauta, leva les yeux. D'Argent était devant lui.

– Désolé, Sire, dit d'Argent, l'air inquiet. Je croyais que vous m'aviez entendu entrer.

– Non... je dois m'être assoupi, dit Dion, confus.

– Mendaharin Tusca est là. Dois-je l'introduire ?

– Oui, je vous prie.

D'Argent sortit. Dion resta un moment immobile, puis ouvrit un tiroir dont il tira un élégant écrin de cuir bleu gaufré d'or. A l'origine, il contenait l'alliance de Dion. Maintenant, il contenait une boucle d'oreille en forme d'étoile à huit branches. Ouvrir cette boîte, c'était ouvrir la porte de sa mémoire. Dion fixa l'étoile et soupira.

– Curieux comme Tusk arrive toujours quand je suis en difficulté, se dit-il. Je ne peux pas le lui dire, bien sûr, mais rien que de le voir...

– Mendaharin Tusca, annonça d'Argent.

L'air intimidé et emprunté, les mains enfoncées dans ses poches, Tusk s'immobilisa à peine le seuil franchi.

– Merci, d'Argent, dit Dion, se levant et posant l'écrin sur son bureau. Ce sera tout.

Le secrétaire quitta la pièce. Tusk fit deux pas de plus, puis s'arrêta, hésitant. Le mercenaire était vêtu comme Dion l'avait toujours vu : treillis avec T-shirt vert et bottes réglementaires, le tout acheté dans n'importe quels surplus militaires. Deux objets étaient nouveaux : une grosse boucle de ceinture en forme de serpent, et un pendentif représentant le soleil à face de lion. Dion reconnut un de ces souvenirs bon marché très appréciés sur Minas Tares.

Le roi en fut un peu étonné : Tusk ne portait jamais de bijou, à part la boucle d'oreille en forme d'étoile à huit branches, pour le moment sur le bureau. Mais il se dit que c'était peut-être une blague de Tusk.

– Mon ami, dit-il, s'avançant vers Tusk, main tendue. Comment vas-tu ? Comment vont Nola et le petit ? Et XJ ?

– Euh, bien, dit Tusk, lui rendant mollement sa poignée de main.

Dion le conduisit à un fauteuil devant la cheminée.

– Assieds-toi, dit-il. Pas de formalités entre nous.

Tusk s'assit à l'extrême bord du siège. Dion approcha un fauteuil de celui de son ami.

– Tu veux boire quelque chose ?

– Non. Non, merci, dit Tusk, s'humectant les lèvres.

– On servira le déjeuner d'ici une demi-heure. Je ne pourrai pas rester avec toi très longtemps. Pas autant que je voudrais. Tu ne peux pas savoir, reprit Dion après un silence, comme ça me fait plaisir de te voir.

– A moi aussi, petit... euh... je veux dire... Majesté, dit Tusk, remuant avec embarras. C'est peut-être pas une chose à dire, mais tu n'as pas bonne mine.

– La tension du métier, dit Dion. Tu n'imagines pas le nombre de fois où je pense à toi. Au bon vieux temps. Quand c'était juste toi, moi et XJ. Quand j'étais ordinaire.

Cessant de s'agiter, Tusk regarda Dion avec une curieuse intensité.

– Tu n'as jamais été ordinaire, petit. Tu étais ce que tu es maintenant. La comète dont Dixter nous parlait tout le temps. Nous, on s'est accrochés à son panache quand on l'a croisée. Et Dieu m'est témoin que je le regrette ! s'exclama-t-il soudain en bondissant sur ses pieds.

– Tusk, tu as des problèmes ? demanda Dion, faisant un pas vers lui sur le tapis décoré du sceau royal.

– Non, dit Tusk d'une voix ferme, se retournant vers lui, très calme maintenant.

Le soleil se refléta sur un objet métallique qu'il tenait à la main – et qu'il pointait sur Dion.

– C'est toi qui en as.

Dion le regarda, incrédule.

– Que veux-tu dire ? C'est une plaisanterie ?

– Non, petit, dit sombrement Tusk. Ne bouge pas. Tu vois ça ? dit-il, montrant l'objet qu'il tenait dans sa main.

C'était naguère une boucle de ceinture en forme de serpent, mais ce ne l'était plus.

– Tu te rappelles le pistolet que tu avais le soir où tu devais tuer Sagan ? Celui qu'Abdiel avait conçu pour tromper la sécurité de l'Adonien ?

– Oui, dit Dion, regardant son ami, médusé.

– C'est quelque chose dans le même genre. Sauf qu'il ne tire que dans une direction – celle où je le pointe.

– Et tu vas t'en servir contre moi ? dit Dion d'une voix égale, s'étonnant lui-même de son calme.

La situation était irréelle – voilà pourquoi. C'était

absurde. Il attendait que Tusk éclate de rire, lui dise que c'était un pistolet en chocolat...

– Tu vas me tuer ? insista Dion.

– Non, petit. On te veut vivant. Tu comprends, on va faire un petit voyage. Tu peux venir sans esclandre, et personne n'en souffrira. Ou tu peux faire du grabuge. Auquel cas beaucoup de gens mourront. Dont ta femme.

Et alors, tout s'éclaira.

– Je pourrais te tuer sur-le-champ, Tusk.

– Tu pourrais, dit Tusk, regardant autour de lui. Tu as plein d'appareils de sécurité, des canons-laser cachés, etc. Un mot et je suis mort, c'est ça ? Mais tu ne le feras pas.

– Tu as raison, je ne le ferai pas, dit doucement Dion. Je ne pourrais pas. C'est pour ça qu'ils t'ont choisi, non ?

– Oui, c'est pour ça, dit Tusk avec un rire amer.

– Qui a eu cette idée ?

– Sagan.

Dion soupira. Ses épaules s'affaissèrent. Il se mit à masser sa paume douloureuse et brûlante.

– Et Astarté ? Elle va bien ?

– Pour le moment, dit Tusk. Kamil aussi.

– Kamil ! dit Dion, levant vivement les yeux. Comment ? Non – c'est impossible !

– C'est possible, petit, dit Tusk, presque gentiment. Je sais. Je l'ai vue. Je... euh... lui ai parlé.

– Dieu du ciel, murmura Dion, torturé. Qu'ai-je fait ?

Il se retint à son bureau pour ne pas tomber, fixant les objets sans les voir. Puis il se concentra sur l'un d'eux ; avec un pâle sourire, il tendit la main...

– Du calme, l'avertit Tusk, avançant d'un pas.

– Ce n'est... rien, dit Dion.

Prenant l'écrin bleu, il l'ouvrit et le montra à Tusk.

– Tu vois ? Ce n'est rien.

Tusk regarda. Un spasme douloureux contracta son visage. Sans cesser de viser Dion, il sortit l'étoile de la boîte, la regarda, puis, lentement, délibérément, il referma le poing.

– Qu'est-ce que j'étais poire à l'époque !

Il fourra l'étoile dans sa poche.

– Allons, viens, Majesté, dit-il durement, agitant son pistolet. Assez traîné. Et ne compte pas sur le sentiment. Ce qu'il y avait entre nous, c'est fini depuis une paie. Tu as changé. J'ai changé.

– Ça ne marchera pas, Tusk, dit Dion, secouant la tête. Je m'en vais avec toi. Je ne sais pas ce que mon cousin veut de moi, mais il ne l'obtiendra pas. Ces hommes, mes gardes, poursuivit-il en regardant la porte, ont juré de mourir, non pour moi, mais pour ce que je représente. Je ne suis pas seulement un homme, Tusk. Je suis le roi.

– Ils ont *juré* de mourir pour toi ; ça fait partie du métier. Mais tous les autres qui vivent dans ce putain de palais ? Ils sont combien – plusieurs centaines ? Et dans la cité ? Quelques milliers de plus ? Hommes, femmes, enfants. Ils ont aussi juré de mourir pour toi ?

« Tu as entendu ce qui s'est passé à ces avant-postes militaires ? Je donne le signal, et la même chose arrivera ici, Majesté. Immeubles écrasés comme si un géant avait marché dessus. Tremblements de terre qui dépassent l'échelle. J'ai vu les fantômes au travail, petit. J'ai vu l'attaque d'un avant-poste. C'est dingue. Ça donne la chair de poule. Les seuls bruits qu'on entend, c'est les hurlements des mourants.

– Les fantômes ? dit Dion.

– Son Altesse les appelle « étranges créatures de matière noire ». Elles font tout ce qu'il veut. Le sang répandu le soir de la Révolution ne sera rien comparé à celui qui coulera s'il déchaîne ces créatures. Et deux des corps qu'on trouvera dans les décombres seront ceux de ta femme et de Kamil.

– Je n'ai donc guère le choix, n'est-ce pas ? dit Dion, acceptant calmement sa défaite. Qu'est-ce que mon cousin veut de moi ?

– Réunion de famille, peut-être, dit Tusk. Je ne sais pas. Et je m'en tape. Mon boulot, c'est de te ramener. C'est tout.

– Je ne peux pas partir comme ça. Disparaître...

– Tu ne disparais pas. Tu vas sur Cérès rejoindre ta femme. Retraite religieuse. En action de grâces, pour remercier la Déesse qu'elle ait « échappé à la mort ». Une fois à bord, on diffusera un communiqué dans toute la galaxie. Et ne t'en fais pas. Tu ne t'absenteras pas très longtemps. Deux jours devraient suffire. Maintenant, poursuivit-il, montrant l'U-com, préviens ton secrétaire que tu viens faire un tour avec moi en souvenir du bon vieux temps. On sortira par-derrière, et on prendra une limo banalisée pour aller à l'astroport. Tu conduiras. Dis à ton chauffeur que tu n'auras pas besoin de lui aujourd'hui.

– Tu as bien préparé ton coup, dit Dion.

– Pas moi. Sagan. Je crois qu'il te connaît mieux que toi-même, petit. Bon, parle, ajouta-t-il, montrant l'U-com.

– D'Argent, je vais avec Tusk à l'astroport revoir le Cimeterre.

Dion coupa la communication.

– Tusk..., commença-t-il.

– En route, petit, l'interrompit Tusk, l'air furieux.

– A partir de maintenant, vous me direz « vous » et vous m'appellerez « Majesté ».

– Ouais ? Peut-être plus pour longtemps, dit Tusk, avec un sourire crispé comme si la rigidité cadavérique s'était déjà installée chez lui. Je viens juste d'apprendre le sens du mot *usurpateur*. Oh ! emportez la lame-sang, Majesté. Ordre de Son Altesse.

8

Une fois à bord du Cimeterre, Tusk parla à peine à Dion. Il passa le temps à flirter avec sa séduisante copilote, présentée au roi sous le nom de Capitaine Cynthia Zorn. XJ aussi était silencieux, et semblait avoir le cafard, chose peu fréquente chez l'ordinateur loquace et irascible. Tusk attribuait son humeur à un choc récent qui avait perturbé ses systèmes. Le Cimeterre avait changé, lui aussi. L'avion de chasse ressemblait maintenant à un motel volant, où Dion ne reconnut presque rien, à part le cockpit. Et il n'était pas autorisé à y venir.

Toutefois, Dion n'eut pas le temps de s'attarder avec nostalgie sur le bon vieux temps. Dès qu'ils furent dans l'espace profond et certains de ne pas être suivis, le Cimeterre atterrit dans un astronef de guerre. Dion y fut reçu sans honneurs ni cérémonie, et immédiatement conduit dans une salle de communications, où on lui donna un texte préparé à l'avance qu'il dut lire sans y rien changer. Toute modification donnerait lieu à des représailles dont la nature ne fut pas spécifiée.

Il n'avait pas l'intention de se rebeller. Après y avoir mûrement réfléchi sur le Cimeterre, il avait décidé de ne pas contrarier son cousin, et de diffuser le communiqué requis. Tout autre comportement provoquerait des rumeurs, exciterait la curiosité des média, et causerait la panique dans des systèmes majeurs déjà inquiets de la prétendue tentative d'assassinat contre la reine. Dion pouvait compter sur l'Amiral Dixter et le premier ministre pour faire face à toute situation qui se présenterait en son absence. Et lui s'occuperait de ses affaires de famille.

Affaires de famille. C'est ainsi qu'il en était venu à envisager la situation. Héritage sinistre et insidieux légué par son malheureux oncle. Les péchés des pères retombant sur la tête des fils sans méfiance. Ce n'était pas la faute de Dion, mais c'était maintenant sa responsabilité. Une affaire de famille. Lui seul était capable de traiter avec son cousin.

– Capable..., répéta Dion avec un sourire ironique, regardant les cicatrices enflammées de sa paume droite. Il se déchaîne en moi, tourmente, brocarde, provoque, constamment sondant mon esprit pour découvrir ses secrets. Et qu'est-ce que je fais en retour ? Comment est-ce que je l'affecte ? Je projette une ombre dans son esprit, peut-être, rien de plus. Je ne peux pas faire davantage ! Je ne parviens pas à me concentrer sur lui.

Le roi fixa son reflet sur la paroi – image tremblante et immatérielle sur les ténèbres glacées de l'espace.

– Il s'est glissé dans mon esprit par ses craquelures – les doutes, les incertitudes, le tumulte intérieur. Lui n'a pas ces faiblesses. Son esprit est affilé et tranchant. C'est une arme dont il peut se servir avec adresse et agilité. Comme une arme, il manque de compassion. Mais que m'a jamais valu la compassion ? se dit-il avec amertume. A part des nuits sans sommeil ?

« Il est l'incarnation du Sang Royal, le souverain parfait – sans âme, sans amour, sans peur. Il est tel que Sagan me voulait, ajouta-t-il, regardant avec dérision son reflet jumeau. Et mon Seigneur semble avoir enfin trouvé un roi qu'il peut honorer. »

Dion lut son communiqué, annonçant aux peuples que le roi partait faire une retraite religieuse, les assurant qu'il ne serait absent que quelques jours, leur demandant leurs prières et leur compréhension.

Dès l'émission terminée, le vaisseau entra dans les Couloirs et fit le Plongeon pour Vallombrosa.

Un garde armé escorta Dion du vaisseau à l'alcazar du prince, et le conduisit à ses appartements, situés dans les profondeurs de l'étrange structure labyrinthique, d'où toute raison et logique semblaient absentes, et qui paraissait avoir été assemblée par des enfants de géants.

Les pièces étaient grandes, froides, et parcimonieusement meublées. Sa porte était fermée de l'extérieur, avec des gardes postés devant. Dion considérait tristement ces lieux inconfortables quand un garde ouvrit la porte.

Un vieux monsieur noir entra, s'inclina, se présenta sous le nom de Garth Pantha, mentor et collaborateur du prince. Avec respect et déférence, Pantha lui demanda s'il aurait la bonté de les honorer de sa présence avant le dîner.

– Votre femme, ajouta gravement Pantha, est très impatiente de s'assurer que vous êtes arrivé sain et sauf.

– Je viendrai assurément, dit Dion avec froideur.

Pantha le conduisit dans une grande salle, haute de plafond, au sol pavé, aux murs de pierre couverts de tapisseries. A un bout, une immense cheminée dispensait chaleur et lumière. La salle était bondée.

Soudain, au milieu de la foule, il aperçut les yeux d'Astarté, les cheveux de Kamil, le visage de Sagan émergeant de l'ombre, celui de Tusk qui détournait la tête. Et, avançant vers lui, avec la même démarche, la même grâce, son double.

– Dion Clairfeu, dit Flam, fixant sur lui un regard intense. Enfin, nous faisons connaissance.

Lien de sang. Rappel d'un père et d'une mère, de grands-parents ; extension vers le passé qui engendrerait l'avenir. Non pas seul, à la dérive, mais lié aux générations passées par un cordon ombilical qu'on pouvait couper sans jamais le rompre. Un désir né avec Dion, avec lequel il avait vécu toute sa vie, fut soudain étrangement satisfait.

– Mon cousin, dit Flam d'une voix frémissante.

Il tendit les mains, saisit les épaules de Dion. A l'évidence, il ressentait la même émotion, et à l'évidence, cette émotion était inattendue.

Flam se pencha et embrassa Dion sur la joue. Dion accepta ce baiser sans bouger, sans le rendre.

– Tu es comme je l'imaginais, poursuivit Flam, l'examinant avidement. Sauf que tu es plus grand. Oui, j'avais toujours pensé que j'étais le plus grand des deux. Sans doute parce que je suis l'aîné, ajouta-t-il avec un sourire engageant et charmeur qui lui appartenait en propre, ne devait rien à sa lignée. Mais parle, cousin. Nous avons aussi la même voix. Je le sais, je t'ai entendu dans les vidéos. Tu ne trouves pas ?

– Si, dit Dion, abasourdi et profondément troublé. Oui, nous avons la même voix.

– C'est que nous pourrions être frères, au lieu d'être cousins. Sans doute parce que ma mère est aussi ma tante. Mais je manque à mes devoirs. Sa Gracieuse Majesté la Reine s'est beaucoup inquiétée de ta sécurité.

Pâle et figée, Astarté se leva et salua Dion cérémonieusement. Debout derrière la reine, Kamil, rouge et gênée, ne le regardait pas et semblait vouloir disparaître, comme les étincelles du feu s'envolant dans la cheminée.

Il s'approcha d'Astarté, prit sa main dans les siennes.

– J'espère que vous allez bien, Madame. On ne vous a pas molestée ?

– Non, Sire, répondit-elle avec froideur, et le cœur de Dion se serra, constatant qu'en cette épreuve ils se rencontraient comme des étrangers.

Il se tourna vers Kamil, ignorant ce qu'il allait dire.

– Princesse Olefsky ? dit sa copie conforme. J'espère que vous allez bien ? On ne vous a pas molestée non plus ?

Ses cheveux courts avaient des reflets argentés ; à la lueur du feu, les yeux dorés brillaient de larmes. Dion repensa à leur première rencontre, à la première soirée qu'ils avaient passée ensemble au château de son père, à la première nuit où ils avaient pris conscience de leur amour.

– Merci, Majesté, murmura-t-elle. Je vais bien.

– Je suis ton prisonnier, dit Dion, se retournant vers Flam. Libère Sa Majesté et la princesse. Tu n'as plus besoin d'elles. Renvoie-les dans leurs familles.

Souriant, Flam s'interposa entre le mari et l'épouse, prit la main d'Astarté d'un côté, celle de Dion de l'autre.

– Il n'en est pas question. Notre famille est enfin réunie, et ne sera pas séparée de longtemps, j'espère. Que tout le monde s'asseye. Cousin Dion.

Lâchant leurs mains, Flam approcha du feu un fauteuil pour Dion.

– Personne ne peut s'asseoir tant que tu ne donnes pas l'exemple, cousin. Tu ne veux pas que nous restions debout toute la soirée ?

– Que veux-tu de moi ? demanda Dion sans s'asseoir.

Il continuait à réprimer sa colère, mais le ton était tranchant.

– Cesse cette farce ridicule. Tu m'as amené ici par la force. Tu as kidnappé ma femme. Tu es un tueur, un assassin. Des gens sont morts dans le Temple de la Déesse ; des gens sont morts aux avant-postes que tu as attaqués. Que veux-tu de moi ?

– Oh, excellent discours ! Plein de force ! dit Flam avec enthousiasme. Il faudra que je m'efforce d'imiter ton style. Non, non, cher cousin, je ne plaisante pas. J'ai eu si peu de contacts avec le grand public. Je suis trop nature. Il faut que j'apprenne à jouer le rôle de roi à chaque minute de ma vie. Enfin, ajouta-t-il, avec un regard matois à Kamil, peut-être pas à chaque minute.

Kamil rougit et détourna la tête. Dion ouvrit la bouche, puis se ravisa, réalisant que parler ne ferait qu'empirer la situation.

– Allons ! dit Flam, avec un rire désarmant. Ne sois pas en colère. Nous sommes entre adultes. Tous les rois ont toujours eu des maîtresses, et personne n'y a vu aucun mal. Et si tu insistes pour rester debout, eh bien, personne ne s'assiéra, même si c'est pénible pour les plus âgés, dit-il, avec un regard vers Pantha et Sagan. Et inconfortable pour ta femme. Elle a eu des malaises.

– Non, je me sens très bien, protesta Astarté.

Elle se redressa, lâchant l'accoudoir de son fauteuil.

Serrant les dents, Dion aida sa femme à s'asseoir, puis s'assit lui-même avec raideur. Le reste de la compagnie les imita, sauf Sagan qui recula dans l'ombre. Pour les surveiller, se dit Dion, comme un ange noir.

La même pensée dut frapper Flam, car il se leva soudain, regardant dans le fond de la salle.

– Excuse-moi, cousin, mais j'ai une autre invitée que j'ai oublié d'accueillir. Je suis heureux que vous soyez venue, Dame Maigrey.

Dion sursauta, fixant l'ombre. Elle n'était pas là, bien sûr. Personne n'était là. Cette partie de la salle était vide. Dion commençait à penser que son cousin était fou, quand il vit le visage de Sagan, sombre et pensif, vit son regard perçant scruter l'obscurité.

– Il faut pardonner au prince, dit Pantha, avec un rire gêné. Il imagine qu'il est visité par un fantôme.

– Mais c'est vrai. Ce n'est pas mon imagination. Et je ne suis pas fou, n'est-ce pas, cousin ? dit Flam en se tournant vers Dion. Tu l'as vue aussi, non ? Le Seigneur Sagan me l'a dit. Tu vois, Pantha, je ne suis pas tout seul.

Flam revint s'asseoir en riant, mais Dion ne put déterminer s'il riait d'eux ou de lui-même.

– De quoi parlions-nous ? reprit Flam. Ah oui, tu demandais, cousin, ce que je voulais de toi. Eh bien, c'est simple ; je veux être roi. En qualité d'unique héritier d'Amodius Clairfeu, qui était roi légitime à sa mort, la couronne m'appartient de droit, et non au fils d'un jeune frère.

– Je n'accepterai jamais, dit Dion. Et tu n'auras pas prise sur moi. J'admettrai publiquement ma faute...

– Et je le soutiendrai, dit Astarté, serrant la main de Kamil. Les peuples comprendront, comme moi. Mon mari n'est coupable que d'aimer une femme qui le mérite largement. Ils comprendront. Dion Clairfeu est roi ; il est né pour l'être. Il a reçu un mandat du ciel...

– Vraiment ? l'interrompit Flam, avec un sourire qui n'avait plus rien de charmeur. Dion Clairfeu a-t-il reçu un mandat du ciel ? Voulez-vous répondre à cette question, Seigneur Sagan ?

Sagan sortit de l'ombre, s'approcha d'eux, baissa les yeux sur Dion.

– Votre cousin Flam a été soumis aux mêmes épreuves que vous. Il n'a ni pâli, ni tremblé. Il n'a pas saigné ni failli mourir. Il a rattrapé la boule d'argent, l'a écrasée. Qui est le plus fort ? Qui Dieu destine-t-il à être roi ?

– Qui, Seigneur ? demanda doucement Dion.

– Regardez dans votre cœur, vous y verrez la vérité.

– Et voilà pour le mandat divin, dit Flam d'un ton léger. Dieu, semble-t-il, t'a tourné le dos, cousin.

– Comme mes amis, apparemment, dit Dion, regardant tour à tour Sagan et Tusk.

Tusk ne le regardait pas. Penché vers la cheminée, il contemplait maussadement le feu.

– Alors, je suis seul, dit Dion. Mais le lion est toujours seul, m'avez-vous dit un jour, Seigneur. Je mourrai seul s'il le faut, mais je mourrai roi. Je ne te donnerai pas ce que tu demandes, cousin. Je ne peux pas croire que Dieu exige de moi ce sacrifice, dit-il, avec un regard de défi à Sagan.

– Il en a exigé d'autres aussi douloureux, Majesté, répondit doucement Sagan.

Dion le fixa, soudain pensif.

– J'avoue que tu m'impressionnes, cousin. J'admire

ton courage, ta résolution. Cela honore notre famille. Toutefois, comme je ne crois pas en ton Dieu, ce qu'il exige ne signifie rien pour moi. Le rite a prouvé au Seigneur Sagan que j'ai la force et la capacité de gouverner. Je vois que je vais passer les jours prochains à te le prouver à toi, Cousin Dion. Tu as apporté ta lame-sang, j'espère ?

Dion regarda vers Sagan, vit que le Seigneur de la Guerre le fixait intensément, une étincelle de feu dans les profondeurs de son regard par ailleurs sombre et glacé.

– Oui, dit-il, se frictionnant automatiquement la paume droite, puis fermant le poing. Mais...

– Parfait, dit Flam en se frottant les mains. Je suis comme un enfant avec un nouveau compagnon de jeu. Je vais enfin cesser de me battre avec mon ombre.

« Majesté, ajouta-t-il, s'inclinant devant Astarté qui s'était levée avec dignité. J'espère que vous passerez une nuit agréable. Je suis navré de vous assigner un appartement séparé de celui de votre mari, mais les heures passées dans la solitude sont les plus productives. Et je désire que vous réfléchissiez tous mûrement d'ici demain. Pantha, veux-tu raccompagner mon cousin chez lui ? »

Dion avait espéré avoir l'occasion de parler en particulier avec Astarté, mais cet espoir s'envolait. Il ne pouvait que faire bonne figure. Toute autre attitude aurait nui à sa dignité, aurait fait plus de mal que de bien. S'approchant d'Astarté, il lui prit la main et la porta à ses lèvres.

– Ne vous inquiétez pas, Madame, dit-il doucement. Tout finira bien.

– Oui, Sire, dit-elle en souriant, peut-être pour empêcher ses lèvres de trembler. Je le sais.

Il lui rendit son sourire et lui lâcha la main. Il aurait dit quelque chose à Kamil, mais elle était déjà à la porte.

A cet instant, une partie de son être mourut. Une partie qui était jeune, pleine d'espoir, pleine de rêves dorés. Une partie de lui qui avait joué autrefois, libre et nue, dans un lac bleu sur une lointaine planète. Quoi qu'il arrivât maintenant, il l'avait perdue.

Il était vraiment seul.

9

Immobile et irrésolu, la main sur la poignée de la porte, Tusk s'exhortait à la fermer et à avancer. Mais le couloir était si noir et silencieux qu'il s'attardait, accroché à la poignée comme à une bouée.

– C'est toutes ces histoires de fantômes. Je ne crois pas aux fantômes. Pas même à des fantômes de matière noire, dit-il.

Mais il le dit tout bas, continuant à scruter nerveusement les ténèbres, la main toujours sur la poignée. Puis il se décida, ferma et se mit en marche. Il titubait. Il avait une excuse toute prête au cas où les gardes l'arrêteraient. Deux rasades de tord-plongeon avaient non seulement ravivé son courage, mais parfumé son haleine d'une authentique odeur d'alcool. Il se dirigeait en comptant les portes, mais même ainsi, il n'était pas certain d'avoir trouvé la bonne – elles se ressemblaient toutes. Il hésita un instant avant de frapper, regrettant de n'avoir pas bu deux bouteilles de tord-plongeon, au lieu de deux rasades. Mais il ne pouvait pas rester ainsi ; son hésitation semblerait étrange à un observateur éventuel. Il se mit à tambouriner sur le battant.

– Cynthia ! brailla-t-il d'une voix d'ivrogne. Ouvre-moi ! C'est Tusk !

Il entendit des pas, lents et lourds, traverser la pièce. Son cœur s'accéléra ; son T-shirt était trempé. Il prit une profonde inspiration et s'apprêtait à re-frapper quand la porte s'ouvrit. Le Seigneur Sagan s'encadra sur le seuil.

– Cynthia, rugit-il une fois de plus, fixant la haute silhouette sévère de Sagan. C'est toi ?

– Tu te trompes de chambre, Tusca. Que fais-tu dehors dans cet état d'ébriété ? Je t'ai déjà dit...

Saisissant Tusk au collet, Sagan le traîna dans la chambre, claqua la porte derrière lui.

– Qu'y a-t-il ? demanda froidement Sagan.

– On peut parler ? demanda Tusk, regardant nerveusement autour de lui. On est en sûreté ?

– Le système de surveillance électronique de cette pièce est malheureusement tombé en panne ; sorte de distorsion dont je ne parviens pas à localiser la cause. Oui, nous sommes en sécurité. Mais fais vite et parle bas. Les caméras du couloir t'ont repéré. Les gardes seront là d'une minute à l'autre.

Tusk fourra les mains dans ses poches. Courbant les épaules, il fit face au Seigneur de la Guerre.

– Ça ne me plaît pas. Il faut faire quelque chose.

– A moins que je ne m'abuse, nous *faisons* quelque chose, dit Sagan, ironique. Et que ça te plaise n'a jamais fait partie du marché.

Se détournant de Tusk, il s'approcha d'une table où il avait installé un ordinateur portable. Il s'assit, se concentra sur les informations défilant sur l'écran.

– Si c'est tout, tu peux partir.

Tusk, qui commençait à s'énerver, le rejoignit.

– Ce n'est pas tout. Il s'en faut. J'ai une idée. Décampons. Ce soir. Vous savez où sont Dion et la reine...

– Ils sont dans des ailes différentes, aussi loin l'un de l'autre qu'il est possible, dit Sagan. Des gardes sont postés devant chaque porte. Les couloirs sont surveillés. Il y a des micros dans les chambres. Et il y a les créatures de matière noire. Comment feras-tu pour « décamper » ?

– Il y a un moyen, dit Tusk, arpentant nerveusement la pièce. Il y a toujours un moyen. Bon sang, vous et Dame Maigrey, vous l'avez bien sorti de la nef mère des Corasiens !

– Tu connais le plan, dit Sagan, à l'évidence indifférent aux souvenirs du passé. Nous nous y tiendrons.

– Non, je ne le connais pas, ce putain de plan ! s'écria Tusk. Vous ne m'en dites rien !

– Tu connais ton rôle. C'est le principal. Je peux toujours, ajouta Sagan, durcissant sa voix, m'arranger pour que tu partes, *toi*.

– Vous savez que vous ne ferez pas ça. Pas tant que le petit est là. Pas après que je l'ai amené ici.

– Alors, nous n'avons plus rien à discuter. Il est temps de retourner chez toi. D'ailleurs venir ici était une sottise.

– M'impliquer dans ce plan vaseux était une sottise dès le départ ! Ecoutez, Seigneur, dit Tusk, plus calme, laissez-moi au moins dire à Dion que nous sommes avec lui...

– Non ! dit Sagan, glacial. Tu ne lui diras rien !

Tusk recula d'un pas, puis s'immobilisa, bien décidé à ne pas céder davantage de terrain.

– Vous avez vu Dion, ce soir ! Il pense qu'il est seul !

– C'est exactement ce que je veux qu'il pense.

– Qu'est-ce que vous cherchez ? C'est encore une épreuve ? demanda Tusk, le tord-plongeon renforçant sa colère qui renforçait son courage.

– Si on veut, dit Sagan avec un sourire amer. Quoique pas nécessairement pour Dion.

Tusk ne comprit pas. Ecœuré, il secoua la tête, et se dirigea vers la porte.

– Je vais lui dire...

– Comme tu ressembles à ton père, dit Sagan, remarque qui n'était manifestement pas un compliment.

Tusk sentit le sang lui monter à la tête.

– Espèce de salaud ! dit-il, levant le poing sur Sagan.

Une main se referma sur son poignet comme un étau.

– Parle plus bas. Et écoute-moi. En disant à Dion que nous sommes là pour l'aider, tu le dis à Flam. Demain, Flam convaincra Dion d'utiliser la lame-sang...

– Il refusera, grimaça Tusk. Il n'est pas si bête...

– Il n'aura peut-être pas le choix, l'interrompit sombrement Sagan. Et à l'instant où Dion insérera les aiguilles dans sa main, Flam insérera son esprit dans celui de Dion. Les deux seront irrévocablement liés. Dion nous trahirait. Il ne pourrait pas faire autrement. Nous le paierions de nos vies – la tienne et la mienne. Et alors, le roi serait vraiment seul. Maintenant, tu veux toujours le prévenir ?

Kamil, enroulée dans sa couverture, était allongée sur son lit, dans le noir, au plus noir de la nuit, obsédée par une seule pensée. Si seulement je pouvais parler à Dion quelques instants. Tout serait si facile...

– Je me suis trompée sur toute la ligne...

– Vous êtes réveillée ? demanda doucement Astarté.

– Désolée. Je ne voulais pas vous déranger.

– Je ne dormais pas, dit Astarté.

– Vous devriez essayer, dit Kamil. Vous allez vous rendre malade.

– Je priais pour Dion.

– Eh bien, vous devriez dormir, dit sèchement Kamil. Dans votre intérêt, et dans celui du bébé.

– Ne me maternez pas, Kamil. La grossesse ne rend pas fragile et faible. Mon peuple croit que la grossesse fortifie une femme. On enferme un bijou précieux dans un coffre-fort, non dans une boîte de verre. Ma mère portait des armures spéciales quand elle était enceinte.

« Aux premiers temps de Cérès, les femmes devaient continuer à vivre comme devant. Il fallait moissonner les céréales, construire les maisons, défendre les villes. Les hommes étaient trop précieux pour risquer leurs vies. Une nouvelle vie est un don précieux, mais l'univers ne s'arrête pas de tourner parce qu'une femme attend un enfant.

– Pas même un enfant royal, marmonna Kamil, amère, vindicative, mais ne pouvant s'en empêcher.

– Non, pas même, dit doucement Astarté.

– Vous êtes incroyablement détendue devant cette grossesse, dit Kamil, presque accusatrice. Vous désirez cet enfant plus que tout au monde, et vous restez là à prier !

– Que voulez-vous que je fasse ? dit Astarté en s'asseyant. Quand vient le moment de l'action, on agit. Quand le moment n'est pas encore venu ou qu'on est incapable d'agir, on patiente... et on prie.

Ses paroles étaient pleines d'assurance, mais elle soupira en les disant. Prenant la bougie, Kamil vint se placer au pied de son lit.

– Vous n'êtes pas aussi sereine que vous voulez me le faire croire. Ou vous le faire croire à vous-même.

– Alors, je suis en faute, dit Astarté. J'ai peur, Kamil. Peur pour Dion, peur pour mon enfant. La Déesse m'a envoyé une vision la nuit où j'ai conçu. Dans ma vision, nous faisions l'amour, Dion et moi. J'ai vu son visage... à l'instant de la conception. Puis il a disparu. Tout est devenu noir, puis j'ai vu un autre visage. Au-dessus de moi, et qui me souriait avec lubricité.

Kamil s'assit au bord du lit, posant la bougie par terre.

– Qu'est-ce que ça veut dire ? demanda-t-elle durement, tourmentée de jalousie à l'idée de cette intimité. Que Dion n'est pas le père ?

– Oh, si, il est le père, dit Astarté, catégorique.

– Alors, je ne comprends pas, dit Kamil, irritée.

– Moi non plus. L'autre visage, dit Astarté, levant sur elle ses yeux ravissants, était celui de son cousin – Flam.

Kamil la regarda, perplexe.

– C'est impossible ! Vous ne l'aviez jamais vu.

– Je ne savais pas qui c'était. Je le sais maintenant. C'est à cause de cette vision que j'ai quitté Dion. Il fallait que je m'éloigne. Il fallait que je m'ouvre à la Déesse, sans pensées ou émotions perturbatrices. J'espérais qu'Elle clarifierait ma vision. Au moins, je peux mettre un nom sur ce visage, maintenant, termina-t-elle en frissonnant.

Kamil ouvrit la bouche, la referma. Elle n'arrivait pas à croire qu'elle pensait ce qu'elle pensait. Si j'avais entendu au grand jour ces histoires de vision et de visages vus en rêve, j'aurais ri de moi de prendre au sérieux ce récit d'Astarté. C'est un rêve qu'elle a fait – rien de plus.

Mais dans cette étrange chambre de pierre, sombre et froide, uniquement éclairée par une bougie et des braises mourantes, prisonnière, effrayée pour moi-même et pour Dion – pour Dion plus que pour moi – c'est soudain très facile à croire. Et elle désirait croire, désespérément.

– Quoi ? la pressa Astarté. Vous avez une idée ?

– La Déesse essaie peut-être de vous dire qu'il y a un moyen de sortir de cette situation. Dion n'a qu'à renoncer au trône. Abdiquer. Vous avez de lui ce que vous vouliez. Il vous a donné un enfant. Flam aura ce qu'il veut – la couronne.

– Et croyez-vous qu'il serait un bon roi ? demanda Astarté, fronçant les sourcils. Après ce qu'il nous a fait ? Ce qu'il a fait à mon peuple ? Un homme qui recourt à l'enlèvement, au meurtre...

– Il l'a fait par nécessité, argua Kamil. Parfois, les rois doivent faire des choses qui ne leur plaisent pas. Lisez Machiavel. Parfois, les rois doivent être impitoyables.

– Vraiment ? Dion est-il impitoyable ? dit Astarté.

– Non, dit Kamil, triomphante. Et c'est pourquoi il souffre tant. Ce que le Seigneur Sagan a dit ce soir à propos de l'épreuve, c'est compréhensible. Lequel des deux cousins s'est révélé le plus fort ? Flam. Dion n'est pas vraiment fait pour être roi. Il se fait trop de souci pour les gens. Il essaie de raisonner avec eux, alors qu'il devrait être ferme, leur dire quoi faire ou ne pas faire. Et les obliger à le faire.

– Il me semble que vous venez de décrire un très bon souverain, mais, termina Astarté en soupirant, un homme très malheureux.

– Vous voyez ! dit Kamil, cherchant à se convaincre.

– Dion a été un bon roi, poursuivit Astarté. Il a essayé d'apporter l'ordre, la paix et la stabilité à la galaxie, et, pour une grande part, il y a réussi.

– Il a réussi, répéta Kamil avec amertume. Et regardez comme on le traite !

Deux hommes, assis dans une pièce brillamment éclairée au cœur de la nuit, écoutaient.

– Et voilà, mon ami ! s'écria Flam, triomphant.

Se renversant dans son fauteuil, il sourit à Pantha.

– Problème résolu. Un héritier royal. Avec mon visage. Préfabriqué, pour ainsi dire. Plus d'inquiétude, plus de souci. Sa Majesté est enceinte. Quelle chance remarquable. Je serais un imbécile de ne pas en profiter.

– En quoi faisant, prince ?

– En modifiant légèrement mes plans. Je dois l'épouser, naturellement.

– Naturellement, dit Pantha, haussant les épaules. Ce qui suppose qu'elle n'ait pas déjà un mari.

– Naturellement.

– Ce qui suppose que le sang n'est pas plus épais que l'eau.

– Quand le sang de mon cousin coulera, dit Flam en souriant, je te fournirai un échantillon pour analyse.

Pantha émit un grognement.

– Tusca est allé voir Sagan ce soir.

– Je sais. Il était saoul.

– Tusca est malin.

– Pas assez pour échapper aux griffes de Sagan. Et s'il veut revoir sa femme et son enfant, il sait qu'il doit garder sa mise dans le jeu.

– A-t-on réparé la panne électronique chez Sagan ?

– Non, mon ami, et elle ne le sera pas, dit Flam. C'est Sagan qui l'a provoquée, bien sûr.

– S'il n'a rien à cacher, pourquoi agir ainsi ?

– Et qu'as-tu à cacher, mon ami ? dit Flam, taquin. L'équipement de ta chambre fonctionne-t-il ?

– Ne sois pas insolent. C'est sérieux !

– Je le sais, dit Flam, durcissant sa voix. Demain Sagan prouvera sa fidélité envers moi. Si mon cousin met la main sur la lame-sang, il est perdu. Sagan le sait, et s'il cherche à l'en dissuader...

10

A midi, les deux soleils de Vallombrosa brillaient directement au-dessus de l'alcazar, dans un ciel sans nuage, toute humidité séchée par la chaleur.

Les soleils à leur zénith éclairaient à la verticale une grande cour à peu près rectangulaire située au centre de la forteresse, entourée de hauts murs couleur d'os blanchis, ouverte sur le ciel, et qui constituait l'aire récréative de l'alcazar.

Sagan cligna les yeux dans la lumière quand il émergea avec le prince du sombre intérieur de l'édifice, et rabattit son capuchon sur sa tête. Flam, charmant, semblait mener ses hôtes sur la pelouse pour faire une partie de croquet en attendant l'heure du thé. Particulièrement attentionné envers Astarté, il la conduisit par la main (avec la plus grande déférence) jusqu'à un banc situé dans l'un des rares endroits ombragés. Soucieux de son confort, il demanda des coussins pour adoucir la dureté du banc de bois et lui proposa des rafraîchissements. Toutes ses attentions furent poliment, mais froidement, refusées.

Kamil s'assit près de la reine. Jusqu'à ce jour, Sagan n'avait jamais rencontré la fille d'Olefsky, filleule de Maigrey. Il évalua du regard la mince jeune fille un peu garçonnière avec un sentiment de soulagement. Il s'était préparé à trouver en elle une ressemblance avec Maigrey, sinon physique, du moins mentale. Il cherchait le courage intrépide de Maigrey, son orgueil farouche, son amour de l'honneur, tempérés par la lueur rieuse des yeux gris.

Cette enfant (Sagan la considérait comme une enfant, bien qu'elle eût près de vingt et un ans) acquerrait peut-être ces qualités à l'avenir, mais elle ne les possédait pas maintenant. Ou si elle les possédait, elles avaient été consumées par l'amour qui dévorait souvent ce qui lui donnait la vie. Kamil semblait se désintéresser de ce qui se passait. Ses yeux et son attention n'étaient que pour Dion, fixés sur lui seul.

Sagan détourna la tête, satisfait de ne rien ressentir. Cela lui faciliterait les choses, plus tard.

Pantha entra dans la cour, avec une grande boîte. Il dit quelques mots à Flam – qui s'efforçait toujours d'engager la conversation avec une Astarté hautaine. Puis le vieillard s'assit en plein soleil, jouissant de la chaleur comme un vieux chat, et posa la boîte près de lui sur le banc.

Dion entra le dernier, accompagné de Tusk. Maussade et silencieux, le mercenaire avait une main bandée.

– Je me suis cogné dans un mur, marmonna-t-il en réponse à la question de Flam.

Le prince se retourna vers la reine, de sorte qu'il ne vit pas Tusk foudroyer Sagan du regard.

Sagan serra les dents. Tusk allait poser problème. Un problème qu'il résoudrait facilement, le moment venu.

Vêtu des plis cassants de sa soutane noire, Sagan traversa la cour et s'arrêta, dos contre un mur, pieds écartés, mains croisées derrière le dos, visage dissimulé par sa capuche. Il ne manierait pas lui-même une lame-sang, mais les deux qui allaient s'en servir seraient excessivement sensibles l'un à l'autre, et, devinait Sagan, l'un d'eux au moins tenterait de sonder son esprit. Où il trouverait exactement ce que Sagan désirait qu'il y trouve.

Le prince avait quitté la reine et s'approchait de Dion. Il était en pantalon de cuir collant, avec hautes bottes noires et chemise blanche décolletée en V à manches bouffantes d'un style en faveur chez les duellistes de vidéo.

– Ce sera tout pour le moment, Tusca, merci. Voulez-vous rester pour regarder ? Vous asseoir avec Pantha ?

Sagan accrocha le regard de Tusk, fit un imperceptible mouvement de la tête. Le mercenaire marmonna une excuse, et alla se poster près de Sagan. Il avait les yeux rouges et gonflés, et battait des paupières dans la lumière.

– Et maintenant, reprit Flam, souriant à Dion qui n'avait pas dit un mot, nous allons prendre un peu d'exercice. Pantha, mon ami, veux-tu avoir l'obligeance...

Pantha se leva, ouvrit la boîte et en sortit deux lames-sang, cependant que Flam traçait un cercle sur les pavés du talon de sa botte.

– Pas tout à fait rond, mais assez pour notre propos. Après tout, ce n'est pas un vrai duel, mais une amicale séance d'entraînement. Je crois que c'est proche du diamètre réglementaire, Seigneur ? ajouta-t-il, se tournant vers Sagan avec déférence.

– Assez proche, Altesse, dit Sagan, sans regarder.

Flam prit sa lame-sang – celle qui avait autrefois appartenu à Pantha. Les deux épées étaient presque identiques, sauf que l'une – celle de Dion – était décorée d'une étoile à huit branches, signifiant qu'elle avait autrefois appartenu à un Gardien.

Dion prit sa lame-sang, veillant à ne pas toucher les aiguilles, il la leva dans sa main, l'examina comme pour s'assurer que c'était bien la sienne, puis, d'un mouvement calme et délibéré, la remit dans la boîte.

Flam ceignit son épée. Dion, calme, détendu, ne fit pas un geste pour reprendre la sienne.

Flam considéra son cousin avec intérêt. Apparemment, il ne s'attendait pas à cette réaction, ne savait comment y répondre. Haussant les épaules, il sourit, cligna des yeux dans le soleil, et inséra les aiguilles de l'épée dans sa main. Il grimaça un peu, le souffle coupé ; la douleur est intense, mais brève – pour ceux à qui leur nature génétique permet de s'en servir. Dans le cas contraire, elle tue.

– Tu vas bien faire quelques passes d'armes avec moi, cousin, dit Flam d'un ton pressant.

– Non, répondit Dion.

– Allons donc, plaida Flam, toujours charmeur. Nous pouvons même négliger les règles, si tu préfères. Juste quelques passes pour nous fouetter le sang.

– Je ne me battrai pas, cousin. Si tu veux me tuer, tu devras le faire de sang-froid.

Dion regarda Sagan tout en parlant, se rappelant peut-être le jour où le Seigneur de la Guerre lui avait dit la même chose, mot pour mot. Sagan permit à ce souvenir d'entrer dans son esprit ; ce pouvait être utile. Mais dépouillé de toute émotion, nu, squelettique.

– Te tuer ? Oui, cousin, je pourrais te tuer, dit Flam avec impatience. Mais je ne le désire pas. Ta mort ne servirait à rien ; ce serait du gaspillage.

Flam prit Dion dans ses bras, en une étreinte forte, chaleureuse, de grand frère plus sage, plus expérimenté.

– Abdique, cousin. Donne-moi la couronne. Nous savons tous les deux que j'en suis le plus digne. Donne-moi les problèmes, les écrasantes responsabilités. Donne-moi les nuits sans sommeil, les jours solitaires. Je suis le plus fort. J'assumerai ce fardeau. Tu n'auras plus qu'à passer le reste de ta vie en paix, avec celle qui t'aime, termina-t-il, avec un regard oblique à Kamil.

Dion fronça les sourcils, ouvrit la bouche comme pour répondre. Flam l'attira plus près de lui.

– Tu as beaucoup de raisons de vivre. Plus que tu ne le penses. Savais-tu, cousin, que ta femme est enceinte ? Non, ce n'est pas un piège. Regarde-la, tu verras la vérité.

Stupéfait, Dion tourna involontairement la tête.

Astarté sut, sans l'avoir entendu, ce que Flam venait de dire à son mari, et au même instant, son sang-froid l'abandonna. Elle s'empourpra, puis pâlit. Elle ouvrit la bouche, mais m'émit aucun son.

Près d'elle, Kamil rougit, baissa la tête, incapable de regarder Dion, incapable de rien voir.

Dion poussa un soupir qui sembla remonter du puits vide de ces trois dernières années.

– Je te propose un marché, cousin.

Flam parlait à l'oreille de Dion, mais le Sang Royal qui coulait dans leurs veines et dans la lame-sang apporta ses paroles jusqu'au Seigneur de la Guerre.

– Donne-moi le trône, et je ferai mon héritier de ton fils. Je le jure. Je le jurerai en public, je signerai des papiers, tout ce que tu me demanderas. Je ne peux pas engendrer moi-même, tu comprends.

Dion secoua la tête.

– Ecoute, cousin, dit Flam, dont la voix subtilement altérée devint meurtrière. Je prendrais cette proposition en considération si j'étais toi. Parce que, d'une façon ou d'une autre, j'obtiendrai ce que je veux. Si je dois te tuer et épouser ta veuve éplorée, je le ferai. Elle ne m'épousera pas, dis-tu ? Oh si. Elle n'aura pas le choix. Pas si elle veut que son enfant soit roi ! Allons, cousin, donne-moi la couronne ! Ne m'oblige pas à te tuer !

Dion leva ses yeux bleus, regarda les yeux bleus qui auraient pu être le reflet des siens et dit :

– Non.

– Eh bien, cousin, réglons ce différend comme le faisaient les princes il y a mille ans. Nous allons nous battre pour le droit de porter la couronne. Le vainqueur aura le trône. Qu'en dis-tu ? Qui sait ? dit Flam avec un rire léger. C'est peut-être toi qui me tueras. Et alors, tous tes problèmes seront résolus.

Dion fut tenté. Sagan le vit sur son visage, le sentit dans le cœur du jeune homme. Le roi hésita, réfléchit.

– Je ne hasarderai pas au jeu ce qu'il ne m'appartient pas de hasarder. Je suis le roi légitime. Je crois que j'étais destiné à être roi. Bien que certains puissent le contester, dit Dion, regardant de nouveau vers Sagan, l'air troublé cette fois. Je ne me battrai pas.

Plus frustré que furieux, Flam se gratta la tête, fit le tour de la cour et vint se planter devant Sagan.

– Seigneur, comment résoudre cela à moins d'un meurtre ? Avez-vous une suggestion ?

– Oui, Altesse, dit Sagan d'un ton suave, sans quitter le roi des yeux. Aux jours anciens dont vous parlez, un roi pouvait nommer un champion pour combattre à sa place.

– Un champion, dit Flam, paraissant réfléchir, mais durcissant sa voix. Je suppose que Votre Seigneurie se propose elle-même...

– Non, Altesse, dit Sagan en s'inclinant. Mes vœux m'interdisent de porter les armes. Mais il y a ici quelqu'un qui, je crois, serait honoré de combattre pour la cause du roi, ajouta-t-il, portant son regard sur Kamil.

Flam ne s'y attendait pas. Il devint soupçonneux, dubitatif. Soudain, il eut un grand sourire.

– Bien joué, Seigneur, gloussa-t-il tout bas.

Pivotant sur lui-même, il revint vers la boîte posée aux pieds du roi. Il prit l'épée de Dion, veillant à ne pas en toucher les aiguilles.

– Faites avancer le champion du roi ! cria-t-il.

Sagan s'éloigna du mur auquel il s'appuyait et s'avança vers Kamil, qui le regardait sans comprendre. Eh bien, ça ne tarderait pas. Il serait intéressant de voir comment elle réagirait. Il espérait, pour la mémoire de Maigrey, qu'elle se comporterait bravement.

Sagan la saisit par le poignet, et la mit debout d'une

secousse. Elle trébucha, résista, et Sagan fut obligé de la traîner vers Flam. Puis, lui mettant son bras gauche sur les épaules, il lui saisit la main droite et la tendit à Flam, paume ouverte.

– Donnez-lui l'épée, Altesse.

Flam amena les aiguilles au contact de la main et lança à Dion un regard interrogateur.

Sagan entendit Tusk bondir derrière lui.

– Vous êtes fou ? Vous savez ce que ça va lui faire ? Ça va la tuer ! Canaille ! Je n'ai jamais accepté...

Sagan, modifiant sa prise sur Kamil, le frappa violemment à la tempe. Tusk tomba, comme frappé par la foudre. Secouant la tête, il s'efforça de se relever, la bouche dégoulinante de sang. Il grogna, s'effondra, s'immobilisa. Sagan ne lui prêta plus attention.

Flam maintenait ouverte la main de Kamil, pressant sur l'articulation du pouce et lui tordant le poignet. La douleur lui coupa le souffle, mais elle ne cria pas. Elle ne se débattit pas, sachant que, contre la force de Sagan, ce serait inutile. En proie à une terrible fascination, elle fixait les aiguilles qui luisaient au soleil.

Sait-elle quelle mort terrible l'attend ? se dit Sagan.

Oui, elle le sait. Levant les yeux, elle regarda Dion.

Dion était livide, pâle au point qu'on aurait pu le croire mort.

Flam rapprocha la main de Kamil des aiguilles. Elle eut un mouvement de recul et Sagan la sentit frissonner, mais elle ne cria toujours pas. Elle détourna la tête, peut-être pour ne plus voir les aiguilles, ou peut-être pour ne pas influencer Dion, pour lui cacher la peur qu'elle ne pouvait s'empêcher de ressentir.

Son courage plut à Sagan, pour l'honneur de Maigrey.

– Alors, cousin ? demanda Flam. Qui se battra pour ta couronne ? Toi, ou elle ?

Dion attacha sur Sagan un regard scrutateur. Le Seigneur de la Guerre sentit le sondage mental, ferma, barricada soigneusement toutes ses portes intérieures. Il pensait avoir réussi, et fut quelque peu surpris et très mécontent de voir une faible étincelle dans les yeux désespérés. Elle disparut aussitôt. Les yeux redevinrent mornes, se détournèrent. Puis, comme s'il avait trouvé la réponse à sa question inexprimée, le roi tendit la main et arracha l'épée à Flam.

Dion enfonça les aiguilles dans sa paume, la crispation

de douleur qui traversa son visage n'étant que partiellement due aux aiguilles pénétrant dans sa chair. La douleur la plus amère – évidente dans le dernier regard qu'il lança à Sagan – était celle de la trahison.

Le Seigneur de la Guerre lâcha brusquement Kamil. Faible et tremblante maintenant que le danger était passé, elle chancela et faillit tomber. Ce fut Flam qui la rattrapa galamment, et la reconduisit à son banc avec quelques paroles de réconfort.

Astarté l'accueillit avec douceur, la fit asseoir près d'elle, et lui dit quelque chose que personne n'entendit. Kamil secoua la tête et s'écarta. Avachie contre le mur, recroquevillée sur le banc, elle fixait le sol sans rien voir.

A cause de moi, articulèrent ses lèvres sans émettre un son. *A cause de moi.* Apparemment, son innocence juvénile venait d'expirer, vite et douloureusement.

Tusk revenait à lui. Sagan l'attrapa par son blouson et le traîna dans l'ombre chiche d'un mur.

– Espèce de canaille..., marmonna Tusk entre ses lèvres tuméfiées.

– Je n'avais pas le choix. Tu as failli nous faire tous tuer, dit Sagan, parlant sous le couvert du bruit qu'il faisait en traînant Tusk sur les pavés. Encore une stupidité de ce genre, et je serai obligé de te détruire.

Tusk ouvrit la bouche.

– Silence, ordonna Sagan.

Asseyant le mercenaire d'une secousse, Sagan l'adossa au mur. Flam revint vers le cercle d'une démarche cavalière, l'air excessivement satisfait, décrivant des moulinets de son épée pour s'échauffer les muscles.

– Vous voudrez peut-être nous rappeler les règles du combat, Seigneur. Pour moi, ajouta Flam, avec un regard d'excuse à Dion. Car je n'ai jamais eu le privilège d'assister à un duel, comme l'a fait mon cousin.

Encore les souvenirs. Le duel : Maigrey et Sagan. Et il sut qu'il n'était pas le seul à se rappeler, car il entendit la musique, à la fois douce et douloureuse.

– Le combat doit avoir lieu dans le cercle, commença Sagan, d'une voix froide, impassible, refoulant les souvenirs. Un combattant peut sortir du cercle pour se reposer. L'autre ne peut alors pas le poursuivre. Deux périodes de repos sont permises. Puis c'est un combat au finish. Si un combattant sort du cercle après les deux périodes de repos, on juge qu'il s'est rendu et a donc perdu le combat.

Flam entra dans le cercle, rouge d'excitation. Dion s'attarda en dehors. Encore pâle, bouleversé par l'épreuve de Kamil, il la regarda, inquiet de sa réaction.

– Le petit ferait bien de se concentrer sur ce qu'il fait, marmonna une voix près de l'oreille de Sagan.

Tusk s'était mis debout, se soutenant contre le mur.

Dion s'était enfin ressaisi. Maintenant qu'il était contraint d'en venir au duel, il devait savoir qu'il aurait à tuer son cousin. Tuer... pour éviter de l'être.

Les deux lames-sang s'activèrent. Les pensées des deux cousins envahirent l'esprit de Sagan, se mêlèrent aux siennes en un tourbillon confus, aussi difficiles à séparer que trois ruisseaux de sang.

Il devrait être très, très prudent. Heureusement, les deux combattants étaient concentrés l'un sur l'autre, et prêteraient peu attention – à un vieillard brisé. Il s'assit pour les observer.

Les deux cousins se saluèrent, Flam s'inclinant comme le rituel l'exigeait. Dion se contenta d'un salut de la tête. Il était toujours roi. Ils se mirent en garde, leurs épées flamboyant, flamme bleue contre flamme bleue, yeux bleus contre yeux bleus. Les épées étaient encore immobiles, mais les esprits sondaient déjà. Puis Dion se fendit, Flam para, et le duel commença.

Le combat était équilibré, décida Sagan après les premières passes, les avantages et désavantages de chacun se compensant. Dion avait l'avantage d'avoir déjà combattu contre un adversaire en chair et en os (Sagan lui-même avait été son maître d'armes), alors que Flam n'avait combattu que contre son imagination. Mais Dion, accablé des affaires de l'Etat, manquait d'entraînement. Il ne s'était pas battu depuis des années. Flam, au contraire, s'était entraîné quotidiennement, selon les principes de Pantha, destinés à maintenir le corps et l'esprit en forme parfaite.

Dion, se rappelant les leçons de Sagan, attaqua avec habileté et courage, forçant bientôt son adversaire à se mettre sur la défensive. La lame de Flam disparut, se muant – avec la rapidité de la pensée – de lame étincelante en bouclier invisible.

L'usage du bouclier exigeait bien plus d'énergie que celui de la lame, drainait les réserves de l'épée qui puiserait bientôt dans celles du corps. Les assauts furieux de Dion forcèrent Flam à reculer, et le firent sortir du cercle.

– Halte ! cria Sagan, levant sa main ouverte.

Dion recula, haletant.

Flam, l'air sombre et provocant, rentra d'un bond dans le cercle, et, ayant compris la leçon, passa à l'offensive. Les assauts suivirent, trop rapides pour le regard des assistants. Dion glissa une fois, mit son épée en mode bouclier et soutint l'attaque de Flam jusqu'à ce qu'il eût retrouvé son équilibre. D'une botte secrète (que Sagan reconnut comme sienne) il passa sous la garde de Flam et asséna un coup qui aurait pu mettre fin au duel et à la vie du prince.

Un habile roulé-boulé mit Flam hors de danger... et hors du cercle.

– Halte ! cria Sagan pour la seconde fois. Si vous sortez du cercle encore une fois, Altesse, dit-il sombrement au prince, vous devrez vous rendre.

– Je comprends, Seigneur. Merci.

Le coup de Dion avait ouvert le genou du prince et mis sa chemise en lambeaux.

Toutefois, Dion ne prit pas l'air triomphant. Il observait Flam avec prudence, méfiance, sachant que ces duels étaient – comme le lui avait dit un jour Sagan – un dixième de force physique et neuf dixièmes de force mentale. Flam semblait souffrir un peu trop, boiter un peu trop, haleter un peu trop.

Dion était donc sur ses gardes quand Flam, retrouvant soudain ses forces, bondit dans le cercle avec un grand sourire, et repartit à l'assaut avec fureur. Dion activa le bouclier, reprit l'offensive. Flam se protégea du bouclier, refit assaut.

Le duel continua. Tusk se frotta les yeux, grimaçant dans la lumière. Astarté et Kamil regardaient en silence, craignant toutes deux de perturber la concentration de Dion, chacune serrant instinctivement la main de l'autre, peut-être sans s'en apercevoir.

Pantha observait avec davantage qu'un intérêt placide, comme s'il était déjà sûr de l'issue du combat.

Dion sortit du cercle, mais y rentra avant que Sagan n'ait pu signaler une halte. Tout en sachant que ce faux pas comptait contre lui, le roi choisit de ne pas profiter de la période de repos – se reposer était donner à son adversaire l'occasion de faire de même. La lame de Dion étincelait et disparaissait, plus offensive que défensive. Il avait le combat bien en main. Comme si un ange à l'épée flamboyante était descendu du ciel combattre pour le roi.

Il brûlait d'un feu pur et sacré. Pénétré de la justice de sa cause, de la conviction qu'il était la lumière combattant les ténèbres, il luttait avec adresse et valeur.

– Beau travail, mon garçon, se dit Sagan, au plus profond de lui-même.

Mais Dion l'entendit. Les yeux bleus, plus étincelants que le soleil, se tournèrent vers Sagan, et le roi eut un sourire exalté.

Puis Flam sortit du cercle, mit un genou en terre, et leva les mains au-dessus de sa tête dans la posture classique de la reddition. Il désactiva sa lame-sang.

Il fallut un moment pour que l'âme de Sagan réintègre son corps. Il ressentit vivement le poids mort de la chair qui l'accablait, et il soupira.

– Halte ! cria-t-il d'une voix dure et stridente.

Il entra dans le cercle, entre les combattants – l'un debout, l'autre un genou en terre. Dion haletait, incapable de parler. Il avait abaissé son épée, mais elle continuait à bourdonner. Son visage était inexpressif, son âme flottant encore au-dessus de lui. Il semblait ne pas comprendre qu'il avait gagné.

Dans la cour, personne ne parlait ; Kamil et Astarté semblaient en pleine confusion. N'ayant jamais assisté à un duel, elles ne savaient pas en interpréter l'issue. Tusk, ayant compris sa leçon – du moins Sagan l'espérait-il – regardait le Seigneur de la Guerre pour savoir quelle attitude prendre. Garth Pantha savait. Il avait déjà assisté à des duels à la lame-sang, en avait sans doute livré lui-même. Immobile, il regardait la scène avec détachement.

– D'après les règles du combat, en sortant du cercle et en désactivant votre épée, vous, Flam Clairfeu, avez reconnu votre défaite, l'informa Sagan.

– Bien sûr, dit Flam en riant.

Se relevant avec grâce, il s'inclina devant le roi.

– Merci, cousin. J'ai pris grand plaisir à cet exercice. Pantha ?

Le vieillard s'approcha avec la boîte. Il ouvrit le couvercle, et Flam déposa sa lame-sang à l'intérieur. Secouant la tête pour rejeter ses cheveux noirs en arrière, il sourit à la reine, qui ne bougea pas, ne parla pas.

– Je suis certain que les dames ont pris plaisir au spectacle, ajouta-t-il, saluant la reine avec panache.

– J'ai gagné, dit Dion, semblant réaliser soudain la situation. Tu renonces à revendiquer le trône. Et tu me laisseras m'en aller.

– Je te laisserai aller... au diable.

Flam avait pris un gant souple que Pantha lui tendait, et l'enfilait sur sa main droite, sur les blessures laissées par les aiguilles.

– J'ai gagné, répéta sombrement Dion.

– Tu as perdu, dit Flam. Tu as perdu la vraie bataille, cousin. Celle que nous livrions mentalement. J'ai pénétré tes secrets. Je sais maintenant où est la bombe à rotation spatiale. Je sais où tu l'as cachée. Pantha, contacte les créatures de matière noire et envoie-les la chercher.

Pâlissant sous le choc, incrédule, Dion le fixa, comprenant enfin la terrible réalité.

– Une ruse, murmura-t-il. Tout n'était qu'une ruse.

– Oui, cousin, dit Flam en riant. Une ruse pour t'inciter à utiliser la lame-sang, pour te duper et te faire révéler la cachette de la bombe.

La lame-sang s'enflamma. Dion bondit sur le prince, décrivant un terrible moulinet de son arme.

Derek Sagan s'interposa, lui bloqua le passage. Glissant adroitement sous la garde de Dion, il lui saisit le poignet droit et le rejeta en arrière.

Déséquilibré, Dion trébucha et tomba lourdement sur la hanche.

– Ne faites pas l'imbécile ! lui dit Sagan, embrassant la cour d'un regard significatif.

Dion leva les yeux. Des hommes entraient dans la cour au pas de charge, pisto-laser prêts à tirer et pointés, certains sur le roi, d'autres sur la reine et sur Kamil.

Les épaules de Dion s'affaissèrent dans la défaite.

– Votre conseil vient un peu tard, Seigneur, dit-il avec amertume.

11

– Je dois vous demander de me remettre votre épée, Majesté, dit Sagan.

Dion se leva lentement, avec raideur. Désactivant la lame-sang, il la remit au fourreau, déboucla son ceinturon, l'enroula soigneusement autour de la garde et tendit son arme au Seigneur de la Guerre.

Sagan remit l'épée dans la boîte avec celle de Flam. Pantha rabattit le couvercle, mit la boîte sous son bras.

– Seigneur Sagan, je vous remercie de votre assistance en cette matière, dit Flam, avec un regard triomphant à Pantha. Nous nous retrouverons dans deux heures. D'ici là, la bombe sera en notre possession. Nous devons mettre la dernière main à nos plans. T'intéresserait-il de les connaître, cousin ?

Dion ne répondit pas.

– Il semble que les Corasiens soient sur le point d'envahir la galaxie, reprit Flam. Oui, d'ici quelques jours votre Lord Amiral commencera à recevoir des rapports selon lesquels l'ennemi a traversé le Vide et s'apprête à attaquer. Toi, tu défendras héroïquement la galaxie, en faisant sauter la bombe à rotation spatiale au milieu des forces corasiennes.

« Hélas, cousin, poursuivit Flam, ouvrant les mains en un geste d'impuissance, un terrible accident surviendra. Tu mourras, tué par l'explosion, martyr de ta cause, mais ayant sauvé tes peuples. Tes funérailles seront impressionnantes. Et je serai là, le plus proche Clairfeu dans la ligne de succession, pour te remplacer. Les peuples m'accueilleront avec des larmes dans les yeux. Surtout quand ils s'apercevront que la menace corasienne persiste.

– Tu t'es allié avec l'ennemi ? dit Dion, avec le calme du désespoir.

– Par nécessité. Les rois agissent souvent sous l'empire de la nécessité, dit Flam, avec un regard matois vers Kamil. Les Corasiens se verront attribuer certaines planètes – secrètement, bien sûr – pour en faire ce qu'il leur plaira. En échange, ils « battront en retraite » à la demande, reviendront quand nous aurons besoin d'eux, maintenant la galaxie dans un état de chaos et de terreur que je serai seul capable de gérer.

« Mais ton âme pourra reposer en paix, cousin. Je tiendrai ma promesse d'épouser la reine et de faire mon héritier de ton fils. Et si Sa Majesté a l'indélicatesse de me refuser, sa planète sera parmi les premières à être victime des Corasiens.

– Je suppose qu'elle ne refusera pas, dit Dion, les yeux sur sa femme.

– Plan ingénieux, n'est-ce pas, cousin ?

– Très ingénieux, acquiesça Dion.

– Je voudrais pouvoir m'en attribuer le mérite, mais c'est au Seigneur Sagan que je le dois, dit Flam.

– Vraiment ? dit Dion, se tournant vers Sagan, troublé, pensif.

Sagan acquiesça de la tête.

Dion le considéra un long moment, puis accablé de ténèbres, baissa la tête.

– Je vois, dit-il.

– Gardes, raccompagnez la reine à ses appartements, ordonna Flam. Mais la Princesse Olefsky voudrait peut-être s'attarder un moment pour se remettre du choc de son épreuve. Dont je m'excuse. Elle a bien mérité quelques instants d'entretien avec le roi. Tusca, restez avec mon cousin, et ramenez-le chez lui quand il aura terminé.

Tusk, debout prêt du mur, hocha la tête, morose.

Ayant donné ses ordres, Flam quitta la cour accompagné de Pantha et de la boîte. Deux gardes femelles se chargèrent d'Astarté. Elle traversa la cour avec sa dignité coutumière, mais, à l'approche de Dion, elle hésita.

Il était toujours au milieu de la cour, au centre du cercle, baissant la tête et se frictionnant la paume droite.

Astarté s'arrêta près de lui, désireuse, semblait-il, de

lui parler, de le réconforter. Elle tendit la main. Il la prit, et regarda sa femme dans les yeux.

– Astarté, vous allez bien ? Et l'enfant ?...

Il hésita un instant, puis reprit :

– Notre enfant...

Il ne put continuer.

Le visage livide d'Astarté se colora. Elle était belle, radieuse, la vie battant au cœur du désespoir et de la mort.

– Notre enfant va bien. Je vais bien, dit-elle, lui serrant la main très fort. Ne vous inquiétez pas pour nous.

Incapable de parler, il porta à ses lèvres, puis à sa joue, la main d'Astarté dont les yeux s'emplirent de larmes. Il lui sourit, rassurant. Elle lui rendit son sourire, refoula ses pleurs, et, avec une dignité souveraine, quitta la cour.

Kamil resta assise sur son banc, regardant Dion, le cœur et l'âme dans le regard. Dion tourna les yeux vers elle, secoua la tête, puis se remit à contempler les gouttes de sang tombées dans le cercle à ses pieds.

La cour se vida. Sagan, se dirigeant vers un édifice, passa devant Tusk. Avachi sur son banc, le mercenaire avait l'air écœuré.

– J'espère que vous savez ce que vous faites, bon Dieu ! marmonnèrent ses lèvres encroûtées de sang.

Sagan l'ignora et passa. Tusk ne prit pas la peine de se répéter, et attendit, immobile sur son banc.

Sagan entra dans l'un des édifices adjacents à la cour, enfila un couloir dont les fenêtres donnaient sur elle, faisant volontairement résonner ses pas sur les dalles. S'arrêtant au bout du couloir, il revint sans bruit sur ses pas. Restant dans l'ombre, il se posta près d'une fenêtre, aussi près que possible du cercle où demeurait le roi. Kamil l'avait rejoint.

L'air était calme, le son portait bien, et Sagan avait l'ouïe très fine. Malgré tout, il aurait peut-être eu du mal à les entendre si Kamil ne l'avait pas aidé sans le vouloir. Regardant Tusk avec méfiance, elle prit la main de Dion et l'entraîna à l'écart. Ce mouvement les amena près de la fenêtre de Sagan, si près qu'il fut obligé de reculer d'un ou deux pas pour ne pas être vu.

Elle parla, et ses paroles surprirent Sagan, et, apparemment, Dion aussi.

– Dion, dit-elle tout bas, mais d'une voix ferme, il faut trouver le moyen de t'évader.

Il releva la tête, tiré de son désespoir et de sa léthargie.

– Ecoute-moi avant de dire non, poursuivit-elle vivement. Quand Tusk viendra te chercher, saisis son arme, force-le à nous emmener dans le Cimeterre. Nous sauverons Astarté, l'emmènerons avec nous. Tusk connaît tous les codes, tous les mots de passe. Son avion est parqué près de l'alcazar. Il le fera, je le sais !

Haletante d'excitation, elle avala une goulée d'air.

– Il n'aime pas ça plus que toi. Tu l'as vu, il a essayé de m'aider. Sagan a été forcé de l'assommer pour l'arrêter. On s'évadera, et... et...

Elle fit une pause, hésitante.

– Et quoi ? demanda Dion, avec un sourire triste.

– Eh bien, dit-elle, déconcertée, il faudra que tu te caches. Flam te fera rechercher. Mais pendant ce temps, nous pourrions lever des armées contre lui. Mon père t'aiderait, et la baronne...

– Jusqu'à ce que la bombe explose. Ou que les créatures de matière noire les attaquent. Ou que les Corasiens les envahissent. Non, dit Dion avec calme. Ton père voudra sans doute nous aider. Mais il ne le pourra pas. Il sera trop occupé à combattre pour sa propre survie.

Kamil se tut, vaincue par cette logique irréfutable.

– Alors, tu resteras caché. Ne prends pas la peine de lutter contre Flam. Ou alors, attends quelques années. Attends d'être plus fort, et qu'il soit affaibli. Attends qu'il fasse une faute. Attends que Sagan se retourne contre lui, et qu'ils se sautent mutuellement à la gorge. Ça arrivera forcément, dit-elle avec une sombre conviction. Sagan t'a trahi. Ce n'est qu'une question de temps avant qu'il ne trahisse Flam.

Dion secoua la tête, le visage pensif, troublé. Il jeta un coup d'œil – curieusement – vers Tusk. Il n'avait pas bougé mais les observait sous ses paupières mi-closes.

– Et que ferai-je pendant que je serai caché ?

– Eh bien, tu... Enfin, tu pourrais... nous... dit Kamil, décontenancée, puis irritée. Quelle importance, ce que tu feras ? On continuera à vivre, on attendra...

– Essaie de voir la route s'étendant devant nous, lui dit Dion. Regarde l'avenir. Qu'est-ce que je ferai ? Je servirai à table ? Vendrai des puces d'ordinateur au porte-à-porte ? Où pourrai-je aller sans être reconnu ? Tu me demandes de m'exiler, de vivre constamment dans la peur, d'être de nouveau sans nom. Tu oublies que j'ai été élevé comme ça. J'ai vécu caché dix-sept ans. Je ne recommencerai pas. Je ne veux pas élever mon enfant comme ça.

– Ce ne serait que pour peu de temps, insista-t-elle.

– Kamil, dit-il avec douceur en lui prenant les bras. Tu ne peux pas voir cette route car elle n'existe pas pour moi. Je suis roi. Quand l'archevêque a mis la couronne sur ma tête, le sceptre dans ma main, j'ai accepté une responsabilité. J'ai pris sur moi d'être le protecteur des peuples. Je ne peux pas fuir et les abandonner à leur destin. Que leur dirais-je ? Que j'ai fui quand il y avait du danger, et suis revenu quand je ne risquais plus rien ?

Kamil voulut parler, mais son sérieux la fit taire.

– Pour moi, le départ serait sans retour. Si je rejette la couronne par peur, comment venir la réclamer ensuite ?

– Au moins, tu serais vivant, dit-elle, sans le regarder.

– Crois-tu ? demanda-t-il avec lassitude. Cela aurait-il de l'importance ? dit-il, lui lâchant les épaules.

– Oui, ça en aurait, rétorqua-t-elle. Quelle sottise de dire que tu préfères mourir que ne pas être roi. Tu as vécu dix-sept ans sans savoir que tu étais roi, et tu étais heureux. Tu me l'as dit. Tu avais tes livres, ta musique et... quelqu'un qui t'aimait.

Elle hésita, puis revint à la charge, plus forte après cet instant de faiblesse.

– Platus ne voulait pas que tu sois roi. Tu me l'as dit aussi. Il voulait que tu sois un homme ordinaire, que tu fasses ce que tu pouvais pour les autres de façon ordinaire. C'est ça qui compte, dans la vie. Si toutes les personnes ordinaires vivaient en respectant les autres, leurs droits et leurs sentiments, nous n'aurions pas besoin de rois.

« Tu étais heureux d'être ordinaire jusqu'à l'arrivée de Sagan. Il a assassiné Platus. Mais ce soir-là, il t'a fait quelque chose de pire. Il a assassiné ce qu'il y avait de bon, d'ordinaire en toi ! »

Elle étouffa un sanglot. Dion la reprit dans ses bras, la serra contre lui. Mais il regardait par-dessus sa tête, les pensées très loin de l'alcazar. Ses lèvres remuèrent. Les pensées en parfaite harmonie avec Dion, Sagan entendit les paroles informulées qu'il avait dites lui-même à Dion des années plus tôt... *Je suis venu pour te sauver...*

Mais Kamil les entendit aussi, avec l'oreille de l'amour, si ce n'est avec l'oreille télépathique, produit des manipulations génétiques.

Elle s'écarta de lui et le regarda dans les yeux.

– C'est donc ça ? dit-elle doucement. Tu es prêt à renoncer à la vie à cause de ce qu'a dit Sagan ?

– Que veux-tu dire ? dit Dion, surpris et troublé.

– Ton échec prétendu au test. Tu le crois. Tu ne te trouves pas assez bon. Tu as laissé Sagan te convaincre que tu ne mérites pas d'être roi. Tu penses, comme lui, que ton cousin vaut mieux que toi, et tu vas te retirer en rampant et mourir ! dit-elle, furieuse, sa fureur exacerbée par sa peur.

Dion avait pâli, mais ces paroles le firent réfléchir.

– Tu as peut-être raison. Je crois ce que dit Sagan, répéta-t-il, pensif. Il ne m'a jamais menti, quoi qu'il m'ait fait d'autre par ailleurs.

Son regard se posa sur Tusk, qui s'était endormi, ou alors avait reperdu connaissance. Dion se retira en lui-même, se projeta loin des oreilles indiscrètes, aimantes ou autres. Sagan ne lisait plus ses pensées, mais il les devinait, et il fronça les sourcils dans l'ombre.

– Oh, Dion, tu ne peux pas penser ça ! s'écria Kamil, alarmée. Flam sera un souverain terrible et cruel. Comme il l'a été aujourd'hui. Astarté me l'avait dit. Je ne voulais pas la croire, mais je sais maintenant ce qu'elle voulait dire.

Dion, ramenant son regard sur elle, sourit malgré lui.

– Tu fais une belle conseillère, dit-il, taquin. D'après toi, je ne devrais pas être roi, et l'instant d'après, je le devrais. Que choisis-tu ? Ce ne peut pas être les deux !

– Je sais. Désolée. Je ne comprends rien à cet horrible embrouillamini. Je n'aurais pas dû te sermonner. J'ai sans doute fait plus de mal que de bien.

Elle soupira, puis, le serrant dans ses bras, elle ajouta :

– Je sais seulement que je t'aime et que j'ai peur pour toi. Nous avons une chance de nous échapper. Saisissons-la. Après, tout s'arrangera. Je le sais.

Dion hésita, tenté.

Sagan observait en silence. Sachant qu'il pouvait intervenir n'importe quand pour prévenir un acte si téméraire, il était curieux d'entendre la réponse du roi.

– Non, Kamil.

Son hésitation n'avait duré qu'un instant. Il n'hésitait pas sur la décision à prendre, mais il répugnait à éteindre l'espoir brillant dans ces beaux yeux.

– Je dois rester jusqu'à la fin. Il faut que je rattrape cette maudite boule d'argent, ajouta-t-il avec un sourire amer. Si je dois mourir, eh bien, je mourrai avec dignité, en roi. Je ne mourrai pas d'un rayon dans le dos en m'enfuyant.

12

Sagan arriva en avance à son rendez-vous avec le prince. Flam, d'excellente humeur, l'accueillit à bras ouverts, et même Pantha sembla se dérider un peu et le salua avec cordialité.

La réunion avait lieu dans la salle des communications de l'alcazar, le seul endroit de la forteresse où ils étaient sûrs de parler sans être interrompus, car personne – pas même les gardes – n'était autorisé à entrer dans cette salle sous peine de mort. C'était la première fois que Sagan lui-même avait cet honneur. Il savait, bien sûr, qu'il avait été testé et en concluait qu'il avait réussi l'épreuve.

Il regarda autour de lui avec curiosité, ce qui n'était que naturel. Mais il fallait éviter de paraître trop curieux, ce qui éveillerait les soupçons. C'est à partir de cette pièce que Pantha communiquait avec les créatures de matière noire. Le regard de Sagan passa rapidement d'une machine complexe à une autre, d'un vidécran à une U-com, d'équipements démodés aux équipements modernes. Il les reconnut tous, ne vit rien d'étrange, aucun appareil familier utilisé à des fins inusitées.

Pantha l'observait. *Vas-y,* semblait-il dire avec défi. *Regarde tant que tu voudras. Tu ne trouveras jamais.*

En réponse, Sagan attacha son regard sur Flam.

– ... vraiment remarquable, disait le prince. Avez-vous vu la tête de mon cousin quand vous avez traîné Kamil vers moi ? Un moment, j'ai craint d'être allé trop loin, Seigneur. J'ai pensé que, emporté par l'humeur chevaleresque du moment, mon cousin pouvait se mettre en tête de déjouer mes ténébreux desseins sur sa bien-aimée en mettant fin à ses jours. Ce qui aurait perturbé mes plans.

– Le risque était mince, Altesse. Dion n'est pas un imbécile.

– Non. Je suppose que vous ne lui auriez pas consacré tant de soins et de temps s'il l'était. Et je reconnais que tout s'est très bien passé. Emporté par l'excitation du combat, il a réagi comme vous l'aviez prédit, Seigneur. Il a baissé sa garde mentale pour se concentrer sur la lutte physique. Ainsi, j'ai pu me glisser facilement dans son esprit, et découvrir la position de la bombe. Les créatures de matière noire sont allées la chercher et devraient revenir...

– D'une minute à l'autre, Prince, dit Pantha.

– Elles la poseront là, dit Flam, montrant une table de marbre au centre de la salle. Je suis très impatient de la voir. Pantha aussi. Il l'a soigneusement étudiée, le saviez-vous, Seigneur ?

Sagan n'en fut pas surpris.

– Vraiment ? Vous avez obtenu des informations par les Corasiens, je suppose.

– Informations qu'Abdiel avait pu glaner dans votre esprit, Seigneur, dit Pantha, acquiesçant de la tête.

Sagan n'apprécia pas ce rappel, ce que Pantha ne manqua pas de remarquer. Le vieillard se fit grave.

– Homme foncièrement mauvais que cet Abdiel. Je dors mieux depuis que je sais qu'il est mort.

– Pourtant, vous ne dédaignez pas d'utiliser ses informations, indépendamment de la façon dont il les avait obtenues.

– En tant que scientifique vous-même, Seigneur, vous conviendrez sans doute que de précieuses informations ne doivent pas être dédaignées simplement parce qu'elles ont été acquises d'une façon que nous pouvons désapprouver. Après tout, nous devons notre existence même de membres du Sang Royal, d'individus génétiquement supérieurs aux expériences faites par les nazis dans leurs camps de concentration.

– Ce qui devrait signifier quelque chose pour quelqu'un, remarqua le Seigneur de la Guerre.

Pantha fronça les sourcils, se demandant s'il devait se sentir insulté. Puis – après avoir observé Sagan – il décida qu'il s'agissait d'une plaisanterie et laissa passer.

– Etant donné la façon dont ces informations avaient été acquises, reprit Sagan avec froideur, n'avez-vous pas craint qu'elles ne soient en partie inexactes ? Que j'aie menti volontairement à Abdiel ?

– Il fallait s'y attendre. Mais avec mes connaissances techniques – dont je me flatte qu'elles sont presque égales aux vôtres, Seigneur – j'ai pu déterminer ce qui était utilisable et ce qui ne l'était pas. Chose dont n'ont jamais été capables les Corasiens, et raison pour laquelle ils n'ont jamais pu fabriquer eux-mêmes une bombe à rotation spatiale. Par exemple, j'ai découvert le « dispositif d'armement » du cyborg. Je dois dire que j'ai bien ri. Vous devriez voir la monstruosité qu'ont créée à cause de lui les Corasiens techno-débiles ! Il ne me manquait qu'une seule chose...

– Un modèle fonctionnel.

– Oui. Et je vais l'avoir incessamment. Je crois que j'aurais pu en fabriquer une moi-même. Je n'en étais pas loin. Mais celle-ci me facilitera beaucoup la tâche.

Une interruption survint dans la conversation. Sagan ressentit une fois de plus cette désagréable impression de compression qu'il associait maintenant aux créatures de matière noire. Au même instant, la bombe à rotation spatiale sortit de nulle part et parut sur la table de marbre.

Il ne l'avait pas vue depuis le soir fatal où Dame Maigrey l'avait convaincu – avec d'autres – qu'elle allait faire sauter la bombe. Une ruse, en fin de compte. Mais une ruse qui avait permis à Dion de remporter le gros lot.

Sagan, s'avançant pour regarder la bombe, leva involontairement la main vers l'étoile-gemme qu'il portait au cou. Et, ce faisant, il vit Pantha faire de même.

Sur la poitrine de Pantha brillait l'Etoile des Gardiens. Bijou rare, dont le secret de fabrication était mort avec les prêtres de l'ancien Ordre du Diamant... et dispositif d'armement de la bombe à rotation spatiale.

Garth Pantha possédait une étoile-gemme. Sans doute la dernière en existence, avec celle de Sagan. Comment ? Pantha n'avait pas été un Gardien, et seuls les Gardiens recevaient ce bijou mystique très convoité. Amodius, bien sûr. Il devait l'avoir donné à son favori en gage d'estime et d'amitié. Ou peut-être en paiement de son dévouement envers le fruit importun du péché royal.

Situation gênante s'il en fut.

Flam couvait la bombe des yeux, comme une jeune mère son bébé, tournait autour sans oser la toucher. Pantha le regardait, l'air amusé.

– Tu peux la prendre, Prince. Elle est inoffensive tant qu'elle n'est pas armée.

Flam souleva précautionneusement la bombe. Elle n'avait pas du tout l'air de ce qu'elle était – la force ultime de destruction de l'univers. C'était un cube de cristal de dix centimètres de côté, qu'on aurait pu prendre pour un coffret à bijou, d'une conception un peu bizarre. Enchâssée dans le cristal, une pyramide d'or pur. Un minuscule clavier d'ordinateur à trente-six touches était fixé à la partie supérieure du cube. La pointe de la pyramide était connectée au dessous du clavier.

– Même quand elle est armée, dit Sagan, il faut entrer le code correct pour quelle saute.

– « Le centre ne peut pas tenir », cita Pantha.

Sagan lui lança un regard surpris.

– L'une des premières informations d'Abdiel, expliqua Pantha d'un ton d'excuse. Obtenue de Dame Maigrey et confirmée par vous. Cette citation ne m'était pas familière, car je ne suis pas grand lecteur de la littérature ancienne. Toutefois, je l'ai découverte dans les fichiers. Elle est tirée d'un poème de Yeats, je crois. Citation heureuse étant donné le mode de fonctionnement de la bombe.

« Les quarks de l'atome s'écartent, le lien coloré qui en maintient la cohésion se distend jusqu'à son extrême limite, l'espace entre eux se met en rotation de telle sorte que, lorsque les quarks se percutent en revenant en sens contraire, toute la matière entre eux est annihilée. En théorie, cela peut faire un trou dans le tissu de l'univers. Très ingénieux. »

Sagan accepta le compliment d'une brève inclinaison de tête, tout en se demandant comment le fait que Pantha connaissait le code allait affecter ses plans, mais n'osant pas réfléchir à la question devant lui.

– Vous avez maintenant la bombe, les connaissances et la possibilité de la faire sauter. En quoi puis-je donc servir encore Votre Altesse ?

– Asseyons-nous, dit Flam. Ce sera plus confortable.

Il reposa la bombe sur son support de marbre avec un dernier regard de convoitise, puis il alla s'asseoir à une autre table, et leur montra des sièges. Sagan s'assit juste en face de la porte gardée et électroniquement contrôlée qui était la seule entrée et la seule sortie de la pièce.

– Vous, Seigneur, vous commanderez la flotte, dit Flam. Je veux placer des vaisseaux en tous les points stratégiques de la galaxie – Minas Tares, les Maisons du Parlement, le système de DiLuna, entre autres. J'ai suivi votre conseil et donné à mes vaisseaux l'apparence de ceux de la Marine Royale. Mais je ne veux prendre aucun risque. Je veux rester hors de portée de détection de tout astronef de guerre. Est-ce possible ?

– Certainement, Altesse.

– Quand la mort du roi sera annoncée, mes vaisseaux seront prêts à prendre leurs positions. Je ne prévois pas de problèmes, sauf, peut-être, de la part de DiLuna, dit-il, regardant Sagan d'un air interrogateur.

– Astarté pourra manœuvrer sa mère, dit Sagan. La reine est habile et ambitieuse. Elle veut que son enfant soit roi. Je ne prévois aucun problème de la part de DiLuna ou de ses alliés.

– Parfait, dit Flam, se renversant sur sa chaise.

– Toutefois, ce plan fera appel à la flotte entière, Altesse. Vous ne pourrez pas en distraire un seul vaisseau pour protéger Vallombrosa.

– Les créatures de matière noire la garderont en l'état, dit Flam, regardant autour de lui avec aversion. Personnellement, je n'ai pas l'intention d'y jamais revenir. Tous mes gens viendront avec moi. La seule chose que je regrette, c'est la perte du vaisseau qui transportera le roi.

– Nous avons discuté d'autres options, dit Sagan. Votre Altesse veut-elle reconsidérer ?

– Non, non, Seigneur. Vous avez absolument raison. Tout autre moyen de nous débarrasser du roi serait trop suspect. L'astronef a été modifié pour ressembler au vaisseau amiral de la flotte royale. On a même distribué des uniformes officiels à l'équipage. On a pensé à tout. Tous les débris flottant dans l'espace confirmeront la tragédie. A savoir que le vaisseau royal a explosé, perdu corps et biens, sans aucun survivant.

De nouveau, il regarda la bombe et sourit.

– Je ne prévois aucun problème. Y a-t-il encore des détails que nous devrions mettre au point, Pantha ?

– Non. Tes ordres ont été transmis. Tout sera prêt pour demain matin. C'est la dernière nuit que tu passeras sur Vallombrosa, Flam, ajouta-t-il d'une voix plus douce.

– L'objectif pour lequel nous avons travaillé tant d'années est en vue, mon ami, dit Flam. La couronne est à ma portée. Je tends déjà la main pour la saisir. Ne me crois pas ingrat quand je dis que je ne veux pas revenir sur Vallombrosa. C'est toi-même qui m'as appris à ne jamais regarder en arrière.

– Je sais, Flam, je sais, dit doucement Pantha.

Il embrassa la pièce du regard et branla le chef.

– Combien de fois, assis dans cette salle, j'ai regardé ces murs avec haine ? Moi, qui avais parcouru la galaxie en tous sens, moi, qui possédais des richesses dépassant l'imagination, je m'étais emprisonné volontairement dans une caverne sombre et glacée.

« J'ai cru devenir fou, au début, continua-t-il. Souvent, j'ai amèrement regretté de ne pas être mort dans cette explosion truquée. Et alors, tu entrais en chancelant sur tes petites jambes, dit Pantha, avec un sourire triste et attendri. Excité par quelque découverte – un insecte, une pierre, une fleur. Tu étais un très bel enfant, vigoureux, sain, intelligent. Je t'en disais tout ce que je savais – les noms scientifiques, la composition chimique – et tu comprenais, malgré ton jeune âge. « Quel roi tu feras, disais-je en te prenant dans mes bras. Quel roi magnifique. » Non, Flam, mon fils, ajouta-t-il, des larmes dans les yeux, moi non plus je ne veux pas revenir sur Vallombrosa. J'ai trop souvent pensé que j'y mourrais. Mais son souvenir sera béni. »

Gêné, Sagan s'éclaircit la gorge.

– Altesse...

Flam tourna vers lui un visage inondé de larmes, l'air un peu honteux.

– Pardonnez-moi, Seigneur. Bien sûr, vous avez des affaires à régler, et pas de temps à perdre à nous regarder nous ridiculiser, Pantha et moi. Vous pouvez vous retirer.

Sagan s'inclina, se tourna vers la porte.

Flam activa les contrôles, le battant glissa. Le Seigneur de la Guerre sortit. La porte se scella derrière lui.

Sagan l'étudia un moment du dehors, puis, hochant la tête, s'éloigna, ayant maintenant ce qu'il voulait – la connaissance complète du fonctionnement de la porte, y compris des systèmes d'alarme et de sécurité.

Il avait déjà vérifié les deux autres portes qu'il lui faudrait ouvrir le soir. Les serrures en étaient simples, ordinaires. De retour dans sa chambre, le Seigneur de la Guerre s'allongea sur son lit, prêt à entrer dans l'état de méditation qui était pour lui plus reposant que le sommeil.

Et beaucoup moins dangereux.

Heureusement, Flam aurait beaucoup de choses en tête, le soir. S'installant pour le repos, Sagan se dit que le sentiment est une émotion ruineuse.

13

La nuit était tranquille à l'alcazar. Tranquille pour ceux qui gardaient les halls et les couloirs. Bien sûr, il y eut les petits incidents habituels sur une planète hantée par les créatures de matière noire : les livres de toute une étagère se retrouvèrent par terre dans la bibliothèque de Pantha ; plusieurs plats furent cassés à la cuisine ; un mouvement fut détecté dans un couloir, sans être confirmé visuellement par le garde de service ; il y eut une courte interruption dans l'alimentation en électricité de la salle des communications. Les lumières s'éteignirent, et se rallumèrent presque avant que le système n'ait enregistré la coupure. Et de nouveau, l'inspection ne révéla rien de suspect.

Les gardes haussèrent les épaules, branlant le chef en maugréant qu'ils seraient contents de quitter Vallombrosa.

La nuit ne fut pas particulièrement tranquille pour les autres habitants de l'alcazar, à l'exception de Flam, qui dormit profondément en rêvant de gloire. Pantha passa la nuit dans sa chambre, à étudier les analyses informatiques de la bombe à rotation spatiale. Au matin, il était sûr de pouvoir en fabriquer une autre. Astarté, sa façade royale volant en éclats, pleura jusqu'au moment où elle s'endormit enfin. Nerveuse, Kamil était allongée sur son lit, les yeux grands ouverts dans le noir, tombant parfois dans un sommeil fiévreux, peuplé de rêves étranges, où elle voyait une femme aux cheveux clairs en armure d'argent.

Pantha avait donné à Tusk un médicament pour adoucir ses maux de tête. Tusk avala les comprimés, regrettant qu'ils ne puissent pas aussi soulager son cœur. Ses pensées se tordaient dans sa tête comme des serpents dans une fosse. Puis, ayant enfin décidé qu'il ferait bien de profiter de la nuit pour se reposer, il s'endormit immédiatement. Il rêvait qu'une haute silhouette sombre se penchait sur lui, quand une main puissante se plaqua sur sa bouche et le réveilla en sursaut.

Tusk se débattit. Un poids l'écrasa, à croire qu'un avion avait atterri sur sa poitrine.

– Pas un geste ! l'avertit une voix à son oreille. Pas un son. Ecoute.

Reconnaissant la voix, il obéit. Il n'avait pas le choix. Ses lèvres tuméfiées, couvertes par la main, lui faisaient terriblement mal. Il entendait à peine par-dessus les battements de son cœur. Et, malgré ses efforts, il ne voyait rien dans le noir.

– Demain, monte à bord du vaisseau du roi, poursuivit la voix à son oreille. Il paraît que tu t'es lié d'amitié avec plusieurs membres de l'équipage ?

Il acquiesça de la tête.

– Dis-leur qu'on les envoie au suicide. Dis-leur que la bombe à rotation spatiale est à bord, et que Flam a l'intention de la faire sauter, détruisant le roi et l'équipage. Il faudra les convaincre du danger et les persuader de s'emparer du vaisseau.

« Tu auras besoin de preuves. Quand Flam et Pantha quitteront le vaisseau, je découvrirai où ils ont caché la bombe. Elle sera armée et prête à exploser quand le vaisseau arrivera à sa destination. Tu montreras la bombe à tes camarades. Comme preuve, ça devrait suffire. »

Puis la main se retira, la voix se tut, l'ombre disparut.

Tusk resta un moment immobile, se demandant s'il avait rêvé. Mais les battements affolés de son cœur étaient réels ; sa peur aussi. Maintenant, il avait enfin quelque chose de positif à faire. Ce ne serait pas facile, mais si tout le reste échouait, il emmènerait Dion dans son Cimeterre et ils sortiraient en force. Ils l'avaient déjà fait.

Se détendant, Tusk soupira, souhaita bonne nuit à Nola comme il le faisait toujours quand elle n'était pas près de lui, et se rendormit.

Dion ne dormit pas de la nuit, les yeux grands ouverts dans le noir. Lui aussi vit – ou crut voir – la femme en armure d'argent.

– J'ai pris la bonne décision, n'est-ce pas, Dame Maigrey ? demanda-t-il.

Elle ne répondit pas, mais il n'attendait pas de réponse. Après tout, ce n'était pas une vraie question.

Il ne dormait toujours pas lorsque les soleils se levèrent sur l'alcazar et que les gardes entrèrent dans sa chambre.

***

Le cliquetis d'une clé se fit entendre à la porte. Astarté et Kamil se regardèrent. Elles se donnèrent la main, et attendirent. Dion, accompagné de Flam et de gardes armés, entra dans la chambre. Il regarda Astarté.

– On m'autorise à vous dire adieu, Madame, dit-il.

Astarté se redressa avec dignité.

– Laissez-nous seuls, dit-elle à Flam, avec un regard impérieux.

– Certainement, dit Flam. Les gardes seront devant la porte si vous aviez besoin de quelque chose. Vous vous êtes comportée hier avec un courage remarquable, ajouta-t-il, se tournant vers Kamil. C'est pourquoi je vous donne le choix entre la vie et la mort. Vous pouvez rester avec la reine et entrer définitivement à son service, ou vous pouvez voyager avec le roi.

– Reste avec Astarté, Kamil, dit vivement Dion. Je t'en prie.

– Restez avec moi, je vous en prie, lui dit Astarté.

– Non, dit-elle, sans les regarder. Je vais avec le roi.

– Kamil... commença Dion, l'air troublé.

– Si ça ne vous fait rien, l'interrompit Kamil, s'adressant à Flam, j'aimerais partir immédiatement.

Flam se montra tout sympathie et compréhension.

– Nous allons à bord du Vaisseau Amiral Royal. Les gardes se feront un plaisir de vous escorter.

Droite et raide, Kamil sortit sans ajouter un mot.

– Sa Majesté la Reine voyagera dans mon vaisseau amiral, dit Flam à Dion. Je ferai tout ce qui est en mon pouvoir pour rendre son voyage confortable. Nous allons retourner à Minas Tares. Il serait bon que la reine soit au palais à l'annonce de la tragédie. Et, bien entendu, j'entends être près d'elle.

Dion ne répondit pas. Flam se retourna pour sortir, mais il s'arrêta à la porte et revint sur ses pas.

– Bon sang, cousin, ne m'oblige pas à faire ça ! Abdique ! Va vivre avec cette fille. La plupart des hommes donneraient leur vie pour un amour comme le sien. Comparé à ça, qu'est-ce qu'être roi ?

– Mon devoir, dit Dion. Ma responsabilité. Tu me comprends, dit-il, regardant Flam dans les yeux. C'est pour cela que nous sommes nés, que nous avons été élevés. Que serait notre vie sans cela ?

– Rien, bien sûr, dit Flam, le regardant avec admiration. Tu as raison, cousin. Je te comprends. Pardonne-moi. Je ne t'ennuierai plus avec ça. Cinq minutes, dit-il en sortant.

Dion et Astarté se regardèrent, timides et gênés comme lors de leur première et malheureuse nuit. Puis Dion tendit les mains à sa femme.

– Peux-tu me pardonner d'avoir été aveugle et imbécile ?

– Seulement si tu peux me pardonner d'avoir été un monstre d'égoïsme, dit-elle, lui serrant les mains très fort.

Il la prit dans ses bras, la serra contre lui. Il n'avait jamais remarqué comme elle semblait fragile, tout en étant si forte.

– C'est la faute de ma mère qui nous a forcés à ce mariage, murmura Astarté.

– Je le pensais, répondit Dion. Mais maintenant, je n'en suis plus certain. Peut-être qu'un dieu... ou une déesse a influencé les événements.

Il lui caressa les cheveux. C'était la première fois qu'il les voyait en désordre.

– Astarté, quelque terrible que soit ma mort, elle sera facile comparée à la vie qui t'attend.

– Ne...

Ses yeux s'emplirent de larmes.

– Chut. Ecoute-moi. Tu pourrais échapper à ce mariage. Flam ne s'obstinera pas. Il aura d'autres chats à fouetter. Je pourrais t'y inciter, mais je ne le ferai pas.

« Tu as le pouvoir – le pouvoir de ta foi, le pouvoir d'être toi-même. Les peuples t'admirent. Tu peux utiliser ce pouvoir pour adoucir la poigne de fer de mon cousin. Ça ne lui plaira pas. Il cherchera à contrecarrer ton influence. Mais il ne pourra pas t'arrêter. Travaille dur et longtemps, lentement et subtilement, et tu construiras une résistance invincible à la tyrannie de mon cousin. Et au bout de quelques années, tu pourras peut-être le renverser.

– Avec l'aide de notre enfant.

– Notre enfant. Mon seul regret... c'est que je ne le verrai jamais.

Etouffé par l'émotion, il se tut, serrant Astarté dans ses bras en silence. Un silence où ils se dirent plus de choses qu'en trois ans de vie conjugale.

– C'est l'heure, Usurpateur, dit le garde, ouvrant brusquement la porte.

Astarté s'écarta. Lissant ses cheveux, elle se redressa, les yeux secs, le sourire aux lèvres. Ils semblaient se séparer pour vaquer aux affaires de la journée. Elle tendit à Dion une main glacée, mais qui ne tremblait pas.

– Dieu soit avec vous, Sire, dit-elle doucement.

Il lui prit la main, la porta à ses lèvres.

– Puisse la Déesse être avec vous, Madame. Et avec notre enfant.

Il se retourna et sortit. La porte se referma derrière lui. La clé tourna dans la serrure.

– Je ne pleurerai pas, dit-elle, pressant ses mains sur son ventre. Je ne me rendrai pas malade. Dans l'intérêt de l'enfant. Tout ce que je ferai à partir de maintenant sera fait dans l'intérêt de l'enfant.

Tombant à genoux, elle joignit les mains en prière.

– Bienheureuse Déesse, tu as combattu aux côtés des héros de Troie, tu nous as amenés jusqu'à notre planète à travers les immensités de l'espace, tu nous as soutenus aux époques sombres où tout semblait désespéré. Bienheureuse Déesse, envoie tes anges combattre au côté de mon mari...

La clé tourna dans la serrure. Pensant que Flam venait la chercher, elle se releva vivement, se redressa, hautaine.

– Vous pouvez entrer, dit-elle, pour la forme, car la porte s'ouvrait déjà.

« Tusca ! dit-elle en un souffle, stupéfaite.

Tusk s'approcha vivement.

– Dion a pensé que vous aimeriez avoir ça en souvenir.

Il lui mit quelque chose dans la main et lui fit un clin d'œil – du moins elle en eut l'impression. C'était difficile à dire, car il avait un œil presque fermé par l'enflure. Avant qu'elle ait eut le temps de poser une question ou de prononcer un mot, il avait disparu.

Astarté ouvrit la main. Dans sa paume, il y avait une boucle d'oreille en forme d'étoile à huit branches.

LIVRE IV

Tournant, tournant toujours en cercles élargis,
Le faucon n'entend plus le fauconnier;
Tout se disloque; le centre ne peut pas tenir;
La simple anarchie est lâchée sur le monde,
La marée de sang noir déferle, et partout
Noie la cérémonie où naissait l'innocence;
Les meilleurs manquent de conviction, et les méchants
Sont pleins d'une passion intense...

William Butler Yeats, Le Second Avènement.

Tournant, tournant toujours en cercles qui s'évasent,
Le faucon n'entend plus l'appel du fauconnier;
Les choses se disloquent; le centre est délogé;
L'anarchie pure et simple est lâchée sur le monde,
La marée de sang noir déferle, un peu partout
Submergeant le rituel où naissait l'innocence;
Les meilleurs n'y croient plus, et les pires
Sont pleins d'une passion intense...

William Butler Yeats, Le Second Avènement.

1

Maintenant, Vallombrosa était véritablement une planète fantôme. L'alcazar était désert et vide sous son double soleil. Tous les effets personnels, toutes les banques de données (surtout celles de Pantha) avaient été secrètement transférés sur le *Flamboyant*.

Sa Majesté la Reine était également à bord du *Flamboyant*, qui devait la ramener à Minas Tares.

La bombe à rotation spatiale était sur le vaisseau du roi. Pantha l'y avait apportée lui-même, cachée dans la même boîte qui avait contenu les épées.

On l'avait averti de la brève coupure d'électricité survenue dans la salle des communications au cours de la nuit. D'abord, il s'était inquiété, mais constatant après enquête que rien n'avait été dérangé, que la bombe à rotation spatiale était toujours là, il en avait conclu que la coupure devait être le fait des créatures de matière noire. Arrivant à bord du vaisseau « fantôme », Pantha apporta la bombe dans la suite de Flam. C'est là qu'ils la laisseraient, après avoir entré le code et l'avoir armée, pour égrener les dernières secondes de toutes les vies du bord.

– Que diras-tu à l'équipage ? demanda Pantha.

– Mon discours est tout prêt, dit Flam en souriant. Je leur dirai que nous nous embarquons dans une grande entreprise qui leur vaudra une gloire éternelle. D'après des informations secrètes obtenues par les créatures de matière noire, j'ai été averti d'une invasion corasienne imminente. Même la Marine Royale n'a pas connaissance de ce danger. Ce qui sera vrai – les Corasiens sont encore chez eux.

« Je me chargerai de déjouer les plans de l'ennemi et de les repousser dans leur propre galaxie. Quand les peuples apprendront que je les ai sauvés, ils ne demanderont qu'à exaucer tous mes souhaits. Et je demanderai à être roi. Voilà ce que je leur dirai.

– Ne s'étonneront-ils pas que l'Usurpateur soit à bord ? demanda Pantha.

– Je ne veux pas le perdre de vue, dit Flam, haussant les épaules.

– Et quand nous quitterons le vaisseau ?

– Ce sera pour passer la flotte en revue.

Les préparatifs furent faits pour quitter l'orbite. Tout était prêt. Le Seigneur Sagan était à bord, comme Dion. Flam ordonna à Dion et à Sagan de venir dans sa cabine pour écouter son discours.

Le prince prononça son discours à la vidéo, acclamé par l'équipage assemblé. Tous étaient certains que Flam serait bientôt roi et qu'ils volaient vers la fortune.

– Qu'en penses-tu, Pantha ? demanda Flam en terminant. Où est Pantha ? ajouta-t-il regardant autour de lui.

– Il a été appelé d'urgence à la passerelle, dit Sagan. Le discours était excellent, Altesse. J'ai remarqué que vous n'avez pas insisté sur la mort de l'Usurpateur, ajouta-t-il, avec un regard en coin à Dion, immobile, impassible.

– J'ai suivi votre conseil, Seigneur. Comme vous me l'avez dit, certains pourraient avoir encore un faible pour mon cousin. Ils n'accepteraient pas de le voir exécuté, mais s'il meurt en combattant...

Le prince haussa les épaules. Sagan hocha la tête d'un air approbateur. Ils étaient tous les trois assis dans la suite de Flam à bord du vaisseau « fantôme », à laquelle seuls Flam et Pantha avaient accès – arrangement similaire à celui de Sagan sur le *Phénix*. Maintenant, l'ancien Seigneur de la Guerre n'avait plus qu'une petite couchette sur le pont des officiers. Debout près de la fenêtre, il regardait Vallombrosa, qui était encore en vue, se permettant le luxe de se souvenir.

Il était – comme toujours avant la bataille – calme et détendu. Tout se déroulait selon son plan. Tusk et son Cimeterre étaient à bord, Sagan s'en était assuré. Il pouvait se fier à Tusk pour jouer son rôle – il avait une puissante motivation, et était bon soldat. Fiable, comme son père.

Sagan n'avait plus qu'à attendre patiemment, ce qui n'avait jamais été son fort quand il était jeune. Mais avec l'âge, il avait appris la patience.

Ou, du moins, appris à dissimuler son impatience.

Garth Pantha entra.

– Mon ami ! commença Flam avec exubérance, mais il s'arrêta en voyant l'expression de Pantha. Quelque chose ne va pas, c'est ça ? Quoi ? dit-il en se levant. Attends. Appelle les gardes pour ramener mon cousin...

Pantha arrêta l'ordre du prince d'un geste bref.

– Ton cousin doit rester, Flam. Il pourrait... être utile.

Flam fronça les sourcils.

– Qu'y a-t-il ? Parle ! Qu'est-ce qui ne va pas ?

– Les créatures de matière noire, Altesse.

Flam regarda involontairement en direction de la chambre forte.

– Pas la bombe à rota...

– Non, pas ça, l'interrompit vivement Pantha. Je... je ne sais vraiment pas comment l'expliquer, Prince. C'est... inexplicable. Je ne comprends pas...

– Dis-moi de quoi il s'agit ! dit sèchement Flam.

– Selon un rapport diffusé dans toute la galaxie, le système de Bidaldi, situé au centre galactique, a été attaqué par une force mystérieuse. D'après toutes les indications, il semble que les grandes cités de ce système aient été détruites par une guerre nucléaire. Pourtant, il n'y a eu ni explosions, ni radiations. Les immeubles ont été rasés, les gens tués. Il y aurait des millions de victimes.

– Qu'est-ce que cela a à voir avec nous ? dit Flam.

Pantha épongea son front luisant de sueur. Il déglutit avec effort, s'humecta les lèvres.

– Tout, j'en ai peur, dit-il.

– Non ! protesta Flam, atterré. Tu ne parles pas sérieusement ! Les créatures de matière noire ?

– Tout semble l'indiquer, Flam, dit Pantha.

L'air soudain très vieux, il se laissa lourdement tomber dans un fauteuil. Ses mains tremblaient.

– J'ai étudié les données à mesure qu'elles arrivaient. Parce que nous sommes branchés sur les canaux de la Marine Royale, j'ai pu intercepter les communications officielles. Les instruments de Bidaldi ont enregistré des fluctuations violentes et inexplicables de la gravité. Elle est maintenant revenue à la normale. Les survivants racontent que les gens tombaient raides morts sans cause apparente. Et il y a d'autres preuves. Je n'en parlerais pas, Prince, si je n'en étais pas absolument certain. Il ne peut y avoir de doute. Les créatures de matière noire ont attaqué Bidaldi.

– Mais pourquoi ? Qu'espèrent-elles y gagner ? Tu as dit qu'elles n'étaient pas ambitieuses !

– Je pensais qu'elles ne l'étaient pas ! Et il ne semble pas qu'elles aient gagné quelque chose à cette attaque. Elles ont apparemment abandonné la planète, dit Pantha, se prenant la tête dans les mains. Après avoir détruit, mutilé, massacré, elles sont parties, tout simplement.

– Peut-être qu'elles ne sont pas ambitieuses, dit lentement Dion, réfléchissant. Ou si elles le sont, c'est seulement pour assurer leur survie. Tu leur as appris, cousin, comme il est facile de détruire des êtres de chair et de sang. La bombe leur a appris à nous craindre. Leur seul but est peut-être de s'assurer que nous ne les menacerons plus.

Flam lui lança un regard sinistre. S'approchant de l'U-com, il contacta les gardes.

– Ramenez l'Usurpateur à ses quartiers.

Pantha releva un visage hagard.

– Les peuples s'attendront à ce que le roi fasse une déclaration publique sur la tragédie. S'il ne le fait pas, ils soupçonneront quelque chose...

– Je m'occuperai de cela en son temps, dit Flam. Gardes, emmenez-le.

Dion se leva pour sortir.

– Les créatures ont rompu la laisse par laquelle tu les tenais, cousin. Si toutefois tu les as jamais tenues. Combien de temps avant qu'elles se retournent contre toi ?

Il sortit. Flam se mit à arpenter la pièce.

– C'est intolérable ! Si je suis associé à ce désastre, tout est perdu.

Pivotant sur lui-même, il vint se planter devant le vieillard, le saisit par les épaules et le mit debout de force.

– Il faut que tu leur parles. Tout de suite. Découvre ce qui se passe. Dis-leur d'arrêter immédiatement...

Il s'interrompit brusquement.

– Prince...

– Attends... Seigneur, dit-il, se tournant vers Sagan.

Debout devant la baie vitrée, Sagan contemplait Vallombrosa. Il n'avait rien dit à l'annonce de la nouvelle, qui ne semblait pas l'avoir impressionné. Il se tourna vers le prince avec déférence.

– Altesse ?

– Si la bombe à rotation spatiale explosait sur Vallombrosa, détruirait-elle les créatures et leur monde ?

– Sans aucun doute, Altesse. Les créatures le savent, et c'est pourquoi elles le craignent. Toutefois, ce serait dommage de perdre des alliés si précieux...

– C'est vrai, dit Flam. Elles font partie intégrante de mon plan. Nous ne recourrons à la destruction qu'à la dernière extrémité. Pantha, il faut aller leur parler.

– Il faudra faire attention à vos paroles, dit Sagan. Ne rien faire pour les provoquer ou les effrayer.

– Je suis tout à fait d'accord, dit Pantha en sortant.

Bon sang ! jura Sagan à part lui. Tout allait trop bien. J'aurais dû prévoir cela. Bien sûr que les créatures devaient être effrayées, soupçonneuses, se demander ce qui se passait. Il est naturel qu'elles expriment leurs craintes, mais je ne les aurais pas crues si astucieuses. A l'évidence, elles connaissent notre psychologie mieux que ne le croit Pantha. Et que va faire Flam ?

Il regarda le prince, qui réfléchissait, sans se soucier de dissimuler ses pensées, que Sagan suivait sans peine.

Ainsi, voilà votre solution, Prince. Sagan s'avoua qu'elle était sensée, même si elle lui compliquait la tâche.

La porte s'ouvrit. Pantha entra. Flam leva les yeux.

– Tu as fait vite. Qu'est-ce qu'elles ont dit ?

– Je n'ai pas pu les contacter, Prince, dit Pantha, l'air troublé. Ce qui est étrange, si l'on considère...

– Au diable les considérations ! cria Flam avec impatience. Qu'est-ce que ça veut dire, tu n'as pas pu les contacter ? Elles ne veulent pas répondre ?

– Non, Flam, dit calmement Pantha. Elles ne peuvent pas. Elles ne sont pas dans les parages du vaisseau. Peut-être que si je retournais à la surface de la planète...

Flam, en proie à une violente lutte intérieure, retrouva son sang-froid.

– Eh bien, soit. Pars immédiatement. Prends ma navette. Je t'attendrai ce soir.

– Altesse, dit Pantha, secouant la tête, cela pourrait prendre du temps. Les communications avec les créatures sont, dans le meilleur des cas, difficiles...

– Alors, disons à 0600, dit Flam. Cela te donne toute

la nuit. Nous ne pouvons pas tarder davantage. Bon sang, Pantha, si tu as pu déduire que les créatures de matière noire sont responsables de ces massacres, d'autres peuvent arriver à le déduire également.

Exact, pensa Sagan. Dixter a déjà des raisons de soupçonner Vallombrosa. Ce ne sera qu'une question de temps avant qu'il parvienne à la même conclusion – si ce n'est pas déjà fait. A l'heure qu'il est, l'amiral doit savoir que le roi ne se trouve pas en vacances sur Cérès.

Sagan fronça les sourcils. J'espère que toute la Marine Royale ne va pas nous tomber dessus.

– Qu'en pensez-vous, Seigneur? demanda brusquement Flam.

– Je suis d'accord avec ce qu'a dit Pantha en commençant. Le silence du roi sur la tragédie de Bidaldi paraîtrait très bizarre, dit Sagan, cherchant à gagner du temps. Les gens commenceraient à se poser des questions.

– Tu ferais bien de te dépêcher, Pantha. Viens me faire ton rapport à la première heure. Quant au silence du roi, il sera bientôt définitif. Seigneur, contactez tous les commandants de la flotte. Dites-leur que les plans ont été modifiés. Nous resterons en orbite autour de Vallombrosa jusqu'à demain matin, où ils recevront d'autres ordres.

– Oui, Altesse.

Sagan ne fut pas fâché de s'en aller. Il avait besoin d'être seul, de réfléchir. Mais il n'alla pas tout de suite à la salle des communications pour contacter les autres commandants, comme il en avait reçu l'ordre.

Il fit un détour par le pont d'envol. Inspection surprise, dit-il à l'officier de service. Tous les pilotes devaient se présenter à leur appareil. L'ordre fut communiqué, et tous les pilotes arrivèrent en courant. Le Seigneur de la Guerre les passa en revue. Une fois, il s'arrêta pour engueuler le pilote d'un vieux Cimeterre à cause de l'état de son appareil.

– L'enfer s'est déchaîné. Le départ est retardé, dit Sagan à voix basse en passant sous le ventre de l'appareil.

– Jusqu'à quand? murmura Tusk.

– Demain matin.

– Demain! Impos...

– Réparez ça immédiatement, Commandant, dit Sagan tout haut.

– Oui, Seigneur.

Tusk salua, puis il cracha par terre, prenant l'air de quelqu'un qui vient de se faire passer un savon. Ce qui ne lui fut pas très difficile étant donné ce qu'il venait d'apprendre.

– Demain matin ! gémit-il, tandis que le Seigneur de la Guerre continuait son inspection. Merde !

2

Assise sur son lit, dans la petite cabine qui était aussi sa prison, Kamil repassait sans discontinuer son plan dans sa tête. Elle allait s'échapper, sauver Dion, trouver Tusk et le forcer à les emmener loin d'ici. Le milieu et la fin de son plan étaient bons – sauver Dion, s'envoler loin d'ici. C'était le début qui posait problème. Avant de libérer Dion, elle devait se libérer elle-même. Et elle ne pouvait pas sortir de sa chambre.

Un garde armé était posté devant sa porte. Agé d'une quarantaine d'années, il appartenait au cercle intime du roi. Vétéran couvert de cicatrices, il semblait avoir ferraillé jusqu'au centre de la galaxie.

Frustrée, Kamil se jeta à plat ventre sur son lit. Elle sauverait Dion de lui-même... si seulement elle arrivait à franchir la porte.

Elle échafaudait des plans les uns après les autres, et les rejetait aussitôt. A la fin, fatiguée de tourner en rond dans une roue qui ne la menait nulle part, elle ferma les yeux. Elle ne se rappelait plus la dernière fois qu'elle avait dormi... ou mangé. La roue se mit à ralentir, ralentir, puis ne fit plus qu'osciller. Kamil eut l'impression qu'il y avait quelqu'un dans la pièce, bien que la porte ne se fût pas ouverte.

Elle n'eut pas peur. Elle avait déjà vu cette personne.

– Où étais-tu ? demanda-t-elle, d'un ton accusateur.

– Ici, avec toi, répondit-on avec douceur.

– Alors, pourquoi n'as-tu rien fait ? Une marraine a un devoir sacré envers sa filleule. Pourquoi ne nous aides-tu pas ? Ne reste pas plantée à me regarder ! J'ai besoin de toi. Il faut que je sauve Dion...

– Tu ne le sauveras pas en pleurnichant, dit-elle.

Kamil sursauta. soudain bien réveillée ; elle avait l'impression d'avoir entendu une voix.

– Si tu es décidée à le sauver, lève-toi, commanda la voix, claire et froide comme le lac où elle avait connu Dion. Le temps presse.

Lentement, Kamil s'assit. Lentement, elle ouvrit les yeux. Une femme en armure d'argent se tenait près de son lit, ses longs cheveux clairs tombant sur ses épaules. Les yeux gris étaient clairs et froids comme la voix ; une cicatrice barrait sa joue droite.

Kamil cilla, se frotta les yeux. Quand elle les rouvrit, la femme était toujours là.

– Dame Maigrey, murmura-t-elle.

La femme acquiesça de la tête.

– Tu... tu viens pour m'aider ?

– Te conseiller, rectifia Maigrey. Toute action ou participation directe m'est interdite. Toutefois, poursuivit-elle en souriant, comme tu es ma filleule et que, ainsi que tu le dis, j'ai envers toi un devoir sacré, j'ai une certaine marge de manœuvre. Que veux-tu faire au juste ?

Kamil lui exposa son plan.

– C'est ce qu'il faut faire ? Est-ce que ça réussira ? demanda-t-elle en conclusion.

– Je ne peux pas le dire, répondit Maigrey, secouant la tête. Je ne vois pas l'avenir, et si je le voyais, je ne serais pas autorisée à te le révéler. Le libre arbitre et tout ça, ajouta-t-elle avec un sourire de regret. Tu dois décider toi-même si, oui ou non, tu veux prendre ce risque. Car, mon enfant, le risque est très grand, le danger très réel.

– Je sais, dit sombrement Kamil, fixant ses poings fermés. Mais l'objectif en vaut la peine. Il faut que je le sauve. Si j'y parviens, ce qui m'arrivera est sans importance. Tu le sais. Tu me comprends. Tu aimais comme moi quand tu vivais. Mon père me l'a dit...

– Quand je vivais ? répéta Maigrey. L'amour est cette partie de nous que la mort ne peut pas tuer.

– Désolée, Dame Maigrey, dit Kamil, touchée de sa douleur. Sagan t'a trahie, comme il a trahi Dion. S'il...

– Veux-tu tenter de t'évader ? l'interrompit froidement Maigrey. Ou préfères-tu rester ici à papoter ?

– Non, je suis prête.

Kamil se leva. Mais maintenant, elle se sentait nerveuse. Elle avait l'estomac noué, les mains moites. Elle regarda la porte, décontenancée.

– Qu'est-ce que je fais ? dit-elle, s'essuyant les mains sur sa chemise de nuit.

– Hurle ! ordonna Maigrey. Le garde entrera, arme au poing. Tu n'as pas remarqué s'il est droitier ou gaucher, je suppose ?

– N-non, balbutia Kamil, s'efforçant de se rappeler. Droitier... je crois.

– Si tu ne l'avais jamais vu, sachant qu'il est humain, tu aurais joué les probabilités et supposé qu'il est droitier. Mais tu as perdu. Il est gaucher. Prends l'habitude d'observer, l'exhorta Maigrey. On ne sait jamais quand un détail semblable pourra vous sauver la vie. Viens te mettre près de la porte.

« Quand tu hurleras, il entrera, arme au poing. Tu auras une fraction de seconde pour réagir. Tu es sur sa gauche. Attrape son arme, et tue-le.

– Tue-le, répéta Kamil, interdite.

– Tue-le, répéta fermement Maigrey. L'arme sera sans doute réglée sur « Trank », mais ce n'est pas certain, alors mets-toi plutôt dans la tête dès maintenant que tu vas le tuer. Comme ça, tu ne seras pas en état de choc.

– Le tuer, dit Kamil, repensant à ce dur visage balafré et bannissant vivement ce souvenir. Tuer. Oui, le tuer.

– Parfait. Tu t'es déjà servie d'un pisto-laser ?

Kamil hocha la tête, pensant à Xris. Elle se calma, heureuse de repenser à cet épisode. Elle s'en était bien sortie. Xris l'avait même complimentée.

– Oui, j'ai déjà tiré. Xris a dit...

– Parfait, l'interrompit Maigrey. Prête ?

Kamil hocha la tête, incapable de parler. Prenant une profonde inspiration, elle hurla.

La porte s'ouvrit d'une violente poussée. Le garde entra, l'arme au poing, comme l'avait prédit Maigrey. Il était plus grand que dans le souvenir de Kamil. Elle était grande elle-même, mais il la dépassait d'une bonne tête. La main tenant le pisto-laser était large et puissante. Il ne la regardait pas, ne la vit pas, mais ses yeux fouillaient vivement la petite cabine. Il ne mettrait pas longtemps à la voir, recroquevillée, paralysée, cachée derrière le battant...

Soudain, sa mâchoire s'affaissa, ses yeux s'exorbitèrent. Dame Maigrey, debout devant lui, son armure d'argent étincelant, ses cheveux clairs remuant doucement comme sous une brise éthérée, le fixait sans un mot.

Kamil se jeta sur lui avec la force du désespoir. Elle lui saisit la main, lui arracha son arme avec une facilité inattendue, la braqua sur lui... et se figea.

Mais le garde, furieux et embarrassé, réagit instinctivement au danger et se jeta sur elle.

Terrifiée, elle tira.

L'homme tomba à la renverse contre la porte entrouverte, glissa le long du battant, et ne bougea plus.

Kamil se mit à trembler.

– Arrête, dit sèchement Maigrey. Ferme la porte.

Kamil obéit, enjambant le corps avec précaution. Elle savait qu'il était mort.

– Prends son uniforme et enfile-le, ordonna Maigrey. Vite, mon enfant. Vite ! Ne réfléchis pas. Agis.

Kamil s'exécuta.

– Dion, se répétait-elle sans arrêt. Il faut que j'arrive jusqu'à lui. Lui seul compte.

S'agenouillant près du garde, elle le roula sur le dos et commença à le dépouiller de son uniforme. Elle remarqua alors qu'il respirait encore. Soupirant de soulagement, elle se mit au travail.

Bientôt, l'uniforme passa de lui à elle. C'était une combinaison stretch, faite pour s'adapter à différentes tailles, de sorte que Kamil n'avait pas l'air aussi ridicule qu'elle s'y attendait.

– Le casque, lui rappela Maigrey.

Kamil le saisit, s'en coiffa. Il sentait la sueur et le shampooing désinfectant. Elle fit un pas vers la porte.

– Pas si vite. Tu n'en as pas terminé ici. Attache-lui les poignets derrière le dos. Déchire ta chemise. Mets-lui une taie d'oreiller sur la tête, pour étouffer sa voix quand il reviendra à lui. Ne t'inquiète pas. Il pourra respirer.

Kamil dut retourner le corps inerte et presque nu. Elle fit des nœuds bien serrés, et se releva.

– On y va ?

– On y va.

Kamil tendit la main vers la porte, hésita.

– Tu seras avec moi ? demanda-t-elle.

– Tu ne me verras pas. Mais je serai avec toi.

Kamil ouvrit la porte, inspecta la coursive du regard,

puis elle se rappela que, revêtue de l'uniforme, elle avait parfaitement le droit d'être là. Elle sortit avec naturel, scella la porte derrière elle et enfila le couloir.

– A quelle heure changent-ils la garde ? dit une voix à son oreille.

– A 2400, répondit Kamil.

– Parfait. Personne ne remarquera son absence d'ici là. Ça te donne du temps. Où est la cabine de Tusk ? Tu le sais ?

– Non, mais je peux demander, je suppose. Je veux dire, dans toute la confusion de l'embarquement...

– Parfaitement normal. Mais le bal se termine à minuit, mon enfant. Alors, tu ferais bien de te dépêcher.

– Cynthia, voilà les faits, disait Tusk. Ce prince que tu admires tant n'est rien d'autre qu'un traître et un assassin. Il nous envoie tous à la tombe. Non, je retire ça. On n'aura pas de tombe, parce qu'il ne restera presque rien de nous. La bombe à rotation spatiale, tu connais ? Eh bien, le prince la possède, elle est à bord en ce moment, et le prince la fera sauter demain matin après le petit dej... Et merde !

Tusk se mit à arpenter sa cabine, renversant une chaise d'un coup de pied pour se calmer les nerfs.

– Elle ne marchera jamais, dit-il à son reflet dans le hublot par lequel il voyait Vallombrosa. Et il faut pourtant la convaincre. Merde !

Il regarda l'heure.

– Je n'avance à rien en restant ici. Je me demande ce que fait cette chère Cynthia à cette heure ? Elle est sûrement dans sa cabine. Il me viendra peut-être une idée géniale en y allant...

Il allait ouvrir la porte quand elle s'ouvrit toute seule. Un garde du prince se dressa devant lui, l'arme braquée sur sa poitrine.

Il leva les mains en l'air.

– Qu'est-ce qui...

La porte se referma. Le garde ôta son casque.

– C'est moi, Tusk. Tu vas m'amener chez Dion.

– Kamil ! dit Tusk, chancelant, portant la main à sa poitrine. Bon sang, faudrait qu'on arrête de me faire des coups pareils ! Mon cœur ne tiendra pas longtemps! Et qu'est-ce que tu veux faire, bon Dieu? demanda-t-il avec irritation. Pourquoi tu ne retournes pas...

Il bondit, tendant la main vers le pisto-laser, dans l'intention de l'attraper avant qu'elle ait eu le temps de réaliser ce qui lui arrivait. Malheureusement, c'est lui qui fut frappé. Elle abattit l'arme sur sa main, lui faisant craquer les phalanges.

– Aïe! Où as-tu appris ça?

– Peu importe. Amène-moi chez Dion.

– Oh, pour l'amour du ciel! soupira-t-il, exaspéré. Ecoute, Kamil, j'ai des choses à faire. Des choses importantes. Tu ne comprends pas ce qui se passe, et je n'ai pas le temps de t'expliquer. Il faut que tu me croies sur parole. On a tout bien en main.

Il s'étonnait d'avoir dit ça sans perdre son sérieux.

– D'accord? D'accord. Je te ramène à ta cabine et...

– Tu m'amènes chez Dion, répéta-t-elle pour la troisième fois, pointant son arme sur lui. J'ai déjà tué un homme.

– Et qu'est-ce que tu vas faire quand tu seras chez Dion, hein? demanda Tusk. Il n'ira pas avec toi. Il te l'a déjà dit. Ouais, j'ai entendu votre conversation. Tu veux l'assommer et l'enlever pendant qu'il sera inconscient, c'est ça?

– S'il le faut, dit Kamil, serrant les dents. Habille-toi, ajouta-t-elle, montrant son blouson de cuir sur une chaise. Prends tes affaires. On s'en va.

Tusk, haussant les épaules, fit ce qu'elle lui disait. Kamil remit son casque, montra la porte de son arme.

– Ouvre. Lève les mains en l'air. Tu es mon prisonnier. Tu es un traître. Je vais t'enfermer avec le roi.

– Si tu le dis, chérie, dit Tusk, branlant le chef.

Kamil ne savait pas où ils allaient. Ils enfilèrent des coursives, prirent un ascenseur, s'engagèrent dans un autre couloir. On les regardait, mais personne ne s'interposa.

– Ce n'est pas le chemin des cabines-prisons, dit-elle à voix basse, après avoir dépassé le Club des Officiers.

– Dion n'y est pas. Flam veut l'avoir près de lui, pour le garder à l'œil.

– Plus vite, dit-elle.

Tusk obéit. Ils arrivèrent dans une coursive vide. Deux gardes étaient postés devant une porte.

– Je vais enfermer cet homme avec le r... l'Usurpateur, leur dit Kamil. Ouvrez.

A sa surprise et à son soulagement, un des gardes obéit.

Le Seigneur Sagan était à l'intérieur.

3

– Qu'est-ce que ça signifie ? demanda Sagan. Qu'as-tu encore fait pour te faire arrêter ?

– Elle dit que je lui dois de l'argent, dit Tusk, montrant Kamil du pouce par-dessus son épaule.

– C'est vrai ?

– Peut-être. Je croyais que c'était une partie amicale. De toute façon, je n'ai pas un rond, dit Tusk, haussant les épaules. Je lui ai dit que c'est vous mon employeur, et que vous tenez les cordons de la bourse.

– On va discuter de ça en privé, dit Sagan.

Kamil était piégée. Elle ne pouvait rien faire, et son mentor semblait l'abandonner. Elle entra dans la cabine de Sagan. La porte se referma derrière elle.

Tusk la désarma facilement.

– Devinez qui c'est ? dit-il, lui ôtant son casque.

Kamil en émergea, cramoisie.

– Espèce de canaille, dit-elle avec défi.

– Désolé, petite, dit Tusk d'un ton las. Je ne fais que mon boulot. Elle me tenait en joue avec ça, ajouta-t-il, tendant le pisto-laser à Sagan. En m'ordonnant de la conduire à Dion. Je crois qu'elle s'est mis dans la tête de le libérer. Mais ne me demandez pas comment elle s'est évadée.

Il la considéra, branlant le chef.

– Elle a peut-être suivi un cours de commando par correspondance. « Apprenez à tuer pour le plaisir et pour le fric. » En tout cas, elle s'est bien débrouillée.

– Effectivement, dit Sagan, la regardant avec intérêt.

– J'ai pensé qu'il valait mieux vous l'amener, que vous

sauriez l'empêcher de faire des bêtises. Ou alors, je pourrais l'enfermer dans le Cimeterre. XJ la surveillerait.

– Je ne crois pas que ce serait une bonne idée. Sa protectrice pourrait lui donner des leçons de pilotage, dit Sagan, ironique. Quelqu'un sait que tu t'es évadée ?

Elle ne répondit pas.

– Il y avait sans doute un garde, suggéra Tusk. Elle dit qu'elle a déjà tué un homme. Mais on ne le trouvera pas avant la relève de la garde, à 2400...

– Sauf s'il doit aller au rapport dans une heure, dit Sagan.

Il se tut, réfléchissant, puis regarda Tusk.

– Retourne à sa cabine. Je désactiverai la serrure de sécurité. Débarrasse-toi de ce garde...

– Qu'est-ce que j'en fais ? Je le jette dans les chiottes ? demanda Tusk.

– Peu importe ce que tu en fais, dit Sagan, irrité de l'interruption. Fais en sorte qu'on ne le trouve pas dans les douze heures qui viennent. Puis arrange la cabine pour faire croire qu'elle est partie. Définitivement. Tu comprends ?

– Non, mais on dirait que ça ne gêne personne, grommela Tusk.

Sagan ne releva pas.

– Cela fait, passe à l'exécution du plan.

– Pourquoi ce soir, si je peux me permettre...

– Il y a une probabilité – une très forte probabilité – que Flam fasse sauter la bombe demain.

– Super ! Super merdique, nom de Dieu ! jura Tusk. Bon, supposons que, par miracle, j'arrive à convaincre les autres de prendre le contrôle du vaisseau. Après, qu'est-ce qu'on fait ?

– Tu le sauras.

– Comment ?

Tusk attendit une réponse. Sagan garda le silence.

– Vous ne voulez même pas m'indiquer le signal ! hurla-t-il.

– Baisse la voix. Moins tu en sauras, Tusca, mieux ça vaudra pour toi et pour tout le monde. Ne t'inquiète pas, ajouta-t-il avec ironie. Tu le reconnaîtras sans peine.

– C'est vrai qu'une bombe qui explose a tendance à attirer l'attention, dit Tusk avec amertume. C'est pas possible, bon sang ! soupira-t-il. Ecoutez, Seigneur, Kamil a une bonne idée. Pourquoi ne pas libérer le petit, et filer tous en vitesse ?

– Premièrement, Dion ne viendrait pas. Deuxièmement, je doute que même toi, Tusca, tu sois capable d'échapper à toute une flotte de guerre. Troisièmement, il nous faut un astronef de cette taille et un équipage loyal pour libérer la reine. Quatrièmement, il y a les créatures de matière noire. Comment vas-tu les contrer? Cinquièmement, l'objectif principal ne serait pas atteint.

– Et c'est? demanda Tusk, dégrisé.

– Mon problème. Le temps presse. Exécution.

Sagan se tourna vers son ordinateur, appela les données sur le système de sécurité.

Kamil, désorientée, hébétée, et apparemment oubliée, s'était reculée dans un coin.

Tusk s'arrêta à la porte avant de sortir.

– Vous savez, Seigneur, que Cynthia peut décider que je suis un traître et m'abattre sur le champ.

– C'est un risque, dit Sagan sans se retourner. Mais un risque que j'accepte.

– Bon, c'était juste pour que vous vous tourniez pas les sangs à mon sujet. Dis bonjour de ma part à ton papa et à tes frangins, ajouta-t-il, se tournant vers Kamil. Et t'en fais pas. Tout ira bien.

– Contacte-moi par le lien-sang que je t'ai donné quand tu contrôleras le vaisseau, ordonna Sagan.

– Vous avez drôlement confiance en moi, ricana Tusk.

– Comme je te l'ai déjà dit, tu tiens beaucoup de ton père, rétorqua Sagan.

Tusk le regarda, bouche bée. Puis il sortit en branlant le chef.

Sagan continua à travailler à l'ordinateur. Epuisée par la peur et l'excitation, Kamil se mit à trembler.

– Je me suis conduite comme une idiote, dit-elle d'une toute petite voix.

Sagan ne réagit pas; il n'avait peut-être pas entendu.

Kamil frotta ses yeux brûlants, appuya sa tête contre la paroi. Elle avait l'impression de manquer d'air. Elle tira sur sa combinaison stretch.

– Assieds-toi, dit Sagan sans la regarder.

Sagan activa l'U-com.

– Passez-moi le Prince Clairfeu. Oui, c'est urgent. Dites-lui que la fille Olefsky s'est évadée.

Kamil se leva d'un bond.

– Non ! ils vont me ramener...
Il lui lança un regard avertisseur, la fit taire de la main.
– Oui, Altesse. Elle est ici. Elle a eu de l'aide. Son garde a disparu. Non, elle ne m'a pas encore dit qui était son complice. Je vais continuer à l'interroger.
Une pause, puis :
– Il vaut mieux que je la garde avec moi, Altesse. Au moins jusqu'à ce que je sache qui l'a aidée. Je l'ai mise dans une cabine différente et j'ai doublé la garde. Très bien, Altesse. Vous avez des nouvelles de Pantha ?
Sagan écouta, de plus en plus sombre. Ses lèvres se pincèrent jusqu'à n'être plus qu'une mince ligne lui barrant le visage. L'ombre de son visage s'étendit à toute la pièce.
– Je vois, dit Sagan, très calme. C'est ce qu'ont dit les créatures. Qu'en pense-t-il ?
Nouveau silence. Il regardait distraitement les ombres.
– Je ne peux qu'être d'accord avec lui, j'en ai peur, répondit-il enfin. Ces créatures ne sont plus fiables. Elles sont devenues une menace. Nous sommes tous en danger. Pantha est-il toujours à l'alcazar ?
Sagan s'assombrit encore, ses yeux s'étrécirent. Une flamme s'alluma dans les profondeurs de son être. Sa voix ne trahit rien de son inquiétude évidente.
– Oui, je trouve ça bizarre, moi aussi. Mais si les créatures ne sont pas autour de ce vaisseau, nous sommes en sécurité pour le moment. Quand Pantha revient-il ?
Il posa la question d'un ton détaché, mais il ferma le poing en attendant la réponse. Quand elle vint, il se détendit, ouvrit la main. Il eut un sourire sans joie.
– C'est sans doute le plus sage, mais je doute qu'il accomplisse grand-chose en restant sur Vallombrosa. Je vais faire la tournée des autres vaisseaux de la flotte, les mettre tous en alerte maximale...
« Je m'y efforcerai, Altesse, dit-il après une nouvelle pause. Et j'apprécie le compliment, mais si je suis en retard, je vous suggère de passer à l'action. L'étoile-gemme de Pantha armera la bombe aussi bien que la mienne. »
La communication se termina. Sagan garda le silence, absorbé dans ses pensées, qui devaient être terribles, à en juger par son expression. Kamil demeura immobile pour ne pas le déranger, malgré son impatience d'apprendre ce qui s'était dit.

Enfin, Sagan sembla prendre une décision. Son visage se durcit, redevint impénétrable. Le feu de ses yeux s'éteignit, coupé de sa source.

– Dites-moi ce qui se passe, s'il vous plaît !

Sagan la regarda, haussa les épaules.

– Flam fera sauter la bombe demain matin. Au lieu de mourir en défendant la galaxie contre les Corasiens, Dion mourra en défendant la galaxie contre les créatures de matière noire.

– Mais vous allez l'arrêter ! dit Kamil, retrouvant son excitation. Vous et Tusk. Vous allez vous emparer du vaisseau. Vous n'avez *pas* trahi Dion. Vous avez risqué tout ça pour lui. Dame Maigrey le savait. C'est pour ça qu'elle m'a dit ce qu'elle a dit sur l'amour. Je n'avais pas compris...

– Qu'est-ce qu'elle a dit ? demanda Sagan.

Kamil déglutit avec effort, la gorge serrée.

– Elle a dit que l'amour est la partie de nous-mêmes que la mort ne peut pas tuer.

Il ferma les yeux et soupira. D'un soupir profond et angoissé, remontant du plus sombre de son être.

Kamil vit la souffrance sur son visage – farouche et désespérée. Frissonnante, atterrée, elle baissa les yeux, incapable de la supporter.

Elle n'osa relever la tête que quand elle l'entendit remuer dans la cabine d'un pas décidé. Il était passé dans une cabine adjacente. La porte se referma sur lui. Kamil attendit, nerveuse.

Il revint en tenue de vol.

– Remets ton casque, ordonna-t-il.

– Qu'est-ce qu'on va faire ? demanda-t-elle.

– Partir.

– Quitter le vaisseau ! Laisser Dion ici pour y mourir. Non, je ne vous laisserai pas...

– Tu n'as pas le choix, jeune fille, dit-il d'un ton glacé. Ou tu viens, ou je te tue. Je ne peux pas te laisser en arrière. Livrée à toi-même, tu ferais trop de sottises.

– Bon, je viens, dit-elle, docile.

– Tais-toi. Règle ta conduite sur moi. Quoi que je dise ou fasse, ne le mets pas en question.

Il lui rendit le pisto-laser.

– Tu sais t'en servir, je présume ?

– Oui, Seigneur, articula-t-elle, sans émettre un son.

Il hocha la tête.

– Règle-le sur « Tuer ». A partir de maintenant, si tu tires, tu devras tuer.

Elle obéit. Elle aurait pu le tuer lui, bien sûr. Il était sans arme. Il lui tournait le dos, la main sur les contrôles de la porte. Elle leva son arme.

Mais elle ne put tirer.

Elle avait entendu des histoires sur les pouvoirs charismatiques de ceux du Sang Royal. Comment ils pouvaient subvertir, charmer, persuader. La tenait-il en transe par quelque sortilège d'origine génétique ? Mais ce fut peut-être le bons sens qui la retint, lui représentant qu'elle était perdue si elle le tuait maintenant. Ou peut-être fut-ce une main invisible qui se posa sur la sienne.

Ou peut-être la voix, douce comme une musique.

Kamil rengaina son arme.

Sagan ouvrit la porte, la poussa dehors, la tenant fermement par une épaule. Les gardes se mirent au garde-à-vous.

– L'argent sera transféré à votre compte, disait Sagan. Si vous voulez un conseil, Lieutenant, ne lui en prêtez plus. Tusk est un ivrogne irresponsable, mais qui a son utilité. Vous prenez votre service d'ici peu, dites-vous. Vous pouvez me rendre un petit service. J'ai une prisonnière à transférer.

« Elle s'appelle Olefsky, Maigrey Kamil... »

4

– Comment je fais pour me mettre dans des merdiers pareils ? grommela Tusk. Je suis né sous une mauvaise étoile, comme disait ma mère. Elle avait raison. Une saloperie d'étoile à huit branches.

Il trouva le garde, toujours inconscient dans la cabine de Kamil. Il le chargea sur son épaule et enfila la coursive, jurant tout haut contre les mecs incapables de tenir leur tord-plongeon. Le garde – re-tranquillisé – faisait maintenant une longue sieste dans la douche de Tusk.

Tusk continua à s'apitoyer sur lui-même.

– Tout ce putain de coin de la galaxie va bientôt sauter, et moi, je joue *Les Révoltés du Bounty*. Si j'avais un brin de bon sens, je les enverrais tous se faire voir et j'évacuerais en vitesse cette bombe flottante.

L'idée lui plut, et il la taquina un moment. Jusqu'à ce que l'ascenseur l'amène à destination. Ça faisait passer le temps.

Il localisa la cabine de Cynthia. Elle était sortie, mais un message électronique clignotait sur l'écran, informant toute personne intéressée que le Capitaine Zorn serait au Club des Officiers. Tusk s'était gonflé à bloc pour exposer ses arguments, mais il soupira comme une baudruche qui se dégonfle. Il fallait maintenant arracher Cynthia au bar, et trouver un coin tranquille pour discuter. Heureusement, il savait y faire. Il espérait que Nola comprendrait. Arrivant au Club des Officiers, qui ressemblait à tous les clubs d'officiers de la galaxie, il balaya l'endroit du regard, et finit par repérer la tête blonde de Cynthia. Elle était assise dans un box au fond de la salle, pratiquement invisible dans l'ombre. Perrin et Dhure étaient avec elle.

– Logique ! grommela sombrement Tusk. Je suppose que le prince en personne va s'amener d'ici peu.

Penchés sur la table, tête contre tête, ils étaient absorbés dans leur conversation. La musique braillait, faisant trembler le pont métallique.

Ils ne l'entendirent pas approcher, ne le remarquèrent pas avant qu'il se plante devant eux.

– Salut, dit-il.

– Qu'est-ce que je peux faire pour toi, Tusk ? dit Dhure.

– Je peux vous payer une tournée ? dit-il en s'asseyant, bien que personne ne l'y eût invité ni n'eût même semblé particulièrement désireux de le voir rester.

Cynthia et Perrin échangèrent un regard, et Tusk fut soudain frappé d'une de ces illuminations qui sortent comme l'éclair des nuages opaques du subconscient. Il n'avait aucune idée de ce dont ils parlaient, mais il savait instinctivement qu'il y avait des problèmes, et que ça pouvait jouer en sa faveur s'il était prudent... très prudent.

Il s'assit près de Cynthia, donna sa commande à Dhure qui inséra sa carte dans le distributeur, demanda un rhum-coca (boisson que Tusk détestait ; comme ça, il ne serait pas tenté de forcer la consommation). Dhure revint avec son verre, Tusk en avala une rasade, en faisant attention de ne pas grimacer.

– Alors, qu'est-ce qui se passe ? demanda-t-il, tripotant nerveusement son verre. Vous n'avez pas l'air dans votre assiette.

Cette fois, c'est tous les trois qui échangèrent des regards. Puis Cynthia dit, prudente :

– Tu n'es pas au courant ?

– Au courant de quoi ?

– A propos de Bidaldi ?

– Bidaldi ? dit Tusk, prenant l'air ahuri. Qu'est-ce que Bidaldi a à voir avec nous ?

– Bidaldi a été attaqué, dit Perrin, et, pour la première fois depuis qu'il le connaissait, ce bon vieux Don ne souriait pas. Pratiquement anéanti, d'après les rapports.

– Attaqué ? dit Tusk, sincèrement étonné. Par qui ? Pas par les Corasiens ? Bidaldi est au centre de la galaxie...

– Par la Légion Fantôme, dit Dhure.

– Je vois, fit Tusk, battant des paupières. On est entrés en guerre et personne ne m'a prévenu.

– Pas nous, dit Cynthia, baissant la voix et jetant un coup d'œil par-dessus son épaule. La vraie Légion Fantôme. Les créatures de matière noire.

– Le prince est devenu fou ?

– Baisse la voix, conseilla Dhure.

– Son Altesse n'a rien à voir avec ça ! s'emporta Cynthia. Les créatures ont agi de leur propre chef. Il est aussi bouleversé que nous.

– Ouais, ça m'étonne pas, dit Tusk.

Il leva son verre, mais sa main se mit à trembler et il fut forcé de le reposer. Il entrait vraiment dans son rôle.

– Et ne va pas... commença Cynthia avec colère, mais Dhure lui lança un regard et elle se tut.

– Qu'est-ce qui ne va pas ? demanda Dhure avec son calme exaspérant. On dirait que tu as aussi de mauvaises nouvelles. Et pas de Bidaldi.

– Non, même si tout concorde maintenant. Tout prend un sens, dit Tusk, tournant son verre dans la petite flaque de condensation accumulée au pied. Il faut que j'en parle, ajouta-t-il, levant la tête et les regardant dans les yeux. Même si ça risque de me mettre dans un sacré pétrin.

Il eut un rire amer qu'il coupa aussitôt.

– Ouais, comme si je pouvais être *encore plus* dans le pétrin ! Ou vous.

Il se tut, feignant de réfléchir, puis il se lança.

– Vous avez idée de la mission de ce vaisseau ?

– On va stopper l'attaque corasienne, dit Dhure, s'étant apparemment institué porte-parole des trois.

– La vraie mission, je veux dire, reprit Tusk.

De nouveau, tous se regardèrent. Puis ils regardèrent Tusk, qui s'épongea le front de sa manche.

– La bombe à rotation spatiale, vous connaissez ?

Ils acquiescèrent de la tête.

– Vous savez qu'elle est à bord ?

Silence.

– Ouais, reprit-il, riant nerveusement. Elle est à bord. Et demain matin, vers l'heure du petit dej, elle va sauter.

Le silence était si profond que Tusk aurait juré qu'il entendait fondre la glace dans son verre.

– C'est logique, quand on y réfléchit. Ça règle leur

compte aux créatures de matière noire. Et au roi. Et à ceux d'entre nous qui savent la vérité sur Bidaldi.

– L'Usurpateur, rectifia automatiquement Cynthia. Je n'en crois pas un mot, dit-elle carrément.

– Comment sais-tu cela, Tusca ? demanda Dhure, très cool. Par le Seigneur Sagan ?

– Sagan ne me dirait même pas le mot de passe pour entrer en enfer, ricana Tusk. Non que j'en aie besoin. Je devrais y entrer d'office. Je ne suis que son larbin. Sur le point d'être son ex-larbin. Disons simplement, termina-t-il, tournant son verre sur la table, que j'ai entendu quelque chose que j'aurais pas dû.

– Qu'est-ce que tu vas faire ?

– Moi ? dit Tusk, relevant la tête. Je vais filer en vitesse. J'allais rejoindre mon zinc quand je me suis dit... bon, vous avez été sympa avec moi, les gars. Alors j'ai décidé de vous passer le tuyau. Et maintenant, soupira-t-il, j'y vais. Adios. On s'est bien marrés.

Il se leva.

– Tu ne vas nulle part, Tusca, dit Perrin avec calme.

Tusk porta la main à son pisto-laser.

– N'essayez pas de m'arrêter...

– Je n'y suis pour rien. L'ordre vient de tomber. Tous les avions restent au hangar. Personne ne sort sans la permission de Son Altesse.

– Trop tard, dit Tusk en se rasseyant. La tombe est scellée. Et la raison ?

– Sécurité. Parce que l'Usurpateur est à bord. Ordre du Seigneur Sagan.

Le salopard, pensa Tusk. C'est comme ça qu'il a confiance en moi. Ou peut-être que ça fait partie du plan. C'est comme ça qu'il finira par être roi. En nous trahissant tous.

Tusk toucha nerveusement le petit appareil incrusté dans son poignet. Un lien-sang, avait dit Sagan, appareil de communication qui tirait son énergie de son corps. Après tout, il était à moitié Sang Royal. L'appareil manquait de sophistication, mais, comme disait Sagan, Tusk aussi.

Je pourrais demander... Je pourrais découvrir... mais il ne me dirait rien. Et qu'est-ce que j'y gagnerais ? Je serais toujours coincé sur ce putain de vaisseau de mort !

– C'est impossible, dit soudain Cynthia.

Tusk sursauta, se demandant comment elle savait ce

qu'il pensait. Puis il réalisa qu'elle se posait des questions.

– C'est Flam Clairfeu qui a donné ces ordres. Il est lui-même à bord de ce vaisseau. Il ne va pas se faire sauter.

– Sûrement pas, grogna Tusk. Il sera sur le premier zinc qui quittera ce sabot. Voilà le plan. Vous verrez. D'abord, la flotte recevra l'ordre d'entrer dans l'hyper-espace. Ensuite, Son Altesse partira sur le dernier vaisseau à faire le Plongeon. Et on restera tout seuls, avec cette maudite bombe.

Tusk les vit se regarder une fois de plus. Il se mit à fixer son verre. Ils avaient mordu à l'hameçon. Il n'y avait plus qu'à les ferrer. Mais c'était parfois le plus difficile.

– J'ai une idée, dit-il.

De nouveau, le silence. De nouveau, les regards.

– Le roi... euh, je veux dire...l'Usurpateur... sait comment désarmer la bombe. Quand Son Altesse et la flotte seront partis, on libérera Dion, on la désarmera. Et on prendra le commandement du vaisseau.

– Mais ce serait une mutinerie, protesta Cynthia. Nous serions des traîtres.

– Si la bombe est armée, comme le dit Tusk, alors c'est nous qui aurons été trahis, remarqua Dhure.

Le visage de Cynthia se durcit.

Tusk eut l'impression que c'était le moment de filer, de les laisser gigoter tout seuls au bout de sa ligne. S'il restait davantage – dans son état d' « énervement » – ça risquait de paraître louche. De plus, il avait soudain très envie d'être ailleurs. Le bar lui paraissait tout petit.

– Où vas-tu ? demanda Perrin quand il se leva.

– Mystère, dit Tusk, se frictionnant la nuque. Je vais peut-être retourner à mon avion. Tenter une sortie demain matin. Si vous n'êtes pas dans le coup avec moi, les gars...

Estimant qu'il avait fait tout ce qu'il pouvait – et bien plus qu'il n'espérait – il sortit en disant :

– Salut.

Il s'éloigna suffisamment pour qu'aucun des trois ne puisse le trouver. Tournant dans une coursive, il leva la tête et se raidit. Au bout du couloir, deux gardes étaient postés devant une porte scellée. La cabine-prison de Dion.

Dion devait être prévenu. Il avait le droit de savoir. Il

fallait qu'il soit préparé. A ce stade, ça ne ferait sans doute aucune différence. Flam n'allait sûrement pas s'exercer à la lame-sang d'un bon bout de temps.

– Et de plus, se dit sombrement Tusk, exprimant la vraie raison de sa démarche, si quelque chose foire, je ne veux pas qu'il se croie seul.

Emergeant de la coursive, il marcha rapidement vers la cabine du roi. Les gardes le connaissaient vaguement, l'ayant vu à l'alcazar. En fait, c'était l'un d'eux qui l'avait aidé à rentrer dans sa chambre le soir où il était « saoul ».

Tusk afficha un grand sourire, pour montrer qu'ils étaient tous bons copains.

– Tu n'es pas saoul, ce soir ? dit le garde.

– Non, je suis de service.

Il grimaça, puis ajouta, en attente :

– Alors ?

– Alors quoi ?

– Vous êtes censés me laisser entrer.

– Désolé, vieux. On a des ordres. Pas de visiteurs.

Tusk branla le chef en jurant.

– Bon sang, parlons d'efficacité ! Ils étaient censés vous prévenir, les gars. C'est le Seigneur Sagan qui m'envoie. Il paraît que l'Usurpateur s'est échappé.

Un garde éclata de rire. L'autre secoua la tête.

– Je crois que tu es encore saoul, ma parole. Sauf s'il est devenu invisible et capable de traverser une porte d'acier nulgrav, il est toujours dans cette cabine où je l'ai laissé il y a une heure. Bien bordé dans son lit.

– Il est du Sang Royal, remarqua sombrement Tusk. Au cas où vous l'auriez oublié. Ces putains de merveilles génétiques peuvent faire des trucs pendables, dit-il, comme prenant leur parti. Ecoutez, je vous crois. Mais le Seigneur Sagan s'est mis ça dans la tête, et il ne me laissera pas tranquille tant que je ne lui aurai pas dit que j'ai vu le roi... je veux dire l'Usurpateur... et qu'il dort comme un bébé.

« Quel mal ça peut faire ? Vous ouvrez la porte, j'entre, je lui dis quelques mots pour être bien sûr que c'est *lui*. Vous pouvez même m'enfermer à l'intérieur. »

Il montra l'U-com.

– L'ordre de Sagan va arriver dans une minute.

Il se tut, fronça les sourcils.

– Mais peut-être que vous discutez les ordres de Sa Seigneurie...

– Non, non, dit le garde, l'air tendu. Comme tu dis, tu seras enfermé là-dedans. Ça peut pas faire de mal, je suppose. Donne-moi quand même ton arme.

Tusk détacha son ceinturon, le lui tendit. Toute autre réaction aurait paru louche. Il accepta même le scan et la fouille manuelle. Ne trouvant pas d'autre arme sur lui, les gardes ouvrirent, après une série de manœuvres codées qu'ils cachèrent soigneusement à Tusk.

La chambre était sombre. Dion était dans son lit, les yeux fermés. La lumière du couloir éclairait son visage, et Tusk repensa brusquement à la première nuit que Dion avait passée dans le Cimeterre. Tusk se rappelait l'avoir vu dans le hamac, exactement dans la même position. Un bras sur le front, ses cheveux flamboyants sortant par-dessous. Sa respiration était profonde et régulière. Il dormait à poings fermés, sans inquiétude, sans peur. Ça semblait dommage de le réveiller.

La chambre devint floue. Tusk refoula ses larmes.

– Fermez la porte, dit-il d'une voix dure.

– Ne sois pas trop long. En tout cas, je jurerais bien que c'est lui, dit le garde.

– Ouais, on le jurerait, hein ? dit Tusk, refermant la porte et laissant le garde à ses suppositions.

Les étoiles et une lune de Vallombrosa éclairaient les cheveux de Dion, qui, dans cette lumière, paraissaient rouge sang. Tusk s'immobilisa près du lit, la bouche sèche, se demandant soudain ce qu'il allait dire.

Il tendit la main pour secouer Dion.

– Oui, Tusk, qu'est-ce qu'il y a ?

– Tu es réveillé ? dit Tusk, bêtement.

Dion soupira, s'assit, rejeta ses cheveux en arrière.

– Je t'ai entendu entrer. Je somnolais, je suppose. Je ne savais pas si c'était toi ou un rêve. Qu'est-ce qu'il y a ? Qu'est-ce que tu veux ?

Au début, Dion parlait comme avant, comme s'il n'y avait rien eu entre eux. Mais en posant les questions, sa voix était devenue froide, soupçonneuse. Les yeux bleus étincelaient, durs comme des diamants sous les étoiles.

– Je n'ai pas beaucoup de temps, dit Tusk, oppressé. Ecoute, petit, il faut que je te dise...

La porte s'ouvrit brutalement. La lumière inonda la chambre. A moitié aveuglé, Tusk se retourna, cherchant machinalement son pisto-laser de la main jusqu'au moment où il se rappela qu'il ne l'avait pas et que le chercher paraîtrait suspect. Il modifia son mouvement pour porter la main à ses yeux.

– Bon sang, qu'est-ce qui...

– C'est l'Usurpateur ? demanda le garde, sans la moindre nuance sarcastique.

Derrière lui, six autres gardes, tous armés de fusils à rayon. Trois pointés sur Dion. Trois pointés sur Tusk.

– Ouais, c'est lui, répondit Tusk, se faufilant vers la porte. Bon, je vais aller faire mon rapport...

– Ne bouge pas, dit le garde. Habillez-vous, ajouta-t-il à l'adresse de Dion.

– Pourquoi ? demanda Dion avec calme.

– Le Prince Clairfeu veut vous voir. Faites vite.

– Je peux avoir un peu d'intimité ? demanda Dion, froidement.

Le garde réfléchit, puis secoua la tête.

– Et toi, dit-il à Tusk, dehors.

– Pas avant d'avoir des nouvelles du Seigneur Sagan, dit Tusk.

S'adossant à une paroi, il croisa les bras, en homme bien décidé à ne pas bouger. Il était peu probable que le garde tire sur un acolyte de Sagan sans ordre d'un supérieur. Le garde referma la porte, le laissant seul avec Dion.

Dion s'habilla avec un soin méticuleux. Tusk, s'efforçant de prendre l'air contrarié, se demanda comment il faisait pour garder son uniforme noir propre et bien repassé. Il ajouta même l'écharpe pourpre, le soleil à face de lion et autres attributs royaux conservés dans une boîte.

Il sait, réalisa soudain Tusk. Il sait.

Dion s'approcha de Tusk. La main sur son bras, il lui dit à l'oreille :

– Il y a des micros dans la pièce. Qu'est-ce que tu voulais me dire ?

– Au revoir, dit doucement Tusk.

5

– Pourquoi me l'amenez-vous ? demanda Flam aux gardes, regardant Tusk. Je ne l'ai pas fait demander.

Le capitaine regarda Garth Pantha.

– Si, Prince, dit doucement Pantha. Il est parvenu à entrer chez ton cousin en prétendant que le Seigneur Sagan craignait que le roi ne se soit échappé. Le garde de service lui a ouvert, mais a rapporté la chose à son supérieur, qui me l'a rapportée peu après mon retour à bord. Ça ne m'a pas plu. Je crois que nous devrions entendre son histoire.

– Très bien, Capitaine. Ce sera tout, dit Flam.

Il attendit que les gardes soient sortis, puis il se tourna vers Tusk.

– Eh bien, le Seigneur Sagan pensait que mon cousin s'était échappé ?

– Ouais. Je veux dire, oui, Altesse. Vous savez comment il est, le Seigneur Sagan. Enfin, peut-être que vous ne savez pas. *Paranoïaque*, ce serait le mot. Il a des fois des idées incroyables. Il les rêve, il dit. Il a rêvé qu'il voyait le petit, c'est-à-dire le roi, ou plutôt... l'Usurpateur... passer à travers une porte fermée. Il s'est dit : étant du Sang Royal, le petit, qui est le roi, je veux dire l'Usurpateur, pourrait bien être capable de...

– Il suffit, l'interrompit froidement Flam. Quand le Seigneur Sagan arrivera, on verra ce qu'il « s'est dit ».

– Tu l'as envoyé chercher ? demanda Pantha. Je croyais qu'il avait quitté le vaisseau pour mettre la flotte en alerte maximale.

– Il devrait être revenu. Le Capitaine Zorn est allée voir s'il est là.

Cynthia, hein ? pensa Tusk. Alors elle est venue, elle a parlé à Son Altesse. Tout est fichu.

Tusk attendit que le prince le fasse arrêter, mettre aux fers, mais Flam se détourna avec indifférence. Il avait ses propres soucis, apparemment. Le prince était sombre. Quoi qu'il se passât, ça ne le réjouissait pas. Pantha non plus. Il était avachi dans son fauteuil, l'air épuisé, presque malade.

Et Sagan non plus ne va pas être content d'apprendre qu'on m'a surpris en train de parler avec Dion, se dit sombrement Tusk. Et qu'est-ce qu'il faisait depuis le temps, Sagan ? Quand est-ce qu'il va venir, son signal ? Non qu'il serve à grand-chose. Et qu'est-ce que c'est, ce bon Dieu de signal ?

Puis Tusk se rappela le lien-sang de son poignet. Levant la main gauche, il essuya lentement la sueur de son visage.

– Si vous attendez que je prenne le contrôle de ce maudit vaisseau, vous allez avoir une surprise, dit-il doucement dans le disque minuscule implanté dans sa chair. J'ai dû échouer. Cynthia a dû parler. Une surprise mégatonne...

Flam le regardait.

Tusk toussa bruyamment, cessa de parler. Il avait dit le principal, de toute façon. Et, à propos de mégatonnes, elle était là. Posée sur une table en verre, comme un bibelot de cristal. La bombe à rotation spatiale.

La dernière fois que Tusk l'avait vue, il la transportait avec Dion sur la planète d'Ours Olefsky, pour la mettre en lieu sûr. Tusk la regarda fixement. Sa bouche se dessécha. Dion l'avait-il vue ? Tusk tourna son regard sur le roi.

Debout près de la baie vitrée, Dion contemplait Vallombrosa. Combien de fois Tusk l'avait-il vu dans cette attitude – les mains croisées derrière le dos, les yeux fixés sur les lointaines étoiles, communiant avec quoi ? Avec lui-même, avec son reflet – pâle fantôme sur le verracier – ou avec un Dieu qu'il connaissait depuis peu ? Comment pouvait-il être si calme ? Il devait l'avoir vue, cette maudite bombe. Il était passé à côté en entrant.

– Vous avez quelque chose à boire ? croassa-t-il.

Flam lui lança un regard écœuré, lui montra un bar

dans un coin. Tusk s'en approcha, saisit un verre, le fourra sous un robinet et enfonça le premier bouton qui lui tomba sous la main. Un liquide incolore remplit le verre. De la vodka, sans doute. A ce stade, il n'allait pas faire le difficile. Il prit le verre, le porta à ses lèvres.

Sa main se mit à trembler. Jetant l'alcool, il le remplaça par de l'eau, puis s'aperçut qu'il n'arrivait pas à avaler. La porte s'ouvrit. Cynthia entra. Elle vit Tusk, détourna vivement les yeux.

– Où diable est le Seigneur Sagan ? demanda Flam avec impatience.

– Il n'est pas encore revenu, Altesse. Il est allé sur les autres vaisseaux. Il a quitté le *Flamboyant* il y a environ une heure. La flotte est en alerte rouge. Je suppose que le Seigneur Sagan est sur le chemin du retour. Il n'a répondu à aucune de mes tentatives pour le contacter.

– Bizarre, dit Flam, fronçant les sourcils.

– Peut-être pas, Altesse, dit Cynthia. L'avion qu'a pris le Seigneur Sagan a déjà eu des problèmes avec ses appareils émetteurs-récepteurs.

– Nous n'avons pas besoin de lui, Prince, dit Pantha, faisant signe à Flam de venir près de lui.

Ils se parlèrent à voix basse.

Cynthia resta au garde-à-vous, mais elle tourna les yeux vers Tusk. Elle n'avait l'air ni coupable, ni triomphant. Peut-être qu'il se trompait. Peut-être qu'elle ne l'avait pas balancé.

Tusk fixa d'un air significatif, très significatif, la bombe posée sur la table de verre. Cynthia suivit son regard. Saurait-elle ce que c'était ? Cette maudite bombe avait l'air si inoffensive...

Feignant de s'ennuyer, Tusk s'approcha nonchalamment de la table.

– C'est joli, ça. Qu'est-ce que c'est ? dit-il, tendant la main.

– N'y touchez pas !

Le cri rauque de Pantha, qu'il attendait pourtant, le fit sursauter. Il retira sa main.

– D'accord. Pas de problème. Je vais me servir un autre verre. Il y a des amateurs ?

Tusk s'approcha du bar d'un air détaché. Il avait montré à Cynthia – ou plutôt Pantha lui avait montré – que le cube de verre était quelque chose de spécial, et d'extrêmement précieux. Il espérait que Cynthia ferait le rapprochement entre le cube et la réaction de Pantha, et qu'elle en tirerait la bonne conclusion.

A voir son expression, il ne savait pas s'il avait accompli autre chose qu'attirer sur lui l'attention. Il se servit un bourbon, et cette fois, il le but.

– Nous donnerons encore un quart d'heure au Seigneur Sagan, dit enfin Flam à Pantha. Puis nous passerons à l'action. Capitaine Zorn, retournez sur le pont d'envol pour attendre le Seigneur Sagan. Dès son retour, amenez-le ici immédiatement.

– Oui, Altesse.

Cynthia s'inclina et sortit sans regarder Tusk.

Dion parla sans se retourner.

– Je crois comprendre que les créatures de matière noire ont refusé de coopérer ?

– Pantha a finalement pu communiquer avec elles, répondit Flam. Elles ont décidé qu'en tant qu' « étrangers », nous étions pour elles une menace. Il semble qu'elles aient découvert – je ne sais pas comment – l'intention de Pantha de construire d'autres bombes à rotation spatiale. Et elles détruiront toute l'humanité plutôt que de le permettre.

– Et, donc, tu vas les détruire.

– Non, cousin, dit Flam en souriant. C'est *toi* qui les détruiras.

– Me détruisant malheureusement en même temps.

– Terrible tragédie. Que toute la galaxie pleurera, tout en t'acclamant comme un héros. J'ai envoyé chercher le Seigneur Sagan pour armer la bombe et entrer le code. J'ai pensé que tu aimerais assister à cette petite cérémonie, avant que j'enferme la bombe dans cette chambre forte et m'en aille. Savoir que tu débarrasses l'univers de ces créatures meurtrières devrait au moins adoucir tes derniers instants. Qu'y a-t-il encore, Pantha ? dit Flam, irrité.

Le vieillard fixait la bombe en fronçant les sourcils.

– Je trouve étrange que les créatures ne soient pas ici, pour garder l'œil sur elle, si j'ose dire.

– Comment sais-tu qu'elles ne sont pas là ? dit Flam. Elles ont refusé de répondre à tes premières communications, même quand tu les as appelées de Vallombrosa.

– Les capteurs du vaisseau devraient indiquer leur présence. Mais rien. Absolument rien, dit Pantha, branlant le chef.

– Elles ne savent peut-être pas ce qu'est la bombe. Tu ne leur as pas dit ce que c'était quand tu les as envoyées la chercher...

– Elles savent, dit sombrement Pantha. Elles savaient que la première bombe qu'elles avaient enlevée était fausse, bien qu'elles l'aient rapportée quand même. Elles sentent sa puissance.

– Même si elle n'est pas armée ?

– La puissance demeure. Armer la bombe l'accélère, la fait monter d'un cran. Ça ne me plaît pas. Je me demande ce qu'elles préparent...

Soudain, Flam ravala son air. Il pâlit soudain, livide comme si on lui avait tranché la gorge. Se jetant sur Dion, il le plaqua contre le verracier de la baie. Ils se regardèrent, en un duel silencieux, non moins mortel parce qu'il se livrait sans armes.

– Pantha, ordonna Flam. Arme la bombe.

– Maintenant, Altesse ? dit Pantha, en état de choc. Mais le Seigneur Sagan...

– Au diable Sagan ! hurla Flam, l'écume aux lèvres. Tu ne comprends donc pas, imbécile ? Arme la bombe !

Le visage du vieillard se convulsa d'horreur.

– Mon Dieu ! dit-il en un souffle.

Il saisit le cube de cristal enfermant la scintillante pyramide d'or. Cassant la chaîne qui retenait l'étoile-gemme à son cou, il l'inséra dans la bombe, il entra le code, et fixa le cube, avec une sombre intensité. Puis il lança la bombe par terre.

Le cœur de Tusk s'arrêta. Une flamme bleu-jaune brilla devant ses yeux, et il crut un instant que la bombe avait explosé. Quand la vue lui revint, il réalisa que c'était son cerveau surchauffé qui s'était transformé en nova, pas la bombe. Elle était par terre, aux pieds du vieillard.

Maintenant qu'il recommençait à réfléchir à peu près rationnellement, Tusk se rappela que la bombe n'explosait pas à l'impact. Il fixa le cube de cristal. Soudain, il commença enfin à comprendre.

– Tu as raison, Prince, dit Pantha, incrédulité et colère crépitant dans sa voix. Cette bombe est inoffensive. C'est la fausse.

6

Cette maudite bombe est fausse. On n'est pas en danger. On n'y a jamais été. Voilà le signal, pensa Tusk, se raccrochant à sa première pensée cohérente.

Voilà le signal!

Il faillit éclater de rire.

– Nous savons maintenant pourquoi le Seigneur Sagan n'est pas revenu, dit Flam.

– Il a échangé les bombes, dit Pantha d'une voix blanche. J'aurais dû détruire la fausse ! Je pensais qu'elle serait utile... quand nous en construirions nous-mêmes. Je n'ai jamais supposé, jamais imaginé...

« La coupure électrique, poursuivit-il, amer. Et le fait que les créatures de matière noire n'étaient pas là, sur le vaisseau. Je trouvais ça bizarre...Mais j'aurais dû savoir ! Comment as-tu su, Flam ?

– Par mon gentil cousin ! Je l'ai vu dans son esprit le jour où nous avons livré ce stupide duel. Il conservait la foi, tu comprends. C'était incroyable. J'avais envie de rire. Pauvre fou, me suis-je dit. Après tout ce que Sagan t'a fait, tu as encore confiance en lui.

« As-tu jamais pensé que ta confiance pourrait être mal placée, cousin ? Il est possible que Sagan nous ait trahis tous les deux. Se soit servi de *nous* pour recouvrer ce qu'il avait perdu. »

Dion ne répondit pas. Flam se détourna en jurant. Dion en profita pour lancer un regard interrogateur à Tusk. Quel était le plan de Sagan ?

Tusk se servit un autre verre. Il aurait bien voulu le savoir, bon sang !

Une main puissante l'attrapa par l'épaule et le fit pivoter. Il se retrouva presque nez à nez avec Flam.

– Qu'est-ce que tu sais ? dit Flam d'un ton glacial. Quel est le plan de Sagan ?

– Vous êtes dingues tous les deux, dit-il, regardant tour à tour les deux cousins. Comment voulez-vous que je connaisse son plan, bon sang ?

Il haussa les épaules avec un grand sourire. Maintenant que le pire était passé, il était incroyablement calme.

– Soyons sérieux, Altesse. Si vous étiez Derek Sagan, est-ce que vous me confieriez vos plans ?

– C'est assez juste, dit Pantha, ironique.

– Effectivement, dit Flam. Mais je ne le crois pas. Enfin, nous saurons bientôt la vérité.

Il activa l'U-com, mais avant qu'il ait pu prononcer un mot, une voix en sortit.

– Altesse ! Il faut que je vous parle. J'ai des nouvelles du Seigneur Sagan.

– Cynthia ! murmura Tusk.

Il y avait peut-être de l'espoir.

– Entrez ! ordonna Flam.

Elle entra, un fusil à rayon à la main, l'air sombre, tendu. Elle ne regarda pas Tusk. Il ravala son espoir, se servit un autre verre.

– Altesse ! Toute la flotte a fait le Plongeon ! Ils sont tous dans l'hyperespace. Ordre du Seigneur Sagan. Est-ce sur votre...

Cynthia allait dire *commandement*, mais l'étonnement de Flam, virant rapidement à la fureur noire, répondit à sa question.

– Le vaisseau de la reine ? articula-t-il avec difficulté.

– Oui, Altesse. Avec, apparemment, instruction de changer de trajectoire, dit-elle, déglutissant avec effort.

– Enfer et damnation ! explosa Flam. Tu n'as pas lieu de sourire, cousin, ajouta-t-il, se tournant vers Dion. Léger contretemps qui sera bientôt réparé.

Il se retourna vers Cynthia.

– Cet homme, dit-il, lui montrant Tusk, doit être mis aux arrêts. C'est un traître.

Cynthia réagit instantanément et vint se placer près de Tusk. Il baissa la tête, se frictionna la nuque et se tira l'oreille gauche. Debout devant la baie, Dion n'avait pas bougé. Il semblait très loin, peut-être avec sa reine et son futur enfant. Mais il était plus présent qu'il n'en avait l'air. Il surveillait Tusk du coin de l'œil, et, saisissant son geste apparemment anodin, le roi se frictionna la paume droite.

– Emmenez-le pour interrogatoire, dit Flam. Je veux savoir...

Il se tut, ne sachant trop comment continuer.

– Ouais, qu'est-ce que vous voulez savoir, Altesse ? rugit Tusk. L'endroit où se trouve la *vraie* bombe à rotation spatiale, pas la fausse...

– Le prisonnier doit se taire, Capitaine Zorn, dit Flam. A moins qu'il n'ait quelque chose à dire...

– Pas la fausse bombe, comme celle que vous avez trouvée...

Cynthia lui donna un coup de crosse dans l'estomac, qui le plia en deux. Elle lui donna un autre coup à la nuque, qui l'abattit sur le pont. Et soudain, Pantha fut sur lui.

– Il doit avoir un micro. C'est forcé ! Oui !

Pantha saisit le poignet de Tusk, et arracha le petit disque de métal qui laissa des gouttes de sang sur sa peau noire. Il le montra au prince.

– Un lien-sang ! Il était constamment en contact avec Sagan ! Et... Altesse, s'écria le vieillard en se redressant. Je *sais* où est la vraie bombe. Où elle doit être ! A l'alcazar.

– Bah ! grogna Flam avec impatience. Sagan a pu la cacher n'importe où...

– A nous, oui, mais pas aux créatures de matière noire ! Elles ont dû surveiller la bombe de près. Et elles sont toujours sur Vallombrosa. Par conséquent, la bombe est toujours sur Vallombrosa aussi.

Flam réfléchit, et finit par décider que c'était sensé.

– Que feront les créatures s'il l'enlève ?

– Je n'en ai aucune idée, Prince. Elles peuvent tenter de l'arrêter. Ou l'escorter jusqu'à sa prochaine destination.

– La lui prendraient-elles, si tu le leur ordonnais ?

– Peut-être, dit Pantha avec hésitation. Mais il ne faut pas oublier, Flam, qu'elles ne prennent plus d'ordres de toi. En fait, je commence à penser qu'elles se sont servies de toi. Pour localiser la bombe.

– Elles me l'ont apportée sur Vallombrosa.

– C'était l'endroit logique, où elles pouvaient la garder en sécurité. Elles ne t'ont pas prêté attention quand tu es parti. Elles savaient que la bombe restait en arrière. Je...

– Assez ! gronda Flam, irrité, son ego ulcéré. J'ai compris. Elles se servaient de moi. Une question maintenant : les créatures vont-elles recouvrer la bombe ?

– Elles peuvent l'enlever à Sagan, Prince, mais je doute qu'elles te la donnent. Il faudra aller la prendre.

– Je n'arriverai jamais à temps à l'alcazar. Il ne faudra pas longtemps à Sagan pour récupérer la bombe et partir.

– Tu le pourrais, si les créatures te transportaient. Tu prendrais un risque, mais tu y serais en quelques secondes.

– Excellente idée. Parle-leur, Pantha ! le pressa le prince, de plus en plus agité et furieux. Les créatures ne sont peut-être pas là, mais elles nous écoutent certainement. Convaincs-les de me ramener sur Vallombrosa. Attends ! Nous pourrions peut-être simplement leur dire d'arrêter Sagan...

– Je ne le conseille pas, Prince. Pour l'arrêter, elles feraient peut-être écrouler l'alcazar sur lui... et sur la bombe.

– Promets-leur ce qu'elles voudront. Dis-leur que je leur donnerai la bombe si c'est ce qu'elles veulent. C'est l'homme que je veux, dit-il, grinçant des dents.

Etendu par terre aux pieds de Cynthia, Tusk regarda Dion. Le roi n'avait pas bougé, et se frottait la main. Tusk roula sur le dos.

– Ouais, Altesse, ça doit vous démanger de mettre la main sur le Seigneur Sagan. Personne ne vous avait jamais refait jusqu'à présent, hein ? Alors maintenant, vous allez retourner sur Vallombrosa avec les créatures...

Exécutant les instructions, Cynthia leva le pied pour le frapper à la bouche. Tusk roula sur lui-même, tendant la main vers sa jambe. A l'instant où il vit Tusk bouger, Dion se jeta sur Flam, cherchant à saisir la lame-sang. Il referma la main sur la garde. Les mains de Flam se refermèrent sur ses poignets. Ils se débattirent.

Tusk agrippa la cheville de Cynthia et chercha à la déséquilibrer, mais autant essayer d'arracher une poutre d'acier du pont. Apparemment, Cynthia avait prévu son mouvement. Elle abattit son autre talon sur la main de Tusk, rompant sa prise et peut-être ses doigts, et lui donna un coup de pied au visage en prime.

Se détournant d'un Tusk à l'agonie, Cynthia évalua la situation de la bataille entre les deux cousins. Elle se rua sur Dion par-derrière, l'arracha à Flam et le jeta en arrière.

Dion chancela, retrouva l'équilibre, repartit à l'attaque.

Cynthia leva son fusil et tira.

Le coup atteignit le roi en pleine poitrine, le projeta sur le canapé. Il s'effondra sur les coussins, puis glissa lentement sur le pont.

– Petit ! dit Tusk, s'efforçant de se relever.

Cynthia lui planta le pied sur la poitrine.

– Vous ne l'avez pas tué ? demanda Flam d'une voix dure. J'ai besoin de lui.

– Non, Altesse. Mon arme était réglée sur « Trank ».

– Excellent, dit Flam avec un sourire sinistre, avalant de grandes goulées d'air.

La tête de Tusk pulsait. Il avait les lèvres ouvertes, la mâchoire endolorie, la main meurtrie. Le dos tourné au prince, Cynthia regardait Tusk. Il scruta son visage, espérant y voir un signe – une légère crispation des mâchoires, un frémissement de cils. Rien. Apparemment, elle ne regardait pas Tusk, mais *à travers* lui.

Tusk battit rapidement des paupières pour s'éclaircir la vue, luttant pour ne pas perdre connaissance. Puis il se dit : au diable, quelle importance ? Il avait fait ce qu'il pouvait, c'est-à-dire pas grand-chose. Et il avait échoué. Et alors, quoi de neuf à part ça ? Un échec de plus dans une longue série d'échecs. Au moins, celui-là serait sans doute son dernier.

– Prince, s'écria Pantha qui entrait en coup de vent, sa robe claquant autour de ses chevilles. Les créatures réfléchissent. Elles insistent pour parler à l'...

Il se tut, considérant la scène avec stupéfaction.

Flam fit signe à Pantha de venir l'aider.

– Nous allons emmener mon cousin. Sagan ne fera rien qui puisse mettre en danger la vie de son précieux roi.

Le prince prit fermement Dion par un bras, Pantha le prit par l'autre. Dion, défaillant, hébété, s'affaissa entre les deux hommes.

– Et Tusca, Altesse ? demanda Cynthia.

– Emmenez-le pour interrogatoire. Faites-lui avouer le maximum. Puis, s'il n'est pas encore mort, tuez-le.

– Oui, Altesse.

Tusk ferma les yeux. Arrêt de mort, hein ? C'était vraiment le moment de faire quelque chose. Qu'il ferait dès qu'il aurait retrouvé ses esprits... Il entendit Flam et Pantha sortir, traînant Dion entre eux. Il entendit le soupir des portes qui s'ouvraient, se refermaient.

Cynthia le poussa du bout de sa botte.

– Debout.

Tusk roula sur lui-même en gémissant. Il regarda vers Dion... qui n'était plus là. Personne n'était plus là.

Tusk battit des paupières.

– Où est le... ?

– Ils sont partis pour arrêter Sagan. Debout.

Il se leva, essuya sa bouche ensanglantée.

– C'est le moment. On va...

– La ferme. Demi-tour, dit Cynthia lui mettant son fusil dans les reins. Haut les mains. Et pas de bêtises.

Quatre gardes entrèrent et se postèrent de part et d'autre des portes. Il mit les mains en l'air.

– En route, dit Cynthia.

Tusk obéit.

Quatre gardes. J'attendrai d'être près des portes, puis je sauterai sur Cynthia, lui prendrai son arme. Les gardes n'oseront pas tirer de peur de la toucher. Et cette chère Cynthia sera mon billet de sortie.

Tusk banda ses muscles, prêt à bondir. Puis :

– Merde ! dit-il en un souffle.

Une machine trapue entrait en cahotant.

Sa vieille amie – Mme Propre.

L'aspirateur tueur avait au moins un de ses appendices braqué sur Tusk. Les quatre gardes, détournant de lui leur attention, regardaient Mme Propre en souriant.

– Continue, ordonna Cynthia, lui enfonçant son fusil dans les reins. Tu ne voudrais pas énerver Mme Propre.

Tusk prit sa décision. Aspirateur tueur ou pas, il ne voulait pas mourir en hurlant dans un disrupteur de cellules. Il marmonna quelques jurons colorés, pittoresques, qui ne seraient certainement pas inclus dans un florilège des dernières paroles de héros.

Il fit un pas, planta fermement le pied par terre, et se jeta de côté. Cynthia, emportée par son élan, continua à avancer. Elle commença à se retourner. Tusk, agile comme un chat, lui sauta dessus. Ses mains se refermèrent sur le canon du fusil ; il tenta de le lui arracher.

– Imbécile ! dit Cynthia en un souffle.

Tenant fermement la crosse, elle libéra son arme d'une secousse. Les gardes avaient cessé de rire et se ruaient à son secours. Cynthia lança le pied, atteignit Tusk au plexus, l'envoya s'écraser sur le sol. L'instant d'après, elle était sur lui.

– Mme Propre ! hurla-t-elle. Tire !

Mme Propre tira – quatre coups simultanés, dans quatre directions différentes.

7

Emergeant de l'avion, Kamil, étonnée, méfiante, considéra l'alcazar, détaché en noir sur la grisaille de l'aube.

– Pourquoi revenir ici ?

– J'ai oublié quelque chose, dit Sagan.

Elle le regarda, stupéfaite.

– Je croyais que nous allions sauver Dion. Comment pouvons-nous...

– Si tu m'accompagnes, il faut faire vite, dit-il avec froideur.

– Qu'avez-vous laissé ici ? demanda-t-elle, sans attendre vraiment une réponse, mais angoissée par l'étrange silence des couloirs déserts de l'alcazar abandonné.

– La bombe à rotation spatiale, répondit-il.

– Non, dit-elle, n'osant espérer. Elle est sur le vaisseau. Flam l'y a apportée lui-même.

– C'est la fausse. Celle qui est restée ici est la vraie.

Kamil s'immobilisa, défaillant de soulagement. Dion était en sécurité ! Ses yeux s'emplirent de larmes, qu'elle essuya vivement avant que Sagan ne les voie, puis elle pressa le pas pour le rattraper.

Il faisait noir comme la nuit dans l'alcazar. Sagan alluma une lampe nucléaire, en tendit une autre à Kamil, puis avança avec assurance.

– Pourriez-vous me dire ce qui se passe, Seigneur ? Je vous en supplie ! Je crois avoir le droit de savoir.

– J'ai échangé les bombes, dit Sagan, la stupéfiant une fois de plus.

Mais elle eut l'impression que ce n'était pas à elle qu'il parlait. A travers elle, il parlait à une autre. Impression si vive qu'elle jeta un coup d'œil sur sa gauche, s'attendant presque à voir Dame Maigrey. Personne ne marchait près d'elle, mais l'impression persista.

– Flam se souciait comme d'une guigne de convaincre Dion d'abdiquer. Il voulait la bombe à rotation spatiale, et pour l'obtenir, il devait sonder en profondeur l'esprit de son cousin, plus profondément qu'il ne pouvait le faire de loin. C'était la vraie raison de le faire venir ici.

« Et c'était ma raison de les réunir. Ma raison pour forcer Dion à se battre en duel. Je voulais échanger la vraie bombe contre la fausse. Mais pour cela, il fallait que je possède la vraie. Dion ne me l'aurait jamais donnée – avec raison. Mais Flam me la confierait – involontairement.

« J'ai procédé à l'échange la veille du départ de Vallombrosa. Flam est venu chercher la bombe le lendemain matin. Il ne savait pas alors que c'était la fausse. Il n'avait aucun moyen de le savoir. Personne ne le pouvait, à moins d'examiner la bombe avec soin. Et encore, il aurait fallu savoir ce qu'on cherchait. Pantha aurait repéré les différences, mais il n'avait aucune raison de soupçonner quoi que ce soit.

« Si tout s'était passé comme je l'avais prévu, poursuivit Sagan, parlant à Dame Maigrey en vieil ami et en compagnon d'armes, Flam n'aurait pas découvert l'échange avant d'être de l'autre côté de la galaxie, prêt à anéantir les Corasiens. J'aurais armé la bombe, Flam et Pantha auraient fui pour se mettre en sécurité. Bien sûr, la bombe n'aurait pas explosé. Tusca et ses mutinés auraient pris le contrôle du vaisseau, auraient combattu les Corasiens si nécessaire, puis seraient revenus avec le roi pour combattre le prétendant.

« Tel était mon plan, Dame Maigrey, dit Sagan, ayant apparemment oublié la présence de Kamil. Mais les créatures de matière noire ont forcé le dénouement, et j'ai été contraint de le modifier. Dommage que ces créatures doivent être détruites. Elles étaient inoffensives tant qu'elles n'avaient pas été en contact avec les humains. Nous contaminons tout ce que nous touchons, semble-t-il.

– Qu'allons-nous faire maintenant ? dit Kamil, se parlant à elle-même, avec le sentiment que Dame Maigrey, si elle était là, connaissait déjà la réponse.

La voix de Kamil rappela sa présence à Sagan. Il la regarda, sans mentionner qu'il avait parlé à une autre ; il ne l'avait peut-être même pas réalisé, d'ailleurs. Mais il reprit, s'adressant bien à Kamil cette fois :

– Je vais armer la bombe et la régler pour qu'elle explose quand nous aurons quitté la planète.

– Les créatures de matière noire n'empêcheront-elles pas l'explosion ?

– Elles ne peuvent pas. Une fois que le cycle est enclenché, seule une personne qui connaît le code peut l'empêcher d'exploser. A mon avis, si les créatures pensent qu'elles est armée, elles auront peur d'y toucher, peur de déclencher l'explosion.

« En fait, faire exploser la bombe dans ce secteur sera beaucoup moins dangereux pour la galaxie. D'après mes calculs, l'anomalie que représente la matière noire devrait contenir la puissance de l'explosion. Réduire sa force destructrice.

– Mais Vallombrosa sera anéantie ? dit Kamil.

– Oui, dit Sagan, ironique. Je voulais dire simplement que la déflagration n'aurait plus la force nécessaire pour faire un trou dans le tissu de l'univers.

– Je vois, dit Kamil, déglutissant avec effort. Et... après ça... nous retournerons au vaisseau ? demanda-t-elle, pensant « près de Dion » sans le dire. Que ferons-nous alors ?

– Si Tusca a pris le contrôle de l'astronef, nous monterons à bord, tout simplement. Sinon, je le prendrai moi-même. Dans cette éventualité, Flam nous échappera sans doute. Et Sa Majesté aura un combat incessant sur les bras. Mais à la fin, Flam sera vaincu. Il n'a pas la nature d'un vrai roi.

– Pourtant, vous dites qu'il a passé le test...

Sagan la regarda, un mince sourire aux lèvres.

– J'ai peut-être menti.

– Alors, vous devriez le dire à Dion, remarqua-t-elle. Quand tout sera fini.

– Il le sait, dit doucement Sagan. Il te l'a dit.

Kamil repensa à sa conversation avec Dion dans la cour de l'alcazar. *Tu ne peux pas voir cette route, car elle n'existe pas pour moi*, avait-il dit. *Je suis roi.*

Elle rougit avec embarras, et se tut.

Ils continuèrent à s'enfoncer dans les profondeurs de l'alcazar. La forteresse était véritablement fantomatique maintenant. Sauf si des yeux invisibles les regardaient, si des voix inaudibles les maudissaient, si des pas silencieux les accompagnaient. Une porte s'ouvrit sur leur passage. Au loin, une autre claqua.

Tendue, Kamil tripotait nerveusement son pisto-laser. Elle marchait derrière le Seigneur de la Guerre, et sur sa gauche, dégageant instinctivement le bras droit du combattant – bien qu'il ne fût pas armé –, protégeant instinctivement ses arrières. Elle ne s'en aperçut même pas avant de remarquer son regard approbateur.

– Ton père t'a bien élevée, dit-il.

– Oh, ça... répondit-elle, avec un sourire timide. En fait, c'est plutôt ma mère. Elle est épouse-bouclier. Chose que je ne serai jamais, je suppose, soupira-t-elle. Quoi qu'il arrive.

– Tu as aimé et tu as été aimée, dit Sagan. C'est là l'important.

Kamil, surprise, ne put répondre immédiatement.

– Vous avez été aimé, dit-elle enfin. Vous avez aimé.

– Pas assez, répondit-il.

Un vase de porcelaine tomba, se fracassa par terre. Kamil grinça des dents, ferma les yeux à ce qui se passait dans les ténèbres autour d'elle. Elle se rapprocha de Sagan.

– Je ne comprends pas.

– Il y avait d'autres choses que nous aimions tous deux davantage. Et cela a failli nous détruire.

– Quelles choses ?

– Le pouvoir, pour commencer. Ensuite, la gloire. L'orgueil, l'ambition, le besoin de contrôler tout ce qui nous entourait, dit-il, baissant les yeux sur les cinq cicatrices de sa paume. Ce n'est pas étonnant. Nous étions conçus pour ça. « La tare de notre sang », disait Dame Maigrey. Ce n'est pas une excuse. Dion aussi a été conçu de la même façon. Et il a évolué différemment. *Gloire à Dieu.*

– C'est la raison pour laquelle vous faites cela pour lui ? dit Kamil d'une voix hésitante.

Sagan lui lança un bref regard, puis détourna les yeux.

– Dame Maigrey a sacrifié sa vie pour lui. Elle l'a confié à ma garde comme un dépôt sacré. Cette raison suffirait à elle seule. Mais Maigrey avait raison. Dion sera notre rédemption. A cause de lui, on ne maudira plus le Sang Royal. Et il me reste assez d'orgueil pour l'apprécier.

« Non que je n'aie pas été tenté, ajouta-t-il après un silence pensif, parlant de nouveau à sa compagne invisible.

« Flam m'aurait donné tout ce qu'il m'avait promis. J'aurais été Seigneur de la Guerre d'une immense et puissante armada. Mais j'ai vu comment ça finirait. Je n'aurais pas été satisfait tant que je n'aurais pas tout eu. A moins que mon pouvoir ne fût absolu. J'aurais défié Flam... et lui, étant plus jeune, plus fort, m'aurait vaincu. Je serais tombé dans la honte et l'ignominie. Mieux vaut mourir. »

Après quoi, Kamil garda le silence. Elle préférait le silence angoissant à d'autres révélations perturbantes.

Sagan, lui non plus, n'avait plus envie de parler. Il s'était arrêté. Regardant autour d'elle, Kamil reconnut où elle était – devant la grande salle où Flam les avait amenées le terrible soir de leur arrivée.

Le Seigneur de la Guerre semblait mécontent, impatient maintenant, et Kamil crut l'entendre marmonner :

– Je devrais avoir des nouvelles à cette heure. Il a dû se passer quelque chose.

Alors, elle eut peur ; peur pour Dion et pour Tusk. Elle hasarda une question, mais Sagan l'ignora. Il poussa les portes et entra. Il s'avança, faisant jouer le faisceau de sa lampe sur les murs. Traversant la salle, il s'arrêta devant une tapisserie dont il souleva un coin brodé et mité, révélant une petite porte.

Il regarda derrière lui, balaya brièvement la salle de son faisceau, puis revint à la porte, et concentra la lumière sur la poignée. Tendant la main, il prit un petit morceau de tissu noir entre la porte et le chambranle. Il hocha la tête, satisfait.

– Personne n'est entré. Flam n'a pas pensé à vérifier. J'entre. Monte la garde, ordonna-t-il à Kamil.

Kamil jeta vivement un coup d'œil à l'intérieur de la pièce, qui semblait être une sorte de débarras. Sagan referma derrière lui.

Frissonnante, s'efforçant de se convaincre que ça ne lui faisait rien d'être seule en ce lieu terrible, Kamil dégaina son pisto-laser et prit position près de la porte. Elle pensa même à vérifier qu'il était réglé pour tuer, non pour tranquilliser. Elle s'humecta les lèvres, la main crispée sur la crosse, essayant de réprimer ses tremblements. A chaque respiration, la peur lui transperçait les poumons comme un coup de poignard.

Peu après, elle entendit la voix de Sagan venant de l'intérieur de la pièce. Elle l'entendit jurer. Puis il revint rapidement vers la porte, l'ouvrit brusquement.

– Qu'est-ce qui... commença Kamil, mais la question mourut sur ses lèvres.

La peur et le désespoir lui serrèrent le cœur.

– Flam a découvert la supercherie. Lui et Pantha sont en route pour venir ici... sont peut-être déjà là.

– Dion ? dit-elle d'une voix blanche. Tusk ?

– Ils amènent Dion avec eux. Tusca a échoué. J'ai perdu le contact avec lui. Il est peut-être déjà mort.

Sagan retourna dans le débarras.

Kamil, ne sachant quoi faire, fixa les ténèbres murmurantes jusqu'au moment où elle les sentit se resserrer autour d'elle, comme pour l'étouffer, la suffoquer. Elle entra sans bruit dans le débarras, plus près de la lumière, plus près de Sagan. Il avait posé sa lampe sur une table, et le rayon éclairait d'une lumière crue un cube de cristal avec une pyramide d'or en son centre. Un minuscule clavier, dont chaque touche portait un étrange caractère, était fixé sur le dessus du cube.

Sagan tenait un horrible bijou noir, en forme d'étoile à huit branches. Ce bijou était répugnant à regarder, éveillait dans son esprit d'épouvantables images. Elle vit un double d'elle-même, hideux, pervers, danser sur sa propre tombe. Elle comprit alors l'expression de Sagan, expression de dément, de damné. Il se voyait lui-même.

– Que... que faites-vous ? dit-elle à voix basse.

Ses doigts puissants agissant avec une délicatesse surprenante, Sagan inséra le bijou dans la bombe, dans un creux en forme d'étoile manifestement fait pour le recevoir.

– J'arme la bombe, dit-il sans la regarder. Tu devrais retourner à l'avion.

– Je ne peux pas. Je ne connais pas le chemin. Je me perdrais.

– Ta marraine t'aidera, dit-il avec ironie. Elle veillera à ce que tu quittes Vallombrosa sans dommage.

Kamil secoua la tête.

– Non, Seigneur. Je reste.

Il n'ajouta rien. Il se mit à entrer le code, répétant les mots en enfonçant chaque touche.

– « Le centre ne peut... »

Kamil perçut un mouvement derrière elle – un vrai mouvement, produit par de la matière solide.

Sagan leva la tête. Kamil se retourna, braquant son arme.

Dion et Flam étaient sur le seuil. Kamil ne pouvait pas manquer sa cible. Mais qui était qui ? La lumière blanche de la lampe nucléaire estompait les détails, réduisait tout à des silhouettes en noir et blanc, uniformisait les cousins.

Surprise, incertaine, Kamil hésita. Au même instant, Flam dégaina la lame-sang, et activa le bouclier.

– Ecartez les mains de la bombe, Seigneur. Ne bougez plus. Pas même un battement de cils. Ou Sa Majesté mourra. Vous, dit-il à Kamil, sans quitter Sagan des yeux, jetez votre arme.

Se reprochant amèrement son échec, Kamil continua à serrer son arme, plus par frustration qu'avec l'espoir de s'en servir.

– Jetez votre arme ! ordonna Flam.

– Fais ce qu'il veut, dit Sagan.

A demi aveuglée par les pleurs, Kamil lança l'arme loin d'elle. Elle glissa sur le sol et s'arrêta contre la botte de Flam.

Une troisième personne émergea des ténèbres. Garth Pantha se pencha, ramassa le pisto-laser et le passa dans la ceinture de sa robe.

– Eloignez-vous de la bombe, Seigneur. Venez à découvert, les mains bien en vue, ordonna Flam. Avancez tous les deux !

Le prince commença à sortir à reculons, leur faisant signe de le suivre avec son épée. Il tenait Dion solidement et le traînait avec lui.

Dion était livide, hébété, groggy. Il trébuchait en marchant. Il ne parut pas s'étonner de voir Kamil. Il avait l'air désorienté, presque anesthésié. Puis ses yeux se révulsèrent dans leurs orbites, sa tête roula sur ses épaules et il tomba à quatre pattes. Flam relâcha sa prise.

– Surveille-le, Pantha !

Tirant de sa ceinture le pisto-laser de Kamil, Pantha le braqua sur la tête du roi.

– Continuez à avancer, Seigneur ! ordonna Flam.

Le Seigneur de la Guerre sortit du débarras. Kamil le suivait, un ou deux pas en arrière et sur sa gauche. La partie de la salle où ils se trouvaient était éclairée par l'étrange lueur bleue de la lame-sang et l'éclatante lumière blanche de la lampe nucléaire. Mais le reste de l'immense hall était plongé dans l'obscurité, comme si une main gigantesque se recourbait en coupe au-dessus de leurs têtes, pour abriter la lumière du souffle du vent.

– Pantha, entre dans cette pièce, dit Flam, montrant le débarras. Récupère la bombe. Elle est sur la table. Et pendant ce temps, Seigneur, vous mourrez.

Pantha disparut, pour exécuter l'ordre du prince. Flam avança sur Sagan.

Dion releva lentement la tête, les yeux vifs et en alerte. Son évanouissement n'était qu'une feinte, réalisa confusément Kamil, mais qu'allait-il faire ?

Attaquer Flam à mains nues, à défaut de mieux. Dion rassemblait son énergie et sa force intérieures. Bandant ses muscles comme une bête sauvage, il se préparait à un ultime bond désespéré.

Sagan regarda Dion avec un petit sourire, secoua imperceptiblement la tête. Sous leurs lourdes paupières, les yeux se posèrent sur Pantha, qui se hâtait vers le débarras.

C'est là qu'est ton devoir, Dion, disaient clairement ces yeux, si clairement que Kamil crut entendre les mots. *Tu ne peux pas me sauver.*

Dion comprit. Kamil aussi. La peur, l'angoisse, la frustration de l'impuissance l'étouffaient. Elle aspirait à faire quelque chose, mais elle ne savait pas quoi. Elle avait peur d'interférer, peur d'anéantir l'espoir ténu qui leur restait.

Pâle, serrant les dents, Dion reporta son attention sur Garth Pantha.

Flam leva la lame-sang. Elle brilla d'un bleu étincelant. Sagan resta immobile dans l'aveuglante lumière bleue, désarmé, ne pouvant pas, et ne voulant pas, se défendre.

– Maintenant, mon enfant, dit une voix très calme à l'oreille de Kamil. Tiens-toi prête.

8

Une éclatante lumière blanche s'épanouit autour de Tusk. Il la regarda, aveuglé, impressionné.

– J'ai toujours entendu dire que quand on meurt, on marche vers une lumière blanche, se dit-il. C'est ça. C'est vrai. Et c'est plutôt joli.

Un gros poids pesait sur sa poitrine, mais il ne souffrait pas. Il voulait être absorbé par la lumière, avancer dans le tunnel, être accueilli par... son père, peut-être.

Le gros poids se souleva de sa poitrine. Une ombre passa devant ses yeux éblouis. Une voix parla. Ce n'était pas celle de son père. C'était une voix de femme.

Bon, se dit Tusk, c'est presque aussi bien. Pourvu qu'elle parte avant que Nola arrive.

La femme se pencha vers lui et se remit à parler.

– Qu'est-ce que tu foutais, bon Dieu ?

Tusk en resta ahuri. D'après ce qu'on lui avait dit, les gens n'étaient pas censés parler comme ça, là-haut. La femme le gifla à toute volée.

Ouais, il n'était pas où il croyait, c'était sûr.

– Réveille-toi. Grouille.

A ce moment, il remarqua que la lumière éclatante s'était éteinte. Il eut la sensation, brève mais très déplaisante, de tomber dans un étroit tuyau noir. Il heurta le fond, et la secousse le réveilla. Des alarmes résonnaient partout. Le tintamarre lui faisait mal à la tête. Il leva les yeux. Trois personnes l'entouraient.

– Je suis vivant, dit-il, espérant confirmation.

– Pas grâce à toi, dit sèchement Cynthia. En fait d'imbécile... j'avais tout bien en main, et toi tu...

Bouillant de colère, incapable de terminer sa phrase, elle le foudroya du regard et se détourna.

– On ferait bien d'arrêter ces maudites alarmes. On va avoir tous les gardes sur le dos. Don, explique la situation sur la passerelle... Moi, je ne sais pas. Toi, tu sais y faire. Rick et moi, on va traîner les cadavres à l'intérieur.

Tusk – toujours allongé sur le pont, s'efforçant toujours de comprendre ce qui se passait – regardait, hébété. Perrin l'enjamba avec un grand sourire en allant à l'U-com.

– Tu veux un verre ? Tu as l'air d'en avoir besoin.

Dhure le salua de la tête en passant. Lui et Cynthia se mirent à traîner les cadavres encore fumants des gardes dans la suite de Flam.

– On aurait dû les éliminer de toute façon, dit Dhure.

Ils avaient rentré les derniers corps. Il regarda le sang et les bouts de chairs brûlées éparpillés par terre, et branla le chef.

– Il reste encore quelques fanatiques dans leur genre. Nous n'avons plus beaucoup de temps.

– Ferme la porte, ordonna Cynthia.

A l'U-com, Perrin parlait au commandant du vaisseau d'un ton apaisant. Dhure s'approcha de Tusk, s'accroupit près de lui.

– Ça va ?

– Ouais, je crois.

Tusk se palpa doucement le corps sans trouver de trous. Avec l'aide de Dhure, il se remit debout.

De nouveau, Cynthia le foudroya du regard.

– Qu'est-ce qui t'a pris de me sauter dessus comme ça ? Je suis de ton côté !

– Et comment je pouvais le savoir, bon sang ? demanda Tusk avec irritation, au souvenir de la scène.

Ses mains se mirent à trembler. Non, se dit-il avec colère. Pas maintenant !

– Tu aurais pu me faire un signe...

– Non, pas avec... Pas avec Flam qui regardait, reprit-elle après une pause.

Elle ne paraissait pas en meilleure forme qu'il se sentait.

– Je voulais te sortir de là, t'éloigner des gardes. Après, on devait rejoindre Don et Rick et...

– Désolé, dit Tusk, lui tapotant l'épaule. Je ne savais pas. Je me voyais enfermé dans un disrupteur de cellules...

– ... ses circuits ont dû se mélanger, Commandant, disait Don. Cette maudite machine a perdu les pédales.
– Brave vieille Mme Propre, dit Tusk, hilare.
Cynthia sourit, mais son sourire ne dura pas. Elle secoua la tête et soupira. Son regard se posa involontairement sur le cube de cristal à la pyramide d'or tombé par terre.
– Ce n'est pas... ce n'est pas la vraie ?
– C'est ce qu'ils disent, répondit Tusk, qui n'avait pas envie d'aller voir. Quelqu'un pourrait me prêter un flingue ?
Cynthia ouvrit le torse de Mme Propre, en sortit un pisto-laser et un étui.
– Il y a aussi un fusil à rayon là-dedans. Démonté. Mais ce serait trop long de...
– Non, merci, dit Tusk. J'en ai deux dans le Cimeterre.
– Bon sang, quel sale truc, dit Dhure, accroupi près du cube de cristal, et prenant bien soin de ne pas le toucher. Tu es sûr que c'est la fausse ?
– Je ne suis plus sûr de rien, dit sombrement Tusk. Pantha semblait penser qu'elle était fausse, et d'après moi il ne l'aurait pas laissée ici en partant si c'était la vraie, mais il vaut mieux ne pas y toucher. Et surtout pas toucher au bijou.
L'étoile-gemme était par terre, toujours attachée à sa chaîne. L'étoile étincelante, taillée dans une pierre très rare par un processus longtemps tenu secret par les prêtres de l'Ordre du Diamant, était maintenant morte et oubliée comme les prêtres eux-mêmes.
– Une étoile-gemme ne pouvait pas être égarée ou perdue accidentellement, dit Tusk, entendant l'écho de la voix de son père. Mais si elle est volontairement donnée par son propriétaire, elle commence à mourir. On dit qu'il y a une malédiction sur quiconque prend une étoile qui ne lui appartient pas de droit.
– Qui en voudrait ? demanda Cynthia en frissonnant.
La flamboyance du bijou commençait déjà à s'atténuer. Bientôt, il deviendrait noir et hideux. Tusk pensa à l'étoile-gemme de son père. Elle brillait de tous ses feux dans les flammes de son bûcher funéraire. Même quand le cadavre avait été réduit en cendres, l'étoile était restée intacte, indemne. On l'avait placée dans la tombe avec l'urne funéraire.
– Oui, dit Tusk, qui en voudrait ?

Se penchant, il ramassa le petit disque métallique du lien-sang. Il le fourra dans sa poche, boucla son holster.

– Tu peux m'avoir une autorisation de vol, ou je dois sortir en force ?

– Tu peux avoir une autorisation, dit Don Perrin, s'approchant nonchalamment, un verre de scotch à la main. Le commandant croit que le Prince Flam est toujours à bord. Son Altesse est trop occupée pour parler. C'est moi qui transmets ses ordres. Je vais dire au pont d'envol que tu quittes le vaisseau sur ordre de Son Altesse. D'ailleurs, où sont-ils tous allés ?

– Sur Vallombrosa, dit Tusk, marchant vers la porte.

– Et c'est là que tu vas aussi, non ? dit Cynthia.

– C'est mon boulot de sauver le roi, dit-il.

– Tu veux dire l'Usur...

Sa voix mourut. Elle déglutit avec effort.

– Vous étiez avec lui depuis le début, toi et Sagan ?

– C'était le plan de Sagan, dit Tusk, haussant les épaules. Moi, j'ai fait ce qu'on me disait.

– Ça me fait plaisir, dit soudain Cynthia. Je sais que ça a l'air bête, mais même quand tu étais censément de notre côté, ça ne me plaisait pas que tu trahisses ton ami comme ça.

– Ça ne me plaisait pas tellement à moi non plus. Alors, vous trois, vous vous emparez du vaisseau, exact ? Et après ?

– Mme Propre ira faire une petite visite à la passerelle, dit Perrin, tournant pensivement ses glaçons dans son verre. Ça pourrait devenir vraiment moche.

– Je doute qu'on en vienne là, dit le Capitaine Dhure. Une fois que nous aurons dit ce que nous savons, tout l'équipage se rendra à la raison.

– Et cela fait, si vous voulez un conseil, filez d'ici en vitesse. La vraie bombe à rotation spatiale est en bas, dit Tusk, pointant le doigt vers la baie vitrée et Vallombrosa, et le diable seul sait ce qui peut arriver. Et vous voulez me rendre un service ? Voyez si vous pouvez localiser la reine. Prenez soin d'elle, d'accord ? Si quelque chose allait foirer... si Flam arrivait à s'en sortir...

– Ne t'inquiète pas, dit Dhure, hochant la tête. Je crois que nous comprenons notre prince un peu mieux qu'avant. Et nous-mêmes encore plus. On veillera à la sécurité de Sa Majesté. C'est le moins qu'on puisse faire après ce qu'on a fait sur Cérès.

– Merci, dit Tusk, se retournant pour partir.

Puis il s'arrêta, se retourna vers Cynthia.

– Pourquoi as-tu fait ça pour moi ? Qu'est-ce qui t'a fait changer d'avis ?

– Je ne suis pas sûre. L'attaque de Bidaldi par les créatures. Les autres vaisseaux partis, laissant celui-là en arrière. La bombe à bord, comme tu l'avais dit. Tout arrivant exactement comme tu l'avais dit. Ça. Et lui.

– Dion, traduisit Tusk.

– Plus je le côtoyais... Je ne peux pas l'expliquer. Il *est* roi. Tu comprends ?

– Non, dit-il, secouant la tête. Je n'ai jamais compris.

– Et... désolée d'avoir été si dure avec toi, dit-elle.

– Ça ne fait rien, répondit-il en souriant. Je suis marié et heureux en ménage, ajouta-t-il, palpant ses lèvres tuméfiées. Ça facilite les adieux. Au revoir, les gars.

Veillant à ne pas trop approcher de Mme Propre, il contourna l'aspirateur et quitta la suite du prince, cap sur son Cimeterre.

– Ouais, il est roi, commenta Tusk en chemin. Et je ne peux rien y faire, bon sang. Sauf peut-être arrêter de le haïr pour ça.

Grimaçant, il enfonça les minuscules aiguilles du lien-sang dans son bras.

– Tout va bien, Seigneur, annonça-t-il. Nous avons pris le vaisseau. J'arrive.

9

Flam avança, décrivant un moulinet enflammé avec la lame-sang.

– Fais-le tomber, Kamil !

La voix de Maigrey fit sursauter la jeune fille comme une décharge électrique.

– Plonge ! Roule dans ses jambes !

Kamil n'eut pas le temps de réfléchir, de se préparer. Elle comprit immédiatement la sagesse de ce plan et passa à l'action. Plongeant en roulé-boulé, elle vint heurter de l'épaule droite les genoux de Flam.

Le Seigneur de la Guerre se retournait en reculant à l'instant où Kamil plongea. La flamme de la lame-sang l'atteignit, mais le coup ne fut pas mortel comme il l'aurait été si Flam avait frappé de plein fouet. Elle entailla le flanc droit de Sagan.

La douleur lui coupa le souffle. Il posa la main sur la blessure. Du sang jaillit entre ses doigts. Avec un sombre sourire, il bannit la souffrance, l'oublia.

– Bien joué, Dame Maigrey, dit-il, s'ébranlant vers le débarras.

Dion le dépassa, espérant arrêter Pantha avant qu'il n'arrive jusqu'à la bombe.

– Pantha ! Attention ! cria le prince, s'efforçant de se relever.

Pantha se retourna, levant le pisto-laser.

Dion se jeta sur le vieillard, lui saisit la main. Ils roulèrent sur le sol, se disputant l'arme.

Flam allait se porter à l'aide de son ami, mais Kamil bondit, lui saisit la jambe, s'efforçant de nouveau de le faire tomber. Le prince la bourra de coups de pied pour se libérer. Puis, jurant, il leva l'épée au-dessus de Kamil.

– Lâche ça ! rugit Tusk.

Le mercenaire était sur le seuil, clignant les yeux dans la lumière éclatante, aveuglé par les ténèbres déconcertantes. Il vit l'éclair bleu de l'épée, aperçut Kamil, le visage meurtri et sanglant, qui s'accrochait toujours à Flam.

– Lâche ça ! répéta Tusk, et il tira.

La lumière de l'épée s'éteignit, Flam la mettant en mode défensif. Le coup de Tusk rebondit sur le bouclier de Flam, inoffensif, mais il donna à Kamil le temps de sortir de la ligne de tir. Elle s'éloigna vivement à quatre pattes, puis s'effondra, sans connaissance. Tusk se rua à son secours, tirant sans discontinuer, forçant Flam à utiliser son arme pour se protéger.

Pantha luttait contre Dion avec la force du désespoir. Mais le cri et les coups de feu de Tusk l'avaient distrait.

– Flam ? cria-t-il, s'efforçant de localiser le prince, relâchant sa prise mortelle sur le pisto-laser.

Dion le lui arracha, se releva d'un bond et se rua vers le débarras. Sagan l'y avait précédé. Il tenait la bombe dans sa main sanglante.

– Je vais vous couvrir, Sei... commença Dion.

Sagan cria pour l'avertir.

Un coup frappa Dion par-derrière. Il chancela et tomba à genoux. Flam passa près de lui, l'épée de nouveau flamboyante. Il ne s'intéressait plus à Dion. Il voulait récupérer la bombe – et se venger de celui qui l'avait trahi.

Tusk restait près de Kamil pour la protéger, scrutant la pénombre, s'efforçant désespérément de voir. Il levait son pisto-laser mais n'osait pas tirer, de crainte de toucher Dion ou Sagan.

De nouveau, Dion s'était relevé. Il s'élança en avant, aperçut confusément Flam et Sagan, le feu bleu reflété dans la bombe de cristal.

Puis les ténèbres.

Dion se figea si brusquement qu'il faillit tomber.

Plus rien dans la pièce, que la nuit. Le prince et Sagan avaient disparu.

– Nom de Dieu, dit Tusk, sifflant entre ses dents, impressionné.

Des gouttes de sang marquaient l'endroit où ils se

tenaient encore quelques secondes plus tôt. Ils avaient disparu, comme avalés par les ombres murmurantes.

– Ça al... commença Tusk.

– Les créatures ! hurla Pantha, son cri montant dans l'aigu jusqu'au glapissement triomphant. Elles le tiennent !

Pivotant sur lui-même, ses robes battant contre ses chevilles, le vieillard fila vers la porte.

Dion voulut courir après lui.

Tusk le saisit par la manche.

– Attends, petit ! Laisse-le filer ! Qui sait où ces créatures ont emporté Sagan ?

– Pantha le sait, c'est évident ! dit sombrement Dion. Je vais le suivre... Mon Dieu ! Non !

Ils étaient sortis du débarras. Tusk avait pris la lampe nucléaire et balayait la salle de son rayon. La lumière tomba sur Kamil, prostrée au sol.

Elle était à peine reconnaissable, le visage meurtri et sanglant. Un filet de sang noir coulait de son crâne. L'un de ses bras faisait un angle bizarre, les doigts de sa main gauche saignaient, les os cassés perçaient les chairs, luisant dans la lumière.

Dion fit un pas vers elle, puis s'arrêta. Angoissé, il regarda en direction de Garth Pantha.

– Elle a des blessures graves, petit ! dit Tusk d'un ton pressant, s'agenouillant près d'elle et la palpant doucement. Je crois qu'elle a une fracture du crâne.

– Ramène-la à ton avion, Tusk. J'y serai aussi vite que je pourrai.

– Ce ne sera pas assez vite, dit Tusk dans son dos. Elle est mourante !

Dion se figea, porta sa main à ses yeux, frissonna. Puis, sans regarder en arrière, il repartit de l'avant.

– Ton devoir est ici, mon roi, dit une voix claire.

Une femme en armure d'argent se dressa devant lui.

– Non, marmonna Tusk d'une voix tendue. Je ne le crois pas. Je ne le crois pas.

– Dame Maigrey !

Dion la regarda avec une crainte révérencielle.

– Laisse les autres continuer la bataille, Dion. Ton devoir est de guérir ses blessures. Ton devoir est envers tes sujets, envers Kamil et Tusk, envers ta femme et ton enfant. Emmène-les loin d'ici. Mets-les en sécurité.

– Mais... Sagan... Flam...

– La bombe est armée. Le code est entré. Mon Seigneur n'a qu'à ajouter une lettre – la dernière lettre du dernier mot – et la bombe explosera.

Dion garda le silence un moment. Puis il dit :

– Il ne pourra donc pas s'échapper ?

– Non, répondit Maigrey avec calme. Mais il devait en être ainsi. Autrefois, voilà bien longtemps, il avait juré de donner sa vie pour son roi. Aujourd'hui, il a tenu parole.

Dion hésita. Il regarda Kamil, les yeux pleins de larmes. Puis il reporta son regard sur Maigrey.

– Je ne peux pas le laisser mourir seul.

– Il ne sera pas seul, dit-elle doucement, posant la main sur la garde de sa lame-sang. Et maintenant, il faut te hâter. Mon Seigneur cherchera à te donner du temps, mais ce ne sera guère. Adieu, mon roi.

– Je ne te verrai plus, n'est-ce pas ?

– Non, Dion. Il est temps que tes Gardiens disparaissent. Tu n'as plus besoin de nous. Que Dieu bénisse et garde Votre Majesté.

Et elle disparut, comme si elle n'avait jamais été là. Sauf que les yeux éblouis de Dion voyaient encore le scintillement de son armure d'argent, froid et pur comme la clarté de la lune.

10

Il semblait à Sagan qu'il avait fermé les yeux dans la grande salle, et les avait rouverts ailleurs, une seconde plus tard. D'un mouvement si rapide qu'il n'avait rien senti, à part l'étrange sensation provoquée par la proximité des créatures de matière noire. Leur proximité, et aussi leur peur et leur colère.

Elles bouillaient de fureur autour de lui, invisibles, mais il sentait leur menace ; comme on sent la foudre par une belle nuit d'été. Il se demanda comment elles savaient que le danger avait augmenté. Sans aucun doute, elles devaient sentir l'énergie accrue de la bombe armée. Mais pourquoi ne l'avaient-elles pas emportée avec elles ? Pourquoi l'enlever, lui ?

Elles avaient peur. Peut-être peur de la faire exploser accidentellement. Car elles n'avaient aucune idée de son fonctionnement – elles savaient seulement que, si elles ne l'arrêtaient pas, elles étaient perdues.

Et c'est pourquoi elles l'avaient amené ici, loin de toute aide. Et avaient emmené son ennemi avec lui.

Il fallut un moment à Flam pour comprendre où il se trouvait. Lui aussi regarda autour de lui avec étonnement. Puis il comprit.

Le clair de lune passant à travers les barreaux d'une fenêtre éclairait cinq cellules – en fait rien de plus que cinq trous creusés dans la planète. Les barreaux avaient été plantés dans le sol comme des javelots, comme par une main géante. Les cinq cellules formaient une étoile rudimentaire autour d'un centre à ciel ouvert, quatre se faisant face deux par deux, et une à la tête. Une étoile à cinq branches composée de cachots.

« C'est vraiment de circonstance », se dit Sagan. Il porta la main à son flanc. La blessure était grave, profonde, mais pas mortelle. Il avait perdu beaucoup de sang, mais il ne souffrait pas. Quand il était enfant, il avait appris à refouler la souffrance dans les profondeurs de son être, à l'ignorer, à la bannir de son esprit. Sa blessure n'était qu'une irritation, une raideur au côté qui ralentissait ses mouvements, avec une inspiration saccadée, de temps en temps, quand sa discipline se relâchait.

Il aurait pu se battre malgré cette blessure, se défendre, même contre un adversaire jeune, fort et indemne, comme celui qu'il avait devant lui. Mais il était sans arme. Il avait la bombe, et elle était armée, le code était entré. Il n'avait qu'à ajouter une lettre, et elle exploserait, détruisant Flam, détruisant les créatures de matière noire, le détruisant lui-même.

Et, à moins qu'il ne parvînt à gagner du temps, la bombe détruirait aussi son roi.

Flam savait maintenant où il était, ce qui s'était passé. Il sourit sombrement à Sagan.

– Vous avez perdu, Seigneur. Vous n'avez pas d'arme. Posez la bombe. Rendez-vous.

– Je ne me suis rendu qu'une fois dans ma vie, répondit Sagan. Il y a longtemps, quand j'étais jeune. À un homme nommé Abdiel. Ce fut une erreur. J'ai juré de ne jamais la refaire. Si vous voulez la bombe, il faudra me tuer.

Sagan tenait la bombe devant lui, dans sa main gauche. Il posa la droite dessus, sur le clavier.

– Vous devrez faire vite, et bien viser. Il faudra me tuer avant que j'enfonce cette touche. Car si je l'enfonce, la bombe explosera cinq minutes après.

– Guère le temps pour votre précieux roi de se mettre à l'abri, dit Flam avec désinvolture.

Levant l'épée étincelante, il avança.

– Je n'ai pas besoin de vous tuer. Je n'ai qu'à vous sectionner la main. Et je crois...

Sans cesser de parler, espérant ainsi le distraire, Flam bondit. Mais Sagan n'écoutait pas sa voix, il surveillait ses yeux. Il vit le coup arriver. Sautant de côté, il lança la bombe sur Flam.

Le boîtier de cristal étincela à la lumière de l'épée. Rien ne pouvait l'endommager, pas même la lame-sang. Sans le code, la bombe rebondirait par terre, inoffensive.

Mais Flam réagit instinctivement, comme Sagan l'espérait. Voyant la bombe arriver sur lui, le prince retint son coup pour éviter de la frapper. Il grimaça involontairement quand elle heurta le sol.

– Seigneur ! cria une voix. Tu as une arme maintenant !

Elle se dressa devant lui, avec ses cheveux clairs, ses yeux gris comme la mer et son armure d'argent. Une lame-sang tourbillonna en l'air, passant de la main de Maigrey à celle de Sagan – mouvement qu'ils avaient passé des heures à répéter ensemble.

Il la rattrapa sans réfléchir, comme il avait réagi sans réfléchir au plongeon de Kamil. Dans son esprit, elle était Maigrey, et ils étaient dans la prison d'Abdiel, ou sur l'astronef des Corasiens, ou dans l'une des innombrables batailles qu'ils avaient livrées ensemble.

Rien d'étonnant à ce qu'elle fût avec lui et qu'elle lui eût lancé une arme.

Il la rattrapa, enfonça les aiguilles dans sa main, sentit la chaleur douloureuse et stimulante des micromachines se répandre dans son corps, sentit l'épée se fondre avec lui.

L'épée s'illumina d'une lumière bleue. Flam recula devant le Seigneur de la Guerre. Il balaya le bloc cellulaire d'un regard maléfique. Il ne la voyait pas, mais il savait qu'elle était là.

– Je me demandais jusqu'à quand vous resteriez en dehors de ce combat sans interférer, Dame Maigrey, dit le prince, adoptant une posture défensive. Et vous aussi, Seigneur. Qu'en est-il de votre vœu de renoncer aux armes ?

– J'ai rompu bien des vœux dans ma vie, répondit Sagan, surveillant les yeux de son adversaire. Un de plus ne tirera guère à conséquence.

– Vous êtes vieux, ricana Flam. Vieux, faible et blessé. Pensez-vous tenir longtemps contre moi ?

– Dion est en train de retourner au vaisseau avec Tusk, dit dans l'esprit de Sagan la voix de Maigrey, musique harmonieuse et familière. Il leur faut le temps d'atteindre l'astronef, de quitter l'orbite et d'entrer dans les Couloirs.

– Passablement longtemps, Altesse, répondit Sagan.
Ils s'observèrent, tournant l'un autour de l'autre, autour de la bombe tombée entre eux.
Feinte. Pas d'amateur.
Nouvelle feinte. Coup fulgurant.
Assaut furieux, gerbes d'étincelles bleues.
Défense, attaque.
Attaque, défense.
Tourner, tourner en rond.
Surveille les yeux. Surveille les yeux.
Gagner du temps.
La blessure de Sagan se rouvrit, se remit à saigner.
Bientôt, il le savait, l'épée exigerait plus d'énergie qu'il n'en avait.
Vieil homme brisé.
Flam vit la faiblesse de son adversaire, la vit à de petites fautes – pas mal assuré, coups qui ne portaient pas. Le prince redoubla ses assauts. L'habileté et l'expérience du Seigneur de la Guerre le maintenaient en vie, étaient tout ce qui le maintenait en vie en face de la jeunesse, de l'agilité et de la force de Flam.
Et ça continua.
Surveille les yeux...
Surveille... les... yeux...
Le Seigneur de la Guerre approchait de sa fin, et Flam le savait. Le prince lui tendit un piège, feignant lui-même de faiblir, espérant pousser Sagan à se découvrir, à baisser sa garde.
C'était une vieille ruse, bien exécutée... sauf qu'au dernier moment, le piège se referma sur le piégeur.
Sagan bondit, frappa.
Flam se jeta à terre, à plat ventre. La lame-sang décrivit un arc enflammé au-dessus de sa tête.
Et le prince bâtard aurait dû mourir de la main du Seigneur de la Guerre, comme tant d'autres avant lui. Mais Sagan n'avait plus la force de pousser son avantage. Il tituba en arrière jusqu'au mur, haletant, s'efforçant d'écarter la brume qui obscurcissait rapidement sa vision.
Maigrey était avec lui, le surveillait. Il la voyait maintenant, il la voyait nettement. Elle était demeurée silencieuse et immobile, sans rien faire qui pût distraire son attention du combat. Le clair de lune faisait briller ses cheveux clairs, étincelait sur l'armure d'argent. Elle scintillait comme les étoiles, pure, froide, éthérée.

Il porta les yeux sur elle, et au-delà d'elle, au-delà de la fenêtre à barreaux, et jusqu'au ciel nocturne. Une autre étoile – ou ce qui semblait une étoile – quitta la surface de la planète, monta dans le firmament.

Sagan la suivit des yeux. C'était, comme Maigrey, la seule lumière qu'il pouvait encore voir.

– Dion, lui souffla-t-elle.

L'avion spatial s'éleva, suivi d'un sillage enflammé, éclatant comme une comète dans la nuit.

La lumière disparut. L'avion spatial était entré dans l'hyperespace.

– Seigneur ! cria Maigrey.

Flam s'était relevé, bondissait. La lumière mortelle de la lame-sang s'aviva, aveuglante. Sagan leva son épée, activa le bouclier. Sa propre lumière jaillit, s'éteignit.

Flam enfonça son épée dans le corps du Seigneur de la Guerre, le repoussant en arrière et le clouant contre le mur.

Il le fixa un moment, savourant sombrement son triomphe, puis libéra sa lame d'une secousse.

Un flot de sang noir jaillit de la blessure. Une souffrance affreuse déchira Sagan de ses griffes brûlantes. Il se plia en deux, les mains sur le ventre, essayant de retenir sa vie qui coulait entre ses doigts.

Immobile, Maigrey observait en silence, les larmes que les morts ne peuvent plus verser brillant dans ses yeux gris comme des étoiles-gemmes.

Le prince recula pour se repaître de sa victoire, recula pour regarder son ennemi mourir.

Sagan tendit la main...

– Flam ! Arrête-le ! Arrête-le ! hurla Pantha de l'entrée de la prison.

Flam – comprenant l'intention du Seigneur de la Guerre – se jeta sur le mourant.

Trop tard.

Les mains sanglantes de Sagan saisirent la bombe, cherchèrent la touche à tâtons, la dix-huitième à partir de la gauche. La touche portant le symbole *r*.

Haletant, secoué de spasmes, fermant les yeux pour contenir la souffrance de la mort, il enfonça la touche.

De minces rais de lumière, minuscules scintillements d'étoiles, irradièrent de l'étoile-gemme, plantée au cœur de la bombe, vers la pyramide d'or. Quand la lumière toucha la pyramide, la bombe se mit à bourdonner doucement.

Flam contemplait la bombe, les yeux dilatés d'horreur.

– Arrête-la ! dit-il en un souffle.

Sagan gisait par terre.

– Cinq minutes, dit-il en un murmure, ces mots marqués du sang de sa vie.

– Il faut sortir d'ici ! glapit Pantha, saisissant la main de Flam d'une poigne forte comme une serre. Les créatures ! Les créatures peuvent nous sauver ! Vite, prince. Il faut retourner dans la salle de communications ! il faut les contacter !

Flam repoussa violemment le vieillard loin de lui.

– Pourquoi ? demanda-t-il sauvagement, debout au-dessus de Sagan. Pourquoi ? J'étais tout ce que tu aurais voulu être !

– C'est pour ça, répondit Sagan.

– Flam ! supplia Pantha.

En proie à une fureur impuissante, Flam foudroya Sagan du regard une dernière fois, puis s'enfuit en courant de la prison en forme d'étoile. Pantha suivit.

Maigrey les regarda sortir, puis ferma la porte.

S'agenouillant près du Seigneur de la Guerre, elle ôta sa cape bleue, la plia soigneusement et la lui glissa sous la tête. Elle lui prit la main, la porta à ses lèvres, referma sa main droite sur elle.

Sagan leva les yeux.

– Tu ne pleures pas, au moins ? demanda-t-il, avec une nuance d'irritation.

– Non, Seigneur, dit-elle doucement. Je ne pleure pas. Je ne peux pas.

Les rayons de la bombe devinrent plus vifs, plus brillants. Le bourdonnement s'intensifia, dur et discordant.

Sagan regarda la bombe, et il pâlit. Il ne put s'empêcher de penser à la fin, à l'instant horrifiant d'insoutenable agonie avant la bienheureuse consolation de la mort.

Maigrey suivit son regard. Elle se pencha vers lui, ses cheveux clairs entourant Sagan comme un rideau, lui cachant la mort.

Les murs et le sol commencèrent à frémir, à trembler, comme de terreur. Un craquement suivi d'un roulement résonna quelque part dans l'alcazar. De la poussière de pierre tomba du plafond, et dans la nuit retentit un affreux glapissement de rage, un hululement désespéré d'épouvante.

– Les créatures ont répondu à la supplique de Flam, dit Maigrey.

Sagan voulut parler, mais un flot de sang jaillit de sa bouche. Il s'étrangla, frémit ; sa tête retomba en arrière.

– Tiens-moi bien, Seigneur, dit Maigrey. Je suis là.

Il lui saisit la main et la serra très fort. Ses spasmes se calmèrent. Tout semblait s'évanouir à sa vue, retomber dans les ténèbres. Tout, sauf elle. Elle brillait avec plus d'éclat, devenait plus réelle d'instant en instant.

– A quoi as-tu renoncé pour venir près de moi, Dame Maigrey ? demanda-t-il.

Ils se parlaient mentalement. Sa voix à lui s'était tue à jamais.

– Rien d'important, Seigneur, répondit-elle.

Levant la main gauche au prix d'un gros effort, il repoussa le pâle nuage de ses cheveux, suivit des doigts la cicatrice de sa joue, laissant sur sa peau une traînée de sang.

– Ton âme. Tu es damnée, Maigrey, comme moi.

– Il n'a jamais dépendu de moi de perdre ou de sauver mon âme, Seigneur. Mon âme t'appartenait. T'a toujours appartenu.

Il sourit, d'un sourire heureux cette fois. Puis il se raidit. Un cri d'agonie s'échappa de ses lèvres. La souffrance était insoutenable.

– Il n'y en a plus pour longtemps, dit doucement Maigrey.

La lumière s'aviva dans le cube de cristal, pulsa plus fort que le cœur déchiré de Sagan.

– Ne me quitte pas, dit-il en un souffle.

– Je ne te quitterai pas, promit-elle.

Elle se pencha sur lui, l'entoura de ses bras, posa la tête sur sa poitrine.

– Jamais.

Le centre ne peut pas tenir.

11

Le Cimeterre filait comme une fusée dans les Couloirs. Le silence régnant à son bord rivalisait avec celui de la nuit éternelle environnante. Seuls Tusk et l'ordinateur échangeaient quelques mots, cherchant le moyen le plus rapide de s'éloigner de Vallombrosa et d'entrer dans l'hyperespace.

Dion avait porté Kamil de l'alcazar à l'appareil. Il la coucha dans le lit, aussi confortablement que possible ; elle délirait maintenant. Il s'assit près d'elle. Tant de miracles semblaient nécessaires ; qu'est-ce qui lui donnait le droit de demander celui-là, en particulier ? Ses pensées se reportèrent au jour doré de leur rencontre. Il se sentait si seul alors. Cherchant désespérément quelqu'un à aimer, quelqu'un qui l'aime. Il l'avait trouvée. Elle l'avait trouvé.

Sa vierge-bouclier. Comme dans le rêve, elle était tombée en le protégeant. Comme dans le rêve, il ramasserait son arme et continuerait de l'avant, la laissant en arrière.

Il lui prit la main, et ses divagations cessèrent. Mais elle sombra dans un sommeil inquiétant, qui semblait beaucoup trop profond. Malgré ses efforts, il ne put l'éveiller.

Soudain, il sentit Tusk, debout derrière lui.

– Prêts pour le Plongeon. Elle... elle va mieux ?

Dion secoua la tête. Tusk, qui avait des yeux pour voir, posa une main compatissante sur l'épaule de son ami, et retourna en hâte au cockpit.

Dion assura Kamil dans son lit, et boucla son propre harnais avec indifférence. Voilà longtemps qu'il avait appris à assumer les effets du Plongeon. Se renversant dans son fauteuil, il se força à se détendre, ferma les yeux.

Ils combattaient ensemble, côte à côte. La bataille faisait rage autour d'eux. Alliés et camarades tombaient, morts ou mourants. Puis survenait une accalmie. L'affreux vacarme du massacre cessa. L'ennemi avait disparu. Ils étaient seuls tous les deux sur le champ de bataille, se reposant en l'attente de la prochaine attaque. Ils entendaient sonner de terribles trompettes. Le bruit se rapprochait. Il tira son épée sanglante, avança à leur rencontre. Il se retourna pour sourire une dernière fois à sa vierge-bouclier.

Mais elle avait déposé son bouclier aux pieds de Dion. Tendant la main, elle lui prit son épée.

– Le bouclier est à toi, Sire, pour te défendre et te protéger. C'est à moi de continuer le combat. Au revoir, Dion...

– Dion...

Il revint à lui en sursaut. Se soutenant sur un coude, Kamil le secouait par le bras. Elle avait le visage meurtri et sanglant, mais les yeux vifs, alertes et perplexes.

– Tu es toujours là ! dit-il en un souffle.

– Je me sens bien, dit-elle. A part une migraine épouvantable. Et, Dion, j'ai fait le rêve le plus étrange...

Le Cimeterre était dans les Couloirs, mettant des années-lumière entre lui et la Vallée des Fantômes. Ils étaient en sécurité. A moins que le tissu de l'univers ne soit déchiré jusqu'à l'anéantissement, chose peu probable, mais toujours possible avec la bombe à rotation spatiale.

Ils ne pouvaient rien faire, qu'attendre. Ignorant les exhortations de Dion, Kamil refusa de rester au lit. Grâce à sa trousse médicale, Tusk put lui faire une piqûre qui calma un peu sa migraine. Elle vint à l'avant, pour être avec Dion et Tusk. Tassés tous les trois dans le cockpit exigu, ils attendirent. Tusk rompit le premier le silence, à regret.

– On est arrivés au point où tu voulais quitter les Couloirs, petit. Tu veux... est-ce que je dois en sortir ?

– Oui, dit Dion.

– Contacte Dixter en vitesse, dit Tusk à XJ.

L'ordinateur obéit, sans ses sarcasmes habituels. Ou bien il était impressionné par la terrible solennité de la situation, ou bien la menace que Tusk avait grommelée entre ses dents en montant à bord était enfin parvenue à museler XJ-27.

– L'Amiral John Dixter, annonça XJ d'un ton qu'on aurait presque pu qualifier de respectueux.

– Dion ! Fiston ! s'écria Dixter, qui semblait lutter contre l'envie de tendre les bras et d'embrasser le vidécran pour s'assurer que Dion était bien vivant. J'ai entendu ce qui s'est passé. Ça va ? et Tusk et...

– Nous allons tous bien pour le moment. Comment avez-vous su...

– Sa Majesté la Reine, fit Dixter, l'air sombre. Elle nous a contactés. Oui, elle est en sécurité. Sagan lui avait parlé sur son vaisseau, l'avait avertie de ses plans. Il lui avait aussi donné les noms de personnes sur qui elle pouvait compter – d'anciens amis à nous, Tusk, Gorbag le Jarun, et d'autres pilotes mercenaires.

« Ils étaient revenus de leur fascination devant le prince, surtout depuis qu'ils savaient que les créatures de matière noire faisaient les quatre cents coups. La reine les a persuadés de prendre le contrôle du vaisseau. Ce qu'ils ont fait, sans effusion de sang. C'est une femme remarquable, Dion », ajouta-t-il avec enthousiasme, sans réfléchir.

Puis il eut l'air embarrassé.

– Oui, Amiral, dit Dion en souriant. Remarquable.

Kamil se leva soudain du fauteuil du copilote où Dion l'avait fait asseoir.

– C'est ta place, dit-elle. Tusk... peut avoir besoin de ton aide.

– Kamil...

– Non, je vais bien. Vraiment, dit-elle en souriant.

– Petit ? dit Tusk en se retournant.

– Oui, je suis là, dit vivement Dion.

Il prit le siège du copilote, continuant à parler avec Dixter.

– Vous savez donc, Amiral, quel était le plan de Sagan. Il avait échangé les bombes. Il devait faire exploser la bombe à rotation spatiale dans un secteur très, très écarté de la galaxie, où elle serait inoffensive. Mais... ça ne s'est pas passé comme ça.

Dion s'éclaircit la voix, la gorge serrée par la peur et l'épouvante rétrospectives.

– Flam a découvert le plan à la dernière minute, est retourné sur Vallombrosa pour tenter d'arrêter Sagan. Nous nous sommes échappés. Le Seigneur Sagan...non.

– Oui, fiston, fit Dixter. Je sais. Vous comprenez...

Il hésita, se frictionnant le menton.

– Dites-moi, ordonna Dion. Qu'est-il arrivé ?

– Vallombrosa n'est plus là, fiston. La planète a disparu – comme si elle n'avait jamais existé. Il n'en reste rien que nous puissions détecter. Bien sûr, nous ne pouvons que scanner à cette distance. Nous n'osons pas envoyer des avions de reconnaissance. Pas encore. Sagan avait raison de prédire que les créatures de matière noire contiendraient la déflagration, empêcheraient la réaction en chaîne de se propager à toute la galaxie. La destruction est confinée à un secteur relativement limité.

– Vallombrosa.

– Désolé, fiston. Bien sûr, il y a toujours la possibilité que Sagan se soit échappé...

Dion se leva.

Tusk le regarda, branla le chef, et détourna les yeux. Kamil lui tendit la main. Dion ne la vit pas. Il marcha vers l'échelle en aveugle, la monta – apparemment au toucher – et disparut dans ce qui était autrefois la tourelle du canonnier, et qui était maintenant le dôme d'observation.

Assis dans la tourelle, Dion contemplait l'espace.

L'immensité de l'esprit de Dieu. Vallombrosa. Vallée des Fantômes. Disparue comme si elle n'avait jamais existé. Son cousin. Disparu, lui aussi.

Dion regarda sa paume droite. Les cinq piqûres n'étaient plus enflées, avaient cessé de le faire souffrir. Bientôt, elles ne seraient plus que cinq cicatrices blanches sur sa main, car il ne se servirait plus jamais de la lame-sang.

Derek Sagan. Dion contemplait la nuit et le scintillement glacé des étoiles, pensant à l'homme dont la nuit intérieure avait jeté son ombre sur la vie du roi, l'avait obligé à fermer les yeux, à regarder en lui-même, et à y voir sa nuit personnelle. Alors seulement il avait été capable d'ouvrir les yeux, de voir la lumière au-delà des ténèbres.

Beau travail, mon garçon.

Il entendit les mots résonner en écho dans son esprit, comme il les avait entendus le jour du duel. C'est alors qu'il avait su avec certitude que Sagan ne l'avait pas trahi, n'avait pas trahi son serment, qu'il était le Gardien de son roi comme il l'avait juré voilà si longtemps. C'était cette foi que Flam avait vue en Dion, mais sans la reconnaître. C'était cette foi qui, pensa Dion, avait coûté la vie à Sagan.

Je peux pleurer sa mort, pensa Dion, mais je ne peux pas m'affliger. Comme l'a dit Maigrey, tout est comme cela devait être. Il y avait, dans l'esprit de Dieu, une justesse, une adéquation.

Il le savait sans pouvoir expliquer comment. Comme si une porte s'était ouverte, lui permettant de jeter un coup d'œil avant de se refermer. Des doigts glacés touchèrent les siens ; la main de Kamil se referma sur la sienne. Il la fit monter dans la tourelle, l'assit à côté de lui. Là encore, il ne pouvait pas s'affliger.

– Elle et Sagan sont réunis maintenant, n'est-ce pas ?

– Oui, répondit Dion.

– Comme nous serons réunis... un jour, dit Kamil.

– Un jour, dit-il, serrant sa main très fort.

– Tu as aimé et été aimée, dit Kamil, comme se parlant à elle-même. Je comprends maintenant ce qu'il voulait dire.

– Nous devons être reconnaissants. Ce qui leur est arrivé nous serait arrivé à nous. Nous aurions été séparés par la colère, la peur, les malentendus. Nous aurions fini par nous haïr l'un l'autre. Par nous haïr nous-mêmes. Cela ne nous arrivera pas maintenant. Quand nous nous dirons au revoir...

Sa voix mourut. Elle lui pressa la main, lui donnant du courage. Il reprit d'une voix ferme :

– Quand nous nous dirons au revoir, ce sera avec amour et confiance.

– Petit ? dit Tusk, les regardant du cockpit. Désolé de t'interrompre, petit... je veux dire, Majesté. Il faudra que je m'habitue, je suppose. J'ai pu établir le contact avec le vaisseau de la reine. Elle est impatiente de te voir. Le commandant voudrait savoir quand tu viendras à son bord, et s'il doit prévoir d'aller à Cérès ou à Minas Tares. Et Dixter veut parler de l'attaque corasienne.

– La reine et moi, nous irons sur Cérès, dit Dion en se levant. Rendre grâces à Dieu et à la Déesse.

– D'accord, petit, dit Tusk. Je veux dire, Maj... eh puis merde ! Tu sais ce que je veux dire.

Il disparut dans le cockpit.

– Oui, dit Dion, pensif. Je sais ce que tu veux dire.

Il se tourna vers Kamil.

– Au revoir, dit-il, l'embrassant doucement, et il sortit.

– Au revoir, dit-elle, quand il fut parti.

12

– Tu viendras nous voir, Astarté et moi. Toi, Nola et les enfants.

– Ordre royal ? dit Tusk avec un grand sourire.

– Oui, répondit-il gravement. Ordre royal.

– Sûr qu'on viendra, répondit Tusk avec sincérité.

– Souvent.

– Aussi souvent qu'on pourra. Avec les affaires...

Il soupira, se passa la main dans les cheveux en regardant le Cimeterre.

– Retour aux vendeurs d'aspirateurs, je suppose.

Dion sourit, comme s'il connaissait un secret, ouvrit la bouche, puis secoua la tête.

– Au revoir, Tusk.

Tusk lui tendit la main, mais Dion le serra dans ses bras. Tusk le tapota dans le dos.

– Au revoir, petit. Bonne chance.

Il fit une pause, puis ajouta gauchement :

– J'aurais voulu que ça se termine autrement...

– Tout est comme cela devait être, Tusk.

– Ouais, je suppose, dit Tusk, sans conviction.

Il s'écarta, et s'essuya le nez en détournant la tête.

Dion regarda Kamil qui attendait près de lui en silence. Il lui tendit la main. Elle la serra. Ils restèrent unis le temps d'un battement de cœur. Puis elle lui sourit, rassurante.

– Va, dit-elle. On t'attend.

Leurs mains se séparèrent.

Dion monta vivement l'échelle du sas. En haut, il s'arrêta pour jeter un dernier regard dans le Cimeterre.

– Au revoir, XJ, cria-t-il.

Il y eut une sorte de croassement, mâtiné de sifflements catarrheux. Les lumières tremblotèrent, s'éteignirent. Le sas s'ouvrit lentement.

Debout dans le noir, Tusk entendit le rugissement sur le pont d'envol du *Flamboyant*, saluant le retour du roi. Quand les lumières se rallumèrent, Dion n'était plus là.

– Bon, soupira-t-il en souriant. C'est fini.

Les cérémonies étaient terminées. Les foules s'étaient dispersées. XJ était au comble de l'indignation.

– Je n'ai jamais vu une populace pareille ! C'est... antimilitaire. Et un reporter débile a eu l'audace de poser son gros cul sur une de mes ailes ! Il ne recommencera pas de si tôt. Je lui ai envoyé soixante volts dans le derrière !

Tusk branla le chef, hilare.

– On est autorisés à décoller. Calcule la trajectoire pour l'Académie. Et après – pour la maison.

Kamil s'assit à côté de lui dans le fauteuil du copilote, affichant détermination et entrain.

– J'ai déjà fait les calculs, Tusk. J'avais besoin de... m'occuper.

Son sourire disparut un instant, puis revint.

– Tu es sûr que ça ne t'ennuie pas de me ramener à l'école ? Je sais qu'il te tarde de revoir ta famille.

– Pas de problème, petite. C'est sur le chemin.

– L'Amiral Dixter en ligne, annonça l'ordinateur.

Le visage de l'amiral apparut sur le vidécran.

– Nous avons livré Sa Majesté à bon port, Amiral, dit Tusk. On a des nouvelles des Corasiens ?

– Nous leur avons organisé une réception de bienvenue-dans-la-galaxie. Une surprise party. Je crois qu'ils ne viendront plus nous asticoter pendant très, très longtemps.

– Parfait, parfait, dit Tusk, hochant la tête. Je... je suppose que vous n'avez pas de nouvelles de Nola ?

Un sourire détendit le visage sombre de Dixter.

– Si, justement. Après que tu m'as eu dit où elle avait pu se réfugier, j'ai pris contact avec Marek. Tout va bien, si ce n'est qu'elle se fait du souci pour toi. Ton fils va bien. Et à propos de Nola... Ce n'est peut-être pas le moment de parler de ça, mais j'aimerais que tu réfléchisses.

« Il y a trois ans, Sa Majesté t'a offert un commandement dans la Marine Royale. Je sais que tu l'as refusé, mais j'aimerais que tu reconsidères la chose. J'aimerais bien avoir un aide de camp, Tusk. Quelqu'un en qui je pourrais avoir confiance. Quelqu'un en qui Sa Majesté pourrait avoir confiance. Je ne suis pas très loin de la retraite...

– Ouah ! s'écria Tusk, regardant le vidécran avec inquiétude, et même avec terreur.

– Je ne veux pas dire que tu me remplacerais tout de suite, reprit Dixter en souriant. Je compte bien rester encore un moment. Un grand moment. Disons, vingt ans de plus. Mais quand je partirai, je me sentirai mieux en sachant que c'est toi qui es assis dans mon fauteuil.

Tusk était en état de choc. Apparemment, XJ aussi. Pour une fois, ni l'un ni l'autre n'eurent rien à dire.

– Tu n'as pas à me donner ta réponse tout de suite, fiston, fit Dixter, voyant que, de toute façon, Tusk n'était pas en état de parler. Parles-en avec Nola. Il vous faudrait venir vivre à Minas Tares, bien sûr. Mais c'est une cité magnifique. Nola s'y plairait. Et les enfants recevraient la meilleure instruction possible. Comme je te l'ai dit, réfléchis à ma proposition.

Tusk se tirailla l'oreille où l'étoile à huit branches avait retrouvé sa place, cadeau de la reconnaissante Astarté.

– Je sais que ça va avoir l'air idiot, Amiral. Mais si j'acceptais – et je n'ai pas dit que j'accepte – mais si j'acceptais, est-ce qu'il y aurait... euh... quelque part... une place pour Link ? Je sais que c'est un mufle, un vantard et un con, mais c'est aussi un bon pilote, et s'il avait quelque chose pour lui occuper l'esprit, à part les cartes et le tord-plongeon, je crois qu'il tournerait bien.

– Je pense qu'on pourrait trouver une place pour Link, dit gravement Dixter.

– Une minute, intervint XJ, qui s'était remis de sa surprise. Excusez-moi, Amiral, mais vous n'avez pas parlé du plus important. Ça nous paiera combien, ce poste ? Les uniformes sont compris ? Et le nettoyage et le repassage ? Et il faudra me reprogrammer pour le protocole militaire, parce que...

– Toi alors ! explosa Tusk. *Nous* ? Si j'accepte ce poste, je te mettrai au garage avec le Cimeterre. Et si tu as de la veine, j'irai peut-être te chercher dans seize ans quand il faudra apprendre à piloter au petit John.

– Au garage !

Toutes les lumières s'éteignirent. La ventilation s'arrêta.

– Au garage ! répéta l'ordinateur d'un ton inquiétant. Si tu veux jamais revoir un garage, Men-da-ha-rin Toosca, oublie que tu as dit ces deux mots en ma présence.

« Quant à t'offrir un commandement, *à toi*, poursuivit l'ordinateur, bouillant de colère, il est évident que l'amiral te fait cette proposition uniquement pour m'obtenir, *moi.* »

Les lumières se rallumèrent. Le doux bourdonnement de la ventilation reprit.

– De toute façon, je commence à me lasser de cet avion spatial, poursuivit XJ avec irritation. Ça n'a plus jamais été pareil depuis que tu as refait la « décoration ». Je crois que j'aimerais un emploi de bureau. Oui, ça serait bien pour moi. Sur ta table de travail, à portée de ta main. Et ne vous gênez pas, Amiral, pour venir me demander conseil n'importe quand. Sa Majesté aussi. J'imagine que vous viendrez souvent me consulter, tous les deux.

« Quant à toi, Tusk, je prendrai tes communications et je sélectionnerai tes visiteurs... »

Tusk gémit, mit sa tête dans ses bras sur la console.

– Excusez-moi, Amiral Dixter, dit Kamil avec déférence, intimidée d'être en présence d'un si grand homme.

– Vous êtes la fille d'Olefsky, non ?

– Maigrey Kamil, Amiral, dit-elle, se détendant, rassurée par la chaleur qu'elle voyait dans les yeux tristes, par le sourire qui effleura les lèvres quand elle prononça ses prénoms. Je me demandais si vous saviez... si vous aviez des nouvelles... Xris le cyborg, et le petit empathe... ils ont été blessés sur Cérès...

Dixter hocha la tête.

– Je viens de transmettre le message à Sa Majesté. L'Archevêque Fideles m'informe que Xris se remet lentement. Et la vie du Petit n'est plus en danger. Raoul s'est payé des culottes de toréador citron vert pour fêter ça.

– J'en suis heureuse, dit Kamil en souriant. Transmettez-leur mes amitiés. Et dites à Xris qu'un jour peut-être, j'accepterai sa proposition.

– Je n'y manquerai pas. Votre mère et votre père vous embrassent. Ils vous font dire qu'ils sont très fiers de vous. Et, ajouta-t-il, il y a une place pour vous à l'école de pilotage quand vous serez prête.

– Vraiment, Amiral ? dit-elle, rougissant de plaisir.

– Et vous arrivez avec la plus haute recommandation, ajouta l'amiral. De Sa Majesté.

Ses yeux s'emplirent de larmes. Marmonnant que Dixter et Tusk avaient sûrement à parler en privé, elle retourna vivement dans la cabine.

Une fois seule, elle crut qu'elle allait pleurer.

– Non, dit-elle résolument. C'est ce que je voulais.

Tout était comme cela devait être.

– Je voudrais bien pouvoir le croire, dit-elle soudain en soupirant. Si je pouvais...

C'était bizarre. Il y avait quelque chose sur le lit, un balluchon. Elle était sûre qu'il n'était pas là tout à l'heure.

Son premier mouvement fut d'appeler Tusk.

Pourtant, elle ne l'appela pas. Elle s'approcha, prudente, curieuse.

C'était dur, anguleux, et c'était soigneusement enveloppé dans une cape de velours bleu.

Avec respect et vénération, elle souleva doucement le tissu, l'écarta.

Une armure d'argent étincelante.

– Je n'y manquerai pas. Votre mère et votre père vous embrassent. Ils vous font dire qu'ils sont très fiers de vous. Et, ajouta-t-il, il y a une place pour vous à l'école de pilotage quand vous serez prête.

– Vraiment, Amiral ? dit-elle, rougissant de plaisir.

– Et vous l'aurez avec la plus haute recommandation [illegible] l'amiral De Sa Majesté.

Ses yeux s'emplirent de larmes. Maintenant qu'Elix et Task avaient terminé, à parler en privé, elle retourna vivement dans sa cabine.

Une fois seule, elle crut qu'elle allait pleurer.

– Non, dit-elle résolument. C'est ce que je voulais. Tout était comme cela devait être.

– Je voudrais bien pouvoir le croire, dit-elle soudain en soupirant. Si je pouvais...

C'était bizarre. Il y avait quelque chose sur le [illegible]. Elle était sûre qu'il n'était pas là tout à l'heure.

Son premier mouvement fut d'appeler Task.

Pourtant, elle ne l'appela pas. Elle s'approcha, [illegible], curieuse.

C'était dur, anguleux, et c'était soigneusement enveloppé dans une cape de velours bleu.

Avec respect et vénération, elle souleva doucement le tissu, l'écarta.

Une armure d'argent étincelante.

ÉPILOGUE

L'être rayonnant entra dans les couloirs du ciel d'un pas lent et solennel. L'éclatante lumière de la Présence projetait de longues ombres derrière les deux personnes qui allaient être jugées. La terrible majesté du ciel brillait sur eux, mais ils n'avaient pas baissé les yeux devant elle.

Ils étaient debout côte à côte, or et argent. Droits, fiers, pleins de défi.

L'être rayonnant soupira. Montant sur le trône du jugement, il ordonna :

– Seigneur, avancez.

Sagan quitta Maigrey, vint se placer devant son juge, seul. L'être rayonnant baissa les yeux sur lui d'une grande hauteur.

– Seigneur, vous avez mal agi. C'est assez fréquent chez les mortels, mais je ne vois en vous aucun repentir. Je n'entends aucune prière implorant le pardon.

Sagan ne répondit pas, ne leva pas les yeux.

– Vous connaissiez la volonté de Dieu, Seigneur.

– Oui, répondit Sagan.

– Vous l'avez volontairement contrecarrée.

Sagan pinça les lèvres, ne dit rien. Puis une lueur s'alluma dans ses yeux sombres, et il répondit :

– Je l'ai contrecarrée.

– Non, protesta Maigrey, s'apprêtant à avancer, à le rejoindre. Mon Seigneur *n'a pas* contrecarré la volonté de Dieu. Il a sacrifié sa vie...

– Mais si, dit Sagan, l'arrêtant de la main. Tu comprends, Dame Maigrey, Dion était destiné à mourir.

– C'est impossible, balbutia Maigrey, levant les yeux.
– C'est vrai, dit Sagan. Tel était le présage de l'épreuve. Flam roi. Dion martyr. Tel était le plan.
– Mais pourquoi ? demanda Maigrey.
– Tu demandes à Dieu de t'expliquer Ses desseins ? dit l'être rayonnant, sévère, implacable. Seigneur, nous considérerions cette affaire avec miséricorde si nous étions convaincu que vous avez agi par compassion, loyauté, amour désintéressé – comme l'a fait Dame Maigrey. Mais comme vous avez volontairement dissimulé votre cœur à notre vue, vous êtes le seul à connaître la vérité. Qu'est-ce qui vous a conduit à défier Dieu ?
« A moins que vous n'ayez agi par orgueil, par arrogance, par besoin de démontrer votre puissance ? Avez-vous contrecarré la volonté de Dieu, Seigneur, simplement pour lui montrer que vous le pouviez ? »
Pour toute réponse, Sagan eut un sombre sourire.
– Quelle est la réponse ? dit l'être radieux, sévère.
– Ce que vous voudrez croire de moi, dit Sagan.
L'être rayonnant le considéra avec tristesse.
– Je vous donne encore une chance, Seigneur. Confessez-vous, repentez-vous, et vous serez sauvé.
Sagan regardait droit devant lui. Sans lever les yeux. Sans les baisser.
L'être rayonnant soupira pour la seconde fois.
– Très bien. Je n'ai donc d'autre choix que de vous déclarer coupable.
« Dame Maigrey, avancez. Vous avez volontairement rompu votre alliance avec Dieu. Vous avez quitté ce royaume bienheureux pour retourner dans celui des humains. Vous vous êtes mêlée de la vie des vivants, de sorte que, vous aussi, vous avez contrecarré la volonté de Dieu. Vous repentez-vous, Dame Maigrey ? Sollicitez-vous le pardon ? Réfléchissez avant de répondre. Pensez au terrible châtiment qui vous attend. »
Un portail s'ouvrit devant elle.
– Regardez au-delà de cette porte, Dame Maigrey. Je vous répète ce que je vous ai dit un jour. Vous serez jetée dans ce monde d'épouvante. Vous ne pourrez pas revenir dans ce royaume bienheureux, sauf par un chemin long, difficile et semé de souffrances. Nombreux sont ceux qui y ont échoué, pour vivre dans des tourments éternels, sans espoir de réconfort, de paix et de

rédemption. Voilà le sort que vous affrontez. Et vous l'affrontez seule.

Maigrey regarda le chemin menant de la lumière aux ténèbres. Devant cette vision terrible, son courage l'abandonna. Incapable de la supporter, elle baissa les yeux.

Sagan regarda lui aussi, regarda le chemin, et, malgré sa force, il pâlit. Mais il vint se placer près de Maigrey.

– Elle n'ira pas seule, dit-il.

– Est-ce votre décision, Seigneur ? dit l'être radieux.

– C'est ma décision.

– Est-ce votre décision, Dame Maigrey ? Ou vous repentirez-vous ?

– Comment pouvez-vous me le demander ? dit-elle, relevant les yeux. S'il avait besoin de moi, je traverserais tout l'enfer pour le rejoindre.

– Vous aurez peut-être à subir cette épreuve, dit l'être rayonnant avec tristesse. Alors, allez maintenant, Dame Maigrey. Et allez avec elle, Seigneur. Nous pouvons vous accorder cette grâce. Le chemin du retour vous est ouvert. Il est sombre et dangereux, mais clairement indiqué. Si vous le cherchez, vous le trouverez. Mais la route ne sera pas facile. Puisse Dieu vous accompagner.

– Qu'il n'en prenne pas la peine, dit Sagan.

Il se tourna vers Maigrey, s'inclina, lui tendit la main.

– Dame Maigrey ?

– Seigneur, dit-elle, plaçant sa main dans la sienne.

Sans regarder en arrière, ils entrèrent dans les ténèbres, ensemble.

– Au moins, dit l'être rayonnant à l'Immortel Œil Tout-Voyant, nous aurons accompli cela.

Le portail se referma derrière eux. L'être rayonnant descendit du trône. Il fut arrêté au bas par un homme mince au visage soucieux.

– Oui, Platus ? Qu'y a-t-il ?

– Ils ont sauvé la vie de Dion. Ils ont empêché un homme cruel et impitoyable de devenir roi. En quoi est-ce mal ?

– Il y a des milliers d'années, un homme a été crucifié par d'autres hommes cruels et impitoyables. Que serait-il arrivé si quelqu'un était intervenu pour le sauver ?

– Je ne sais pas, dit Platus. Peut-être qu'il aurait mené une vie ordinaire et heureuse.

– Mais ce n'était pas le plan.

Platus secoua la tête.

– Je ne comprends pas.

– Bien sûr que tu ne comprends pas, mon enfant, dit l'être radieux avec bonté. Dieu est l'alpha et l'oméga, le commencement et la fin. Tu n'es que le milieu.

Achevé d'imprimer en février 1998
sur les presses de l'Imprimerie Bussière
à Saint-Amand (Cher)

POCKET - 12, avenue d'Italie - 75627 Paris Cedex 13
Tél. : 01-44-16-05-00

— N° d'imp. 498. —
Dépôt légal : mars 1998.

Imprimé en France